FANTASY

TARA K. HARPER

WOLFWALKER 1

Die Herrin der Wölfe

Roman

Aus dem Amerikanischen
von Gerald Jung

GOLDMANN

Die amerikanische Originalausgabe erschien 1990
unter dem Titel »Wolfwalker«
bei Del Rey/Ballantine Books, New York

Umwelthinweis:
Alle bedruckten Materialien dieses Taschenbuches
sind chlorfrei und umweltschonend.
Das Papier enthält Recycling-Anteile.

Der Goldmann Verlag
ist ein Unternehmen der Verlagsgruppe Bertelsmann

Deutsche Erstveröffentlichung 7/98

Umschlaggestaltung: Design Team München
Umschlagmotiv: Edwin Herder
Satz: deutsch-türkischer fotosatz, Berlin
Druck: Elsnerdruck, Berlin
Verlagsnummer: 24772
Redaktion: Cornelia Köhler
V. B. · Herstellung: Peter Papenbrok
Printed in Germany
ISBN 3-442-24772-1

1 3 5 7 9 10 8 6 4 2

Dieses Buch ist Sandy Keen gewidmet,
dem ich eines Nachts diesen Freundschaftsbeweis auf
die Kühlschranktür gekritzelt habe:

Über steinige Wüstenhänge
und windzerzauste Formationen staubiger Steine;
Wo das sandige Fell der Moorkatze
durch Torftunnel streift;
Bis in die Höhen raunender Gedanken, gestaffelter
Dämmerungen,
Wo rotäugige Falken sich auf weichen Winden wiegen;
Haben Träume, neugeboren und lebendig,
Nur eine Seele:
Die Deine.

I Ember Dione maMarin: Flucht ins Dunkel

Oh, Ihr gnädigen Monde, Monde des Lichts,
Geleitet mich durch finstre Nacht,
Behütet mich vor böser Macht,
Schickt Euer heil'ges Licht, sie auszubrennen

Oh, Ihr gnädigen Monde, Monde des Lichts,
Vergeht mein Körper im Schatten dereinst
In finstrer Nacht oder Dunkelheit,
Leiht meiner Seele Euer Licht zum Geleit

Es war dunkel. Sie konnte nichts sehen. Sie konnte nichts hören, weil es in ihren Ohren prasselte und toste, und sie konnte sich nicht bewegen. *Oh, Ihr gnädigen Monde, Monde des Lichts …* Sie versuchte, die aufkommende Panik zu ignorieren, würgte jedoch vor lauter Sand und Fell und schmutzigem Blut in ihrem Mund. *Geleitet mich durch finstre Nacht …* Mit größter Anstrengung gelang es ihr, tief Luft zu holen, und dann zersprang der Panzer der Furcht, der sie wie in einer Lähmung gefesselt hatte. Sie schrie. Das Geräusch erstickte im dunklen Tod über ihr. *Behütet mich vor böser Macht …* Der Körper, der sie wie Blei zu Boden drückte, war viel zu schwer; wieder verfiel sie in Panik, wälzte sich unter dem Gewicht verzweifelt hin und her, versuchte freizukommen. Plötzlich prickelten ihre Beine vor sengender Hitze. Jetzt wurde ihr klar – oh, ihr Götter –, daß das Prasseln in ihren Ohren von dem

Feuer herrührte. *Schickt Euer heil'ges Licht, sie auszubrennen ...* Und dann setzte der Schmerz ein, im Rhythmus mit ihrem Pulsschlag peitschte er jede Sekunde des Schreckens tiefer in ihr Bewußtsein. Feuer ... Mit einem schmerzhaften Ruck kam sie unter dem toten Worlag frei. Ihr abgerissenes Keuchen wurde vom Prasseln des Feuers übertönt, ihr Körper von heftigem Schluchzen geschüttelt, und die tanzenden Fackeln breiteten die Brände weiter aus, schürten ihre Panik.

Der Körper des Worlags bewegte sich, rutschte ein Stück weit auf sie zu, und sie wich entsetzt zurück. Ihr gnädigen Monde, erhoben sich jetzt schon die Toten, um sie zu holen? Doch ihre plötzliche Bewegung ließ eine schwarze Woge aus Schmerz über ihrem Kopf zusammenschlagen, und sie konnte kaum mehr sehen, von wo aus das dunkle Unterholz ihr zuwinkte. Mit einem stummen Schmerzensschrei drängte sie sich in seine dornige Umarmung, wie eine zerbrochene Puppe, die Zähne aufeinandergepreßt, um den Schrei zurückzuhalten, den Atem noch immer gefangen in der eisigen Faust der Angst in ihrer Brust. Auf der anderen Seite des Feuers wandte sich ein Worlag um; seine hervorstehenden Augen suchten etwas. Blut war auf dem Boden, Blut an seinen Klauen. Er zögerte noch, dann wirbelte ein Schwall beißenden Rauchs zwischen ihnen auf und hüllte sie ein, dort, wo sich die schattige Dunkelheit großer Wurzeln an ihren Rücken preßte und sie beruhigte, während der brennende Wald ihren Körper und die rußigen Wolken ihr Bewußtsein verschluckten. Sie sah und hörte nichts anderes mehr, nur das Reißen und Schnappen der Worlags, die sich an den hingemetzelten Körpern und dem brennenden Wagen, den Kleidern und an der lodernden Plane zu schaffen machten.

Schmerzen. Brennende, bohrende Schmerzen. Sie kroch weiter, schlängelte sich durch das Unterholz, krallte sich in den grauen Schatten der Wölfin, die sie vorwärts drängte, weitertrug, weiterzog. *Hier lang ... dort hindurch ...* Sie konnte weder ihre Augen noch ihre Gedanken auf einen Punkt konzentrieren. *Halt … ducken …* An ihren Händen klebte Blut, auch auf den Kleidern und im Gesicht. *Schnell …* Das Tosen in ihren Ohren blieb im Rhythmus des Knurrens der aufgedunsenen Worlags, die im obszön tanzenden Lichtschein hinter ihr ihr Festmahl abhielten, und das Knacken von Menschenknochen schlug die Trommel des Todes in ihren Ohren – sie mußte sich nicht umdrehen, um die behaarten Unterarme zu sehen, die im Stehen bis zu den Knien herabhingen, und die anderen, spindeldürren mittleren Arme, die die Reittiere wie die Klingen eines Pfluges zerteilten. Wenn sie sich um einen toten, noch warmen Körper balgten, troffen Blut und Sehnen von den käferartigen Zangen ihrer Mäuler. Ember Dione wimmerte leise auf und schleppte sich weiter. Es war dunkel.

Die Stimmen der Nacht flackerten in ihren Ohren auf und verschwanden wieder. Aber der graue Schatten führte sie weiter, wenn sie erschrocken aufschrie, und die rauhe Zunge leckte über ihren Schmerz, bis sie dem dunklen Feuer ihres Herzschlags verfiel, wo sie die schwarze Hitze blendete. Blut tropfte über ihr Gesicht, dünn und warm, rann in ihr Ohr, und als der Lärm verebbte, war die Dunkelheit wieder vollkommen.

Es dämmerte bereits, als sie erwachte. Ihr Herz schlug träge, der Dunst der frühen Morgenluft war erfrischend lebendig. Ihr schlanker Körper lag zusammengerollt in den wuchernden Auswüchsen einer Baumfalle, ihr aufgeschlitztes Bein war steif zur Seite hin ausgestreckt, und ihr dunkles Haar hatte sich in den Zweigen verheddert. Ein spitzer Ast stach ihr in die Wange. Der Wolf an ihrem Rücken war warm, ein Beweis für die frostige Morgenkühle, die durch das Moos und die Stille, die ihr Erwachen begrüßte, heraufkroch. In ihrem Blickfeld befanden sich keine ausgebrannten Wagen mehr, kein Feuerprasseln drang an ihr Ohr. Nur das steifgewordene Blut in ihren Kleidern und der Schmerz, der ihre Gedanken abtötete, erinnerten sie unmißverständlich an die Vorkommnisse der vergangenen Nacht.

Und sie erinnerte sich … Wie ihr Bruder Rhom wie ein Vogel von den wütenden Fängen der Worlags zerrissen wurde. Die schlanke Frau kämpfte gegen ein Schluchzen an, ballte die Fäuste und schloß die Augen. Oh, Rhom …

Sie zwang ihre Augen dazu, es wieder zu sehen, zwang ihr Bewußtsein zuzulassen, daß sie ihn hatte sterben sehen. Die Worlags … Sie hatte ihn stürzen sehen, hatte gesehen, wie er mit seinem Schwert unter dem Ansturm der Kreaturen, die ihn auseinanderrissen, um sich schlug, während sich Gray Hishn in den schwarzen Rückenpanzer eines der Untiere verbiß. Dann schlossen die Worlags den Kreis, der Wolf rettete sich mit einem gewaltigen Sprung, und ihr Zwillingsbruder … war nicht mehr da. Einfach tot. Rhom, der Kaufmann, die Wachleute – alle, rief sie sich barsch ins Gedächtnis, alle außer ihr.

Verzweiflung, Trauer und Wut trafen sie so heftig wie ein wütender Sturm, der an einem zerbrechlichen Haus rüttelt, so daß sich ihre Kehle zusammenzog; sie versuchte, die Erinnerung weit von sich zu schieben, und drängte sich tiefer in das dichte Fell des Wolfs. Ist das der Todeskampf? dachte sie. Dieser blendende Schmerz? Der Pelz der Grauen nahm ihre Tränen auf, und sie fragte sich, ob sie um die verstümmelten Körper derjenigen weinte, die sie einst gekannt hatte, oder der dumpfen Leere wegen, die den Gedanken nicht zulassen wollte, daß ihr Zwillingsbruder tot war. »Zuerst überleben«, flüsterte sie und krallte ihre Faust so fest in Gray Hishns Fell, daß die Knöchel weiß hervortraten. »Dann um die Toten kümmern.«

Als sie wieder erwachte, waren ihre Lippen zu vielen kleinen Runzeln zusammengezogen, und die trockene Zunge klebte ihr am Gaumen. Sie stützte sich mit einer Hand auf, drehte sich zur Seite und preßte bei dem sofort eintretenden beißenden Schmerz die Zähne zusammen. Ihr Bein fühlte sich an wie völlig zerschmettert, ihr Schädel wie gespalten. Doch erst der Anblick des wuselnden Insektenhaufens, der sich an den schmutzig verkrusteten Wundrändern gütlich tat, drehte ihr fast den Magen um. Hastig kämpfte sie den Anflug von Übelkeit nieder, schabte die Viecher weg und wischte sich die Hände an den Hosenbeinen ab, während die Tierchen eilig krabbelnd im schützenden Moos verschwanden.

Die Wölfin erwachte von ihren Bewegungen. Schon bei den ersten Gedankenregungen der Frau hatten die Ohren der Grauen gelegentlich gezuckt. Gray Hishn erhob sich, und sofort spürte die Frau, wie der Hunger und Durst des Tieres ihre eigenen Empfindungen verstärkten. Sie tastete nach den wenigen Waffen, die ihr in ihrem Beutel geblieben waren, und als sie sich ihrer Lage bewußt wurde, sah ihr Gesicht noch verzweifelter aus. Doch die Worlags mußten längst weg sein, sonst hätte Hishn bereits auf der Lauer gelegen. *Iß was,* sagte sie zu der Wölfin und strich sich eine verklebte Strähne ihres langen, schwarzen Haars aus dem Gesicht. *Ich paß schon auf mich auf, bis du gefressen hast.*

Ich bringe für uns beide Essen mit, versprach die Graue und ließ das Doppelbild zweier Wölfe mit pelzigen Kaninchen zwischen den scharfen Zähnen aufblitzen. Die schlanke junge Frau erwiderte das Kompliment mit einem Lächeln, und die Wölfin verschmolz mit dem Wald. Die grauen Eindrücke, die der Jäger vom Wald empfing, erfüllten sie mit tröstlichen Bildern: kühle Erde unter lautlosen Pfotenballen, Blätter, die leise raschelnd über das Fell streifen. Muskeln spannen sich und bewegen sich unter der Haut, Bäume und Unterholz schützen die zu Schlitzen verengten gelben Augen vor der schrägstehenden Abendsonne; der scharfe Geruch einer Gruppe Rehe auf schattigem Gras …

Die Gedanken der Wolfsläuferin wurden etwas klarer, und sie erinnerte sich wieder an die Nacht und an den Tod. Ihre Kehle verkrampfte sich. Rhom! dachte sie voller Verzweiflung, hob die Faust zur Stirn empor und preßte sie dagegen, als könnte sie auf diese Weise die Erinnerung vertreiben oder die Tränen mit dem Druck der Hand zurückhalten.

Das Knacken eines trockenen Zweiges holte sie sofort in die Gegenwart zurück. Sie erstarrte und hielt den Atem an. Etwas raschelte in den Blättern – ein gestreifter Dachsbär, der kaum zehn Meter von ihr entfernt vorüberschlich. Sein hirnloser Kopf pendelte von einer Seite zur anderen und suchte einen Ort, wo er seine Falle aufstellen konnte. Mit dem unter seinem flachen Bauch verborgenen, weit aufgesperrten Schlund suchte er den Boden nach der Spur eines unvorsichtigen Kaninchens oder eines jungen Rehs ab. Oder eines verwundeten Menschen. Das Blut auf dem Pfad ... es mußte inzwischen getrocknet und ohne jeden Geschmack sein. Oder konnte der Dachsbär von dem Wildpfad aus ihre Angst wittern? Seine fast blinden Augen drehten sich in ihre Richtung ...

Sie riß sich zusammen. Ember Dione, rügte sie sich selbst unnachgiebig und versuchte gleichzeitig, ihre flatternden Nerven zu beruhigen. Du warst doch so versessen darauf, deinen Bruder zu begleiten. Deshalb bist du jetzt hier, ganz allein. Reiß dich gefälligst am Riemen und stell dich der Welt, die du haben wolltest, oder kriech in das Dorf zurück, in das du gehörst, so wie es dir alle immer gesagt haben.

Die große Wanderung – für jeden jungen Mann die Bewährungsprobe für seinen Mut und seine Geschicklichkeit. Rhoms Erlaubnis, eine andere Welt als die unmittelbare Heimat zu erleben. Es spielte keine Rolle, ob ein Jüngling aus einem Dorf oder einer großen Stadt kam, oder aus einer schwimmenden Stadt, wie die Meerleute im Süden. Es kam nur darauf an, daß er die Nase in den Wind hielt und seine Erkenntnisse hinterher dem Vater am Ratsfeuer mitteilte. Von diesem Tag an würde er als vollwertige Stimme im Gerichtskreis gehört werden. Dion hätte ihn nicht begleiten müssen. Für Frauen gab es so etwas Ähnliches wie eine große Wanderung: das Praktikum, bei dem sie ihre Fähigkeiten auf die Probe stellen und beweisen konnten, wieviel sie für die Stadt ihrer Wahl wert waren. Dion hatte ihr Praktikum bereits hinter sich, doch der Ältestenrat hatte beschlossen, daß sie ihren

Zwillingsbruder trotzdem auf seiner Wanderung begleiten sollte. Jetzt würde Dion allein zurückkehren, um ihrem Vater die Geschichte zu erzählen. Dion, die Wolfsläuferin, dachte sie bitter. Dion, die Heilerin. Die nicht einmal ihren Bruder beschützen konnte.

Noch lange nachdem der Dachsbär sich weitergetrollt hatte, blieb sie regungslos liegen. Als schließlich eine halbe Stunde vergangen war, schob sie einen Finger hinter die rauhe Rinde eines Baumes und rollte sich auf ihr linkes Knie.

»Seid mir gnädig, ihr Monde«, keuchte sie. Sie hatte den Eindruck, als würde ihr Atem von den Wellen fleckiger Dunkelheit, die auf ihren Kopf einstürzten, erdrosselt. Sekunden – Minuten? – später hellte sich die Dunkelheit zu trüben, etwas helleren Flecken auf, und sie zog sich, gegen den Baumstamm gelehnt, in eine sitzende Position hinauf, rutschte in sich zusammen, und frisches warmes Blut rann aus der Kopfwunde seitlich über ihr Gesicht. Es kam ihr vor, als würde ihr Kopf nur noch von dem Silberreif zusammengehalten, der ihre Stirn umspannte. Blau und Silber, das stand für das Band der Heiler, und Grau für die Farbe der Wölfe. Sie schnaubte verächtlich auf und sah auf ihre Hände. Die Fingernägel waren schwarz vor Dreck und die kräftigen, wohlgeformten Finger blutverkrustet; sie zitterten. Heilerin und Wolfsläuferin, das schon, aber schwach und hilflos wie ein neugeborener Welpe. Die Frau lehnte den Kopf an den Stamm und sah zu dem klaffenden blutigen Schnitt hinab, der ihr Bein bis beinahe zur Hüfte aufgerissen hatte. Es war eine häßliche Wunde. Dreck und Blut hatten sich vermengt und eine schmutzige Kruste gebildet, die auf dem offenen Riß schwamm. Dort, wo die Klaue des Worlags ihre Verteidigung durchbrochen hatte, war seine Kralle wie ein Messer in ihre Haut eingedrungen und hatte ihr Fleisch wie eine reife Frucht zerteilt. Sie fragte sich geistesabwesend, ob die Wundfresser sich bereits der Verletzung angenommen hatten. Es wäre geradezu ironisch, wenn ausgerechnet sie als ausgebildete Heilerin den Wundfressern zum Opfer fiele, nachdem sie einen Angriff der Worlags überlebt hatte, bei dem sämtliche Wachen und Kämpfer getötet worden waren.

Sie stählte sich innerlich, bevor sie den häßlich gezackten Riß berührte. Sie hatte schon zu viele Reißwunden behandelt, als daß sie sich davor geekelt hätte, doch diesmal war es ihre eigene Wunde, und sie war sich nicht sicher, ob sie nicht laut losschreien oder nicht die Ausdauer haben würde, die Behandlung zu Ende zu führen, ohne in Ohnmacht zu fallen. Als sie nun versuchte, ihren Schenkel aufzudecken, um nachzusehen, wie es der pochenden Wunde ging, unterdrückte sie ein Stöhnen. Das Leder ihrer Leggings klebte vor Blut und Dreck auf der Haut, und die Kräuterbeutel, nach denen ihre Finger suchten, waren nicht aufzufinden. Sie mußte sie in der vergangenen Nacht im Handgemenge verloren haben. Der Kampf … Der Worlag zerrte an ihrem Bein, sie schrie auf, und Rhom drehte sich um, fiel zu Boden – »Oh, gütige Monde, steht ihm bei«, flüsterte sie.

Sie schüttelte den Kopf, was sie gleich darauf bereute, denn wieder zog ihr die schwindelnde Schwärze einen Schleier vor die Augen. Doch den Bildern, die sich vor ihre geschlossenen Augen schoben, konnte sie nicht entkommen. Rhoms Schwert, das den Panzer des Worlags durchbohrte. Sein Gesicht, mit weit aufgerissenen, blitzenden Augen, als er unter den Klauen des Untiers zu Boden ging. Dion sog stockend den Atem ein. Was geschehen ist, ist geschehen, dachte sie, und die Worte hallten wie Felsbrocken, die einen steilen Berghang hinunterkollern. *Rhom!* schrie sie in Gedanken. *Hishn, ich brauche dich.*

Die graue Wölfin antwortete wie die Berührung eines Blattes auf weicher Haut. Ihre Seelenqual wurde so zwar gelindert, doch ließ sie auch den Atem ihres Bruders hinter sich. Was sollte sie ihrem Vater sagen? Sie ließ den Kopf nach hinten gegen den Baumstamm fallen, und der Schmerz, der sie wie ein Pfahl durchfuhr, holte sie ebenso abrupt in die Wirklichkeit zurück, wie er sie einen Augenblick zuvor in eine schmerzdurchzuckte Ohnmacht versetzt hatte. Wie konnte sie ihrem Vater überhaupt etwas berichten, wenn sie sich nicht soweit erholte, um die Heimreise anzutreten? Sie öffnete die Augen. Dann preßte sie die Zähne zusammen und schöpfte Kraft aus der Eigensinnigkeit, die sie durch die lange Nacht gebracht hatte, und betrachtete sich noch einmal die klaffende Wunde; dann stemmte sie den Rücken gegen den rauhen Baumstamm und löste das Leder von der immer dicker werdenden Kruste. Nur einmal drang ein Keuchen durch ihre zusammengepreßten Zähne. Sobald sie genug Material gelöst hatte, um ihre gebrochenen Fingernägel in die von der Klaue zerfetzte Hose zu schieben, nahm sie das rutschige Leder fest in die Hand und schälte die Hose ab. Dann wurde sie ohnmächtig.

»Oh, ihr Götter …«, keuchte sie flatternd, als sie wieder einigermaßen zu sich kam. Der brennende Schmerz, der in ihrem Bein tobte, war schlimmer, als sie es sich in ihren schlimmsten Alpträumen vorgestellt hatte. Sogar mit Akupunktur ließen sich einige der zentralen Schmerzorte nicht völlig schließen, und da ihre Nadeln wie die Knochen der Verstorbenen überall verstreut herumlagen, durfte sie nicht einmal daran denken, ihre Nerventore zu schließen, bevor sie sich um die Wunde kümmerte.

Rhoms Wunden …

Verzweifelt schob Dion den Gedanken an ihren Zwillingsbruder beiseite, um sich mit dem gegenwärtigen Schmerz zu beschäftigen. Trotzdem wanderte ihr Blick zuerst zwischen den Bäumen umher, und ihr Herz blieb stehen, als die stämmige Gestalt hinter dem Hügel hervorkam; erst dann erkannte sie, daß es sich um den massigen, zweibeinigen Körper eines Tirmins handelte. Sie machte die Augen fest zu und zog an dem Lederstück auf der anderen Seite der Wunde.

Nach einem weiteren unterdrückten Aufstöhnen und unter leisem Schluchzen gelang es ihr, das Leder von dem mißhandelten Fleisch zu lösen. Schweiß trat ihr auf die Stirn. Jedesmal, wenn das Ablösen des Leders ihre Venen wie ein Schmiedehammer im Takt des Herzschlags bearbeitete, mußte sie beinahe ihre ganze Kraft aufwenden. Wenigstens überdeckte der Schmerz ihren Kummer; eine Ablenkung, für die sie überaus dankbar war. Noch immer mit dem Rücken an den Baum gelehnt, atmete sie tief durch, um das Zittern der Hände unter Kontrolle zu bekommen. Dann schüttelte sie den Kopf und schleuderte einen Schweißtropfen von ihrer Nasenspitze. Sie war noch immer nicht soweit, den tiefen Riß zu berühren, der ihr Bein tief aufgespalten hatte – mehr, als die Hose von der Wunde zu ziehen, wollte ihr nicht gelingen. Schon gar nicht, sie von Erde und Zweigen zu säubern, die sie nach der panischen Flucht verklebten. Doch je länger sie wartete, um so mehr würde das trocknende Blut aus der wiedergeöffneten Wunde zum Problem werden.

Blut. Die Farbe war rot. Blutrot. Wieviel Blut war aus ihrem Bruder herausgelaufen? Ein tiefer Seufzer stieg in ihrer Kehle auf und würgte sie, und diesmal kämpfte sie ihn nicht wieder nieder. »Oh, Rhom«, sagte sie und ballte mit tränenerfüllten Augen die Fäuste, bis die Knöchel weiß und blutleer waren.

Die Wölfin, die sie mit Augen so gelb wie der zweite Mond ansah, stieß mit der Schnauze gegen ihre Hand. *Sei stark, Dion.*

Es war Hishn, die sprach, doch die Stimme, die sie hörte, war die Rhoms, so klar und deutlich, als stünde er direkt neben ihr. Sie preßte die Augen fest zu und weigerte sich erneut, den Schmerz anzunehmen. Genau das hatte er ihr beim ersten Mal geraten, als sie gemeinsam den Crush River hinabgefahren waren und sie das Wildwasser durch den Boden ihres Kajaks gespürt hatte. Genau das hatte er ihr zugeflüstert, als sie sich vor zwei langen Jahren den Waffenmeistern und der Herausforderung des Abis, später dann auch der Prüfung gestellt hatte. Und genau das hatte er ihr gesagt, als sie in den Klippen von Randonnen hingen und die Finger in den Fels gruben, nachdem der Stein weggebrochen und sie bei diesem letzten, tragischen Aufstieg gestürzt war.

Sei stark, Dion. Sei stark.

»Sei verflucht!« schrie sie den Geist an und schlug mit der Faust auf den weichen Erdboden. »Sei verflucht dafür, daß du mir weggestorben bist, nach alledem, was wir zusammen durchgemacht haben! Wie konntest du nur?« Sie fuhr sich wütend durch das Gesicht, zog die Hand blut- und tränenverschmiert wieder zurück und hieß die neue Schmerzwelle, die ihren Schädel erfaßte, willkommen.

Erst vor neun Tagen – gerade vor einem Ninan – waren sie von zu Hause aufgebrochen. Sie hatten es kaum abwarten können, die große Wanderung anzutreten, sich in der Welt zu beweisen. Rhom hatte so stolz und aufrecht vor den Ältesten gestanden, ihr Vater war bereit gewesen, ihm seinen Segen für die Wanderung zu erteilen, und Dion hörte noch genau seine Worte, spürte noch genau den Schock, als die Ältesten ihm mitteilten, daß seine Tochter ihren Zwillingsbruder begleiten würde.

»Der Sand und die Steine sind dreimal geworfen worden, Kheldour, aber sie ergeben immer das gleiche Muster.« Einer der Ältesten warf Kheldour, ihrem Vater, einen finsteren Blick zu. »Rhom geht nicht allein auf die große Wanderung.« Dann hatte er sich zu ihr umgedreht und genickt. »Heilerin Dione.«

Die Versammlung war wie vom Donner gerührt gewesen. Dions Herz machte einen Satz, doch Kheldours Miene verriet nicht die geringste Regung. »Das entspricht nicht dem Brauch«, wandte er sich mit ernster Stimme an den Ältesten. »Die Heilerin Dione ist eine Frau, kein Mann. Die große Wanderung ist ein Beweis der Männlichkeit.«

»Die große Wanderung dient dazu, Mut und Stärke zu beweisen«, korrigierte ihn der Älteste. »Außerdem: Der Sand und die Steine lügen nicht.«

Dann ergriff ein anderer Ältester das Wort. »Die Heilerin Dione«, sagte er und nickte der jungen Frau zu, »wurde nicht so erzogen, wie es allgemein Brauch bei uns ist. Damit will ich dich nicht kritisieren, Kheldour«, fügte er rasch hinzu, als die

Augen ihres Vaters aufblitzten. »Sie ist für eine große Wanderung gut vorbereitet, vielleicht besser als so manch anderer. Du bist einer unserer besten Waldläufer, und du hast sie vieles gelehrt: Ihre Füße sind so leise wie der Wolf im Wald. Außerdem hat sie beim Jagen und Kämpfen großes Geschick bewiesen – was viele unserer jungen Männer bestätigen werden«, fügte er verschlagen hinzu. Dann spreizte er die Finger. »Sie kennt sich im Wald aus, sie kann kämpfen, sie kann heilen. Und sie ist eine Wolfsläuferin. Was braucht sie denn noch mehr, wenn ihr Bruder – dein Sohn – bei ihr ist?«

»Sie ist Heilerin«, bekräftigte Kheldour. »Sie wird hier im Dorf gebraucht.«

Der Älteste sah ihn voller Ernst an. »Dein Sohn braucht sie vielleicht da draußen.«

Der dritte im Ältestenrat räusperte sich. »Die Monde gaben dir und deinen Kindern ihren Zwillingssegen, Kheldour«, sagte er ruhig. »Doppelte Kraft, doppelten Mut, doppeltes Können. Wann brauchen sie diesen Segen wohl mehr als jetzt?« Der Älteste nickte zuerst Rhom und dann Dion zu. »Sie jetzt zu trennen bereitet ihnen womöglich größere Schmerzen, als sie ziehen zu lassen.«

Kheldour hatte weder seinen Sohn noch seine Tochter angeblickt, doch seine Hand suchte Dions Finger und drückte sie fest, während er sich nickend dem Willen und den traditionellen Worten der Ältesten beugte. »So ist es entschieden. So wird es geschehen.«

Dion hob die Faust von dem schmutzigen Stoffstück, das sie gegen die nachlassende Blutung gedrückt hatte. Das alles war erst einen Ninan her. Neun Tage. Die Worte dröhnten wie eine Totenglocke. Neun Tage auf einer Wanderung in den Tod. *Oh, Rhom,* rief sie. *Oh, ihr Götter, Hishn, was sollen wir bloß tun …*

II Aranur Bentar neDannon: Sklavenjäger

Ein Knoten, der deine innersten Gefühle erfaßt,
läßt sich nicht so leicht wieder auflösen.

Die Bergketten von Ariye zeichneten sich scharf gegen den Himmel ab. Die klare kalte Bergluft erwärmte sich nur zögerlich, doch die drei Mädchen, die über die Wiese sausten, kümmerte das wenig. Sie lagen tief über die Rücken ihrer sechsbeinigen Dnus gebeugt und riefen den beiden jungen Burschen, die hinter ihnen herjagten, etwas zu; ihr Haar peitschte ihre Schultern, und die Hufe ihrer Reittiere donnerten über den weichen Boden.

Shilia, die bereits an ihrer Tunika zerrte, brachte ihr Dnu zum Stehen und sprang eilig ab. »Der letzte im Wasser ist ein nasser Worlag!« rief sie den Jungen zu, die hinter den Mädchen her zum Ufer stürmten.

Ihre Kusinen lachten, ließen ihre Dnus einfach zum Grasen stehen und rannten ebenfalls zum See hinab. Sie waren nur ein paar Jahre jünger als Shilia, und so weit vom Dorf entfernt gaben sie sich etwas zurückhaltender. Sie waren auch nicht so schnell wie Shilia, denn als sie das Seeufer erreicht hatten, war das ältere Mädchen bereits zur Mitte des kleinen Sees geschwommen. Allerdings mußte Shilia zugeben, daß sie schließlich die Töchter des Lloroi von Ramaj Ariye waren, denen es ohnehin nicht so wie ihr erlaubt war, draußen herumzutollen und zu schwimmen; Shilia hingegen mußte immer mit den Männern laufen und rennen, wenn sie mit Aranur mithalten wollte. Aranur, dachte sie lächelnd und tauchte erneut wie ein Delphin in einem Bogen ins Wasser. Er war ihre ganze Familie. Und alles, was ich brauche, fiel ihr dazu noch ein.

Als sie wieder auftauchte, das kühle Naß ihr über das Gesicht lief und ihr offenes Haar sie mit seinem strömenden Gewicht zurückzog, sah sie, wie die Jungen ihre Cousinen zum Ufer jagten.

»Ist es kalt?« rief Namina, die am Rand stehengeblieben war und die Zehen ins Wasser streckte. Die kleinen Wellen leckten daran wie Hundewelpen.

»Es ist herrlich«, gab Shilia zurück, tauchte mit dem Mund unter und spie dann wassertretend eine Fontäne hoch in die Luft. »Fast schon wie im Sommer.« Ihre Stimme trug weit über die Wellenkreise. Die neuentstandenen Muster gefielen ihr so gut, daß sie die Zehen aus dem Wasser streckte und strampelte. Namina lachte und watete tiefer in den See hinein. Die anderen folgten ihr wie eine Familie von Seeottern. Keiner von ihnen bemerkte die berittenen Gestalten, die sie vom Schatten des Waldrands aus beobachteten.

Im Schutz des Unterholzes, gut hundert Meter oberhalb des Sees, saßen vier schwarzgekleidete Männer auf ihren Kriegsdnus, blickten zum See hinab und warteten. Der dunkle Mann in ihrer Mitte sprach mit tiefer, heiserer Stimme; die anderen hörten ihm schweigend zu und prägten sich seine knappen Anweisungen ein. »Wir reiten hinab, sobald sie sich müde geschwommen haben und nicht mehr mit Besuch rechnen«, sagte der massige Sklavenjäger. »Ich schnappe mir die Älteste, Usami das mittlere Mädchen, Brid das Küken. Gant, du kümmerst dich um die Jungen. Wir brauchen mindestens drei Stunden Vorsprung, und wir wollen auf keinen Fall, daß diese mutigen Kerlchen …« Er kicherte humorlos. »Daß sie vorzeitig Alarm schlagen, bevor wir weg sind. Wenn wir die Mädchen haben, fängst du die Jungen am Paßfelsen ab. Hast du genug Pfeile, Gant?«

Der staubbedeckte Sklavenjäger ließ den Blick über die Bergwiese schweifen, dann über den Paß, wo er sich in den Hinterhalt legen sollte. »Ich könnte noch ein paar mehr brauchen. Bei diesem letzten Gefecht habe ich ein ganzes Dutzend verbraucht. Hätte nicht gedacht, daß diese Bergbewohner so stur wie die Bollusken sind.«

Der Anführer der Jäger drehte sich um und zog einen seiner borstigen Köcher hervor. »Nimm meine Ersatzpfeile. Dort, wo wir die Reittiere wechseln, habe ich noch mehr davon.« Seine Aufmerksamkeit konzentrierte sich jetzt wieder auf die Mädchen, die nacheinander aus dem Wasser wateten. Da der Wind die entfernten Stimmen bis zu den Bäumen herauftrug, konnte er beinahe verstehen, was sie sagten.

Wieder auf dem Uferstreifen angelangt, ließ sich Shilia ins Gras fallen und zog eine kleine Knolle aus dem Boden, steckte sie zwischen die Zähne und kaute schmatzend wie ein Dnu auf ihr herum. »Wir sollten viel öfter hierherkommen«, schlug sie vor und zog sich ihre von der Sonne angewärmte Tunika über den nassen Badeanzug. »Es gibt keinen herrlicheren Ort zum Schwimmen.«

»Kein Nähen, keine Kriegsspiele, kein Kochen und kein Dnu-Staub.« Ainna legte sich auf den Rücken und schloß die Augen. »Hier sind wir nahe genug an zu Hause, damit Vater zufrieden ist, und weit genug weg, daß uns die Kinder in Ruhe lassen. Ein idealer Ort zum Ausbüxen.«

»Heute ist der erste Tag in diesem Frühling, an dem wir wegdurften«, seufzte Namina. »Vater hat immer zuviel zu tun, um einen Ausflug mit uns zu machen, und Tyrel hält sich für zu erwachsen, um auf seine Schwestern aufzupassen.«

Das älteste Mädchen lachte. »Sagt ihnen einfach, daß ihr euch in diesem Falle selbst nach einer geeigneten Begleitung umsehen müßt.«

Einer der Jungen, die sich neben sie ins Gras gelegt hatten, warf ihr einen kecken Blick zu. »Namina, du bist schon alt genug, um versprochen zu werden«, bemerkte er verstohlen.

»Das ist nicht fair«, beschwerte sich Shilia und lief trotz ihrer ohnehin von der Sonne gefärbten Wangen tiefrot an.

»So macht man das also«, krähte das jüngste Mädchen und warf eine Handvoll Knollen auf ihre Kusine. »Deine Verehrer stehen wohl Schlange, zwei Meilen lang, und alle warten darauf, daß du ihnen das Versprechen gibst, und sie tun alles, um es zu bekommen, wohingegen wir uns mit unserem dickköpfigen Bruder auseinandersetzen müssen, wenn er schon mal bereit ist, seine Zeit mit uns zu verbringen.«

»Du hast wahrscheinlich mehr Begleiter, als es Tage gibt, an denen man begleitet werden kann«, stichelte das andere Mädchen. »Ich frage mich nur, ob das dein Bruder Aranur weiß.«

»Namina«, erwiderte Shilia warnend, »du wirst es ihm doch nicht etwa ...«

»Er glaubt wahrscheinlich, daß du mit Tyrel oder mit Onkel Gamon weggegangen bist ...«

»Keine Bange, Shilia«, fiel ihr der größere Junge ins Wort und lächelte verträumt in den Himmel. »Deine Kusine kann gar nichts verraten. Sie hat es auf Galway abgesehen, und erst in zwei Monaten erreicht sie das Alter des Versprechens.«

»Mirik!« rief Ainna empört, und das andere Mädchen errötete sogar noch mehr als die Kusine, die sie geneckt hatte.

»Waffenstillstand?« bot die tiefrote Namina an und versuchte, ihre peinliche Betroffenheit zu überspielen und Shilias Grinsen sowie den verstohlenen Blick des anderen Jungen zu ignorieren.

Der erste Junge zögerte noch, doch Shilia warf ihm einen strengen Blick zu.

»Waffenstillstand«, stimmte er zu. Sie ruhten sich am Ufer aus, die Dnus grasten irgendwo auf der Wiese, und die warme Frühlingssonne wärmte ihre Körper.

Schweigend und regungslos wartete der Anführer der Jäger unter den dunklen Bäumen, bis die Unterhaltung allmählich zerfaserte und sich die Augen der jungen Leute in der Schläfrigkeit des Nachmittags schlossen. Ihre Schatten hatten sich auf dem Gras kaum eine Handbreit von ihren jungen Körpern entfernt, als der Jäger die Hand hob und sich aus dem Waldsaum löste. Die anderen folgten ihm leise, die verräterisch schweren Dnus trabten auf dem weichen Wiesengras wie auf Kissen. Sie waren schon sehr nah herangekommen.

Einer der Jungen regte sich, rollte sich faul zur Seite und blickte auf. Seine Augen weiteten sich. »Shilia! Lauf!« schrie er, sprang sofort auf und machte einen Satz auf sein Schwert zu. Im selben Augenblick fielen die Sklavenjäger in einen donnernden Galopp. Der andere Junge schnellte auf, warf sich zur Seite, stieß das jüngste Mädchen in die Richtung des Dnus und griff ebenfalls nach seinem kurzen Schwert. Doch die Jäger waren schon fast über ihnen. Weiche Grasbüschel und Erdklumpen flogen wie Geschosse von den fliegenden Hufen der Dnus …

Shilia warf einen Blick auf das Kriegsdnu und rannte auf ihr eigenes Tier zu. »Namina, steig auf!« schrie sie. Ihre Kusine stolperte, und das jüngste Mädchen herrschte sie an, sofort wieder aufzustehen und in den Sattel zu steigen, bevor das Dnu vor lauter Angst ohne sie davonlief.

»Reitet zum Paß!« gellte der ältere Junge.

»Mirik, Penek, kommt schon!« kreischte Shilia. Sie riß die Zügel zurück und grub die Fersen in das weiche Mittelteil des Dnus, zerrte damit die Vorderbeine herum und trieb es zu einem scharfen Galopp an.

Der Junge verteidigte sich mutig. Sein Freund eilte ihm zu

Hilfe, doch die Jäger kamen wie ein Erdrutsch über sie. Hufe donnerten, Staub wallte auf und erstickte sie beinahe, und dann wurden sie wie trockene Zweige beiseite gefegt. Der Jüngere schrie auf, als er zu Boden ging; Blut färbte seine Brust hellrot, der schmale Körper zuckte konvulsivisch, die Beine zappelten auf der Erde, und seine Rippen durchstießen das herauspumpende Blut. Der ältere Junge machte einen Satz auf den Jäger zu, der dicht an ihm vorüberdonnerte, und schlug nach dem stämmigen Bein des Mannes, bevor er in die Knie ging und seine Schultern in helles Rot gebadet wurden. Sein dünner Schrei ging in dem allgemeinen Tumult unter.

Auf dem Uferstreifen packten riesige grobe Hände das jüngste Mädchen. Ihre spitzen Schreie hörten abrupt auf, als der Jäger die zappelnde Gestalt in seine Arme riß und fest an seinen dreckigen Lederharnisch preßte. Ihre Schwester, die schon halb im Sattel saß, drehte sich voller Entsetzen um und versuchte, sich wegzuducken, als ein anderer Jäger sich zu ihr herüberbeugte, um sie zu schnappen. Er verfehlte sie, warf sein Dnu auf den Mittelbeinen herum und sprang lässig von dem Tier ab. Es bereitete ihm keine Schwierigkeiten, das Mädchen zu packen, ihm die Hände zusammenzuhalten und rasch eine Schnur darumzuwickeln. Dann warf er sie über den Sattel und sprang selbst wieder auf, um dem ersten Mann, ohne zu zögern, hinterherzudonnern.

Shilia wagte einen erschrockenen Blick aus dem Augenwinkel, der ihr zeigte, daß die beiden Jungen am Boden lagen und das Gras mit ihrem Blut färbten, dann trieb sie ihr Reittier voller Verzweiflung zu einem atemlosen Sprint an. Der Anführer der Jäger grinste kalt und schnitt ihr vom Ufer her den Weg ab. Sie warf ihr Dnu herum und versuchte es in der anderen Richtung, doch der Mann grinste wieder und empfand offensichtlich an der Jagd nicht weniger Vergnügen als an dem Gedanken an das Gold, das er für das Mädchen bekommen würde. Zwei Töchter des Lloroi und seine Nichte. Er würde unmarkierte Ware zum Sklavenmarkt nach Sidisport liefern, und das Gold, das er allein für diese drei erhalten würde, würde seine Jäger für mindestens zwei Ninans glücklich und zufrieden machen. Sein Ruf konnte diese Empfehlung gut brauchen und, wenn es sich herumsprach, seine Bande die zusätzlichen Geschäfte.

Er ließ das Mädchen den Hügel hinauf in Richtung Wald galoppieren, dann holte er es mit seinem größeren, schwereren Tier mühelos ein. Jedesmal, wenn sie die Richtung wechselte, war er schon da, machte Meter für Meter gut, bis er sie schließlich, obwohl sie ihre Reitpeitsche auf ihn niedersausen ließ, einfach aus dem Sattel zog. Sie wand sich wie ein Aal, und er sah, wie ihre Augen aufblitzten, bevor ihm das winzige Messer zwischen die Rippen fuhr. »Schlampe!« knurrte er und quetschte sie brutal an seinen Brustkorb. Sie erschlaffte in seinem starken Arm.

Der Sklavenjäger zog sich das kleine Messer vorsichtig aus der Seite. Er grunzte, als die Klinge beim Trab des Dnus in seinen Händen wackelte. Er gönnte sich einen Moment, um die Wunde abzupolstern, dann band er die Hände des Mädchens fest an den Sattelknauf und donnerte auf den Wald zu, von wo aus der Pfad zum Bergpaß hinaufführte.

Im Gras hinter den Sklavenjägern rührte sich nur noch einer der Jungen. Erst hustend, dann keuchend schleppte er sich auf eins der Dnus zu, die noch immer auf der Wiese standen und bei dem Geruch des frischen Blutes mit den Hufen scharrten.

»Komm her«, keuchte der Junge. »Komm her, Mädchen.«

Das Dnu schenkte dem blutüberströmten Wesen einen nervösen Blick und wich zurück.

Der Junge schleppte sich wieder heran, wobei er hinter sich im Gras eine blutrote Spur zurückließ, redete auf das Tier ein und schaffte es schließlich, eine Hand auf die hängenden Zügel zu legen. »Runter, Mädchen«, befahl er mit schwacher Stimme. »Setz dich, komm schon.« Er klopfte dem Dnu schwach auf die Vorderbeine, woraufhin das Tier gehorsam in die Knie ging, auch wenn seine Augen wegen des Blutgeruchs weit aufgerissen waren. Als das zweite Kniepaar mit einem dumpfen Geräusch den Boden berührte, schob sich der Junge in den Sattel, und das Dnu stemmte sich wieder auf alle sechs Beine hoch. Der Junge klammerte sich verbissen fest und rutschte nach hinten in den Ledersitz. Das Dnu unternahm verunsichert ein paar zögernde Schritte, blieb dann stehen und drehte den Kopf zu seinem Reiter um. Der Junge nahm seine letzten Kräfte zusammen. Er schlug die Zügel auf den Hals des Dnus, und das Tier verfiel zunächst in einen Trott und schließlich in den weichen sechsbeinigen Galopp, der sie nach Hause bringen würde. Zuvor sank der Junge jedoch kraftlos über dem Knauf zusammen, die Beine hingen kraftlos an den Seiten herab, und sein Geist kapselte sich gegen den Schmerz ab.

Zwei Stunden später erblickten zwei Hirten das Dnu. Das Tier trottete die Hügel hinunter auf die ersten Häuser des Dorfes zu, doch schon von weitem fiel dem scharfsichtigen Mann der unregelmäßige Gang auf, noch bevor er den Umriß der Gestalt im Sattel entdeckte.

»Joem, sieh mal dort«, sagte er und blinzelte im grellen Sonnenlicht. »Ich kann's nicht genau erkennen, aber das Tier da drüben läuft irgendwie komisch.«

»Sieht aus, als hätte es keinen Reiter«, antwortete ihm der andere, »aber da ist etwas im Sattel.«

»Zusammengekrümmt.« Gunther ergriff die Zügel seines Dnus und schwang sich in den Sattel. »Das ist Miriks Reittier. Diesen schrägen Gang kenne ich doch.«

Das Gesicht des anderen Mannes nahm sofort einen alarmierten Ausdruck an. Er drehte sein Tier eilig herum und dirigierte es zur Straße hinunter. »Er wollte doch heute mit Llorois Mädchen einen Ausflug machen!«, rief er zurück. »Hab noch gehört, wie er damit angegeben hat.«

»Mögen ihm die Monde beistehen, wenn es Ärger gegeben hat.« Der erste Mann gab seinem Tier die Sporen und donnerte hinter Joem her auf die Straße zu. »Der Lloroi lebt doch nur für das Licht in den Augen seiner Töchter.«

»Die Monde mögen uns allen helfen, wenn Aranur als erster die Nachricht hört. Die Schwester des Waffenmeisters war auch dabei.«

»Shilia? Oh, ihr Götter …« Gunther zog den Kopf ein und stürmte noch schneller querfeldein, überholte den anderen Mann und erreichte den Jungen als erster. Er brachte sein Dnu zum Stehen und sprang ab. Noch während er den blutüberströmten Jungen aus dem Sattel hob, kam der zweite Mann hinzu, sprang ebenfalls aus dem Sattel, warf einen Blick zum Himmel empor und schürzte die Lippen. Er schätzte ab, wie spät es wohl sein mochte.

»Dieses elende Sklavenjägergezücht!« fluchte der dünne Mann, während er die zerfleischte Schulter des Jungen untersuchte. Durch das klumpig geronnene Blut schoben sich weiße Knochen und Sehnen hindurch.

Joem zupfte ihn am Ärmel. »Überlaß ihn mir und mach du dich auf den Weg. Du bist schneller als ich, und bis zum nächsten Horn sind es zehn Minuten.«

»Es sind fünf Minuten bis zum Horn«, erwiderte Gunther grimmig, ließ den verstümmelten Körper des Jungen sanft in die Arme des anderen Mannes sinken und schwang sich wieder in den Sattel. »Glaubst du, ich habe letzten Frühling den Titel des Rand umsonst gewonnen?«

Joem machte den Mund auf, um etwas zu erwidern, doch der Reiter war schon auf und davon. Der von den Hufen seines Dnus aufgeworfene Dreck markierte seinen Weg.

III Ember Dione maMarin: Noch mehr Sklavenjäger

Ein grauer Himmel für graue Erinnerungen;
Auf einst starke Gedanken folgen nur noch Echos.
Das Pochen deines Herzens
Und das Seufzen deiner Lungen
Begleiten die verwehten Träume, die Träume des Schmerzes.

Als Dion wieder aufwachte, war der Himmel unter hellgrauen Wolken versteckt. Der Riß in ihrem Bein erstreckte sich von der Hüfte bis zum Knie und pochte wütend. Der Verband, den sie aus ihrer Tunika gefertigt hatte, war nach dem ruhelosen Schlaf blutdurchtränkt. Selbst in der Obhut der Wölfin hatte sie sich erst entspannen können, als sie den Kopf zugedeckt hatte, damit ihr die Stechmücken nicht im Schlaf das Gesicht zerbissen. Jetzt sah sie wie ein zerlumptes Erdenkind aus: kein Hemd, zerrissene Leggings, verdreckter Lederharnisch. Wenigstens hatte sich kein Tau gebildet, sonst wäre sie auch noch durchgefroren aufgewacht.

Nachdem sie sich die Blätter vom Schoß gewischt hatte, setzte sich die Wolfsläuferin auf und wäre beinahe wieder ohnmächtig geworden. Der Schmerz war sofort wieder da und erinnerte sie daran, daß sie momentan im Wald nicht unbedingt im Vorteil war, denn ihre Schwäche und der Geruch ihres Blutes wiesen sie selbst für kleinere Raubtiere als leichte Beute aus. Sie erschauerte bei dem Gedanken, nach dem Aufwachen in das gräßliche Maul eines Worlags zu blicken. Von Dions angsterfüllten Gedanken alarmiert, sah Gray Hishn auf und entblößte die schimmernden Zähne. *Ich habe schon zwei getötet, die es auf dich abgesehen hatten,* knurrte sie lautlos. *Und ich werde jeden zur Strecke bringen, der deinem Geruch folgt.*

»Wenn es sich nur um Menschen handelte«, erwiderte Dion. »Aber das sind Ungeheuer.«

Die Graue leckte sich über die Zähne, dann senkte sie den Kopf und knackte einen Käfer, der über ihre mit dichtem Pelz besetzte Flanke kroch. *Wenn es hier Menschen gibt, werden wir ihren Geruch aufnehmen. Wenn jemand aus deinem Rudel überlebt hat, finden wir ihn.* Die Wölfin hatte eindeutig ein Bild von Rhom vor sich.

Dion wurde blaß. »Rhom ist tot«, sagte sie schroff.

Die Graue mit ihren gelben Augen und ihrer grauweißen Maske hechelte nur und blickte die hagere Frau an, dann rollte sie ihre lange Zunge wieder ein und schleckte sich erneut über ihre Zähne. *Willst du ein Kaninchen?*

Die Wolfsläuferin warf einen Blick auf den dicken, rohen Muskelstrang, der zwischen den Pfoten des Tieres lag. Hishns Krallen rissen noch immer an dem ehedem rundlichen Kadaver des Säugetiers. Die Wolfsläuferin schüttelte den Kopf. Vielleicht lag es an dem pochenden Schmerz in ihrem Bein, vielleicht auch nicht, doch der Gedanke an Essen verursachte ihr Übelkeit.

Dion versuchte, auf dem linken Bein aufzutreten, was ihr einigermaßen gelang, wenn sie einen Teil des Gewichts auf das andere Bein verlagerte. Die Keule des Worlags hatte ganz bestimmt Spuren auf ihrem Körper hinterlassen, rief sie sich nüchtern in Erinnerung; wieder wurde ihr klar, wie verletzlich sie in ihrem geschwächten Zustand war. Sie brauchte Waffen, doch sie zögerte bei dem Gedanken daran, an den Ort zurückzukehren, an dem ... an dem Rhom gestorben war. Die Erinnerung daran erschien ihr in der ruhigen, grünen Walddämmerung so unwirklich, und es war schwer, tatsächlich zu glauben, daß er tot war. Er war einer der Besten gewesen, und wie alle anderen auch war er gestorben wie ein Vogel, der von einer Meute ausgehungerter Hunde zerrissen wird. Als sie wieder von der Ungewißheit gepackt wurde, wurde ihr plötzlich klar, daß sie hier ganz allein im Fennwald stand und irgendwo in ihrer Nähe sich die Worlagbande herumtrieb, die ihren Bruder, den Kaufmann und die Wachen, mit denen sie gereist war, umgebracht hatte. Wie lange dauerte es, bis ein Worlag wieder Hunger kriegte? Hatten sie bemerkt, daß sie dem Gemetzel entkommen und jetzt allein im Wald war?

Du bist nicht allein, versicherte ihr Hishn sofort und stupste sie mit ihrer kalten nassen Nase an. *Du hast mich. Und Rhom ist schlauer als eine Wasserkatze. Vielleicht ist er doch noch nicht auf dem Weg zu den Monden. Falls nicht, dann wartet er bestimmt ab, bis sich der Staub gelegt hat, bevor er sich auf die Suche nach dir macht.* Das trübe Bild von Rhom, halb Mensch, halb Tier, das sich die Wölfin machte, brachte Dion beinahe zum Lächeln.

Daß Rhom vielleicht noch am Leben war ... Es war mehr als unwahrscheinlich. Wie hätte er entkommen sollen? »Eine vergebliche Hoffnung«, murmelte sie, strich sich das wirre schwarze Haar aus dem malträtierten Gesicht und zuckte zusammen, als sie die Schwellung auf ihrer Wange berührte. Doch der Gedanke ließ sich nicht so leicht verjagen. Falls Rhom noch lebte ... vielleicht war er noch schlimmer verwundet als sie? Wie sollte er allein im Wald überleben? Wie sehr war sie daran interessiert, rief sie sich nüchtern ins Gedächtnis zurück, seinen angefressenen Leichnam unter einem Haufen verwesender Worlagpanzer zu finden?

Das wirst du erst wissen, wenn du nachsehen gehst.

»Vielleicht will ich es gar nicht wissen«, erwiderte sie mit leiser Stimme.

Außerdem wirst du nie wieder so eine Klaue finden wie die, die du fallen gelassen hast, stichelte die Wölfin weiter und meinte damit das Schwert, das Dion verloren hatte, als sie zu Boden gegangen war.

Die Klinge ihres Vaters, die er mit seinem ganzen Können eigens für ihre Hand angefertigt hatte. Sie war ihr aus der Faust geglitten, als sie vom letzten Angriff dieses Untiers umgerissen wurde. Das Schwert, das ihr Vater ihr gegeben hatte, als sie gelernt hatte, mit einer Klinge umzugehen. Ja, sie konnte damit umgehen, gestand sie sich erbittert ein, aber nicht gut genug, um die Keulen des Todes abzuwenden.

Sie ballte die Finger einer Hand zur Faust und öffnete sie vorsichtig wieder. »Die Klinge liegt bestimmt noch dort«, antwortete sie zuversichtlich. »Worlags haben keine Verwendung für Schwerter.« Sie steckte ihr Haar unter die Kapuze des Umhangs und wickelte die provisorische Bandage vorsichtig um die Wunde. Genaugenommen waren Worlags höchstens dazu in der Lage, mit einer Keule umzugehen; entweder, weil ihnen für den sinnvollen Einsatz eines Schwertes die Intelligenz fehlte, oder weil sie einfach lieber draufschlugen, als gezielt zuzustechen. Der Wolfsläuferin war es egal, welcher Grund zutraf, solange das Schwert noch dort lag und auf sie wartete. »Falls ich zurückgehe«, sagte sie sich.

Hishn schnaubte. *Du könntest auch mit den eigenen Krallen durchkommen,* knurrte sie. *Aber als Waffen sind sie schwächer als welkes Gras.* Die Wölfin streckte ihre Pfote aus und zeigte ihre Krallen, kräftig und lang wie die Finger der Frau. *Das hier,* sagte sie grinsend und warf den Kopf zurück, *das sind Waffen.*

»Ha!« konterte Dion und tippte sich mit dem Zeigefinger an die Stirn, wobei sie versuchte, nicht vor Schmerz das Gesicht zu verziehen. »Das ist eine Waffe!«

Die Wölfin sah die Frau lange ziemlich verdutzt an, bis ihre ausgestreckte Zunge so weit über die Zähne hing, daß Dion einfach lachen mußte. Ein Geräusch, das im dichten Wald eigenartig gedämpft klang.

Stütz dich auf mich, sagte die Graue, als Dion einen Schritt wagte, torkelte und sich an einem Baum festhielt, der ihr plötzlich in die ausgestreckten Hände zu springen schien. Doch Dion zog das Bein wieder heran und biß die Zähne zusammen. »Verdammt, ich komme mir vor wie eine Greisin«, sagte sie und machte den nächsten Schritt, wobei sie das Angebot der Wölfin ignorierte und das Gewicht langsam auf das verletzte Bein verlagerte, bis sie ganz blaß im Gesicht war und den Fluch unterdrücken mußte, der ihr bereits auf der Zunge lag.

Hishn stieß sie mit ihrer breiten Schulter an, so daß Dion gezwungen war, sich in ihrem Fell festzukrallen und so das Gleichgewicht zu halten. *Stütz dich auf mich, sonst muß ich dich wie einen unfolgsamen Welpen tragen.*

»Du bist ein starkes Tier, Hishn, aber du bist nicht so stark, daß ich auf dir wie auf einem Dnu reiten könnte.«

Als du noch nicht ganz bei Trost warst, warst du viel umgänglicher.

»Ich glaube, ich bin immer noch nicht ganz bei Trost, sonst würde ich nicht zulassen, daß du mich wie eine Mutter zurechtweist«, gab Dion zurück. Sie stieg über einen Ast und erblaßte, als der Schmerz sich sofort zurückmeldete. Gewöhnte man sich denn nie daran? Hishn, die spürte, welche Qualen ihre Wolfsläuferin durchmachte, blieb stehen, bis die Frau sich wieder rührte.

Du brauchst noch ein zweites Paar Beine, wie die Worlags, schlug das graue Tier vor, als es nach nur zehn Metern erneut stehenblieb. *Aber es sind keine anderen Grauen in der Nähe, die ich zu Hilfe rufen könnte.*

»Ich brauche nicht mehr Beine. Ich brauche Krücken.« Sie stellte sich das Bild so deutlich wie möglich vor. Die Graue legte den Kopf zur Seite und blickte die Frau neugierig an.

Du willst dich lieber an kleinen Bäumen vorwärtsschleppen als dich auf mich stützen?

»Ich weiß, daß du das nur schwer begreifen kannst, doch es ist für mich wesentlich einfacher, mit etwas vorwärtszuhumpeln, das sich nicht selbst bewegt.«

Die Wölfin schwieg einen Augenblick. *Wenn du dieses Holz dringender brauchst als mich, dann suche ich dir welches.*

Dion hielt sie zurück, bevor sie davontrotten konnte. »Meine gute Graue«, sagte sie, »dir verdanke ich mein Leben. Ich brauche dich, du dummer Hund. Ach, verflixte Mondwürmer noch mal, ich brauche dich mehr denn je. Aber ich kann besser laufen, wenn ich mich auf einen Stock stütze, damit du vorausgehen und den besten Weg für uns durch das Unterholz ausfindig machen kannst.«

Das große wilde Tier drehte den Kopf und leckte der Frau den nackten Unterarm, wobei sich der saubere Streifen deutlich von der schmutzverkrusteten Haut absetzte. Dion lächelte matt. »Schade, daß ich mich nicht einfach mit einer Handbewegung selbst heilen kann, so wie es die Alten noch konnten«, sagte Dion. »Dann wären wir so schnell aus dem Wald heraus wie Frösche aus der Bratpfanne.«

Hishn nieste und drehte die Ohren zur Seite. *Bleib hier. Nicht weit von hier ist ein Wildpfad, aber vielleicht gibt es einen besseren Weg zur Straße zurück. Unterwegs sehe ich mich nach einem kleinen Baum für dich um.*

Die Frau nickte und ließ sich dankbar auf den weichen Waldboden sinken, wobei sie einige Käfer zur Seite streifte, die aufgeschreckt unter dem Moos hervorgekrochen kamen. Es war Breitmoos, und schon riß sie einen Fladen aus dem Kissen heraus, um ihn genauer zu betrachten; so etwas konnte sie gut als Polster für die Hände brauchen, wenn Hishn mit einer Krücke zurückkam. Also flocht die schwarzhaarige Heilerin das Moos zu kleinen Matten, damit sie sie über die Hand streifen und sich vor dem rauhen Ende des Stocks schützen konnte. Kaum war sie damit fertig, kehrte die Wölfin zurück. Hishn strahlte eine Selbstgefälligkeit aus, über die Dion lächeln mußte.

»Hast du die Straße gefunden?«

Und einen kleinen Baum.

Dion zog sich hoch. »Und? Wie lange muß ich gehen, um mein neues Bein zu bekommen?«

Nur eine kleine Jagd, ungefähr so weit, wie ein Reh läuft, wenn es von einem schwachen Bolzen getroffen wurde.

Dion nickte. Hishn bot ihr wieder eine Schulter an, und die Heilerin stützte sich auf das Tier, als hinge ihr Leben davon ab, obwohl sie sich trotz der schmerzhaften Stiche, die bei jeder Bewegung durch ihr Bein fuhren, einredete, daß es schon viel besser gehe. Ein Großteil der Steifheit mußte von den Prellungen auf ihrer rechten Seite herrühren, dachte sie. Da sie die Keulen der Worlags so übel erwischt hatten, daß ihr sogar das Luftholen schwerfiel, verzog sich ihr Gesicht unentwegt zu schmerzverzerrten Grimassen, und das einzige Geräusch, das sie auf den ersten hundert Metern von sich gab, bestand aus unterdrücktem Fluchen und einem Keuchen, das sie wie ein beständiger Rhythmus begleitete.

Mach dir keine Gedanken, protestierte Hishn und stieß sie mit der Schnauze an, wenn sie ein abgebrochener Zweig zusammenfahren und erstarren ließ. Dieser Anblick kostete sie viel von ihrer qualvoll erworbenen Fassung.

Dion stieß ein leises, zitterndes Lachen aus. »Meine liebe Graue, ich wünschte, ich hätte dein Selbstvertrauen.«

Das hast du, erwiderte die Wölfin ruhig. Die Eindrücke, die das Tier aussandte, verwandelten sich plötzlich in eine Flut, die ihr Bewußtsein überspülte, bis sie wieder auf den Knien lag, das Gesicht tief im Fell der Grauen und in den Erinnerungen an ihr Bündnis von vor zwei Jahren vergraben: *die blauen Augen eines Welpen, die zum ersten Mal in die veilchenblauen, fast violetten Augen der Heilerin blickten ... ein zartes Band der Liebe, das sich zu einem Seil verdickte ... die pelzige Wärme des rasch wachsenden Jungtiers auf ihren Füßen, wenn sie schliefen ... des Nachts die kalte Nase an ihrem Hals ... heißer Atem, und schlechter Atem, wenn sie von einer nassen Zunge geküßt wurde ... graues Fell, das unter ihren Fingern immer dichter wurde ... das Wasser, das über die inzwischen grün gewordenen Augen schwappte, angsterfüllt aufgerissen in der Springflut, die das Lager im vorigen Frühling davongerissen hatte ... ein Sprung in die Fluten, ein Schock, der ver-*

zweifelte Versuch, durch diese mit Geröll überschwemmte Schlucht zu schwimmen, und das Band wurde immer dicker ... wie sie nachts über eine Wiese laufen und wie sie den Kopf auf den warmen Bauch legt und in wohlbehüteten Schlaf sinkt ... auf der Jagd im Morgengrauen ... die grünen Augen, die gelb werden, als die Wölfin zur Jägerin heranreift ... Die Liebe der Wölfin erfüllte ihre Gedanken und stützte ihre schwindende Kraft, wie der Wind in ein schlaffes Segel fährt und das Schiff weitertreibt.

Dion schüttelte den Kopf, um wieder denken zu können. »Du dummer Hund«, murmelte sie mit zitternder Stimme. Doch ihre Hand verharrte in dem dicken Fell, und als sie schließlich weiterging, lehnte sie ihr Gewicht stärker auf die breiten Schultern der Wölfin.

Hishn blieb eine Zeitlang an ihrer Seite, doch nachdem sie die Frau zu dem Gehölz geführt hatte, aus dem sie mit einiger Mühe und dem kleinen Dolch, der einzigen Klinge, die ihr geblieben war, eine Krücke schnitt, ging die Wölfin wieder voraus, schlug sich immer wieder seitlich ins Gebüsch und kehrte besorgt zurück. Die Graue zeigte der Wolfsläuferin die Richtung mittels Bildern an, sie ließ Dion ihre unmittelbaren Gedanken lesen, so daß die Frau den Eindruck erhielt, an zwei Orten gleichzeitig zu sein. Aber wenigstens mußte Dion nicht ihrer eigenen Spur zur Lichtung auf dem Hauptweg zurück folgen. Sie war im Delirium durch so viele Hecken und Büsche gekrochen, so viele Abhänge hinuntergestürzt, daß es ihr, auch wenn die Spur anhand des Bluts und der geknickten Zweige wohl unschwer zu verfolgen war, mit dem störrischen Bein unmöglich gewesen wäre, auf demselben Wege wieder zurückzugehen. Hishn mußte sie in jener Nacht über weite Strecken gezogen haben.

Es dauerte gut zwei Stunden, bis sie den Standort des abgefackelten Wagens erreichte, doch der Geruch warnte sie bereits, lange bevor sie das angesengte Unterholz erblickte, das den Feuerkreis markierte. Als sie sah, woher der Geruch stammte, hätte sie sich beinahe übergeben. Nach nur zwei Tagen lagen noch genug nicht verzehrte und verwesende Überreste herum, anhand derer sie ihre ehemaligen Mitreisenden identifizieren konnte. Die sechsbeinigen Dnus, von denen das meiste bis auf die Knochen verspeist worden war, konnten nur anhand ihrer blutigen Skelette identifiziert werden. Acht Worlags waren bei dem Kampf getötet worden, einige davon in dem Feuer verbrannt, dem auch Dion beinahe nicht mehr entkommen wäre. Und ihr Tod roch ekelhaft: Urin und Blut und verstreute Gedärme, die üblen Gerüche geschmolzener Flügelpanzer und die säurehaltigen Insektenflüssigkeiten. Darüber lag der süßlich beißende Geruch halbgebratenen und verwesenden Menschenfleischs. Sie schluckte, versuchte, nicht zu atmen, und stieß mit dem Fuß gegen verbrannte Waffen und zerrissene Ledertaschen. Ein Boata-Sack lag zertrampelt auf dem Boden, der Wein war längst versickert; um die geborstenen Säume klebten feuchte Walderde und Dreck, durch die Hunderte kleiner Insekten in den Sack und wieder herauskrochen. Die Stoffballen waren auseinandergerissen, besudelt und von Flammen angesengt, die Vorräte zerschlagen, aufgefressen, in die Erde gestampft; obwohl Aasfresser die Knochen säuberlich abgenagt hatten, lagen viele überkreuz und wie Eßstäbchen übereinandergestapelt, die Schädel waren eingeschlagen, so daß die Unterkiefer lose herabhingen und ausgefallene Zähne im Erdboden steckten, als versuchte die Erde selbst, diejenigen zu beißen, die diesen Ort mit ihrer Gewalttätigkeit entweiht hatten.

Wolfsläuferin.

Hishn lenkte mit leisem Ruf Dions Aufmerksamkeit auf sich. Niedergeschlagen drehte sie sich um und schlurfte über den Boden, bevor sie seufzend aufblickte.

Rhom ist nicht hier, sagte die Graue unvermittelt. Die Wölfin durchsuchte noch einmal das niedrige Unterholz ringsum, schob Zweige beiseite und schnüffelte sorgfältig im beschmutzten Waldboden. *Ich finde seinen Geruch unter den Toten nicht.*

»Bei den Monden, Hishn, bist du dir sicher?« Dions Schritt fiel zu schnell aus, und sie ging in die Knie. Sie verfluchte ihre Schwäche und schluchzte einmal tief, bevor sie sich wieder gefangen hatte.

Ich bin bei dir, versicherte ihr Hishn sofort.

Die Frau atmete durch, als sich der schneidende Schmerz zu einem wütenden Pochen abschwächte. »Ich habe ihn dort drüben fallen sehen – links von dir.« Sie kam wieder auf die Füße und humpelte langsam auf die Wölfin zu. Sie drehte ihre Hand in dem langen grauen Haar, während das Tier in alle Richtungen witterte und Dions leichte Last auf dem Rücken ertrug.

Er ging hier zu Boden, doch die Blutspuren stammen nicht von ihm.

Die Wolfsläuferin schob das Unterholz zur Seite und betrachtete sorgsam die Spuren, bevor sie die Zone der abgeknickten Zweige überschritt und sich niederkniete, um den Waldboden genauer zu untersuchen. »Die Flecken sind zu blau ... der Geruch stimmt nicht ...« Sie zerrieb ein wenig Erde zwischen den Fingern, spürte, wie die Körnung die Haut ihrer Fingerspitzen reizte. »Das ist Körperflüssigkeit von einem Worlag.«

Hier drüben rieche ich ein wenig Rhom, sagte die Wölfin hechelnd. Die lange Zunge hing ihr weit aus dem Maul.

»Er ist entkommen«, sagte Dion verwundert. »Er lebt!«

Aber er ist weggegangen. Riech mal hier. Die Wölfin witterte ein Stück weit entfernt. *Er kommt zurück zur Lichtung, wendet sich dann aber wieder ab.*

»Er muß gesehen haben, wie ich zu Boden ging. Er hält mich für tot.« Oh, Rhom. »Hishn, ich muß mein Schwert finden, dann holen wir ihn bestimmt ein.«

Du wirst laufen wie ein Feldhase mit drei gebrochenen Beinen, schnaufte die Graue. Dann richtete sie ihre gelben Augen auf Dion. *Du bist jetzt schwächer als noch heute morgen. Wir können ihm später folgen. Jetzt mußt du dich ausruhen und deine Wunden lecken.*

»Mir geht's gut«, protestierte sie. »Und wenn wir noch heute aufbrechen ...«

Morgen, erwiderte die Wölfin unbeirrt. *Morgen sind die Spuren immer noch frisch genug.*

»Aber ...«

Morgen.

Dion stieß einen Seufzer aus. Dann mußte sie eben warten. Es brachte nicht viel, sich mit 120 Kilogramm sturem Wolf zu streiten. Außerdem mußte sie zugeben, daß die Graue recht hatte. Sie war kaum kräftig genug, gerade zu stehen, geschweige denn, durch die dunkle Hälfte des Fennwaldes zu laufen.

Ganz in Gedanken hob sie vier Messer auf, kurze Wurfmesser. Es lagen noch mehr Messer herum, doch ihre Griffe waren angekohlt und zu brüchig, als daß man sie noch hätte gebrauchen können. Zwei der brauchbaren verschwanden hinter ihrem Gürtel, die beiden anderen in ihren Stiefeln, oberhalb der Schlitze, in denen sie ihr Geld aufbewahrte. Da es hier nicht nur Worlags, sondern auch Sklavenjäger gab, konnte man nicht vorsichtig genug sein.

Die Ausrüstung des Wagens war auseinandergerissen worden, doch sie durchsuchte das Durcheinander trotzdem, bis sie einen leichten Rucksack gefunden hatte; außerdem fand sie eine neue Tunika als Ersatz für diejenige, die sie zu Bandagen zerrissen hatte. Als sie soweit war, sich Rhom an die Fersen zu heften, war sie für den Krieg gerüstet. Sie fand ihr Schwert und machte es sauber. Da ihr Bogen im Handgemenge zerbrochen war, nahm sie den leichten Jagdbogen des Kaufmanns an sich, mit dem sie besser umgehen konnte als mit dem schweren Kriegsbogen der Wachleute. Sie mußte einen schrecklichen Moment durchstehen, als sie den angenagten Arm des Kaufmanns wegzog und sein fast abgetrennter Kopf ein Stück wegrollte, wobei sich die Augen des Mannes öffneten und sie anstarrten; nach dem ersten Schock wappnete sie sich innerlich und entzog den Bogen doch noch seinem schwachen Griff. Wenigstens lagen auf der Lichtung und ringsum im Gebüsch genug Pfeile verstreut, so daß sie den kaum angesengten Köcher, den sie am Rand des Feuerkreises fand, auffüllen konnte.

Als letztes zog sie die menschlichen Leichname zu einem Haufen zusammen. Das war in ihrem geschwächten Zustand fast mehr, als sie zu leisten imstande war, insbesondere, da Hishn sich strikt weigerte zu helfen – der Geschmack eines toten Menschen drehte der Wölfin den Magen ebenso um, wie der Geruch es bei Dion verursachte. Nach vier Wachleuten, dem dicken Kaufmann und seinem spindeldürren Sohn wäre die schlanke Frau fast zusammengebrochen. Sie rollte die letzte Leiche auf den Haufen und dankte den Monden noch einmal dafür, daß sie in dem Augenblick, in dem die Worlags angriffen, gerade aufgehört hatte, einige Nachtschattenkräuter zu sammeln – allein Hishns Geheul hatte sie gerettet. Sie blickte auf die sechs zerfleischten Leichname und wandte den Blick wieder ab. Sie hatte nicht mehr die Kraft, sie zu beerdigen, und der Gestank der Worlags würde andere, scheuere Aasfresser noch einige Tage fernhalten.

»Meine Graue«, sagte sie bittend. »Ich kann nicht mehr. Ich brauche jetzt deine Hilfe.«

Die Wölfin knurrte weit hinten in ihrer Kehle und drehte den Kopf weg.

»Bitte, Hishn. Ich habe keine Kraft mehr, um ein Grab zu schaufeln.«

Das Tier zog die Lefzen über die Zähne, kam dann aber doch aus dem Schatten heraus. Sie verzog angewidert die Schnauze und funkelte die Wolfsläuferin an, streckte dann eine Pfote aus und kratzte versuchsweise über die von dunklem Blut getränkte Erde. Sie bellte kläglich auf.

»Ich weiß, aber es muß ja nicht tief sein …«

Hishn knurrte leise und fing zu graben an.

Die flache Grube reichte aus, um die Leichen darin zu verbrennen, und bevor sie die Toten hineinrollte, legte Dion Pech absondernde Zweige auf den Boden. Sie durfte das Feuer erst anzünden, wenn sie bereit war aufzubrechen, denn sie verriet damit ihre Anwesenheit, und sich länger in seiner Nachbarschaft aufzuhalten, wenn die Jäger des Waldes sich versammelten, wäre schiere Dummheit. Sogar mit einem gewissen Vorsprung würde es ihr nicht leichtfallen, sie sich vom Hals zu halten, und schon jetzt ging sie davon aus, daß sie sich an das Wasser halten mußte, um die hartnäckigsten Raubtiere zu entmutigen.

Während Hishn die Grube ausbuddelte, fand die Wolfsläuferin ihre Kriegshaube, die sie sich sogleich auf den Kopf stülpte; das lederüberzogene Geflecht war zwar blutverkrustet, sonst jedoch noch völlig intakt. Vom wiederholten Bücken und Wiederaufrichten mit pochendem Kopf wurde ihr fast schlecht, aber eigentlich bereitete ihr das aufgerissene Bein die größten Sorgen. Wegen einer Kopfwunde ist noch niemand verblutet, doch wenn sie keine Mittel und Wege fand, die Beinwunde zuzunähen, würde sie immer wieder aufreißen und tagelang weiterbluten. Sie konnte es sich nicht leisten, noch mehr Blut zu verlieren; der bereits erlittene Verlust machte sie schon jetzt sehr anfällig für Infektionen.

Dion blickte auf ihre verschmierten Hände, seufzte und kratzte sich den Dreck unter den Fingernägeln heraus. Jeder Heiler träumte davon, die Geheimnisse von Ovousibas, die Heilkräfte der Alten, wiederzuentdecken. Die Hände über einem Patienten ausstrecken und zusehen, wie er einem unter den Augen genas … Sie streckte die Finger aus, als wollte sie die mystischen Heilformeln mit Händen greifen, doch alles, was sie verspürte, war das anhaltende Pochen ihres Beines. Sie legte die Hände fest über die pulsierende Wunde und zupfte wieder an ihren leeren Kräuterbeuteln herum.

Erst nach einigen Augenblicken bemerkte sie, daß sich ihr Blick vage auf eine bestimmte Folge von Bewegungen konzentrierte. Eine Kette von Largonkäfern hatte einen geschäftigen Pfad vom Waldrand bis in die Lichtung hinein angelegt, wo sie sich an den verwesenden Leibern gütlich taten und nach und nach das Fleisch ablösten. Dion zog die Stirn in Falten. Ein Gedanke nahm in ihrem Bewußtsein Gestalt an, während sie ihnen zusah, wie sie sich durch das Fleisch fraßen, doch selbst für eine sehr experimentierfreudige Heilerin war diese Idee ein wenig weit hergeholt ...

»Nicht gerade hygienisch«, sagte sie sich, wobei sie die Möglichkeiten durchging und sich selbst davon zu überzeugen versuchte, daß sie das, woran sie gerade dachte, nicht tun würde. »Mit Träumen von Ovousibas kann ich mich jedenfalls auch nicht gesund machen.«

Wieder beobachtete sie die Käferkolonne. Largons, diese mit kräftigen Kieferzangen ausgestatteten Kriechtiere mit den segmentierten Leibern, sahen aus wie winzige Worlags. Sie waren ungefähr so lang wie ein Finger, doch machten die Köpfe allein ein Drittel dieser Länge aus – und der größte Teil des Kopfes bestand aus einer langen gezackten Zahnreihe. Die Heilerin traf ihre Entscheidung, lockerte die blutdurchtränkte Bandage an ihrem Bein und holte die Glasperlen heraus, die sie appliziert hatte, um die Heilung zu stimulieren. Wenigstens hatte sie die Perlen nicht verloren, dachte sie, wo schon etliche ihrer Kräutertaschen genauso wie ihre Waffen auf der Lichtung verteilt herumlagen und der Inhalt in alle Winde verweht war. Sorgfältig säuberte sie die Wunde, wobei sie sich zweimal unterbrechen mußte, um den Schweiß von der Stirn zu wischen und die zitternden Hände zu beruhigen.

Gray Hishn schaute interessiert zu, als die Heilerin einen Largon direkt hinter dem Kopf packte und dicht über ihr Bein hielt. Als der Käfer das Blut roch, drehte er fast durch, fuchtelte aufgeregt mit den Beinchen in der Luft herum, und seine gewaltigen Kiefer schnappten kurz über der Wunde ins Nichts.

Obwohl sie auf die Empfindung gefaßt war, war Dion doch schockiert, als das Tier sich in die rauhen Ränder der Wunde verbiß, und das Bild des Schmerzes, das sie unbewußt aussandte, brachte Hishn mit einem Knurren auf die Füße. »Bei den Göttern!« keuchte sie und knipste dem Käfer den Kopf ab, bevor er das Maul öffnen und noch ein Stück herausbeißen konnte. Seine Kiefermuskeln hielten die Ränder so fest zusammen wie gut getrockneter Darm. Sie wischte sich mit einem schmutzigen Ärmel die Tränen aus den Augen und atmete schluchzend tief durch.

Mach das nicht noch einmal, knurrte die Wölfin.

Sie schloß die Augen, biß die Zähne zusammen und griff sich den nächsten Käfer. »Ich muß tun, was nötig ist, meine Graue. Ich muß tun, was nötig ist.«

Nach dem sechzehnten Largon war der klaffende Riß geschlossen, und Dion schluchzte unkontrolliert. Sie konnte nichts anderes tun, als die Fäuste zu ballen und zu zittern, bis der grelle Schmerz zu einem vergleichsweise sanften Pochen abgeklungen war. Hishn, die während der selbstquälerischen Aktion knurrend auf und ab getrottet war, heulte schließlich auf und scharrte im Erdboden, weil sie nicht anders mit Dions Pein umgehen konnte. Und die ganze Zeit über hingen die Largons in einer ekelhaften Reihe nebeneinander, mit schwarzen Augen, die einander anstarrten, während ihre körperlosen Köpfe sich hartnäckig in Dions Fleisch verbissen.

Wenigstens hielten sie so gut wie Darmfaden, tröstete sich die Frau. Jedenfalls lange genug, bis sich die Wunde geschlossen hatte. Wenn das geschehen war, konnte sie einen Ninan später ihre Zangen brechen und die Klammern entfernen. Wieder begutachtete sie die nun geschlossene Wunde und schüttelte den Kopf über ihre eigene Kühnheit – die Vereinigung der Heiler würde einen Feiertag ausrufen, wenn sie es jemals herausfand.

»Zum Glück habe ich es an mir selbst und nicht an einem Patienten ausprobiert«, murmelte sie und kam keuchend auf die Beine. Der anfängliche Schock des neuen, brutalen Schmerzes ebbte allmählich zum normalen, schier unerträglichen Pulsieren ab. Die Wolfsläuferin nahm ihren Bogen und ihr Schwert. »Alles klar, Hündchen, wenn wir wollen, können wir los«, sagte sie, schob ihr Schwert in die Scheide und rückte sich den Köcher an eine bequeme Stelle auf dem Rücken. »Ich bin bereit, um mit den besten von euch grauen Gespenstern um die Wette zu laufen.«

Du läufst wie ein Welpe mit drei lahmen Beinen, schnaubte Hishn und zog die Lefzen höhnisch grinsend zurück, wobei sie ihr rosafarbenes und schwarzes Zahnfleisch entblößte. *Was ich von dir empfange, Heilerin, ist Schmerz, nicht Köpfchen. Wir werden langsam gehen, und wenn du nicht spurst, kneife ich dir in den Schwanz.*

»Mir in den Schwanz kneifen? Ha! Ich trete dir so schnell auf das Gesicht, daß du nicht einmal merkst, wie dir geschieht, bis du meinen Stiefel ausspuckst.« Dion wickelte einen Streifen Verbandsstoff um ihr Bein und verstärkte den Verband mit einigen Lederriemen. »Außerdem strengst du dich besser an, mit mir Schritt zu halten, sonst lasse ich dich zurück, damit Gray Tholan dich findet.«

Hishn ließ ihre Zunge im Maul herumrollen. *Der Graue Tholan riecht wie alter Kaninchendreck. Er wälzt sich darin herum, wann und wo er das Zeug findet. Mir ist der Geruch von Wild lieber.*

»Einen von Gray Joshis Sorte? Du ziehst wohl jüngere Männchen vor«, zog Dion sie auf. »Das muß ich Gray Tholan mal stecken.«

Dann sorge ich dafür, daß du Rhoms Spur um einen Ninan verpaßt, blaffte die Wölfin zurück, trottete zum Rand der Lichtung und bedachte die Wolfsläuferin mit einem überheblichen Blick.

Dion schnaubte verächtlich. »Das wirst du gefälligst nicht tun, denn wenn ich dieses Feuer hier entfache, weiß jeder im Fennwald, daß wir hier sind, und die Suche nach einem sicheren Unterschlupf für die Nacht wird der reinste Wettlauf werden. Wenn die Dämmerung hereinbricht, möchte ich außer deinen Fängen nur noch Rhoms Schwert blitzen sehen.«

Sie tauchte einen Zweig in Pech, zündete ihn an und wandte die Augen von den wütenden Flammen ab, bevor sie sie auf die zerrissenen Leichname fallen ließ. »Mögen die Monde eure Reise segnen und euch auf der Reise zu den Sternen begleiten.« Es verschlug ihr den Atem, als die Flammen losfauchten und sich in die pechdurchtränkten Kleider ganz unten in dem grausigen Haufen fraßen. Unwillkürlich machte sie einen Schritt nach hinten, weg von der plötzlich aufwallenden Hitze. »Mögen euer Todeslied und seine Melodie die Herzen eurer Kinder erleichtern.« Die gelben Zungen loderten auf und leckten bis zu den nickenden Baumkronen empor. »Herrin der Monde, die uns geleiten, geleite sie sicher hinüber.«

Sie schleuderte die Fackel auf den Scheiterhaufen und schwang sich ihren kleinen Rucksack auf die linke Schulter. Es war vollbracht. Sie schaute sich nicht mehr um, als sich die zerrissenen Gesichter des Kaufmanns und seines Sohnes im pechgenährten Feuer aufwarfen und zerflossen. Vom Rand der Lichtung führte Gray Hishn sie in den Wald zurück, und Dion war über sich selbst verwundert, als sie plötzlich anfing zu zittern. Erst als eine sanfte Brise über ihre Wangen strich, merkte sie, daß sie weinte.

Es dauerte eine Weile, bis sie der Gedanke daran, daß Rhom nur zwei Tage von ihr entfernt war, tröstete. Es würde nicht leicht sein, das wußte sie schon, doch mit der Hoffnung, ihren Zwillingsbruder wiederzusehen, zwang sie sich, den Schmerz zu vergessen, der jeden ihrer Schritte begleitete, und den alptraumhaften Anblick zerfetzter Körper zu verdrängen. Der Gedanke daran, daß noch weitere Worlags auf der Lauer lagen und nur auf ihre Fehler warteten, rief ihr wieder in Erinnerung, daß Gefahr ein ebenso gutes Schmerzmittel war wie Drogen.

Mit dieser Bedrohung im Rücken, die die unangenehmen Empfindungen ihres geschundenen Körpers und die Mühsal eines rauhen Tagesmarsches dämpften, schaffte Dion bis zum

Einsetzen der Dämmerung nicht mehr als fünf Kilometer und mußte sich fürs erste geschlagen geben. Sie würdigte den Ort, den Hishn für die Nacht ausgesucht hatte, kaum eines Blickes und war in der moosbewachsenen Mulde fast eingeschlafen, als der nagende Schmerz erneut anfing, in ihrem Unterbewußtsein zu pochen. Doch sogar ihre ruhelosen Träume ließen sie weiter durch den Wald laufen, von Schmerzen gepeinigt, denn die Largons in ihrem Bein regenerierten sich und wuchsen zu Worlags heran, die sie im fahlen Licht des siebten Mondes durch den Wald hetzten.

Als der Morgen endlich dämmerte, trübe und wolkenverhangen, waren Dions violette Augen vor Schlafmangel und Schmerz ganz dunkel. In der erbärmlichen Verfassung, in der sie sich momentan befand, war es so gut wie unmöglich, ihren Bruder innerhalb von zwei Tagen einzuholen; wenn sie Glück hatte, dauerte es vier Tage, aber auch dann nur, wenn er seine Spur nicht so sorgfältig verwischte wie ein Lepa auf der Jagd. Sie raufte sich die Haare und fluchte über die Knoten darin, und plötzlich schossen ihr die Tränen in die Augen.

Hishn schnaubte auf, und Dion widerstand dem Drang, auch die Wölfin anzufahren.

Selbst in der Gesellschaft der Grauen hatte Dion den Eindruck, sich mit jedem Schritt tiefer in Gefahr zu stürzen. Hishn würde sie, so gut sie konnte, beschützen, doch sogar ein Wolf hatte Grenzen, und Dion war geschwächt; in diesem Erschöpfungszustand würde sie Fehler machen, die sie beide das Leben kosten konnten. Verdammte Mondwürmer, es war heutzutage nicht einmal mehr sicher, in Gruppen zu reisen, nicht einmal in den bewohnten Landstrichen; allein durch die Landschaft zu streifen, wie sie es jetzt tat, war geradezu eine Herausforderung. Selbst wenn sie den Dachsbären und Wasserkatzen aus dem Wege ging, so gab es immer noch die Sklavenjäger. Ein kurzer und schmutziger Krieg im Osten hatte zwei Länder vereinigt und die allgemeine Unruhe, die sich von der Küste her ins Landesinnere auszubreiten schien, noch vergrößert. Vielerorts hatten sich die Leute von ihren zerstörten Ländereien und Dörfern zurückgezogen und die verlassenen Farmen als Basislager für die Sklavenjäger zurückgelassen. Und dann gab es überall diese Worlags. Sie schluckte würgend und erschauerte, als ihr die Angst wie ein kleiner kalter Finger die Wirbelsäule emporkroch. Die Bilder ihrer ersten Schlacht schoben sich in aller Blutigkeit vor ihr inneres Auge, und sie kam nicht umhin, darüber nachzudenken. Was würde geschehen, wenn eine andere Bande Worlags sie entdeckte, bevor sie Rhom fand? Die zerstörten Wagen, die Leichen …

Halt, blaffte Hishn plötzlich und erstarrte mitten in der Bewegung, als hätte allein der Gedanke an die Worlags die Gefahr heraufbeschworen.

Auch die Frau stand wie eine Statue. Ihre Ohren nahmen das leise Rascheln kaum wahr, das die Wölfin wie ein Donnern hörte, doch die Verbindung zwischen ihnen bestand nicht nur aus Gedanken, sondern auch aus Sinneseindrücken. Durch die Sinne der Wölfin spürte sie, wie die Gefahr näher kam. Ihre Hand griff nach dem Bogen, holte einen Pfeil aus dem Köcher und legte ihn ein; dann zog sie die Sehne zurück, bis der Bogenfinger neben ihrem Mundwinkel zur Ruhe kam. Ihre Augen waren auf das Gebüsch gerichtet, in dem die Graue verschwunden war. Die Gedanken der Wölfin wurden unwirklich, konzentrierten sich auf die Jagdinstinkte eines primitiven Tieres, und die Wolfsläuferin mußte sich von den blutrünstigen Jagdinstinkten trennen, die sie umschlossen … *lohfarbenes Fell, gelbe Augen … eine auf einem erhöhten Punkt zusammengekauerte Gestalt … ein lauernder Jäger, der Hunger ruft wie die Würmer, die in seinen Eingeweiden wüten …*

Ein pelziges Schimmern verriet die Baumkatze. Sie war nahe – zu nahe. Hishn war schon fast unter ihr, versuchte, die Kreatur herunterzulocken, um sie dann zu töten. Doch die Katze hatte es keinesfalls auf die Graue abgesehen. Der Geruch des Blutes, den der Mensch ausströmte, war weit eher nach ihrem Geschmack, und die Erinnerung an weiches Fleisch hielt sie auf ihrem hohen Ausguck zurück, bis die Frau näher herankam. Mit schmalen Augen betrachtete Dion das zusammengekauerte Tier, berechnete den Sprung der Katze und zielte durch das großblättrige Laub, das den Körper der Katze verdeckte. Ihr Herz müßte sich genau da befinden ...

Sie ließ los, und der Pfeil traf genau ins Ziel. Mit einem Jaulen fiel die Waldkatze in ein Dornengestrüpp; ihre Mittelbeine rupften an dem Pfeil, während die Vorder- und Hinterbeine versuchten, im Fallen das Gleichgewicht zu wahren. Hishn machte einen großen Satz. Als die Katze auf dem Boden aufkam, hatten sich die Zähne der Wölfin bereits in ihren Hals gegraben, und Dion konnte sich den zweiten Pfeil sparen. Die Kreatur hing leblos im blutigen Maul der grauen Wölfin, und ihre Beine schleiften links und rechts über den Pfad.

»Das reicht, Hishn«, sagte Dion leise und mußte die in Blutrausch verfallene Wölfin erst einmal beruhigen. »Ist ja gut jetzt.« Sie kam näher heran und schnippte mit den Fingern, um die Aufmerksamkeit der Grauen auf sich zu lenken, denn Hishn machte Anstalten, sich seitwärts in den Wald zu schlagen. »Wir können das Vieh ja zum Abendessen verspeisen.«

... Blut. Heißes, süßes Blut, übermittelte die Wölfin. *Süßes Fleisch und der strähnige Geschmack von Fell ...*

»Zum Abendessen, meine Graue. Wir müssen weiter.«

Die Wölfin knurrte kehlig, doch sie gehorchte und erlaubte es der Frau sogar, ihr die tote Katze aus dem Maul zu nehmen und auf den Waldboden zu legen. Rote Läuse krochen durch das Katzenfell, und Dion durchtrennte den Pelz mit einem sorgfältigen Schnitt, zog die Haut zurück und deckte das Fleisch auf, ohne daß die Läuse ihr eigenes zartes Fleisch für sich entdeckten. Es war eine kleine Katze, weshalb sie beide Hinter- und Vorderläufe packte und aus dem Fleisch, das sie am Abend essen würden, ein praktisches Bündel schnürte. Die Graue schnüffelte mit langsam wieder zusammenhängenden Gedanken um die Handgriffe der Frau herum, ihr

Heißhunger drängte sie dazu, Dion das Fleisch aus der Hand zu reißen, wohingegen der eiserne Wille der Wolfsläuferin sie dazu zwang, sich in Geduld zu üben.

Es ist noch ein langer Weg bis zum Abend, beschwerte sie sich mit einem Nasenstüber gegen die Hand der Frau.

»So lange dauert es auch wieder nicht«, versprach Dion. »Ich stehe es sowieso nicht bis zum Sonnenuntergang durch.« Sobald sie das Fleisch in einem Lederbeutel verstaut hatte, befahl sie dem Wolf, den Kadaver vom Pfad wegzuräumen. Es war zu offensichtlich, daß das Fleisch mit einem Messer losgelöst worden war, und die Tatsache, daß nur ungefähr die Hälfte des Fleisches fehlte, würde jedem Sklavenjäger als sicherer Hinweis darauf dienen, daß sich hier irgendwo ein einzelner Jäger aufhielt.

Das Fleisch der Katze an sich wog nicht sehr viel, doch allein der Gedanke an die zusätzlichen Pfunde in ihrem Rucksack ermüdeten sie ebensosehr wie der Gedanke an die acht Kilometer, die sie möglichst rasch hinter sich bringen wollten. Gegen Abend war Dion so müde, daß sie nur noch hinter der Wölfin herstolperte. Der stetige Ansturm der Schmerzen hatte ihre Gedanken immer wieder zurückgedrängt, und sogar das schwache Hungergrollen, das ihr Magen vermeldete, erregte in ihrem Bewußtsein kaum Beachtung. Als Hishn sie am Ärmel sanft von der Straße weg zu einem Rastplatz zog, ließ sie sich einfach in den weichen Humus fallen und schmiegte sich eng an den warmen Bauch der Wölfin; sie konnte sich gerade noch überwinden, den Lederbeutel zu öffnen und das Fleischpaket den Klauen des hungrigen Tieres zu überlassen. Bis sich das erste Licht des nächsten Tages über ihre geschlossenen Augenlider legte, wußte sie nicht mehr, was um sie herum vor sich ging.

Selbst dann erwachte sie nur widerstrebend, als die Wölfin sie hartnäckig mit der Nase anstieß. Dion hob den Kopf aus der klammen Wärme des Wolfsbauches und fuhr sogleich beim ersten Anzeichen des wiederkehrenden Schmerzes zusammen. *Zweieinhalb Tage,* übermittelte sie an die Wölfin und blickte hinauf in den grünen Baldachin des Waldes. *Da müssen wir einen ziemlichen Vorsprung aufholen.*

Je länger du schläfst, desto größer wird er, gab Hishn zurück. Plötzlich zuckte sie zusammen und biß auf einen Käfer, der ins Fell ihres Schwanzes gekrabbelt war, und Dion blieb nichts anderes übrig, als sich aufzusetzen oder zurück ins Unterholz zu kippen.

»Aua«, heulte die Heilerin auf. »Du hättest mich wenigstens warnen können.« Ihr Kopfschmerz nahm mit einem Mal das Ausmaß eines ausgewachsenen Katers an, und sie drückte beide Hände auf die Schläfen, um das Hämmern unter Kontrolle zu bekommen, das aus ihrem Schädel herauszuplatzen drohte.

Die Wölfin legte lediglich den Kopf ein wenig schief. *Gestern ging es dir besser, nachdem du eine Weile gelaufen warst,* meinte sie ermutigend.

»Na schön, schon gut.« Dion wälzte sich aus dem Moos und stöhnte vor Muskelkater auf. Sie fuhr sich einmal mit den Fingern durch die verzottelten Haare und ließ danach den Kamm folgen; dabei mußte sie erkennen, daß es ziemlich unmöglich war, die normalerweise herrlich schimmernde Haarpracht zu entknoten, ohne vorher ein Bad genommen zu haben. Mit einem Seufzer steckte sie die schmutzigen Strähnen hoch und verbarg sie unter ihrer Kriegshaube. Wenn sie sich recht an die Karte des Kaufmanns erinnerte, würden sie noch am selben Tage und dann noch einmal am nächsten einen Fluß überqueren müssen, und mit ein wenig Glück ließ sich die Gelegenheit dazu nutzen, das Haar zu waschen, bevor es verfilzte wie der Schwanz eines wilden Dnus. Die Kelchpflanzen, die überall herumstanden, hielten zwar genug Wasser, um damit selbst zu überleben, doch es reichte kaum, daß sie sich das Gesicht damit waschen konnte, geschweige denn für eine Haarwäsche.

Letztendlich brauchten die Wölfin und die Frau noch fünf

Tage und 130 Meilen, bis sie in die Nähe der Ebene kamen, durch die der Fluß Phye hindurchfloß. Rhoms Spur war hier etwas frischer, doch sie befanden sich noch immer einen vollen Tag hinter ihm. Dion war zu schwach gewesen, um das von ihr angestrebte Laufpensum einzuhalten, doch wenn ihr die Monde einen klaren Pfad bescherten, müßte sie am nächsten Abend an seinem Lagerfeuer eintreffen. Wenigstens war sie auf ein paar Flüßchen gestoßen, wo sie sich waschen konnte, redete sie sich tröstend ein, während sie erneut erschöpft in einen leichten Dauerlauf verfiel, obwohl sie genau wußte, daß ein weiterer Tag im Trab durch den Fennwald alle Reinlichkeit, die sie sich von dem herrlich klar sprudelnden Wasser entliehen hatte, wieder zunichte machen würde. Mit dem rasch abnehmenden Abendlicht lösten sich die langen Schatten in der Dämmerung auf; die Wolfsläuferin seufzte, wischte sich den Schmutz mit einem ebenso schmutzigen Ärmel aus dem Gesicht und redete sich ein, daß sie hinter dem nächsten Hügel bestimmt eine Mulde zum Schlafen finden würden.

Hishn hatte sich ein wenig zurückfallen lassen, um in Dions Nähe zu laufen, und jetzt kehrte sie direkt an ihre Seite zurück. Die Graue war unruhig. Der leichte Anflug von Furcht, den die Wolfsläuferin spürte, ließ sie sofort hellwach werden, dabei war sie so müde, daß sie kaum in der Lage war, sich einem Kampf zu stellen, ganz egal, wer oder was ihre Gefährtin beunruhigte. Sie nahm kaum wahr, wie sich der Wolfskopf langsam von einer Seite zur anderen wandte, damit die Graue die Gefahr wittern konnte oder gar zu sehen bekam.

Der Wind steht nicht günstig für mich, teilte sie Dion mit einem verwirrten mentalen Unterton mit. *Aber jemand beobachtet uns …* Die Gedanken der Grauen gerieten wild durcheinander, als Instinkte und Emotionen ihre Vernunft überdeckten. *Gefahr!* Sie zog die Lefzen mit einem Knurren zurück.

Dion erstarrte und blickte mit Augen, Ohren und Geist in die dunklen Schatten des Waldes. Aber sie sah nichts, hörte nichts und spürte nichts, bis auf das ungute Gefühl, das so weit anstieg, bis sie den unsichtbaren Beobachter anschreien wollte. War sie gerade dabei, in eine Falle zu laufen, oder war sie bereits über ihr zugeschnappt? Hishns Eindrücke färbten ihre Sinne, bis sie glaubte, sie selbst und nicht die Wölfin sei es, die den Wald durchstreifte. Sie spannte den Bogen und stieg schweigend auf die Hügelkuppe, wo sie sich niederkauerte und erst vorsichtig hinüberblickte, bevor sie sich offen zur Schau stellte. Hishn schob sich an ihre rechte Seite. Dion sah immer noch nichts. Sie zog den Pfeil etwas weiter zurück und bewegte sich über die Kuppe. Immer noch nichts. Sie war viel zu erschöpft, um die Spannung des schweren Bogens noch lange aufrechterhalten zu können, also gab sie ein wenig nach und hielt den Pfeil locker zwischen zwei Fingern. Sie schlichen sich den schmalen, ziemlich steilen Abhang hinab, auf dem linker und rechter Hand tiefe Wagenspuren in den Boden eingegraben waren. Hishn spürte noch immer dem Unsichtbaren nach. Die Wölfin stieß ein tiefes Knurren aus.

Dort! Ein Geräusch, und schon zischte ein Pfeil an ihrer Hüfte vorbei. Hishn machte einen Satz nach vorne, und Dion selbst sprang seitlich nach hinten; ihr Bein gab nach und ließ sie quer über die Wagenspuren fallen, wo sie kurz vor dem schützenden Waldsaum liegenblieb. Sie verbiß sich einen Aufschrei, schoß einen Pfeil zurück und kroch auf das dunkle Gebüsch zu, doch zwei weitere unmißverständlich knapp geschossene Pfeile schnitten ihr den Weg ab. Also war es mehr als ein Angreifer. Es war immer mehr als einer, rief sie sich voller Verzweiflung ins Gedächtnis zurück. Sklavenjäger arbeiteten immer zu dritt oder mehr in Gruppen zusammen.

»Stehenbleiben, oder du stirbst!« Die grobe Stimme war so kalt wie das Wasser, in dem sie am Morgen geplanscht hatte; unwillkürlich lief ihr ein Schauer über den Rücken. »Wirf den Bogen weg und laß das Schwert fallen. Wenn der Wolf noch eine Bewegung macht, stirbt er zu deinen Füßen.«

»Hishn!« flüsterte sie energisch. Die Graue kauerte sich zwischen der Frau und den Sklavenjägern auf den Boden. Ihre Zähne schimmerten lang und weiß in der Nacht. Zwei bullige Gestalten traten links und rechts aus dem Gebüsch auf die Straße hinaus, aber Dion wußte, daß es mindestens noch einen dritten gab, dessen Pfeil genau auf ihr Herz zielte. Eine weitere schwere Verwundung konnte sie sich nicht leisten. Einer von ihnen zündete eine Fackel an und hielt sie hoch über den Kopf, woraufhin das Licht einen makabren Schatten warf, der zweimal so groß wie der Mann selbst war, den es beleuchtete.

»Sieh mal einer an, wen wir da haben«, brummte der andere Mann. »Einen Wanderer. Er ist bestimmt sehr müde. Vielleicht sollten wir ihn zum Spaß mit nach Hause nehmen, was, Grost? Haha!« Er bewegte sich sehr umsichtig und hielt den Bogen noch immer schußbereit, während er auf dem Weg näher kam. Derjenige, der auf den Namen Grost hörte, war einige Zentimeter kleiner als der erste, aber trotzdem noch über zwei Meter groß. Ihre Gesichter sahen aus, als hätten sie erst kürzlich eine Schlägerei mitgemacht. Als sie näher kamen, trat auch der dritte Mann aus seiner Deckung hervor, um eine ungehinderte Schußlinie auf sein Opfer zu haben. Gray Hishn knurrte und drängte sich rückwärts gegen Dion, wobei sie nach wie vor zwischen ihr und den Jägern kauerte, die weiter durch den rasch dunkler werdenden Abenddunst herankamen. Die Wölfin war jetzt völlig auf ihre Instinkte konzentriert. Ihre Blutlust vermählte sich mit ihren Schutzinstinkten, die auf Angriff standen.

Hishn. Dion überprüfte die Wölfin noch einmal, obwohl die kontrollierte Angst in ihren eigenen Gedanken die Wölfin nicht gerade beruhigte. Sie selbst hatte es noch nie mit Sklavenjägern zu tun gehabt, doch als Heilerin hatte sie schon oft gesehen, was ihre Waffen an Männern und ihre Späße an Frauen ausrichteten. Wie lange würden sie wohl noch glauben, daß sie es mit einem Mann zu tun hatten?

»Halt den Wolf zurück«, sagte Grost schneidend. Sein gezogenes Schwert funkelte im Licht der Fackel.

»Leg das Vieh doch einfach um«, schlug der erste hünenhafte Jäger vor.

»Sei nicht blöd, Kerr. Für trainierte Wölfe werden hohe Preise bezahlt. Bolan, kümmere du dich um unseren anderen Gast. Dieser hier ist nicht gerade in der Verfassung, uns Ärger zu machen.« Der Mann am Waldrand grunzte, drehte sich um und verschwand schattengleich in der Dunkelheit der hereinbrechenden Nacht. Dion verhielt sich still. Mit ihrem verletzten Bein konnte sie nicht davonlaufen, aber sie konnte auch nicht zulassen, daß sie Hishn schnappten. Die Wölfin war ihre einzige Chance – Hishn mußte entkommen, Rhom finden und, wenn möglich, Hilfe bringen. Kerr kam zu nahe heran, und die Wölfin machte sich zum Sprung bereit; ihre Gedanken prasselten stakkatohaft auf Dion ein: *angreifen, zerfleischte Kehle, spritzendes Blut unter blitzenden Fängen, das Gefühl von Fleisch und Knochen zwischen den Kiefern, der Geschmack heißen Blutes, die unmittelbare Gegenwart des Todesschreis …*

Halt! befahl Dion heftig. *Warte noch!*

Grost blieb seitlich versetzt stehen und ließ Kerr näher kommen; Dion dachte noch, daß es ihm nichts ausmachte, wenn der andere Mann unter den Zähnen des Wolfes starb. Kerrs Bogenarm war bereit, doch er war nicht darauf gefaßt, welche Richtung der Angriff der Grauen nahm, als sie plötzlich aufsprang. Die Wolfsläuferin warf die Hand in die Luft, und Kerrs Augen folgte ihr. »Rhom!« rief sie schneidend. Hishn würde sie schon verstehen.

Die Wölfin machte einen großen Satz, aber nicht auf den Sklavenjäger zu. Die Schatten streckten sich und empfingen das graue Tier wie einen der ihren. Kerr war zu verblüfft, so daß sein ungenau abgefeuerter Pfeil ins Gestrüpp sauste. Einen Augenblick lang waren die Männer irritiert, dann beugte sich Grost fast beiläufig nieder und schlug ihr unangebracht hart auf die Wange.

Meine Stimme, dachte sie verschwommen. Sie hat mich verraten.

»Hure«, hörte sie eine Stimme, noch während die vertrauten verschwommenen Flecken vor ihren Augen tanzten. Sie registrierte kaum, daß sie ihr die Hände vor dem Körper zusammenbanden, sehr fest, doch mit knapp dreißig Zentimetern Platz dazwischen. Dann stießen sie sie von sich. Obwohl sie die Hände bewegen konnte, stürzte sie zweimal. Beim ersten Mal zerrte Kerr sie auf die Füße und grunzte etwas davon, daß er sie gleich dort im Staub nehmen wolle, da sie es ja doch nicht mehr bis zum Lager schaffen würde. Sie erschauerte und kam sich sehr klein vor, ihr Körper fühlte sich schwach und taub an.

Der schmutzige Sklavenjäger lachte grausam auf. »Erst mal sehen, wie du im Schein des Feuers aussiehst.« Er streckte die Hand aus, um ihren Busen zu befühlen, aber sie wich rückwärts gegen Grost zurück. Angst und Wut blitzten in ihren Augen. Die Jäger hatten ihr die Messer aus dem Gürtel gezogen, aber nicht nach den anderen gesucht, und mit den beiden Klingen in den Stiefeln würde sie den Mann in die siebte Hölle schicken, wenn er sie auch nur anzufassen wagte.

Beschützen … Hishns Gedanke drang plötzlich in Dions eigene finstere Überlegungen … *ein Sprung, einmal zuschnappen, ein Schrei …*

Nein! kommandierte die Wolfsläuferin so forsch, wie es ihr möglich war. Die Graue war im Wald, schlich wie der dunkle Schatten des Todes umher, doch Dion brauchte mehr als die Zähne der Wölfin, um sich die Sklavenjäger vom Hals zu schaffen. *Ich bin zu schwach, um davonzulaufen. Suche Rhom, und beeile dich!*

»Laß sie in Ruhe«, übertönte Grosts tiefe Stimme den stummen Austausch mit der Wölfin. »Hast du nicht das Heilerband gesehen?« knurrte er Kerr an. »Sie bringt nur einen miesen Preis, wenn du sie brandmarkst, bevor sie zum Verkauf angeboten wird.«

Der andere Mann murmelte einen unterdrückten Fluch. Doch die Frau fiel noch einmal zu Boden, von dem schmerzenden Pochen in Bein und Kopf betäubt; daraufhin schnappte er sie und warf sie sich wie einen Sack Kartoffeln über die Schulter. Die Welt verlor sich in einem roten Nebel, als sie im Rhythmus seiner Schritte immer wieder gegen seinen Rücken geschleudert wurde. Als sie das Lager der Sklavenjäger erreicht hatten, warf er sie einfach ab und lehnte sie an eine andere Gestalt, die dort im Feuerschein lag; während sie noch regungslos vor ihm lag und ihr Bewußtsein langsam zurückkehrte, band er ihr die Handgelenke erneut fest zusammen. Sie spürte, wie ihre Hände taub wurden.

Der Mann, der neben ihr gefesselt auf dem Boden lag, rührte sich ein wenig und stöhnte leise auf. Dann öffneten sich seine grauen Augen, und die beiden Gefangenen blickten sich einen Moment lang an. Zuerst spiegelte sich Überraschung, dann Resignation und schließlich Mitleid auf seinem geschundenen, wettergegerbten Gesicht, als er sah, daß es sich um eine Frau und eine Heilerin handelte – und daß sie ebenfalls in die Hände der Sklavenjäger geraten war. Auch er selbst hatte nicht gerade die besten Aussichten, wie Dion wußte. Wenn sie verkauft wurde, schützten sie wenigstens die Gesetze des Harems, doch der ältere, fast schon grauhaarige Mann konnte mit allen möglichen elenden Todesarten rechnen – die Sklavenjäger waren nicht gerade als rücksichtsvolle Zeitgenossen bekannt. Schon jetzt rann ihm Blut von Mund und Nase, und sein linkes Auge war beinahe vollständig zugeschwollen.

»Ich wünschte, ich könnte dir helfen«, flüsterte sie unwillkürlich, als sie sein übel zugerichtetes Gesicht sah.

Sein rechtes Auge funkelte kurz ironisch auf, sogar ein schiefes Lächeln gelang ihm. »Ich sollte wohl eher dir helfen, Heilerin«, flüsterte er zurück. »Gamon Aikekkraya neBentar, Waffenmeister der Ramaj Ariye. Zur Zeit ohne Waffen, aber trotzdem zu deinen Diensten.«

»Heilerin Ember Dione maMarin«, erwiderte sie und verstummte dann. Grost hatte seine Waffen auf der anderen Seite des Feuers fallen gelassen und kam herüber. Noch während sie versuchte, sich, ohne Schmerzen zu zeigen, aufzurichten, kniete Grost vor ihr nieder, streckte die Hand aus und packte sie am Kinn, um sich ihr Gesicht genauer zu betrachten, gerade so, als untersuche er die Zähne eines Dnus nach Alterserscheinungen. Sie riß den Kopf mit vor Zorn brennendem Gesicht zurück, doch er grinste nur und zog sie wieder zu sich heran.

»Bockig, hm? Die mit ein bißchen Mumm im Leib bringen immer einen besseren Preis.« Seine andere Hand zog der Heilerin das Stirnband und die Kriegshaube vom Kopf; ihr zerzaustes Haar fiel herab. »Eindeutig hübsch. Sogar sehr, muß ich schon zugeben. Mit dem Bonus als Heilerin kriegen wir vielleicht 40 oder sogar 42 Goldstücke für dich, und das trotz dieser Sache da …« Er deutete auf ihre Bein- und Kopfwunde. »Vielleicht sogar mehr, wenn der richtige Käufer kommt.« Er lachte rauh und ließ es zu, daß sie ihr brennendes Gesicht seinem Griff entzog. »Ich respektiere deine Tätigkeit, Heilerin, also lasse ich dir die Wahl, mir zu sagen, wo du dein Geld versteckt hast, andernfalls muß ich deine Kräutersäckchen durchwühlen. Was ist dir lieber?«

Dion war schockiert. Niemand vergriff sich an den Kräutern einer Heilerin. Aber andererseits vergriff sich auch normalerweise niemand an einer Heilerin. Also zügelte sie ihren Zorn, obwohl ihre Augen wütend aufblitzten. »Das dritte Säckchen auf der rechten Seite«, antwortete sie aufmüpfig.

Er grinste sie träge an. »Immer schön mitmachen«, kommentierte er, band das Säckchen los und nahm es in die Hand. »Dann bleibst du auch am Leben.« Das Säckchen enthielt nur Silber und Kupfer, doch es war genug, um den Sklavenjäger zu besänftigen. Die Monde wußten es, daß ihre Aufmachung nicht danach aussah, als ob sie Geld besäße. Als er in den kleinen Beutel linste und die Münzen taxierte, fing Dions linkes

Bein an zu jucken, und zwar dort, wo sich die Edelsteine und ihre wenigen Goldstücke im Stiefel sanft gegen ihre Haut drückten. Doch Grost war zufrieden, zog den Beutel wieder zu und schob ihn in sein Wams. »Was ist denn mit dem Rest deiner Reisegesellschaft passiert?« fragte er mit einem erneuten Seitenblick auf die Blutflecken und die Schnitte in ihrem Lederharnisch.

»Worlags«, sagte sie kurz angebunden.

Grost sah sie skeptisch an. »Und du bist ihren Klauen als einzige entkommen? Dieser Wolf muß ja ganz praktisch sein, wenn es drauf ankommt. Wir werden dich als Köder auslegen müssen, damit er zu dir zurückkommt.« Unwillkürlich zuckten Dions Augen, und Grost lächelte. Er wußte, daß er ins Schwarze getroffen hatte. Sein Lächeln und sein Humor entsprachen dem eines hungrigen Worlags.

Die Wolfsläuferin funkelte ihn an und versuchte, in seinem Gesicht zu lesen, machte sich dabei jedoch klar, daß es keinen Grund dafür gab, sich über die Taktiken der Sklavenjäger zu entsetzen. Sie hatte zugehört, als ihr Vater und ihr Bruder von ihren Erlebnissen berichteten, sie hatte die Wunden und die mißhandelten Körper gesehen, die die Sklavenjäger zurückließen, sie hatte bei den besten Lehrern der Abis genannten Kriegskunst studiert – wenn sie jetzt zuließ, daß dieser Sklavenjäger sie so sehr ängstigte, daß sie alles, was sie je gelernt hatte, vergaß, dann hatte sie mehr als ihr halbes Leben mit etwas vergeudet, das sie im Ernstfall nicht einsetzen konnte. Er war ein Sklavenjäger, eindeutig, ein Sklavenhändler, aber er war trotz allem immerhin ein Mensch.

Und Menschen können getötet werden, so leicht wie Feldhasen, flüsterte die Graue wild aus der Dunkelheit hinter einem der Sklavenjäger.

Hishn, verzieh dich, geh vom Licht weg! Laß mich hier. Suche Rhom. Er muß hier irgendwo in der Nähe sein. Dion zwang sich verzweifelt dazu, nicht in die Richtung der Wölfin zu blicken.

Doch plötzlich fuhr der Sklavenjäger mit schroffer Stimme

zwischen ihre Gedanken: »Wer ist Rhom?« schnauzte er, als hätte er ihre Gedanken gelesen. »Wie steht er zu dir, und wie weit ist er weg?«

Gamon rührte sich ein wenig, verhielt sich aber sonst ruhig; Dion spürte, wie ihr Herz vor Anspannung heftig gegen die Rippen pochte. Die Angst ist echt genug, sagte sie sich, also nutze sie, laß dich nicht von ihr überwältigen.

»Es ist niemand, den du kennst«, antwortete sie mit fester Stimme. »Leute wie dich kennt Rhom nicht.«

Grost zeigte sich nicht im mindesten beeindruckt. »Versuch's noch mal, Heilerin.«

Sie seufzte entnervt auf. »Na schön, in Wirklichkeit ist er mein Lieblingsworlag, den ich mir unterwegs als Haustier aufgegabelt habe. Eigentlich sieht er dir ziemlich ähnlich. Die gleichen Knopfaugen, das gleiche blauschwarze Gesicht ...«

Das Lächeln des Sklavenjägers spiegelte sich nicht in seinen Augen. »Wenn ich will, kann ich dafür sorgen, daß es dir hier sehr übel ergeht, weißt du.« Er streckte die Hand aus und packte sie wieder am Kinn; sie schreckte zurück, und er kicherte. »So ein mutiges kleines Mädchen«, zog er sie auf. »Was würdest du denn tun, wenn ich dich für mich selbst kaufen würde?« Sein Lächeln erstarb ganz plötzlich, und der vom Feuerschein geworfene Schatten verdunkelte sein Gesicht. »Wer ist Rhom?«

Dion senkte den Blick, antwortete nicht; der Klaps des Sklavenjägers erwischte sie fast unerwartet und ließ ihren Kopf nach hinten schnellen. *Bleib dort!* befahl sie Hishn, hielt den instinktiv angesetzten Sprung mit ihrem Kommando auf und leckte sich das Blut von der Lippe. Der Schlag war gefühllos und brutal gewesen; Grost benutzte seine Hände nur, um die erwünschte Information zu erhalten, und das empörte sie mehr als die Handlung selbst. Sie unterdrückte ihr Keuchen und kam wieder zu Atem, dann antwortete sie mit tiefer, leicht zitternder Stimme: »Mein Großvater.«

Grost lehnte sich zurück und sah sie mißtrauisch an. »Dein

Großvater, hä? Wie weit von hier entfernt wohnt denn der alte Knabe?«

Sie zögerte und wartete, bis er die Hand hob, um ihr wieder zu drohen. Erst dann stieß sie die Worte mit hoher, gepreßter Stimme hervor, als wollte sie antworten, bevor seine Hand niederfuhr. Es fiel ihr nicht besonders schwer: »Zwei Tage, vielleicht weniger«, sagte sie. Die Worte purzelten nur so aus ihr heraus. »Wenn er rasch geht. Er holte gerade Hilfe für die Wagen, als wir überfallen wurden.« Ihr Blick flackerte zu dem dunklen Schatten hinter Bolan. Ihre Zunge fuhr über die Lippen. *Warte, meine Graue. Bald, sehr bald werden wir beide kämpfen.*

Grost überlegte einen Augenblick, nickte kurz, als hätte er grob die Entfernungen überschlagen, und fragte dann: »Kannst du kochen?«

Dion antwortete nicht, in der Hoffnung, ihn damit in der Sicherheit zu wiegen, daß ihre Rebellion nur verbaler, nicht physischer Natur war; dabei fühlte sie sich in Wirklichkeit rebellisch und beschämt zugleich. Bei den Monden! Alle Heiler konnten kochen. Warum sollten sie nur lernen, wie man bittere Heilkräuter zubereitet?

Der Sklavenjäger schlug ihr wieder ins Gesicht, und das Blut aus ihrer aufgerissenen Oberlippe fachte ihre Wut an. »Kannst du kochen?« wiederholte er freundlich. Sie spürte die Hitze in ihrem Gesicht und das Blitzen ihrer Augen, aber sie hielt sich zurück. Bewegung bedeutet Gelegenheiten, rief sie sich ins Gedächtnis und schmeckte das Blut auf der Zunge. Hishns eigene Vorstellung von Blut diente ihr ebenso als Ansporn wie die Wut, die tief innen schwelte. *Noch nicht,* riet sie sich selbst und der Wölfin. *Nur noch ein wenig abwarten …*

Grost band ihr die Hände wieder einen Fußbreit auseinander und zog sie auf die Füße. Er zeigte zum Feuer und dem Topf, der darüber hing. »Kümmere dich darum«, sagte er. Sie sagte nichts, doch als sie auf die Feuerstelle blickte, ballte sie wiederholt die Hände zu Fäusten, damit das Blut wieder in sie zurückfloß. Sie war noch immer im Besitz der Stiefelmesser, doch der Sklavenjäger beobachtete sie so argwöhnisch, daß es ihr nicht möglich war, ein Messer aus dem Stiefel zu ziehen und bei Gamon zurückzulassen. Am Topf angekommen, verzog sie die Nase und versuchte, den Klumpen auf dem Topfboden umzurühren. Was auch immer das sein mochte, es war ungenießbar, nicht mehr zu retten.

»Los, kochen«, befahl Grost leise, doch in seiner Stimme schwang noch immer Kälte mit.

Die Angst schmeckte säuerlich in ihrem Mund. Sie war wütend. Nicht einmal ein Sklavenjäger hatte das Recht, eine Heilerin so zu behandeln, dachte sie mit erhobenem Kinn. Diese Männer waren Mörder, die sich lediglich für das Gold interessierten, das ihr Verkauf versprach. Aber zur Hölle, sagte sie sich, wenn sie Wert auf Mumm legten, dann würde sie ihnen ein wenig Mumm bieten, und dazu eine Kostprobe ihres Temperaments. Schließlich hatte sie nicht viel zu verlieren.

»Ich kann keine verbrannte Erdknollenpampe kochen oder was ihr da in dem Topf versaut habt«, gab sie giftig zurück, funkelte Grost an und warf angewidert einen Löffel klumpiger Brocken auf die Erde. »Willst du ein Abendessen haben? Dann sag Bolan dort, oder wie der Kerl heißt, er soll diesen Kram wegkippen und ein paar frische Wurzeln ausgraben.«

Bolans Unterkiefer klappte vor Staunen herunter. Kerr gluckste. Grost starrte sie einen Moment lang an, und Dion dachte schon, ihr letztes Stündlein habe geschlagen, als der Sklavenjäger mit noch immer überraschtem Stirnrunzeln an seinem Schwert herumfingerte. Doch dann brach Grost unerwartet in Lachen aus. »Bolan«, prustete er los. »Schmeiß den Topf weg und such dann unsere Vorräte für die Heilerin zusammen.« Lachend drehte er sich weg, und Bolan schüttelte ungläubig den Kopf.

Mit den frischen Zutaten gelang Dion ein kräftiger Eintopf. Sie humpelte zwar stolpernd und fluchend hin und her, sie war müde und hatte Angst, doch sie wußte immerhin, daß

Hishn in der Dunkelheit lauerte. Sie verstand nicht, weshalb die Sklavenjäger die Gefahr nicht spürten, denn die Jagdaura der Grauen war stark genug, um Dion selbst trotz ihrer Erschöpfung wach zu halten. Nur Grost ließ Dion nicht aus den Augen, als wüßte er, daß etwas faul war. Sie ignorierte ihn. Die Sklavenjäger ignorierten Gamon.

Sie fragte sich, was sie mit dem älteren Mann vorhatten. Wollten sie ihn etwa auch auf dem Sklavenmarkt verkaufen? Falls sie sie dazu aufforderten, ihre Wunden zu versorgen, würde sie sie mit einem langsam wirkenden Beruhigungsmittel einschläfern. Aber sie hatten sie nicht danach gefragt, wahrscheinlich, weil Grost ihr noch immer nicht über den Weg traute. Den Eintopf konnte sie nicht vergiften, weil sie und Gamon auch davon essen mußten. Allerdings konnte sie das Beruhigungsmittel im Grog zum Einsatz bringen. Sie vergeudeten bestimmt keinen guten Tropfen an Gefangene, und vielleicht verschafften sie Hishn damit eine Gelegenheit zum Angriff und damit zu ihrer und Gamons Flucht. Da sich der Rauch mal hierhin, mal dorthin drehte, hatte Dion eine gute Entschuldigung dafür, um das Feuer herumzuwandern. Als sie der beißende Qualm wieder einmal zum Standortwechsel zwang, drehte sie den Sklavenjägern den Rücken zu und lockerte den Riemen an ihrer Waffentasche. Das Glasröhrchen, das dem Schöpfen der fallenden Sterne und des Mondlichts diente, war in Sekundenschnelle in ihrer Hand und dann im Ärmel verschwunden. Nur noch ein wenig Geduld, meine Graue, übermittelte sie. Warte noch eine halbe Stunde, nachdem sie getrunken haben, und die Monde werden uns den Pfad der Rache deutlich weisen. Gamon, in dessen Richtung sie bei diesen Gedanken stand, blickte wie beiläufig weg.

Sie servierte das Abendessen so höflich, als säßen die Sklavenjäger zu Hause an ihres Vaters Tisch, obwohl ihre Hände zitterten, als sie den Eintopf in die Schalen löffelte. Bolan und Grost schienen die Ironie, wie Edelleute bedient zu werden, sichtlich zu genießen, doch der andere, grimmig dreinschauende Mann beobachtete sie nur, als sie neben ihn trat, um seine Schale zu füllen. Der alte Waffenmeister mußte die Angst vor allen neun Monden in Bolan geweckt haben, denn nachdem die Sklavenjäger gegessen hatten, band Bolan Gamons Arme los und fesselte die Hände sogleich wieder so, daß der Waffenmeister umständlich essen und den Eintopf nur unter Verrenkungen zwischen seine zerrissenen Lippen löffeln konnte. Der klobige Sklavenjäger saß kaum einen Meter entfernt, und sein Schwert zeigte während des Essens unablässig auf das Herz des alten Mannes.

»Hast du auch einen Namen?«

Sie zuckte zusammen und blickte von dem Topf auf, den sie gerade abspülte. Grost stand nicht weit von ihr entfernt, sein Gesichtsausdruck war freundlich wie immer, doch Dion sagte sich, er sähe ganz bestimmt auch so aus, wenn er einer Mutter und ihrem Kind die Eingeweide herausriß. Sie bedachte ihn wieder mit ihrem Meutererblick, sagte jedoch nichts, woraufhin er seine klobigen Finger bis auf die Nerven in ihre Schultern grub und sie so schmerzhaft zu sich herumdrehte, daß sie den Topf fallen ließ und ihn keuchend anstarrte. »Wenn ich dich etwas frage, Heilerin, dann antworte gefälligst«, sagte der Sklavenjäger und schlug ihr wieder ins Gesicht. »Das spart dir eine Menge Kummer.«

Weiße Zähne bohren sich in einen dicken Arm, Sehnen reißen, und Gelenke splittern … Die prompte und alles vereinnahmende Wut der Wölfin war kaum von Dions eigenen angespannten Gefühlen zu trennen, und die Frau wußte, daß sie das Tier nicht mehr viel länger zurückhalten konnte.

Warte noch, meine Graue, flehte sie. Drei gegen einen, das ist der sichere Tod. Sie werden mich einfach als Geisel nehmen und dich dann so fest an die Kette legen, daß du nie mehr laufen kannst.

Grost bohrte erneut die Finger in ihre Nerven, weil sie noch immer zögerte. Gegen ihren Willen wand sie sich in seinem

Griff. »Heilerin Dione«, sagte sie mit vor Mordlust blitzenden violetten Augen.

»Aha«, nickte er. »Die Heilerin Dione. Und wie lautete dein Mädchenname, Heilerin Dione?« Seine Stimme umschmeichelte ihr Ohr.

»Das geht dich nichts an«, stieß sie hervor. Sie war so wütend, daß sie bereit war, weitere Schläge entgegenzunehmen, um sie dem Sklavenjäger doppelt und dreifach zurückzugeben, doch sie hielt ihr Temperament gerade noch zurück und zuckte absichtlich vor seiner erhobenen Hand zurück. Zwei heiße rote Flecken brannten auf ihren Wangen. »Ember«, sagte sie zornig. Ihre Schultern pochten dort, wo seine Eisenfinger ihre Nerven zerquetscht hatten.

»Komischer Name.« Er schaute sie durchdringend an, als suchte er noch immer nach einer Bedrohung, die er nicht genau benennen konnte. »Aber das macht dich nur noch attraktiver. Schenke uns den Grog ein, Ember Dione.«

Die Hand der Wolfsläuferin zitterte noch, doch die Bewegung verdeckte die kleinen Spritzer der Mixtur, die in den aufwallenden Grog fielen. Doch als sie die Krüge mit dem Gebräu füllte, zeigte Grost schweigend auf zwei weitere Tassen. Dion rutschte das Herz in die Hose. Er ist zu schlau, dachte sie voller Angst. *Hishn – halte dich bereit.*

... kauern, warten, Hinterpfote in eine Wurzel gekrallt, zum raschen Absprung ...

Fertig – nein, warte noch. Es war nur ein Test gewesen. Der Sklavenjäger nahm seinen Krug entgegen, als er sah, daß die Frau nicht zögerte, selbst einen zu nehmen und den anderen Gamon anzubieten. Ihr war auch nicht entgangen, daß er beim Eintopf ebenfalls gewartet hatte, bis sie davon gegessen hatte, bevor er seine Portion anrührte.

»Trinken, aber nicht schlucken«, flüsterte sie, ohne die Lippen zu bewegen, als sie den Krug Gamon an die Lippen hielt. Sie stand so, daß der Gefangene durch ihren Körper den Blicken der Sklavenjäger entzogen war. Der alte Mann ließ den Grog seitlich aus dem Mundwinkel rinnen und auf sein Hemd und die Hose tropfen, wobei er laute Schluckgeräusche machte. Die schweigende Bedrohung durch die Wölfin hämmerte in der vorgeblichen Stille. Dann, unter dem betäubenden Geräusch der Atmung der Wölfin, ließ Dion ein Messer aus ihrem Stiefel rutschen und in den Schatten vor der Hüfte des älteren Mannes fallen; sie vermied seinen Blick, der nach dem unerwarteten Kontakt mit dem Stahl der Waffe aufblitzte. *Gleich, Hishn. Dann kriegen wir beide unseren Kampf.* Der ältere Mann rückte unauffällig zur Seite, verdeckte das Messer mit seinem Körper und arbeitete sich vorsichtig mit den Händen vor. Auf der anderen Seite des Feuers trank Kerr seinen Krug mit einem Zug aus und erhob sich, um sogleich nachzufüllen. Auch Bolan hatte schon ein paar Schlucke genommen. Grost schlürfte langsam und schien seine Aufmerksamkeit anderen Dingen zu widmen, doch Dion vermutete, daß er die beiden Gefangenen noch immer im Auge behielt.

»Trink deinen Grog, Ember Dione«, befahl er vom Lagerfeuer her. Sie hatte sich nicht geirrt.

»Ich mag kein Schweinebier«, gab sie schnippisch zurück. Bolan kicherte hämisch, als er sich erneut aus dem Topf bediente. Setzte er sich wieder auf den Baumstamm, auf dem er zuvor gesessen hatte? Dort würde er nämlich genau vor der Wölfin sitzen …

»Trink, Heilerin.« Grosts Stimme war kalt, die Drohung unüberhörbar. Sie nahm den Krug, den sie für sich vorbereitet hatte. *Jetzt ist es soweit, meine Graue,* übermittelte sie dem Tier. *Eins.* Sie haßte Grog. Mit oder ohne Beruhigungsmittel, sie hätte es auf jeden Fall vermieden, das bittere Gebräu zu trinken. *Wenn ich losschreie …*

… Muskeln gespannt, Augen wie Schlitze, Beute wie schlafende Pags …

Dion nahm einen Schluck, wischte sich jedoch gleich darauf mit dem Handrücken über den Mund, wobei sie den Grog in ihren Ärmel spuckte und den Arm hinunterlaufen ließ, zuerst heiß, dann kalt wie die Nachtluft, die sich in ein frostiges Bad verwandelte. Obwohl sie das Zeug sofort ausgespuckt hatte, spürte sie die Wirkung des Mittels durch Zahnfleisch, Gaumen und Zunge. Würde es sie zu langsam machen?

... harte, schwarze Klauen, gespreizt, zurückgezogene Lefzen ... Das Bild, das sich die Graue ausmalte, war eine wahre Explosion ihres Blutrauschs, die Dion einen Augenblick blendete, bis sie wieder die Herrschaft über die eigenen Gedanken gewonnen und sich daran erinnert hatte, daß sie ein Mensch war. *Gleich, meine Graue ...* antwortete sie flüsternd.

»Heilerin.« Grosts Stimme war wie Eis. Dione wäre beinahe zusammengezuckt. Hörte sich das nicht schon wie ein leichtes Nuscheln an? Bolan entspannte sich zusehends. Bei allen Göttern, spürte er denn die Gefahr nicht? Kerr hatte sich gegen einen Baumstamm gelehnt und schien ins Feuer zu starren. *Nur noch fünf Minuten ...* Doch Grost stand einfach auf, kam herübergeschlendert und blickte die Wolfsläuferin an, als sei sie selbst das Kaninchen, das gleich gespickt und gebraten werden sollte. Dion hielt den Atem an, als er lässig noch einen Schluck nahm; doch sie erstarrte, als er ihn wieder ausspuckte.

Hishn! Jetzt! rief sie.

Sie machte einen Satz auf das dunkle Unterholz zu, wurde jedoch heftig zurückgerissen. Der Sklavenjäger hatte sie bei den Haaren gepackt und schleuderte sie grob herum. Der Strick zwischen ihren Händen behinderte sie, doch dann wäre sie vor Schock beinahe ohnmächtig geworden, denn er krallte seine Finger brutal in ihre Beinwunde. Sie schrie auf und fiel auf die Knie. Ein roter Schleier legte sich über ihre Augen. Aus weiter Ferne drang ein Knurren an ihr Ohr, und der Schrei eines Mannes gellte durch die Nacht. Wo war Kerr? Das Kampfgeschehen lag Meilen hinter ihr, und die Geräusche des Todeskampfes waren unglaublich dünn.

Grosts Messer blitzte auf, und das Blitzen bohrte sich so in ihre Instinkte, daß sie die Hände hochriß und die Klinge mit den Fesseln und nicht mit dem Hals empfing. Er zog sie fauchend an den Haaren zu Boden, zerrte so heftig daran, daß sie hintenüber stürzte und neben ihm niederfiel. Noch im Stürzen trat sie ihm kräftig gegen das Knie; sein Gewicht hielt ihren Knöchel gefangen, was sie nicht weniger in Panik versetzte als ein mordlustiger Worlag. Sie spürte Erde in ihrer Faust, und sie warf sie ihm ins Gesicht.

»Du elende kleine Lepa …«, knurrte er, rieb sich die Augen, und sie kroch außer Reichweite und zog das verborgene Messer aus dem Stiefel. Hishn streifte hinter dem Feuer entlang und hatte sogleich den anderen bulligen Sklavenjäger am Wickel, der wieder aufschrie und mit einer Hand in Richtung seines Schwertes tastete, während er mit der anderen die rotschimmernden Fänge der Wölfin gepackt hielt.

… Blut … heißes süßes Blut … Springen und reißen und schlitzen und töten … Wolfsläuferin, ich komme zu dir … Handgelenk offen, Blut sprudelt ins Fell … harte Knochen brechen zwischen meinen Zähnen …

Bolan machte einen Satz auf sein Schwert zu und stolperte. Dion stieß mit dem Messer nach Grost und schlitzte ihm den Arm auf; der Sklavenjäger fluchte und boxte ins Leere. Er wich aus. Er duckte sich. Sie riß einen schwelenden Prügel aus dem Feuer und drehte sich, stieß dann nach dem Gesicht des Mannes. Grost wich aus und schlug den Prügel zur Seite, doch Gamon trat dem Sklavenjäger in die Nieren; der schmutzige Mann hatte seinen anderen Gefangenen einen Augenblick lang vergessen. Dion ergriff die unerwartete Gelegenheit, um mit dem rauchenden Ast nach Bolan zu schlagen, während der andere Sklavenjäger sein Schwert doch noch zu fassen bekam und auf die Wölfin losging. Sie kam wankend wieder hoch, doch dann setzte ihr Grost nach; sein Gesicht war das Böse selbst, seine Augen der Tod. Sie wechselte auf die andere Seite des Feuers und schnappte sich den Grogkessel, der immer noch auf den Holzkohlen brodelte, doch der

Sklavenjäger duckte sich unter dem Schwall kochender Flüssigkeit weg. Hastig griff sie nach den Wurfsternen in ihrem Beutel. Sie fand drei davon, doch er war sehr gut; nur einer brachte ihm eine tiefe Fleischwunde bei. Davon ließ er sich kaum bremsen. Sie duckte sich, trat aus, erwischte seine Kehle mit einem Hieb und wich zurück, doch selbst unter Einfluß des Schlafmittels war Grost ein kräftigerer, schmutzigerer Kämpfer als sie … *herumwirbeln und zustoßen … reißen* … Wenn er sie nur ein einziges Mal erwischte …

Verzweifelt wich sie dem nächsten Hieb aus, wand sich aus dem Griff des Sklavenjägers, dessen Messer die Luft zerschnitt. Sie stieß wieder und wieder nach seinem Bauch, seine harten Muskeln kamen ihr wie Steine unter den Fäusten vor, als sie zwischen seinen eigenen Hieben ihre Schläge austeilte; dann trat sie ihm fest auf den Fuß und rammte ihm das Knie zwischen die Beine.

… blute und sterbe … weicher Hals in weißen Zähnen …

Er schlug ihr in die Rippen, packte sie dann am Arm, aber voller Panik erwischte sie ihn mit dem Ellbogen an der Kehle, bevor sie ihn über einen am Boden liegenden Baumstamm stieß. Hinter ihr schrie Bolan. Grost grunzte nur, als er hart auf dem Boden aufschlug. Dion wirbelte herum. Gamon – seine Fesseln – sie schnitt sie sofort durch, befreite die Füße des älteren Mannes, damit er wenigstens davonlaufen konnte. Doch statt dessen rammte sie der alte Mann in den Sklavenjäger, der sich gerade wieder auf Dion werfen wollte, und das Messer des Sklavenjägers verfehlte nur knapp ihre gerade noch ausweichende Seite. Grost holte mit dem Messer aus, um seinen silbernen Tod nach Dion zu schleudern. Hishn heulte. Gamon rief etwas. Die Wölfin tauchte wie ein tödlicher Schatten auf dem Rücken des Sklavenjägers auf, und jetzt warf Dion ihr eigenes Messer. Es grub sich in sein Auge wie ein Spaten in weichen Lehm.

Beruhige dich, meine Graue. Es ist vorbei. Dion kniete neben der Wölfin und nahm die Wangen des Tieres zwischen ihre Hände, blickte in die zu Schlitzen verengten Augen und rief sie in Gedanken laut an. Nicht mehr, jetzt ist genug, hör sofort auf. Sie mußte das Tier fest in den Armen halten, während Gamon rasch neben Bolan niederkniete, dem nicht einmal mehr genug Zeit blieb, um sein Leben zu betteln, bevor sich der Waffenmeister zu ihm niederbeugte und den Schnitt vollführte. Blut sprudelte, und die Wölfin zuckte zusammen. Dion, die völlig in der inneren Aufregung der Grauen aufging, merkte zunächst nicht einmal, daß die Exekution in der Wirklichkeit stattfand, bis das menschliche Bild des Todes ihr Bewußtsein wieder zurückholte und einen Ausdruck des Entsetzens auf ihrem Gesicht hervorrief.

»Gamon ... nein ...«

Gamon stand schon wieder und erwiderte ihren Blick. »Wir haben hier keinen Henkersblock zur Hand, Mädchen. Die werden jetzt jedenfalls niemanden mehr quälen.«

Sie kämpfte gegen ihre wachsende Schwäche an. Die dunklen Wälder hüllten sie ein, und der bedeckte Himmel hielt das Licht der Monde von ihrem Lager fern. »Ich hätte ihn retten können«, flüsterte sie.

»Was?« Der Waffenmeister sah sie ungläubig an. »Wozu denn? Damit sie weiter morden und vergewaltigen können?« Er rollte den Körper zur Seite, bis er gegen die reglose Gestalt Kerrs stieß. »Denk mal darüber nach, Heilerin. Diese Kerle waren nicht einmal deiner Zeit wert.«

»Bei den Monden, Gamon, ich habe gelobt, Leben zu retten, nicht Leben zu nehmen.«

»Bist du eine Kämpferin oder eine Heilerin?«

Die Frage verblüffte sie. Als Heilerin hatte sie gelobt, das Leben zu schützen, und als Kämpferin, jawohl, hatte sie geschworen, für das Leben zu kämpfen, doch wie sollte sie erklären, daß sie heute zum ersten Male etwas getötet hatte, das kein Worlag war, kein Dachsbär, kein Tier, das sie aus

Gründen der Ernährung oder des Überlebens umgebracht hatte, sondern ein Mann, ein menschliches Wesen? Schlimmer noch, wie konnte sie es rechtfertigen, daß sie auch die Graue in die Morde mit hineingezogen hatte – daß sie eine Kreatur, die an den Menschen gebunden ist, zum Töten von Menschen verleitete? Wie würde sich das auf ihre Verbindung auswirken? Was würde es mit ihnen selbst anstellen? Hishn zitterte unter ihren Fingern. Sie sehnte sich dringlich danach, sich in der Pisse ihrer Beute zu rollen und wieder den Geschmack des Blutes zu schmecken. Abis? Dion erschauerte. All die Jahre des Trainings, des Schweißes und der Tränen der Enttäuschung, des Stolzes, der mit jeder Lektion besser gemeistert wurde, das Training, die Disziplin – es war alles ohne Bedeutung, jetzt, da sie auf den zuckenden, sterbenden Körper des Sklavenjägers hinabsah und ihr eigenes, besudeltes, tropfendes Messer aus seiner Augenhöhle zog. Ihr Magen rumorte.

»Ich – ich habe noch nie zuvor einen Menschen getötet«, sagte sie mit leiser Stimme.

Er zuckte mit den Schultern und schob mit den Füßen Erde über die Reste des Lagerfeuers.

»Du mußtest es tun, Ember Dione. Und du hast diese Aufgabe recht gut gemeistert.«

»Bei allen Monden, Ihr versteht mich nicht«, platzte es aus ihr heraus. Sie sah ihn mit einem unsäglich gepeinigten Blick an. »Ich bin eine Heilerin und eine Wolfsläuferin, und ich habe gerade eben drei Menschen getötet. Verflucht seien die Götter«, stieß sie halb erstickt hervor. »Ich hätte Randonnen niemals verlassen sollen.« Sie vergrub ihr Gesicht im Fell der grauen Wölfin.

Gamon schwieg eine Zeitlang, doch dann fing er an, sich die drei Dnus der Sklavenjäger anzusehen. Trotz seiner verletzten Schulter schwang er sich mit Leichtigkeit in den Sattel eines der Reittiere und hielt der Frau die Zügel des zweiten hin. »Du hast ein gefährliches Spiel gespielt, Wolfsläuferin«, sagte er ruhig. »Und wenn du es nicht gewagt hättest, wäre ich inzwischen tot. Ich und viele andere.« Sie hob den Kopf und starrte ihn an. »Hebe dir dein Selbstmitleid für jemanden auf, von dem du denkst, daß er es verdient«, fuhr er fort. »Was mich angeht, ich halte dich für stark genug, um mit jedem auf die große Wanderung zu gehen.«

Sie sah ihn noch immer mit weitaufgerissenen Augen an und suchte in seinen Augen nach der Lüge. Doch er nickte nur in Richtung der Leichen. »Ich verstehe sehr wohl, Heilerin. Aber du kannst dich deshalb entweder zugrunde richten oder damit weiterleben. So wie die meisten Männer«, sagte er, und streckte ihr die Zügel entgegen. »Ich habe gelernt, damit zu leben.«

Sie kam nur langsam auf die Beine und versuchte, ihren Schauder zu verbergen, als Hishn sie mit der Schnauze in die Seite stieß. »Ich bin kein Mann, Gamon.«

Der Waffenmeister lachte auf. Die Silhouette im Feuerschein verriet ihre schlanke Gestalt, straff und durchtrainiert, mit langen, wohlgeformten Beinen und einer Anmut, die der des Wolfes in nichts nachstand. »Das wirst du wohl nie verbergen können, Ember Dione.« Er zog die beiden anderen Dnus herum, damit er sie hinter sich herziehen konnte. »Aber wir leben nun mal in einer Welt, die denjenigen, die allein durch den Wald streifen, keine zweite Chance gibt. Um zu überleben, müssen wir manchmal mehr als Gräser und Beeren zu unserer Verteidigung einsetzen.«

Dion sah zu ihren Füßen hinab, auf ihr Schwert und ihre blutverschmierten Hände, reckte das Kinn nach vorn und bestieg das sechsbeinige Dnu. Sie warf nur noch einen einzigen Blick auf das Schlachtfeld, dann trieb sie das Dnu an, bis es in einen leichten Trab verfiel, und schickte die Wölfin wie eine Vorahnung weiter voraus.

»Mein Bruder ist auch unterwegs, irgendwo vor uns«, sagte sie plötzlich mitten in das Getrommel der Hufe, das die Nacht erfüllte.

»Ich weiß.«

Mit einem Mal saß sie wie erstarrt im Sattel. »Das weißt du? Wie ist das möglich?«

Gamon zuckte mit der Schulter. »Ich habe ihn verfolgt. Deshalb bin ich ja überhaupt in diese unangenehme Lage geraten.«

»Dann wußtest du also die ganze Zeit über, daß es sich nicht um meinen Großvater handelte?«

»Oder einen Worlag, den du unterwegs aufgelesen hast«, gab er mit einem plötzlichen Anflug von Humor zurück.

»Aber weshalb hast du ihn verfolgt?« Ohne es zu wollen, sprach sie die Worte sehr barsch aus.

»Oh, Ember.« Gamon drehte sich im Sattel zu ihr hin und streckte ihr seine Hand entgegen. »Vertraue mir, so wie ich dir vertraut habe. Dein Bruder – womöglich sogar dein Zwillingsbruder, denn ihr beide seht euch so ähnlich, daß ihr sehr wohl ein und derselbe Kämpfer sein könntet, obwohl dich nur die dunklen Schatten mit einem Mann verwechseln können –, dein Bruder stieß unterwegs zu uns und schloß sich uns an. Wir waren nicht sicher, ob wir ihm vertrauen durften, also habe ich seinen Weg ein Stück zurückverfolgt, um seine Geschichte zu überprüfen. Was er erzählt hatte, entsprach der Wahrheit, doch unterwegs bin ich den Sklavenjägern in die Falle gegangen, so wie du. Wie dumm von mir, auf einen Trick hereinzufallen, der so alt ist wie die Monde«, sagte er reumütig und griff sich an die feingeschnittene Nase. »Einer von ihnen tat so, als würden ihn die beiden anderen bedrängen, also kam ich ihm zu Hilfe. Dann sind alle drei auf mich losgegangen.« Er hob die Schulter. »Sie waren zwar auf meine Talente nicht vorbereitet, aber für einige ihrer Tricks bin ich einfach zu alt.« Der ältere Mann unterbrach sich und sah sie an. »Deinem Bruder geht es gut, Ember Dione. Er schien nicht glauben zu wollen, daß du tot bist, hatte aber trotzdem keine Hoffnung mehr, dich noch einmal lebend wiederzusehen.«

»Wieviel Vorsprung haben sie?«

»Sie hatten es sehr eilig, konnten es allerdings nicht darauf ankommen lassen, die Spur der Jäger in jener Nacht aus den Augen zu verlieren. Ich bin ungefähr eine Stunde scharf geritten, bevor ich in die Falle ging, und ich schätze, daß es jetzt ungefähr Mitternacht ist.« Gamon legte den Kopf zur Seite, um die Entfernung abzuschätzen. »Wenn sie beim ersten Licht des Tages aufbrechen, müßten sie uns ungefähr 15 Meilen voraus sein, wenn wir die Ebene erreichen. Sie bewegen sich sehr schnell, denn sie wollen die Sklavenjäger einholen, die meine Nichten entführt haben ... Ich schätze, wenn wir uns beeilen und keine Pausen einlegen, müßten wir sie gegen Mittag am Fluß Phye eingeholt haben.« Er unterbrach sich und sah Dion schräg von der Seite her an, als wollte er beurteilen, wie es mit ihrer Ausdauer bestellt war. »Wie lange kannst du dich im Sattel halten?«

»Den ganzen Tag und die ganze Nacht und bis zu den Monden und wieder zurück, wenn es erforderlich ist, um Rhom möglichst bald zu sehen.«

Der Waffenmeister lachte. »Dein Bruder hat großes Glück, Ember Dione. Aber wenn ich dein Bruder wäre, ich glaube, ich würde auch für dich bis zu den Monden und wieder zurück reiten. Darf ich dich wenigstens als Reisegefährte begleiten, wenn ich schon nicht dein Bruder sein kann?«

Heiß schoß ihr die Röte ins Gesicht, doch sie lachte. »Du hättest schon nach einem Ninan die Nase von meinem Eigensinn voll, Gamon. Du kannst froh sein, wenn ich dir dein Essen koche und sonst den Mund halte, bevor ich meinen Bruder wiedersehe.«

»Wenn dieser Grog Rückschlüsse auf deine weiteren kulinarischen Fähigkeiten zuläßt«, neckte er sie, »dann nehme ich mich vor deiner Kochkunst lieber in acht.«

IV

Aranur Bentar neDannon: Die Verfolgung

Wenn der Wind durch die Schlucht des Phye weht
Und das Sommerwasser in der Trockenheit vergeht,
Fangen die Vögel Fische am Fuß der Felsen,
Und die Felsen reichen bis zum Himmel, Jungs,
Die schwarzen Felsen reichen bis zum Himmel.

Rascher durcheilt dann das Wasser die Schlucht des Phye,
Und die wilden, schäumenden Wellen branden auf.
Der Fluß nimmt jeden mit, der ihn durchquert,
Aber jeder, der es schafft, ist ein Mann, Jungs,
Wer es schafft, ist ein Mann.

Es war bereits Mittag, als die vier Männer am Fluß anhielten. Die Sklavenjäger waren ihnen am Phye um Stunden voraus gewesen. Aranur stand am Ufer, und sein Zorn wurde kalt und hart wie Stahl: Die Sklavenjäger hatten in einem Boot auf die Flut gewartet.

»Zur Hölle mit ihnen«, fluchte er und schlug gereizt nach einer Stechmücke. Ein eisiger Zorn stieg in ihm auf, während er wie eine Wasserkatze in der Falle am Ufer auf und ab lief und nach einer Möglichkeit suchte, die Sklavenjäger auf dem Weg zu den Sklavenmärkten einzuholen. Sie hatten ihn zweimal überlistet, und das wurmte ihn. Der kleine Ast, den er in der Hand hielt, zerbrach unter seiner inneren Anspannung, ein Geräusch, das sich wie Fäuste auf den Rippen eines Sklavenjägers anhörte. Niemand mußte Aranur daran erinnern, daß er mit diesen Schurken noch eine Rechnung zu begleichen hatte. Da war der Junge, den sie an demselben Tag begraben hatten, an dem sie Ariye verlassen hatten; dann der andere Junge, der sein Leben lang ein Krüppel bleiben würde, und schließlich seine eigene Schwester sowie die beiden Schwestern Tyrels, die in einen Harem verschleppt wurden und vielleicht schon von diesem Abschaum für immer gezeichnet waren. Er ließ das gesplitterte Holz fallen und klopfte sich den Staub von der Hose. Die Sklavenjäger schuldeten ihm noch etwas, und sie würden bezahlen.

»Tyrel, Bentol«, herrschte er seinen Vetter und den Händler an, die sich immer noch am Dnu stritten, »seid endlich still, oder ich stopfe euch das Maul.«

Der Junge stieß noch ein letztes Wort hervor, das dem Händler ein häßliches Rot ins Gesicht trieb, aber ein Blick von dem hageren, muskulösen Mann, dessen Schwert griffbereit in der Scheide steckte, brachte den Jungen dazu, sich umzudrehen und seinen Onkel anzusehen.

»Schlimmer als ein Sattelburr«, murmelte Aranur, fuhr sich mit der Hand durch das schwarze Haar und ging zum Flußufer hinunter, wo er sich auf den Boden hockte, um die Spuren, die sich in den weichen Schlamm eingedrückt hatten, näher zu untersuchen. Er war ein hochgewachsener Mann, seine Schultern waren breit genug, daß manche seine Größe unterschätzten, bis sie zu diesen kalten grauen Augen aufblickten und unsicher nach dem Knauf ihres Schwertes tasteten. Seine Gesichtszüge waren zu kantig, um schön zu sein, aber er hatte etwas an sich, das Männer zweimal und Frauen sehr lange hinschauen ließ – eine Art geschmeidige Kraft, die in seinem Knochenbau lag und durch die Lachfalten um die Augen noch betont wurde. Die Augen selbst wirkten flink, aber gelassen; kein geknickter Grashalm entging ihnen, auch dann nicht, wenn jemand dem nassen Schlamm ausgewichen war, um möglichst wenig Spuren zu hinterlassen. Er war kein geduldiger Mann, aber er war vorsichtig. Selbst wenn er es eilig hatte, war er vorsichtig. Und jetzt hatte er es eilig. Er ignorierte Bentols Murren, als der Händler das Gepäck untersuchte, wütend Gurte strammzog und am Sattel des Dnus ruckte. Er war sich der wachsenden Anspannung des Mannes ebenso bewußt wie der Sticheleien des Jungen. Als er sich klarmachte, welch weiter Weg noch vor ihnen lag, runzelte er die Stirn. Sein Vetter Tyrel hatte kein Recht, Gamon so ähnlich zu sein, und Aranur hatte sich oft gewünscht, der Junge möge mehr von der Weisheit seines Vaters, des Lloroi, annehmen als von den Witzeleien seines Onkels Gamon.

»Aranur.« Der vierte Mann sprach ihn mit gedämpfter Stimme an und lenkte den scharfen Blick des Anführers auf den trockenen Schlamm. Als Aranur sich erhob und zu dem stämmigen Fremden hinüberging, hockte der Jüngere wie ein Lepa auf dem zertretenen Uferstreifen, die violetten Augen so auf den Schlamm konzentriert, als könnte seine Beute jeden Augenblick aus ihm hervorbrechen. »Die Spuren einer Frau«, sagte er nur und deutete auf das kaum sichtbare Zeichen, das ein anderer übersehen hätte.

Der Mann hatte scharfe Augen, das mußte Aranur zugeben, als er sich neben dem jungen Krieger niederließ. Die Spuren waren durch die der Sklavenjäger nahezu verwischt, aber sie waren da: zwei Spuren, die sich in den Schlamm gedrückt hatten. Die von Shilia erkannte er sofort. Das waren unverkennbar ihre Reitstiefel. Er nickte beifällig. Seine Schwester hatte gekämpft, als sie in das Boot gezerrt wurde, um sicherzugehen, daß sie auch ja deutliche Spuren hinterließ, damit ihr Bruder ihr folgen könnte.

Der Mann stand auf und glitt im Schlamm aus, als das Ufer unter ihm nachgab. Beinahe hätte er einen Fuß in den Phye gesetzt, bevor er wie eine Katze sein Gleichgewicht wiederfand. Rhom streifte Aranur mit einem Blick, rührte sich jedoch nicht, aber er bemerkte, daß dessen Hand sich niemals weit vom Griff seines Schwertes entfernte.

Aranur schüttelte das Wasser von seinem Schuh und kratzte den glitschigen Schlamm vom Leder. »Mondwürmer im Rachen eines Lepa«, fluchte er leise. Er erklomm das Ufer und stampfte fest mit dem Fuß auf, um die Beschaffenheit des Untergrundes zu prüfen, während er Rhom ebenso genau beobachtete, wie der andere Mann die Spuren prüfte.

Rhom kümmerte sich nicht darum, daß er beobachtet wurde, und betastete geistesabwesend seinen blutbefleckten Lederpanzer. Seine dunklen Augen zeigten ein gehetztes Grauviolett, während er die Spuren untersuchte, die das Dnu der Sklavenjäger im dichten Gras hinterlassen hatte. Rhom war ein Fremder, rief sich Aranur in Erinnerung und fragte sich, wie weit man dem schwarzhaarigen Krieger trauen konnte. Außerdem war Rhom hinter den Worlags her und nicht hinter den Sklavenjägern. Aranur hatte kein Recht, den Mann zu bitten, sein Schwert für die Rache eines anderen zu ziehen. Aber Rhom war auf der Flucht, das wußte er – vielleicht vor der Trauer über das, was hinter ihm lag, denn der Mann zeigte keine Furcht, nur eine Qual, die er zu verbergen suchte, und einen Zorn, der tief und dunkel in seinem Herzen schwelte. Aber auch ein aus der Verzweiflung geborener Wille zum Kampf war willkommen, wenn sie auf die Schwerter der Sklavenjäger trafen. Aranur schüttelte den Kopf, als er an seinen zusammengewürfelten Haufen dachte. Von den dreien, die mit ihm ritten, traute er dem Fremden Rhom noch am meisten zu. Tyrel war zu hitzköpfig, um dem leisen Schnitt des Stahls zu lauschen, lieber rief er den Feinden Schmähungen entgegen. Und Bentol … Aranur seufzte. Der Händler führte sein Schwert angemessen gut, aber ein Bogen oder ein Messer paßten besser zu ihm; zwar hielt er sein Wort, aber man hielt besser seinen Geldbeutel fest, damit er nicht damit durchbrannte, nachdem er einem im Kampf den Rücken freigehalten hatte. Aranur traute nur seinem Onkel voll und ganz, aber der alte Mann war immer noch nicht von der Verfolgung des Fremden zurückgekehrt. Aranur fragte sich, ob Rhoms Spur schwieriger zu lesen war, als der alte Waffenmeister es vermochte.

Er blickte über den Fluß und versuchte, die Kraft der Strömung einzuschätzen. Das Wasser floß schnell, führte das Geröll von den Bergen mit sich zum Meer und zerkleinerte es unterwegs, so daß nur Bruchstücke davon die unwirtliche Küste erreichten. »Wenn wir die Sklavenjäger nicht auf dem Fluß erwischen, steht uns ein Kampf in Sidisport bevor«, sagte er grimmig.

Rhom nickte abwesend. »An dieser Furt gibt es kein Boot mehr – es sei denn, es ist gesunken.«

Durch die Felsen, die ihn so weit hatten ansteigen lassen, sah der Phye wie eine gewaltige flache Schlange aus, die sich zwischen den schlammigen Ufern wand; der Fluß riß die kühle Luft mit sich und trieb sie vorwärts wie die Wolken von Stechmücken, die über dem Wasser tanzten. Die Sonne war noch nicht stark genug, um die Macht des Wassers über die schattigen Ufer zu brechen, und so wuchsen das Schilf und das Strauchwerk dicht und wild und verbargen die dünnen Stengel der fleischfressenden Pflanzen, die denjenigen, der unaufmerksam vorüberging, mit aufgerissenen Schlünden erwarteten.

Er schob mit dem Fuß ein Büschel Schilf beiseite und spähte flußaufwärts über die steigende grüne Flut, aber die darunterliegenden Pflanzen waren unversehrt. Keine gebrochenen oder verwelkten Zweige deuteten darauf hin, daß noch mehr Sklavenjäger vorbeigekommen waren, keine verräterische Strähne Dnuhaar zeigte ihm, wo sie hingegangen waren.

»Rhom, untersuche du das Wasser flußabwärts. Ich drehe eine Runde am Strand und sehe nach, ob sie sich aufgeteilt haben.«

Der Fremde nickte, und Aranur fühlte erneut Gewissensbisse. Er war es gewohnt, Leute zu kommandieren, wenn er im Verlauf einer Schlacht Herr über Leben und Tod war – aber welches Recht hatte er, so über Rhom zu verfügen? Der junge Schmied hatte sich ihnen aus freien Stücken angeschlossen, das war richtig, aber es war eine Tatsache, daß er die Herbstblätter nicht mehr fallen sehen würde, wenn er ihnen nach Sidisport folgte. Andererseits galt das ebenso für Tyrel wie auch für alle anderen von ihnen, ermahnte sich der Anführer. Es war nicht seine Aufgabe, über ihr Schicksal zu entscheiden – das mußte man dem Mond überlassen und ihm danken, wenn er wieder ein Schwert segnete. Er würde bezahlen, nachdem er seine Schwester gerettet hatte, keine Minute vorher.

Der hagere Mann schlug nach einer Bremse, die sich versehentlich auf seiner Augenbraue niedergelassen hatte, und duckte sich tiefer in das Gesträuch. Er hielt den Atem an, als ein Knoblauchbusch plötzlich eine Wolke widerlichen Gestanks aussandte, eine giftige Warnung an die Tiere, ja nicht seine verführerischen, purpurgestreiften Blätter zu fressen. Er wartete darauf, daß der Nebel sich legte, und untersuchte trotz des süßlichen Gestanks aufmerksam den Boden und die Umgebung. Nachdem er eine weite Strecke des Ufers abgelaufen war und jedes Dnu an seinen Spuren identifizieren konnte, wußte er, daß sich die Sklavenjäger nicht aufgeteilt hatten. »Sind ins Wasser gegangen wie die Ratten«, stieß er hervor und spuckte in den dunklen Fluß, der geräuschvoll ans Ufer schlug.

»Irgendein Zeichen von Gamon?« rief er zu Tyrel hinüber. Er konnte auf der kleinen Erhebung, von der aus Tyrel den hinter ihnen liegenden Weg beobachtete, eben noch den Haarschopf des Jungen sehen.

Tyrel schüttelte den Kopf und zögerte, bevor er gedämpft antwortete: »Wir werden verfolgt, aber es kann nicht Gamon sein. Sein Dnu hat eine andere Farbe, außerdem sind es zwei Reiter, nicht nur einer.«

Der hochgewachsene Mann kratzte noch mehr Schlamm von seinen Stiefeln und ließ sich auf dem Hügelrücken neben seinem Vetter auf den Bauch fallen. Er teilte das Gras und sandte einen raschen Blick seitwärts über die Ebene zu der Stelle, wo der Pfad zurück zum Wald führte. Er runzelte die Stirn. »Wo hast du sie gesehen?«

Der Junge deutete mit dem Kinn die Richtung an, sorgsam darauf bedacht, keine verdächtige Geste zu machen. »Ich habe eine rasche Bewegung etwa fünf Meilen hinter uns gesehen, und dann noch mal einen Moment später. Jetzt kann ich nichts mehr sehen, aber ich denke, sie haben sich in das Gebüsch unten am Ufer verkrochen.«

Aranur stöhnte, richtete sich auf, bis er auf seinen Fersen sitzen konnte, und dachte einen Moment lang nach. War er so sorglos gewesen, daß er übersehen hatte, daß sie verfolgt wurden? Wo konnten zwei der Sklavenjäger ihre Gruppe verlassen und ihnen in den Rücken gefallen sein? Vielleicht am Lavasee, obwohl er dort ihre Spuren eigentlich hätte sehen müssen. Entweder waren sie schlauer, als er dachte, oder es waren zwei Neue, die auf dem Weg waren, sich den anderen anzuschließen.

»Noch mehr Ärger«, bemerkte er kurz angebunden zu Rhom, als er den Abhang hinuntergeschlendert kam und dem Fremden die Zügel seines Dnus aus der Hand nahm.

»Sklavenjäger?«

»Sieht ganz so aus, obwohl es nur zwei sind – es müßten mehr sein, es sei denn, sie gehören zu der Gruppe, die wir verfolgen.«

»Aus dem Fenn?«

»Kann sein.« Aranur bedeutete dem Händler aufzusteigen. »Mach voran, Bentol. Wir können nicht warten, bis du jede Unze so eingepackt hast, wie du möchtest.«

»Gut gepackt ist halb geritten«, gab der Händler zurück und schnippte einen unsichtbaren Fleck von einem der steifen Lederballen, aber er stieg auf, wie ihm befohlen worden war. »Besonders, wenn wir es eilig haben.«

»Wir könnten es eiliger haben, als du denkst. Zwei Sklavenjäger sind uns auf der Spur. Tyrel«, befahl er leise. »Komm runter. Wenn du sie bis jetzt nicht mehr gesehen hast, siehst du sie nicht wieder. Sie sind unten im Gestrüpp und kommen nicht heraus, bevor sie uns nicht gefunden haben.«

»So nah sind sie?« unterbrach ihn der Händler zornig. »Wie kommt es, daß du sie nicht gesehen hast?«

Aranur hielt seine Antwort zurück. Es wäre nicht gut, den Kaufmann noch mehr zu verärgern. Der dicke Mann hatte viel Geld in die Sache gesteckt. Also sog er nur scharf die Luft ein und fand ein Stück seiner verloren geglaubten Geduld wieder. »Was geschehen ist, ist geschehen. Sie sind schon nahe, und wir müssen uns beeilen, bevor sie uns hier finden. Offensichtlich folgen wir dem Haupttrupp der Sklavenjäger, und sie haben eine so breite Spur hinterlassen, daß sogar ein Bollusk ihnen folgen könnte. Es wird den beiden hinter uns keine große Mühe machen, uns einzuholen, solange wir hier wie die Hasen sitzen bleiben.«

»Wenn sie so nahe sind, wissen sie, daß ich Gold bei mir trage.« Bentol legte die Hand an seinen Schwertknauf.

»Kann sein. Darum können wir uns jetzt nicht kümmern.« Die schwere Gangart von Bentols Dnu verriet das Gewicht seiner Satteltaschen, aber das war die geringste von Aranurs Sorgen.

»Ich trage genug Geld bei mir, um die Sklavenjäger den ganzen Weg bis nach Breinigton und zurück zu jagen, wenn es nötig ist. Wenn wir zulassen, daß uns ein paar Sklavenjäger wie Nachtschatten folgen, sind wir sehr dumm. Sogar wenn Gamon hier wäre ...«

»Aber jetzt bin ich hier«, erwiderte Aranur ruhig. »Nicht Gamon. Wir haben unsere Ersparnisse mit deinen zusammengelegt, weil du uns das angeboten hast – und nur die Monde wissen, warum du das getan hast; dein Geiz ist an der ganzen Südküste bekannt. Aber du hast es angeboten, und wir sind darauf eingegangen. Das Geld gehört jetzt uns allen, nicht nur dir allein. Mit dem Geld und mit dir oder ohne dich werden wir unsere Schwestern zurückholen.«

Der Händler sagte nichts mehr, obwohl er mit finsterem Gesicht zu dem großen, sehnigen Mann aufblickte. Aranurs ruhige Zuversicht und stille Bereitschaft sprachen von noch weitaus größeren Fähigkeiten als das abgenutzte Schwert in seiner Scheide und die zwei Messer, die an seinem Gürtel befestigt waren. Sogar im Ruhezustand strahlte er eine unterschwellige Anspannung aus, eine lauernde Geduld, wie der lange Moment, in dem eine Katze zum Sprung ansetzt, oder der Augenblick, den der Wolf wartet, bevor er angreift. Bentol schauderte. In Aranurs Augen wohnte ein grauer Blitz, kälter als der Schatten des Todes, ein heiliger Zorn, der nur mühsam die Grausamkeit verdeckte, die er entfesseln konnte. Und die kannte Bentol nur zu gut. Der Kaufmann blickte auf seine Hände und ballte sie in vergeblicher Wut. Aranurs verborgener Zorn ließ ihn zögern, bevor er wieder zu sprechen begann.

Als Aranur sah, daß der Händler zu seinem Wort stand, nickte er kurz. »Wir werden uns um die Sklavenjäger kümmern, sobald sie uns eingeholt haben«, sagte er und warf seinem Dnu die Zügel über den Hals. »Los jetzt. Hier kann man sich denkbar schlecht verteidigen.«

Ihr Anführer schaute sich noch einmal mit seinen grauen Augen um, bevor er die anderen durch das dichte Gestrüpp lotste, und überlegte einen Augenblick. Immer noch kein Lebenszeichen von seinem Onkel, aber der alte Mann kannte die Tricks, die sein Neffe auf der Verfolgungsjagd anwenden würde, und dürfte kaum Mühe haben, Aranur in das Dickicht zu folgen. Er drehte sein Dnu. »Auf der nächsten halben Meile werden wir uns einen guten Platz suchen.«

Sie galoppierten vom Fluß weg. Aranurs Augen suchten nach einer geeigneten Stelle, um sich in einen Hinterhalt zu legen.

»Hier.« Er hob die Hand und ließ die Gruppe in einer unerwartet aufgetauchten Senke anhalten. »Wir warten, bis sie uns eingeholt haben. Rhom, du gehst an diese Seite; ich werde die andere besetzen. Wir kommen von beiden Seiten über sie, bevor sie uns erreichen oder sich aufteilen können, um uns einzukreisen. Bentol, Tyrel, wir kommen zu euch zurück, wenn sie hier auftauchen. Wir wollen sie lebend, Rhom«, fügte er hinzu, als er abstieg und seinem Vetter die Zügel zuwarf.

Der Junge schwang sich sofort von seinem Dnu, griff nach den Lederbändern und führte beide Tiere in die Senke. Aranur mochte seinem Vetter vorwerfen, im Sportring immer nur auf Heldentaten auszusein, momentan hatte er gegen seine Schnelligkeit jedoch nichts einzuwenden. Der schlaksige Junge hatte bereits ein Dnu im Schatten eines Felsenbaumes niederkauern lassen und war dabei, das andere zu einer ähnlich günstigen Stelle auf der anderen Seite des dichten Gebüschs zu zerren. Rhom verschwand nahezu lautlos im Gestrüpp. Das schwarze Haar wurde nicht ganz von der abgetragenen Kappe bedeckt und stand in scharfem Kontrast zu dem gelben Gras, durch das er ging. Aranur sah ihm kurz nach und zuckte mit den Schultern. Er hatte das Gefühl, daß der schweigsame Fremde sehr wohl auf sich selbst aufpassen konnte.

Aranur verkroch sich auf der gegenüberliegenden Seite im Gebüsch. Sein auf vielen Wanderungen erprobter Körper wechselte sooft die Lage, bis er fast mit den Büschen verschmolz. Er konnte hören, wie das Dnu stampfte, als sein Vetter hinter ihm das letzte Tier zum Hinlegen brachte, dann waren auch sie ruhig. Er schob sich weiter. Die Grillen schwiegen für einen Moment, setzten jedoch fast unmittelbar, nachdem er vorübergekrochen war, wieder mit ihrem Gezirpe ein, so vorsichtig bewegte er sich vorwärts.

Er ging davon aus, daß sich die Sklavenjäger etwa eine Meile vor ihrem Versteck aufteilen würden. Das war ihre bevorzugte Taktik, da sie sonst die Spur der Männer, die sie verfolgten, in denen der voraneilenden Sklavenjäger verlören. Wenn aber die Sklavenjäger einige Männer zurückgelassen hatten, um Aranurs Leuten aufzulauern und sie an der Verfolgung zu hindern, waren es dann wirklich nur zwei? Die beiden Verfolger hätten aus der westlichen Richtung flußabwärts kommen und andere zurückgelassen haben können, die dort auf Aranurs Gruppe warteten. Der große Mann zog die Augenbrauen zusammen, streifte einen Dornbusch und stand plötzlich einem Steckenbiest Auge in Auge gegenüber. Das stelzenartige Geschöpf starrte den großen Menschen minutenlang an; seine schlanken, skelettartigen Glieder hielten einen Käfer vor dem Maul, dann stakste es in einen Busch und verschmolz nahezu perfekt getarnt mit den Ästen des Gestrüpps.

Nachdem Aranur den Pfad hinaufgestiegen war, duckte er sich in das Gras des kleinen Hügelkamms. Hier gab es keinen Baum mit Ästen, die dick genug waren, um ihn zu tragen, also preßte er sich so weit wie möglich auf den Boden, wobei er sich eine flache Kuhle für seinen schmalhüftigen Körper formte. Zu seiner Rechten erstreckte sich die Ebene bis zum Wald. Er machte sich Sorgen um Gamon. Aber welche Schwierigkeiten konnte sein Onkel haben, mit denen er nicht fertig wurde? Der alte Mann war schon zwanzig Jahre lang einer der Waffenmeister der Ariye – er würde jeden Trick der Sklavenjäger blitzartig durchschauen, zumal er bei der Überprüfung von Rhoms Geschichte auf Ärger eingestellt war. Andererseits lauerten überall Worlags, Dachsbären und andere Kreaturen. Aranur befreite sich mit einem Schütteln von seinen Sorgen. Er zweifelte nicht an seinem Onkel. Gamon war in der Wildnis so erfahren wie der beste unter ihnen, und im Kampf sogar noch besser. Er würde bald wieder zu ihnen aufschließen.

Die Erde erbebte unter stampfenden Hufen. Die Erschütterungen wurden stärker, aber er wartete noch. Er wagte es nicht, den Kiesel wegzuschieben, der schmerzhaft in seine Hüfte drückte. Er konnte das gedämpfte Trommeln hören, mit dem die sechs Hufe eines Dnus auf die Erde trafen: nur ein Reiter. Die fast unmerklichen Vibrationen, die er gefühlt hatte, mußten von dem zweiten Reiter etwas weiter weg stammen, näher am Fluß auf Rhoms Seite. Die Sklavenjäger hatten sich bei der Verfolgung der Spur aufgeteilt. Als der Mann dicht an ihn herankam, war Aranur zum Sprung bereit. Beinahe konnte er den Schweiß des trabenden Tieres riechen. Seine Muskeln spannten sich und …

Genau im richtigen Moment machte er einen gewaltigen Satz, traf den Mann mit voller Kraft und warf ihn aus dem Sattel. Er hatte einen flüchtigen Eindruck von zerzaustem schwarzem Haar, vor panischer Furcht und Wut weit aufgerissenen, violetten Augen, bevor sie zu Boden stürzten und Aranur den Sklavenjäger mit seinem Gewicht unter sich begrub. Er hob die Faust, um sie in das Gesicht des Mannes zu schmettern, aber das war gar nicht mehr nötig. Der Mann war – ein Mann?

Oh, ihr gnädigen Monde, dachte er zutiefst erschrocken. Er sah in Rhoms Gesicht, aber es war das einer Frau. Das Band und die Kampfhaube der Heilerin waren in den Staub gefallen, und schwarzes, seidiges Haar floß darunter hervor; auch die vom Kampf verdreckten Kleider konnten die hohen, feingeschnittenen Wangenknochen und den schlanken Körper nicht verbergen. Aranur rollte sich zur Seite und sah, daß ihr Bein vor sechs oder vielleicht sieben Tagen aufgerissen worden war. Kein Wunder, daß er sie so leicht hatte vom Dnu werfen können. Ihr hellen und segensreichen Monde, dachte er und dankte seinen Göttern, daß er die lange Wunde an ihrem wohlgeformten Schenkel nicht wieder geöffnet hatte. Es hätte ihr Tod sein können.

Und es traf ihn wie ein Schlag, als er in das bleiche Gesicht starrte, das zugleich vertraut und fremd war. Diese Frau war eindeutig Rhoms Schwester. Der Mann mußte gedacht haben, sie sei tot, wurde ihm schlagartig klar, und ihm fielen die zwei Reiter wieder ein, die Tyrel gesehen hatte. Sie und auch Gamon waren ihnen gefolgt. Seine Gedanken waren immer noch verblüffend klar. Wieder stampften Dnuhufe über den Boden: Rhom und Gamon. Er nahm die Frau auf seine Arme. Dafür, daß sie einen Harnisch und Waffen trug, war sie erstaunlich leicht; er fragte sich flüchtig, ob sie mit den Waffen auch umgehen konnte.

Er hörte das Krachen von Hufen im brechenden Unterholz und wandte sich um, um die zwei Männer zu begrüßen. Aber was da aus dem Gebüsch hervorbrach, war weder Dnu noch Mensch. Weiße Fänge, gelbe Augen, ein roter, knurrender Rachen und ein grauer Körper, der größer war als der hochgewachsene Führer selbst – der Wolf stürzte sich auf ihn. Für einen Moment erstarrte Aranur, die Frau in seinen Armen und das Schwert nutzlos in der Scheide. Dann hörte er einen Schrei, warf sich zur Seite, ließ die Frau ohne große Umstände fallen und griff nach seinem Schwert. Ein weiteres Tier brach durch die Büsche, und Gamon warf sich mit seinem Dnu zwischen den Wolf und Aranur. Sein Dnu wirbelte unter der Wucht des Aufpralls herum. Das Reittier schrie auf, landete auf der Seite und brach sich zwei seiner sechs Beine. Der alte Mann flog in hohem Bogen aus dem Sattel. Rhom stürmte auf den Schauplatz. Die Graue drehte sich mitten in der Luft und landete mit gespreizten Beinen. Erde spritzte unter ihren Klauen auf, als sie wie ein Speer erneut auf Aranur zuraste. Rhom schrie auf. Er warf sich zwischen Aranur und den Wolf. Der Mann am Boden sprang vorwärts und schrie den Fremden an, er solle den Weg frei machen – Rhom hatte noch nicht einmal seine Klinge gezogen, aber der stämmige Kämpfer warf sich auf den Wolf und schaffte es, ihn zu Boden zu ringen, ohne daß er in Stücke gerissen wurde.

»Sitz!« schrie Rhom mit sich beinahe überschlagender Stimme. »Graue! Sitz! Zurück!« Das Untier knurrte fürchterlich, seine Zähne glänzten und schnappten nach Rhoms Kehle, das Gras flog, als sich ihre Glieder ineinander verschlangen. Gamon kam wieder auf die Füße. Aranur wagte nicht, einen Schlag zu führen. »Aranur«, rief der jüngere Mann, »geh zurück! Geh weg!« Der Wolf hätte sich beinahe wieder befreit, aber der Kämpfer packte ihn beim Schwanz und an einem Hinterbein und schleuderte ihn wieder in den Staub.

Aranur trat einen Schritt zurück, dann wieder vor. »Laß ihn los! Ich erschlage ihn!«

»Nein!« rief Rhom. »Tu ihr nicht weh.« Er ächzte und duckte den Kopf weg von den Fängen des Tieres. »Hishn!« rief er wieder. »Leg dich! Runter mit dir!« Der Wolf schien sich zu besinnen, schnappte nach den Armen des Fremden, die ihm umschlangen, biß aber nicht zu. Und dann lachte und weinte der Mann und wiederholte den Namen immer und immer wieder. Schließlich ließ er los, rollte sich weg, und der Wolf sprang wieder auf, aber diesmal in Richtung der Frau. Aranur zögerte. Sein Schwert war bereit, ihren schlanken Leib vor dem Wolf zu schützen – er hatte noch nie gehört, daß ein Graupelz einen Menschen ohne Grund angegriffen hätte –, aber Rhom stoppte ihn mit einem erneuten Zuruf. »Ich war wohl zu lange in der Sonne«, stieß Aranur ungläubig hervor. Der Wolf umkreiste den Körper der Frau, schnüffelte an ihr und knurrte die Männer der Reihe nach an. Erst allmählich begriff Aranur, daß das Umkreisen und Knurren beschützend gemeint war, nicht bedrohlich. Außer vielleicht ihnen gegenüber. »Ist er, äh, friedlich?« fragte er kampfbereit. Seine Hand umklammerte immer noch den Griff seines Schwertes.

Rhom kniete sich nieder und klopfte Staub, Gras und Wolfshaare aus seiner Kleidung, als sich Gamon hinkend zu ihnen gesellte. »Sie jagt mit meiner Zwillingsschwester«, antwortete er und bewegte sich vorsichtig auf die Frau und den Wolf zu. »Sie wird mich zwar nicht angreifen, aber sie läßt mich vorerst nicht in Dions Nähe.« Der Wolf knurrte tief in seiner Kehle, aber der junge Mann schob sich näher heran und sprach die ganze Zeit mit gedämpfter Stimme. »Was hast du ihr getan?« fragte er Aranur über die Schulter. Dabei beobachtete er den Wolf mit der Vorsicht eines Mannes, der seine Hand in den Rachen eines am Boden liegenden Worlags steckt.

»Ich hab sie nur vom Dnu geworfen. Als sie den Boden berührte, erlosch ihr Bewußtsein wie ein Streichholz im Mühlteich.« Er hielt inne und blickte düster auf das zu Boden gestürzte Dnu mit den gebrochenen Beinen. »Rhom, ich hatte ja keine Ahnung, wer sie ist.«

Gamon begann zu lachen. »Du solltest deinen Gesichtsausdruck sehen, Aranur. Du siehst aus, als wärst du gegen einen Sandsack gelaufen – oder als hättest du noch nie eine Frau gesehen.«

»Du solltest mal dein eigenes Gesicht sehen«, konterte Aranur. Sein Onkel trug eine beeindruckende Zahl von Narben zur Schau. »Wo hast du so lange gesteckt? Du hättest uns warnen können, wenn du mit einem Gast hier ankommst. Wir dachten, du hättest dich im Wald verirrt.«

Der ältere Mann lachte schallend.

»Mit soviel Ale in der Flasche haben wir ohnehin nicht damit gerechnet, daß du eine Nacht durchhältst«, fuhr Aranur griesgrämig fort. »Geschweige denn, daß dir genug zur Stärkung für die Suche am nächsten Tag übrigbliebe.«

Die zwei Männer fielen einander in die Arme, und Aranur klopfte seinem Onkel kräftig auf den Rücken. Er wußte nicht, wie viele Schläge der alte Mann im Kampf eingesteckt hatte, bis Gamon ächzte und ihn bat, sich zurückzuhalten, wenn er seinen Onkel nicht mit seinen knochenbrecherischen Umarmungen in ein frühes Grab schicken wollte. Also begnügte er sich damit, das schwarz und blau geschlagene Gesicht des Waffenmeisters zu bewundern.

»Es reicht wohl, daß du mich einsam und allein zurückgelassen hast, um es mit allen Sklavenjägern im Fennwald aufzunehmen.« Der ältere Mann grinste. »Du versuchst mir auch noch sämtliche Knochen zu brechen, wenn ich wiederkomme.«

Aranur grinste zurück. »Ich habe mir Sorgen gemacht.«

»Inzwischen müßtest du eigentlich wissen, daß die Monde die Ihren beschützen.« Gamon deutete auf das Mädchen, das wieder zu sich kam. Sie öffnete die Augen, die sich für einen Augenblick weiteten, dann schlang sie die Arme um Rhoms Hals, und er hielt sie fest in den seinen. Aranur fühlte einen seltsamen Schmerz in seinem Inneren. Meine eigene Schwester, Shilia … Er drehte sich wieder zu dem Dnu zu seinen

Füßen um und schluckte, weil ihn eine Welle von Gefühlen fast erstickte.

Das Dnu war erledigt. Sie vertrugen solche Schocks nicht gut, und das hier war mit seinen beiden gebrochenen Beinen so gut wie tot. Aranur kümmerte sich nicht mehr um Rhoms Wiedervereinigung mit seiner Schwester. Er bückte sich und preßte die Arterien, die zu beiden Seiten der Augen des Dnus verliefen, fest zusammen. Innerhalb von zwanzig Sekunden war es tot; sein schlaffer Körper lag in der Sonne wie ein Kadaver, der schon einige Tage alt war, und über seinen Rippen spannte sich das Fell wie die Plane eines zu großen Zeltes über die Zeltstangen.

Rhom half seiner Schwester auf und wandte sich an Aranur. Die Trauer, die ihn bedrückt hatte, war von ihm abgefallen wie eine schwere Last, und Aranur konnte die Erleichterung in den Augen des jungen Mannes sehen, in seiner Stimme hören, als er ihn seiner Zwillingsschwester vorstellte. »Aranur Bentar neDannon, der Neffe des Lloroi Volan, dem Anführer der Ramaj Ariye. Meine Schwester, die Heilerin Ember Dione maMarin«, sagte er stolz.

Sie stöhnte auf, als sie ihr Bein belastete, und der Wolf knurrte kehlig, aber die Heilerin lächelte. »Ich freue mich, deine Bekanntschaft zu machen«, sagte sie. Aranur starrte sie noch immer an. Ihr schwarzes Haar schimmerte wie geschmolzenes Glas im Licht ihrer violetten Augen, und das Wiedersehen mit Rhom hatte die Farbe in ihr bleiches, ausgezehrtes Gesicht zurückkehren lassen. Das einzige Zeichen ihrer Würde war der blausilberne Reif der Heiler, der um ihre Stirn gewunden war; sie trug Kampfkleidung über einer Männertunika, der Lederharnisch war so fleckig und zerschnitten wie der von Rhom, und ihre Leggings waren an der Stelle weit aufgerissen, wo sich die tiefe Wunde vom Knie bis zur Hüfte hinaufzog. Als er sah, daß sie die Wundränder mit Largonköpfen zusammengezwickt hatte, mußte er die junge Frau erneut anstarren. Die eigensinnige Linie ihres Kinns und die klare Kraft in ihren Augen verrieten einiges von der Nervenstärke, die sie hatte aufbringen müssen, um eine solche Behandlung zu überstehen. Aber dann hüstelte Gamon und erinnerte Aranur an seine Pflichten. Er riß sich die Kappe vom Kopf, verbeugte sich tief und sagte in ernstem, offiziellem Ton: »Heilerin Dione, du beehrst uns mit deiner Anwesenheit.«

»Wenn du deinen Verstand wiedergefunden hast, Aranur«, bemerkte der alte Mann mürrisch, »können wir uns ja wohl wieder auf den Weg machen.«

Der Anführer setzte seine Kappe wieder auf, zwinkerte Rhom zu und antwortete seinem Onkel schlagfertig: »Wenigstens kann ich dir bei dem Eindruck, den dein eigenes hübsches Gesicht hinterläßt, keine Konkurrenz machen.« Er bedeutete der Wolfsläuferin, auf dem einzigen übriggebliebenen Dnu zu reiten, dann führte er es den Weg zurück zu den anderen. Die Graue nahm ihren Platz neben dem sechsbeinigen Tier der Frau ein und trottete geräuschlos an seiner Seite her, so daß der Mann gezwungen war, sich fortwährend umzudrehen, um sich zu versichern, daß der Wolf ihn nicht angreifen würde. Es sind diese verdammten gelben Augen, dachte er. Immer, wenn er sie anblickte, hätte er schwören können, daß die Kreatur über ihn lachte. Als ob ein Hund lachen könnte. Und immer, wenn er sich wieder dem Weg zuwandte, spürte er beinahe greifbar, wie sich die Muskeln der Wölfin zum Sprung spannten. Er schüttelte den Kopf und verdrängte den unerfreulichen Gedanken, der ihm durch den Kopf schoß.

Als sie sich der Senke näherten, in der Tyrel und Bentol warteten, grinste Aranur insgeheim. Er freute sich schon auf den Gesichtsausdruck der beiden Männer, wenn er mit einer Heilerin und einem Graupelz zurückkehrte. Rhoms Schwester eine Wolfsläuferin – und der Mann hatte kein einziges Wort davon gesagt. Aranur schüttelte erneut den Kopf und warf einen verstohlenen Blick auf das riesige graue Untier, das mit federndem Gang neben dem Dnu herlief und seinen bösartigen Blick auf ihn richtete. Er würde etwas für einen Maler geben, der Tyrels Gesicht festhielte …

Er rief zu der Senke hinüber, bevor er über den Kamm ritt, aber sein Vetter war schon aufgesprungen und den Hügel heraufgelaufen. »Gamon! Was …« der Junge stockte, als er die Heilerin sah, »… ist passiert?«

Die Graue kam zum Stehen und leckte sich sorglos die Zähne, als überlegte sie, wie der Junge wohl schmeckte, dann drehte sie sich um und umkreiste die kleine Gesellschaft mißtrauisch. Aranur bemerkte, wie die Frau ihre Bewegungen so unauffällig beobachtete wie ein Kaninchen, das stets den Slal-Vogel im Auge behielt, der es vor drohenden Gefahren warnte. Ihre Augen glitten flüchtig über die Senke, aber der hochgewachsene Mann hätte ohne Zaudern seinen Bogen darauf verwettet, daß sie alles sah und wahrnahm, worauf es ankam. Sie war Rhom sehr ähnlich, und er nickte sich selbst unmerklich zu.

In der Zwischenzeit klopfte Gamon den Staub aus seiner Hose und grinste den rotblonden Jungen an. »Ich bin auf den allerältesten Trick reingefallen. Ich dachte, jemand brauchte Hilfe, und dann stellte sich heraus, daß ich es selbst war. Und so mußte ich mich von dieser Mondmaid aus dem Rachen der zweiten Hölle retten lassen.« Er deutete auf Rhom und seine Zwillingsschwester. »Ohne die Heilerin Dione wäre ich gar nicht zurückgekommen.«

»Das stimmt doch nicht, du alter Lügner.« Die Frau lachte, und die Augen in ihrem bleichen Gesicht wurden plötzlich lebendig. Sie übergab Rhom die Zügel und glitt anmutig von ihrem Reittier, um Tyrel und den Händler zu mustern. »Du hast den Sklavenjägern eine Heidenangst vor allen neun Monden eingejagt, bevor ich auch nur einen Finger rühren konnte.«

Aranur blickte von einem zum anderen, dann konzentrierte er sich wieder auf die Wolfsläuferin. »Was genau hast du eigentlich getan, Heilerin Dione?«

»Eigentlich gar nichts«, antwortete sie.

»Drei Sklavenjäger überlistet, und das in gefesseltem und hilflosem Zustand«, sagte Gamon gleichzeitig. Sie sahen einander an und begannen zu lachen.

»Wirklich gar nichts«, versicherte sie wieder. »Hishn hat die ganze Arbeit geleistet.« Die Graue trottete zurück zu Dion. Sie grinste zähnefletschend und rollte die Zunge um die Lippe, so daß Aranur das Gefühl bekam, das Tier würde sie zum Abendbrot verschlingen, sobald sie versuchten weiterzureiten. Dann traf der Blick aus diesen unergründlich gelben Augen der Wölfin direkt auf den des Mannes, und er fühlte sich einen Augenblick lang verwirrt, als würde er sein eigenes Bild in einem zersprungenen Spiegel erblicken. »Das ist Gray Hishn«, stellte Dion sie förmlich vor, und der große Mann verbeugte sich. Unter seinem Lidschlag bewegten sich seine Augen, und der feine Kontakt war unterbrochen. Aranur konnte sich das eigenartige, unerwartete Gefühl des Verlustes nicht erklären, das seine Wachsamkeit so mühelos durchdrungen hatte.

»Wolfsläuferin?« fragte Tyrel mit weit aufgerissenen Augen. Aranur verstand ihn. Vor Generationen war die emotionale Verbindung zwischen Wölfen und ihren einfühlsamen Bundesgenossen etwas nicht Unübliches gewesen, aber die Graupelze waren selten geworden. Ihre Würfe wurden weniger zahlreich, und von Dekade zu Dekade waren weniger von ihnen auf den Hügeln zu finden. Nur vier Menschen in Ramaj Ariye liefen zur Zeit mit den Wölfen, und von diesen vieren hausten drei die meiste Zeit zurückgezogen in den Bergen. Rhom streichelte den mächtigen, mit eindrucksvollen Zähnen bewehrten Kopf, und die Kreatur leckte seine Hand wie ein Hund. »Gray Hishn läuft jetzt schon zwei Jahre lang mit meiner Schwester«, erklärte er.

»Und sie gehorcht dir?« fragte Aranur Dion und neigte respektvoll den Kopf in Richtung des Wolfes.

Der Rachen der Grauen schnappte zu, und wieder musterte ihn das Tier mit seinen scharfen, klaren gelben Augen.

Aranur hatte das Gefühl, das Falsche gesagt zu haben, aber Dion zuckte nur mit den Schultern. Sie vergrub die Finger im dichten Pelz des mächtigen Tieres und zog daran, bis es sich entspannte. »Sie ist kein Schoßtier, Aranur, sie ist wie eine andere Persönlichkeit.«

»Sie gehorcht Dion aus freien Stücken«, erklärte Rhom. »Mit mir hat sie keine Verbindung, außer durch meine Zwillingsschwester, deshalb ist es schwierig für mich, zu verstehen, was sie meint, aber für Dion würde sie so gut wie alles tun.«

»Und du kannst dich richtig mit ihr verständigen?«

Die gelben Augen verengten sich erneut, aber die Frau hörte nicht auf, die Wölfin zu kraulen. Gray Hishn legte den Kopf an ihre Hüfte und zwang sie, sich breitbeinig hinzustellen, um das Gleichgewicht zu bewahren. »Wenn man dafür empfänglich ist, kann man sich in sie einfühlen. Es erfordert allerdings ein wenig Gewöhnung. Wölfe sehen die Dinge anders als wir.« Sie zupfte an den Ohren der Grauen, während das Tier ihre Hand mit seiner feuchten Schnauze liebkoste. »Wenn du mit ihnen sprichst, empfängst du das, was sie sehen, schmecken und riechen, und das bringt deine Eindrücke ganz schön durcheinander.«

»Das ist mir schon aufgefallen«, murmelte der hochgewachsene Mann, und die Frau musterte ihn durchdringend.

»Wenn du empfangen kannst, was sie dir mitteilt, kann sie auch deine Gedanken lesen«, warnte sie ihn mit einem Lächeln, das ihr Erröten fast überdeckte. Erst viel später entdeckte Aranur, daß auch Dion durch die Wölfin seine Gedanken lesen konnte.

Jetzt brachte sich Bentol laut räuspernd in Erinnerung, und Rhom drehte sich zuvorkommend zu ihm um. »Handelsmeister Bentol und Tyrel Tyronnen neVolan, Sohn des Lloroi und Neffe von Gamon, Waffenmeister. Meine Zwillingsschwester, die Heilerin Ember Dione maMarin.«

Sie lächelte. »Du kannst mich auch Dion nennen, wenn dir das lieber ist.«

»Einfach nur Dion scheint mir ein reichlich männlicher Name für eine so reizende Dame zu sein«, bemerkte Bentol, als er ihre Hand ergriff.

»Das ist Gewohnheitssache«, erwiderte sie und errötete noch tiefer. »Als ich mit den Männern trainiert habe, war es ihnen zu umständlich, mich Dame dies und Heilerin das zu nennen, und als sie herausfanden, daß Rhom mich immer Dion nennt, übernahmen sie die Angewohnheit von ihm. Und als ich ausgewählt wurde, mit meinem Bruder auf die große Wanderung zu gehen, waren wir der Meinung, wir könnten einigen Ärger vermeiden, wenn ich mich wie ein Mann kleidete.«

Das konnte Aranur nur zu gut verstehen. Rhoms Gesicht, seine Augen und Haare machten einen angenehmen Eindruck auf seine Mitmenschen, doch Dion verwandelten die gleichen Eigenschaften in einen Haremspreis, um den zu kämpfen es sich lohnte. Wenn ein Sklavenjäger in Sidisport Dion sah und herausfand, daß sie eine Frau war, würde sie sich nur schwer vor den Ketten schützen können. Aber etwas von dem, was Rhom gerade sagte, erregte Aranurs Aufmerksamkeit, und er runzelte die Stirn. »Auf die Wanderung?«

Rhom nickte. »Wir begaben uns gemeinsam auf die große Wanderung, aber ...« Seine Stimme brach, und er biß die Zähne zusammen, bevor er weitersprechen konnte. Seine Schwester berührte seinen Arm, und er beendete seinen Satz. »Worlags.«

Aranur war schockiert. Wie konnte Rhom mit einer Frau – noch dazu seiner Schwester – auf die große Wanderung gehen? Frauen hatten ihr Praktikum, aber weder das Training noch die Fähigkeiten und die Ausdauer, um auf die große Wanderung zu gehen. Was, wenn sie verwundet wurden? Dion ist verwundet worden, fiel ihm ein. Er sah den stämmigen Fremden mißbilligend an. Vielleicht hatte er den Mann falsch eingeschätzt – eine Frau auf die Wanderung mitzunehmen, war keine leichte Entscheidung, obwohl er zugeben mußte, daß Dion zäh genug aussah. Außerdem war Randonnen ein anderes Land mit anderen Sitten und vom Krieg nicht halb so zerrissen wie Celilo oder Bilocctar.

»Wie könnt ihr nur zusammen auf die große Wanderung gehen?« fragte Tyrel frei heraus und sprach Aranurs Worte mit wenig Taktgefühl offen aus. »Dion ist doch eine Frau.«

Die Augen der Heilerin blitzten auf, aber sie hielt sich zurück und ließ Rhom gelassener sprechen, als sie selbst es vermocht hätte.

»Dion ist keine Närrin«, sagte ihr Bruder ruhig. »Sie hat die gleiche Ausbildung durchlaufen wie ich. Sie kennt sich mit Waffen und Abis aus, sie ist eine Wolfsläuferin und anerkannte Heilerin, und sie kommt, nun ja, fast ebensogut in den Wäldern zurecht wie ich.« Er zuckte bei dem Blick, den sie ihm bei diesen Worten zuwarf, ein wenig zusammen; dem Stoß, den ihm die Wölfin versetzte und der ihn schwanken ließ, konnte er jedoch nicht so gut ausweichen. Der Mann grinste seiner Schwester in geheimem Einvernehmen zu, und Aranur verspürte, wie ganz unvermutet Eifersucht in ihm aufstieg.

Zur Überraschung des grauäugigen Anführers nickte auch Gamon. »Sie weiß, was sie tut, Aranur.«

»Wir müssen uns beeilen«, antwortete Aranur knapp. Er dachte an die Zeit, die sie schon verloren hatten.

Rhom zögerte nicht. »Wir sind zusammen auf der großen Wanderung. Wenn wir euch lästig fallen ...«

»Denk nach, Aranur«, sagte Gamon sanft. »Wir werden noch froh sein, eine Wolfsläuferin und Heilerin bei uns zu haben, besonders eine, die zu kämpfen weiß.«

Aranur zögerte. Er fürchtete, daß sie mit einer Frau im Schlepptau nur langsam vorankämen, aber dann dachte er daran, wie sie sich selbst mit Largonköpfen zusammengeflickt hatte. Sie mußte eine zähe Frau sein. Er öffnete den Mund und hörte sich dieselbe förmliche Begrüßung wie Rhom gegenüber aussprechen. »Du bist in unserer Mitte willkommen. Reite und iß und kämpfe mit uns, und deine Kinder werden wie meine eigenen sein.«

Die Wolfsläuferin musterte ihn mit festem Blick. Sie ließ ihre Hand auf die Schultern der Wölfin fallen und antwortete: »Wir schließen uns euch an, und eure Last soll die unsere sein.«

Gamon wandte sich an den Händler. »Bentol, eigentlich wollte ich dir zwei weitere Dnus als Packtiere bringen, aber sie hatten davon gehört, daß du einmal eine halbe Tonne auf ein Lepa geladen und ihm befohlen hast zu fliegen. Da beschlossen sie, lahm zu werden und die Sache schleunigst zu vergessen.« Der Händler war ein wenig peinlich berührt, als die anderen lachten. »Immerhin habe ich dir ein paar Geschenke in meinen Satteltaschen mitgebracht, und wir alle wissen, wie gern ich sie für dich auspacken würde, aber ...«

»So wie du zu packen pflegst ...«, begann der Kaufmann erbost.

»Ich weiß, ich weiß. Nur ein so meisterhafter Händler wie du, ehrenwerter Bentol, kann die Verwirrung heilen, die ich unter dem Gepäck angerichtet habe. Also«, sagte der silberhaarige Kämpfer und schwenkte seine Kappe in der Luft, »gebe ich dir meinen Segen, wieder zu beseitigen, was ich so frohen Herzens angerichtet habe.«

Der dicke Mann schnaubte und stampfte zu dem neuen Gepäck hinüber, das Tyrel abgeladen hatte.

Dion, noch immer blaß, stand in Rhoms Arm, als käme es in der Welt auf nichts anderes an. Als sie sich bewegte, stellte Aranur fest, daß sie erstaunliche Anmut besaß, obwohl er sich bemühte, sie nicht unablässig anzustarren. Er wußte nicht zu sagen, wer der besitzergreifendere Gegner war: Rhom oder der Wolf. Aber als sie ihren oft gebrauchten Bogen um die Schulter warf und ihr schartiges Schwert in seiner Scheide zurechtrückte, fiel ihm ihre Zartheit erneut auf. Sie sieht vielleicht zerbrechlich aus, dachte er, aber sie ist trotz allem eine Dame, die sich darauf versteht, auf einem Bergpfad zu reiten.

Vielleicht. Wir sind nicht auf dem Weg zu einem Volksfest, ermahnte er sich selbst, und wir haben keine Zeit, eine verwundete Frau wieder aufzupäppeln. Während der Verfolgung waren die Sklavenjäger vor Aranurs Gruppe unablässig im Sattel geblieben. Sie waren ebenso wie die Männer von Ariye nur bei Tag geritten. Trotz ihrer Eile hatten sie es nicht riskiert, einen Stamm Worlags aufzuscheuchen.

»Wir können nicht alle reiten«, sagte Bentol, als er das Gepäck wieder festgezurrt hatte, und erinnerte sie daran, daß sie ein Dnu weniger hatten. »Wenn zwei von uns zu Fuß gehen, können wir ein Dnu als Packtier benutzen und kommen schneller voran.«

»Ich gehe zu Fuß«, erbot sich Rhom freiwillig.

»Ich auch«, sagte Tyrel.

»Wir wechseln uns ab. Tyrel reitet als erster«, entschied Aranur. »Außerdem Gamon.« Dion würde eine ganze Zeitlang ebenfalls nicht gehen können. Sie war immer noch sehr blaß. Die Müdigkeit in ihrem abgespannten Gesicht war nicht zu übersehen, und Aranur verspürte Schuldgefühle, daß er ihr so hart zugesetzt hatte. Er konnte den Schmerz, den er in ihren Wunden neu entfacht hatte, fast am eigenen Leib spüren, als ihn die gelben Augen des Wolfes auf seinem Weg um das Lager verfolgten. Er fragte sich, ob er sich das nur einbildete, aber er fühlte, wie seine Gedanken zwischen dem enervierenden, starren Blick des Wolfes und der überwältigenden Schönheit der Frau zerrieben wurden, und seine Zunge schien ihm bleischwer. Seine anfängliche Begeisterung über Dions Auftauchen war rasch verflogen.

Zu seinem Glück räusperte sich der Händler und holte seine Gedanken auf den Boden der Tatsachen zurück. »Ich habe nachgedacht«, sagte der dicke Mann langsam.

»Das ist bei dir wahrhaftig etwas Neues«, unterbrach ihn Gamon grinsend.

»Gamon!« wies ihn Aranur zurecht. Sein Onkel hatte eine Art, den schwerfälligen Händler so lange zu ärgern, bis sie kurz vor einer Schlägerei standen. Bentols Gesicht war schon dunkel vor unterdrückter Wut. »Hast du eine Idee, Bentol?«

Gamon wollte gerade einen weiteren Kommentar abgeben, aber Dion lehnte sich rasch zu ihm hinüber, als wollte sie eine Frage stellen, und lenkte seine Aufmerksamkeit von dem Händler ab. Aranur war dankbar für diesen Aufschub.

Der Händler schnaubte verächtlich und deutete zur Sonne empor. »Es ist klar, daß wir die Sklavenjäger heute nicht mehr einholen können. Vielleicht ist es sogar besser, daß sie Sidisport vor uns erreichen.« Er hob die Hand, um sich gegen Tyrels automatischen Protest zu wappnen. »Unser Problem ist jetzt nicht mehr, ob wir genug Geld haben, um die Mädchen zurückzukaufen, wenn wir sie einholen, sondern ob wir genug Schwerter haben, um sie zu behalten. Anstatt zu versuchen, es mit der ganzen Schiffsladung Sklavenjäger aufzunehmen, sollten wir uns lieber einfach als fremde Händler auf dem Sklavenmarkt vorstellen. Als Händler, die von dem Luxus in Sidisport gehört haben, bietet sich uns die Möglichkeit, für das Vergnügen unseres Herrn ein paar hübsche Sklavinnen zu erwerben.« Er grinste verschlagen.

Tyrel wollte schon wieder hochgehen, weil sein Vater ungerechterweise so schändlich beschuldigt wurde, doch dann entspannte er sich und ging auf das Spiel ein. »Bentol, du bist ein Genie. Wir gehen rein, kaufen unsere Schwestern ganz offiziell, als ob wir Fremde wären, und sind auf und davon wie der Wind.«

Bentol verneigte sich. »Aus dir wird noch mal ein feiner Lloroi, mein Junge. Eine leichte Verkleidung für den belebten Platz, eine Handvoll Gold, das niemand in Frage stellen wird, und niemand wird mehr von uns wissen, als daß wir gekommen und wieder verschwunden sind. Wenn wir nach ein paar Sklavinnen suchen, was wäre dann ein besserer Ort als der weltberühmte Markt von Sidisport.«

»In Ordnung. Aber wenn wir die Mädchen in Sicherheit gebracht haben, kommen wir zurück. Und dann wird Blut fließen«, sagte der Junge düster und bestieg sein Dnu, um die Verfolgung wieder aufzunehmen. Er spannte die Schultern und hob sein Schwert, als wollte er dessen Gewicht überprüfen. »Mit denen habe ich noch ein Hühnchen zu rupfen.«

»Verstand, nicht Muskeln machen einen guten Lloroi aus«, erwiderte Bentol scharf. »Ein Mann kann es nicht mit einer ganze Schiffsladung Sklavenjäger aufnehmen, es sei denn, er will sich den Monden opfern.«

Tyrel preßte die Zähne zusammen, sagte aber nichts.

»Gamon.« Aranur sprach seinen Onkel mit leiser Stimme an und deutete mit dem Kinn auf Dion. »Ist sie stark genug, um mit uns Schritt zu halten? Die Sklavenjäger haben schon mehrere Stunden Vorsprung, und wir verlieren mit jeder Minute an Boden.«

»Ich habe ihr die Lage erklärt. Sie ist eine starke Frau, Aranur. Sie wird Schritt halten, und sei es nur, um bei ihrem Bruder zu sein.«

Aranur nickte beruhigt. Er und Rhom gingen voran und zogen das Dnu hinter sich her. Die Ebene hatte sich gelblich verfärbt und erstreckte sich weit und grasbewachsen zu beiden Seiten des Flusses. Die Frühjahrsflut hatte die Bäume daran gehindert, sich tief im Ufer zu verwurzeln, und das dichte Gestrüpp riß an ihrer Kleidung, obwohl das Dnu ihnen eine Schneise bahnte. Aranur wischte sich den Staub vom Gesicht, der sich dort mit seinem Schweiß zu einer störenden, dünnen Schmutzschicht vermischte. Er spuckte aus und ergab sich dem eintönigen Rhythmus seines Atems. Einatmen, bumm, bumm, bumm, ausatmen, bumm, bumm, bumm. Das Geräusch, das seine Füße machten, wenn sie den Boden berührten, ertönte im Gleichtakt mit seinen gierigen Lungen, und der Himmel wurde erst blau, dann gegen Nachmittag blasser, während er sich auf den Boden vor ihm konzentrierte.

Schweiß durchtränkte Aranurs Kragen. Sein Nacken war aufgescheuert. Als seine Füße über den härter gewordenen Schlamm gingen, dehnte sich sein Schatten mit jedem Schritt aus und schrumpfte wieder zusammen, so daß die Schweißperlen, die auf seinen Schultern glänzten, von allein davonstoben, zuerst in dunkle, dann in hellere Erde. Das Salz, das er ausschwitzte, fing an, ihn wundzureiben. In der größten Mittagshitze entkleidete sich der schmalhüftige Mann bis auf das Unterhemd und ließ seine nackten Arme in der Sonne glänzen. Er bemerkte, daß Dion ihm einen verstohlenen Blick zuwarf. Sie errötete und wandte schnell den Kopf wieder ab, aber Aranur lächelte in sich hinein, bevor er einen strengen Blick von Dions wachsamem Bruder auffing.

Dann waren Tyrel und Bentol an der Reihe. Der dicke Händler entwickelte eine beachtliche Geschwindigkeit, wenn man das ganze überflüssige Gewicht betrachtete, das er um seine Leibesmitte mit sich herumtrug, und Rhom und Aranur entspannten sich im Rhythmus des Reitens. Selbst wenn die Strömung auf seiten der Sklavenjäger war, würden die Männer aus Ariye Sidisport nur kurz nach der Ankunft der Sklavenjäger erreichen. Das flüchtige Boot konnte nachts nicht fahren, es sei denn, die Jäger riskierten, auf eine der Sand- und Schlammbänke, mit denen der Fluß übersät war, aufzulaufen. Für die Gruppe, die ritt und sich der Zeit nicht bewußt war, außer daß sie im Verhältnis zu der Entfernung, die sie schon geritten waren, zu schnell dahinschwand, färbte sich der Himmel langsam zu einem Weißblau, während die blutlose Sonne höher stieg und heller wurde, bis sie den Himmel ganz farblos erscheinen ließ. Dann kamen Rhom und Aranur wieder an die Reihe und entkleideten sich bis auf die Unterhosen, um in der Hitze des Nachmittags wenigstens ein bißchen Erleichterung zu finden. Das dumpfe Stampfen ihrer Füße ergab einen sanften Rhythmus, als sie die Dnus zu einem leichten Trab veranlaßten, und das Gepäck quietschte und schwankte sacht mit den Bewegungen der Tiere, während die leisen, aber bestimmten Kommandos die Dnus auf dem Pfad hielten. Der Nachmittag verging langsam.

Sie waren nicht besonders leise, weil sie das Stampfen ihrer

Füße zugunsten der größeren Schnelligkeit in Kauf nahmen, und auch das sie umgebende Leben in der Wildnis war durchaus beredt. Schneeweiße Vögel reckten ihre langen Hälse, wenn sie sie nicht gerade auf ihre Beute in den seichteren Stellen des Flusses hinabstoßen ließen. Sie kreischten, als die Menschen vorüberzogen, und kleine, braun- und gelbhaarige Tiere drückten sich flach auf den Boden, weil das Stampfen der Reittiere sie von ihrem Bau abschnitt. Eine Wasserkatze fauchte und zuckte mit dem Schwanz, als sie sich von dem Lärm bei ihrer Mahlzeit gestört fühlte.

Gegen Abend hatten Aranurs Beine sich wieder ans Reiten gewöhnt, denn Bentol und Tyrel übernahmen erneut das Laufen. Zweimal hatten sie angehalten, um zu trinken und eine kurze Rast zu machen, dann waren sie weitergelaufen. Einen richtigen Halt gab es erst, wenn es dunkel geworden war und sogar Bentol, der diesen Weg gut kannte, sie nicht mehr führen konnte.

Wieder eine Weile später ritt Tyrel an der Spitze und entdeckte einen guten Platz für eine kurze Verschnaufpause. Also ließen sie sich in der kleinen Senke nieder und kontrollierten das Gepäck. Dion sah viel besser aus, nachdem sie den ganzen Tag geritten war.

»Willst du deine Beine ausstrecken, Ember Dione?« wandte sich Gamon an die Heilerin, die die Riemen ihrer Schuhe strammzog und überprüfte, ob die Knoten ihrer Gürteltaschen noch hielten.

Die Augen der Grauen flackerten. Dion lachte und kratzte den Bauch des Wolfes kräftig mit der freien Hand. »Hishn fragt, ob sie reiten kann, wenn ich laufe.«

»Dieser Köter?« schnaubte der alte Mann. »Zur Hölle, ich würde zwei Silberstücke dafür geben, um zu sehen, wie sie das anstellt.«

Dion lachte und zog den Wolf an den Ohren. »Hörst du das? Er sagt, er bezahlt dir dein Abendessen, wenn du auf das Dnu steigst.«

Aranur sah interessiert zu, wie das mächtige Tier lässig auf die Füße kam, sich streckte und mit der Zunge über die Zähne fuhr. Seine gelben Augen trafen Aranurs Blick für den Bruchteil eines Augenblicks. »Verdammt«, flüsterte er, zermürbt von dem grauen Gedankenfetzen, der sich in seine Gedanken geschlichen hatte, »aber ich habe den Eindruck, sie macht es nur, um mich zu ärgern.«

Dion warf ihm einen strengen Blick zu, als Hishn lässig zu dem Dnu trottete. »Gamon«, sagte sie nach hinten gewandt, »Hishn meint, du bist mit einer Portion Pelan dabei.«

»In Ordnung, ich lege noch zwei Vögel drauf, um fair zu sein.« Der ältere Mann wandte sich grinsend zu Aranur um. »Dieses Dnu kennt mich«, sagte er mit gedämpfter Stimme. »Es wird diesen grauen Köter nicht an sich heranlassen.«

»Du solltest es dir noch einmal überlegen«, antwortete der große Mann leise mit einem Seitenblick auf den Wolf.

»Hast du mal gesehen, was ein Wolf von dieser Größe mit einem Dnu macht? Dieser fledermausohrige Hund wird es noch nicht mal schaffen, an seinem Hinterteil zu schnuppern, und schon gar nicht, in den Sattel zu kommen.«

Aranur schüttelte den Kopf. Die Graue blieb vor dem Dnu stehen. Das Reittier rollte wild mit den Augen, und die gelben Augen des Wolfes sahen aus wie Feuerschlitze. Dann geschah etwas. Das Dnu stampfte einmal mit dem Fuß auf und schnaubte. Es senkte den Kopf zu dem Wolf hinunter, als begrüße es ein Tier seiner eigenen Rasse, und der Wolf streckte ihm die Schnauze entgegen. Hishn stellte sich wie ein Mensch auf die Hinterbeine, legte ihre mächtigen Tatzen links und rechts an den Kopf des Dnus, und Aranur wurde schwindlig. Mondwürmer – aber der Befehl des Wolfes war so intensiv, daß er ihn wie eine Faust im Magen spürte. Er schüttelte den Kopf. Plötzlich sah er in Gedanken das Dnu ganz nah vor sich. Als seine Augen wieder klar wurden, trottete die Wölfin ruhig neben das Tier und sprang in den Sattel. Sie thronte etwas unsicher auf dem glatten Leder, auch weil die sechsbeinige

Kreatur einen stolpernden Schritt nach vorne machte und dann stillstand.

Aranur hörte Rhom hinter sich leise lachen, und Tyrel stieß hervor: »Ich kann es nicht glauben.«

Aranur sah die Wölfin erstaunt an und fing ebenfalls zu lachen an. »Sieht so aus, als ob du dich schon mal nach einer doppelten Portion Pelan umschauen könntest, Onkel.«

Er deutete auf den Wolf, der sie aus seinen nun wieder ruhigen gelben Augen beobachtete. »Und an deiner Stelle würde ich mich beeilen, sonst reitet die Graue auf dir statt auf dem Dnu.«

Gamon sah die Wölfin zuerst ungläubig, dann finster an und schüttelte seine Faust. »Runter von dem Dnu, du langohriger Köter.« Er fluchte leise vor sich hin, als Dion eine unmerkliche Geste machte und die Graue so leichtfüßig hinuntersprang, wie sie hinaufgekommen war. »Hat sicher Abdrücke im Sattel hinterlassen, das Vieh«, murmelte er. Er rückte seinen Köcher auf der Schulter zurecht und prüfte seine Bogensehne.

»Äh, Gamon«, mischte sich Tyrel nervös ein.

»Was ist?« blaffte der alte Mann verdrießlich. »Ich werde eine halbe Stunde brauchen, um diese Vögel zu schießen. Ich stoße dann später wieder zu euch.«

»Gamon ...«

»Was ist los, Junge?« Der alte Mann wandte sich um und starrte in die Augen des Wolfes, so wie dieser einen Moment zuvor dem Dnu gegenübergestanden hatte. Dion verbarg ihr Lächeln hinter vorgehaltener Hand, aber die Belustigung in ihren Augen konnte sie nicht ganz verbergen. Hishn ließ Gamon durch die Macht ihres gelben Blickes erstarren, richtete sich halb auf die Hinterbeine auf und öffnete das Maul, so daß der alte Mann ihre Fänge ausgiebig betrachten konnte. Dann hechelte sie zweimal und leckte mit wölfischem Grinsen einmal quer über das wettergegerbte Gesicht.

»Ääh!« Gamon taumelte zurück und schlug sich selbst ins

Gesicht. »Sie hat mich abgeleckt. Der gottverdammte Köter hat mich abgeleckt. Bäh, igitt!« Er wischte sich den Geifer von der Nase und fluchte. »Dion«, brüllte er, »halt mir dieses mondwürmige Vieh vom Leibe!« Er wich einen Schritt zurück, als der Wolf sich wieder aufrichtete und ihm das Kinn unterhalb der schützend über das Gesicht gelegten Hände leckte. »Dion!«

Aber Dion mußte fast weinen vor Lachen. »Hishn ...«, stieß sie zwischen den Heiterkeitsausbrüchen hervor, »Hishn sagt, du hast deine Niederlage und das Abschlecken so gut eingesteckt, daß du ... ihr das Abendbrot nicht zu jagen brauchst.«

Der alte Waffenmeister hielt sich nur mühsam zurück und spuckte aus, um sich von dem üblen Geschmack zu befreien. »Hundespucke«, stieß er hervor. »Ich bezahle für meine Wette mit Hundespucke.«

Bentol hielt sich vor Lachen den Bauch und wollte gerade etwas sagen, aber der alte Mann drehte sich auf dem Absatz herum und blickte ihn so wütend an, daß sich der Mund des dicken Mannes hörbar schloß und er fast an seiner Schadenfreude erstickte.

»Na schön«, sagte Gamon kurz angebunden. »Jetzt haben wir unseren Spaß gehabt. Weiter jetzt.«

Dion warf ihr Gepäck ihrem Bruder zu, der es hinter dem Sattel seines Dnus befestigte. »Willst du immer noch laufen, Gamon? Oder hast du keine Puste mehr?« neckte sie ihn.

Er fluchte, sah zu ihr hinüber und öffnete den Mund, schloß ihn wieder und machte endlich gute Miene zum bösen Spiel. »Also gut, Heilerin.« Er lachte. »Du bist dran. Du wirst es nicht mit einem alten Krieger wie mir aufnehmen können, aber du kannst es ja mal versuchen.«

»Willst du etwa noch eine Überraschung erleben?« Sie lächelte mit einem Seitenblick auf den Wolf.

»Lieber nicht«, gab er zurück.

Dion lachte. Sie ließ ihre Tunika an, aber sie trug lediglich kurze Hosen und Mokassins, und Aranurs Augen folgten ihren Beinen, die vor ihm in der Sonne schimmerten. Auch Tyrel sah hin, bis sie beide einen warnenden Blick ihres Bruders auffingen …

Aranur räusperte sich und bemerkte: »Sie hält gut Schritt mit Gamon.«

»Sie ist eben meine Schwester«, antwortete Rhom kurz angebunden.

Die Luft war jetzt kühler und das Dnu fügsamer, nachdem es den ganzen Tag gelaufen war; lange Schatten fielen auf das Wasser und den Pfad. »Bentol«, rief Aranur dem Händler zu, »du kennst diesen Weg! Hast du jemals versucht, auf dem Fluß durch den Canyon zu gelangen? Wenn wir uns statt auf dem Landweg nach Portage auf dem Wasser fortbewegen, können wir die verlorene Zeit fast wieder einholen.«

Bei diesem Vorschlag schüttelte Bentol den Kopf. »Nur Narren würden versuchen, es mit diesen Stromschnellen aufzunehmen. Die Felsen reichen bis zum Himmel, und das Wasser läßt die Boote kentern, so daß sie wie Glas auf den Steinen zerschellen.«

»Aber es gibt Leute, die diesen Weg kennen – der Celilo-Clan. Sie fahren in ihren leichten Booten zu ihrem eigenen Vergnügen über die Stromschnellen, dann tragen sie sie wieder zurück. Ich habe auch gehört, daß sie bei Sonnenuntergang im Canyon singen.«

»Ja, aber das sind Verrückte, die den Phye wie ein Spielzeug behandeln. Die Geschichten erklären nicht, warum sie im Canyon singen, oder? Ich werde es dir sagen. Sie singen die Mondlieder, um die Geister der Toten den Fluß hinab über die Stromschnellen zu geleiten.« Der Händler schauderte. »Jedes Jahr verlieren sie einige Männer. Sie glauben, daß die Wasser des Phye versuchen, die Toten zu behalten, damit sie andere zu sich rufen können. Die Toten rufen die Lebenden, damit diese ihnen den Weg aus dem Wildwasser hinauf zu den Monden weisen. Sie nennen dieses Stück des Flusses Geisterpfad.«

»Nehmen sie Passagiere mit?« fragte Tyrel, der zu seiner Rechten aufmerksam zugehört hatte.

»Wenn du vorher für das Lied bezahlst, das sie dir singen, wenn du tot bist«, antwortete der Kaufmann kurz.

Das war ein ernüchternder Gedanke, aber Aranur sagte langsam: »Ich würde diesen Weg gerne sehen.«

»Es gibt keinen Grund dafür, unseren Pfad zu verlassen«, meinte der andere Mann beharrlich. »Ich wette mit dir, daß auch die Sklavenjäger den Weg um dieses Stück Fluß herum gegangen sind. Es ist später Frühling, das Wasser kommt von den Bergen herab in den Phye geflossen und macht ihn wild. Ich weiß, daß du in deinen Hügeln auf Wildwasser gefahren bist, aber dieser Teil des Phye bedeutet den sicheren Tod für alle, die nicht unter dem Schutz aller neun Monde stehen. Und bis jetzt sind wir schon reichlich gesegnet worden.«

Tyrels Augen blitzten bei den Schilderungen des eigensinnigen Händlers. »Mein Leben ist nichts mehr wert, wenn ich meine Schwestern in Schande im Harem eines Sklavenjägers sterben lasse.« Er spuckte die Worte förmlich aus. »Nur weil ich zu feige war, die Chance zu nutzen, sie auf dem Flußweg zu erreichen. Was ist für mich ein rascher Tod, wenn meine Schwestern jeden Tag, den sie versklavt sind, langsam sterben und«, sein Gesicht straffte sich, »jeden Tag von einem Fremden gefoltert werden.«

»Tyrel, Bentol, ihr habt beide recht«, sagte Rhom. »Aber ich muß sagen, wenn es meine Schwester wäre«, fuhr er fort und deutete auf Gamon und die Frau, die vor ihnen liefen, »und sie wäre in der Hand der Sklavenjäger, würde ich die Stromschnellen in einem Zinnbecher hinabsausen, wenn ich sie damit vor einer solchen Schande retten könnte.«

Bentol wandte sich brüsk ab, aber seine Bewegung drückte aus, daß er sich nicht länger gegen Aranurs Entscheidung stellen würde. Als sie das nächste Mal anhielten, um die Dnus zu tränken und sich mit dem Reiten abzuwechseln, erörterte der Anführer das Problem mit Gamon und Dion. »Wir haben die Chance, unsere Reise um einen halben Tag abzukürzen«, sagte er und beobachtete dabei das Gesicht der Frau. »Aber es ist gefährlich.«

»Der Geisterpfad?« Gamon blickte auf.

Aranur nickte. »Wir könnten die Dnus in Celilo lassen und Führer anheuern, die uns mitnehmen. Dadurch gewinnen wir den Sklavenjägern gegenüber so viel Zeit, daß wir Sidisport fast gleichzeitig mit ihnen erreichen könnten.«

Dion runzelte die Stirn. »Warum ist es so gefährlich?«

»Weil der Fluß an dieser Stelle sehr wild ist. Du siehst, wie breit er hier ist, fast eine Meile, mit Untiefen aus Treibsand oder Schlamm. Du könntest ihn an einem halben Dutzend Stellen durchwaten, wenn da nicht die vielen Priele wären. In etwa fünf Meilen, wenn sich diese Hügel in eine Hochebene verwandeln, verengt sich der Phye zu einem engen Canyon. Das ganze Wasser schießt durch eine Öffnung zwischen den Bergen, die nicht breiter ist als eine Scheune lang, und zwar mit höllischem Tempo.«

»In den Bergen fahren wir auch durch Stromschnellen«, antwortete sie. »Rhom kann sehr gut mit einem Kajak umgehen. Außerdem können wir beide schwimmen. Wenn der Fluß der Weg deiner Wahl ist, werden wir dich nicht aufhalten.«

»Schwimmen kommt nicht mehr in Frage, wenn alles Wasser der Welt über deinem Kopf zusammenschlägt«, warnte Aranur, obwohl er erleichtert war, daß sie keine Angst zu haben schien. Er wandte sich an Gamon, obwohl er sicher war, die Antwort des alten Mannes schon im voraus zu kennen. Sein Onkel war für solche Unternehmungen immer gleich zu haben. »Was glaubst du, Onkel? Kann dein alter Leib noch ein paar Blessuren und Schmerzen ertragen?«

»Dieser alte Leib hat schon weißes Wasser geschluckt, bevor du überhaupt auf der Welt warst, mein Junge. Gib mir ein Paddel und ein Seil, um mich festzubinden, und ich bin auf und davon.«

»Warum nennen sie es den Geisterpfad, wenn es so gefährlich ist?« fragte Dion, als sie zu ihren Gefährten zurückgingen.

»Weil die Geister der Toten dieses Stück des Flusses entlangwandern und nach dem Weg in den Himmel suchen«, antwortete der alte Mann mit grimmigem Lächeln. »Wenn du diese Stromschnellen besiegen willst, mußt du mit den Toten ziehen.«

»Bentol sagt, man braucht über eine Stunde«, sagte Aranur, »also müssen wir uns beeilen, wenn wir Führer haben wollen, die es heute noch mit uns wagen.« Er deutete in die Richtung des Kaufmannes, dessen Gesicht einen furchtsamen Ausdruck angenommen hatte.

»Bentol«, sprach ihn Dion plötzlich an. »Du hast diesen Fluß doch früher schon einmal befahren.«

Der Händler zuckte zusammen. »Ja«, gab er zu. »Und ich hätte nicht mehr Angst, wenn es direkt in den Rachen des Todes ginge.«

»Also wissen wir wenigstens, daß es zu schaffen ist«, sagte Gamon. »Wie lange dauert es noch, bis wir Celilo erreichen?«

»Dieses ›wir‹ schließt mich nicht mit ein«, antwortete der Händler entschieden. »Ich treffe euch bei Portage oder noch später, wenn ich euch eingeholt habe.«

»Bentol«, sagte Aranur streng. »Du bist diesen Weg schon einmal gegangen. Du weißt, daß du diesen Fluß überwinden kannst, warum also willst du es nicht noch einmal versuchen?« Er hatte den Mann noch nie so aufgeregt gesehen, schon gar nicht, wenn es um etwas ging, das nichts mit seinem Gewerbe zu tun hatte. »Wir werden das Gepäck so festbinden, daß wir nichts davon verlieren können.«

»Es geht nicht um die Waren«, gab Bentol kurz angebunden zurück.

»Aha, dann ist es das Gold«, zwinkerte Gamon der Wolfsläuferin zu. Die Habgier der Händler war überall bekannt.

»Es ist auch nicht das Gold«, schnaubte dieser, »also laß mich jetzt in Ruhe, Gamon.«

Aranur sah den dicken Mann streng an. Er hatte noch nie gehört, daß der Händler zugegeben hätte, daß es etwas Wichtigeres als sein Geld gab. Der Händler hatte noch nicht einmal eine Frau, soweit Aranur wußte. Sie hatten ihn immer damit aufgezogen, daß er sein Geld wohl mit keiner Gefährtin teilen wolle. Der Anführer schüttelte den Kopf. »Reiß dich zusammen, Mann. Wenn es nicht um die Waren oder das Gold geht, wo liegt dann das Problem?«

»Genau«, sagte Gamon betont lässig, obwohl seine Augen scharf aus seinem wettergegerbten Gesicht hervorstachen. »Was ist dein Problem, Bentol?«

»Gottverdammt, laß mich in Ruhe, Gamon!«

»Bentol«, sagte Aranur schneidend. »Du brauchst einen verdammt guten Grund, um die Jagd an diesem Punkt zu unterbrechen, also kannst du es uns entweder erzählen oder verschwinden und nicht mehr zurückkommen.«

Der Händler starrte ihn an. In seinen Augen flackerte kaum zu verbergende Panik. »Verdammt, Aranur, du würdest es nicht verstehen.«

»Versuch's doch.«

Plötzlich brüllte der Mann mit knallrotem Gesicht: »Ich habe dir gesagt, daß du es nicht verstehst. Jetzt hör endlich damit auf.«

»Ich will es aber wissen«, sagte der Anführer ruhig. Er ging zu seinem Dnu, um den Händler zwischen sich und den alten Waffenmeister zu bringen.

Bentol blickte mit wachsendem Zorn von einem zum anderen. »Ihr wollt wissen, wo das Problem liegt, ihr elenden Dreckskerle. Also gut, ich werde es euch sagen.« Er spuckte wütend aus, weil er gezwungen wurde, seine Furcht vor ihnen allen einzugestehen, besonders vor der blauäugigen Frau, die schweigend am Rande saß. »Mein Leben ist das Problem«, sagte er brüsk. »Ich habe Angst, verdammt. Ich mache mir vor Angst fast in die Hosen. Ich würde lieber unter der Folter von Zentsis sterben, als auf dem Fluß durch die

Canyons zu fahren und meine Seele zu verlieren, ihr mondverdammten Drecksäcke.« Er wandte sich ab und klammerte sich an seinen Sattel.

Gamon starrte ihn an, unterdrückte ein Husten und begann zu lachen. Das Gesicht des Händlers verfärbte sich dunkel vor Demütigung. Der dickliche Mann sah aus, als ob er gleich sein Schwert ziehen und den alten Waffenmeister aus dem Sattel säbeln wollte. »Bentol«, befahl Aranur scharf. Rhom trat rasch zwischen die beiden Männer, und Aranur packte den Schwertarm des Händlers und zwang ihn nieder.

Der alte Waffenmeister hob die Hand, um dem Zorn des Mannes zuvorzukommen. »Bentol«, sagte er, immer noch leise lachend, »du hast dich mit Sklavenjägern und Worlags herumgeschlagen, nur um einen wertlosen Stein zu ergattern oder um einen Klumpen kaltes Gold vor ihnen zu schützen. Du hast dein Leben in einem Nest von Lepas aufs Spiel gesetzt, um deine Waren zu retten, und hast nicht an die Schwierigkeiten gedacht, lebend wieder herauszukommen. Und jetzt jagst du eine Schiffsladung Sklavenjäger, damit du das nächste Mal, wenn du mit dem Lloroi einen Handel abschließt, besser dabei wegkommst – und du willst uns erzählen, daß du dich vor einem bißchen Sprudelwasser fürchtest?« Gamon lachte schallend. »Ein lausiger, kleiner Fluß, den du dein Leben lang kennst. Du bist schon oft durch seine armseligen, kleinen Wellen gefahren, und jetzt sitzt du hier und willst uns erzählen, daß du Angst hast, es noch einmal zu versuchen?« Er zeigte mit dem Finger auf den Händler. »Du bist ein Schwindler, Bentol. Wahrscheinlich hast du das ganze Dorf übervorteilt und hast jetzt Angst, daß sie hinter dir her sind.«

»Gamon«, brach es aus dem dicken Mann hervor, »wenn du kein Waffenmeister wärst …«

»Bentol«, fuhr Aranur dazwischen. »Gamon hat recht. Du hast schon wagemutige Sachen gemacht, hast dein Leben für kalte Steine und schlecht gesponnene Seide riskiert. Ehrlich, Bentol, was ist ein Stück Stein, verglichen mit deinem Leben?

Wir reden nicht über Steine und Stoffe. Wir reden über das Leben unserer Schwestern. Wenn das so wichtig ist, wie kannst du dann zulassen, daß dich deine Angst schändlich in die Flucht schlägt? Wie könnte deine Angst wichtiger sein als Shilias Leben?«

Der Händler blickte zu Boden. Seine Fäuste öffneten und schlossen sich.

Dion räusperte sich, und alle sahen sie an. »Ich glaube, daß Bentol sich so fühlt, *weil* das, was er tut, für ihn wichtig ist«, sagte sie sanft.

Bentol blickte sie wütend und verzweifelt an.

»Männer ... Leute«, korrigierte sie sich vorsichtig, »tun wagemutige Dinge, wenn es ihnen egal ist, was ihnen passiert.« Sie sah den Händler an. Er nickte und gab damit zu, daß sie die Wahrheit gesagt hatte. Aranur schwieg, erstaunt über ihr Einfühlungsvermögen und Bentols Einverständnis. Hatte er den Mann falsch eingeschätzt? Und welches Geheimnis teilte der Händler mit Dion, fragte er sich mit einem Stich von Eifersucht, aber sie redete weiter. »Manchmal«, sagte sie zögernd, »wenn einem etwas sehr wichtig ist, wenn einem wirklich etwas daran liegt ... oder man etwas hat, wofür es sich zu leben lohnt ..., dann merkt man plötzlich, daß man wirklich in Gefahr ist. Und dann kann man nicht weitermachen, bevor einen nicht die Monde geholt haben.«

Aranur sah erst die Heilerin an und dann Bentol. Waren die Töchter des Lloroi dem Händler so wichtig? Oder seine Schwester? Bentol hatte nie einer von ihnen den Hof gemacht, weder Shilia noch Namina oder Ainna ... Jedenfalls soweit Aranur sich erinnern konnte, so sehr er auch nachdachte. Mondwürmer, der Händler war mehr als doppelt so alt wie die Mädchen. »Bentol«, sagte er schließlich. »Ich verstehe, wenn du uns nach diesem Stück des Phye wiedertreffen willst. Wir können nicht auf dich warten, aber du weißt ja, wo wir hinwollen. Im Norden von Sidisport gibt es ein Gasthaus ...«

»Ich«, der Mann räusperte sich. »Ich werde mit euch kommen.«

Aranur sah ihn an und nickte kurz, ohne das Angebot des Händlers geringzuschätzen, aber Gamon grüßte förmlich. »Guter Mann«, sagte er.

Der Händler beachtete ihn nicht. Er sah die Heilerin an, öffnete den Mund, als ob er etwas sagen wollte, klappte ihn jedoch wieder zu und wandte sich ab.

Aranur blickte ihm einen Moment verblüfft nach. »Ein Stück weiter vorne gabelt sich der Weg«, sagte er schließlich. »Das Dorf Celilo ist dann noch drei Meilen entfernt. Die Häuser am Dorfrand sehen wir zuerst, weil sie auf Pfählen stehen, denn die Frühjahrsflut ist hier sehr stark. Der Rest des Dorfes ist an der Stelle, wo der Fluß in den Canyon strömt.« Er unterbrach sich. Gamon und Dion waren zu ihnen gestoßen, sie waren alle übermüdet, aber er warnte sie. »Die Sklavenjäger sind vor uns hier durchgekommen. Ich weiß nicht, was für einen Empfang man uns bereiten wird. Seid wachsam.«

Vorsichtig näherten sie sich der Kluft in den hohen Felsen, die die Grenze von Celilo markierte, und hielten auf Aranurs Zeichen hin an. Die Wölfin verschmolz mit dem dichten Gestrüpp am Wegesrand. Hinter ihnen fiel der Weg sanft zu der Ebene hin ab, wo sich langes Gras in einem See von gelbgrünem Bewuchs auflöste. Auf der einen Seite verließ der Phye die Schlammbänke und floß merklich rascher dahin; schon hier wurden die Wirbel tückisch, die ersten Ausläufer langgezogener, mahlender Strudel, die sich zu einem tödlichen V verengten, eine unentrinnbare Gefahr für jedes Boot, das in ihren Sog geriet. Das Wasser war so klar, daß man mühelos die Steinblöcke erkennen konnte, die in der Mitte aus dem Flußbett ragten; seit Tagen war kein Frühlingsregen gefallen, und die Fische, die sich an den wenigen Stellen aufhielten, an denen der Fluß ruhiger war, hatten genug Insekten zu fressen, die über dem Wasser hin und her flogen. Aranur sah zu dem schmalen Paß hinauf, durch den der Landweg führte, aber er zögerte. Er wußte, daß die Graue zum Ufer hinuntergelaufen war – er konnte beinahe hören, wie sich das Tier mit der Wolfsläuferin verständigte –, und in wenigen Minuten würde er die andere Seite der Felsen erreicht haben. Falls irgendwelche Männer auf sie warten sollten, würde er es wissen, sobald ihm die Wölfin ihre Eindrücke übermittelte. Er runzelte die Stirn und fragte sich, warum er den Fetzen Grau, der seine Gedanken streifte, beinahe mit Händen packen konnte. Es war wie eine sanfte Hand, die über sein Gesicht strich – die Berührung einer Feder, die nicht ganz wirklich war.

Sie warteten. Noch war auf dem Paß keine Bewegung zu sehen, aber sein Instinkt hatte ihn noch nie im Stich gelassen; er ließ den Blick noch einmal rasch über die Felsen wandern. Zu seiner Linken waren große Steinbrocken verstreut, die den Abhang hinabgestürzt waren. Dahinter, wo die eigentliche Felswand begann, sah der Granit glatt und ausgewaschen aus. Er wurde nur durch große Felsspalten unterbrochen, die in den grauen Stein eingeschnitten waren und in denen die Vögel kreuz und quer nisteten. Der graue Fetzen in seinem Kopf wurde zu einer Nadel; im selben Augenblick bemerkte er, daß sich Dion neben ihm versteifte. Aranurs Wachsamkeit schärfte sich augenblicklich. Auf sein Zeichen hin verstreute sich die Gruppe über den weiten Pfad, Dion blieb zurück, und Rhom nahm ihren Platz ein. Vor ihnen, nicht weit vom Eingang zum Paß entfernt, traten drei Männer mit gespannten Bögen und auf sie gerichteten Pfeilen aus den Abendschatten. Aranur rührte sich nicht.

»Was wollt ihr auf diesem Pfad?« Hinter den dreien traten noch fünf andere hervor, und Aranur wußte, daß auf dem Abhang noch mehr lauerten.

Seine kühlen grauen Augen registrierten ihre Waffen mit einem Blick, und er bemerkte, daß einer der Männer in der ersten Gruppe so ruhig und gefährlich wie ein Sandlöwe war, der geduldig in seinem stillen Trichter wartete. Wenn es Ärger gab, mußte dieser Mann als erster sterben. »Wir möchten den Geisterpfad sehen«, sagte Aranur ruhig.

Zwei der Männer murmelten etwas, aber er konnte nicht hören, was sie sagten. »In der vergangenen Nacht sind hier Sklavenjäger durchgekommen«, stellte der mittlere fest. »Vielleicht gehört ihr zu ihnen.« Sein Blick ruhte kalt auf Aranur, wobei er gleichzeitig ihre fleckigen Rüstungen und Waffen einzuordnen versuchte.

»Sie haben unsere Schwestern entführt. Wir sind unterwegs, um sie zurückzuholen.«

»Sklavenjäger haben viele Gestalten.«

»Aber keine ehrbaren.«

Der Mann in der Mitte musterte ihn eindringlich. »Ihr seid aus Ariye?«

Aranur nickte.

»Bist du ein Waffenmeister?«

Aranur lächelte, obwohl seine Augen kalt blieben. »Ich bin, was ich sein muß.«

Einer der Männer im Hintergrund sagte etwas mit leiser Stimme, und der Mittlere nickte unmerklich, aber die Pfeile senkten sich nicht. Aranurs Augen verengten sich. Die Leute von Celilo waren für ihre Gastfreundschaft bekannt. Und wenn sie wußten, daß die Gruppe Gold mit sich führte? Sogar rechtschaffene Männer ließen sich etwas zuschulden kommen, wenn Geld im Spiel war … Mondwürmer, eine Menge Männer waren nur deshalb ehrlich, weil sie noch nie in Versuchung geführt worden waren. Hinter ihnen ertönte ein tiefes Grollen, und die Männer im Hintergrund wirbelten herum.

»Nein!« schrie Dion.

Aber die Pfeile waren wie erstarrt, als die Krieger von Celilo sahen, daß ihnen ein Wolf gegenüberstand. Der Mann in der Mitte hörte auf die erstaunten Kommentare hinter sich, ohne seine Augen von Aranur zu wenden.

»Ehrt der Graue einen von euch, oder habt ihr ihn auf andere Weise an euch gebunden?«

»Wölfe laufen nicht mit Sklavenjägern. Der Graue ehrt uns.«

»Vielleicht. Vielleicht warnt er uns auch vor euch.« Der stämmige Mann machte eine Pause. »Du da.« Er deutete auf Dion. »Du hast für ihn gesprochen. Geh zu ihm. Zeig uns, daß er dich kennt.«

Dion bewegte sich, aber Gamon flüsterte ihr aus dem Mundwinkel etwas zu, und sie blieb stehen. »Die Heilerin bleibt hier«, sagte Aranur kurz. »Laßt den Grauen zu uns kommen. Das wird euch beweisen, was ihr zu wissen begehrt.« Keinem konnte entgangen sein, daß seine Hand leicht auf dem Knauf seines Schwertes ruhte.

»Bist du der Wolfsläufer?«

»Ist das wichtig? Laßt den Grauen durch.«

»Nein. Wenn ihr Sklavenjägerbrut seid, wird er alle, die ihm im Weg stehen, töten. Beweist jetzt, daß ihr ehrliche Leute seid, oder ihr müßt sterben.«

Dion öffnete den Mund, aber Gamon hielt sie zurück. Aranur sah auf die Reihe Pfeile, die ihn und seine Gruppe durchbohren würden, und lächelte plötzlich. Einer der Fremden machte eine unbehagliche Bewegung. Der schmalhüftige, breitschultrige Mann vor ihm war seiner selbst zu sicher. Was, wenn der Graupelz ihn ehrte, wie er sagte? Was, wenn da noch andere wären? Mit dem Schutz der Wölfe war nicht zu spaßen, und zwei Männer im Hintergrund blickten finster, als sie die Fänge der Grauen betrachteten. Hishn leckte sich mit der Zunge über die langen Zähne und ließ dann ein langes, tiefes Knurren hören, das die Männer wie einen dumpfen Trommelwirbel in ihrem Körper fühlten.

Aranur warf die Zügel seines Dnus um eines der Sattelhörner. »Für Gewalt gibt es keinen Grund«, sagte er ruhig. »Nicht für eine Geisel.« Er ließ sich lautlos auf den Boden gleiten. »Aber ich will eure Zweifel ehren, wie die Graue mich geehrt hat.«

Der Mann in der Mitte trat einen Schritt zur Seite, als

Aranur sich zwischen ihn und die anderen bewegte, aber die auf ihn gerichteten Pfeile mahnten ihn zu äußerster Vorsicht. Aranur hoffte, daß die Bogenschützen nicht nervös waren.

»Gray Hishn«, sagte er mit gedämpfter Stimme, aber laut genug, daß ihn die Männer von Celilo hören konnten, »wir danken dir für deine Warnung.« Die Wölfin blickte ihn aus ihren gelben Augen an, die nun von einem schwachen schwarzen Kreis eingefaßt waren, und wandte den Kopf, bis sie ihn direkt ansehen und dennoch die Bogenschützen im Auge behalten konnte. Einen Moment lang hatte er das Gefühl, daß der Wolf ihn anknurren würde, doch es verflüchtigte sich sogleich wieder, und die Graue leckte statt dessen seine Hand.

Die Spannung legte sich schlagartig. Die Krieger von Celilo grinsten plötzlich und ließen ihre Bögen ein wenig lockerer. »Du bist wahrhaftig ein Wolfsläufer«, sagte der stämmige Mann in der Mitte. »Möge niemand behaupten, die Celilo vertreiben Wölfe, und sie vertreiben auch keinen ehrenwerten Mann. Willkommen.« Er trat vor und schüttelte dem staubigen Mann, der auf dem Weg stand, die Hand. »Ich bin Tramis.«

»Mein Name ist Aranur.«

»Aranur von Ariye? Ich habe von dir gehört, aber nicht, daß du Wolfsläufer bist.«

»Die Graue läuft nicht mit mir, sondern mit unserer Heilerin.«

Tramis pfiff durch die Zähne. »Glück begleitet deine Klinge wie ein Lepa auf der Jagd, daß du eine Wolfsläuferin und Heilerin in einem mit dir führst.«

»Unsere Schwerter haben das Glück auch dringend nötig«, gab Aranur plötzlich sehr ernst zurück. »Was ich vorhin gesagt habe, ist wahr. Die Sklavenjäger haben unsere Schwestern, und wenn wir sie nicht einholen, bevor sie Sidisport erreichen, werden wir sie an die Harems verlieren.«

Inzwischen waren die anderen nach und nach durch den

engen Paß gekommen, hatten die Männer von Celilo gegrüßt und folgten jetzt Tramis und Aranur. Der stämmige Mann hatte sich in den Sattel geschwungen und wies ihnen den Weg. »Aber wenn ihr Manns genug seid, auf dem Fluß weiterzureisen, bringt euch der Geisterpfad in der Hälfte der Zeit hin, die ihr auf dem Weg nach Portage brauchen würdet. Wie viele von euch wollen die Fahrt machen?«

»Wir lassen keinen zurück. Wir brauchen all unsere Schwerter an der Küste.«

Tramis sah ihn skeptisch an. »Ihr habt hier eine Heilerin, einen alten Mann und einen Jungen, dessen Temperament ich von hier aus spüren kann. Der Geisterpfad ist kein Weg für die, die noch nicht eingeführt sind, oder für die Schwachen und Unvorsichtigen.«

»Ich lege meine Hand für jeden von ihnen ins Feuer«, gab Aranur zurück. »Du brauchst dir keine Sorgen zu machen. Die Frau ist die Heilerin Dione, die Wolfsläuferin, und sie ist zäher als ein verwundeter Worlag. Der ›alte Mann‹ ist Gamon Aikekkraya neBentar, und er ist seit zwanzig Jahren Waffenmeister. Er hat die Bergflüsse schon zu seinem bloßen Vergnügen befahren. Der Junge ist trotz seines Temperaments der Sohn eines Lloroi. Was er auch sonst sein mag, unvorsichtig ist er nicht.«

Der Führer der Celilo nickte zweifelnd. »Wir werden sehen. Ich zeige euch den Geisterpfad heute abend, während wir singen. Wir haben gestern einen Mann verloren, sein Todeslied wird heute abend dargebracht. Ihr könnt euch dann endgültig entscheiden.«

»Du hast noch nichts zu den Kosten der Fahrt gesagt.«

»Hab ich nicht«, stimmte der andere grinsend zu. »Aber ich sehe, ihr habt einen Händler bei euch, und er wird sicher einen besseren Preis aushandeln als den, den ich euch nennen würde. Noch etwas«, sagte der Mann und deutete mit seinem Kinn auf den Wolf, der mit federndem Gang neben Dions Dnu herlief. »Der Graupelz wird nicht in einem Kajak sitzen wollen. Du weißt, daß sie so etwas nicht machen. Sie trauen dem Wasser nicht, und das aus gutem Grund.«

Aranur nickte. »Ich werde die Heilerin bitten, ihn heute abend auf dem Landweg loszuschicken.«

Als sie das Dorf erreichten, handelte Bentol die Bedingungen für die Überfahrt aus; das Gold war sein schlagendes Argument. Schließlich einigten sie sich auf einen Preis von fünf Dnus und zehn Goldstücken für die Totengesänge, ihre Ausrüstung und zwei Führer, aber sie konnten keinen der Führer dazu bringen, die Überfahrt vor dem nächsten Tag zu wagen. »Der Fluß ist bei Nacht wilder, und die Schatten führen in die Irre«, berichtete Bentol, nachdem er versucht hatte, die Führer zu überreden, sie in dieser Nacht zu begleiten. »Aber wir können bei der Familie von Elunint und Tramis wohnen.« Er machte eine Pause und sah Aranur grimmig an. »Übrigens wird euch der Totengesang, den sie heute abend singen werden, gleich eine Vorstellung davon vermitteln, welchen Weg zu den Monden ihr morgen einschlagen werdet.«

Sie ließen ihre Dnus bei Elunint, einem großen, drahtigen Mann mit buschigem weißem Haar. Tramis führte die Gruppe zu seinem Haus, wo sie sich müde niederließen, um den Plan noch einmal durchzugehen und ihre Habseligkeiten für den nächsten Morgen zu packen.

Die Kajaks trugen jeweils zwei Leute und zwei Gepäckstücke. Tramis und Bentol sollten zusammen ein Kajak nehmen. Da der Rest der Gruppe ungefähr gleichviel Erfahrung mit Flüssen hatte, würden Tyrel und Aranur zusammen fahren, außerdem Gamon und Rhom. Elunint bestand darauf, daß Dion in seinem Kajak fahren sollte, weil er sich nicht vorstellen konnte, daß eine Frau, die nicht aus seinem Clan war, das weiße Wasser zu befahren wußte.

»Das wäre abgemacht«, sagte er. »Ich habe zwei Töchter und einen Sohn bei den Gesängen, also werde ich mich gleich zu den Klippen hinaufbegeben. Ihr könnt mich begleiten oder später mit den anderen nachkommen.«

Bentol lehnte rasch dankend ab, aber Gamon erhob sich mühsam von den auf dem Boden liegenden Kissen. »Zur Hölle«, ächzte er, zwinkerte Tyrel zu und sandte einen anzüglichen Blick in die Richtung des Händlers. »Ist doch vielleicht interessant, wie ich mich auf meinem Weg zu den Monden anhören werde.«

Aranur fragte sich verzweifelt, ob er seinen Onkel wohl jemals davon abhalten könnte, den Händler zu ärgern, aber er mußte zugeben, daß er selbst neugierig auf die Totengesänge war. Schließlich blieb nur Bentol zurück.

Das Brausen des Wassers blieb ein nahezu unbeachtetes Hintergrundgeräusch, als Aranur, Dion, Rhom und die anderen den Pfad bis zu der Stelle erklommen, wo die Sänger hoch über dem Abgrund standen. Als sie sich dem Canyon näherten, versank die Sonne gerade am Horizont, und ein kalter Klagegesang begleitete die Schatten, die Land und Wasser verdunkelten. Das Klagen schwoll an, und eine Melodie mischte sich unter das Donnern, das immer näher kam. Sie konnten sehen, wie der Fluß gegen den Abhang anstürmte, die weiße Gischt spritzte gegen die Felsen und die schwarzen Steinbrocken. Die unheimlichen Stimmen schienen ihn zu seinem ungestümen weißen Wirbeln anzufeuern. Aranur wußte nicht mehr, wie lange sie schon dort standen und den Totengesängen lauschten, während die Monde über dem Geisterpfad erschienen. Es war eine lange Zeit vergangen, bevor er bemerkte, daß der Gesang verklungen war und daß alles, was er hörte, das Gebrüll des Flusses selbst war, der sich aufbäumte und herumwirbelte, um die Felswände, die ihn einschlossen, zu zerstören.

Der Morgen dämmerte bereits, als Aranur erwachte. Niemand sonst war aufgestanden, nur die Heilerin war verschwunden. Sie hatte in der vergangenen Nacht gefragt, ob sie baden könne, und er glaubte zu wissen, wohin sie gegangen war. »Sie hätte jemanden mitnehmen sollen«, murmelte er, als er sich die Stiefel anzog. »Diese Gegend ist zu gefährlich, als daß eine Frau allein darin herumlaufen könnte.« Gamon erwachte, als Aranur sich anzog, und hob die Augenbrauen, aber Aranur sagte nur: »Ich bin gleich wieder zurück.«

Er legte den Gürtel mit dem Schwert um, zog seine Kappe über den Kopf und stieg leise über den schlafenden Tyrel hinweg. Aranur bemerkte, daß sich der Junge in ein paar Jahren zu einem erstklassigen Schnarcher entwickelt haben würde. Vielleicht sogar früher, wenn ihm noch einmal jemand das Nasenbein brach – was Aranur daran erinnerte, daß er seinen Vetter noch einmal ermahnen mußte, den Händler in Ruhe zu lassen. Sie mußten ein Team bilden, nicht ein Rudel beißwütiger Hunde, und auch Tyrel mußte sich an die Regeln halten. Obwohl Aranur nicht sicher war, ob der Junge die Fähigkeiten und die Kraft hatte, den Gefahren, die sie erwarteten, gegenüberzutreten, so wollte der Lloroi doch, daß Tyrel allmählich anfing, seine Position in Ariye ernster zu nehmen, wenn er der Nachfolger seines Vaters werden sollte. Das bedeutete Erfahrungen aus erster Hand mit der Art von Problemen, denen er später gegenüberstehen würde. Und das wiederum bedeutete, daß Aranur dafür verantwortlich war, daß sein Vetter Erfahrungen sammelte, ohne dabei sein Leben zu verlieren.

Der schlanke Mann seufzte und verfiel auf dem staubigen Pfad in einen langsamen Trab. Tyrel war noch zu jung, um irgend etwas ernst zu nehmen, und schon gar nicht, daß die Zeit nicht mehr weit war, bis er die Menschen von Ramaj Ariye anführte. Und wenn der Junge von den Ältesten, von denen die Wahl durchgeführt wurde, nicht akzeptiert wurde, dürfte sich die Versammlung bei dem Versuch, unter den anderen ehrgeizigen Führern eine Wahl zu treffen, selbst zerfleischen. Aranur wollte nichts damit zu tun haben. Er gehörte als Neffe des Lloroi zur Familie, und so übernahm er schon genug Verantwortung bei der Führerschaft von Ariye. Auch wußte er, daß die Sklavenjäger niemals ein so großes Risiko eingegangen wären, die Mädchen unter den wachsamen

Augen des Bergvolkes zu stehlen, wenn es sich dabei nicht um seine Schwester und seine Cousinen und somit um die Nichte und die Töchter des Lloroi gehandelt hätte.

»Politik.« Er schnitt eine Grimasse und spuckte an den Wegrand. »Zu den Lepas damit. Ich habe genug Ärger damit, die Verfolgung der Sklavenjäger zu leiten, daß ich auch noch einem Haufen machthungriger Ältester schöntun müßte, damit sie sich einigen. Die halten nicht einmal Vergeltungsmaßnahmen für notwendig, wenn sie damit nicht zusätzliche Stimmen für ihre Partei bekommen, und dabei werden die Entführungen jedes Jahr schlimmer.«

Er verlangsamte seinen Schritt und sah sich nach der Abzweigung um, die zu den Badeseen führte. Dion schien keine unvorsichtige Natur zu sein, aber sie war wohl nicht allzu besorgt wegen der Sklavenjäger, wenn sie sich in den frühen Morgenstunden allein auf den Weg machte. Zur Hölle, dachte er, wir wissen nicht einmal, wer alles in diesem Gebiet lebt. Den ganzen Phye entlang hatten die Sklavenjäger ihre Stützpunkte, und es war reine Glückssache, wenn man hier keinem von ihnen in die Arme lief. Allerdings, beruhigte er sich, ist es unwahrscheinlich, daß die Sklavenjäger irgend etwas lange vor dem Clan der Celilo verbergen könnten.

Er sah auf den Boden und erkannte die leichten Fußspuren der Heilerin, begleitet von denen des Wolfes. Immerhin hatte sie den Graupelz bei sich, obwohl er eigentlich gedacht hatte, daß der Wolf inzwischen schon über Land unterwegs sei. Er sah wieder auf die Spuren. Solange die Graue bei ihr war, brauchte die Frau niemand anderen, aber Aranur zögerte noch. Schließlich schlug er den Pfad zu den Badeplätzen ein. Er wußte, daß er nur einen Vorwand suchte, um mit der dunkelhaarigen Frau zu sprechen.

»Los, komm, Hishn.« Ihre sanfte, aber ärgerliche Stimme kam von irgendwo weiter vorne. »Trödel nicht so herum.« Die Wolfsläuferin machte eine Pause, dann schlug sie einen schärferen Ton an, obwohl sie dabei lachte. »Gib sie mir sofort wieder. Nein, ich möchte jetzt nicht Fangen spielen. *Hishn!*« Aranur hörte ein kurzes Handgemenge, dann brach der Wolf durchs Gebüsch und sprang auf den Mann zu. Eine Handvoll Kleidungsstücke verdeckte fast den ganzen Kopf der Grauen. Aranur hatte den Eindruck, als ob Hishn über ihn lachte, als sie an ihm vorbeilief, ihre gelben Augen schienen ihn dazu bringen zu wollen, ihr etwas nachzurufen. Dann lief die Frau in seine Richtung, ihre leichten Füße trabten durch den Staub, ihre Stimme klang belustigt, aber auch verärgert. »Mondwürmer! Komm sofort hierher, du räudiges Vieh. Ich …«

Sie drängte sich durch das Gestrüpp und stand wie erstarrt auf dem Weg. Aranur blieb wie angewurzelt stehen. Sie war so nackt wie eine Wassernymphe, feucht vom Bad, ihr schwarzes Haar war um den Kopf gewunden, und seine Nässe tropfte in ihr Gesicht. Das Licht der Morgendämmerung ergoß sich über ihren sehnigen Körper und entzündete ihn wie ein goldenes Feuer. Er starrte sie an. Die Schatten betonten ihre Brüste sogar noch und umrahmten ihre schlanken Hüften. Nicht einmal die rotgepunktete Linie, die sich von der Hüfte bis zu ihrem Knie zog, lenkte von dem überwältigenden Eindruck ab, den ihr in der Morgendämmerung lodernder Körper auf ihn machte. Sie wurde tiefrot und öffnete den Mund, um etwas zu sagen. Er hörte Hishns Tappen hinter sich im Staub und drehte sich um, um ihr die Kleider abzunehmen. Aber der Wolf schlüpfte an ihm vorbei, und die Frau ergriff die Gelegenheit, sich ohne ein Wort wieder ins Gebüsch zurückzuziehen. Alles war still.

Als er zu Tramis' Pfahlhaus zurückkam, war Dion schon da und half Tramis' Frau mit dem Frühstück, während ihnen die zwei kleinen Mädchen zwischen den Füßen herumliefen und den Tisch deckten. Die Wolfsläuferin mußte sich durchs Gebüsch geschlagen haben, dachte er mit leisem Bedauern, als er durch die offene Tür trat, denn obwohl er langsam gegangen war und den Weg vor und hinter sich scharf beobachtet hatte, hatte er nichts von ihr gesehen. Also hatten Gamon und Rhom nicht umsonst von ihrer Fähigkeit gesprochen, sich in den Wäldern zurechtzufinden, dachte er erleichtert.

»Langsam«, sagte er und fing eine von Tramis' Töchtern ein, die vom Tisch zurückkehrte, bevor sie gegen seine langen Beine lief. Er hielt den Krug mit heißem Rou, den sie in der Hand hielt, fest, damit er nicht überschwappte, ging um sie herum und erwiderte den Blick ihrer großen, scheuen Augen mit einem Zwinkern.

Dion weigerte sich beharrlich, ihn anzusehen, aber Aranur fühlte eine leise Befriedigung, wenn sich ihre Wangen beim Klang seiner Stimme färbten; der Eindruck ihres nassen Körpers in der Morgensonne wich nicht von ihm, als er ihr bei der Arbeit zusah. Er fragte sich, wie es wohl wäre, sie zu küssen, und seine Augen folgten ihr gemächlich, bis ihr Bruder eintrat, ihn streng anblickte und sich dann zum Frühstück niederließ.

»Wann brechen wir auf?« fragte Tyrel seinen Vetter. Er konnte seine Aufregung nur mühsam unterdrücken. Aranur hob die Augenbrauen. »Kannst du es nicht erwarten, die kalten Klauen des Canyon zu fühlen?« Er zuckte mit der Augenbraue und ahmte die finstere Miene eines Erdsängers nach. Der Junge war zappelig vor Aufregung. »Wir haben gepackt, die Sonne ist aufgegangen – worauf warten wir noch? Wir müssen die Sklavenjäger einholen und unsere Rechnung begleichen.«

Der Anführer leerte seinen Becher Rou, bevor er ihn wieder hinstellte. »Deine Wünsche können die Schatten auf dem Wasser nicht vertreiben, Tyrel. Tramis sagt, wir müssen noch mindestens eine Stunde warten, bevor wir losgehen können.«

»Wenn du Ameisen im Hintern hast, Junge«, schlug Gamon durchtrieben vor, »warum bringst du dann nicht unser Gepäck zur Anlegestelle?«

Tyrel verzog das Gesicht.

»Und wenn du schon dabei bist«, fügte Rhom hinzu, »kannst du auch gleich herausfinden, wer hier die besten Pfeile macht. Ich muß meinen Köcher auffüllen.«

Der Junge machte ein noch längeres Gesicht und öffnete den Mund, um zu antworten, aber dann begegnete sein Blick dem Aranurs und er schloß ihn wieder, bevor er etwas gesagt hatte, das er womöglich bereut hätte.

»Noch etwas«, sagte sein Vetter und ergänzte die wachsende Liste seiner Pflichten. »Sieh nach, ob genug von diesen Luftwesten für jeden von uns da sind. Ich habe keine Lust, deine Leiche aus einer Stromschnelle herauszufischen, nur weil du wieder zu übermütig warst.«

Der Junge mit dem sandfarbenen Haar parierte den Rüffel mit guter Haltung, obwohl er etwas vor sich hin murmelte, als er steifbeinig aus der Hütte stakste. Sie konnten hören, wie seine Füße zweimal gegen die Sprossen schlugen, als er die Leiter abwärts kletterte, dann ein verräterisches Plumpsen, als er den Rest des Weges abkürzte und auf den Boden sprang.

»Ach, süße Jugend«, sagte Gamon und rollte die Augen zur Decke.

»Süße Jugend, wahrhaftig«, schnaubte Aranur. »Yalimi«, wandte er sich an die ältere Frau. »Bentol sagte, du hast Reiseproviant für uns vorbereitet?«

Die Frau nickte Dion abwesend zu, nahm ihrer Tochter den Krug mit dem Rou aus der Hand und schob einen anderen Teller in die Hände des zweiten kleinen Mädchens.

»Ich habe schon alles zusammengepackt«, sagte die Heilerin ruhig und trank ihren Rou aus, während sie sich an die Theke lehnte. Sie nickte zum Gepäck hinüber. »Du findest den Proviant oben auf jedem Bündel.«

Aranur runzelte flüchtig die Stirn. Es störte ihn, daß Dion es selbstverständlich fand, daß sie die Rationen einpackte, aber dann rief er sich zur Ordnung. Es war absurd, sich über ihre Umsichtigkeit zu ärgern; wenn Shilia so etwas getan hätte, wäre er hocherfreut gewesen. Da er nicht wußte, was er sagen sollte, nickte Aranur nur kurz, um sich zu bedanken, hob sein und Gamons Gepäck auf, ging zur Tür und warf es auf den großen Vorplatz. Als er das abgenutzte Leder auf der

Unterseite sah, bemerkte er, daß sein Bündel schon ziemlich verschlissen war. Er würde ein neues nähen müssen, wenn er zurückkam. Oder Meri überreden, es für ihn zu machen, dachte er mit einem Lächeln, als er sich daran erinnerte, wie die gutgewachsene Frau ihn zu Hause das letzte Mal gefragt hatte, ob sie etwas für ihn tun könnte.

Dion räusperte sich. »Entschuldige, Aranur.«

Er sprang schuldbewußt auf. »Tut mir leid«, sagte er, riß sich zusammen und trat zur Seite, damit die Frau ihr eigenes Bündel auf den Vorplatz werfen konnte. Rhom folgte ihr nach draußen. Er trug zwei Beutel mit Verpflegung, um sie in sein und Bentols Bündel zu packen, die noch drüben in Elunints Hütte lagen. Als er sich die Leiter hinabschwang, ergriff Aranur die Chance, sich zu Dion hinüberzulehnen und zu flüstern: »Mondmaid.«

Sie zuckte zusammen, aber ihre violett schimmernden Augen verrieten keines ihrer Gefühle. Sie vermied es, ihn zu berühren, als er versuchte, sich unter der Tür an sie zu lehnen, wie das Flüstern einer Brise, das man nicht festhalten kann. Aranur lächelte. »Wenn ihr fertig seid, kommt mir nach zur Anlegestelle«, rief er ihr und Gamon nach drinnen zu. »Ich muß unseren Händler finden, bevor er doch noch Reißaus nimmt.«

Dreißig Minuten später vertäute er das letzte Bündel in den Kajaks. »Zeig uns die Luftwesten, Elunint«, bat er und streckte sich. Das Wasser war kalt, und trotz des heißen Rou in seinem Magen waren seine Finger erstarrt, als er damit fertig war, die Robustheit der Kajaks zu überprüfen und das Gepäck mit Naßwurzeln zu befestigen. »Falls es kalt in diesem Canyon ist«, sagte er und schlug die Hände gegen die Brust, um das Blut wieder zum Fließen zu bringen, »hoffe ich, daß ihr diese Westen mit heißer Luft gefüllt habt.«

»Dann sind sie ja genau wie du«, sagte Dion leise, als sie an ihm vorbeiging.

Aranur sah sie lange an, und ein Lächeln breitete sich auf

seinem Gesicht aus, aber Elunint warf ihm eine Weste zu, bevor er ihre Bemerkung erwidern konnte.

»Sie sind aus Otterdarm gefertigt«, erklärte der Mann aus Celilo. »Wie Würste voller Luft aneinandergenäht. Wer rausfällt, schwimmt oben.« Er grinste. »Und ich wette, daß das bei der Hälfte von euch der Fall sein wird.«

Aranur hob die Augenbrauen. »Fünf Silberstücke darauf, daß du diese Wette verlierst.«

Elunints Grinsen wurde noch breiter. »Fünf Silberstücke? Einverstanden.« Er hob zwei Paddel auf und reichte sie Aranur, aber der grauäugige Anführer schüttelte lächelnd den Kopf.

»Ich wähle aus, Elunint. Nicht, daß ich dächte, du willst mich hinters Licht führen«, fügte er hinzu, als er ein Paddel, das einen feinen Riß entlang des Griffs aufwies, beiseite legte.

Elunint grinste wieder und zuckte mit den Schultern. »Mit fünf Silberstücken kann man eine Menge Vorräte kaufen«, erwiderte er verstohlen.

Aranur lachte rauh und gab den anderen das Zeichen zum Einsteigen. Als sie die ledernen Spritzdecken der Boote fest an sich gezogen hatten, damit kein Wasser eindringen konnte, nickte er Elunint zu, die Führung zu übernehmen.

Der Führer gab das Zeichen, sie stießen ihre Paddel ins Wasser und kamen in Fahrt. Sofort griff die Strömung nach den zierlichen Booten und schob sie auf die hoch aufragenden Felswände zu, die noch in die kühlen Schatten des Morgens gehüllt waren.

Und dann waren die Boote im Canyon und wurden eins nach dem anderen in die gewaltigen Gischtwirbel geschleudert, die sich an den Felsen brachen. Elunint, der Erfahrenste unter ihnen, stürzte sich mit Dion zuerst in das weiße Tosen, dann Tyrel und Aranur. Aranur hatte gerade noch Zeit, einen raschen Blick zurück auf Gamon und Rhom zu werfen, die beide breit lachten. Ihre Haare waren schon naßgesprüht. Tramis und Bentol kamen zuletzt, der Führer paddelte für sie beide, weil Bentols Hände an den Wänden des Bootes wie festgeklebt schienen, gerade so, als würde er nur durch die Kraft seines Willens im Kajak gehalten. Dann hatte Aranur nur noch Zeit für einen Augenblick der Furcht und einen wilden Jubelschrei, als sie sich in eine Wasserwand stürzten, die ihren Bug ergriff und sie unter sich begrub.

Sie wurden wie ein Holzstückchen hochgewirbelt und tauchten aus einem schäumenden, weißen Loch wieder auf, und die Wucht der Wellen schlug über Aranurs Kopf zusammen. Eine instinktive Panik ließ ihn erstarren, als das eisige Wasser seine Haut berührte, aber dann waren sie wieder draußen, sie drehten sich, kurvten um den schwarzen Felsen, der drohend vor ihnen aufragte. Weißer Schaum spritzte an seinen Wänden hoch und um ihn herum. Sie schossen rechts daran vorbei, er konnte noch einen Blick auf Dions Kajak erhaschen, bevor es unter den Wassermassen verschwand. Ihr Boot tauchte in ein anderes Loch und sprang dann wie ein Fisch wieder daraus hervor. Aranur sah, wie Tyrel vorne im Boot wilde Schreie ausstieß. Riesige Wellen schlugen über ihrem Boot zusammen, aber das kleine Kajak durchschnitt die Wellen, wie eine Nadel den Stoff durchsticht. Sie schafften es, Dions Kajak durch die nächste Gischtwolke zu folgen und konnten einen Moment lag aufatmen, als die Strömung sie in ein langes, glattes V trieb. Dion und der Führer ruderten verzweifelt in Richtung der Felswand, woraufhin er und Tyrel es ihnen nachtaten. Obwohl sie nicht wußten, was vor ihnen lag, kämpften sie darum, auf dem richtigen Weg zu bleiben.

Der Donner schien anzuschwellen, Aranur sah, daß das Wasser schräg vor ihnen über eine Klippe schoß. Aber sie waren vor der Felswand schon in der Strömung gefangen und fuhren auf ihren eigenen Fall zu. Aranur sah Dions Kajak verschwinden, als ob es nach unten gezogen würde. Als sich Tyrel gegen die Spritzdecke des Kajaks zurücklehnte, sah er, was sie gerufen haben mußte, und er spürte, wie sein Gesicht zu einer Maske erstarrte. Sie hatten gerade noch Zeit, die Paddel einzuziehen. Dann schoß das Wasser mit ihnen fünfzehn Meter abwärts. Das Kajak durchschnitt den aufgewühlten Schaum, durch den hindurch sie geradewegs zum Fuß des Wasserfalls hinabtauchten. Dann waren sie direkt darunter, und der eisige Donner versuchte, den Männern die Paddel zu entwinden und sie in hundert Richtungen zugleich mit sich zu reißen. Sie wirbelten einen Moment lang im Kreis herum, und Aranur stemmte die Beine gegen die Seiten des Kajaks. Seine Lungen brannten. Wasser drang durch seine zusammengepreßten Lippen und in seine Augen, und er konnte nichts mehr sehen. Ich brauche Luft ... Er streifte einen Felsen, und immer noch trieb die Strömung sie seitwärts und zog sie unter Wasser. Luft ...

Das Kajak schoß wieder an die Oberfläche, sie schafften es, das kleine Boot aufzurichten, und schnappten nach Luft. Schon griff Wasser nach ihren Paddeln, als sie sie eintauchten, um das Kajak gerade zu halten. Wasser brannte in Aranurs Nase und strömte aus seinem schwarzen Haar. Plötzlich schlug eine Welle über dem Boot zusammen und drückte es wieder seitwärts ins Wasser, bis sie erneut die Oberhand über das Kajak gewannen und allmählich in die Hauptströmung gelangten. Dann begannen sich die Wellen an riesigen Felsen zu brechen, die vor ihnen aufragten. Sie folgten Dions Kajak, aber sie konnten nicht sehen, ob die anderen noch hinter ihnen waren. Das eiskalte Wasser peitschte den Schweiß von Aranurs Stirn und gab seinem wilden Herzen Nahrung, denn er spürte, wie Tyrel seine junge Kraft aus sich herausschrie, als sie von einem Wasserloch zum anderen schossen. Das Donnern füllte Aranurs Ohren so sehr, daß er nur das Gebrüll der Felsen hörte.

Sie näherten sich dem Ende der wilden Fahrt, als es passierte. Die Wellen hoben Dions Kajak hoch und drehten es auf dem Kamm der Welle, dann ließen sie es zur Linken eines vorspringenden Schattens wieder fallen. Aber als Aranur und Tyrel den Wellenkamm erreichten, brandete das Wasser plötzlich wieder auf, und sie stürzten auf den schwarzen Stein hinab. Das Kajak splitterte. Der Aufprall ließ Aranurs Knie erzittern, dann spürte er einen brutalen Schlag gegen sein Rückgrat, dort, wo sich die Kante der Sitzöffnung in seinen Rücken grub. Holzsplitter flogen umher. Dann warf ihn die Wucht des Aufschlags in eine heranstürmende Welle, die ihn unter sich begrub. Er nahm seinen letzten Atem zusammen, als er in die eisige Kälte geschleudert wurde; das aufgewühlte Wasser preßte ihn an den Fuß eines Felsens. Seine Stiefel glitten auf der glitschigen Wand aus, und dann packte ihn der Fluß wie einen Ringkämpfer, schleuderte ihn herum und zog ihn mit sich. Eiskaltes Wasser stieg in seine Nase und drang in seine Ohren ein, er wirbelte weiter und weiter. Er versuchte, sich auf dem Rücken in die richtige Lage zu bringen, mit den Füßen voran, aber die Strömung ließ ihn in ein weiteres Wasserloch stürzen, der weiße Donner explodierte auf seinem Gesicht und entriß seinem ertrinkenden Körper den letzten Atem.

V Aranur Bentar neDannon
Sidisport

Scharf sind die Waffen der Rache,
nicht minder scharf die Herzen.

Jemand küßte ihn sanft mit weichen Lippen und atmete in seine Lungen. Aranur empfing diesen Kuß, er erwiderte ihn und ließ seine Zunge über ihre Lippen gleiten, als wolle er nur noch ein letztes Mal den Himmel schmecken, bevor er starb. Er spürte, wie Dion erstaunt zusammenfuhr, und öffnete die Augen. Im selben Moment spürte er, wie sich sein Magen zurückmeldete; er rollte sich auf die Seite und übergab sich im Sand. Als er sich wieder zurückdrehte, kniete sie noch immer neben ihm, und die verlegene Röte lag noch auf ihrem Gesicht. Aranur verspürte eine heimliche Genugtuung.

»Wir hatten die Suche nach dir schon fast aufgegeben«, scherzte Gamon und half seinem Neffen auf die Beine. Die Sorge war ihm noch anzusehen. »Hättest du nicht zu einer vernünftigen Zeit schwimmen gehen können? Und wenn, könntest du in Zukunft daran denken, dabei weiterzuatmen?«

Aranur hustete und spuckte, versuchte, den ekelhaften Geschmack in seinem Mund loszuwerden und brachte mit etwas Mühe ein Lächeln zustande. »Ich brauchte einfach ein Bad, Gamon. Dion hat mich gemieden wie einen Pestkranken. Und siehe da – einmal kurz untergetaucht, und schon küßt sie mich.«

Er bemerkte ein böses Funkeln in den Augen der Frau, aber sie sah den sehnigen, muskulösen Mann nicht an, der sie so spielerisch neckte. Aranur wechselte jedoch von selbst das Thema, nachdem er einen kurzen Blick in Rhoms Gesicht geworfen hatte, in dem sich aufdämmernde Erkenntnis und Zorn widerspiegelten. »Was haben wir verloren?« fragte er statt dessen.

»Nichts, außer dem Kajak, das du so satt hattest«, erwiderte Gamon. »Wir sind in Portage, von hier aus bringt der Celilo-Clan die Boote über Land ins Dorf zurück. Tramis sagt, es gibt hier genug Kajaks für uns, um flußabwärts nach Sidisport zu kommen, falls uns der Sinn danach steht.«

Aranur versuchte behutsam, verschiedene Muskeln zu bewegen, und entdeckte dabei die schmerzenden Stellen, an denen der Fluß nicht allzu zart mit ihm umgegangen war. Für den nächsten Tag durfte er sicher ein paar prächtige blaue Flecken erwarten. »Wie bist du denn durchgekommen, Vetter?«

Tyrel verzog das Gesicht. »Im Gegensatz zu dir blieb ich oben. Gamon und Rhom haben mich aus dem Boot gezogen, bevor ich auf den Grund sinken konnte. Für den Rest der Fahrt habe ich mich an ihrem Boot festgehalten. Hab mir den Hintern an einem scharfkantigen Felsen verletzt, aber ich bin besser davongekommen als du.«

»Jedenfalls könnt ihr jetzt aufhören, so besorgt um mich herumzuflattern«, stellte Aranur klar und schob alle hilfsbereiten Hände beiseite. »Mir geht es gut, und ich habe auch nicht die Absicht, diesen Zustand in nächster Zeit zu ändern.«

»Siehst du, Bentol!« rief Gamon dem Händler zu, dessen

bleiches Gesicht immer noch von Furcht gezeichnet war. »Wir haben ein Mondmädchen, das uns beschützt. Vier Schrammen, zwei Schnitte und ein durchnäßter Krieger. Nicht schlecht für so ein Rennen.« Der Händler sah ihn irritiert an, stand dann auf und stapfte auf unsicheren Beinen davon.

Die Wildwasserfahrt flußabwärts nach Sidisport verschaffte ihnen einen ganzen Tag Vorsprung vor den Sklavenjägern. Nach der Hälfte des Weges zur Küstenstadt stieß die Graue erneut zu ihnen. Sie war plötzlich früh am Morgen da, als Kissen für die Wolfsläuferin, während sie in der Nacht bei ihrer Meute schlief. Tagsüber bekam man die graue Wölfin jetzt kaum noch zu Gesicht – es gab mehr Verkehr auf der Straße, und das gewaltige Tier war häufiger in den sumpfigen Wäldern zu finden als auf dem breiten Weg, der zur Stadt führte. Sie kamen nur wenige Stunden nach den Sklavenhändlern in Sidisport an, und die kalte Wut, die seit der Entführung in Aranur tobte, hatte sich in schmelzendes Eis verwandelt.

Der Pier, an dem sie anlegten, war dunkel und unfreundlich. Der Geruch der Meeresfrüchte, die zum Verkauf hierhergebracht wurden, überwältigte sie und übertönte den Geruch des Unrats im Rinnstein, aber der heruntergekommene Eindruck, den die Lagerhäuser machten, wurde durch nichts gemindert. Bentol, der sich mit einem Straßenjungen unterhielt, gab dem schmuddeligen Kleinen einen Kupfertaler für jede Information, die er ihm über die Sklavenjäger entlockte, und während Aranur wachsam die Werft im Auge behielt, unterhielten sich die beiden mit leisen, aber deutlichen Stimmen.

»... verschiedene an Bord. Haben bei Sonnenuntergang angelegt.«

Eine Münze wechselte den Besitzer und verschwand schnell in der zerfetzten Tasche des schmutzigen Jungen. »Wie viele sind an Land gegangen?«

Der Junge sah begehrlich auf das nächste Geldstück, das man gerade noch zwischen Bentols Fingern erkennen konnte.

»Drei«, antwortete er rasch. »Der Kapitän, sein zweiter Maat und ein Fremder.«

Der Taler schwebte über der ausgestreckten Hand des Jungen in der Luft. »Woher weißt du so genau, um wen es sich handelte, Junge? Wenn du hier etwas zusammendichtest, dann schneide ich dir die Kehle durch, bevor du noch zwei Schritte von diesem Dock entfernt bist.«

»Er kommt oft hierher. Ich würde Euch niemals anlügen«, protestierte der Junge mit unschuldig aufgerissenen Augen, die gierig nach dem Geld schielten. Der Taler fiel und wurde geschickt in der Luft aufgefangen.

»Wohin sind sie gegangen?«

»Ich folge ihnen nicht jedesmal, wenn sie zum Einkaufen in die Stadt gehen.«

Zwei Kupferstücke wurden in Bentols Hand sichtbar. »Vielleicht fällt es dir plötzlich doch wieder ein?«

»Ist ja schließlich kein Geheimnis«, sagte der Junge mürrisch. »Sobald Salmi ein paar hübsche Mädchen zuviel hat, bringt er sie zuerst auf den privaten Markt. Erst wenn sie dort keinem gefallen, werden sie öffentlich angeboten.«

»Der öffentliche Markt ist uns gleichgültig, aber die Lage des privaten Marktes könnte uns schon sehr interessieren.« Bentol hielt ein Silberstück in der Hand und drehte es langsam zwischen den Fingern hin und her. »Es wird doch nicht etwa ein Teil von Pisnots Nebenmarkt oder der spezielle Schwarzmarkt des Kaufmanns Mankarr sein?« Der Junge zögerte und sah sich unsicher um. Wie zufällig ließ Bentol das Silberstück zu Boden fallen und bedeckte es so weit mit seinem Fuß, daß nur noch ein winziges Stückchen des glänzenden Metalls im Schlamm zu sehen war.

»Das Hängende Schwert«, flüsterte der Junge. »Im Keller. Eine Tür hinter den Regalen führt zu einem Raum unter Mankarrs Lagerräumen. Sie treffen sich dort in zwei Stunden.« Seine Stimme klang gehetzt. Bentol trat einen Schritt zurück, und der Junge fiel auf die Knie, schnappte hastig nach dem

Silberstück und schoß davon, sobald er die letzten Worte ausgestoßen hatte und das Silberstück sich sicher in seiner Hand befand.

Bentol wandte sich an Aranur. »Hast du's gehört?«

Der Anführer nickte.

»Warum treffen sie sich schon so früh?« wunderte sich Tyrel. »Und warum auf einem privaten Markt? Ich hätte gedacht, daß sie auf dem öffentlichen Markt mehr Kunden fänden.«

»Mehr Kunden schon«, erwiderte Aranur. »Aber der private Markt bringt ihnen viel mehr Geld. Und wenn der Sklavenhändler Salmi es vermeiden möchte, daß wir ihm und den Mädchen zu schnell auf die Spur kommen, dann muß er sie loswerden, bevor morgen früh der öffentliche Markt öffnet. Die reichen Kaufleute werfen sowieso den ersten Blick auf die neuen Mädchen, obwohl das nicht allgemein bekannt ist. Wenn er versuchen würde, die Preise, die die reichen Kaufleute bieten, auf dem öffentlichen Markt zu erreichen, dann macht er wahrscheinlich ein schlechtes Geschäft.«

Dion schauderte. Der Markt wäre fast auch ihr Schicksal gewesen.

»Wir müssen also rasch handeln«, sagte Gamon.

»Zuerst einmal müssen wir nachdenken, bevor wir uns in die Schlacht stürzen«, befand Bentol.

Der Ältere öffnete den Mund, um der schnippischen Bemerkung des Händlers etwas entgegenzusetzen, aber Rhom ließ ihn nicht zu Wort kommen. »Was schlägst du vor? Das ist ein privater Markt, kein öffentlicher. Wir können nicht einfach hineinmarschieren und mit den anderen um die Mädchen feilschen.«

»Warum nicht?« fragte der untersetzte Mann.

»Das wäre absolut unüblich«, gab Aranur zu. »Man taucht nicht so einfach bei einem privaten Markt auf. Bentol, kennst du Mankarr? Kannst du uns bei ihm als Kunden einführen?«

Der Kaufmann nickte listig. »Mankarr ist ein guter alter

Freund von mir, und er schuldet mir noch einen Gefallen. Außerdem habe ich endlich etwas in die Hände bekommen, womit er schon seit Jahren handeln will. Die Mindestgebote für die Mädchen stehen wahrscheinlich schon fest, aber ich denke schon, daß ich es einrichten kann, daß er mich mit zwei Bediensteten zu diesem Treffen mitnimmt, nur um sich daran zu ergötzen, wie ich seine Rivalen überbiete.«

»Bedienstete?« fragte Gamon. »Keiner von uns kann sich auf einem Privatmarkt sehen lassen – in einem so kleinen Kreis erkennt uns bestimmt jemand, besonders da sie ja wissen, daß wir ihnen schon seit einiger Zeit auf der Spur sind.«

»Nach uns halten sie Ausschau«, korrigierte Aranur. »Aber nicht nach Bentol. Und Rhom ist auch ein Fremder, keiner weiß, wer er ist und woher er kommt.«

»Rhom kann ein männlicher Diener sein«, stimmte der dicke Kaufmann zu. »Dion ist eine Frau aus meinem Harem, die die neuen Mädchen mit ihrem Herrn und den hiesigen Gesetzen des Harems vertraut machen soll.« Er warf einen kritischen Blick auf die Frau, bemerkte jedoch nicht den entschlossenen Gesichtsausdruck ihres Zwillingsbruders, der hinter ihm stand. »Wir müssen ein gutes Haremskostüm für dich finden, Heilerin.«

»Nein«, platzte Rhom ohne Umschweife heraus, dehnte seine breiten Schultern, und seine harten, veilchenblauen Augen nahmen einen entschlossenen Ausdruck an. »Ich, ja. Dion, nein.«

Dion öffnete den Mund, aber Gamon schnitt ihr das Wort ab. »Ich stimme zu. Die Heilerin soll nicht in die Angelegenheit hineingezogen werden.« Der ältere Mann zeigte auf ihren Zwillingsbruder und den Händler. »Wenn etwas schiefgeht, werden wir euch zwei irgendwie retten oder freikaufen, aber die Wolfsläuferin sitzt dann für den Rest eines ebenso kurzen wie unangenehmen Lebens in irgendeinem Harem. Sie bleibt hier.«

»Gamon, ich brauche unbedingt jemanden, der sich um die

Haremsfrauen kümmert«, argumentierte der Händler. »Männer kaufen keine neuen Haremsfrauen ein, wenn nicht eine aus ihrem eigenen Harem dabei ist, die dem Kauf zustimmt und die neue Frau einweist. Das sind eiserne Gesetze. Wenn ich nicht eine meiner Frauen mitbringe, dann kann ich keine neue kaufen.« Er hob die Hand, um den Protest des älteren Mannes abzuwehren. »Und Dion ist die einzige, die mitgehen kann«, fuhr er fort. »Du bist als Waffenmeister zu bekannt, und diese Kaufleute sind gute Beobachter, denen kein Gerücht entgeht. Aranur würde ebenfalls sofort erkannt werden, auch verkleidet. Tyrel hat ein zu hitziges Temperament, das bestimmt mit ihm durchgeht, wenn er sieht, wie seine Schwestern behandelt werden.«

»Ich werde mich beherrschen«, unterbrach ihn der Junge.

Dion versuchte erneut, das Wort zu ergreifen, aber der Händler ließ es nicht dazu kommen und wandte sich dem Jungen zu. »Du weißt, daß du das nicht schaffst. Ich kann nicht allein gehen und nicht nur in Begleitung eines männlichen Dieners. Alle Käufer haben Frauen dabei, um ihre neuen Frauen einzuweisen. Die anderen Kaufleute, die bei Mankarrs Auktion zugegen sind, werden die Gelegenheit nur zu gern beim Schopf fassen und mich ausschließen, wenn ich ihre Gebräuche nicht beachte. Wenn ich ohne Frau dort aufkreuze, dann nehmen sie den Zeitpunkt meines Erscheinens genauer unter die Lupe und werden eine Menge unangenehmer Fragen stellen.«

Bentol verstand sein Geschäft, dachte Aranur. Seine Zunge ist so gewetzt wie das Messer eines Kochs. Der grauäugige Anführer seufzte. »Er hat recht, Gamon. Tyrel, du bist viel zu aufbrausend. Und sowohl du, Gamon, als auch ich sind zuviel herumgereist, und diese Männer würden uns schnell erkennen. Rhom und Dion sind die einzigen, die in Frage kommen.«

Die Heilerin öffnete erneut den Mund, und auch ihr Bruder setzte zu einer Widerrede an, aber Tyrel war schneller als beide. »Aber warum ausgerechnet Dion?« fragte der Junge hitzig, auf ihre Position neidisch und gleichzeitig um ihr Wohl besorgt. »Du kannst doch immer sagen, du seist mit leichtem Gepäck gereist und nur zufällig auf diesen Markt gekommen.«

Ein lautes Knurren übertönte den Lärm und ließ sie alle verstummen. Hishn sah einen nach dem anderen durchdringend an und setzte sich dann auf die Hinterbeine zurück, während Dion den anderen dringend signalisierte, ruhig zu bleiben.

»Wenn ich vielleicht einmal für mich selbst sprechen dürfte«, sagte die Wolfsläuferin. »Bentol hat recht. Außerdem habe ich genau dieselbe Ausbildung wie ihr durchlaufen und kann sehr wohl auf mich selbst aufpassen. Das solltest du eigentlich wissen, Gamon.«

»Heilerin Dione«, sagte der Waffenmeister entschlossen, wenn auch voller Respekt. »Das ist nicht dasselbe. Hier geht es um ein ganz anderes Risiko.«

»Ich kenne das Risiko und weiß meine Aussichten genau einzuschätzen. Ich kann beim besten Willen keinen Unterschied erkennen«, erwiderte die Frau mit ruhiger Stimme. »Wenn ich die Sklaverei nicht heute riskiere, dann in einem Monat, in einem Quartal, in einem Jahr. Die Sklavenhändler warten nicht mehr darauf, daß ihnen die Frauen in die Netze gehen.«

Der ältere Mann klappte den Mund auf, schloß ihn dann jedoch wieder, und Aranur erkannte plötzlich, daß sie recht hatte. Seit die Sklavenhändler immer weiter ins Innere des Landes vordrangen, waren alle Frauen und sogar Männer der Gefahr ausgesetzt, verschleppt und in die Sklaverei verkauft zu werden. Für Dion stand ihre Freiheit schon dann auf dem Spiel, wenn sie nur ihr Dorf verließ, und sobald sie sich auf Reisen begab und sich von ihrem Zuhause und jeglicher Sicherheit so weit entfernte wie jetzt, wuchs die Gefahr mit jedem Tag. Die Graue war ihre stete Begleiterin, aber sogar eine

Wölfin war kein garantierter Schutz. Und was ihre Fähigkeiten hinsichtlich Abis betraf – sie war stark und schnell und geschmeidig, soviel wußte er, aber er hatte sie noch nie im Kampf gesehen –, so mußten jetzt Gamon und Rhom darüber entscheiden, ob sie mit Bentol und Rhom gehen sollte. Der Schmied würde seine Zwillingsschwester niemals in Gefahr bringen, und was Gamon betraf, so gab es keinen zweiten wie den alten Waffenmeister, wenn es darum ging, die Kampftauglichkeit einer Person einzuschätzen. Außerdem, rief sich Aranur ins Gedächtnis, hatte sein Onkel die Wolfsläuferin bereits kämpfen gesehen.

»Gamon, Rhom«, sagte er schließlich. »Ich überlasse euch die Entscheidung. Ihr wißt beide, worauf wir uns einlassen, wenn wir auf den Sklavenmarkt gehen.«

Gamons Gesicht spiegelte immer noch seinen Unwillen dieser Idee gegenüber wider, aber Rhom seufzte auf. »Dion ist eine gute Kämpferin«, sagte er. »Eine bessere, als für diese Aufgabe erforderlich ist, obwohl ich es nur ungern zugebe. Sie werden dich so behandeln, als stündest du auch zum Verkauf frei, nur weil du anders und ungewöhnlich aussiehst. Wenn einer von ihnen beschließt, daß er dich kaufen will, dann wird es ohnehin zum Kampf kommen. Aber wir werden es auch schaffen, ohne dich dem Risiko auszusetzen.«

Aranur wandte sich an den Händler. »Wie gut kennt dich Mankarr, Bentol? Kannst du ihm überhaupt vertrauen?«

Bentol nickte und kicherte kurz auf. »Wie einem Bruder.« Aranur runzelte die Stirn, ging aber nicht näher auf den privaten Witz des Händlers ein. »Wer außer ihm kennt dich noch?«

»Mankarr kennt mich nur als Altiss Hantinn, einen Händler, der nur mit ungewöhnlichen Objekten Handel treibt. Auch Clintner kennt mich, ebenso Toserva Nefarg. Wahrscheinlich werde ich einige Kaufleute auf dem Markt kennen. Wenn Rhom und Dion mich begleiten, dann wird ihre Hautfarbe als ein Beweis für Altiss' exotischen Geschmack herhalten. Ich könnte sagen, daß ich zuerst Dion gekauft und dann auch noch Rhom in meine Dienste genommen habe, um die Zwillinge nicht zu trennen.«

»Das könnte klappen«, gab Gamon widerstrebend zu.

»Es wird klappen«, korrigierte Bentol ungeduldig.

»Gamon«, sagte Aranur. »Wir stecken alle in dieser Geschichte mit drin, und wir tragen alle das gleiche Risiko. Außerdem«, fügte er listig hinzu, »darfst du eines nicht vergessen. Während Salmi den erfolgreichen Sklavenhändler spielt, wer bewacht dann eigentlich seine Geldkassette? Es wäre doch nur gerecht, wenn er uns den Geldanteil zurückgibt, den wir ihm ohnehin bezahlen müssen, oder?«

Der ältere Mann schüttelte den Kopf. »In Ordnung«, sagte er unglücklich. »Es gefällt mir nicht, aber ich bin dabei. Salmi muß in den letzten Jahren interessante Dinge gesammelt haben. Er hat schließlich genug Staub damit aufgewirbelt.«

»Tyrel wird dich begleiten«, entschied der sehnige Mann. »Was mich betrifft – wenn es Ärger gibt, dann möchte ich bereitstehen, um Bentol und die anderen so schnell wie möglich herauszuschlagen. Ich werde eine Kutsche für den Händler Altiss mieten und den Fahrer spielen. In der Dunkelheit wird man mich sicherlich für einen Fremden halten. Einverstanden?«

»Einverstanden«, sagte der Händler sichtlich erleichtert.

Aranur wandte sich seinem Neffen zu. »Uns bleibt nicht viel Zeit, uns Kleider zu besorgen. Tyrel, du mußt noch eine Hafenratte auftreiben, die ein paar Besorgungen für uns erledigt. Bentol, du gehst am besten mit Rhom und Dion die ganze Kaufprozedur durch. Wir können es uns nicht leisten, daß man uns aufgrund eines Fehlers auf die Schliche kommt. Gamon, während Tyrel eine billige Arbeitskraft für uns sucht, könnten wir doch einen Blick auf Salmis Boot werfen.«

VI *Ember Dione maMarin:* Sklavenmarkt

Was kostet dein Stolz?
Er kostet nichts, denn er ist frei.
Was kosten deine Fähigkeiten?
Nicht viel, denn ich bin Heilerin.
Was kostet dein Körper?
Einen hohen Preis, denn ich bin unberührt.
Was kostet deine Seele?
Sie hat keinen Preis, denn sie steht nicht zum Verkauf.

Seit fast zwei Ninans hatte Dion nichts anderes mehr getragen als Männerkleidung, und der weiche schwarze Samt fühlte sich herrlich auf ihrer Haut an. Das Haremsgewand war eng geschnitten, aber sie konnte sich noch mühelos darin bewegen, und in den geräumigen Taschen ließen sich die wenigen Waffen, die sie mitnehmen konnte, gut verbergen. Nicht ohne Eitelkeit betrachtete sie ihr Spiegelbild.

Gehst du jagen? fragte Hishn sie mit einem leisen, neckenden Heulen.

Du bist still, wies sie die Wölfin an, während sie ihren kleinen Beutel in den Falten der Hose versteckte und sich umdrehte, um zu überprüfen, ob der Schal auf die gewünschte Weise von ihrer Schulter herabhing. *Du bist ein ganz gewöhnliches, dummes Tier, das genausowenig Verstand hat wie die Stumme, die ich angeblich bin.*

Angeblich? Die Augen der Wölfin leuchteten auf, während sie einen Fleck von ihrem Fell leckte. *Warte, bis sie dich singen hören.*

Dion schnitt eine Grimasse in ihre Richtung. *Sei ruhig, und laß uns jetzt gehen. Sie können nicht bis in alle Ewigkeit warten, bis du endlich mit Putzen fertig bist.*

Als die beiden aus dem Zimmer der Herberge heraustraten, erwartete sie Aranur bereits. Er schluckte kurz, denn er sah die Heilerin zum ersten Mal in Kleid und Frauenhosen, aber er fragte lediglich, ob sie zum Aufbrechen bereit seien.

»Bentol ist mit Rhom im Wagen«, sagte er und wies ihr den Weg dorthin, während Hishn geräuschlos neben ihnen hertrottete. »Denk daran, wenn es auch nur den geringsten Ärger gibt, sieh zu, daß du so schnell wie möglich herauskommst. Warte nicht auf Bentol oder deinen Bruder. Renn einfach los.«

»Hat Bentol genügend Geld, um deine Schwestern zurückzukaufen?« fragte sie.

»Es müßte reichen. Wir haben alles zusammengelegt und auch von den Sklavenhändlern einiges dazugetan. Schade, daß wir nicht vor Beginn des Marktes an die Geldkassette von Salmi herankommen, aber da läßt sich jetzt nichts mehr ändern.« Er reichte der Heilerin die Hand, um ihr in die Kutsche zu helfen. »Ich würde zu gerne das Gesicht von Salmi sehen, wenn er herausfindet, daß wir die Mädchen mit seinem Geld bezahlt haben.«

Hishn sprang zu der Frau ins Wageninnere und legte sich zu ihren Füßen nieder. Die gelben Augen folgten den Lichtern der Stadt, als Aranur den Händler und seine Diener zu Mankarrs Haus fuhr. Als sie ankamen, warteten dort bereits vier Wagen mit ihren Fahrern. Bentol hatte dafür gesorgt, daß sie erwartet wurden; sie waren noch nicht einmal an den Treppenstufen angelangt, da erschien Mankarr auch schon im hellerleuchteten Hausflur.

»Altiss!« rief er, und Dion runzelte die Stirn, bis sie sich daran erinnerte, daß Mankarr den Händler unter diesem Namen kannte. »Was für eine nette Überraschung. Tritt ein, tritt ein. Dein Geschmack ist immer noch ausgezeichnet, wie ich sehe«, bemerkte er, während er mit geübtem Auge die kleine Gruppe taxierte. »Aber tritt ein. Was hast du in letzter Zeit getrieben?«

»Hierhin und dorthin gereist, dies und jenes gesammelt«, erwiderte Bentol glattzüngig und umarmte den Mann, bevor sie eintraten. »Was hältst du von meinen neuesten Errungenschaften?« Beiläufig wies er auf die Leute, die ihm folgten.

»Exquisit«, gab Mankarr zu. »Schöne Farben. Wo hast du sie gefunden? Es ist doch nicht etwa ein Wolfsläufer dabei?« Mankarr sah genauer hin und suchte nach der Kette, an die der Wolf festgebunden war.

»Es sind Zwillinge aus den Bergen von Randonnen«, prahlte der Händler. »Beide sind stumm, aber obwohl das Mädchen nicht sprechen kann, singt sie wie eine Nachtigall. Der Wolf ist ihr Beschützer.«

»Ist sie deswegen noch Jungfrau?« fragte der andere Mann scheinheilig.

»Natürlich nicht.« Bentol wischte die Bemerkung mit einer Handbewegung beiseite, als sei sie keinen weiteren Gedanken wert. »Bei ihrer Geburt wurde eine Weissagung gemacht, daß sie bei ihrer Heirat die einzige Stimme verlieren würde, die sie hat: ihre Singstimme. Und da ich mehr als genug Frauen habe, die mich glücklich machen …«

»Man ist doch nur glücklich, wenn man ein neues Mädchen auf seinem Schoß sitzen hat«, neckte ihn der Kaufmann aus Sidisport gehässig.

»Ich habe keinerlei Bedürfnis, die Stimme des lieblichsten Singvogels, den ich je gehört habe, zum Verstummen zu bringen.«

»Du hast sie beide gekauft?«

»Nein, das war nicht nötig. Ihre Eltern befanden sich in, nun, sagen wir einmal, heiklen finanziellen Umständen, verursacht durch die Neigung des Vaters zum Glücksspiel, und ich, gutherzig wie ich nun einmal bin«, Bentol ignorierte hierbei Mankarrs höhnisches Lachen, »erklärte mich dazu bereit, das Mädchen zu kaufen. Ihre Hautfarbe und ihr Gesang machen ihre Stummheit mehr als wett. Was den Mann betrifft, so bestand er darauf, seine Schwester zu begleiten, obwohl ich mich strikt weigerte, für beide zu bezahlen, und so hatte ich am Ende zwei für den Preis von einem. Um ihn glücklich zu machen, zahle ich ihm jedoch einen geringen Lohn«, fügte er hinzu, obwohl offensichtlich war, daß er auf diese Ausgabe gerne verzichten würde, wenn er einen guten Handel mit den Zwillingen abschließen konnte.

»Ein guter Kauf«, stimmte Mankarr zu und führte sie einen reichverzierten Korridor entlang in einen verschwenderisch ausgestatteten Raum. Auf den Wandteppichen waren historische Szenen aus Hunderten von Jahren abgebildet, und der Teppich, der den gesamten Boden bedeckte, war in leuchtenden Farben gewebt. Bentol bedeutete Dion mit einer Handbewegung, sich neben ihn zu setzen.

Mankarr schloß die Tür hinter ihnen. »Was führt dich in mein Haus, Altiss?« fragte der Kaufmann ohne Umschweife und beendete damit abrupt das Vorgeplänkel.

Der Händler ließ sich jedoch nicht aus der Ruhe bringen. »Ich bin auf der Suche nach ein paar hübschen Mädchen. Du hast nicht zufällig Informationen über private Sklavenauktionen, denen ich diskret beiwohnen könnte?«

Mankarr sah ihn durchdringend an und kicherte. »Du verschlagener Thamrin. Wo hast du das denn her?«

»Man hört abends allerlei Geschwätz auf der Straße.«

»Ich weiß von solch einem Verkauf. Aber es könnte dich teuer zu stehen kommen. Was für eine Sorte Mädchen suchst du? Tänzerinnen? Talentierte Jungfrauen?«

Bentol senkte die Stimme, und Mankarr mußte sich nach vorne beugen, um ihn noch verstehen zu können. »Mädchen aus edlen Familien. Vielleicht von den Lloroi.«

Der andere runzelte die Stirn und erwiderte ebenso leise:

»Ob Clintner hat diese Mädchen eigens von Salmi, dem Anführer der Sklavenjäger, angefordert. Er wäre bestimmt sehr unglücklich, wenn ich zulassen würde, daß man ihm die Mädchen vor der Nase wegschnappt.«

»Ich wußte gar nicht, daß du Clintner eine solche Hochachtung entgegenbringst.«

»Das tue ich nicht, das weißt du ganz genau«, erwiderte Mankarr sanft, aber sein Mund wurde hart.

»Es handelt sich hier doch um eine Auktion, bei der nur Bargeld zählt?«

»Natürlich.«

»Dann stehen die Gebote ohnehin schon fest, nicht wahr?«

»Was diese Mädchen angeht, ja. Die Summe ist schon bei der Auftragsvergabe festgelegt worden.«

»Laß mich bei dem Verkauf dabeisein, Mankarr, und ich garantiere dir ein prächtiges Feuerwerk.«

Der andere Mann zögerte noch.

»Komm schon, du hast bestimmt deinen Spaß daran, wenn Ob Clintners Pläne durchkreuzt werden«, drängte Bentol.

»Du willst unbedingt bei dem Verkauf dabeisein, Altiss.« Der Kaufmann sah den Händler prüfend an. »Was bedeuten diese besonderen Preise für dich?«

Bentol sah ebenso lange zurück. »Zwei der Mädchen sind die Töchter von Lady Sonan«, erwiderte er mit leiser, kaum noch vernehmbarer Stimme. »Die andere ist ihre Nichte.«

»Lady Sonan!« rief Mankarr ungehalten aus. »Die Frau des Lloroi? Hat Lady Sonan überhaupt eine Ahnung, was sie da von dir verlangt, Altiss?« Mankarr sah den Händler anklagend an. »Sie nutzt deine Liebe zu ihr aus, um …«

»Schsch«, bedeutete ihm Bentol, auf die Zwillinge weisend. Lady Sonan, dachte Dion schockiert. Tyrels Mutter … Sie begegnete Rhoms wissendem Blick und sah zur Seite.

»Sie sind stumm«, begegnete Mankarr diesem Einwand. »Was sie wissen, können sie nicht weitergeben, und wenn sie nur lange genug in deinen Diensten sind, finden sie die Wahrheit sowieso heraus. Altiss, du mußt dich von deiner Leidenschaft für diese Frau befreien. Sie hat dir nichts als Unglück gebracht.«

»Das ist der Wille des Mondes allein«, erwiderte der andere.

»Es ist nicht der Wille des Mondes, daß du sowohl Ob Clintner als auch alle Sklavenhändler gegen dich aufbringst. Hier werden einige dunkle Geschäfte abgewickelt – Salmi hatte Verträge mit Lloroi Zentsis von Ramaj Bilocctar, um hier für ein bißchen Wirbel zu sorgen, und es gibt Gerüchte, daß sich Clintner seit einiger Zeit zunehmend mit östlicher Politik beschäftigt. Wenn du mitten in diese ganzen Vorgänge hineingerätst, und das einer Frau wegen, die dich nicht liebt – die dich nicht so lieben kann, wie du sie liebst –, dann wirst du zerquetscht wie ein Käfer von einem Dnu. Ich werde nicht zulassen, daß du bei dem Verkauf dabei bist. Die Mädchen sind schon seit einem Ninan in der Gewalt der Sklavenhändler. Sie sind für ihre Eltern ohnehin verlorene Töchter.«

»Ich gebe dir mein Wort«, sagte Bentol und hob beschwörend die Hände. »Es sind die Töchter der Lady, und außerdem, Mankarr«, hier senkte sich seine Stimme auf theatralische Weise, »könnten sie ebensogut meine Töchter sein. Ich kann sie nicht einfach im Stich lassen. Ich muß bei dieser Auktion unbedingt dabeisein. Ich habe über dreihundert Goldstücke, um mitzubieten, und außerdem«, er hielt inne und zog einen Beutel aus seiner Tasche, »ein noch weitaus wertvolleres Objekt, an dem du ein großes Interesse hast.«

»Worum handelt es sich denn?« fragte Mankarr, der nur ungern das Thema von der Lloroi-Frau wechselte. Doch sofort war sein Interesse von dem in Leintuch gehüllten unförmigen Gegenstand geweckt, den Bentol aus der Tasche gezogen hatte.

»Ich habe hier etwas, wofür du alles tun würdest, wie du einmal gesagt hast«, antwortete der andere Mann ruhig. »Den Orb von Olatna.«

»Der Orb – hier!« Der Kaufmann streckte beide Hände aus. »Laß mich sehen.«

»Du kannst ihn für nur fünfhundert Goldstücke haben und dafür, daß du mich an der Auktion teilnehmen läßt.«

Mankarr lehnte sich zurück, und das gierige Flackern in seinen Augen erlosch. »Nein, Altiss. Ich werde nicht dein Leben für einen leblosen Edelstein aufs Spiel setzen. Laß ihn in dem Beutel.«

Der Händler beachtete den Einwand nicht und packte den schwarzen Stein aus. »Fünfhundert Goldstücke sind geradezu lächerlich wenig für ein Juwel, das die Mitternachts-Kollektion vervollständigen würde«, sagte er mit einer Stimme, die so magisch war wie das Licht, das über die Ränder der Ewigkeit hinaus leuchtet und in seltenen Augenblicken einen abgründigen Blick in die Tiefen der Unendlichkeit erlaubt.

Mankarr holte tief Luft. »Genauso schön wie in meiner Erinnerung«, keuchte er. Mit Mühe brachte er sich dazu wegzusehen. »Nimm den Stein weg, Altiss.«

»Ich habe ihn nicht mitgebracht, um deine Sinne zu quälen«, sagte Bentol sanft. »Ich habe teuer dafür bezahlt. Und ich gebe ihn dir für weniger als den halben Wert.«

»Wenn du das Geld bekommst, dann verschenkst du damit dein Leben. Ist es das wert? Ist irgendeine Frau das wert?«

»Ich würde für Lady Sonan hundertmal mein Leben geben, und du weißt es, Mankarr.« Er hielt den Stein hoch. »Fünfhundert Goldstücke und eine Einladung zur Auktion.«

»Nein, Altiss.« Die Stimme des Kaufmannes war schneidend, aber seine Augen wanderten immer noch zu den Händen des Händlers.

»Vierhundert Goldstücke.«

»Clintner hat einen langen Arm, wenn er Rache nehmen will, Altiss. Der Blick, den du dir von Lady Sonan erhoffst, ist es nicht wert, sich deswegen mit ihm anzulegen.« Aber Mankarrs Augen blieben auf dem Stein haften, und der Händler drehte ihn so in seinen Händen, daß er alles Licht im Raum aufzufangen und zurückzuwerfen schien.

»Dreihundertfünfzig Goldstücke, dazu die Elfenbeinarmbänder aus dieser Vitrine – und den kleinen Gefallen.«

»Altiss, du weißt, was du da von mir verlangst«, sagte der Kaufmann fast heulend.

Erbarmungslos fuhr Altiss fort: »Dreihundert Goldstücke, die Armbänder aus Elfenbein und den Gefallen. Weiter runter gehe ich nicht, Mankarr, und damit verpaßt du die letzte Gelegenheit, den Orb jemals wieder zu sehen.«

Mankarr sah noch einmal zu dem schwarzen Orb hin – und war verloren.

»Ich – ich werde den Orb nehmen, Altiss, aber du weißt, daß du mich damit die Liebe einer Frau mit deinem Leben bezahlen läßt.« Er seufzte.

»Dreihundert Goldstücke und das passende Paar Elfenbeinarmbänder.«

Der Kaufmann schüttelte den Kopf. »Sie gehören dir«, sagte er. »Aber wie du sie Lady Sonan überreichen willst, wenn du doch tot bist, geht über meinen Verstand.«

»Laß uns noch etwas genauer über die Auktion reden.«

Mankarr holte tief Atem. »Du kannst hingehen.«

»Ich brauche auch die ungefähre Höhe der Gebote und eine Liste, wer was kaufen wird.«

Der Mann mit dem dunklen Gesicht starrte den Händler an. »Du willst mit der Regel der Unwissenheit brechen, um für die Mädchen zu bieten? Du warst schon immer schlauer als die anderen, Altiss, obwohl Clintner und Nefarg sich das niemals eingestehen würden.« Er seufzte. »Warum du dich dazu entschlossen hat – nun gut, das geht mich nichts an.« Wieder betrachtete er den Orb und nickte. »Du wirst diese Information bekommen.«

»Dann«, sagte Bentol und drehte den schimmernden Juwel erneut in der Hand, »gehört das hier dir.« Er warf den Orb zu Mankarr, und die makellosen Facetten des Edelsteins schienen das Licht des Mondes anzuziehen, während er durch die Luft wirbelte. Der Kaufmann fing ihn auf, nahm ihn in seine Handfläche, rieb ihn und starrte in die unendlichen Tiefen.

»Ob Clintner hat die Absicht, drei Mädchen zu kaufen«, sagte der Kaufmann zögernd, als spreche er damit das Todesurteil eines bereits toten Mannes aus. »Sie sollen für die Summe von über zweihundert Goldstücken als Gruppe verkauft werden.«

Dions Augen weiteten sich erstaunt. Die Summe reichte locker aus, um damit das gesamte Land ihres Vaters zu kaufen. Bentol nickte und starrte an die Decke, als würde er diese Information in einen gedanklichen Katalog aufnehmen.

»Für alle Fälle hat Clintner immer noch hundert zusätzliche Goldstücke bei sich, falls ihm irgend etwas besonders gut gefällt«, fuhr Mankarr fort. »Aldor Copiandi will für das Anwesen seines Vetters zwei Jungfrauen von der Küste und ein paar junge Burschen kaufen. Er wird ungefähr 135 Goldstücke für alle vier ausgeben. Er hat im allgemeinen keine Goldreserven dabei.« Mankarr hielt inne, dachte einen Moment nach und sprach dann weiter. »Toserva Nefarg hat kein Gebot eingereicht, aber er wird bestimmt über hundert Goldstücke mitbringen, um die anderen ein bißchen zu ärgern.«

»Edihana Metrinadon sucht eine neue Frauenschar, und die Angebote für diese Mädchen sind die einzigen, die noch nicht genau feststehen. Es sind ihm fünf Tänzerinnen aus den Hallen von Cortin versprochen worden und mindestens zwei hübsche Gesichter, die ihm in der Nacht Gesellschaft leisten werden. Er wird die Tänzerinnen kaufen, nachdem er sie heute abend tanzen gesehen hat. Es ist schwer vorherzusagen, was dieser Mann tun wird. Ich schätze, er hat so ungefähr zweihundert Goldstücke dabei.«

»Newton Donquoan kauft heute nacht bestimmt nichts. Er hat meistens dreißig Goldstücke dabei, um für seine Unterhaltung zu zahlen. Du erinnerst dich doch noch an Bart Lewellin?« fragte Mankarr den Händler, und als Bentol nickte, fuhr er fort: »Aus Rache wird er heute abend die Tochter von Truss Edithnewton kaufen. Er ist bereit, mindestens hundert Goldstücke für ihren gestohlenen Körper zu zahlen, und er wird außerdem noch vierzig zusätzliche Goldstücke mitnehmen, wenn nicht sogar fünfzig, falls die gebotene Summe noch höher hinaufklettern sollte.«

»Wer kauft als letzter?«

»Clintner. Um sicherzugehen, daß keiner von den anderen noch Geld übrig hat. Dieser Kauf ist besonders wichtig für ihn.«

Bentol nickte. »Wie es aussieht, muß ich also nur Summen über fünfhundert Goldstücke decken können, falls Clintner sich noch zusätzlich Geld leiht, das sicher angeboten werden wird. Ich habe also mehr als genug. Lady Sonan hat ihre Geldbeutel geleert, um ihre Töchter wiederzusehen.«

»Ich wußte gar nicht, daß Lloroi Dannon so gut betucht ist.«

»Ist er auch nicht«, lächelte Bentol grimmig. »Aber zusammen mit meinem Kapital und der Hilfe einiger unachtsamer Sklavenjäger, die wir unterwegs getroffen haben, besitzen wir mehr als genug, um die Sache hier zu einem guten Ende zu bringen.« Die beiden Männer erhoben sich. »Übrigens«, sagte Bentol angelegentlich, »auf der Straße wird gemunkelt, daß es in deinem Keller einen direkten Zugang zum Untergeschoß der Taverne Zum Hängenden Schwert gibt.«

»Tatsächlich?« Mankarr starrte einen Moment lang nachdenklich vor sich hin. »Ich werde der Sache nachgehen.« Vom Hof her war das Geräusch eines anderen vorfahrenden Wagens zu hören, und Mankarr sah den Händler mit ernstem Blick an. »Eines will ich dir noch sagen, bevor wir an dieser Auktion teilnehmen: Ich habe gelogen, als ich sagte, die Sklavenhändler hätten den Mädchen bereits ihre Unschuld geraubt. Sie sind alle noch unberührt. Das war ein Teil des Handels.« Er erhob sich und bedeutete Bentol mit einer Geste, ihm zu folgen. Bentol, offensichtlich erleichtert, machte bei Mankarrs Worten ein Segnungszeichen und wies Rhom, Dion und die Graue durch Handbewegungen an, in dem Raum zu bleiben.

»Rhom?« zischte Dion. »Hast du das gehört? Bentol und Lady Sonan?«

»Ich habe es gehört, aber ich kann es kaum glauben.«

»Das erklärt immerhin, warum sich Bentol und Gamon ständig streiten.«

Ihr Zwilling nickte kurz und stand auf, um unruhig im Zimmer auf und ab zu gehen. Nach einer Minute blieb er stehen und blickte sich um. »Ich wette, das ist auch der Grund, warum Bentol nicht in Sidisport bleibt. Sieh dir doch dieses Haus an – er hat genügend Geld, um sich hier so prächtig einzurichten, wie er nur will, aber dann könnte er Lady Sonan nicht alle Vierteljahre sehen. Hast du schon jemals zuvor einen so vollgestopften Raum gesehen? Hier hängen ja schon allein ein Dutzend Gemälde herum.«

»Ich betrachte immer noch die Wandteppiche«, erwiderte sie leise, während sie sich mit weit geöffneten, veilchenblauen Augen im Zimmer umsah. Hishn, die ihre Blicke aus gelben Augen ebenfalls durch das Zimmer schweifen ließ, hatte jedoch keinen anderen Wunsch, als so schnell wie möglich wieder durch das Fenster hinaus an die frische Luft zu kommen. »Warte, Graue. Wir werden bald draußen sein.«

Plötzlich blieb der schwarzhaarige Mann ruckartig stehen. »Sieh dir das mal an.«

»Rhom, wir sollten unsere Nasen nicht überall hineinstecken. Hishn wird nervös, da scheint etwas nicht in Ordnung zu sein.«

»Ich weiß, aber das hier ist einfach unglaublich. Hier ist eine Originalseite des Dharvin Tsuma – der Philosophie der Alten.« Der junge Schmied sah sich die gerahmten Dokumente, die eine Wand bedeckten, genau an. »Ich kann es fast lesen. Bei allen Mondwürmern, dafür hat Mankarr sicher mehr Geld hingeblättert, als unser ganzes Dorf wert ist.«

Dion konnte einfach nicht widerstehen und trat neben

ihren Bruder, der mit leicht geneigtem Kopf die alten Worte las. »Das muß über tausend Jahre alt sein«, keuchte sie nach einem Blick über seine Schulter. Hinter ihr jaulte Hishn auf; geistesabwesend brachte sie die Wölfin mit einer Handbewegung zum Schweigen.

Rhom berührte die Vergoldung des nächsten Bildrahmens. »Sieh dir das an. Eine Kopie der Statuten des Sonnenuntergangs.« Rhom strich mit dem Finger an der Wand entlang und betrachtete voller Verwunderung ein Bild nach dem anderen. »Bei allen Monden, Dion, sieh mal hier.«

»Welches denn? Ich lese immer noch: *Einführung des Biologen in die Welt.*«

»Laß es sein. Du kennst doch die Übersetzung davon.« Er schüttelte den Kopf und blickte noch genauer auf das schlechterhaltene Pergamentpapier, bis es ihn fast in den Augen schmerzte. »Ich bin mir nicht sicher, ob ich dir das überhaupt sagen sollte, aber ich glaube, dies hier ist eine Seite aus einem Manuskript, in dem Ovousibas, die Innere Heilmethode der Alten, beschrieben wird.«

»Hier?« Dion sah ihren Bruder verwirrt an. »Eine ganze Seite, die der Säuberung entgangen ist? Wie ist das nur möglich?«

Er trat einen Schritt zurück, als sei das Stück Pergament gefährlich. »Lies selbst.«

Sie stellte sich auf die Zehenspitzen und sah zu dem gerahmten Dokument hoch. »Wenn man es doch von der Wand abnehmen könnte.«

»Besser nicht. Was ist, wenn sie plötzlich zurückkommen?«

Die Wölfin jaulte erneut auf, diesmal lauter. *Heilerin,* rief sie Dion unglücklich an, *hier riecht es nach einer Falle.*

»Wir müssen trotzdem warten, bis Bentol zurückkommt«, gab die Frau zerstreut zurück. »Es kann ja nicht schaden, in der Zeit zu lesen.« Sie überflog das Dokument und studierte es dann genauer.

»Ovousibas«, flüsterte sie. Dann schüttelte sie den Kopf.

»Das ergibt keinen Sinn. Hier steht nur, daß man nach links schauen und dann in den Körper des Patienten fallen soll.«

Ihr Bruder runzelte die Stirn. »Bist du sicher, daß du die Buchstaben richtig entziffert hast?«

»O ja. Schau – hier werden sogar die Wölfe erwähnt. Sie seien der Schlüssel zum Ganzen.« Ihre Stimme wurde leiser, und sie sah plötzlich sehr abwesend aus.

»Dion, komm jetzt bloß nicht auf komische Ideen. Du bist eine gute Heilerin, du bringst deine Patienten auch ohne Wunder wieder auf die Beine.«

»Mach dir keine Sorgen. Ich würde mich niemals auf irgendwelche Experimente mit Hishn einlassen.« Mit Mühe wandte sie sich von dem Manuskript ab. »Aber Rhom«, sagte sie, fast gegen ihren eigenen Willen. »Stell dir vor, ich könnte das auch? Nur meine Hände über jemandem ausbreiten und ihn durch meine Gedanken wieder gesund machen.«

»Ovousibas bedeutet den Tod, Dion.«

Dieser Ort hier ist der Tod, meldete sich Hishn noch deutlicher als Rhom.

Die Wolfsläuferin riß sich von ihren Träumen los und blickte die Graue an, als nähme sie sie zum ersten Mal wahr. »Was sagst du da?« fragte sie. »Warum denn?«

Ich rieche Blut. Altes. Frisches. Die Fenster sind sehr klein und sehr weit vom Boden entfernt.

»Rhom, hier in diesem Raum sind erst vor kurzem Menschen getötet worden«, sagte sie.

Ihr Zwillingsbruder sah sie durchdringend an. »Hast du eine Waffe dabei?«

Dion nickte. »Vier kurze Messer und einen Beutel voller Wurfsterne und -monde.«

»Ich wünschte, du hättest auch dein Schwert.« Er ging zur Tür hinüber, durch die Bentol und der Kaufmann den Raum verlassen hatten, und legte sein Ohr an das Holz. »Ich kann überhaupt nichts hören«, murmelte er und drehte sich wieder um.

Die Wölfin schnaubte verächtlich und trottete unglücklich zum Fenster zurück.

»Hishn sagt, daß nichts zu hören ist. Jedenfalls nicht im Korridor.« Sie zog nachdenklich die Brauen zusammen. »Rhom, wo sind sie hingegangen?«

»Wahrscheinlich überprüfen sie nur den Markt, bevor sie uns mit hineinnehmen.«

Sie nickte, nicht sehr überzeugt, und warf einen Blick auf das Pergament an der Wand.

»Hör schon auf damit, Dion.«

»Ich muß einfach daran denken, daß …«

»Alle Heiler, die sich seit der Pest an Ovousibas versucht haben, sind gestorben, Dion. Und ihre Wölfe mit ihnen. Und vielleicht sind auch wir bald tot, wenn wir uns hier nicht in acht nehmen. Also beschäftige dich lieber mit unserer jetzigen Situation.«

Sie sah ihn irritiert an. »Ich habe nicht vergessen, warum wir hier sind, Rhom.« Dann wanderte ihr Blick zu Hishn, die an dem dicken Teppich in der Nähe des Fensters herumschnüffelte. Ihr Bruder folgte ihrem Blick. *Was hast du, meine Graue?*

Der Geruch der Angst ist sehr stark.

Dion zitterte durch das plötzlich auftauchende dunkle Abbild des Raumes, und Rhom legte ihr die Hand auf die Schulter. Sie zuckte zusammen. »Mach dir keine Sorgen, Zwillingsschwester«, sagte er und lächelte, aber seine Augen waren ernst, und seine Hand tastete nach dem Schwert, um sicherzugehen, daß er es leicht aus der Scheide zu ziehen vermochte. »Vergiß nicht, wir haben eine Waffe, von der niemand weiß. Wir haben veilchenblaue Augen. Wenn du Angst hast, zieh dein Messer heraus und funkle mit den Augen. Diese Kaufleute hier werden denken, die Mondkrieger seien zu einer Säuberung nach Asengar zurückgekehrt. Wir müssen sie nur böse ansehen, und das Herz wird ihnen in der Brust stocken.«

»Schön, daß du soviel Vertrauen hast«, sagte sie kurz angebunden. »Ich kriege jedenfalls einen Verfolgungswahn von deinem Herumspionieren und Hishns Geschnuppere.«

»Entspann dich«, riet er ihr. »Wir können im Moment nichts tun.«

Heilerin …

»Rhom – es kommt jemand!«

Sie sprangen rasch zum Sofa zurück, und Dion setzte sich gerade noch rechtzeitig hin, als die Tür auch schon geöffnet wurde und Mankarr und der Händler wieder eintraten. Die Graue stand am Fenster, ihre Pfoten lagen auf der Fensterbank, und ihre Nüstern waren weit geöffnet, als könnte sie so leichter atmen.

»Komm«, gestikulierte Bentol. Nach einem kurzen Seitenblick zur Wand, an der die Manuskripte von Ovousibas hingen, glitt Dion gehorsam an ihren Platz und neigte leicht den Kopf. Sie versuchte, so unterwürfig wie nur möglich auszusehen, während sie die Gedanken an Ovousibas gewaltsam verdrängte. Wie vorgesehen, ging Rhom knapp vor ihr, und Hishn trottete mit leisem Knurren hinterdrein.

Auf ihrem Weg durch die vielen Korridore machte das Haus einen sehr stillen Eindruck, aber es war voll unterschwelliger Unruhe, die zunahm, sobald sie die Treppen zum Kellergeschoß hinabstiegen. Sie gingen durch vier Räume hindurch, jeder gut gegen die langsam anschwellenden Geräusche geschützt, denen sie immer näher kamen, bis sie schließlich an einer schmalen, dunklen, unauffälligen Tür im letzten Lagerraum angelangt waren. Mankarr blieb kurz stehen, sah Bentol bedeutungsvoll an und stieß dann die Tür auf. Als sie aufging, ebbte der Lärm kurz ab, um dann wieder von neuem loszubrechen. Dion versuchte, ihre Augen niedergeschlagen zu halten, aber es gelang ihr nicht, ihre Neugierde vollständig zu bändigen.

Der Raum war riesig. Auf niedrigen Tischen wirbelten und tanzten fünf Männer und Frauen umher, die Männer in nüchternen Farben, die Frauen in dichten Schleiern und Schals, die die gierigen Augen der Kaufleute quälten, während Musikanten dazu wilde Melodien und urzeitliche Rhythmen aufspielten. Süßer Rauch stieg Dion in die Nase. Ihre Nasenflügel weiteten sich, als sie sah, welchen Eindruck die teure Droge auf Hishn machte. Sie mußte husten. Jeder Mann war von seinen Dienern und bis zu vier Frauen umgeben, die Frauen farbenprächtig, aber diskret gekleidet. In diesem Meer von Farben zog Dions einfache, schwarze Kleidung zuviel Aufmerksamkeit auf sich. Sie wünschte sich plötzlich, sie hätte auf Rhom gehört und wäre bei Gamon und Tyrel geblieben.

Mankarr führte sie zu einem niedrigen Tisch, der von bestickten Kissen umgeben war, und entfernte sich sodann. Bentol wirkte völlig entspannt. Hinter der Gruppe ertönte überraschtes Gemurmel, als die Leute den Wolf sahen, und forschende Blicke wurden in ihre Richtung geworfen. Dion fühlte, wie ihr das unbarmherzige Starren die Röte in die Wangen trieb. Hishns Lefzen zogen sich voller Verachtung zurück, und die eifrigen Hände, die sich ausgestreckt hatten, um ihr Fell zu berühren, zogen sich zurück. Rhom stand dicht neben ihr, bis sie in den Kissen neben dem Händler kniete, und beschützte seine Schwester vor verlangenden Blicken, die er mit drohendem Starren erwiderte.

»Ein interessantes Dienerpaar, Altiss«, sagte einer der Männer und beugte sich von seinem eigenen Tisch herüber. Er betrachtete die Zwillinge abschätzend. »Wieviel hast du für sie bezahlt?«

»Zuviel, Metrinadon.« Der untersetzte Mann lächelte schläfrig. »Aber ich finde noch immer Gefallen an ihnen.«

»Es erfordert einige Zurückhaltung, die Finger von dem Mädchen zu lassen«, sagte Metrinadon und spielte dabei auf Dions schwarze Samtkleidung an. Seine weichen weißen Hände klopften die Tabakreste aus seiner Pfeife und fegten sie vom Tisch. »Ich kann mich durchaus für eine derartige Jungfrau interessieren, falls dich nicht schon jemand anderer auf sie angesprochen hat.«

Dion spürte die Anspannung ihres Bruders, aber Bentol wies den Mann mühelos ab. »Sie ist stumm«, sagte er. »Sie singt wie eine Nachtigall, solange sie unberührt bleibt. Mir gefällt ihre Stimme so gut, daß ich mein Vergnügen derzeit bei den anderen Frauen in meinem Haushalt suche.« Er machte eine Pause und senkte verschwörerisch die Stimme. »Bis jetzt, jedenfalls.«

Der andere Kaufmann kicherte, und sein dicker Leib wackelte dabei hin und her. »Bist genauso lüstern wie alle, Altiss. Ich wette zehn Silberstücke, daß du es nicht fertigbringst, dich noch einen Ninan von ihr fernzuhalten.«

»Ich würde die Wette annehmen«, erwiderte Bentol lächelnd, »aber ich reise morgen nacht weiter, und ich könnte meinen Gewinn erst einige Ninans später holen.«

»Beim nächsten Mal dann«, sagte der Mann und wandte seine Aufmerksamkeit wieder seiner Pfeife zu.

Ein anderer Mann, der das Gespräch zwischen dem Händler und dem übergewichtigen Kaufmann beobachtet hatte, näherte sich, um mit Bentol zu sprechen. »Altiss«, sagte er anerkennend und setzte sich unaufgefordert an den Tisch des Händlers, »man hat einiges über dich gehört in letzter Zeit. Wenn ich es recht verstanden habe, dann hast du Cransti im letzten Monat bei einem ungewöhnlichen Handel ausgebootet.«

Dion sah sich aufmerksam im Raum um. Hishn, die viele unterschiedliche Gedankeneindrücke empfing, war nervös und steckte ihre Heilerin damit an. Sie beobachtete die Tänzer und warf verstohlene Blicke auf die Männer und Frauen im Raum, bis ihre Aufmerksamkeit wieder von dem Gespräch zwischen Bentol und dem anderen Mann gefangengenommen wurde.

»... ich würde eine fette Summe für das Mädchen hinblättern«, sagte er gerade.

»Sie gehören zusammen und sind für deinen Geschmack viel zu teuer, Donquoan. Außerdem gefällt mir das Mädchen im Moment besonders gut.«

»Zufällig habe ich gerade hundert Goldstücke bei mir. Für beide und den Wolf könnte ich mich davon trennen.«

Bentol lachte kurz auf. »Das wäre ein armseliger Tag in Sidisport, wenn ich alle drei für diesen Preis verkaufen würde. Das Mädchen allein wird für nicht weniger als hundert Goldstücke verkauft.«

Donquoan schnaubte. »Ein bißchen viel für eine stumme Jungfrau und ihr Schoßhündchen.«

»Aber sie ist mehr als nur eine Jungfrau.« Bentol lehnte sich in die Kissen zurück und wies nachlässig auf die Heilerin. »Sie ist zwar stumm, aber sie rührt mit ihren Liedern selbst ein steinernes Herz. Außerdem ist sie eine Wolfsläuferin.«

Bentol, dachte Dion nervös. Das hättest du nicht sagen sollen.

Er verfolgt eine bestimmte Absicht, erwiderte Hishn sanft, aber ihre unterschwellige Sorge verstärkte Dions Nervosität noch. *Er versucht die Gier des anderen auszuloten.*

Donquoan sah sie überrascht an. Er hatte ein schmales, scharfgeschnittenes Gesicht und buschige Augenbrauen, die seine blauen Augen fast überwucherten. »Eine Wolfsläuferin? Komm, Altiss, du kannst nicht von mir erwarten, daß ich dir das glaube. Du versuchst doch nur, aus einem zahmen Wolf ein legendäres Tier zu machen.«

»Und doch ist es die Wahrheit. Ich habe versprochen, das Mädchen in Ehren zu halten, als ich es kaufte, sonst wäre sie nicht mit mir gekommen. Du siehst, sie liegt weit über deinem Preisniveau.«

»Ich gebe dir 110 Goldstücke für das Mädchen und den Wolf, unbesehen.«

Bentol bedachte das Angebot. »Hmmm. Aber du mußt trotzdem noch für den Mann bezahlen.«

»Ich bin sicher, ich könnte ihn als Leibwächter verwenden.

Zwanzig Goldstücke plus Lohn ist ein vernünftiger Preis«, sagte er.

»Der Mann ist viel mehr wert. Sieh sie dir doch zusammen an. Ihre Farben sind erlesen. Sie wären eine Zierde für jeden Haushalt.«

Bentol, jammerte Dion, die langsam in Panik geriet, stumm, das kann doch nicht dein Ernst sein.

»Ich gebe dir 140 Goldstücke für alle drei.«

Der Händler zögerte.

»Einhundertfünfzig Goldstücke.« Donquoan zog zwei schwere, juwelenübersäte Ringe von seinen dünnen, drahtigen Fingern, und als er den Händler ansah, stand ihm die Gier deutlich ins Gesicht geschrieben. »Und das. Denk darüber nach, Altiss. Ich bin großzügig.«

Der Händler öffnete bejahend den Mund, schüttelte dann jedoch mit scheinbar größter Anstrengung den Kopf. »Nein, Donquoan. Dein Angebot ist großzügig, aber ich kann dein Gold nicht annehmen. Ich kann das Mädchen noch nicht aufgeben. Ich … habe derzeit noch eine gewisse Schwäche für sie«, gab er zu. Dion war so erleichtert, daß es ihr fast gleichgültig war, als Bentol ihr kurz übers Haar strich, um damit dem anderen Mann seine Gefühle zu verdeutlichen.

Der andere Kaufmann nahm Bentols Ablehnung gefaßt auf. »Ich bin bereit, auf ein Geschäft wie dieses noch etwas länger zu warten. Wenn du später doch noch verkaufen willst, laß es mich wissen. Wir können uns sicher auf einen Preis einigen, der uns beiden zusagt.«

Das Gespräch wendete sich unbedeutenderen Dingen zu, und da der Mann an Bentols Tisch stand, konnte sich kein anderer Kaufmann nähern. Kurz darauf brachte Mankarr die Musik mit einer Handbewegung zum Verstummen, und Donquoan kehrte an seinen eigenen Tisch zurück.

»Heute nacht wird hier eine Menge zusätzliches Gold zirkulieren«, flüsterte Bentol, ohne dabei die Lippen zu bewegen. »Aber was wir haben, müßte trotzdem ausreichen.« Dion befühlte den Beutel mit Juwelen, die sie aus ihren Schuhen herausgenommen und an ihrem Gürtel befestigt hatte. Der Beutel enthielt alles, was die Zwillinge besaßen – ihren Lohn als Heilerin der letzten drei Jahre, als sie ihr Praktikum absolviert hatte, das Geld, das Rhom im selben Zeitraum in der Schmiede verdient hatte, und Geld aus dem Verkauf eines Stück Landes von ihrem Vater. In dem Beutel befanden sich etwas Gold, zwei geschliffene und zwei ungeschliffene Saphire, ein tiefschwarzer Rubin, drei Smaragde, eine gelbe Taliven-Gemme sowie einige eigenartig geschliffene, sehr seltene Steine der Leute von Ethran. Wenn es sein mußte, konnten sie diese ebenfalls einsetzen, sagte sie zu sich selbst und stellte Rhom die Frage mit den Augen. Erleichtert sah sie, daß er kaum wahrnehmbar nickte, als er sie an dem Beutel herumfingern sah.

»Der Schätzer ist angekommen«, verkündete Mankarr endlich. »Der Verkauf ist hiermit eröffnet. Die ersten Gebote belaufen sich auf …«

»Einen Moment, Mankarr«, unterbrach ihn ein schlanker Mann, der in einer lässig ausgestreckten Hand eine geschwungene Pfeife hielt und auf dessen hübschem Gesicht ein verächtlicher Ausdruck lag. »Das hier ist eine geschlossene Auktion.« Er zeigte mit seiner Pfeife auf Bentol. »Was hat dieser teiggesichtige Tamrin hier zu schaffen?«

»Es ist wirklich ein Vergnügen, wieder einmal gemeinsam mit dir zu bieten, Nefarg«, erwiderte Bentol ungerührt mit öliger Stimme. »Hast du vergessen, daß ich in diesem Hause immer willkommen bin?«

»Vielleicht ist das nicht ganz der richtige Zeitpunkt, um deine armseligen Privilegien auf die Probe zu stellen«, sagte ein reich gekleideter Mann in warnendem Ton und voller Verachtung.

»Aber Clintner, du bist doch der reichste von uns Kaufleuten. Worüber machst du dir also Sorgen?« fragte Bentol in gespielter Überraschung.

Clintners Gesicht verdüsterte sich. Dann wandte er sich wieder der Bühne zu und schenkte dem Händler keinerlei Beachtung mehr. »Ich habe keine Einwände. Laßt uns mit der Auktion beginnen.«

Mankarr nickte. »Die ersten Gebote werden für zwei Jungfrauen von der Küste entgegengenommen.« Er übergab damit die Versteigerung einem kleinen, unauffälligen, graugekleideten Mann und veranlaßte durch eine kurze Handbewegung das Erscheinen der Mädchen. Die beiden Mädchen waren aneinandergekettet und in fast durchsichtige Tuniken und Hosen gekleidet. Ihre Wangen brannten vor Scham, ihre Augen waren auf den Boden gerichtet, und unter den abschätzenden Blicken der Männer und Frauen im Raum wären sie am liebsten im Boden versunken. Ein Sklavenhändler trieb sie weiter nach vorne und versetzte ihnen einen kräftigen Schlag auf den Rücken, damit sie gerade standen. Dions Augen blitzten auf, als sie sah, wie jung die Mädchen noch waren. O Gott, sie sind nicht älter als die Töchter von Kabrun, dachte sie entsetzt.

»Diese beiden Schönheiten sind erst vierzehn Jahre alt«, sagte der Sklavenhändler und zwang sie, vor den Männern auf und ab zu gehen. »Gesunde Zähne, schönes, langes Haar. Dank Ebsin noch nicht reif genug, um Kinder auszutragen, drei Jahre ungestörtes Vergnügen sind also sicher ...«

Ebsin, dachte Dion schockiert. Wenn man Aranurs Schwestern ebenfalls diese Droge gegeben hatte – und wenn er das herausfand ...

Der Sklavenhändler war bereits zurückgetreten, und die Auktion nahm ihren Anfang.

»Das Gebot steht bei zwanzig Goldstücken«, sagte der kleine Mann schnell, und seine Stimme fiel in eine schwierig zu verstehende, murmelnde Tonlage. »Zwanzig Stücke, zwanzig Stücke, ich höre dreißig Stücke, sehtnurdielieblichenGesichterundjungfräulichenKörper, ich höre dreißig ... und fünfunddreißigfünfunddreißigichhöre ...« Die Stimme summte weiter, hielt plötzlich inne und zwang dadurch Dions Aufmerksamkeit auf die Vorgänge auf der Bühne. »Achtunddreißig Stücke. Höre ich vierzig?« Seine Stimme wurde langsamer, er fühlte das Ende der Verkaufsauktion nahen. »Achtunddreißig. Ein Gebot über vierzig? Vierzig? Achtunddreißig Stücke. Vierzig. Ich höre vierzig Stücke. Einundvierzig Stücke?«

Dion schaute um sich, aber erst als Rhom sie leicht anstieß und ihre Aufmerksamkeit auf ein boshaftes Starren lenkte, das einer der Männer auf Clintner richtete, wurde ihr klar, wer den ersten Mann überboten hatte. Clintner lächelte nachsichtig. Der andere gab dem Auktionator mit kaum gezügelter Wut ein Zeichen. »Ich höre einundvierzig«, brummte der kleine Mann weiter. »Weitere Gebote? Letztes Gebot für einundvierzig Goldstücke pro Mädchen, zwei Jungfrauen von der Küste, einundvierzig. Zum ersten, zum zweiten – und verkauft an Aldor Copiandi, vorne bar zu bezahlen.« Der Auktionator nickte dem neuen Besitzer zu, dessen Diener sich erhob und mit einem schweren Beutel nach vorne schritt.

Mankarr ließ das nächste Mädchen bringen, und der Auktionator durchlief dasselbe Ritual. Bentol bot einige Male mit, jedoch nie ernsthaft interessiert, nur um das Gesumme des Auktionators nicht verstummen zu lassen, während sich die Leute im Saal bewegten und faul die Glieder dehnten. Als die Tänzer an die Reihe kamen, spielten die Musiker wieder auf, und jeder Tänzer gab eine Kostprobe seines Könnens, bevor erneut die Gebote abgegeben wurden. Fasziniert beobachtete Dion, wie die Männer und Frauen zur Musik ihre Körper wild verdrehten. Eine Frau krümmte sich mit obszönen Bewegungen wie Sandaal Aal und wurde für zweiundvierzig Goldstücke verkauft. Als schließlich alle Tänzer an ihre neuen Besitzer gebracht waren, brannten die Augen der Wolfsläuferin vom Rauch, und auch Hishns Nase war von den vielen Gerüchen wie verstopft. Beide waren vernebelt von den duftenden Drogenschwaden, die durch den Raum zogen, und

Dion hätte gerne einen Schleier getragen, um sich auf diese Weise zumindest etwas vor dem Rauch zu schützen. Hishn hustete und legte die Pfote an die Nase. Dion konnte ihr jedoch nicht helfen. Die Gebote gingen weiter. Ob Clintner brachte zwei Männer dazu, so hoch zu bieten, wie sie nur konnten, und winkte ihre wütenden Proteste dann ab, als sei der Vorfall keinen weiteren Gedanken wert. Schließlich gab Mankarr den letzten Verkauf bekannt. Clintner behielt seine lässige Haltung bei, aber seine Augen konzentrierten sich auf bisher ungekannte Weise, als die drei Mädchen auf die Bühne getrieben wurden.

Diese Mädchen standen genauso dort wie die ersten, mit schamroten Gesichtern, durch dünne Ketten an Armen und Beinen behindert. Sie weigerten sich aufzusehen, und der Sklavenhändler mußte ihnen das Kinn hochdrücken, damit ihre Gesichter zu sehen waren. Die Mädchen waren schön, und die Heilerin verspürte Mitleid mit ihnen. Sie wünschte, sie hätte ihnen irgendwie helfen können.

Neben ihr stieß Hishn ein kehliges Knurren aus, und Dion fing die besorgten Gedanken der Wölfin auf. *Es riecht hier mehr und mehr nach einer Kaninchenfalle,* warnte die Graue.

Der Auktionator pries die Mädchen immer noch an. »… so junge Mädchen und bereits solche Schönheiten. Sie sind – abgesehen vom Licht des Mondes – noch unberührt. Diese zwei hier sind die Töchter des Lloroi von Ramaj Ariye, und diese hier ist seine Nichte.«

»Die drei Mädchen werden als Gruppe verkauft«, fügte Mankarr hinzu. »Gebote beginnen bei dreißig Goldstücken pro Mädchen.«

Der Auktionator fing wieder mit seinem Ritual an. »Dreißig. Dreißig Goldstücke. Fünfunddreißig. Vierzig Goldstücke, zweiundvierzig.« Mit der gesteigerten Erregung der Männer stiegen auch die Gebote rasch in die Höhe, auch wenn fast alle Anwesenden sehr wohl wußten, daß die Mädchen sowieso an Clintner gehen würden. Die Augen des größten

Mädchens ruhten für einen Moment auf Bentol, aber ihre Überraschung und ihre Freude waren nur von kurzer Dauer, als sie nicht ihren Bruder, sondern zwei Fremde bei ihm sah. Mißtrauen und Verzweiflung waren auf ihrem Gesicht zu erkennen. Dion fragte sich, welche Gerüchte in ihrem Dorf über den schmierigen Händler kursieren mochten. »Fünfzig Goldstücke. Seht Euch diese wunderschönen Gesichter an. Beachtet den Glanz des seidigen Haares. Ich höre sechzig, zweiundsechzig ...« Bentol signalisierte kurz und diskret mit der geschlossenen Faust. »Fünfundsechzig Goldstücke.« Clintner sah sich um und versuchte herauszufinden, wer sein Gebot in die Höhe trieb, und als sein Blick den Bentols kreuzte, verdüsterte sich seine Miene. »Fünfundsechzig, sechsundsechzig, achtundsechzig Goldstücke. Seht nur diese einmalig klaren grünen Augen.« Die Stimme des Auktionators schwebte sanft durch den Raum und richtete sich auf Clintner, da die anderen Bieter nach und nach aufgaben und das Schlachtfeld Bentol und dem Kaufmann überließen. »Seht das Feuer, das in ihnen blitzt. Dieser Geist ist mindestens – siebzig Goldstücke!« Die Stimme schraubte sich triumphierend in die Höhe. »Ich höre siebzig, einundsiebzig ...«

»Laßt uns zuvor mal kurz über die grundsätzlichen Versteigerungsregeln reden«, durchbrach Clintners wütende Stimme den eintönigen Singsang des Auktionators.

Mankarr erhob sich. Er war sichtlich wenig überrascht und schaute mißtrauisch zur Seite.

»Was gibt es, Clintner?«

Der Mann blickte wütend zu Bentol hinüber und wies mit heftiger Gebärde auf den Händler. »Es ist gegen die Regel, den festgesetzten Preis zu überbieten. Wir waren uns alle einig ...«

»Worüber?« fragte Bentol mit unverhohlener Unverfrorenheit. »Ich wußte nicht, daß die Preise festgesetzt sind.«

»Du warst auch nicht eingeladen«, warf Toserva Nefarg ein.

»Aber jetzt bin ich hier, und man hat mich akzeptiert, bevor die Auktion begann.« Bentol machte eine nachlässige Handbewegung. »Es tut mir aufrichtig leid, wenn ich den festgesetzten Preis überboten habe.« Er lächelte leise und sah sich im Raum um. »Da es sich hier jedoch um einen Barverkauf handelt und ich nicht über die festgesetzten Preise informiert war, habe ich das Recht, mein Gold für das anzubieten, was meinem Auge behagt.«

»Du solltest dich mit deinen Augen und deinem Gold zurückhalten, sonst verlierst du noch beides.«

»Clintner«, sagte Mankarr mit warnendem Unterton in der Stimme.

»Und du hast alles eingefädelt. Du bist verantwortlich«, beschuldigte Clintner den Kaufmann.

»Derjenige, der den Verkauf anfordert, ist auch dafür verantwortlich, die Bietsummen festzusetzen«, sagte Bentol entschlossen. »Du hast diesen Verkauf angefordert, Clintner – und meine Anwesenheit akzeptiert.«

Das Gesicht des Kaufmannes verdunkelte sich vor Zorn. Einer der anderen Kaufleute ergriff nur zu gerne die sich bietende Gelegenheit, Clintner auf diese Art eins auszuwischen, und sagte: »Laßt uns weitermachen. Die Angelegenheit ist damit erledigt.«

Clintner funkelte den Mann mordlustig an und lehnte sich dann zurück. »Ich biete für jedes Mädchen fünfundsiebzig Goldstücke.«

Der Auktionator warf einen kurzen Blick auf Bentol. »Ich höre fünfundsiebzig Goldstücke. Sechsundsiebzig … Neunundsiebzig …« Lautes Gemurmel wurde hörbar. Clintner sah sich um und forderte Toserva Nefarg mit einer Handbewegung auf, sich zu ihm herüberzuneigen.

»Er leiht sich Geld von Nefarg«, flüsterte Bentol zwischen den Zähnen hindurch. »Aber dafür wird er teuer bezahlen, denn er hat Nefarg vorhin bis an die Grenze seiner Barschaft hochgetrieben.«

»Achtzig Goldstücke«, fuhr der Auktionator mit leicht verunsicherter Stimme fort. »Noch andere Gebote?«

Nefarg nickte Clintner zu, und der Kaufmann gab dem Auktionator ein Zeichen. »Einundachtzig Goldstücke für jedes Mädchen. Einundachtzig. Achtundachtzig.« Seine Stimme steigerte die Spannung im Raum, genau wie Bentols Gebot. Ganz plötzlich schwoll der Geräuschpegel an und fiel genauso schnell wieder, als Clintner wütend auf den anderen Mann sah. »Achtundachtzig«, wiederholte der Auktionator ängstlich.

Metrinadon, auch er einer derjenigen, die Clintner zuvor fast überboten hatte, schüttelte den Kopf. Clintner gab ein Zeichen, das Bände sprach, und Metrinadon nickte schließlich, während ein bösartiges Lächeln seine Lippen umspielte, als er die Zinsen überschlug, die ihm seine Goldanleihen in dieser Nacht einbringen würden. »Neunzig. Neunzig Goldstücke.« Der Auktionator wischte sich über die Brauen. »Achtundneunzig.« Clintner wandte sich zwei anderen Männern zu, die er ebenfalls früher am Abend verärgert hatte. Einer machte eine Handbewegung, und Clintners Gesicht verdunkelte sich noch mehr; er nickte jedoch kaum wahrnehmbar, und der andere schaute kurz zu Bentol hinüber, lächelte teuflisch und nickte ebenfalls. Nervös übertönte die Stimme des Auktionators das Murmeln: »Einhundert. Einhundert Goldstücke für jedes Mädchen. Einhundertundeins. Einhundertzwei. Einhundertundfünf.«

Die Goldmenge, die hier geboten wurde, überwältigte Dion. Für den Preis dieser Mädchen könnte ich einen ganzen Landstrich kaufen, dachte sie ungläubig. Aber Clintner und Bentol boten nicht mehr nur um die drei Mädchen, die so schamhaft an der Bühnenrampe standen; die beiden Männer boten jetzt nur noch gegeneinander.

»Einhundertacht Goldstücke …« Die Stimme des Auktionators versagte, und er räusperte sich. »Einhundertzehn. Noch höhere Gebote?« Bentol hob schließlich die Hand. »Einhundertfünfzehn.« Clintner machte eine zornige Handbewegung. »Einhundertzwanzig.« Hilflos blickte der Versteigerer wieder zu Bentol, der ihm ein Zeichen gab. »Einhundertfünfundzwanzig Goldstücke. Einhundertdreißig. Einhundertfünfunddreißig.« Es gab eine kurze Pause, und Clintner sah auf seine Hand. Mit grimmigem Gesicht riß er sich den Siegelring vom Finger und hielt ihn hoch. »Einhundertvierzig Goldstücke für jedes der Mädchen.« Der Auktionator sah aus, als ob er gleich in Ohnmacht fallen würde, als Bentol noch einmal die Hand hob. »Einhundertfünfzig Goldstücke.« Die Stimme des Auktionators zitterte. An seinen Schläfen lief der Schweiß herunter, aber er nahm keine Notiz davon. Langsam sah Clintner zu Bentol hinüber und lehnte sich dann mit giftigem Gesichtsausdruck zurück. »Einhundertundfünfzig. Einhundertundfünfzig. Zum ersten, zum zweiten – und … verkauft!« verkündete der Auktionator mit heiserer Stimme. »Verkauft an den Händler Altiss Hantinn, drei Mädchen zum Preis von«, hier räusperte er sich erneut, »je einhundertundfünfzig Goldstücken, Barzahlung hier vorne.«

Bentol erhob sich und ging zur Bühne, dicht gefolgt von Rhom, der zwei kleine Taschen trug. Er ließ sie schwer auf den Tisch des Schätzers fallen, und einen Moment lang herrschte Verwirrung, als das Gold und die Juwelen gezählt wurden. Währenddessen nahm Clintner Dion sehr genau in Augenschein. Sofort stellten sich Hishns Nackenhaare auf. Bentol hatte sich gerade mit viel leichteren Taschen wieder hingesetzt, als sich Clintners Stimme über das Raunen erhob.

»Da wir heute nacht bereits über die Grundsätze des Verkaufs gesprochen haben, würde ich das Thema gerne noch einmal aufgreifen.« Es wurde still im Raum, und Bentol sah mit schmaler werdenden Augen auf Clintner. »Ungeladene Gäste müssen in der Lage sein, die Preise, die sie mitbringen und die von jeder interessierten Partei erworben werden können, mit ihrem Reichtum zu decken. Altiss«, er machte eine boshafte Pause, »du hast einige sehr ungewöhnliche Preise mitgebracht. Ich würde jetzt gerne Gebote für sie abgeben.«

Das Gesicht des Händlers nahm einen gespannten Ausdruck an. »Der Verkauf ist vorbei«, sagte er.

»Noch nicht ganz«, korrigierte ihn Clintner.

Bentol wandte sich zu Mankarr, doch der schüttelte den Kopf. »Clintner hat recht, Altiss. Du mußt Gebote zulassen. Wenn du nicht dagegenhalten kannst, dann mußt du deine Preise aufgeben.« Mankarr wies auf den Auktionator.

Bentol wandte sich an Rhom und Dion. »Jetzt geht es nur noch darum zu zeigen, wer der Reichste ist«, sagte er leise. »Ich muß in der Lage sein, Clintners letztes Gebot zu überbieten, oder ich muß euch für dieses Gebot an ihn verkaufen. Wenn ich mithalten kann, dann bleibt sein letztes Gebot bestehen, und ich behalte die Preise – in diesem Fall euch zwei und den Wolf –, und keiner von uns beiden verliert. Wenn ich ihn überbieten kann, dann muß er die Hälfte seiner letzten Bietsumme an mich auszahlen.« Bentol versuchte, sich die Sorge nicht allzusehr anmerken zu lassen. »Clintner hat immer noch die vierhundertvierzig Goldstücke, die er sich geliehen hat, und er ist vielleicht nur auf Rache aus. Ich habe nicht einmal mehr zweihundert Goldstücke übrig – nicht genug, um ihm die Stirn zu bieten, wenn er ernsthaft darauf aus ist, euch zu kaufen, sei es auch nur, um mich zu erniedrigen, trotz des hohen Preises, den er dafür bezahlen muß. Vielleicht müssen wir dann eine schnelle Flucht versuchen. Mankarr hat die Mädchen schon nach oben bringen lassen.« Er deutete auf die Vorhänge, hinter denen sich die Zimmer der Sklaven befanden. »Sie werden bereit sein, wenn wir gehen. Falls wir hier noch heil herauskommen.«

»Die Auktion beginnt bei hundert Goldstücken für das Mädchen, den Mann und den Wolf.« Der Auktionator räusperte sich nervös. »Einhundert Goldstücke.«

Wie im Traum hörte Dion der Versteigerung zu, und ihre Gedanken wurden von Hishns wachsender Wut wie weggebrannt. Sie spürte Rhoms Anspannung, als sei es ihre eigene, und bei jedem Gebot von Clintner sandten ihre Augen unheilvolle Blitze in den Raum. Denn es war ein Verkauf. Da die Zwillinge als Diener hier hereingekommen waren, konnte nichts die anderen Kaufleute davon überzeugen, daß sie aus eigenem, freiem Willen hier waren. Papiere gingen verloren oder wurden gefälscht; im Falle von Rhom, Dion und dem Wolf würde man über ihre früheren Verkaufspapiere einfach hinwegsehen. Wenn Bentol nicht mit Clintner mithalten konnte, dann gehörten die drei rechtmäßig dem Kaufmann. Der Preis war jetzt auf zweihundert Goldstücke gestiegen. Rhom stand hinter seiner Schwester, seine Hände lagen auf seinem Gürtel, jederzeit bereit, sein Schwert und die verborgenen Messer zu ziehen. Hishns Gedanken sprangen unruhig hin und her, während sie versuchte, in diesem Raum Feindseligkeit und Aufregung voneinander zu trennen. Wieder wurden die Gebote erhöht. Bentol zögerte. Clintner wähnte seinen Triumph bereits nahen. »Einhundertachtzig Goldstücke.« Die Stimme des Auktionators wurde unsicher. »Einhunderteinundachtzig. Einhundertfünfundachtzig.« Bentol warf den Zwillingen einen verzweifelten, hilflosen Blick zu. Der Auktionator wartete auf ein neues Gebot von Bentol, aber der Händler hatte nicht mehr genügend Bargeld, um es zu decken. »Zum ersten, zum zweiten …«

Da wurde die allgemeine Anspannung von einem reinen, süß klingenden Zwitschern unterbrochen, und alle blickten gebannt auf. Verwirrtes Gemurmel, aber der Auktionator sah Dion so lange an, bis aller Augen auf ihr lagen. Langsam erhob sich die Heilerin und ging zur Bühne, wobei sie eine Verbeugung in Richtung Schätzer andeutete. Der Mann hielt den Atem an. Bentol streckte seine leeren Hände aus. Clintner unterdrückte nur mühsam seine Wut. Schließlich griff Dion in die Falten ihres schwarzen Samtgewandes und brachte einen kleinen grünen Smaragd zum Vorschein, der im Licht der Lampen aufleuchtete. Liebevoll nahm ihn der Schätzer in die Hände und untersuchte ihn mit Hilfe einer Lupe. »Ein makelloser Stein«, verkündete er. »Einunddreißig Goldstücke.«

Der Auktionator räusperte sich. »Zweihundertundelf Goldstücke.« Clintner schloß die Faust. »Zweihundertfünfundzwanzig.« Dion blieb am Tisch des Schätzers stehen, und Bentol lehnte sich zurück, absichtlich gelassen, aber mit einem angespannten Ausdruck in den Augen, und lächelte Clintner zu. »Zweihundertfünfundzwanzig«, wiederholte der Auktionator, zuerst auf Bentol, dann auf die Frau blickend, die so ruhig vor ihm stand. Sie verbeugte sich und holte einen anderen grünen Stein aus ihrem Beutel. Der Schätzer untersuchte ihn genauso wie den ersten, und wieder stiegen die Gebote an. Ein Stein nach dem anderen wanderte von Dions Beutel in die Hände des Schätzers, und jedesmal hielt Clintner mit dem neuen Gebot mit, bis der Beutel schließlich leer war. Clintner warf einen lüsternen Blick auf sie, grinste Bentol an, und die Heilerin fühlte, wie ihr die Schamesröte ins Gesicht stieg. »Vierhundertzwölf Goldstücke.« Die Stimme des Auktionators brach fast, als er Clintners Gebot nannte. Sie zögerte und zog dann ein verziertes Silbermesser hervor, das sie immer als Talisman bei sich trug. Es war nicht viel wert, aber immerhin etwas. »Vierhundertneunzehn Goldstücke.« Der Auktionator sah zu Clintner hinüber. »Vierhundertfünfundzwanzig Goldstücke.« Nur mühsam brachte der Auktionator Clintners letzte, unglaubliche Summe hervor. Dion neigte den Kopf. Hatte sie denn gar nichts mehr? Clintner hatte immer noch fünfzehn Goldstücke. Sie schloß die Hand über dem Messer, das immer noch in der geräumigen Tasche ihrer Hose verborgen war. »Zum ersten«, krächzte der Auktionator.

Heilerin, strömten Hishns Gedanken in die der Frau hinein, *dein Stirnreif.*

»Zum zweiten …«

Die Heilerin zwitscherte auf, und die klaren Töne unterbrachen den Auktionator, der gerade mit trockenem Mund das Ende des Verkaufs verkünden wollte. Dion nahm langsam ihr Stirnband ab und legte es vor dem Schätzer nieder, wobei sie ein Zeichen machte. Gemurmel. Dann herrschte wieder gespannte Stille im Raum. Das feinziselierte Silber und Blau fiel zwischen all dem Gold, das vor dem Schätzer aufgehäuft war, besonders auf. Sie wußte nicht, was das Band wert war, aber auf der Wertskala der Sklavenhändler hatten seine Ornamente einen Wert, der irdische Güter übertraf. Mit diesem Stirnband bot sich Dion selbst mit ihren Diensten an. Wenn sie jetzt überboten wurde, dann gehörten nicht nur Rhom, Hishn und Dion Clintner, sondern auch ihre Heilkräfte, die nach seinen Wünschen eingesetzt werden würden, für gute oder böse Zwecke.

Monde der Gnade, betete sie. Clintner hat nur noch fünfzehn Goldstücke. Laß dies mehr wert sein als die sechzehn Goldstücke, die es einmal gekostet hat.

Der Schätzer untersuchte das Kopfband sorgfältig. Endlich wandte er sich zu dem Auktionator. »Für das Band drei Goldstücke. Für die Heilkraft der Heilerin, für eine Dauer von vier Ninans wie in den Verkaufsgrundsätzen bezüglich ihrer Fertigkeit festgelegt, sechzehn Goldstücke, vier Silberstücke«, verkündete er. Vor Erleichterung versagten Dions Knie ihr fast den Dienst, und ihr Herzschlag setzte wieder ein. Der Schätzer gab ihr die Juwelen und das Stirnband zurück, und nachdem sie das Band auf ihren glänzenden Schopf geschoben hatte, steckte sie die Juwelen vorsichtig wieder in den Beutel.

Clintner hatte weiter nichts mehr zu sagen. Sein Gesicht war dunkelrot vor Wut, denn Bentol hatte sein höchstes Gebot wieder übertrumpft, und es gab einige Kaufleute, die verschlagen lächelten. Zum zweiten Mal war Ob Clintner vor ihren Augen erniedrigt worden, sogar bei einem Handel, den er selbst vorgeschlagen hatte, und er hatte dabei die Hälfte seines zusammengeborgten Reichtums an einen Händler verloren. Wenn Blicke töten könnten, dann wäre Clintner sofort zum Mörder geworden.

Mankarr ließ die Musikanten erneut aufspielen und sandte die Tänzer auf ihre Tische, um die gespannte Atmosphäre durch exotische Klänge aufzulockern. Clintner wies seinen männlichen Diener mit einer wütenden Handbewegung an, Bentol die Hälfte seines Gebotes auszuhändigen, und der Händler warf dem Kaufmann einen nachlässigen Gruß zu.

»Geht jetzt«, forderte Mankarr sie mit einem kaum hörbaren Flüstern auf, als er an Bentol vorbeiging.

Der Händler erwiderte nichts, aber seine kleine Gruppe erhob sich langsam und schritt ohne Eile zur Tür. Aus den Augenwinkeln beobachtete Rhom die Bewegungen der Kaufleute, während die Tänzer herumwirbelten; der Takt hämmerte ins Bewußtsein seiner Zwillingsschwester, bis sich gnädig die Tür hinter ihnen schloß.

Hishn sprang erleichtert die Stufen hinauf, sie achtete nicht auf Dions Schreie, bis sie dem von unten heraufziehenden Geruch der Drogen entronnen war. Sie spürte, daß die Jagd begonnen hatte, und schlich an einem der überraschten Diener vorbei durch den Korridor. Der Mann zögerte kurz, als wolle er die Wölfin aufhalten. Sie fuhr herum und schnappte nach seinem Fußgelenk, woraufhin er kreischend davonrannte.

»Halte deine Tiere im Zaum, Altiss«, sagte Mankarr kurz. Aber Dion beruhigte bereits die Wölfin und rief sie vom Fenster zurück. Die Graue war von einem vergitterten Fenster zum anderen gerannt und hatte die Zähne gebleckt.

»Die Mädchen sind hier«, sagte der Kaufmann mit leiser Stimme. Rhom warf einen kurzen Blick in den langen Flur zurück und wartete vor der Tür, während Dion die schweren Umhänge aus den Händen des Kaufmanns entgegennahm und sich in den Raum schob, um den Mädchen hineinzuhelfen. Das älteste Mädchen wurde bleich, als sie die Heilerin und den Wolf erkannte. Sie schlug das Umhängetuch eng um sich und die jüngste Schwester, während die Wolfsläuferin dem mittleren Mädchen hineinhalf. Dion war dankbar für die schummrige Beleuchtung – sie war sich nicht sicher, ob Haremsfrauen angesichts der spärlichen Bekleidung erröten durften. Zumindest hatten sie leichtes Schuhwerk an den

Füßen, im Unterschied zu den barfüßigen Tänzerinnen. Sie würden auf den Treppen keinen Lärm machen. Hoffte sie.

»Jetzt geht schnell«, raunte der Kaufmann warnend und eilte zur Tür. »Clintner hat heute abend Geld verloren, das ihm nicht einmal selbst gehört, und hat sich damit bis auf die Knochen blamiert. Er wird wie sieben Teufel darauf aus sein, sich an euch zu rächen.« Mankarr öffnete die Tür und redete mit normaler Stimme weiter, da ihn jetzt die Fahrer, die im Hof warteten, hören konnten. Dion, die Angst hatte, daß ihr jemand jeden Moment ein Messer in den Rücken stoßen würde, glitt geschmeidig die Treppenstufen hinunter und führte die Mädchen zu dem dunklen Wagen, der sie erwartete. Sie blickte nur noch einmal kurz zurück. Clintner stand jetzt im Türrahmen und gestikulierte wütend auf Mankarr ein. Seine bösen, stechenden Augen verfolgten sie rachedurstig, als sie davonfuhren.

VII

Aranur Bentar neDannon:

Wieder verloren

Flieh, solange die Nacht noch dunkel ist
Flieh, solange der Nebel deine Spuren verbirgt
Kämpfe, wenn ihr Atem in deinem Nacken brennt
Töte, wenn ihre Klingen sich deinem Herzen nähern

Aranur wartete schon seit drei Stunden. Das Schwert steckte locker in der Scheide, und er lauschte angespannt auf die Geräusche, die aus dem Haus auf den Hof drangen, während er den Gesprächen der anderen Fahrer nur geringe Aufmerksamkeit schenkte.

»Letztens habe ich gehört«, sagte der Kleine mit dem viel zu langen Umhang, »daß Ramaj Caflanin ziemlich billig geworden ist.«

Ein anderer lachte und warf sein Kupferstück aus, das dicht bei der Münze des kleinen Mannes landete. »Niemals, Mick. Nicht einmal Zentsis würde seine Zeit auf dieses Land verschwenden.«

»Aber es ist doch wertvoll«, beharrte dieser. »Es verfügt über mehr Küstenanteile als jedes andere Ramaj.«

Der andere Fahrer warf seine Münze gegen die Wand.

»Wertloses Land, wertloses Meer. Es gibt dort keine Leute, aus denen man Steuergeld herausquetschen könnte.«

Der größte von ihnen lachte kurz auf.

Während er die Lage der verschiedenen Münzen studierte, rieb Aranur mit seinem Daumen zweimal über den Rand seiner Kupfermünze, und fast wäre ihm der scharfe, seitliche Blick entgangen, den Mick ihm zuwarf. Aranur zögerte und sagte dann mit leiserer Stimme als gewöhnlich: »Ob Zentsis mitmacht oder nicht, Caflanin gehört ihm.«

»Wie stellst du dir das vor?« fragte der hochgewachsene Mann, der mit zusammengekniffenen Augen zuerst auf die Münzen und dann auf Aranur sah. »Dieser hier ist schon wieder deiner, Mick.«

Aranur zuckte mit den Schultern und zog seinen Umhang, den ihm der Wind fast aus seinen eiskalten Fingern riß, dichter um sich. »Zentsis benutzt diese Straße durch Caflanin, um die alte Herrschaft Prents besser durchzusetzen. Alle Grenzgebiete gehören ihm, von dem Küstenbereich einmal abgesehen, und die Klippen von Bastendore halten die Leute von einer Besiedlung ab, denn woher sollen sie Hilfe bekommen oder ihre Vorräte erneuern, wenn er beschließt, sie davon abzuschneiden?« Er suchte in seiner Tasche nach einem neuen Penny, während die Fahrer das nächste Spiel begannen. »Sie geben sich lieber mit dem bißchen Handel zufrieden, das er ihnen im Moment übrigläßt, als ihm den Zugang zu verweigern und eine unangenehme Situation heraufzubeschwören.«

»Du hast ja einen helleren Kopf, als man dir ansieht«, sagte einer der Männer grinsend und versuchte, in Aranurs halbverdecktes Gesicht zu sehen, denn die Stimme kam ihm bekannt vor.

»Dein Wurf, Borden«, drängte der Kurze. »Er ist eben ein Mann, der sich nicht nur vom Zorn überwältigen läßt.«

»Kann ja nicht schaden, wenn man's mal versucht.«

Der andere, etwas stämmigere Fahrer betrachtete Aranur

nun ebenfalls aufmerksam, als kenne er den schlanken, dunkelhaarigen Mann, und angelegentlich schob Aranur seine Hand in die Nähe seines Schwertknaufs. »Wie lange wird Altiss diesmal in der Stadt bleiben?« fragte der Mann.

Beiläufig. Etwas zu beiläufig, dachte Aranur. Er zuckte leicht mit den Schultern, achtete jedoch darauf, daß das Licht hinter ihm lag und sein Gesicht noch tiefer im Schatten lag. »Er hat den Wagen gemietet. Ich lenke das Dnu. Er hat mir nichts weiter erzählt.«

»Wenn er genauso ist wie Nefarg«, sagte einer der Männer verschlagen, »dann erzählt er dir genügend, damit du dir Sorgen machst, aber niemals genug, um dich zu beruhigen.«

»Als ob er dir jemals von seinen Geschäften erzählen würde«, schnaubte ein anderer verächtlich. »Nefarg ist der letzte, der ...«

Er verschluckte seine letzten Worte, als hätte ihm ein Schwert die Zunge abgeschnitten, und alle bewegten sich zu ihren Wagen, wie Schatten, die verschwinden, sobald das Licht hochgedreht wird, denn in der Eingangshalle waren Stimmen in der Nähe der Tür zu hören; das Gespräch wurde vom musikalischen Klirren von Ketten begleitet.

Es war jedoch nur der Kaufmann Mankarr in Begleitung von Bentol. Sie hatten drei Mädchen dabei, die hinter der Heilerin und ihrem Wolf herliefen. Aranur erkannte plötzlich, wie anziehend die Haremsfrauen für die Sklavenhändler von Sidisport waren: In der dunklen Haremshose und der Tunika der Unberührten sah Dion sehr verführerisch aus, und Aranur dachte kurz und quälend daran, wie sie sich wohl in seinem eigenen Harem, den er nicht besaß, ausnehmen würde.

Namina – und Ainna – und, den Monden sei hundertmal gedankt, Shilia waren ebenfalls da, gekleidet in schamlose Gewänder, auf die die schweren Umhänge gelegentlich einen Blick freigaben, dunkelrot vor Verlegenheit, aber, bei allen Göttern, dachte Aranur, vorsichtig seine Fäuste mit einem wachsamen Blick auf die anderen Fahrer entspannend, zumindest in Sicherheit. Weder Shilia noch eines der beiden anderen Mädchen wußten, daß er schon da war und daß Bentol und Dion und Rhom Freunde waren; er wollte laut rufen, er wollte sie bei den Schultern packen, ins Haus rennen und alle Sklavenjäger, die er dort traf, töten. Aber er blieb unbeweglich stehen, zeigte seine unmäßige Freude nicht anders als durch ein kaum wahrnehmbares Zittern am ganzen Körper, in dem sich Erleichterung und Wut gleichermaßen vermischten. Dann tauchte Rhom auf, hinter den Mädchen hergehend, mit gezogenem Schwert, als wolle er sie schlagen, falls sie zu langsam gingen. Leise schlugen ihre Ketten in der feuchten Abendluft aneinander, während die Verzweiflung sie fast ebensosehr zu Boden zu drücken schien wie die Ketten selbst.

»... ein glücklicher Umstand für mich, daß du zufällig vorbeigekommen bist«, sagte Mankarr gerade. »Ich hoffe, dein Schnäppchen wird dich erfreuen.«

»Schnäppchen! Ha!« schnaubte der Händler entrüstet. »Dir gehören ja auch fünfundzwanzig Prozent meines Gebotes als Hausgebühr, du alter Tamrin, und du hättest auch keine Skrupel, mir bei einer anderen Gelegenheit das Fell über die Ohren zu ziehen, nicht wahr?«

»Du bist wirklich zu nett«, spöttelte Mankarr. Er sah hoch und wechselte das Thema. »Ein Sturm zieht herauf. Am Südende der Stadt findest du eine Herberge mit gutem Ruf. Vielleicht wollt ihr lieber dort die Nacht verbringen, statt im Regen auf der Hauptstraße weiterzuziehen.«

»Ach ja? Ich werde darüber nachdenken. Gute Geschäfte, Mankarr.«

»Das wünsche ich dir auch, Altiss.«

Leise ging Dion zur Kutsche und wartete dort, während Aranur die Tür öffnete und dem ersten Mädchen beim Einsteigen half. Es war Namina, Tyrels älteste Schwester, und als sie Aranurs Hand nahm, sah sie ihn an und stöhnte auf.

»Still«, flüsterte er energisch und packte sie hart am Handgelenk, während er sie ins Wageninnere schob. Die völlig überraschte Namina hauchte nur seinen Namen, als Ainna auch schon zu ihr in den Wagen gedrückt wurde. Shilia, Aranurs eigene Schwester, war die letzte, und er mußte ihre Finger gewaltsam aus seinen lösen, um zurückzutreten und Dion mit dem Wolf und Bentol in den Wagen klettern zu lassen.

»Zur Ostseite«, lautete Bentols ruhige Anweisung. Er sprach so, als wolle er vermeiden, daß jemand zuhörte, aber als sei er vor Genugtuung unfähig, leise zu sprechen. »Zu Quarterlains Haus«, fügte er freundlich hinzu.

Rhom schwang sich mit nach oben auf den Kutschbock und sagte nichts, bis Aranur die Peitsche knallen ließ und das Getrappel der Dnu-Hufe seine Worte übertönte. »Hinter dem nächsten Brunnenplatz rechts und dann zwei Querstraßen geradeaus.«

Ohne Kommentar führte Aranur die Anweisung aus. Oh, Shilia, dachte er, in zwei Ninans wirst du wieder zu Hause sein, mit den Mädchen schwatzen und mit all jenen, die mir mißfallen, flirten. Aber du wirst zu Hause sein und in Sicherheit. Und, fügte er grimmig hinzu, es muß ein dunkler Tag in der siebten Hölle sein, an dem ich wieder die Hufe des Dnus eines Sklavenjägers hören werde.

Links und wieder links, vorbei an den zusammengekauerten Häusern der Sequent und dann an den Bäumen entlang quer über den Platz. Eine Meile geradeaus, schnelle Wende nach rechts, wieder links und die Straße bei der alten hölzernen Mühle hinab – Aranur jagte die Dnus quer durch die Stadt, um den eigentlichen Weg zu verschleiern; er mischte sich in den Verkehr auf den befahrenen Straßen und führte erst dann seine Verfolger aus den Häuserreihen heraus, wo er sie sehen konnte – wenn sie es denn wirklich wagen sollten, die Verfolgung aufzunehmen.

Als die Wagen am Ufer entlang auf die Docks zudonnerten, warteten dort bereits Tyrel und Gamon, tropfnaß unter den

Umhängen, aber mit einem breiten Grinsen auf den Gesichtern. Gamon ließ seinen Neffen einen kurzen Blick in den Geldbeutel des Sklavenhändlers werfen, den er unter dem Arm hielt, und Aranur grinste ihn diebisch an, bevor die beiden sich in den Wagen schwangen. Er hörte ein gedämpftes Quietschen, ein kurzes Bellen und fragte sich kurz, wer sich da auf wen gesetzt hatte, aber jetzt war keine Zeit, um es herauszufinden. Salmis Lohnkisten mußten zum Bersten gefüllt gewesen sein, dachte Aranur befriedigt. Zum ersten Mal seit zwei Ninans lag auch in seinen Augen ein Lächeln, und sein Unterkiefer wirkte nicht mehr so angespannt. Shilia, seine Schwester, war wieder in Sicherheit. Bei allen Mondwürmern, wie sehr hatte er sie vermißt, wie um sie gebangt, sich vor Wut gewunden bei dem Gedanken, daß Sklavenhändler womöglich Hand an sie gelegt hatten – er mußte sich regelrecht dazu zwingen, daß er nicht die Fäuste ballte, denn die Dnus reagierten sofort auf das plötzliche Anziehen der Zügel und fingen schneller zu traben an. Er brachte sie wieder dazu, in einen langsameren, weniger auffälligen Schritt zu fallen und ließ die sechsbeinigen Hufe in der feuchten Nacht in seinen Ohren trommeln, während er sich so verzweifelt ermahnte, Ruhe zu bewahren, wie ein Schiffbrüchiger, der sich an ein Stück Holz klammert. Als am anderen Ende der Dockanlagen die Straße in einen wenig befahrenen Weg überging, ließ er die Zügel schließlich lockerer und trieb die Dnus zu einem rhythmischen Galopp in Richtung Süden an, den Weg entlang, den Mankarr ihnen geraten hatte.

Die Herberge war trotz der frühen Morgenstunde immer noch erleuchtet, und als sie näher kamen, ertönte aus der Gaststube sogar noch lauter Gesang. Aranur brachte die Dnus an der schmalen Seite des Hauses zum Stehen, und Rhom schwang sich vom Kutschbock herab. Gemeinsam mit Bentol ging er hinein. Als die Tür geöffnet wurde, warf sie einen speerförmigen Lichtstrahl in den Hof, und der Lärm verstummte kurz, bis die Neuankömmlinge begutachtet und wieder sich selber überlassen worden waren. Aranur wurde unruhig. Die Dnus, geruhsam wie immer, ließen sich von der Aufregung, die ihn, wie Wolken einen hohen Berg, umschwebte, nicht anstecken, aber sie stampften mit den Hufen auf, als er die Zügel anzog; sie wollten in den Stall, und sie wollten ihr Futter.

»Wurde ja langsam Zeit«, murmelte er, als Rhom und der Händler wieder in der Tür erschienen, gefolgt vom Schatten des Kaufmannes Mankarr. »Stellt euch auf die Trittbretter«, rief Aranur den drei Männern im Anfahren zu. Der plötzliche seitliche Schwenk der Kutsche sagte ihm, daß die Männer sich bereits am Dach festhielten. Er sah sich nicht mehr um, denn jetzt war er zu sehr damit beschäftigt, die Dnus in schnellem Schritt zwischen den Fässern und den anderen gehorteten Waren hindurch zu dem schmalen Lagerraum zu lenken.

Rhom sprang herab und öffnete die Stalltüren, während der Lenker mit fester Hand die ungeduldig stampfenden Dnus in der Kälte zügelte. Sie rochen das trockene Heu im Inneren, und sie waren hungrig.

Der Stall war trocken, und es roch nach sauberem, altem Heu, aber Aranur fühlte einen Anflug von Nervosität – für jemanden, der Mankarr zugehört hatte, würde es nicht schwer sein, diese Herberge unter den anderen Herbergen an dieser Seite der Stadt ausfindig zu machen, während sie noch an der Werft entlanggefahren waren. Vielleicht war auch Mankarr selbst verfolgt worden. »So weit zu kommen, ohne von den Sklavenjägern belästigt worden zu sein.«

»Ha«, flüsterte der Händler zurück, während Aranur die Zügel am Fahrersitz befestigte und sich nach unten schwang, um die Wagentüren zu öffnen. Schnell schlossen Rhom und Mankarr die Stalltüren hinter ihnen. »Wenn du die Auktion erlebt hättest«, zischte der Händler weiter, »dann würdest du dir lieber die Zunge herausschneiden, als deine Worte zu wiederholen. Mankarr sagt, Clintner will uns bis aufs Blut jagen.«

Alles andere, was der Händler sonst noch hatte sagen wollen, ging in Shilias Tränenausbruch unter. »Shilia!« Aranur fing sie vom Treppchen des Wagens auf.

»Oh, Aranur.« Aber da lag sie schon in seinen starken Armen und preßte ihm in ihrer Freude und Erleichterung fast die Kehle zusammen. Mit dem plötzlichen starken Drang, sie zu beschützen, stieg in Aranur auch eine rasch sich steigernde Wut auf die Sklavenjäger auf.

»Oh, Aranur, wir dachten, alles wäre zu Ende. Wir dachten, keiner könnte uns noch helfen.« Ihr Schluchzen zerriß ihre Worte, während sie ihre Schmach in die Schulter ihres Bruders hineinweinte.

»Alles ist gut, Shilia«, flüsterte er zurück. »Ich bin da. Du bist jetzt in Sicherheit. Tyrel«, sagte er über die Schulter, »hol ihre Kleider aus der Tasche.«

Auf der Fahrt zur Herberge hatte der Händler den Mädchen die Ketten abgenommen, und jetzt schleuderte Gamon die verschrammten Hand- und Fußschellen zornig knurrend ins Heu. »Widerliche Dinger«, sagte er und half Ainna aus dem Wagen heraus. Eine drängende Spannung lag in der Luft, und alle bewegten sich so leise und unauffällig wie Diebe. »Ihr Mädchen zieht euch jetzt um«, befahl Aranur mit leiser Stimme. »Auf die Art erregen wir weniger Aufmerksamkeit, wenn wir in den Gasthof gehen. Tyrel, hast du diese Taschen denn immer noch nicht gefunden?«

»Es ist dunkel hier unten«, beschwerte sich der Junge, der unter dem Wagen lag. »Ich kann die Knoten nicht finden.« Widerwillig kletterten die Mädchen zurück in die Kutsche, Ainna bückte sich einen Moment, um die Knöchel ihres Bruders zu drücken, die eigenartig unter dem Wagen hervorsahen.

Plötzlich spannte sich jeder Muskel in Aranurs Körper an. Im Inneren des Wagens blitzte es kurz und metallisch auf. Es war Dions Schwert, gezogen und zum Kampf bereit; auch die Fänge der Wölfin schimmerten matt in der Dunkelheit. »Aranur«, flüsterte die Heilerin eindringlich.

Es raschelte im Heu, und überrascht wirbelte er herum. Zwei Gestalten sprangen auf den Fahrersitz der Kutsche zu und schnappten nach den Zügeln. Aus dem Wageninneren ertönten laute Schreie und ein schreckliches Knurren, bevor die Türen verriegelt wurden und die Mädchen in der Falle saßen. Mankarr und Aranur waren der Kutsche am nächsten und warfen sich ebenfalls in die Zügel, wurden jedoch brutal daran gehindert. Vor ihnen schwirrten Schwerter durch die Luft, als noch mehr Männer von den dunklen Ställen her auftauchten. Sie fochten Rücken an Rücken, mit funkensprühenden Schwertern, und plötzlich kämpften Aranur, Rhom, Gamon und die beiden Händler um ihr Leben.

»Aranur!« Shilias verzweifelter Schrei gellte laut auf, als die Dnus durch die offenen Stalltüren davonstürzten und die Kutsche an der Herberge vorbei auf die Straße jagte. In der Herberge war es zu laut, als daß jemand die Kutsche, die in wilder Fahrt vorbeiholperte, bemerkt hätte, aber im Lichtschein der Hoffenster erhaschte der grauäugige Mann einen kurzen Blick auf eine Gestalt, die unter der Kutsche hing. Tyrel …

Er parierte einen Hieb, und seine Aufmerksamkeit richtete sich jäh wieder auf den Mann, der sich von einem Heufuder aus auf ihn stürzte. Gerade noch rechtzeitig schlitzte Aranurs Klinge dem übereifrigen Mann die Seite auf, woraufhin er mit einem gurgelnden Stöhnen zuckend ins Heu sank. Dann stand Mankarr neben ihm und wehrte einen Hieb ab, der für das Herz Aranurs bestimmt war. Es blieb jedoch keine Zeit, ihm zu danken. Aranur konnte weder Gamon noch Rhom sehen; aus dem dunklen Heu kamen so viele Angreifer hervor, daß sie sich bei ihren Attacken gegenseitig behinderten.

Bentol war von den anderen abgedrängt worden und stand mit dem Rücken an einer Stallwand, während ihn zwei Männer von vorne angriffen. Aranur konnte sehen, wie der Schweiß auf Bentols Stirn leuchtete, als er versuchte, einen seiner Angreifer zwischen sich und dessen Kompagnon in die Zange zu nehmen. Bentol hieb mit seinem Schwert nach vorn, duckte sich dann, warf Heu in das Gesicht des Mannes und führte einen weiteren Streich auf den Arm des Mannes aus, während er sich vorwärtsbewegte. Der Mann schrie auf und machte sofort einen Ausfall gegen den Händler, sein Schwert blitzte kurz im Halbdunkel auf. Bentol parierte, aber nicht schnell genug. Aranur sprang über einen Heuhaufen und ließ seine eigene Klinge niederfahren. Das widerliche Geräusch von Blut, das gegen die Holzwand eines Stalles sprudelte, folgte, und jetzt konnte er auch Rhom sehen, der sich geschickt duckte, um drei Angreifer gleichzeitig abzuwehren, und dort stand Gamon gegen eine Wand gelehnt, eine Hand gegen die Seite gepreßt und das Schwert in reiner Verteidigung vor sich haltend.

Der sehnige Mann sprang auf den Rücken des Mannes, der immer noch auf Bentols zitternden Körper einstach, und schlug dem Soldaten mit einem Schwerthieb den Kopf von den Schultern. Ein anderer Mann stach mit seinem tropfenden Messer nach ihm, und Aranur fühlte, wie der kalte Stahl an seinem Arm entlangglitt. Im Licht der Fackel leuchteten die Augen des Soldaten, aber Aranurs Wut war mächtiger. Knurrend stürzte er sich auf seinen Gegner, und beide Männer gingen krachend zu Boden. Beine stießen gegeneinander. Der Mann aus Ariye bekam etwas zu fassen und ließ es mit soviel Kraft wie nur möglich auf den Hals des anderen niederfahren; es war ein kleiner Holzbalken, mit dem die Stalltüren verschlossen wurden. Der Nacken des Soldaten knackte, sein Körper wurde sofort schlaff.

Aranur rollte sich herum und sprang heftig keuchend auf die Füße, während ihm der Schweiß in die Augen tropfte und der aufgewirbelte Heustaub allmählich niedersank. Mankarr kämpfte Seite an Seite mit Rhom. Zwei der Angreifer lagen bereits in der Ecke am Boden. Der letzte stand noch aufrecht und versuchte, dem Kreis der Klingen auszuweichen, wohl wissend, daß er jetzt gegen mindestens drei Mann gleichzeitig zu kämpfen hatte.

»Haltet diesen dort in Schach«, stieß Aranur mühsam hervor. Er fühlte den Stich in seinem Arm, als der Schweiß in die Wunde lief und die klaffenden Wundränder an seinem Hemd schabten.

»Altiss?« fragte Mankarr und versuchte, die Dunkelheit zu durchdringen, aus denen der hochgewachsene Mann herausgetreten war.

»Ich habe getan, was ich konnte«, sagte Aranur heiser. »Tut mir leid, Mankarr. Er ist tot. Gamon?«

»Ein kleiner Schnitt, nur ein winziger Kratzer.« Der alte Mann holte keuchend Atem und richtete sich auf. »Aber schmerzhaft genug, um auf Rache zu sinnen«, fügte er schneidender hinzu. Er band sich ein Stück Tuch um die Seite, das er aus einer Stallplane herausgerissen hatte. Der Schnitt war zwar nicht sonderlich tief, sah aber lang und häßlich aus, und Gamon hatte viel Blut verloren.

Aranur nickte und wandte sich dem letzten Angreifer zu. »Laß das Schwert fallen«, befahl er. Der Soldat sah die vier entschlossenen Männer an, die ihn eingekreist hatten, und gehorchte. Der Stahl fiel in das Heu zu seinen Füßen. Der Mann trat nervös von einem Fuß auf den anderen und blickte von Aranur zu Rhom und Bentol.

»Gut«, sagte Aranur, der seiner Wut kaum Herr zu werden vermochte. »Wohin haben sie die Mädchen gebracht?«

»Da kannst du lange Zeit in der zweiten Hölle schmoren, bis du das herausgefunden hast«, erwiderte der Mann mit vorgetäuschtem Mut.

»Schneidet ihm für die ersten beiden falschen Antworten ein Ohr ab, Mankarr, als nächstes kommen die Augen dran.« Es war nicht schwer für Aranur, seiner Stimme einen stahlharten Klang zu verleihen. Seine Wut war so kalt wie die Klinge seines Schwertes.

»Halt, langsam!« rief der Soldat, plötzlich ganz eilig.

»Du wirst nirgendwohin gehen«, fauchte Rhom, sprang ihn an und stieß ihn in den Staub, so daß der andere voller Angst keuchte.

Mit einem dumpfen Aufprall ließ sich Mankarr mit den Knien auf die Schenkel des Mannes fallen, zerquetschte ihm die Muskeln und nagelte die Beine des Soldaten am Boden fest, während Rhom des Mannes Arme nach hinten hochriß. »Du bist ja gar nicht stumm«, sagte er überrascht an Rhom gewandt.

»Ich bin auch kein Sklave. Genausowenig wie meine Zwillingsschwester.«

Mankarr nickte, und Rhom verdrehte die Arme des Soldaten noch weiter.

»Aahh – verdammt, ihr brecht mir ja die Arme!«

Rhom drückte die Arme noch ein Stück höher. »Und wir werden dir noch einiges mehr brechen, wenn du nicht bald zu sprechen anfängst.«

»Clintner wird euch dafür bezahlen lassen«, stieß der Soldat zwischen zusammengepreßten Zähnen hervor.

»Der kriegt zuerst ein Paar Ohren geschickt«, flüsterte Mankarr. Das Messer des Kaufmanns leuchtete dicht am Ohr des Soldaten auf. Langsam, sehr langsam fing er zu schneiden an. »Ich glaube, ich werde sie einpacken«, fügte er mit sanfter Stimme hinzu. »Und zwar in deine Haut. Warte, was soll ich denn als nächstes abschneiden, Rhom?«

Rhom sah aus, als würde ihm gleich übel werden, aber er zwang sich dazu, daß seine Stimme genauso kalt klang wie die eisige Nachtluft, die sich auf ihre Haut senkte. »Die Augenlider, glaube ich.« Er drückte den rechten Arm des Mannes über den linken, so daß der Soldat völlig bewegungsunfähig und Rhoms zweite Hand damit frei war. »Dann die Augen.«

Der Mann erstarrte, als er fühlte, wie der harte Stahl seine Haut durchschnitt, und die Hitze seines eigenen Blutes versetzte ihn in Panik.

»Ich habe damit nichts zu tun«, brachte er hervor. »Ich habe nur meine Befehle befolgt.«

»Junge Mädchen zu versklaven? Oder einen Kaufmann übers Ohr zu hauen?« Aranur lachte kalt auf, und der Ton seines Lachens wies nicht die geringste Spur von Humor auf. »Du wirst für diese Befehle sterben müssen, wenn du uns nicht sofort sagst, wo die Vögel hingeflogen sind.«

»Dafür wird Clintner mir die Haut abziehen lassen.«

»Das werde ich gleich erledigen, wenn du jetzt nicht antwortest«, fuhr ihn Aranur ungeduldig an. »Wohin hat man die Mädchen gebracht?«

Mankarrs Messer schnitt tiefer, und Rhom drehte den Mann so, daß sein Blut ihm um den Hals lief und vor seinen eigenen Augen ins Heu tropfte, Tropfen für Tropfen.

»Bei allen Mondgöttern!« keuchte der Mann.

»Zu deinem eigenen Besten«, korrigierte Aranur. »Die Mädchen – wo? Sag es jetzt!«

Mankarr machte einen entschlossenen Schnitt, und der Mann schauderte.

»Clintner!« stieß er hervor. »Es waren Ob Clintner und dieser Kapitän Salmi. Glaubt mir, die haben sich alles ausgedacht. Von Beginn an sollten ihm die Mädchen gehören. Die anderen waren bloß da, um die Gebote hochzutreiben.«

»Woher wußtest du, wer wir sind?« Aranurs Stimme war genauso messerscharf wie Mankarrs Klinge, die sofort wieder schneiden würde, wenn der Mann zu langsam sprechen sollte.

»Sein Fahrer hat gehört, wie Mankarr über diese Herberge sprach. Er hat euch sofort Männer hinterhergeschickt. Salmi hat auch sie bezahlt ...«

Der Mann schluchzte fast. Mankarr hatte sein Ohr fast halb durchschnitten, was ziemlich ekelhaft aussah. Aranurs Magen rebellierte, aber er dachte an seine Schwester und verschloß sein Herz.

»Wo sind sie jetzt?« fragte er.

»Bei Ob Clintner!« Der Mann schrie auf, als sich das Messer erneut bewegte. »Bei Ob Clintner.«

Mankarr stieß den Mann von sich, und Rhom gab seine Arme frei. Der Soldat wollte davonstürzen, aber Rhoms Degenknauf erwischte ihn an der Schläfe, und er brach bewußtlos zusammen. »Ob Clintner«, sagte Mankarr mit grimmiger Stimme und wischte seine Klinge im Heu ab, »hat den größten Harem der Stadt. Er läßt seine Gäste immer die Ware prüfen.«

»Er muß viel Selbstbewußtsein haben, wenn er die Mädchen in sein eigenes Haus bringen läßt«, sagte Aranur kopfschüttelnd.

»Er kann es sich leisten«, erwiderte Mankarr gelassen.

»Was willst du damit sagen?« fragte Rhom ungeduldig und zog den Sattelgurt des Dnus an, das er sich im Halbdunkel eingefangen hatte.

»Er kennt eben sein Geschäft. Ich war genauso überrascht wie du, daß Clintner die Mädchen zu sich nach Hause genommen hat, aber wenn ich es mir genau überlege, dann spricht eigentlich nichts dagegen. Er hat immer mindestens zwanzig Mann Wache auf seinem Grundstück, und sein Haus ist wie eine Burg gebaut. Wenn er möchte …«

Aranur sah ihn mit eiskalten grauen Augen an. »Wenn er möchte?« fragte er und wischte sich den blutigen Arm mit einem Tuch ab.

Der andere Mann sah unbehaglich aus. »Es ist für ihn ein leichtes, uns so lange abzuwehren, bis er die Mädchen für seinen Harem gebrandmarkt hat. Er kann jetzt schon damit angefangen haben, und aus der Art, wie er deine Zwillingsschwester angesehen hat, Rhom«, fügte er mit einem Nicken in Rhoms Richtung hinzu, »würde ich darauf wetten, sie ist als erste dran.«

»Nein.« Rhom schüttelte entschieden den Kopf. »Nein, Dion ist bis jetzt noch nicht in Gefahr.«

Aranur hob fragend die Augenbrauen, und sogar Gamon sah den jungen Mann neugierig an.

»Ich weiß es einfach«, sagte Rhom trotzig, als wolle er sich selbst überzeugen. »Bis jetzt ist sie noch in Sicherheit. Wenn wir uns beeilen …«

Aranur legte eine Hand auf Rhoms Arm und versuchte, nicht an Shilia zu denken. »Wir werden uns beeilen«, versprach er grimmig.

Sie ließen die Leichen einfach an Ort und Stelle liegen. Aranur nahm nur Bentols schlaffen Körper mit und band ihn sorgfältig auf dem Sattel des fünften Dnus fest. Sie würden die traurige Last später nach Hause bringen.

Als sie sich nun schnell aus dem Stall entfernten, saß Mankarr steif und mit ausdruckslosen Augen im Sattel. Aranur ritt näher zu ihm heran und legte seine Hand auf den Arm des Kaufmannes. »Ist es wegen Bentol?« fragte er.

Der andere Mann nickte.

»Was hat dir Bentol bedeutet, Mankarr?«

»Nicht Bentol … Altiss«, berichtigte der Kaufmann mit schwankender Stimme. Die Tränen rannen über sein schmutziges Gesicht, aber er bemerkte es nicht.

»Er war mein Bruder.«

VIII *Ember Dione maMarin:* Flucht durchs Feuer

Mit kühnen Herzen fliegt das Glück
Wie Aiueven hoch in den Lüften

Drei Wachleute hatten die Graue mit Stricken so gefesselt, daß sie das knurrende und tobende Tier in jede Richtung ziehen und sich so die Fänge vom Leib halten konnten. Dion schlug, wie Bentol es ihr prophezeit hatte, klagend und vor Wut heulend mit den Fäusten auf den Boden und spürte, wie die Raserei der Wölfin ihre eigenen Gefühle überwältigte. Er hat ein etwas zu farbenprächtiges Bild von mir und Rhom gemalt, dachte sie wütend. Für einen Kurzauftritt mochte es reichen, aber würde es den wachen Augen und Ohren eines schlauen Tamrin wie Clintner auch auf längere Zeit standhalten? Eine Stumme, die singen, aber nicht sprechen kann? Sie befürchtete, daß Clintner, dessen Augen so lüstern auf ihrem Körper geruht hatten wie auf den Mädchen, die vor ihm auf der Bühne gestanden hatten, sie wahrscheinlich liebend gerne einer Überprüfung unterziehen würde. Wieder stieß sie einen schrillen, markerschütternden Schrei aus, und von Hishn war ein dreistimmiges Heulen zu hören, Türen wurden zugeschlagen, und plötzlich kam der Herr und Meister persönlich in den Hof, um zu sehen, warum seine wertvolle Beute einen derartigen Lärm veranstaltete.

»Das sind die Stumme und die Wölfin!« rief der Lieutenant, auf die Männer deutend, die Hishn davonzerrten. »Seit wir sie getrennt haben, spielen sie beide verrückt.«

»Du da!« Clintner wies auf Shilia, die zumindest äußerlich ruhig zu sein schien. Er mußte brüllen, um den Lärm zu übertönen. »Was ist mit ihr los?«

»Woher soll ich das wissen ...«, die Stimme des Mädchens betonte die nächsten Worte besonders sarkastisch, »mein Herr und Meister.« Sie zuckte verächtlich mit den Schultern. »Wenn sie zusammen sind, dann ist das Mädchen ein harmloser Schwachkopf, und der Hund ist wie ein Baby.«

Dion hatte den Eindruck, als würde Ob Clintner sie, hätten es ihm die Gesetze des Harems nicht untersagt, nur zu gerne niederschlagen, um sie zum Schweigen zu bringen. Da der Lärm nicht aufhören wollte, machte Clintner schließlich eine zornige Handbewegung. »Bringt den Wolf zurück«, befahl er.

»Sir!« rief der Lieutenant, wirbelte herum und befahl den Männern, zurückzukommen. Bei Dion angekommen, legte sich Hishn leise keuchend neben sie, während Dion niederkniete und wieder und wieder in Clintners Richtung in der Erde scharrte. Shilia hustete, um ihr Lachen zu überspielen. Für sie ist das bestimmt lustig, dachte Dion säuerlich, während sie ein Niesen unterdrückte. Sie muß ihre Nase ja auch nicht in den Staub stecken.

»Zieh die Stumme hoch. Sie sieht ja aus wie ein Bettler mit hysterischen Anfällen«, befahl Clintner seinem Lieutenant. »Bringt die anderen zu den Frauen. Sag Marash, sie soll mir zwei von ihnen für heute nacht vorbereiten. Morgen früh zeichne ich die letzte.« Er wandte sich wieder der Wolfsläuferin zu und betrachtete zögernd die Seile, die immer noch um den Nacken der Wölfin geschlungen waren. »Und weil diese hier ihren Hund so sehr liebt, sollen sie zusammen im Wachhaus liegen, bis ich nach ihnen rufe.« Sobald er seine Anweisungen erteilt hatte, würdigte er Dion keines Blickes mehr, und da sich die Soldaten beeilten, seinen Befehlen nachzukommen, hatte Dion keine Gelegenheit, Ainna, die ihr am nächsten war und die die größte Angst hatte, ein Zeichen zu geben oder einen beruhigenden Blick zuzuwerfen.

Bei dem Gedanken an die Panik der anderen Mädchen drängte sich ihr plötzlich eine neue Frage auf, hinterhältig wie eine Schlammschlange, die unerwartet aus dem Sumpf herausschießt: Würde Clintner sie in Ruhe lassen? Wenn Bentols Geschichte ihn überzeugt hatte – und Dion war sich dessen nicht so sicher –, dann ließ er seine Finger vielleicht noch für eine Weile von ihnen, zumindest so lange, bis er begriffen hatte, daß diese Geschichte nicht der Wahrheit entsprach. Trotzdem fühlte die Wolfsläuferin, als sie sich jetzt leise an Hishn schmiegte und ihr wie die Idiotin, als die sie Shilia bezeichnet hatte, das Fell streichelte, wie ein eiskaltes Gefühl des Unbehagens von ihr Besitz ergriff. *Einmal als Haremsfrau gezeichnet, für das ganze Leben unfrei.* Im Moment brauchte Dion nicht an dieses Sprichwort zu denken. Wenn Clintner versuchen sollte, sie zu zeichnen, würde es Zeugen geben, um die man sich zu kümmern hätte – nicht nur den Kaufmann, sondern auch den Haremsvorsteher, zwei weitere Bedienstete aus den Frauengemächern, zwei von Clintners Leuten und Clintner selbst. Keine guten Aussichten. »O Rhom«, flüsterte sie, »bitte beeile dich.«

In den ersten Minuten hatte sie sich keine Sorgen um ihren Bruder, Aranur oder sonst jemanden gemacht – der Schock des Angriffs erfüllte sie von einem Moment zum anderen mit wilder Angst, und sie hatte nur noch daran gedacht, wo ihr Messer landen würde. Aber jetzt, als ihre Füße über die harten Pflastersteine des Hofes trotteten und das silberne Blitzen der Soldatenspeere sie in Richtung des steinernen Wachhauses lenkten, dachte Dion noch einmal über die Attacke nach. Clintner schien ihr nicht der Mann zu sein, der kurzentschlossen einen Überfall befahl. Wahrscheinlich, so erkannte sie jetzt, hatte Clintner schon in dem Moment damit begonnen, einen Plan auszuhecken, als Bentol ihn überboten hatte. Clintners Versuch, dem Händler Dion und Rhom wegzunehmen, hatte ihn lediglich dazu verführt, sich nicht mit einer einfachen Revanche zufriedenzugeben, sondern Bentol einen hohen Blutzoll für seine Unverschämtheit zahlen zu lassen.

Wie dumm von ihr, daß sie daran nicht gedacht hatte. Hätte sie nicht der Grauen an ihrer Seite leise ihr Leid geklagt, dann hätte sie vor lauter Ekel auf die blankgewienerten schwarzen Stiefel der Soldaten gespuckt, die sie über die Steine führten. Hishn war schon nervös genug, sogar Dion war unruhig; warum, zur zweiten Hölle noch mal, hatte sie nicht zugehört, als die Monde ihr etwas mitteilen wollten? Und jetzt? Mehrmals sah sie sich verstohlen um und mußte zugeben, daß Clintners Haus hervorragend gegen eine Attacke oder Belagerung gerüstet war. Ein gut geplanter Überfall, ein guter Stützpunkt. Als sie bemerkt hatte, daß Clintner sie in sein eigenes Haus brachte, war sie einen Moment lang überrascht gewesen; der Plan schien ihr zu offensichtlich, aber andererseits spielte das keine große Rolle, wenn es niemanden mehr gab, der die Verfolgung aufnehmen konnte. Ihr Jammern brach fast ab. *Rhom?* Sie sandte den Gedanken mit Hishns verstärkender Unterstützung aus. *Rhom!* Wieder wurde ihr mit einem Schlag bewußt, daß Clintner niemals das Risiko eingegangen wäre, seine Beute zu verlieren und den Überfall an die Öffentlichkeit gelangen zu lassen; die Stadtväter sahen es nicht gerne, wenn der Friede der Stadt gestört wurde, ganz egal, ob er – oder sie, wie sich Dion ins Gedächtnis rief – nun angriff oder sich verteidigte.

Sie hielt den Kopf gesenkt und verbarg die Wut auf ihrem Gesicht in der Dunkelheit, bis sie vor dem Wachhaus ankamen. Die hellen Fackeln, die an den grauen Wänden brannten, trafen sie mit einem quälenden Lichtschein und zwangen die Wolfsläuferin dazu, sich besser unter Kontrolle zu halten. Hishn spürte die Furcht der Frau, als die erste Wache die erste Tür entriegelte. Sie knurrte und legte die Ohren an, die kurzen, borstigen Haare auf ihren Schultern stellten sich kaum merklich auf.

Hier geht es um mehr als undeutliche Eindrücke und unangenehme Gerüche, sagte Hishn und stieß Dion dabei so heftig mit der Schnauze an, daß die Heilerin beinahe das Gleichgewicht verloren hätte. *Dieser Ort ist so kalt wie das Herz einer sieben Tage alten Leiche.*

Was für ein anheimelnder Gedanke, gab Dion zurück, die sich gerade einhundert Fluchtarten ausdachte, von denen keine sie so weit von Clintner wegbrachte, daß sie nicht einen Speer in den Rücken oder Hishn einen Pfeil abbekommen würde. Die Graue achtete nicht auf Dions Gedanken und knurrte drohender, als die Soldaten die schwere Türe öffneten, aus der die Dunkelheit wie etwas namenlos Böses heraustrat. Die Fackeln drängten es ein wenig zurück, in das Wachhaus hinein, aber Dion spürte kein Verlangen einzutreten.

Es ist kalt und tot, witterte die Wölfin. *Es riecht nach alten Schuhen und altem Leder, nach altem Blut und Staub.*

Dion lief es eiskalt über den Rücken. Als der Soldat zurücktrat und sie mit einer Geste aufforderte, vor ihm hineinzugehen, wich sie zurück. Die Zelle war dunkel, mit nur einem kleinen vergitterten Fenster als Lichtquelle. Die Steine hier drinnen sahen so kalt aus wie die des leeren Hofes. Stahl und Stein im Überfluß, und nur ein kleiner Tropfen Blut, um es zu wärmen. Dann hielt sie inne. Vielleicht, ja vielleicht konnte eine schrille Stimme diese Gitterstäbe biegen.

Diese Stimme hatte sie bereits vor einer Nacht im Harem bewahrt, und zumindest, so dachte sie, hatte sie dann eine bessere Chance zur Flucht, als wenn sie in einer gemauerten Zelle eingeschlossen wäre; sie hatte niemals gelernt, Schlösser zu öffnen, und wenn sie den Schlüssel für die Tür nicht stehlen konnte, dann würde sie hier sitzen, bis Clintner sie holen ließ. Dann mochten die Monde Shilia und den anderen beiden in der Zwischenzeit helfen. Aber, erinnerte sie sich, die Monde stehen denen bei, die sich selbst zu helfen wissen, und die Maske, die sich Bentol für sie ausgedacht hatte, konnte ihr, zusammen mit den geltenden Haremsgesetzen, vielleicht nützlicher sein, als sie zuerst gedacht hatte.

Dion begann lauter zu heulen, bis die Wache schließlich zur Seite trat und die beiden hineinstieß; dann begann sie zu winseln und zu jammern, während Hishn das Stichwort aufgriff und ihrerseits gräßlich aufjaulte. Ein langes, klagendes Geheul, das ihnen die Nackenhaare aufstellte, dachte die Heilerin zufrieden. Eines, bei dem sie sich in zwei Ninans immer noch die Ohren zuhalten werden, wenn sie beim Geräusch des Windes aufwachen und fürchten, die Wölfin sei auf ihr Blut aus.

»Schscht«, zischte eine der Wachen und sah sich nervös um. »Ruhe jetzt.« Er stieß Dion mit einer Hand halb in die Zelle, aber sie fiel auf die Knie, und er zog erschrocken die Hand zurück.

»Um des Mondes willen, Jontis, du kannst deinen Arm verlieren, wenn du so was tust«, sagte einer der anderen Wachtposten.

»Sie ist von allein hingefallen«, verteidigte sich der erste. »Ich hab sie nicht mal angefaßt. Verdammt, Frau, halt's Maul!«

Sie empfand ein perverses Vergnügen dabei, noch lauter zu jammern, und mußte der plötzlichen Versuchung, vor Lachen laut herauszuplatzen, widerstehen, während sie gleichzeitig Bentols Phantasie immer heftiger verfluchte.

»Vielleicht hat sie Angst vor der Wachhütte«, überlegte ein anderer.

»Dann stell doch eine Fackel für sie hinein, damit sie sich ganz wie zu Hause fühlt«, erwiderte Jontis sarkastisch und gab sich redlich Mühe, Hishns Heulen zu übertönen. »Mit so einer Stimme will Clintner sie bestimmt so weit wie möglich von sich fernhalten, wenn sie nicht gerade in seinem Bett liegt.«

Der untersetzte Wachmann neben Jontis fiel fast um, als Hishn erneut an ihrem Strick zerrte. Das Taumeln des Wächters verschaffte der Wölfin genug Raum, um einen weiteren Meter von der Zelle zurückzuweichen. Erneut versuchte er die beiden hineinzudrängen, indem er Dion von hinten anstieß und zugleich versuchte, sich so weit wie möglich von Hishn fernzuhalten. Dion drehte ihr entsetztes Gesicht den Wachen zu und heulte so markerschütternd, daß es selbst dem geräuschunempfindlichsten Zuhörer den Magen umdrehen mußte, während Hishn ein erstaunliches Repertoire an verlorenem Wolfsgeheul zum besten gab und an den Stricken zerrte, daß alle beinahe das Gleichgewicht verloren.

»Beeilung!«, brüllte der hochgewachsene Wächter durch den Lärm. »Wenn Clintner den Radau hier draußen hört, läßt er uns alle zu Dnu-Fleisch verarbeiten.«

Jontis sah einen Moment lang so aus, als würde er jeden Moment auf den anderen Mann einschlagen, und riß dann wieder an den Stricken, an denen Hishn herumzerrte.

»Was soll ich denn machen, Gordy? Sie einfach reinschmeißen?«

Das versuch mal, dachte Dion hinterlistig. Sie wußte nur zu genau, daß keiner der Wachen sie anrühren durfte, ohne daß er damit den Verlust seiner Hände durch die Axt des Richters riskierte.

»Warum lassen wir sie nicht einfach hier an der Tür stehen?« rief derjenige, dessen Fingernägel vom Beerensaft verfärbt waren. »Hier auf der Schwelle geben sie wenigstens einigermaßen Ruhe«, fügte er hinzu, »und Clintner wird sie sowieso bald sehen wollen.« Er trat zurück, und Dion und Hishn ließen sich wieder auf den Steinen nieder. Sie streichelte den Wolf und winselte dabei leise. Wenn sie noch einige Zeit so weitermachen mußte, würde ihre Stimme bald heiser werden, und sie mußte sich selbst ermahnen, nicht zu lachen.

Es war genauso, als würde man die Tür zu einer Kirmeskapelle öffnen, dachte sie. Auf – zu.

»Wir können sie auch hier bewachen«, schlug der andere vor. Er keuchte noch heftig vom Kampf mit Hishn und entspannte zuerst die eine, dann die andere Hand, behielt den Strick mit einer Hand jedoch immer noch fest im Griff. »Ich wette fünf Silberstücke, daß Clintner in einer halben Stunde mit ihnen fertig ist.«

»Elende Mondwürmer, klappt denn heute abend überhaupt nichts?« fragte Gordy ärgerlich. »Los dann, macht, was ihr wollt, aber ich bin nicht dafür verantwortlich. Dann bleibt ihr drei eben hier und bewacht sie. Hockt von mir aus die ganze Nacht hier herum, im Zweifelsfall rollen dann eure Köpfe.« Mit diesen Worten stampfte er zurück zum Tor und schloß die Tür zum Innenhof auf.

»Dann bewachen wir hier also eine Idiotin und einen dreckigen Köter«, schnaufte Jontis.

»Es war deine Idee, Jontis. Jetzt sitzen wir mit ihnen fest, es sei denn, du willst Clintner bei seinen Geschäften unterbrechen, oder du versuchst, sie sonstwie ins Wachhaus hineinzukriegen.«

»Mit dieser Stimme kann sie bestimmt sogar Stahl verbiegen«, brummte der erste Wächter wütend. »Wenn euch etwas einfällt, wie wir sie hineinkriegen, ohne Clintner zu verärgern, dann bin ich dabei.«

Der Streit war bald erloschen, also fuhr Dion unbeirrt mit ihrer Winselei fort, um auf diese Art die Aufmerksamkeit der Wachtposten einzulullen und auf ihre Chance zu warten. Aber schon nach fünfzehn Minuten wurde ihre Stimme rauh – sie hatte seit Stunden nichts mehr getrunken, und ihre Lust, weiterhin die Idiotin zu spielen, wurde zusehends geringer. Zudem kroch die Kälte durch ihren Umhang hindurch bis zu ihrem Hinterteil; es konnte sich nur noch um Minuten handeln, bevor sie zu kalt wurde, um zu handeln. Sie rutschte unbehaglich hin und her, und dann mußte sie ein weiteres Mal ihr Gesicht wegdrehen, um ihre Überraschung zu verbergen, als sie oben auf Clintners Tormauer einen dunklen Umriß sah, der sich von dem erhellten Nachthimmel über der Stadt abhob. Sie blinzelte, dann war die Gestalt verschwunden. Rhom? Nein, die Gestalt war zu schmal gewesen. Tyrel vielleicht? Der Junge? Das würde Aranur niemals zulassen.

Aber vielleicht war Aranur gar nicht hier. Die Überlegung, daß ihnen nur der Junge gefolgt war, ernüchterte sie. Jedenfalls schwang sich nach ihm niemand mehr über die Mauer. Zuerst dachte Dion, daß er in den Schatten auf ihrer Seite des Hofes gesprungen war, aber die Dunkelheit war irreführend. Sie war sich nicht sicher, bis sie einen kurzen Blick auf seinen Umhang erhaschte, der um die Ecke des Wachhäuschens herumflatterte. Als hätte ihr Blick die Aufmerksamkeit auf ihn gelenkt, verschwand der Umhang plötzlich und zog sich in die tieferen Schatten zurück, die ihn verbargen. Dion begann, noch inniger zu winseln und eines der jammernden Wiegenlieder, die so charakteristisch für die Randonnen-Berge waren, zu rezitieren.

Neben den dreien, die Hishn und Dion nachlässig bewachten, befand sich noch ein vierter Wachtposten im Hof, der sich die meiste Zeit über gelangweilt in der Nähe des Tores herumtrieb, das in den größten Hof führte. Tyrel tauchte hinter dem Torwächter auf, als die Heilerin mit leicht heiserer Stimme leise zu singen anfing. Schaut her zu mir, befahl sie den Wächtern in ihren Gedanken. *Schau her zu mir, Hishn. Dreh deine Ohren hierher,* kommandierte Dion die Wölfin wortlos. Die beiden überschatteten Gestalten flossen ineinander, und der Torwächter war nicht mehr zu sehen.

Hishns Nüstern weiteten sich, als sie Tyrels Geruch wahrnahm und der Heilerin sofort sein geistiges Abbild übermittelte. Doch das war gar nicht nötig. Dion sah, wie der Junge in geducktem Spurt über den Hof gelaufen kam, wobei er die Schatten der Holzstöße, die nicht weit von dem Wachhäuschen lagen, als Deckung nutzte. Sie schwankte langsam mit dem Oberkörper hin und her, in der Hoffnung, die Wachen dadurch noch mehr abzulenken. Einer von ihnen runzelte die Stirn und drehte sich herum.

Tyrel schlug dem mittleren Wächter eins über den Kopf, woraufhin er mit einem leisen Seufzer zusammensackte. Das Messer aus Dions Schuh steckte bereits tief in der Kehle des Wachmannes zu ihrer Linken, aber der Wächter auf der anderen Seite sprang auf und zog das Schwert, während er sich anschickte, einen Schrei loszulassen. Der Junge und der Wolf sprangen ihn gleichzeitig an, und der überraschte Schrei des Wachmanns verstummte abrupt, als sein Kopf mit einem ekelhaften Geräusch gegen die Wand krachte.

»Bei allen Mondwürmern, Dion, bist du in Ordnung?« flüsterte Tyrel besorgt.

»Ja.« Hishn sprang leise knurrend von einem Wächter zum anderen und schnappte nach den zwei Männern, die noch schwach atmeten. Dion mußte mit aller Macht ziehen, um den Wolf fernzuhalten, aber bei allen Monden, es war schwer zu fassen, wie einfach, wie perfekt es abgelaufen war. Erst jetzt sah sie, daß zwei der Wachtposten noch atmeten. Sie zog ihr Messer aus dem Hals des dritten und begann plötzlich zu zittern. Es wollte ihr nicht mehr gelingen, das Messer zum Reinigen festzuhalten. Ihre Hände schienen vor ihren Augen zu verschwimmen, während das Blut von der Klinge tropfte. Tyrel sah sie scharf an, zog sie an sich und hielt sie einen Moment lang fest, wobei er den Schwertknauf unbeabsichtigt in ihre Seite drückte und seine schlaksigen Knochen hart gegen ihren zitternden Körper preßte. »Tief durchatmen«, flüsterte er verlegen. »In ein paar Minuten sind wir hier draußen.«

Dion schluckte, schnappte nach Luft und kämpfte damit gegen die Schluchzer, die ihre Rippen hin und her schüttelten; verlegen befreite sie sich aus seiner Umarmung und wischte das Messer ab. Sie achtete sorgfältig darauf, es nicht fallen zu lassen, als sie es wieder in die verborgene Scheide zurücksteckte. »Die anderen ...« Am liebsten hätte sie den ekelhaften

Geschmack, den der Tod des Mannes hinterlassen hatte, einfach ausgespuckt. Er war ihr so zuwider wie verdorbenes Fleisch. »Die anderen sind in den Frauengemächern, irgendwo im hinteren Teil des Hauses.«

»Ich weiß«, gab Tyrel zurück und zog die Körper der Wachleute in das Wachhaus. »Ich bin unter der Kutsche mitgekommen und habe alles mitangehört. Hier …« Er fing an, an den Uniformen zu zerren. »Zieh das an. Vielleicht kommen wir damit durch.« Er war also allein gekommen. »Tyrel, nur Frauen können in den Harem hinein. Hishn kann mich begleiten, da man jetzt weiß, wer wir sind, aber wenn wir uns wie Männer anziehen, kommen wir niemals auch nur in die Nähe der Mädchen.«

»Was schlägst du dann vor? Man hält mich niemals für ein Mädchen, nicht einmal in weiten Hosen.«

»Du ziehst die Uniform an, und ich bleibe, wie ich bin. Wir gehen einfach hinein, als gehörten wir dahin. Bring Hishn und mich zu – wie war noch gleich ihr Name – Marash und sag ihr, daß Clintner jetzt alle drei Mädchen sehen will.«

»Hört sich gut an«, sagte Tyrel unsicher. Er zögerte einen Moment, und da wurde ihr mit aller Deutlichkeit bewußt, daß er erst fünfzehn Jahre alt war. »Mir fällt auch nichts Besseres ein«, gab er dann zu. »Durch das Nebentor?«

Sie schüttelte den Kopf. »Küche. Dort ist es jetzt wahrscheinlich ruhig, und wenn nicht, kannst du immer noch sagen, du wolltest etwas zu essen haben, bevor dein Dienst anfängt.«

Aber das Glück schien mit dem vierten Mond, in der Küche herrschte Dunkelheit, sie war bereits für die Nacht geschlossen. Hishn glitt wie ein Geist neben ihnen her, als sie langsam durch den Korridor zum Haupthaus schlichen. *Schritte* – kam der warnende Hinweis der Wölfin, einen Moment, bevor der Klang Dions Ohren erreichte, und schon verschmolzen sie mit den Schatten eines dunklen Raumes und warteten. Die Soldaten gingen vorbei. Tyrel und Dion holten wieder Luft. Hishn warf einen verächtlichen Blick auf die beiden Männer, die den Korridor bewachten, schnaubte leise und setzte ihren Weg zum hinteren Teil des Hauses fort. Tyrel blickte hinaus, dann schlichen beide hinter der Grauen an der Wand entlang, hinter der Gekicher, Lachen und dann der wirkliche, grausame Grund der Freude zu hören waren. Ainna, Tyrels jüngste Schwester, weinte. Die Frauen hatten ihren Spaß mit den neuen Mädchen. Der Junge wurde starr vor Anspannung, und Dion legte eine Hand auf seinen Arm, folgte ihm nach links und trippelte ergeben um die Ecke vor den Haremswächter.

»Was wollt ihr denn?« grummelte er. Er war über zwei Meter groß und wog mindestens soviel wie Tyrel und Dion zusammen. Ohne Kampf werden wir hier nicht herauskommen, sagte sich die Wolfsläuferin.

Ein Sprung, dachte Hishn. *Ein Satz, und er gehört mir …*

Warte noch, meine Graue. Wir können jetzt keinen Alarm riskieren.

»Diese hier soll vorbereitet werden«, gab Tyrel mit lässiger Vertraulichkeit an. »Clintner will die anderen jetzt sehen.«

Der Wachmann öffnete die Tür und wies Tyrel an, vor der Schwelle zu warten. Die Frau, die Marash sein mußte, kam eilig zur Tür, und ihre harten, eifersüchtigen Augen straften ihre sanfte Stimme Lügen, während sie einen schnellen Blick auf Dion warf, voller Zorn über die Schönheit der Jüngeren.

»Die zwei, nach denen gefragt wurde, sind fertig, guter Mann.« Sie drehte sich um, und Ainna und Namina, von Kopf bis Fuß in Schamesröte getaucht, wurden herbeigebracht. Die Heilerin war schockiert. Die Mädchen waren in fast durchsichtige Schleier gehüllt, und die schweren Juwelen, die ihre Gesichter bedeckten, drückten auch ihre Schultern nach unten. Man hatte sie gründlich einparfümiert, so daß sie beim Laufen einen starken Blumenduft verbreiteten. Shilia wurde gerade auf dieselbe Art vorbereitet. Es befanden sich mindestens zwanzig Frauen in dem Raum.

»Das sind ja nur zwei. Man hat mir aufgetragen, alle drei zu bringen«, stellte Tyrel mit kritischem Stirnrunzeln fest. Die Mädchen erkannten seine Stimme, und ihre Augen weiteten sich, senkten sich jedoch sogleich schamhaft, als ihnen einfiel, daß ihr Bruder sie unbekleidet, hergerichtet zu Clintners Vergnügen, gesehen hatte.

»Davon hat Gementel aber nichts gesagt«, widersprach Marash. Sie sah Tyrel genauer an. »Dich kenne ich gar nicht, oder?

Die Wache an der Tür drehte sich bei diesen Worten herum und zog ihr Schwert, aber Tyrel war schneller. Der Junge rammte den Griff seines Messers mit voller Wucht gegen den Solarplexus des Wächters und schlug ihm dann, als er kerzengerade stand, noch einmal damit gegen die Schläfe. Dion sprang Marash an, zog ihr Messer und drehte die Haremsfrau so herum, daß sie vor ihr stand, mit dem Messer an der Kehle. Hishn machte einen gewaltigen Satz nach vorn; der Tod blitzte in ihren Augen, und Marash erstarrte im Griff der Wolfsläuferin.

»Ein Ton, und sie stirbt, und der Wolf wird den Rest von euch zeichnen«, sagte Dion heiser und drohend in die entsetzte Stille hinein. »Tyrel, geh jetzt!« Shilia schlug die Hände weg, die sie festhalten wollten, und rannte zu ihrem Cousin. Bei einem der Alkoven blieb sie kurz stehen und beugte sich hinein, um ein paar schwere Umhänge mitzunehmen.

»Dion!« rief der Junge. »Los!«

Doch dann sah sie, wie einige Frauen den Mund zum Jammern oder Schreien öffneten. »Sobald ich mich umdrehe, bricht hier die Hölle los. Geh! Die Graue ist bei mir. Wir holen euch ein.«

Tyrel zögerte. Er war hin und her gerissen zwischen dem Wunsch, die Mädchen zu retten und der Notwendigkeit, Dion deswegen allein in Clintners Haus zurücklassen zu müssen. »Geh!« rief sie erneut.

Namina warf sich einen der Umhänge um die Schultern,

und Shilia tat das gleiche bei sich und Ainna. Tyrel sah sich noch einmal um und versicherte Dion: »Ich komme wieder.« Dann jagte er mit den Mädchen den langen Flur entlang, wo das Tappen ihrer Füße durch den dicken Teppich fast völlig verschluckt wurde, bis sie durch die dunkle Küche flüchteten. Die Haremsfrauen sahen plötzlich etwas weniger panisch aus, als sie feststellten daß sie es nur noch mit einem Mädchen und einem großen Hund zu tun hatten.

»Und wie lange willst du uns auf diese Art hier festhalten?« flüsterte Marash mit haßerfüllter Stimme. »Ich glaube nicht, daß du das tust, was du sagst.«

»Ach ja?« Die Wolfsläuferin drückte ihr das Messer fester gegen die Kehle, und auf der bleichen Haut erschien eine dünne, rote Linie. »Das glaube ich schon. Und wenn mir nicht danach ist, dein ganzes Blut langsam aus dir herauslaufen zu lassen, dann fallen mir sicher noch einige andere ziemlich unangenehme Methoden ein. Würde dich Clintner auch noch haben wollen, wenn deine Nase so zerschlitzt wie ein Dnu-Huf wäre? Oder wenn dir die Graue mit ihren Pfoten deine Augen aus dem Gesicht herausreißt?« Sie machte mit dem Kinn eine Bewegung zu den anderen Frauen, die zum Teil kaum mehr als Mädchen waren. »Und was ich dir antue, davon bleiben auch die anderen nicht verschont.«

Marash wurde bleich, und Dion stellte fest, daß die Frauen für einige Minuten so schockiert waren, daß sie keinen Mucks wagten. Aber schon bald würde jemand die Wache an der Tür bemerken, die immer noch offenstand. »Alle flach auf den Boden legen«, blaffte sie. »Sofort.« Das Haremstraining schlug durch, und die jungen Frauen gehorchten schnell und ohne Widerworte. Dion schlug Marash gegen die rechte Schläfe, und die Frau brach zusammen. Hishn hielt derweil die anderen Frauen knurrend in Schach. Eine Frau machte einen Versuch aufzustehen. Die riesige Wölfin sah sie drohend an und schnappte nach ihrer Hand. Die Frau unterdrückte einen Schrei und riß ihre Hand aus den scharfen Fängen der

Grauen. An der Tür zog Dion den Wächter nach innen. Bei allen Monden, der Kerl wog kaum weniger als ein Dnu. Ohne das Adrenalin, das ihre Adern durchpulste, hätte sie es wohl niemals geschafft, und selbst so war es noch ein schwerer Kampf. Bis jetzt war noch niemand durch den Korridor gekommen. Da ihr nichts Besseres einfiel, nahm die Wolfsläuferin eine Öllampe und warf sie auf den Boden. Jemand schrie voller Angst auf, aber die Flammen hatten sich bereits in den Teppich gefressen und rasten auf die Tür zu. Dion rief, und Hishn sprang auf sie zu. Dann waren sie auch schon durch die Tür hinaus, während der gewaltige Riegel schwer an seinen Platz zurückfiel. Jetzt hieß es, den langen Korridor hinab und in den ersten dunklen Raum hinein, den sie erreichten. Dion keuchte. Sie war vollgepumpt mit Adrenalin, und die Anspannung straffte ihre leichte Gestalt. Sie griff nach einem der Soldatenumhänge, die an der Wand hingen, und warf ihn sich über die Schultern. Im Dunkeln würde man ihre schwarzen Hosen lange genug für Uniformhosen halten, um hier herauszukommen. Zumindest hoffte sie das.

Sie mußten durch eines der Fenster hinausklettern – sogar nachts war die Gestalt der Wölfin zu auffällig. Verdammte Mondwürmer, fluchte sie leise. Die Schreie aus dem Harem waren jetzt deutlich zu hören. Der Teppich dämpfte rasch näher kommende Schritte, und zwei Männer rannten vorbei. Es dauerte nur eine Sekunde, bis das Fenster geöffnet und Hishn hinausgesprungen war. Die Wolfsläuferin wollte ihr gerade nachsetzen, als unter ihr drei Personen um die Ecke bogen, die Wölfin erstaunt anriefen und sofort die Verfolgung aufnahmen. Einer von ihnen kam zu nahe und stürzte unter den reißenden Fängen der Wölfin zu Boden, aber die anderen zwei zogen sich zurück und riefen nach noch mehr Soldaten, die ihnen beim Einfangen des Tieres helfen sollten. Selbst mit all diesen Männern im Hof war Dion kurz versucht, gemeinsam mit der Wölfin ihr Glück zu wagen, aber hinter ihr ertönten jetzt andere Stimmen:

»Feuer! Feuer im Harem!« Mit einem Mal schienen die Räume vor Aktivität zu zerbersten. Inzwischen waren zu viele Männer in den Hof hinuntergerannt – jetzt mußte sie versuchen, durch das Tohuwabohu im Inneren des Hauses zu entkommen. Im Korridor rannten viele Menschen konfus durcheinander. Frauen wurden hindurchgetrieben, und niemand bemerkte, daß Dion in ihrem geliehenen Umhang und der Kriegshaube, die sie sich eilig auf den Kopf gestülpt hatte, nicht dazugehörte.

»Du da, und du!« brüllte der Lieutenant ihr von der Treppe aus zu. »Die Pumpen besetzen, vom Schuppen aus! Du organisierst die Löschkette! Los, Bewegung!«

Dion rannte los, in einen anderen Mann hinein. Sie erreichte die Tür und hastete die Stufen hinunter, an zwei Soldaten vorbei, die heraufgehastet kamen. Einer von ihnen riß im Vorübergehen ihren Umhang auf und sah, daß sie darunter Haremskleidung trug.

»He du! Bleib stehen!« Er griff nach dem Arm der Wolfsläuferin. »Wo willst du hin?« Er wandte sich dem anderen zu, als wolle er sich für diese Berührung rechtfertigen. »Die hier versucht abzuhauen.«

»Na dann, zeichne sie und bring sie wieder ins Haus zurück. Clintner wird sich später um sie kümmern.«

Unterwerfung heuchelnd, ließ sie die Schultern sinken, aber noch im Umdrehen schoß ihr Bein nach schräg oben, und sie traf ihn verteufelt gut, zuerst am Knie und anschließend im Unterleib. *Graue, wo bist du!* rief sie wie wahnsinnig in ihren Gedanken. Der Mann stöhnte auf, krümmte sich, und schon schlug sie ihm mit voller Kraft auf den Nacken und schmetterte ihr Knie gleichzeitig in sein Gesicht. Sie spürte seine harten Zähne auf ihrer Kniescheibe, seine Nase knirschte, und sein Kiefer knackte. Im nächsten Augenblick starrte sie wutentbrannt in das schockierte Gesicht des anderen Mannes.

»He!« rief er und griff sie nach einer Schrecksekunde an. »Du verdammtes Luder!«

Aber schon blitzte ihr Messer auf, und sein Handgelenk färbte sich in einem rubinroten Strom. Als der Kerl nach Luft schnappte, packte sie ihn mit der anderen Hand an der Kehle und rammte ihm den Knauf ihres Messers in den Solarplexus. Es betäubte ihn nur für einen Moment, doch lange genug für sie, um ihn, gemeinsam mit seinem Kumpan, die Stufen hinunterzuwerfen. Atme, ermahnte sie sich selbst, drehte sich um und floh von den reglosen Körpern, hinein in die Dunkelheit und das Durcheinander.

Sie erreichte das Tor, ihr Mantel flatterte wie ein Bono-Vogel, und gerade hatte sie den dunklen Schatten der Wölfin auf der anderen Seite des Hofes wahrgenommen, als eine Gestalt aus der Dunkelheit heraustrat. Er öffnete den Mund, um laut Alarm zu rufen, aber da hatte sie sich bereits auf ihn gestürzt. Sie wollte mit dem Messergriff zuschlagen und dabei die Klinge unter dem Handgelenk verborgen halten. Mit einer Art sechstem Sinn schien er den Schlag jedoch vorausgeahnt zu haben und hielt sofort dagegen, indem er ihr auf die Wange schlug. »He …« Sein Schrei verstummte, als sie ihm an die Kehle gehen wollte, aber auch dieser Vorstoß ging durch seine geschickte seitliche Drehung ins Leere. Er ist zu gut für mich, dachte sie beim Kämpfen verzweifelt. Sie rief in Gedanken um Hilfe. *Hishn!* Der Mann packte sie an den Schultern und drehte sie zu sich, sie ging mit der Bewegung mit und gleichzeitig zu Boden, wollte ihn über sich schleudern, aber er verkrallte sich in ihre Haare und riß sie mit sich. Schwer schlugen sie beide auf dem Boden auf. Wieder blitzte ihr Messer auf, aber er fegte es beiseite und hatte im nächsten Moment ihren Arm in einem festen Kontrollgriff gepackt. Sie tat so, als würde sie zusammenbrechen, und drehte sich sofort aus seinem Griff, als er kurz lockerließ. Er war in der Dunkelheit nicht schnell genug, um ihrem anschließenden Tritt auszuweichen, der in seinem steinharten Unterleib landete. »Dion!« zischte er und erstickte ihre Gegenwehr mit ihrem Umhang, der sie vor kurzem noch geschützt hatte.

Ihr zweiter Tritt ließ beide an der Mauer des Hofes hochschnellen, ihr Rücken schmerzte, und die Luft entwich pfeifend aus ihren Lungen, als er schwer auf sie fiel. »Aranur?« stieß sie hervor. »Du? Hier?«

Er hob sie mitsamt dem Umhang auf, stellte sie auf die Füße und riß sie in seine Arme. Schon eilte er mit großen Schritten auf die Mauer zu und sagte: »Wir müssen uns beeilen. Die Tore sind verschlossen, und wahrscheinlich zünden sie jeden Moment das Licht hier im Hof an.«

»Ich kann übrigens auch allein laufen«, erwiderte sie säuerlich, da er sie noch nicht abgesetzt hatte. Sie wurde rot, als sie sich an die anderen Gelegenheiten erinnerte, bei denen er sie berührt hatte. Aber seine Arme vermittelten ihr Schutz und Sicherheit, und plötzlich wurde ihr klar, daß ihr Herzklopfen nur zum Teil von der Anstrengung des Kampfes herrührte. Ihr Bein brannte an der Stelle, an der sich die Muskeln anfühlten, als seien sie erneut gerissen.

»Möchtest du nicht lieber reiten?« fragte er und duckte sich in den dunklen Schatten. Ein Mann ging vorbei, und beide hielten den Atem an.

»Noch lieber möchte ich fliegen«, flüsterte sie, während sie immer noch seinen Nacken umfaßt hielt. Die Soldaten verschwanden um die Ecke. Sie holte mit Mühe tief Luft.

Er sah den Soldaten kurz nach. »Wir kommen nicht mehr über den Hof hinüber, wenn wir nicht mit etwas anderem als unseren eigenen Beinen rennen. Hier geht's lang, Mylady.« Er setzte sie in der Dunkelheit der Wachstube ab, und sie flüchteten, immer im Schatten, zu den Ställen hinüber und schlüpften hinein.

»Aranur, die Kutsche. Und unsere Sachen!« rief sie leise aus. Diese lagen als unordentliche Haufen neben der Kutsche, die für eine Ausfahrt bereits vorbereitet zu sein schien. Clintner hatte noch keine Zeit gehabt, alles wegräumen zu lassen, vielleicht hatte er auch erwartet, daß er die Kutsche in dieser Nacht noch einmal benutzen würde.

Aranur wies auf die Tür. »Wir können die anderen unterwegs auflesen – ich habe sie unten am Haupttor zurückgelassen. Los, hol eure Sachen, ich kümmere mich um die Dnus und das Zaumzeug.« Er eilte zu den Ställen und brachte zwei Dnus herbei, die er fest an den Zügeln hielt, während er an der Wand mit dem Zaumzeug vorbeilief. Dion warf alles ins Kutscheninnere und rannte dann los, um ihm beim Aufzäumen der Dnus zu helfen, aber Aranur packte sie hastig an den Armen und schleuderte sie fast auf den Kutschbock hinauf. »Kannst du lenken?« fragte er und warf die Zügel hinterher.

»Ja.«

»Dann los. Ich halte uns die Soldaten vom Leib. Aber warte noch einen Moment.«

»Was tust du?« Sie hielt die Zügel in nervösen Händen. Jede Sekunde, die sie noch länger warteten, zog und zerrte an ihren Nerven. Sie konnten jeden Moment entdeckt werden. *Hishn?* rief sie.

Wo bist du? Verwirrt und panisch kamen die Gedanken der Grauen bei ihr an. *Deine Spur ist so verwischt wie deine Gedanken. Hier droht Gefahr – zuviel Gefahr für dich.*

Wir sind in den Stallungen, sandte Dion schnell zurück. Sie fuhr zusammen, als hinter der Kutsche Geräusche ertönten. »Aranur, komm. Wir müssen jetzt von hier verschwinden.« Die Dnus ließen sich von ihrer Aufregung anstecken und wurden bereits nervös.

»Ich verliere nur ein paar Freunde, um die Verwirrung hier auf den Höhepunkt zu treiben!« rief er leise zurück. Noch mehr Stampfen, dann wurde die hintere Schuppentür langsam und quietschend geöffnet. Dion sah unruhig zu, wie der schlanke, kräftige Mann zwei übereifrige Dnus zurückschob, bis sie dicht vor der Kutsche standen.

Hishns Gedanken erreichten die Heilerin genau in dem Moment, als sich Aranur hoch oben neben ihr auf den Sitz schwang. *Bis jetzt hat noch keiner an die Scheune gedacht. Die an-*

deren sind viel zu sehr mit dem Feuer beschäftigt. Ich kann schon das verbrannte Fleisch riechen.

Aranur lächelte grimmig und schleuderte zwei große Laternen ins Heu. Das Feuer breitete sich sofort aus und fraß sich in Sekundenschnelle durch die Scheune.

»Jetzt können wir los.«

Ohne zu warten, bis er sicher auf dem hölzernen Sitz saß, schlug sie mit dem Zaumzeug auf die Dnus ein und stieß einen wilden Schrei aus. Durch ihre Stimme erschreckt und vom prasselnden Feuer in Panik versetzt, machten die Dnus einen Satz vorwärts und jagten durch die Tür in den raucherfüllten Hof. Der Wagen wurde inmitten der kleinen Stampede hin und her geschleudert. Sie jagten an zwei von Clintners Männern vorbei, die in Richtung Haus rannten, und wirbelten einen dritten aus dem Weg, bevor die befreiten Dnus seitlich ausbrachen. Jetzt hielt Dion direkt auf das Tor zu, das zum Eingangshof führte. *Hishn, wo bist du? Verlaß sofort den Hof!* sandte sie eindringlich aus. Aranur, dessen Schwert fahl im Mondlicht leuchtete, hielt sich am Sitz fest, bereit, jeden niederzuhauen, der sich ihnen in den Weg stellte. Vier Männer stürzten aus der Dunkelheit hervor und sprangen die Kutsche an. Aranur säbelte ungerührt über die Hände des ersten, der sich an der Kutsche festhielt, und der Mann schrie auf, als die Knochen seiner Handgelenke plötzlich bloßlagen. Dion schlug noch wilder auf die Dnus ein und brüllte die Tiere an. Die anderen Soldaten kletterten bereits hinten an der Kutsche hoch, als Aranur aufs Dach kletterte und trotz der wilden Fahrt auf die andere Seite zu balancieren versuchte. Dion begnügte sich mit einem kurzen Blick auf die Kämpfer und konzentrierte sich auf die hohen, verriegelten Tore des Hofes, als könne sie durch reine Willenskraft dorthin gelangen. *Wenn wir es nur bis ans Tor schaffen* ... ein weiterer Schrei ertönte, dann das dumpfe Geräusch eines fallenden Körpers. Aranur kämpfte mit dem dritten Mann, während der letzte sich an der Seite der Kutsche entlang zu ihr nach vorne gehangelt und jetzt das Schwert gezückt hatte. *Hishn!* schrie sie. Aber die Gedanken der Grauen waren bereits im Jagdfieber versunken. *Staub, vorsichtig atmen. Sie kommen. Anspannen; springen. Aah – dieser Geschmack ... heißes, sehniges Fleisch ...*

Aranur verlor den Halt und stürzte nach vorne, beide Kämpfer kippten über das Gepäcknetz hinweg in den Schoß der Heilerin. Dion hätte es fast die Zügel aus den Händen gerissen, während die beiden Männer unbeirrt weiterkämpften. Der Kerl an der Kutschenseite versuchte, um die Ecke herum auf Aranur einzustechen, und Dion schrie auf: »Aranur, hinter dir!« Sie versuchte, die Dnus so zu lenken, daß der Mann sein Gleichgewicht verlor, indem sie nahe an einem Laternenpfahl vorbeijagte, aber Clintners Mann grunzte zwar auf, als seine Schulter gegen das Metall schlug, hielt sich aber noch so lange fest, bis ihn ein grauer Schatten von der Seite der Kutsche herunterriß. Hishn! Vier weitere Männer standen direkt vor der Kutsche, ihre Pfeile zielten auf alle Kämpfenden gleichzeitig. Dion riß die schnaufenden Dnus zur Seite, und das Geräusch von Metallhaken, die sich ins Holz bohrten, folgte ihnen noch bis in den Hof. Aranurs Muskeln glänzten vor Schweiß durch die Risse seines Hemdes, als er jetzt seine Hand langsam zur sich keuchend hebenden und senkenden Brust des Mannes schob. Kurz bevor das Messer ihn berührte, ließ Aranur es los, schlug dem Mann hart gegen das Kinn und schleuderte ihn von der Kutsche hinunter in den Staub.

Dion drehte eine wilde Runde, zurück zum Tor. Aranur schlug zwei weitere Männer zurück, die auf die Kutsche zu klettern versuchten. Direkt vor den keuchenden Dnus sprangen plötzlich drei Männer in die Höhe und versuchten, nach den Zügeln zu greifen. *Hishn!* schrie Dion wieder. Der graue Schatten riß einem der Männer, der gerade dabei war, sich auf eines der Dnus zu schwingen, die Bauchdecke auf. Der Mann schrie mit dünner Stimme auf. Ungläubig blieb er im Staub kniend zurück und preßte mit den Händen seine Eingeweide zurück. Aber der Schwung des wölfischen Angriffs ließ die

Kutsche zur Seite schleudern, und Dion bremste mit aller Kraft, als das edle Tier plötzlich unter die donnernden Hufe geriet. »O ihr gnadenreichen Monde«, stieß sie hervor. Aber schnell wie ein Lichtstrahl sprang die Wölfin unter den gewaltigen Hufen der Dnus heraus und durchtrennte mit einem Biß die Kniesehnen des Mannes, der Dion angefallen hatte, als sie einen winzigen Moment unaufmerksam gewesen war.

»Ihr Götter …« Ungeschickt trat sie nach seinem Kopf. Ihr Fuß traf ihn im Gesicht, er schnappte nach ihrem Fußgelenk und versuchte sie herunterzuziehen.

»Sei verdammt bis in die siebente Hölle«, knurrte sie ihn mit ebensoviel Angst wie Wut an. Sie versuchte, ihm in die Augen zu stechen, erwischte statt dessen aber die Nasenlöcher und drückte seinen Kopf zurück. Er starrte sie mit offenem Mund an, und ihr Absatz traf ihn unerwartet und heftig an der Kehle. Mit einem erstickten Gurgeln und zertretener Luftröhre ging er zu Boden, und seine Lungen japsten nach Luft, die nicht mehr in den Körper eindringen konnte, doch das gurgelnde Pfeifen verlor sich sogleich im Geratter der Wagenräder, die über seine Arme fuhren und sie mit einem widerlichen Geräusch brachen.

Blutgier, heiß und süß … Hishns Gedanken kamen nur noch in Bruchstücken an, und in Gedanken schrie die Wolfsläuferin laut auf.

»Los, Beeilung!« brüllte Aranur.

Hishn – zum Tor –

… spring. Halte dich im Schatten. Schleiche. Halt an. Jetzt – schnell, von unten, die Beine, dreh sie – brich ihm das Rückgrat …

Meine Graue! schrie Dion, die sich nicht mehr sicher war, ob sie vielleicht laut gesprochen hatte.

… blutheiß, heißer Blutgeruch … Heilerin? Ich bin bei dir …

Hishn, verschwinde von hier. Halte dich von den Bogenschützen fern, die erwischen dich schnell. Die Soldaten bestiegen bereits ihre Reittiere, die sie zum Schuppen zurückgetrieben hatten.

»Aranur! Dion!« Das war Tyrel. Die Torwache war verschwunden, und an ihrer Stelle stand Tyrel gegen das metallverstärkte Tor gelehnt, bereit, es sofort hinter ihnen wieder zu schließen.

Aranurs Atem kam stoßweise aus ihm heraus, und seine Hände waren blutrot. Er schleuderte ein Messer auf einen der Bogenschützen, der sich etwas zuviel Zeit zum Zielen genommen hatte. Voller verständnislosem Staunen darüber, daß sein Leben plötzlich durch eine Messerklinge beendet war, taumelte der Mann so lange rückwärts, bis er auf dem Boden saß. Die fliehende Kutsche hatte jetzt das Tor erreicht, eine graue Gestalt raste neben ihnen her, erst hinter, dann vor den Rädern, während links und rechts Pfeile vorbeizischten. Bei allen Monden, schwor sich Dion, wenn einer davon Hishn auch nur leicht verletzte, dann würde sie sofort umkehren und alle umbringen. Aber da sprang Tyrel auch schon auf die Kutsche zu, Aranur schnappte ihn bei den Armen und zog ihn gerade noch rechtzeitig vor den rasenden Rädern hoch.

»Da lang!« Der Junge zeigte zum äußeren Tor, wo sich eine Figur hoch zu Roß aus der Dunkelheit löste. Es war Rhom, der das Dnu herumriß und ihm die Sporen gab, damit es sich ihrem rasenden Tempo anpaßte und er sie beschützen konnte.

»Dion!« schrie er, als er sah, daß seine Schwester die Zügel hielt.

»Mir geht's gut! Jetzt aber nichts wie weg!«

Die Bogenschützen waren ihnen gefolgt und sandten den Flüchtenden ihre Pfeile hinterher. Aranur, Dion und Tyrel konnten sich nur noch tiefer auf dem Kutschbock zusammenkauern. Die Frau lenkte die Dnus um die Torpfeiler herum und hätte fast die Zügel zum Bremsen angezogen, als sie plötzlich noch mehr dunkle Schatten auf sie zustürzen sah. Sie waren ebenfalls beritten, drei davon saßen zu zweit auf einem Reittier. Hishn sprang auf den Kutschbock, und ihre Klauen suchten verzweifelt nach einem Halt, bis die Wolfsläuferin die Graue an den Hautfalten im Genick in ihren Schoß zog. Wieder klatschten die Zügel, sie jagten auf die

Straßen hinaus, wobei die Kutsche bei dieser Geschwindigkeit bedrohlich hin und her wankte. Als sie sich mit donnernden Hufen und ratternden Rädern von den dunklen Straßen von Sidisport entfernten, blieben Rauch und Geschrei im aufziehenden Morgennebel alsbald hinter ihnen zurück.

IX Aranur Bentar neDannon: Ein neuer Ausweg

Nimm dich in acht vor den Schatten, hüte dich vor dem Licht;
Schieße erst dann, wenn du sie siehst.
Bändige deinen Zorn, halte deine Angst zurück;
Das Ende kommt früh genug – die Zeit der Tränen.

Sie ließen die Kutsche an einem dunklen Kreuzweg stehen, luden die restlichen Gepäckstücke auf die gesattelten Dnus und warfen Decken über die Tiere, die die Kutsche gezogen hatten. Aranur tat die Seite weh, dort, wo Dion ihn zweimal getreten hatte, und sein Arm brannte, weil Schmutz und Schweiß in die Wunde eingedrungen waren, die er sich in der Herberge zugezogen hatte. Sie hatten jedoch keine Zeit, sich damit aufzuhalten, denn niemand wußte, wie schnell Clintner die Verfolgung aufnehmen würde. Aranur sprach Mankarr an: »Wir brauchen Kleidung und Sattelzeug. Gibt es hier jemanden, der diskret genug ist, um mitten in der Nacht mit uns Geschäfte zu machen?«

»Da kenne ich einen gewissen Ethnen Rambuntin. Der hatte schon immer einen guten Riecher für ein vorteilhaftes Geschäft.«

»Wie rasch können wir bei ihm sein? Clintner ist uns vielleicht schon jetzt auf den Fersen.« Aranur hievte seine jüngste Cousine auf eines der ungesattelten Dnus, vor die mittleren Beine, und brachte sie ins Gleichgewicht, bis er ihr die behelfsmäßigen Zügel reichte, die Gamon aus dem Zaumzeug der Kutsche geschnitten hatte.

»Ein Ritt von ungefähr fünf Minuten, nicht mehr. Aber stellt euch darauf ein, daß eure Geldbeutel auf dem Weg zurück wesentlich leichter sein werden.«

»Um unsere Geldbeutel mache ich mir keine Sorgen«, erwiderte Aranur. »Wir haben sie auf Salmis Kosten gefüllt. Aber wie verläßlich ist dieser Rambuntin wirklich?«

»So verläßlich, wie einen Geld nur machen kann.« Der Kaufmann zögerte. »Er hat einen etwas verdrehten Ehrbegriff. Wenn man ihn dafür bezahlt, daß er seinen Mund einen Tag lang fest geschlossen hält, dann wird er sich vermutlich auch daran halten. Aber wenn es um längere Zeitspannen geht, dann würde er, sobald er herausgefunden hat, vor wem du davonrennst, wahrscheinlich dein Geld nehmen und zu Clintner rennen, um einen besseren Handel abzuschließen. Ich habe durch einen Briefvogel eine Nachricht von der Küste zu einem meiner Schiffe geschickt. Wenn ihr es bis morgen nachmittag nach Red Harbour schafft, bevor die Flut einsetzt, dann könnt ihr in Richtung Süden an der Küste entlang mitreisen. Es wird aber knapp; ihr habt nicht viel Zeit.«

Wenn sie das Schiff verpaßten, dann saßen sie im Nirgendwo fest und hatten nichts als Ärger. Wenn die Gerüchte zutrafen, dann hatte der Kaufmann Clintner mächtige Verbündete und einen noch ausgeprägteren Drang, sich zu rächen. Sie konnten nicht durch Sidisport zurück, und nach Osten zu gehen, mitten hinein ins Ramaj Bilocctar, wäre Wahnsinn gewesen, denn dies war Lloroi Zentsis' Land – und Salmi, der Kapitän der Sklavenhändler, und Clintner waren mit Zentsis verbündet. Überdies hatte Lloroi Zentsis vor kaum vier Jahren Lloroi Prents Gebiet überrannt, das an

Ariye grenzte. Die neuen Gesetze, die Zentsis seinen Untertanen aufgebürdet hatte, waren hart und ungerecht. Fremde waren grundsätzlich verdächtig. Und es wurde gemunkelt, daß Zentsis noch gerne einen weiteren Bezirk in seinen Einflußbereich bringen würde.

Aranur blickte die Straße hinunter und lauschte angestrengt nach Verfolgungslärm. Kurzum, nach Osten konnten sie nicht, wegen Zentsis. Sie konnten nicht über Land in Richtung Süden, wegen Clintner. Sie konnten auch nicht nach Westen, da sich dort über weite Strecken entlang des kleinen Flusses unpassierbare Sümpfe hinzogen – ein Durchkommen war unmöglich, wenn man den Weg nicht kannte, und sogar jetzt, spät im Frühling, waren die Moore so trügerisch wie eine Bande Worlags. Seiner Ansicht nach bestand ihre einzige Chance darin, Red Harbour rechtzeitig zu erreichen und an Bord des Schiffes zu gelangen.

»Bleibst du hier, oder kommst du mit uns, Mankarr?« fragte Gamon und schwang sich auf sein Dnu. »Du kriegst hier bestimmt einige Scherereien.«

Der Kaufmann schüttelte den Kopf. »Ich habe meine eigenen Methoden, um mit Clintner fertig zu werden. Außerdem habe ich noch einige Dinge zu erledigen. Unser Gesetz legt das Erbe in der männlichen Linie fest«, sagte er grimmig. »Da Altiss sich nie eine Frau genommen hat, fällt mir sein gesamter Besitz zu. Ich werde bleiben und seine Geschäfte in Ordnung bringen, und um das … das Mondlicht für ihn vorzubereiten.« Einen Moment lang ließ er die Schultern hängen, doch dann richtete er sich wieder auf. »Beeilt euch«, drängte er mit ernster Stimme. »Euch bleibt nicht viel Zeit, die Gezeiten zu schlagen, und ich kann nicht dafür garantieren, daß der Kapitän auf ein paar Fremde wartet.«

»Danke«, sagte Aranur. »Gute Geschäfte.«

Der Kaufmann trabte davon und verschwand langsam im trüben Nebel, bis nur noch das Geräusch der Dnu-Hufe zu vernehmen war, das langsam leiser wurde.

»Rhom, Tyrel«, sagte der grauäugige Anführer und drehte sich herum. »Verwischt die Spuren auf der Straße. Mit etwas Glück findet keiner die Kutsche bis morgen mittag oder sogar noch später.« Er half erst seiner Schwester und anschließend Dion auf ihre Dnus und achtete nicht auf Rhoms wütende Blicke, als er die Hand der Heilerin etwas zu lange festhielt. Rhom schien seinen Unwillen über den Kuß am Flußufer immer noch nicht überwunden zu haben. Bevor wir uns am Ende noch streiten, muß ich ihm alles erklären, dachte Aranur. Was erklären? war sein nächster Gedanke. Daß mir seine Zwillingsschwester gefällt? Daß ich sie sehr anziehend finde? Verdammt, sie ist seine Schwester, nicht seine Braut. Irgendwann muß er sie doch freigeben. Entschlossen verdrängte er das Thema aus seinen Gedanken. Er hatte Besseres zu tun, als sich in irgendwelche pubertären Eifersüchteleien um eine Frau hineinziehen zu lassen, die sich noch dazu nicht besonders viel aus ihm zu machen schien.

Nachdem sie ihre Kleider gewechselt hatten, fühlten sich die Mädchen gleich besser, und mit den vier Sätteln, die Aranur für die Kutschen-Dnus gekauft hatte, kamen sie besser voran, weil sie schneller reiten konnten. Sie waren eine zu große Gruppe, um unbemerkt durch kleine Städte reiten zu können, besonders in Begleitung der Wölfin, die wie ein fliegender Schatten vor ihnen herpreschte. Sie waren jedoch mehr daran interessiert, bis zum nächsten Abend zur Küste zu kommen, als vorsichtig durch den Busch zu reiten und neugierigen Augen auszuweichen. Es gab noch keine Anzeichen für eine Verfolgung. Allerdings führte auch mehr als ein Weg zum Wasser, ermahnte sich Aranur.

Als die Sonne hinter den Bergen aufging, zeichnete sich die Landschaft immer deutlicher im Morgennebel ab. Tyrels Augen waren geschlossen, und er schnarchte leise, während sein Kopf im Takt der ruhigen Gangart seines Dnus von einer Seite zur anderen schaukelte. Die dummen Tiere folgten einander in einem Zug, ohne je die Gangart zu ändern – und während die anderen ebenfalls einnickten, betrachtete Aranur aufmerksam den Wasserstand des Flusses. Der Phye wälzte sich träge durch die frühmorgendlich grauen Wiesen und wurde langsam von den Gezeiten bewegt, die bis ins Innere des Landes strömten. Es war schwierig, die Gezeiten richtig abzulesen, denn die neun Monde zerrten und stießen in alle Richtungen. Die Legende besagte, daß die Alten nur einen Mond gekannt hatten und daß dieser halb so groß wie die Erde – die erste Welt – gewesen war. Aranur fiel es jedoch schwer, diese Geschichte zu glauben. Wenn es nur einen Mond gab, der so groß war, dann würde das Wasser zusammenströmen und die Erde bei jeder Flut halb unter den Wassermassen versinken lassen.

Sein Arm schmerzte stark, und er schlang seine Zügel um den Sattelknauf, damit er die Hände freibekam. Mit sanftem Kniedruck trieb er das Dnu zu einem langsamen Galopp an, rollte dabei den Ärmel hoch und entfernte den blutigen Verband.

»Laß mich das machen«, ertönte plötzlich Dions Stimme direkt neben ihm. Sie hielt leicht mit ihm Schritt und schwang ein Knie über den Sattelknauf, um sich abzustützen, während sie sich vornüberbeugte. Die Wunde sah schlimmer aus, als sie war, aber sie runzelte die Stirn.

»Nur ein Kratzer«, protestierte er, als sie ihm bedeutete, anzuhalten.

»Hier ist ein guter Platz zum Anhalten«, sagte sie, ohne auf seine Worte zu achten, und zeigte auf eine kleine Lichtung.

Er seufzte und gehorchte. »Mach aber schnell.«

Die anderen wachten auf, als sie langsamer wurden, stiegen ebenfalls ab und streckten die Glieder. »Kann ich helfen?« fragte Ainna, während die Heilerin die Schnittwunde untersuchte.

Dion nickte. »Schneide dieses Stück Tuch in Streifen, ungefähr so lang«, sagte sie und gab das Maß mit ihren Händen an. Sie zog zwei Beutel von ihrem Gürtel und mischte einige der

Kräuter mit einem kleinen Mörser, den sie rasch ausgepackt hatte. Aus ihrem Boata-Sack fügte sie Wasser hinzu und trug die Paste dann schnell und geschickt auf Aranurs Arm auf, den sie anschließend mit den Tuchstreifen verband, die Ainna zurechtgeschnitten hatte.

»Fast so schnell wie Ovousibas«, sagte er und beugte prüfend den Arm. »Und genausogut.« Er grinste. »Danke, Heilerin.«

Sie nickte und zögerte dann. Ovousibas. Da war es schon wieder.

»Aranur«, sagte sie und hielt ihn zurück. »Was sagt man in Ariye über Ovousibas?«

Er hatte Ainna wieder auf das Dnu hinaufgeholfen und drehte sich mit forschendem Blick zu ihr. »Warum fragst du?«

Sie seufzte, zuckte mit den Schultern und sprang dann so behende wie eine Katze auf ihr sechsbeiniges Lasttier. »Vermutlich bin ich nur neugierig.«

»Es kursieren viele Legenden darüber«, erwiderte er leise und beobachtete sie genau. »Aber schließlich hat jeder Landstrich seine eigenen Geister.«

Dion schauderte. Aranur, der sich in den Sattel hinaufgeschwungen hatte, ließ die Gruppe sofort in ein schnelleres Tempo verfallen. Sie galoppierten dahin und näherten sich durch die schmalen Täler immer mehr der Küste; unterwegs gab es kaum Gelegenheit, miteinander zu reden. Die stampfenden Hufe und die aufkommende Tageshitze machten eine Unterhaltung zunehmend schwieriger. Der Abend war schon nicht mehr weit, als sie endlich zum Abendessen an einer einladend aussehenden Herberge anhielten, die etwa zur Hälfte mit Gästen besetzt war, die alle essen wollten. Man sah der kleinen Reisegruppe Aranurs die Erschöpfung an, als sie sich in die Gaststube hineinschleppte und schwer an den Eßtischen niedersank. Hishn war verwirrt darüber, daß es nichts zu jagen gab, und streckte sich knurrend zu Füßen der Wolfsläuferin aus. Eilig wurden die paar Füße, die dort vorher gestanden hatten, zurückgezogen, und die beiden schwergewichtigen Männer, mit denen sie den Tisch teilten, schluckten nervös. Ihre Augen wanderten unruhig von dem kalten Mann mit den grauen Augen zu dem stämmigen Kämpfer mit den veilchenblauen Augen, der ihn begleitete, und weiter zu der Masse aus dichtem grauem Fell zu ihren Füßen.

Hishn, wies Dion sie seufzend zurecht und sank auf einen der Plätze auf der Sitzbank. *Verschreck nicht die Hiesigen. Wir haben auch so schon Ärger genug, ohne daß die Leute wegen dir Herzanfälle bekommen.*

Sie riechen ranzig, gab das graue Tier säuerlich zurück. Sie schniefte, bellte kurz auf und streckte ihren Kopf zwischen die beiden Männer, wobei sie zuerst den einen und dann den anderen drohend ansah. Die beiden erstarrten zu Salzsäulen. Einer vergaß sogar, den Löffel aus dem Mund zu nehmen, und der andere preßte die Hände so fest auf den Tisch, als seien sie dort festgeklebt.

Hishn, sagte Dion ärgerlich. »Bitte entschuldigen Sie«, wandte sie sich an die Männer.

Die Männer sahen auf die Fänge der Wölfin, denn jetzt leckte sich Hishn mit ihrer langen rosa Zunge über die Zähne, und einer der beiden schluckte schwer.

Dion war zu müde, um Geschmack an den Späßen ihrer Gefährtin zu finden. Sie stellte sich nur auf und blickte die Wölfin drohend an. *Hishn, verschwinde wieder unter den Tisch,* teilte sie ihr wütend mit. *Sonst ziehe ich dich so fest an der Nase, daß du deine Zähne bis ins nächste Ninan klappern hörst.*

»Keine Angst«, sagte Rhom, während er neben seiner Schwester auf die Bank plumpste. »Sie beißt nicht.«

Die Männer blickten von dem knurrenden Wolf zur wütenden Frau, und einer der beiden brachte immerhin noch Mut genug auf, um zu fragen: »Der Wolf oder die Frau?«

Der junge Schmied gluckste. »Der Wolf«, gab er verschlagen zurück. »Für die Frau würde ich nicht garantieren.«

»Rhom«, sage Dion über ihre Schulter hinweg. »Ich kann

dir genauso leicht eins überziehen wie ihr.« Sie funkelte die Wölfin so lange an, bis die Graue, allerdings unter knurrendem Protest, den Kopf wieder unter den Tisch zurückzog und ihn auf ihre gewaltigen Vorderläufe legte.

»Setz dich«, sagte ihr Bruder. »Das Essen wird noch im Topf kalt, und uns wird es kalt, während wir darauf warten. Bleibt doch sitzen!« sagte er zu den beiden Männern, die hastig vom Tisch aufgestanden waren.

»Wir sind gerade fertig mit dem Essen«, sagte der erste. Sie blickten sich nur noch einmal kurz um, bevor sie den Gasthof verließen und sich hinaus in die Nacht verzogen.

»Wie lange dauert der Ritt von hier bis zur Küste?« fragte Gamon die Wirtin, die ihnen das Essen auftrug. Sie beugte ihre rundliche Gestalt über den Tisch, damit sie mit dem Schöpflöffel sämtliche Eßnäpfe erreichte.

»Wenn ihr genauso schnell reitet, wie ihr eßt, dann seid ihr in Windeseile da«, sagte sie etwas ungehalten und fixierte den rasch geleerten Napf Gamons, der schon wieder aufnahmebereit unter ihren Schöpflöffel geschoben wurde, während sie noch dabei war, die Näpfe der anderen zu füllen.

»Nun, Wirtin, so ein wundervoller Eintopf erfordert die volle Aufmerksamkeit eines Mannes.« Er zwinkerte Rhom mit einem verschlagenen Blick auf das gutgefüllte Kleid der Frau zu. »Ebenso wie Eure großzügigen Portionen.« Er wies rechtfertigend auf seinen jetzt wieder randvollen Napf, in dem sich Fleisch und Gemüse häuften. Aranur kicherte bei Gamons anzüglichen Worten, und der alte Mann klopfte ihm auf den Rücken.

Die Wirtin schwenkte drohend den Löffel in Richtung des Waffenmeisters. »Und Ihr benehmt Euch hier gefälligst! Von Euresgleichen laß ich mir nicht auf der Nase herumtanzen.«

Aranur, der sein Lachen in ein Husten verwandelt hatte, mischte sich ein. »Wir haben Freunde, die an der Küste auf uns warten. Wenn Ihr uns nur sagen könntet, wie schnell wir reiten müssen, damit wir sie noch vor morgen nachmittag treffen?«

»Es ist ein langer, harter Tagesritt.« Noch während sie antwortete, machte sie sich bereits wieder am offenen Herd zu schaffen. »Aber wenn ihr schnell reitet und den unteren Weg nehmt, dann könnt ihr eure Dnus kräftig antreiben und es vielleicht rechtzeitig schaffen. Falls es euch gelingt, diesen da zum Schweigen zu bringen, der bringt euch doch nur Ärger ein.«

Namina und Ainna kicherten hinter vorgehaltenen Mundtüchern. Shilias Augen blitzten vor Vergnügen in ihrem müden Gesicht, als Aranur bestätigend antwortete: »Ja, er stiftet nichts als Ärger. Wir versuchen, seinen Mund, so gut es geht, mit Essen zu füllen, dann kann er sich durch seine Frechheiten nicht noch mehr in Schwierigkeiten bringen, aus denen wir ihm dann wieder heraushelfen müssen.«

»Ihr da!« Sie zeigte schnell auf den älteren Mann, der seinen Mund zu einer Antwort geöffnet hatte. »Ihr seid still.« Sie klatschte eine neue Portion Eintopf in seinen Napf. »Und eßt.«

Gamon zückte seinen Löffel, machte eine Verbeugung und begann mit großem Brimborium, sein Essen zu verzehren. Aranur staunte immer wieder darüber, wieviel Essen sein Onkel in sich hineinstopfen konnte.

Schallendes Gelächter ertönte von einer Männergruppe, die in der Ecke nahe dem Feuer saß, und Aranur taxierte sie mit einem schnellen Blick. Sie machten keinen guten Eindruck auf ihn. Oder, wie sein Onkel schon beim Eintreten bemerkt hatte: Diese Fremden sahen etwas zu rauh und weitgereist für diese Gegend aus.

»Dion.« Er drehte sich zu ihr um und sprach mit leiser Stimme weiter. »Versuch, über die Wirtin herauszubekommen, wie lange sie schon hier sind und ob sie uns vielleicht gefolgt sind. Vielleicht sollten wir es nicht darauf ankommen lassen, aber wir müssen die Dnus entweder rasten lassen oder sie auswechseln, und wir alle haben schon viel zu lange nicht mehr geschlafen. Wir müssen vielleicht Zimmer für einen Teil der Nacht nehmen und morgen in aller Frühe wieder aufbrechen.« Er schob ihr einen der kleineren Geldbeutel hinüber.

Sie nickte, erhob sich und sah die Wirtin fragend an, als bitte sie um einen Gefallen. Diese nickte, und die beiden Frauen verschwanden in der Küche.

»Aranur, die Dnus sind sehr erschöpft«, sagte Rhom sorgenvoll. »Ohne eine Pause halten sie morgen nicht mehr den ganzen Tag durch.«

»Wir stellen sie alle zusammen im Stall unter, damit wir so schnell wie möglich an sie herankommen, sollten wir es plötzlich eilig haben«, fügte Tyrel hinzu. »Aber Rhom hat recht. Wir müssen frische Reittiere haben, wenn wir früh aufbrechen und dasselbe Tempo beibehalten wollen.«

»Und da ist auch noch Dion«, sagte Ainna leise. »Sie hält zwar noch durch, aber sie ist sehr mitgenommen vom Reiten.«

Shilia nickte. »Aranur, sie ist zweimal fast aus dem Sattel gefallen. Rhom ist nicht nur deshalb so dicht bei ihr geritten, damit er mich unterhalten kann.«

Sie errötete, aber ihre Sorgen verscheuchten ihre Verlegenheit schnell wieder.

»Ohne eine Pause schafft es Dion nicht mehr weit.«

»Warum hast du denn nichts davon gesagt?« Aranur wandte sich wütend dem Schmied zu. Erst jetzt wurde ihm klar, daß dessen Schwester kurz vor einem Zusammenbruch stand und daß Rhom deshalb so nahe bei seiner eigenen Schwester geritten war. Er wollte nicht einmal genau wissen, was ihn wütender machte: eifersüchtige Sorge um die Heilerin oder sein Beschützerinstinkt für Shilia.

»Wir sind alle müde, Aranur. Ich habe nichts gesagt, weil sie genauso eigensinnig ist wie du, das wissen wir doch beide.« Der Widerspruchsgeist des jungen Mannes flammte plötzlich wieder auf. »Sie würde nicht anhalten, wenn du deshalb langsamer vorankommen und in Gefahr geraten würdest.«

»Aranur! Rhom! Es war nicht meine Absicht, daß ihr euch jetzt in die Haare geratet«, unterbrach Shilia, während die beiden Männer einander wütend anfunkelten. »Ich wollte nur darauf hinweisen, daß wir alle eine Pause gut brauchen können.«

Aranur holte tief Atem, entspannte sich und zwang so den anderen Kampfhahn, dasselbe zu tun. »War nicht so gemeint, Rhom«, sagte er.

»Hab ich auch nicht so aufgefaßt«, erwiderte der jüngere Mann etwas steif.

»Rhom, wie viele Dnus können wir heute nacht noch austauschen?« fragte Tyrel.

»Einige. Aber nicht genug für uns alle, wenn wir nicht ein Spielchen mit unseren ehrenwerten Freunden dort drüben in der Ecke wagen wollen.« Der andere Mann verdrehte die Augen in diese Richtung.

»Was willst du damit sagen?« fragte Shilia.

»Ein kleines, wohlüberlegtes Spielchen«, sagte Gamon mit leiser Stimme, als solle sie es gar nicht erst erfahren. Er winkte Ainna zu. »Wenn ich unseren Freund richtig verstehe, dann will er sich unserer vierbeinigen Freundin bedienen, um eine Wette zu unseren Gunsten abzuschließen.«

»Du bist zu klug für mich, alter Mann.« Der schwarzhaarige Schmied grinste. »Dion kann uns die Graue Hishn für ein paar Minuten ausleihen. Das ist mehr als genug Zeit für diese Aufgabe.«

»Ausreichend Zeit für welche Aufgabe?« fragte die Heilerin, die wieder auf ihren Platz zwischen Gamon und Namina geschlüpft war.

»Ach, nur ein kleiner Handel, ein wenig Überzeugungskraft ...«, erwiderte ihr Bruder vage.

»Aha. Und dazu braucht ihr Hishn?«

»Na ja, du mußt zugeben, daß es mit ihr schneller geht als ohne sie.«

»Und wem möchtest du gerne solche Angst einjagen, daß er dir seinen schwerverdienten Reichtum überläßt?« Ihre Stimme klang spöttisch und ernst zugleich. Aranur vermutete, daß sich ihr Bruder die Graue schon öfter »ausgeborgt« hatte, um die Karten am Pokertisch zu lesen. Er fragte sich, was die Wölfin zu Dion sagte, denn er sah, wie das Bein der Wolfsläuferin leicht zuckte; er hörte einen dumpfen Schlag und dann das Grunzen des Wolfes unter dem Tisch.

»Den Gentlemen da drüben in der Ecke, die sich so intensiv mit ihren Flaschen beschäftigen.« Tyrel lenkte ihre Aufmerksamkeit auf die Gruppe.

»Solange du nicht alle unsere Hemden verspielst, lieber Bruder«, sagte sie mit gespielter Sorge. Rhom grinste ihr zu, als sie sich über ihre Hände beugte, als untersuche sie ihre Fingernägel sorgfältig nach Schmutzresten. Sie sprach leise. »Sie sind kurz vor uns angekommen, über eine der hinteren Straßen, die von Sidisport hierherführen. Sie sagen, sie kommen von der Küste, aber ihre Dnus sind frisch, und die Wirtin erkannte einige aus den Ställen in der Umgebung. Sie ließ jedenfalls eine Bemerkung darüber fallen – so wie sie zu allem etwas zu bemerken hat.«

Gamon gab seine grunzende Zustimmung zu dieser Feststellung, und Ainna stieß ihm in die Rippen.

»Sie sagte zu den Männern auch, daß sie es wohl sehr eilig haben müßten, wenn sie ihre Tiere noch vor der Herberge ausgewechselt hätten. Darauf sagten sie, sie solle den Mund halten, sonst würde sie die Zunge verlieren.«

Aranur dachte darüber nach. »Würde sie uns vielleicht helfen?«

»Nun, ich konnte sie so weit überzeugen, daß ich dem Grog der Männer einige Ingredienzien hinzufügen durfte. Wenn sie vor dem späten Vormittag aufwachen, dann wäre ich wirklich überrascht.«

Gamon kicherte. »Deine spezielle Grogmischung wird uns eines Tages wirklich noch in Schwierigkeiten bringen, Dion. Er ist doch nicht zu stark, oder? Ich habe nämlich keine Lust, alle in ihre Betten zu schleppen, weil sie nicht mehr aus der Gaststube herauskommen.«

»Die Mischung stimmt, du wirst schon sehen.« Sie grinste ihm zu. »Andererseits tut dir doch ein bißchen Training bestimmt ganz gut.«

»Und was ist mit unseren Reittieren?«

»Tja ...« Die Wolfsläuferin warf Aranur einen Blick durch ihre langen Wimpern zu und schob ihm den wesentlich leichteren Geldbeutel wieder hin. »In Anbetracht der Tatsache, daß sie ganz frische Tiere hatten und wir nicht, habe ich mir die Freiheit erlaubt und die Wirtin gefragt, ob wir vielleicht handelseinig werden könnten. Und sie fand die Vermittlungsgebühr ganz akzeptabel.«

»Legal?« fragte Aranur skeptisch.

Sie nickte. »Es ist spät, und in den Ställen geht es ziemlich drunter und drüber mit all den Reisenden, die hier durchkommen. Einer der Stallburschen ist jedenfalls schon dabei, die frischen Dnus in den Verkaufsstall zu treiben. Uns kann man also nicht die Schuld geben.«

»Dann können wir uns also beruhigt ein bißchen schlafen legen?« bettelte Namina.

»Geht! Schlaft! Ihr könnt dabei sogar schnarchen, wenn ihr möchtet.« Gamon scheuchte sie und die anderen Mädchen davon. »Seid in vier Stunden bereit zum Weiterreiten.«

Fünf Monde schwammen in der schon leicht von der Dämmerung erhellten Dunkelheit, als sie am nächsten Morgen die Dnus aus der Herberge herausführten. Erst in einiger Entfernung saßen sie auf der Landstraße auf, damit der Lärm der Hufe nicht mehr bis zur Herberge zu hören war, und jagten in Richtung Küste los.

Ein strammer Tagesritt, hatte die Wirtin gesagt.

Es war noch fast dunkel und kühl, als Dion zu Aranur hinüberritt. »Ich habe dir noch nicht dafür gedankt, daß du mich letzte Nacht gesucht hast«, sagte sie.

Bevor er antwortete, fing Aranur noch einen grimmigen Blick von Rhom auf und unterdrückte die Bemerkung, er habe sie nur im Dunkeln erwischen wollen. Statt dessen lächelte er. »Reines Glück. Rhom hat das Eingangstor bewacht, ich den hinteren Teil. Aber obwohl ich wußte, daß dir die Gunst aller neun Monde hold ist, hatte ich doch nicht erwartet, daß du schon reisefertig warst, als ich kam.«

»Es war verdammt knapp«, stimmte sie zu.

Er nickte. Die Wolfsläuferin mußte einige Kunststückchen vollbracht haben, um das Haus des Händlers ohne jeden Kratzer verlassen zu können. Tyrel hatte seinem Cousin erzählt, daß er gezwungen gewesen war, sie allein zu lassen, damit er die anderen Mädchen hinausbringen konnte. »In den Ramaj Randonnen mußt du viel gekämpft haben.«

»Nein.« Sie lächelte verlegen und machte eine abwehrende Handbewegung. »In Wirklichkeit habe ich vor dieser Reise noch nie an einem richtigen Kampf teilgenommen.«

Aranur starrte sie einen Moment an, dann verwandelte sich das Lächeln auf seinem Gesicht in ein Grinsen, und er begann zu lachen. Einen Moment lang sah sie verwirrt aus, dann leicht verärgert, als er gar nicht aufhören konnte. »Es ist nicht deinetwegen«, stieß er zwischen seinen Lachsalven hervor. »Es ist nur die ganze Situation: Da haben wir Ob Clintner, ein Haus voller Wachleute, eine Ladung Sklavenhändler, eine Bande von Worlags und eine Heilerin, die in ihrem ganzen Leben noch keinen Kampf mitgemacht hat – und wer kommt ungeschoren davon? Die Heilerin.« Er lachte so sehr, daß er husten mußte.

Die Frau mit den veilchenblauen Augen lächelte erst und stimmte schließlich in sein Lachen ein. »So habe ich das noch nicht betrachtet«, gab sie zu, als beide sich langsam beruhigten. Sie lächelt zu wenig, dachte Aranur. Sie war zu reserviert, zu ruhig, und ihr Zwillingsbruder scharwenzelte ständig um sie herum wie ein Lepa um sein Weibchen.

»Wie lange hast du Abis trainiert?« fragte er.

»Seit ich laufen kann«, antwortete sie. »Zuerst hat mir Rhom beigebracht, was er gelernt hat, aber nach einer Weile haben sie es aufgegeben, uns zu trennen, und ich nahm am normalen Unterricht teil und erhielt von den Waffenmeistern die gleiche Ausbildung wie Rhom. Wie steht's mit dir?«

»Es war immer mein Traum, mein größter Ehrgeiz, der beste Waffenmeister von Asengar zu werden«, sagte Aranur ruhig.

»Ein hohes Ziel«, erwiderte sie und blickte über die Ebene. »Mir würde es völlig reichen, wenn ich Schmerzen lindern und Lebensfreude zurückgeben könnte.«

»Ich bin sicher, daß du das schon oft getan hast«, sagte er leichthin und warf einen Blick auf ihr Heilerband.

Sie sah ihn an. Ganz plötzlich und unerklärlich verschatteten sich ihre Augen. Auch in ihrer Vergangenheit gab es Gespenster, genau wie in der seinen. War es wegen des Verlustes von Ovousibas, der berühmten Kunst der inneren Heilung, daß sie Menschen verloren hatte? Wenn sie die Fertigkeiten der Alten beherrscht hätte, würden die drei Jungen, die man nach dem Felsrutsch gefunden hatte, jetzt hier durch die Ebene streifen, anstatt den Pfad zu den Monden einzuschlagen? Ihr Gesichtsausdruck wurde plötzlich fremd und abweisend, und sie sagte abrupt: »Erzähl mir von deiner Familie.«

Ihr Stimmungswechsel war ihm nicht entgangen, doch er zuckte nur mit den Schultern. »Es waren vier Brüder«, setzte er folgsam an. »Tyrels Vater, der Lloroi Volan; Gamon; mein Vater; und ein anderer, den wir immer Onkel Schnellfuß nannten.«

»Hatte er denn keinen Namen?«

»Doch, aber er war zehn Jahre älter als die anderen, und keiner konnte sich erinnern, wie man ihn früher genannt hatte. Schnellfuß und Gamon wurden niemals Freunde, obwohl Gamon immer den Frauen nachstellte, wohingegen die Frauen immer Schnellfuß hinterherliefen.« Das rang ihr ein Lächeln ab. »Lloroi Volan und Lady Sonan haben drei Kinder: Tyrel, Namina und Ainna. Dann gibt es noch Shilia und mich. Der Lloroi war zu beschäftigt, um sich viel um Tyrels Erziehung zu kümmern«, fuhr er fort. »Also erzog Gamon uns beide. Er sorgte dafür, daß Tyrel von Lehrern unterrichtet wurde, die ihn auf die Nachfolge seines Vaters vorbereiteten, und das gleiche galt für mich. Nur für den Fall.«

Dion nickte verständig. Wenn Tyrel starb, bevor er Lloroi wurde oder einen männlichen Nachfolger hinterließ, dann fiel das Amt an Aranur. Aranur zuckte mit den Achseln. »Lloroi zu werden, würde mir nicht besonders zusagen«, sagte er einfach. »Zum Spaß in der Bezirkspolitik mitzumischen, ist für jeden eine gute Erfahrung, aber es wäre mir zuwider, wenn ich mein ganzes Leben damit verbringen müßte. Nun ja, da einer unserer besten Waffenmeister Tyrel und mir Unterricht in Abis gab, können wir ganz gut selbst auf uns aufpassen. Gamon hat uns dazu ermutigt, immer unser Bestes zu geben, bei allem, was wir tun.« Er drehte sich kurz zu dem alten Waffenmeister um. »Er hat viel für uns getan.«

Sie nickte. »Und eure Eltern?«

Er zögerte und zuckte dann mit den Achseln. »Beide tot.«

»Das tut mir leid«, sagte sie.

Es war kein Mitleid, sondern echtes Mitgefühl in ihren Augen, und Aranur hörte sich selbst so offenherzig sprechen wie schon seit Jahren nicht mehr. »Es war eine Steinlawine … Ausgelöst durch eine Attacke der Sklavenjäger«, sagte er langsam. »Mutter, Vater, Shilia und ich, Onkel Schnellfuß und zwei andere Frauen, wir alle waren unterwegs, um die letzten Loban-Beeren zu ernten. Mein Vater war bei den Klippen und half dort meiner Mutter, und die anderen Frauen hatten gerade damit begonnen, einen der anderen Felspfade abzuernten.

Ich erinnere mich, daß mein Vater etwas rief und meine Mutter entsetzt aufschrie, ich drehte mich um …« Die Erinnerung überwältigte ihn, düster und alptraumhaft, und er verstummte. Dann fuhr er fort: »Ich sah, wie die Felsen meine Eltern unter sich begruben und eine der Frauen von dem Pfad abstürzte. Sie zerbrach wie eine Puppe auf den Steinen weiter unten. Schnellfuß schrie Shilia und mir etwas zu, aber da begannen die Sklavenjäger auch schon zu schießen. Ein Pfeil blieb in seiner Schulter stecken, aber er packte trotzdem eine der Frauen und stieß sie zu dem Dnu. Shilia und ich standen da und starrten auf das, was von unseren Eltern übriggeblieben war. Ich erinnere mich, daß ein Pfeil zwischen meinen Beinen hindurchflog, und ich blickte hoch und starrte wie im Traum auf die Sklavenjäger.«

Er schüttelte sich, und der Trab seines Dnus brachte ihn wieder in die Gegenwart zurück. »Schnellfuß griff nach Shilia und mir, aber ich schrie, er solle mich loslassen und meinen Eltern helfen. Er schlug mich. Ich weiß noch genau, was er sagte, während das Blut an seinem Arm herabströmte. ›Aranur, du mußt von jetzt an deine Schwester beschützen. Sei ein Mann.‹ Und dann warf er Shilia und mich auf unser Dnu – wir waren ja noch klein genug, um uns ein Dnu zu teilen – und stieg dann auf sein eigenes. Es müssen mindestens sechs Sklavenhändler dagewesen sein, und sie trafen ihn noch zweimal in den Rücken, als sie versuchten, uns aufzuhalten, aber er gab nicht auf und floh mit uns. Wir ritten so schnell wie der Teufel, aber es war doch nicht schnell genug. Mein Onkel starb, noch bevor wir unser Dorf erreichten.«

»Ich weiß nicht, wie es ist, eine Mutter zu haben«, sagte Dion langsam. »Sie ist nach unserer Geburt gestorben, aber wir hatten immer unseren Vater. Es muß schwer sein, ohne beide aufzuwachsen.«

Aranur lächelte sie an, doch das Lächeln spiegelte sich nicht in seinen grauen Augen wider. »Wir haben Glück gehabt, Shilia und ich«, sagte er. »Wir hatten immer Gamon und Lady Sonan und den Lloroi. Gamon hat uns stets wie seine eigenen Kinder behandelt.«

Dion richtete einen sehnsüchtigen Blick in Richtung der Berge. »Ich wünschte, ich könnte meinem Vater eine Nachricht zukommen lassen«, sagte sie leise. »Nur damit er weiß, daß es uns gutgeht.«

»Bist du das erste Mal von zu Hause weg?« fragte er ruhig.

Sie nickte, seufzte und riß sich dann aus ihren sehnsüchtigen Gedanken. »Eins meiner Praktika habe ich in den Bergen absolviert, bei den Ethran-Leuten, aber ich war nahe genug, um meinen Vater und Rhom jeden Ninan im Wald in einem der Sicheren Kreise zu treffen.«

»Ich kann mich noch gut daran erinnern, als ich das erste Mal von zu Hause wegging«, sagte er mit einem Lächeln. »Ich war mit Gamon und meinem besten Freund Lioton unterwegs. Ich weiß nicht, wie es mein Onkel mit uns ausgehalten hat. Wir hatten Glück, daß er uns wieder mit zurückgenommen hat, so wie wir uns aufführten. Wir müssen ihm buchstäblich jeden Streich gespielt haben, der je erfunden wurde.« Er grinste. »Wie war es denn bei den Ethran? Ich habe niemals mehr als zwei oder drei von ihnen auf einem Haufen gesehen.«

»In mancher Hinsicht sind sie sehr nette Leute«, antwortete sie langsam. »Aber manchmal sind sie auch wie Tiere. Es gab viel Arbeit. Ich hatte Glück, daß ich zu ihnen durfte – sie fragen nur alle zwei bis drei Jahre nach einer Heilerin.«

»Stimmt es, daß ihr Lohn aus Schnitzereien besteht?«

Sie zog einen schmalen Beutel hervor und brachte daraus zwei kleine Schnitzereien zum Vorschein. »Das haben die Ethran gemacht. Ich trage sie als Glücksbringer bei mir. Zu Hause, bei meinem Vater, habe ich noch mehr davon.«

»Und sind sie wirklich so klein wie ein Klumpbusch?«

»Das ist einer der Gründe, weswegen sie mich und keine ältere Person ausgewählt haben. Ich war kleiner als die Erwachsenen, aber ich war schon für mein erstes Praktikum bereit. Bei allen Mondwürmern, wie brannte ich darauf, zu ihnen zu gehen.« Sie lächelte. »Ich habe mein vorhergesehenes Praktikum mit einer anderen Heilerin getauscht – einer, die nicht gerne den Komfort ihres Zuhauses aufgeben wollte –, nur damit ich mit den Ethran gehen konnte.«

»Wie lange warst du da?«

»Drei Zyklen.« Sie lachte in sich hinein, als handele es sich um einen Privatwitz. »Drei sehr lange Zyklen.« Aranur hob fragend die Augenbrauen. »Sie wollten mich bei sich behalten und mich in ihren Clan aufnehmen«, erklärte sie. »Einen Ninan vor meiner Abreise hatten sie eine große Zusammenkunft. Zuerst schickten sie mich in die Wälder, damit ich nicht mitbekam, was vor sich ging, aber die Kinder rannten hin und her und hielten mich auf dem laufenden, Wort für Wort. Den Erwachsenen war es im Grunde auch gleichgültig – sie können ja doch keine Geheimnisse für sich behalten. Als sie mich schließlich wieder zurückriefen, versuchten sie, mir eine Ethran-Frisur zu verpassen.« Dion verzog das Gesicht. »Aber als ich ablehnte, waren sie nicht wirklich böse. Sie hätten ihr ganzes Dorf umbauen müssen, damit ich es einigermaßen bequem gehabt hätte – sie bestanden allerdings darauf, daß ich die Hälfte ihrer Schnitzereien mitnahm.« Sie lachte. »Von jeder Familie des Dorfes mußte ich eine annehmen, nur damit Frieden herrschte.«

»War es ein kleines Dorf?«

»Es war ein besonders großes Dorf«, berichtigte sie.

Aranur kicherte. Er sah sie direkt vor sich, als Mädchen, von der Riesenlast zu Boden gedrückt, über sechzig Meilen weit von zu Hause entfernt.

Bis der Nachmittag halb vorüber war, hatten sie schon einige andere Reisende auf der Straße überholt, waren aber noch meilenweit von der Küste entfernt. Dion ritt immer noch neben Aranur her, als sie plötzlich ein »Verdammt« hörten.

Aranur ließ anhalten und sah zurück. »Was ist los?« fragte er, drehte sein Dnu herum und ritt nach hinten zu Tyrel, der abgestiegen war.

»Hat sich einen Stein eingetreten«, murmelte der Junge.

Aranur bedeutete Rhom, dem Jungen zu helfen. Er wollte ihnen gerne befehlen, sich zu beeilen, aber die Luft war auch so schon zum Zerreißen gespannt. »Nun?« fragte er schließlich und rutschte ungeduldig im Sattel hin und her. Der Graupelz, der plötzlich aus dem Gebüsch auftauchte, erschreckte ihn, und fast hätte er selbst geflucht. Die Wölfin sah ihn aus gelben Augen an. Er hätte schwören können, daß das Tier ihn auslachte. »Wo liegt das Problem?« fragte er den jungen Schmied.

»Es ist ein Sikerwurm«, erwiderte Rhom langsam. »Kein Stein. Ein Stein wäre besser für uns gewesen.« Vorsichtig setzte er den Fuß des Tieres wieder auf den Boden. »Hat sich bereits in den Fuß hineingearbeitet – wir müssen ihn bei der Abkürzung durchs Hochmoor aufgegabelt haben – und selbst wenn ich ihn jetzt herausschneide, dann dauert es einige Zeit, bevor das Dnu wieder laufen kann.

»Wieso?« wollte Tyrel wissen.

»Der Nerv ist schon angegriffen«, erklärte der Schmied, hob den Huf des geduldigen Dnus und zeigte auf die leuchtenden, blutroten Linien. »Wahrscheinlich ist es deswegen so lange mit dem Wurm gelaufen, bevor es dir aufgefallen ist.«

Aranur runzelte die Stirn und sah auf die Berge zurück. »Tyrel, nimm dein Gepäck herunter und steig auf das Dnu von Ainna. Ainna, du steigst zu Namina. Es wird nicht gerade bequem sein für euch, aber wir verlieren jede Minute, die wir hier weiter herumstehen.« Er wartete kaum den Wechsel der Reittiere ab, bevor er sein Tier wieder an die Spitze trieb und schneller zu reiten begann.

Nach der nächsten Hügelkuppe ließ sich Rhom zurückfallen. Schon nach wenigen Minuten hatte er wieder aufgeschlossen.

»Sie sind da hinten, ungefähr fünf Kilometer hinter uns!« rief er durch den Lärm der Hufe, während er zu Aranur vorritt. »Sie müssen unterwegs frische Tiere gefunden haben, sie reiten sehr schnell.«

»Dann steht uns also ein Rennen bevor.«

»Das ist noch nicht alles. Ich habe das Gefühl, daß die Bande hinter uns nur ein Teil der Überraschung ist, die uns auf dem Weg nach Red Harbour erwartet. Das macht mir noch viel mehr Sorgen, und außerdem sehe ich auch schon Staubwolken hinter einem der nahen Hügel aufsteigen.«

»Es sind immerhin noch drei Meilen bis zur Küste und dann noch eine Meile bis zum Hafen. Außerdem«, fügte Aranur hinzu und machte eine entsprechende Handbewegung, »sieh mal auf den Fluß. Das ist die zweite Flutwelle. Das heißt, daß die Flut an der Küste zurückgeht, und es gibt keine Garantie, daß das Schiff überhaupt da ist, geschweige denn immer noch auf uns wartet, falls eine Zwischenflut eingetreten ist.«

»Wir müssen es einfach riskieren. Was bleibt uns sonst übrig? Wir müssen auf jeden Fall kämpfen.«

Der hochgewachsene Mann stimmte zu. »Eines ist sicher«, sagte er kurz und strich sich das dunkle Haar aus den leidenschaftslosen Augen. »Wir lassen sie für ihr Gold ordentlich rennen.«

Sie beugten sich tief über die Rücken der Dnus und feuerten sie an. Neben ihnen jagte die graue Wölfin am Wegesrand dahin, wobei ihre Pfoten geräuschlos im weichen, sandigen Gras versanken. Der Geruch des Meeres erregte sie, und Dion mußte gegen die düsteren Gefühle ankämpfen, die sich von der Wölfin auf sie zu übertragen drohten. Das Meer. Keiner von ihnen hatte es jemals gesehen, aber der Salzgeruch in ihrer Nase und die schale Feuchtigkeit, die plötzlich die Luft erfüllte, ließen einen eher bleiernen Eindruck von der Küste entstehen. Die Verfolger schoben sich immer näher an sie heran, unausweichlich wie die Flut, die langsam die im Sand gefangenen Menschen einholt. Ainnas und Naminas Dnu, das die schwerste Last zu tragen hatte, hielt sie auf, aber sie hatten keine anderen Reittiere zur Verfügung. Nach der zweiten Meile wechselte Ainna auf Dions Dnu, damit Naminas Tier sich erholen konnte. Der Ritt wurde immer unwirklicher. Jedesmal, wenn sie auf der Kuppe eines Hügels waren, hatten sich Clintners Soldaten wieder ein Stück genähert. Sie hatten die Küste fast erreicht, als das eintrat, was Rhom befürchtet hatte. Eine zweite Gruppe donnerte ihnen über die Hügel entgegen, ihre Dnus schäumten in der Hitze des Nachmittags. Sie versuchten, den Fliehenden den Weg abzuschneiden.

»Wir müssen es bis an den Hafen schaffen!« schrie Aranur seinem Onkel zu, und der Wind riß ihm die Worte aus dem Mund.

Der alte Mann nickte und schrie zurück: »Wenn wir sie nur bis an die Kreuzung hinter uns lassen könnten, dann haben wir vielleicht Glück und werden nicht seitlich von der zweiten Gruppe angegriffen. Es sind sonst zu viele, und wir können nicht durchbrechen.«

Sie gaben den Tieren wieder die Sporen. Beide Soldatengruppen wußten, daß man sie entdeckt hatte. Ainna hatte wieder das Tier gewechselt und saß jetzt bei Shilia. Noch einmal beschleunigten sie das Tempo und jagten an den Heuwagen vorbei. Mit einem Ruck hielt Aranur plötzlich sein Dnu bei zwei Wagen an und brüllte: »Zwanzig Goldstücke, wenn ihr eure Wagen hier umkippt.«

Die Bauern sahen überrascht aus, aber als der lange Reiter einen Beutel aus seiner Tunika riß und ihnen eine Handvoll Goldstücke entgegenhielt, griffen sie rasch nach den Zügeln und rissen die Wagen so plötzlich herum, daß beide Gefährte ins Schleudern gerieten und langsam umfielen. Aranur warf ihnen den Beutel zu und raste den anderen hinterher. Eine Staubwolke markierte die Stelle, an der der ›Unfall‹ soeben stattgefunden hatte. Die Bauern kletterten von den Wagen herunter, um sich zu besprechen, während die letzten Heuballen von den Wagen herunter in das dichte Gebüsch fielen, das am Straßenrand wucherte. Aranur sah, wie sein Onkel grinste, und winkte ihm zu. Er wünschte, er hätte die Soldaten sehen können, wie sie über den Hügelkamm geflogen kamen – und in die Heuballen hineinrasten. Ihre Dnus mußten von der Straße geraten wie Glasmurmeln, die Steinstufen hinunterspringen.

Aber die Soldaten, die auf der anderen Seite den Hügel hinunterritten, waren nur noch eine halbe Meile entfernt, und ihre Geschwindigkeit blieb unvermindert. Bis zur Kreuzung konnten die Fliehenden noch gelangen, aber spätestens auf der Straße oder bei den Docks würden die Soldaten sie eingeholt haben. Die Gezeiten wechselten gerade, und Aranur sah, wie auf einem Schiff, das sich gedreht hatte, die Segel eingeholt wurden, um sowohl die Flut als auch den Wind abzuwarten. Es mußte schon vor einer Stunde von den Docks abgelegt haben.

»Das ist unser Schiff!« rief er Gamon zu. »Wir haben die Flut verpaßt. Wir müssen uns hier verbarrikadieren, damit wir zumindest noch eine geringe Chance haben, uns zu verteidigen.«

»Da! Hinter dieser Düne ist eine Mulde. Laß uns dort hin und die Holzstöße als Deckung nutzen. Schnell! Sonst haben wir auch noch die andere Gruppe im Nacken«, erwiderte Gamon.

Sie donnerten von der Straße hinunter durch niedriges Gebüsch und scharfblättriges Sandgras in die Mulde hinein. Hishn lief neben ihnen her, atemlos von dem langen Spurt. Ein so schnelles Tempo schlug sie von selbst nicht an, und ihre Lungen saugten begierig die feuchte Luft zwischen den Dünengräsern ein, während sie die Senke abfällig musterte.

Ein Loch ohne Ausgang ist eine Falle, schnaubte sie und schnappte nach der Kleidung der Heilerin, als Dion von ihrem Dnu abstieg und das Tier in die Senke führte.

Die Wolfsläuferin befreite sich. *Wir brauchen einen Platz, um uns zu verteidigen.*

Die Wölfin ließ ein kehliges Knurren hören. *Heilerin, komm mit mir. Es gibt bessere Plätze, um sich auf die Lauer zu legen und die Beute anzuspringen.*

Die Frau drehte sich herum, kniete neben der Wölfin nieder und vergrub die Hände in dem dichten Fell. »Hishn«, flüsterte sie, »bei allen Monden, ich liebe dich, meine Freundin.« Sie warf einen Blick zurück, sah, wie die Reiter über einen weiteren Ballen hinwegsetzten, und ballte die Fäuste. »Aber du hast recht, das hier kann für uns alle zur Falle werden. Geh. Versteck dich und fall sie von hinten an, wenn du kannst.«

Ich kann dich nicht schon wieder in den Klauen der Worlags lassen.

»Das tust du auch nicht, Graue. Diesmal habe ich einige Klauen mehr, um mich zu verteidigen.«

»Dion, beeil dich!« rief Tyrel, sprang über den Holzstoß und schnappte nach den Zügeln ihres Dnus, die über den Boden schleiften. »Leg dich hin.«

Geh, Graue, sagte sie und drückte die Wange an das Gesicht der Wölfin, bis sie die Knochen spürte. *Deine Fänge bleiben nur scharf, wenn du sie gebrauchst.*

Die Jagd, dachte das Tier plötzlich so hitzig, daß Dion davon fast geblendet wurde. *Die Jagd beginnt.* Die Graue leckte ihr über die Nase und war verschwunden.

Die Dnus atmeten schwer; als sie die Spannung, die in der Luft lag, spürten, wurden sie unruhig und stampften mit den Hufen. »Ainna«, befahl Aranur, »rede leise auf sie ein, sorg dafür, daß sie sich niederlegen. Sie dürfen nicht in die Nähe der Schwerter geraten.« Er blickte sich um. »Shilia, Namina«, sagte er, »zieht diese beiden Stämme zueinander, damit wir sie als Schutzwall gebrauchen können.«

Shilia nickte und rannte hinüber, um die Äste zu der Gruppe zu ziehen. Als ihre Cousine ihr half, erhob sich plötzlich ein heftiger Wind, der ihnen die Umhänge um die Beine wickelte und an ihnen zerrte, bis Tyrel sie befreite.

»Legt euch jetzt hin!« rief Aranur barsch. »Rhom, nach rechts, Gamon auf die linke Seite.«

Tyrel wartete neben seinem Onkel und drehte sich ruhelos hin und her. Die Minuten verrannen. Lange würde es nicht mehr dauern, bis Clintners Männer über die Erhebung geritten waren. Die Wolfsläuferin lag regungslos neben ihrem Bruder und hielt gespannt nach den Soldaten Ausschau. Rhom beugte die Arme. Genau wie der grauäugige Mann, dem sie folgten, hielten die Zwillinge Pfeil und Bogen gespannt, und von Aranurs Standpunkt aus sah einer wie der schmalere Schatten des anderen aus.

»Wartet, bis sie heran sind«, sagte er leise. »Laßt sie kommen.«

Wie eine schwarze Donnerwolke jagten die Soldaten über die Erhebung heran. Neun Gestalten, die sich dunkel gegen den Nachmittagshimmel abhoben. Plötzlich waren es nur noch acht. Ein mächtiger grauer Schatten sprang vom Boden hoch und zog einen von ihnen von seinem Reittier. Jegliches Geräusch, jeglicher Todesschrei wurde vom Lärm der Hufe übertönt. Wie ein Mann schoß Aranurs Gruppe die Pfeile ab, und zwei andere Reiter fielen wie Steine von ihren Pferden, wobei einer unter den scharfen stampfenden Hufen seines Dnus zertrampelt wurde. Sie duckten sich daraufhin in die Nacken der Dnus hinein und schossen hinter dieser Deckung hervor. Aranur hörte, wie der junge Schmied aufstöhnte, und gab selbst einen zweiten Schuß ab.

Die Soldaten legten neue Pfeile auf, und wieder fiel einer von ihnen zu Boden. Als das Dnu des verwundeten Mannes zur Seite trat, störte es den dahinter reitenden Mann so sehr, daß der Pfeil, der für Aranurs Augen bestimmt gewesen war, an seiner Seite in den Holzstoß fuhr.

Sie waren jetzt bei der Gruppe angelangt, und Aranur erhob sich, um ihnen entgegenzutreten. Er duckte sich unter ein Dnu und riß einen der Männer aus dem Sattel. Noch im Fallen zog der Soldat sein Schwert, aber Aranur bohrte seine Klinge in seinen Schenkel, und der Mann schrie auf und wälzte sich am Boden, während das Blut zwischen seinen Fingern hervorsprudelte. Gamon kämpfte mit einem anderen Soldaten, und es waren zu viele Körper da, um genau festzustellen, wer wo lag. Aranur fühlte, wie ein Mann ihn von seinem Reittier aus ansprang, und wich seitlich aus. Beide gingen zu Boden und versuchten, sich gegenseitig mit dem Messer in die Kehle zu fahren. Ein grauer Körper schoß plötzlich über den Mann hinweg, und sein Griff um Aranurs Arm löste sich. Der Biß der Grauen durchdrang den Arm des Soldaten im Vorüberhuschen bis auf den Knochen, und der Soldat wurde zurückgeschleudert.

Hinter Aranur schrie Ainna plötzlich auf. Irgend etwas klickte in seinem Hinterkopf. Sein Messer traf auf Haut, Blut strömte über das Gesicht des Soldaten, als Aranur seinen Nacken durchschnitt und sich aus der Umklammerung befreite. Eine wuchtige Gestalt, in Leder gekleidet, sprang von einem anderen Dnu aus auf ihn herab. Er parierte den Hieb, obwohl sein Arm bis zum Knochen schmerzte. Dann brach er wie verletzt zusammen, der Soldat brüllte im Siegesrausch und stürzte sich auf ihn. Er war weniger als einen halben Meter entfernt. Aranurs Klinge schoß hoch, während er beide Füße nach den Beinen des anderen Mannes stieß. Der Soldat fiel auf ihn zu, mit gezogener Klinge, aber Aranurs Schwert bohrte sich direkt in seine Brust, als er mit ausgestreckten Armen das Gleichgewicht zu finden versuchte und sich statt dessen in den Tod stürzte. Die Mulde erzitterte noch von Schwertergeklirr und Stöhnen. Aranur sah auf die kleine Gruppe, die nach der Schlacht übriggeblieben war. Tyrel lag auf den Knien und hielt Ainna in den Armen. Ihr Kopf lag leblos an seiner Schulter. Sein Gesicht war schrecklich verzerrt, als er jetzt zu schreien begann.

»Hilf ihr, bitte, Dion!« Seine Stimme brach, während das Leben seiner Schwester langsam in seinen Armen erlosch. Ihre Augen waren schon gebrochen. Das Blut, das aus ihrer Seite hervorquoll, wies auf den langen Schnitt in ihrem Körper hin, hinter dem die Eingeweide des Mädchens grau schimmerten. »Dion, bitte … laß sie nicht sterben – du kannst sie nicht einfach sterben lassen …«

Die Hände der Heilerin verkrampften sich. »Ich kann nichts tun, Tyrel«, sagte sie mit traurigen Augen. »Sie ist schon tot.«

»Nein!« schrie er. »Nein!« Er strich das Haar aus dem unbewegten Gesicht seiner Schwester. »Oh, gnadenreiche Monde«, stöhnte er und drückte ihre schlaffe Gestalt an sich. Entsetzt schluchzte er auf, als sich ihre Seite dadurch noch weiter öffnete und der heiße Dampf ihrer Eingeweide über seine Hand strich. »Du kannst sie nicht sterben lassen.«

Die Heilerin wandte sich ab, um ihren Kummer zu verbergen. »Oh, ihr Götter«, flüsterte sie und sah auf ihre befleckten, hilflosen Hände. »Für das Geschenk von Ovousibas würde ich mein Leben geben.«

Hishn war an ihrer Seite, sah zu ihr auf und begegnete ihrem Blick mit einem tiefen Blick aus gelben Augen, die vom Jagdfieber schwarz umrandet waren. Sie leckte sich das Blut vom Maul, auch ihre Pfoten waren rot.

Ovousibas bedeutet Tod, übermittelte sie Dion. *Wie das hier. Meinen Tod und deinen Tod.*

Dion unterdrückte ein Schluchzen. *Ich weiß, meine Graue, aber das hier* – sie wies mit einer hilflosen Geste auf die Leichen. Nur zehn Meter entfernt schrien zwei Männer wie am Spieß. Zu ihren Füßen lag das junge Mädchen, das gelächelt hatte, wenn es verängstigt war. Ihr Körper kühlte jetzt in der feuchten Seeluft aus, und die Schlaffheit ihrer leblosen Muskeln hatte etwas Obszönes. *Das, Hishn, ist auch der Tod.* Zitternd wischte sie die Hände an ihren Hosen ab und ging zu Shilia, die Namina hielt. Shilia hatte ihre Hand fest gegen Naminas Arm gepreßt, an der Stelle, an der das Blut über ihre Haut lief. Namina hatte einen tiefen Schnitt im Unterarm, da sie versucht hatte, Ainna vor der Klinge des Sklavenhändlers zu schützen, und als Dion sich umsah, stellte sie fest, daß ihr Zwillingsbruder aus einer Fleischwunde an der Schulter blutete, an der ihn ein Pfeil verwundet hatte.

»Tyrel.« Aranur stieß ihn sanft an. »Du mußt jetzt Namina helfen.« Die Augen des Jungen waren wie blind, als er sich umdrehte und Aranur anblickte. Aranur packte den Jungen unsanft bei den Schultern. »Die Monde rufen zu sich, wen sie wollen, Tyrel. Namina braucht dich jetzt. Geh zu ihr.« Der große Mann richtete sich auf; er fühlte sich plötzlich alt und müde, als er begann, die Körper der Soldaten beiseite zu rollen, um alles für den nächsten Angriff vorzubereiten.

Dion verband rasch Naminas Arm. Das Mädchen schien es nicht einmal zu bemerken, sie starrte nur mit ausdruckslosem

Gesicht auf Ainnas Körper. Schließlich lehnte sich Dion, dankbar für die emotionale und physische Unterstützung, nach hinten an den Wolf und wandte sich dann ihrem Bruder zu. »Wie fühlst du dich?« fragte sie.

»Nur ein kleiner Kratzer«, log er, aber seine Zähne knirschten, als sie ihn vorsichtig berührte.

Sie sah ihn lange an. »Ich kann es so verbinden, daß du zumindest schießen kannst«, sagte sie kurz angebunden und fixierte seine Schulter, so daß er seinen Schußarm noch gebrauchen konnte. Er nickte und stand auf, um zu den Holzstämmen zurückzugehen, bei denen Aranur bereits die nächste Attacke erwartete. Die Wolfsläuferin zögerte kurz, als hätte sie gerne noch mehr für ihn getan, schüttelte dann aber den Kopf. »Keine Zeit, um den Vorschriften zu entsprechen«, zitierte sie leise, als Rhom sein Wams anzog. Sie befühlte kurz das silberblaue Kopfband und griff dann wieder entschlossen nach ihrem Schwert.

Geh los, Graue Hishn. Da kommen noch mehr, die unser Blut fließen sehen wollen.

Die Wölfin grinste hungrig. *Es werden weniger in deine Hände geritten kommen, als du vielleicht denkst.*

Verlier nur nicht deine Zähne in ihrer Haut. Sie sind zäher, als man auf den ersten Blick vermuten würde. Und nimm dich vor den Pfeilen in acht.

Die Wölfin sandte statt einer Antwort einen Schwall voller Blutdurst und war auch schon verschwunden. Nur eine leichte Bewegung des Grases verriet Dion, wohin sie gegangen war, aber in Gedanken folgte sie den leisen Schritten der Grauen um die Erdmulde herum.

»Tyrel, Rhom«, sagte Aranur und riß die jungen Männer aus ihren trüben Gedanken. »Sie kommen. Haltet euch bereit.«

»Seid vorsichtig.« Shilias Flüstern hörte sich in den Ohren ihres Bruders fast wie ein Schluchzer an. Der große Mann fuhr sich mit den Händen durch das Haar, drückte kurz ihre Schulter und stieß sie dann von sich.

Sie kamen ganz plötzlich, legten wie die erste Gruppe Pfeile in ihre Bögen ein, aber sie hingen so weit seitlich über den Dnus, daß Aranur nicht direkt auf sie zielen konnte. Er mußte jetzt auf die Tiere der Soldaten zielen und konnte so vor dem eigentlichen Angriff nur einen Soldaten aus dem Weg räumen. Klingen blitzten auf, und die Angreifer standen vor einem zur Verteidigung aufgebauten Kreis. Sie ließen ihre Dnus hindurchbrechen oder einfach zwischen ihnen niedergehen.

Aranurs Zorn schäumte hoch. Rhom war von seiner Schulter behindert und hielt sein Schwert schon in der anderen Hand. Dion verteidigte ihn von hinten, und beide setzten nach vorn und parierten zusammen mit Tyrel, während sie langsam von vier Soldaten zu Shilia und Namina zurückgedrängt wurden. Nach und nach mußten sie diese Kampfmethode jedoch aufgeben, als der Kampf in mehrere Einzelkämpfe zerfaserte. Zwei Männer griffen Aranur mit funkelnden Schwertern an. Der Kampf wogte hin und her, bis der Anführer der Ariye sie erledigt hatte. Er drehte sich herum und sah hinter sich einen anderen Mann auf die Knie fallen, dem das Messer bis zum Heft in der Kehle steckte. Der Soldat hatte den Arm hochgerissen, um seine Klinge in Aranurs Rücken zu stoßen, aber weiter war er nicht mehr gekommen. Dions Messer saß tief; die Augen des Mannes traten hervor, und aus seinem Mund sprudelte helles Blut.

Aranur eilte Dion zu Hilfe, die jetzt ohne Waffe dastand und von einem langarmigen Kämpfer gegen die Stämme gedrängt wurde. Der Soldat stach nach ihr, er war sich sicher, daß er die Wolfsläuferin in der Falle hatte, aber irgendwie gelang es ihr, die Klinge abzuwenden, sich zur Seite zu drehen und mit ihrer Handfläche gegen seinen Ellbogen zu schlagen. Sie betäubte seinen Nerv, das Schwert fiel, aber er wandte sich um und bekam sie beim Oberteil zu fassen. Als sie hinuntergezogen wurde, flog er über ihre Schulter, riß sie jedoch zur Seite und griff nach ihrem Arm, mit schnellem Messer zustechend. Sie fiel. Es sah aus, als hätte er ihr sein Messer in die Seite gestoßen, und ihre Augen waren vor Wut ganz wild. Dann aber war die Wölfin über ihm, riß ihm das Leder von der Haut und zerfleischte die Sehnen seines Armes. Er schrie und warf die Arme hoch, um sein Gesicht zu schützen, doch Dion wand das Messer aus seinen Händen und stach ihm zweimal in die Brust, bis er endlich still war und sein Körper nur noch im Todeskampf zuckte. Es war ein schwerer Tod.

»Bist du in Ordnung?« schrie Aranur über den Lärm hinweg und stellte Dion auf ihre zitternden Beine. Er erwartete, das Blut über ihren Leib spritzen zu sehen.

»Ja. Hilf Tyrel!«

Sie bückte sich nach ihrem Schwert, das ins Gebüsch gefallen war, und Aranur fuhr herum und sah, wie der Junge von mehreren Soldaten zurückgedrängt wurde und wie ein Fisch an der Angelschnur zappelte. Shilia und Namina! Keiner war da, um sie zu beschützen, dachte er mit plötzlicher Furcht. Rhom lag am Boden und kämpfte mit einem dicken Mann zwischen den Ästen eines Stammes; der Kampf wogte hin und her, während ihre Schwerter blitzten und sie sich ineinander verkeilten. Aranur sprang hinter ein anderes Dnu, das zusammengerollt auf dem Boden lag, und stach nach dem nächsten Mann. Aber der Soldat drehte sich weg und parierte den Schlag mit Leichtigkeit. Ein Meister der Schwertkunst, dachte Aranur grimmig angesichts seiner Bewegungen, damit wir auch ganz sicher nicht entkommen können. Clintner mußte gemerkt haben, wer die Fliehenden waren. Der Mann von Ariye machte plötzlich einen Satz nach vorn und drückte den anderen Kämpfer gegen die Stämme, aber der Mann wich seitlich aus, war plötzlich über Aranur, und sein Schwert zielte auf dessen Kopf, während er sich drehte und wand. Das verächtliche Grinsen auf dem Gesicht des Soldaten spiegelte seine Kampflust wider, und Aranur fühlte, wie in seiner Brust dieselben Gefühle erwachten.

Er wehrte mit dem Arm einen Schlag ab, der krachend auf

den Stamm niederging, spürte, wie hinter ihm Gamon kämpfte und Rhom sich aufrichtete; die Luft vibrierte vor Gliedern und im Licht blitzendem Metall. Hinter ihm schnaubte die Graue, jemand schrie auf. Dann täuschte sein Angreifer einen Ausfall vor, und Aranur trat einen Schritt nach vorn, seinen Schlag erwartend. Der andere drehte sich. Aranur landete wieder einen Schlag, sein Gegner parierte. Aranur sprang nach vorn. Unerwartet schmetterte er seine Faust gegen das Kinn seines Gegners, und die Augen des anderen Mannes weiteten sich vor Schreck, und er fing an zu taumeln. Aranur brachte sein Schwert an den Unterarm des Mannes, er rutschte jedoch ab, und der Mann rammte den Ellbogen in Aranurs Rippen.

Verzweifelt rang Aranur nach Luft. Schmerz durchzuckte seinen Magen an der Stelle, wo der Schwertknauf erneut in seine Eingeweide gedrückt wurde, als er sein Knie gegen den Oberschenkel des Mannes rammte. Wieder taumelte der Mann, seine Muskeln krampften sich unter dieser Attacke zusammen, und Aranur setzte seinen Fuß zwischen den Beinen des Gegners ab, während ihre langen Schwerter bei diesem Kampfabstand nutzlos waren. Sie krallten sich ineinander. Plötzlich kam ihnen der Boden entgegen, sie stürzten, und Aranurs Schulter schlug hart auf einem der Baumstämme auf. Der Mann versuchte, Aranurs Knie einzutreten, aber Aranur hatte seinen Arm um den Nacken des Mannes geschlungen und quetschte ihm die Schlagader zusammen. Der Atem des Mannes war rauh, und seine Augen traten in Panik hervor. Er verstand, daß Aranur ihn nicht töten, sondern den Blutstrom zu seinem Gehirn unterbrechen wollte. Die Furcht verlieh den Händen des Mannes ungeahnte Kräfte, und er versuchte, Aranurs Gesicht wegzureißen. Eins, zwei, drei … Aranur drehte ihn zur Seite, um seinen Arm festzuhalten, damit er ihm nicht die Augen herausriß. Vier, fünf … die Beine des Mannes trommelten auf den Boden, aber er wurde langsamer. Sechs, sieben, acht … endlich begannen seine Muskeln zu erschlaffen. Neun, zehn, elf ... zwölf. Der Körper des Mannes war leblos. Aranur atmete keuchend.

Er schob den schlaffen Leib von sich weg und erhob sich langsam, Gesicht und Seite so zerschlagen, daß er fühlen konnte, wie die Wunden unter seinen Fingern anzuschwellen begannen. Namina weinte. Shilia war bleich. Dion kniete neben Rhom und legte einen weiteren Verband über den ersten, der sich vom Blut schon leuchtend rot gefärbt hatte. Beim Kampf mit Clintners Mann hatte sich die Wunde erneut geöffnet; sogar von Aranurs Standpunkt aus konnte er sehen, wie die Hände der Heilerin zitterten, so daß sie den Verband zweimal binden mußte. Die Wölfin strich um sie herum wie ein Lepa um seine Beute, den bluthungrigen Blick zuerst auf den einen, dann auf den anderen derjenigen gerichtet, die noch am Leben waren. Die Lefzen des Tieres waren rot und troffen vor Blut; in ihren Pfoten hing noch zerfetztes Tuch, und als Gamon sich erhob, riß ihm die Wölfin fast den Kopf ab, wurde nur durch Dions scharfen Befehl daran gehindert. Die Graue fing wieder an, rastlos auf und ab zu gehen, aber der schwarze Ring in ihren Augen, der das Gelb zu einer Todesfarbe verdunkelte, wollte noch nicht weichen.

Wie zerstreute Kleiderbündel lagen die Körper der Soldaten umher. Schon schwebten die Seevögel über ihnen, stießen herab und staksten durch die Dünen, um offenstehende Augen auszupicken und an weichen, zerfleischten Kehlen zu zupfen. Und unter den Leichnamen – Aranur schluckte und schloß die Augen – Ainna. Tot und schlaff wie die Soldaten, deren Blut neben ihr in den Sand sickerte.

Er zwang sich dazu, mit seiner Bestandsaufnahme fortzufahren, aber er haßte sich für seine eiskalte Selbstbeherrschung und fürchtete doch gleichzeitig, daß der Druck, der sich in seiner Brust aufgestaut hatte, plötzlich entweichen und sogar seine Lungen mit Tränen überschwemmen würde, die so groß wie Eisblöcke waren. Ihr Monde, gebt mir Kraft, betete er. Er zählte. Drei der Dnus rührten sich nicht mehr, die anderen hatten sich um sie geschart und blökten vor Nervosität leise vor sich hin. Mindestens vier weitere Dnus befanden sich noch in der Nähe, aber der Rest hatte sich in den Dünen verteilt, genau wie die Springbüsche, die hier und da im Sand blühten. Von den Soldaten, die sie angegriffen hatten, waren zumindest sechs noch am Leben; sie wanden sich stöhnend mit ihren unterschiedlichen Verwundungen am Boden. Mit ausdruckslosem Blick sah der Anführer, wie Dion entschlossen zu ihnen hinüberging, nachdem sie ihren Bruder und die anderen aus der eigenen Gruppe verbunden hatte.

»Nein! Dion, tu das nicht …«

»Tyrel? Was soll das? Geh weg!«

Dions schockierte Stimme riß Aranur aus seiner Geistesabwesenheit, und sofort rannte er zu Tyrel hinüber. Der Junge schwang sein blutiges Schwert über dem Mann, neben dem sie kniete.

»Hilf ihnen nicht, Dion – du Närrin!«

»Mein Gott, Tyrel, sie sind doch auch verletzt. Tyrel! Nein!« Instinktiv kam sie seinem Schlag zuvor und schützte den verletzten Mann mit ihrem Körper, während die Wölfin am Rande der Bodensenke herumwirbelte und mit schrecklichem Knurren zwischen Dion und dem Jungen die Fänge entblößte. »Nein, Hishn!« schrie sie die Wölfin gellend an.

Aber Aranur war bereits bei ihr, packte den Schwertarm des Jungen und zwang ihn dazu, die Waffe fallen zu lassen.

»Aranur, laß los oder ich …«

»Laß die Klinge fallen, Junge, oder ich breche dir das Handgelenk, Vetter oder nicht.« Der sehnige Mann machte eine Drehung, und Tyrel schrie auf. »Was glaubst du eigentlich, was du hier tust?« herrschte er den Jungen an. Shilia starrte ihren Vetter mit mondgroßen Augen an, und Gamon stützte Rhoms Arm, als dieser über den Baumstamm kletterte, um seiner Schwester zu helfen. Der verwundete Soldat war zurückgesunken, stöhnte auf, als frisches Blut aus seiner klaffenden Beinwunde strömte, und fiel schließlich in Ohnmacht. »Sie tut nur ihre Pflicht, Tyrel. Sie ist Heilerin.«

Der Junge kämpfte wie rasend, um sich aus dem eisernen Griff seines älteren Vetters zu befreien. »Laß nicht zu, daß sie ihnen hilft … die Schweine … sie haben Ainna getötet …«

Aranur versetzte dem Jungen eine so heftige Ohrfeige, daß seine Zähne aufeinanderschlugen und sein Mund aufklappte. »Das spielt keine Rolle mehr, Tyrel. Sie kommt nicht mehr zurück. Laß Dion jetzt arbeiten.«

»Die Monde sollen dich verdammen!« schrie der Junge. »Sie haben meine Schwester umgebracht! Sie sind unsere Feinde.«

»Es sind Menschen, Tyrel«, warf die Heilerin ein, von seiner Reaktion entsetzt und geängstigt. »Einfach nur Menschen.«

»Sie haben meine Schwester getötet«, schluchzte er.

»Würdest du sie jetzt töten?« fragte Aranur rauh. »Kaltblütig? Sie liegen am Boden, sie sterben bald. Wenn du ihnen jetzt das Schwert durch die Kehle jagst, dann ist es Mord.« Er umfaßte die Schultern seines Cousins mit hartem Griff und schüttelte ihn. »Du bist kein Mörder, Tyrel. So gerne du auch Ainna zurückholen möchtest, es geht nicht. Sie befindet sich bereits auf dem Pfad zu den Monden, und kein kaltblütiger Mord ändert etwas daran.«

Tyrel starrte ihn an, und Aranur fühlte das Gewicht von doppelt so vielen Jahren auf seinen Schultern. »Steck dein Schwert weg und geh zu Namina«, sagte er ruhig. »Die Lebenden brauchen dich, nicht die Toten.«

Er ließ den Blick über die Mulde schweifen, die jetzt einer düsteren Grabstätte glich, drehte sich um und beobachtete, wie die Segel des Schiffes, das sie hätte mitnehmen sollen, im Wind flatterten. Die Gezeiten hatten gewechselt, und mit ihnen blies der Wind all ihre Hoffnungen in Richtung Süden davon.

Sonnenuntergang. Der Himmel war so blutig, wie der Tag lang gewesen war, und Aranur stand auf dem Deck des letzten Schiffes, das noch in Red Harbour vor Anker lag. Er sah, wie der Kapitän den Kopf schüttelte; unten auf dem Kai warteten Shilia, Gamon und die anderen. Aranur bemerkte, wie Dion unruhig mit seinem Onkel sprach, während ihre Hand zerstreut am Ohr der Wölfin zog.

»Verdammt, Mann, gib uns eine Chance«, sagte er ungehalten zu dem Kapitän. »Wenn schon nicht mich und die Männer, dann nimm wenigstens die Frauen bis nach Randonnen mit. Wir zahlen dir den doppelten Preis dafür.«

Der Kapitän schüttelte den Kopf. »Da draußen braut sich ein Wirbelsturm zusammen. Nur ein selbstmörderischer Esel würde bei diesem Wetter auslaufen.« Er drehte sich um und brüllte einem der Matrosen, der sich bei einer der unverschalkten Bodenluken herumdrückte, etwas zu.

»Dreifaches Fährgeld. In Gold.«

Der Kapitän zögerte nicht einmal. »Tut mir leid. Nicht einmal der zehnfache Goldpreis wäre angemessen.« Er drehte sich noch einmal kurz um. Der verzweifelte Glanz in den Augen des Mannes war ihm nicht entgangen. »Du wirst mehr Glück haben, wenn du es über Land versuchst, auf der Straße, die nach Süden führt, selbst wenn die Flut einsetzen sollte.«

»Verdammt«, flüsterte Aranur. »Verdammt seist du in die zweite Hölle. Gibt es hier nicht einen, der Manns genug ist, zu den Randonnen-Bergen zu segeln?«

Der Kapitän sah ihn abwägend an. »Du wirst jetzt keinen nüchternen Mann in Red Harbour finden, der sein Schiff auslaufen läßt. Es tut mir leid.«

Er wandte sich endgültig ab und ließ den erschöpften Aranur an der Reling stehen. Seine Augen sahen stumpf vor sich hin, als er erkannte, daß sich Clintners Netz zusammenzog und es keinen Ausweg gab. Er taumelte vor Erschöpfung, als er sich auf die Gangway schwang, und wäre fast gestürzt. Wir müssen wieder die Dnus nehmen, dachte er, verwarf diese Idee jedoch genauso schnell wieder, wie sie ihm gekommen war. Als sie sich durch die dunklen Straßen bis zu den Slums von Red Harbour durchgeschlagen hatten, waren sie bereits in zwei Straßenkontrollen geraten und der letzten nur mit Mühe entkommen.

Von einem Häuserblock des Ghettos zum nächsten schleichend, hatte Aranur schon für die kurze Zeit gebüßt, in der sie sich versteckt gehalten hatten. Geistesabwesend rieb er seinen Oberschenkel, dessen Muskeln vom Tritt eines Dnus hart und geschwollen waren, und zwang sich dann, ruhig und katzenhaft auf den Docks zu landen, ohne dabei auf den Schmerz zu achten, der durch sein Kinn jagte, das ebenfalls langsam steif wurde. Daß Salmi seine eigenen Sklavenjäger zusammengetrommelt und sie Clintner überlassen hatte, war eine Maßnahme, die Salmi, so hatte Aranur gehofft, erst einen Tag später treffen würde. Clintner war mehr daran gelegen, sie in seine Hände zu bekommen, als Aranur angenommen hatte. Jedenfalls war die Jagd eröffnet, und sogar die Leute aus dem Hafenviertel waren plötzlich an der Belohnung interessiert.

Der sehnige Mann spuckte aus, als könne er dadurch seinen Mund von dem durchdringenden Geruch faulen Seetangs reinigen. Er schnaubte und kratzte mit seinem Schuh über das Dock. Der rotgrüne Schleim war überall. Es war schon in Ordnung, daß er die Dnus verkauft hatte, überlegte er, denn die Route über Land bedeutete, jeden Kilometer einen Kampf zu riskieren. Dnus konnten außerdem durch Botenvögel gesichtet werden, rief er sich in Erinnerung. Er schloß rasch die Augen, als er Ainnas Körper in der Gischt der aufschäumenden Wellen vor sich sah. Wie viele aus seiner Familie mußten noch sterben, bevor er sie nach Hause bringen konnte?

»Aranur?« fragte Dion ruhig.

Er schüttelte den Kopf und hatte damit ihre Frage mit einer kurzen, einfachen Bewegung beantwortet.

»Verdammt«, fluchte Gamon. »Clintner weiß jetzt sicher,

wo wir sind. Er hat bestimmt bereits die Garnison vorgewarnt.«

»Die Überlandroute ist schon vor einer Stunde abgesperrt worden«, sagte Rhom, dessen Stimme fast so ruhig war wie die seiner Zwillingsschwester. Einen Moment lang starrte Aranur den Mann an, ohne ihn zu sehen. »Diese Neuigkeiten habe ich vor genau zehn Minuten gekauft«, fügte der Schmied hinzu, als sein Gegenüber nichts dazu sagte.

»Es war ohnehin viel zu offensichtlich«, sagte der Anführer müde und bedeutete ihnen mit einer Geste, ihr Gepäck zusammenzusammeln, damit er sie von den Docks wegführen konnte. »Man wird uns erschießen, bevor wir noch zwei Kilometer weit gekommen sind.«

»Aber was sollen wir jetzt tun?« fragte Shilia entmutigt. Sie stand bewegungslos da und sah zu ihrem Bruder auf; sie hielt die Tränen zurück und zitterte vor Erschöpfung. »Wo können wir jetzt hingehen?«

Aranur schüttelte den Kopf. »Ich weiß es nicht«, gab er zu. »Aber wir werden einen Weg finden.« Er warf sein Gepäck über die Schulter und stand noch einen Moment bewegungslos da, ein wenig gebeugt, als sei die Last, die er trug, sogar für ihn zu schwer. Endlich streckte er sich, starrte auf die weißen Schaumkronen, die gegen die kaum geschützte Bucht schlugen, und lauschte dem Heulen des Wirbelwindes, der die Bäume auf den grauen Sand niederdrückte wie Diener, die sich vor ihrem Herren verneigten. »Es gibt einen Weg«, wiederholte er leise. »Und wenn ich ihn eigenhändig freischlagen muß.«

X

Ember Dione maMarin:

Die Klippen von Bastendore

Weht, weht, ihr Meereswinde
Tragt mich über die Strömungen hinweg
Die schwarzen Klippen von Bastendore locken mit Tod
Wenn die Segel sich nicht von den Masten lösen

Kalt, kalt schäumen die Wasser
Um ihre Wellen im Schaum des Hurrikans aufzuwühlen
Das Boot neigt sich zu ihnen hinunter, sinkt schon auf das Riff
Und die Wellen führen mich hinab in die dunkle See von Koldor

Zwölf Stunden später klammerte sich Dion an das Ruderhaus eines Fischerbootes, das auf der wogenden See auf und ab tanzte, während Rhom und die anderen Männer als Neulinge der Seefahrt den gebrüllten Anweisungen von Kapitän Mannoa folgten. Ihr Bruder und Tyrel standen knietief im Quallengras und versuchten, das prallgefüllte Netz an Deck zu ziehen, aber mit jeder Sekunde wurde eine neue Ladung Quallengras durch die Netze hindurchgepumpt, platschte auf die Planken, und die saure Gischt des Schleims machte sie halbblind. Die letzte Woge hatte ihr Bruder abbekommen: Der Schleim hing nun von seiner Kappe bis zum Gesicht hinunter, und die triefenden, durchsichtigen Fäden schlenkerten hin und her, wenn er sich bewegte. Er wagte es nicht, das Netz auch nur einen Moment loszulassen, um den Schleim von der Kappe zu streifen, denn das Einholen befand sich in einem kritischen Stadium, und der Kapitän schrie auf sie ein, daß ihm fast die Lungen platzten.

»Nein! Nein! Nicht noch schneller ziehen, ihr Idioten, sonst dreht sich das Netz. Ihr habt ja weniger Verstand als ein Bono-Vogel. Bei allen Würmern, die sich in einem Curry befinden, dreht die Handkurbel! Seht ihr nicht, daß das Netz wieder über die Rampe rutscht?«

Nicht pures Glück allein hatte ihnen einen Ausweg aus den gierigen Klauen der Sklavenjäger gezeigt. Nachdem sie sechs Stunden lang versucht hatten, sich irgendwie durch die Stadt hindurchzuschlagen, mußten sie sich eingestehen, daß die Kunde von ihrem Überleben inzwischen wohl auch ihre Jäger erreicht hatte. Aranur hatte mit zunehmender Verzweiflung festgestellt, wie ihr Vorsprung mit jeder Stunde, die verstrich, weiter schrumpfte.

Obwohl sie jetzt einen befristeten Unterschlupf auf dem Fischerboot gefunden hatten, war Dion immer noch aufs höchste besorgt. Geistesabwesend kraulte sie die Graue in den Genickfalten und beruhigte sie mit sanftem, wortlosem Gemurmel. Nur zu gerne hätte sie sich auch selbst damit getröstet. Im immer dichter werdenden Nebel hatte sie zwei Boote der Sklavenjäger vorbeitreiben sehen, und bis sie nicht festen Boden unter den Füßen hatte und zwischen ihnen und Clintner nicht hundert Meilen lagen, würde sie sich nicht sicher fühlen, das wußte sie genau. Woher nahm Aranur nur dieses Vertrauen? Man konnte sie auf den Wink jedes Sklavenjägers hin anhalten und ihr Boot durchsuchen lassen, und Fischerboote hatten nicht einmal Katapulte an Bord, ganz zu schweigen von Batterien in Käfigen gehaltener Vogelbomber, die man einsetzte, um Gase oder Gifte auf andere Boote zu werfen. Auch die Wölfin sehnte sich nach dem Festland, allerdings aus einem anderen Grund – mit zunehmendem Geschaukel wurde die Graue langsam seekrank.

Tut mir leid, Hishn, gab die Frau zu verstehen. Durch die darunterliegenden Schatten sahen ihre Augen noch veilchenblauer aus als die Wolken, die plötzlich die Sonnenreste, die am Himmel noch zu erkennen waren, bleigrau einfärbten.

»... sitz ich hier fest mit einer bekloppten Mannschaft idiotischer Bauern und einem heraufziehenden Wirbelsturm. Holt es schneller ein, ihr lahmarschigen Hunde!« Der diebische Kapitän ruderte wie wild mit den Armen zu Aranur und Gamon hinüber. »Wenn ihr euer Hirn nicht ein bißchen anstrengt, verlieren wir noch den ganzen Fang. Diese Aufgabe könnte selbst ein totes Dnu noch erledigen! Elende Schwachköpfe ...«

Gamons silbernes Haar klebte an seiner Stirn, und seine Hosen starrten vor Fischschleim, während er und Aranur die Handkurbel bedienten und die silberglänzenden Leiber der Fische umeinanderglitten, als das Netz eingeholt wurde und Flossen und Schuppen sich mit dem Meeresschleim vermischten. Alle vier Männer rutschten und schlitterten über Deck, während Mannoa versuchte, mit dem Schiffsbug direkt in die Wellen hineinzusteuern. Plötzlich wurde das Boot unter einer riesigen Welle begraben; in dem tiefen, übelkeiterregenden Sturz ließ Rhom das Netz los, und Tyrel wurde gegen die Reling gepreßt, als das Schiff wieder durch die Welle hindurch nach oben schoß. Ein Dutzend silberne Fische glitt zurück in die wogende graue See. Mannoa ließ ein ohrenbetäubendes Gebrüll vernehmen.

Shilia arbeitete sich um das Brückenhaus herum und hielt sich neben der Wolfsläuferin an der Reling fest. »Ich habe mir meinen Bruder noch nie als Matrosen vorstellen können«, sagte sie trocken. »Jetzt weiß ich auch, warum. Sie sehen ja aus wie Schleimmonster.«

»Genau. Wie irgend etwas aus der Tiefe der Jauchegrube einer Stadt, die mitten im Sumpf liegt«, stimmte ihr Dion zu. Sie strich sich ihre vom Wind zerzausten Haare von den Wangen und machte dabei ein Gesicht, als würden die salzverkrusteten Strähnen sie auf der Haut kratzen. »Aber wenn sie hier nicht die Fischer spielen würden, dann hätten wir innerhalb von Sekunden die Sklavenjäger auf dem Hals.« Der Großbaum schlug in ihre Richtung aus, und sie duckten sich instinktiv, obwohl er sich mehr als einen halben Meter über ihren Köpfen befand. »Wir haben Glück gehabt, daß wir überhaupt noch jemanden gefunden haben, der bereit war, uns nach Statinton mitzunehmen. Schon allein deswegen dürfen wir uns nicht über diese Fahrt beschweren.«

»Stimmt, aber Aranur hat wahrscheinlich auch nicht gedacht, daß er hier alles über Seile und Taue lernen muß«, stichelte Shilia weiter. Dann fiel ihr ernüchterter Blick auf Mannoa. »Ich vertraue dem Mann nicht. Er wird uns hereinlegen, sobald sich ihm eine Gelegenheit bietet.«

»Ich weiß, was du meinst. Ich habe das Gefühl, daß er im Moment sein Geld noch wert ist – schließlich haben wir ihm dank der Lohnkiste des Sklavenkapitäns seine Bootshypothek abbezahlt; trotzdem will ich zweimal auf dem achten Mond sein, wenn er uns nicht bei der ersten Schwierigkeit die Worlags und die Sklavenjäger auf den Hals hetzt.« Die Frauen beobachteten, wie Tyrel und Rhom die Netze erneut auswarfen. Das Wasser rann über das Deck und schoß aus dem Speigatt wieder heraus.

»Namina ist immer noch krank«, sagte Shilia zögernd. »Die Fahrt bekommt ihr überhaupt nicht.«

Die Heilerin preßte die Kiefer zusammen und murmelte dann: »Ich kann nichts mehr für sie tun, Shilia. Was nutzen meine Künste, wenn ihre Wunden im Herzen sind?« Als sie sah, wie die Jüngere erbleichte, seufzte sie. »Ich kann ihr etwas geben, damit sie einschläft.« Sie hatte immer noch das Bild von Ainna vor sich, blutig und schlaff in Tyrels Armen. *Ovousibas*, flüsterte sie still.

Ein Traum, Heilerin. Ein böser Traum, der einen alten Zorn entfesselt. Dion sah auf die Wölfin hinunter und lächelte gequält. *Was weißt du denn von Ovousibas, Hishn? Von einem achthundert Jahre alten Mythos?*

Die gelben Augen blinkten einmal, zweimal, und plötzlich

strömten Bilder in Dions Gedanken hinein: *dampfende Hirne … Schreie, die aus der Vergangenheit ertönen … ein Todeskampf, der alles Blut, alles, was gesund ist, vernichtet, bis nichts mehr übrig ist als ein graues Gewisper, das durch die Jahrhunderte hallt … die Heiler, das Grauen, … vergangen … vergangen … zerschmetterte Knochen, die im Staub der Jahre morsch werden, und Echos, Echos, die nach ihrem Zuhause rufen …* »Ihr Götter, Hishn«, flüsterte sie entsetzt. »Was meinst du damit?«

Ovousibas, heulte die Wölfin leise: ein tiefer Schmerz, eine lange vergessene Erinnerung ihrer Ahnen. *Ovousibas bringt den Tod. Uns allen, wenn die Zeit gekommen ist.*

Dion starrte lange in die gelben Augen, aber Hishn wiederholte die Gedanken nicht. Die Erinnerungen ihrer Spezies, stellte sie fest. Die Graue rief sie nur selten auf. Daß die undeutlichen Bilder von den Mythen erzählten, wußte sie, aber sie wußte nicht, wieviel davon der Wahrheit entsprach, und das ärgerte sie am meisten. Alle, die sich an der inneren Heilung versucht hatten, waren gestorben, einen schweren, häßlichen Tod, aber daran dachte Dion nicht. Sie dachte an ein gerahmtes Bild an Mankarrs Wand und an Ainnas blutüberströmten Körper, der im Schmutz lag, neben dem Dnu eines Söldners.

»Dion«, sagte Shilia wieder. »Kannst du nichts für sie tun?«

Die Heilerin zuckte zusammen und errötete. »Es tut mir leid, Shilia, ich habe nicht zugehört.«

Verlegen sah Shilia auf ihre Füße und begegnete dann sorgenvoll Dions Blick. »Seit wir Red Harbour verlassen haben, hat sie nichts gegessen und nichts getrunken. Wenn Aranur sie nicht nach innen getragen hätte, dann hätte sie nicht einmal Schutz vor dem Regen gesucht.«

Hilflos schloß Dion die Augen. »Namina hat einen Schock erlitten, Shilia. Sie wurde entführt, versklavt, sie hat ihre Schwester sterben sehen. Sie ist noch jung und nicht so stark wie du oder Tyrel. Aber trotzdem«, fuhr sie ruhig fort, »trotzdem muß sie selbst damit fertigwerden. Ich meine nicht allein, ich meine von selbst. Wir können sie unterstützen, aber die Kraft, um weiterzugehen, muß von innen kommen, sonst bricht alles zusammen, statt sich langsam wieder aufzubauen. Verstehst du das?«

Die Lippen des Mädchens zitterten, und Dion sagte leise: »Deine Kraft reicht nicht für zwei, Shilia. Nur Namina selbst kann sich die Kraft geben, die sie braucht.« Eine feuchte Nase legte sich in ihre Hand, und die Heilerin zog am Ohr der Grauen und achtete nicht auf ihren lautlosen Kommentar, daß auch Dions Kräfte nicht für zwei ausreichten. *Ovousibas …*

Das jüngere Mädchen nickte langsam. Die Weisheit der Heiler war immer Gesetz, ganz gleich, in welchen jungen Jahren sie erlernt worden war. Sie sah zu der grauen Wolkenbank hinüber, die sich dem kleinen Boot langsam vom Horizont her näherte, und wechselte das Thema. »Hast du gehört, was Mannoa über Stürme gesagt hat? Ich habe es wegen des Windes nicht hören können.«

»Irgendwas über Wirbelstürme«, erwiderte Dion, erleichtert darüber, über etwas anderes reden zu können. »Daß sie westlich kreisen – und uns vielleicht nach Ramaj Bilocctar abdriften lassen, dem Land von Zentsis.«

Shilia runzelte die Stirn. »Das könnte Ärger geben.«

»Wieso? Lloroi Zentsis hat doch mit der ganzen Sache nichts zu tun.«

»Aranur sagte, daß Zentsis seit einiger Zeit mit den Sklavenjägern Geschäfte macht, und Mankarr sagte – das habe ich gehört, als er bei der Sklavenauktion mit diesem Salmi sprach –, daß sogar Clintner selbst sich mit dem Lloroi von Bilocctar zusammenschließen möchte.«

»Dann muß Zentsis gut zahlen«, sagte die Wolfsläuferin und schnaubte verächtlich. Sobald sie mit dem Kraulen nachließ, schubste die Wölfin sie auffordernd an, drückte ihre Nase in die Hand der Frau und hob sie mit leisem Wimmern an.

»Ich wüßte nicht, was mir lieber wäre«, sagte Shilia langsam. »Zentsis oder die Sklavenjäger. Bei den Sklavenjägern wußte man zumindest, woran man war. Sklaverei ist nicht unbedingt meine Vorstellung von einem schönen Leben, aber zumindest lebt man. Sie sagen, daß Lloroi Zentsis seine Gefangenen gerne zu Gladiatorenkämpfen nutzt.«

»Aber doch sicher nicht die Frauen?« Abgesehen von gelegentlichen Gerüchten, die erst Hunderte von Meilen nach Randonnen reisen mußten, hatten die Zwillinge nicht sehr viel aus Zentsis gehört oder alles als Übertreibung abgetan. Immer noch konnte Dion sich nicht vorstellen, daß jemand zum Spaß Leute zu öffentlichen Kampfveranstaltungen in den Ring schickte.

Aber das braunhaarige Mädchen schüttelte den Kopf. »Sicher weiß ich es nicht – wahrscheinlich weiß das keiner genau –, aber es gab Geschichten über Frauen und Kinder, die er als Preise in den Ring gestellt hat, obwohl sie selber nicht kämpften. Man sagt auch, daß Zentsis es gerne sieht, wenn bis zum Ende gekämpft wird.«

»Wie abscheulich. Es ist eine Sache, wenn sich Kämpfer durch Praxis perfektionieren, aber es ist etwas ganz anderes, wenn man Leute gegeneinander um ihr Leben kämpfen läßt, nur damit sich ein blutdurstiger Kriegsgewinnler an ihren Verletzungen ergötzen kann.«

Wolfsläuferin, mich kratzt es ganz fürchterlich, rief sich Hishn in Erinnerung, lehnte sich gegen Dions Beine und brachte sie dadurch auf dem schlüpfrigen Deck aus dem Gleichgewicht. Die Wolfsläuferin zog wieder an Hishns Ohr, legte dann jedoch gehorsam die Hand an die Genickfalten.

»Sie sagen, er wird jedes Jahr gewalttätiger«, fuhr Shilia fort. »Einige sagen, er wird immer machtgieriger, aber kürzlich haben sie auch erzählt, daß er nur noch ein paar Jahre zu leben habe und verzweifelt auf einen Sohn warte, der sein Nachfolger werden soll. Er hat mindestens ein Dutzend Töchter, aber noch keinen Sohn.«

Geistesabwesend wischte Dion Schmutzwasser von der Reling. »Die Gerechtigkeit der Monde. Nichts ist so kapriziös wie die Wahrheit.«

»Ich wünschte, die Monde würden durch diesen Himmel scheinen«, sagte Shilia und blickte zum Himmel hinauf, der immer dunkler wurde. »Ich hasse Regen.«

»Wenn der Regen doch die Herzen so abwaschen könnte wie die Haut.« Die Heilerin dachte an Ainna, ihren plötzlichen Tod durch das Schwert der Sklavenjäger und an Namina, die zusammengekauert und gebrochen in der Kabine saß, während sich die dunklen Wolken zusammenzogen und sich in Richtung der Bergspitzen von Randonnen verdichteten. »Mir macht der Regen nichts aus«, sagte sie sehnsüchtig. »Zu Hause sind Rhom und ich oft während eines Gewitters in die Berge gegangen, um dort in den Schluchten herumzuklettern. Wenn dann die Wasserläufe überquollen, donnerten die Wasserfälle, als ob sich der ganze Ozean in den Bergen verstecken und plötzlich auf die Steine niederstürzen würde.«

»Ich frage mich nur, ob es zu Hause auch regnet.« Einen Moment lang sah Shilia aus, als würde sie gleich anfangen zu weinen.

Es war wieder an der Zeit, das Thema zu wechseln. Sonst werden wir hier beide noch heimwehkrank, ermahnte sich Dion selbst, aber zumindest hatte sie ihre Heimat freiwillig verlassen. Bis ihr Bruder sie aus den Händen der Sklavenjäger befreite, hatte Shilia nicht einmal gewußt, ob sie ihr Zuhause jemals wiedersehen würde.

»Zumindest spült der Regen den Schleim vom Deck«, sagte sie und kratzte Hishn zerstreut. Die Wölfin fand es immer unerträglicher auf dem schlingernden Schiff, und Dion fragte sich, ob sie sie unter Deck schicken sollte. Draußen wehte aber immerhin frische Luft; innen stank die ganze Kabine ekelhaft nach Fisch.

Shilia schwieg einen Moment und fragte dann zögernd: »Dion, warum bist du mit deinem Bruder unterwegs?« Als die Heilerin ihr einen sonderbaren Blick zuwarf, fügte sie schnell hinzu: »Ich will nicht neugierig sein, aber, na ja, du bist eine Frau. Für uns ist ein Praktikum vorgesehen, die Männer gehen auf große Wanderung. Wie hast du es geschafft, mit ihm zu gehen? Und wie kommt es, daß du rechtzeitig gelernt hast, wie man kämpft, damit du gehen durftest? Was ich sagen will: Wolltest du wirklich gehen?«

Dion sah das Mädchen lange an. »Wir sind Zwillinge, Shilia. Zwischen uns gibt es ein engeres Band als sonst zwischen Geschwistern. Worin Rhom sich geübt hat, darin habe auch ich mich geübt. Was ich gelernt habe, habe ich ihm gezeigt – wenn er es wissen wollte. Nähen hat ihn nicht besonders interessiert, aber mich eigentlich auch nicht, außer, was das Wiederzusammenflicken von Leuten angeht.«

Sie schwieg kurz und starrte über das Meer, während die Wellen ihr über Füße und Hosenbeine spülten. Aber ich konnte Ainna nicht helfen und ihr Leben retten, dachte sie. Ihr war zu kalt zum Zittern, und sie war zu alt zum Weinen. Wie habe ich nur jemals vorher den Tod nicht verstehen können? fragte sie sich. Alle Wunden, Krankheiten, Plagen – jedenfalls die Nachwirkungen, gab sie zu. Bis jetzt noch nie die Wirklichkeit. O ihr Götter, mögen die Monde mich verfluchen, wenn ich den Leuten in Randonnen gegenüber gefühllos war.

Nicht gefühllos, Heilerin. Niemals ohne Empfinden, signalisierte die Wölfin.

O Hishn, wenn ich das glauben könnte.

Was du fühlst, das lebe ich auch, erinnerte sie die Wölfin. *Wenn du jemals gefühllos gewesen wärest, dann wäre ich keinen Augenblick an deiner Seite geblieben.*

Dions Gesichtsausdruck entspannte sich. *Du ehrst mich, meine Graue.*

Das ist meine Aufgabe, Wolfsläuferin.

»Und sie ließen dich einfach so gehen?«

Shilias Frage brachte Dion in die Gegenwart zurück, und sie schüttelte den Kopf. »Eine Frau auf die Wanderung schicken? Ohne großes Palaver? Nein, das nicht, aber als die Ältesten diejenigen bestimmten, die die Wanderung antreten sollten, wollte es der Zauber, daß ich mit ihm gehe.«

»Aber du warst schon bewandert in den Kriegskünsten?« beharrte das Mädchen.

»Ich bin eine Vierte in Abis. Ich habe trainiert, seit ich laufen kann.« Sie war verwirrt über Shilias Beharrlichkeit.

»Dion, Namina und ich, also, Aranur sagte, du seist gut, und wir fragen uns, ob du uns vielleicht – falls du Zeit hättest – beibringen könntest, wie man kämpft.« Sie hatte die letzten Worte nur so hervorgesprudelt und fügte hastig hinzu: »Falls es dir nichts ausmacht.«

Ainnas Tod ist schwer für uns alle, dachte Dion traurig. Sie sah über den auf- und abschwellenden Ozean hinweg. Kämpfen um des Kampfes willen und um sein Leben kämpfen. Sie erinnerte sich daran, wie oft sie sich selbst die Frage gestellt hatte, die sich jeder stellte: Könnte ich ein anderes menschliches Wesen töten? Jetzt hatte sie getötet, nicht nur einmal, sondern mehrmals, und ihre Hände fühlten sich immer noch schmutzig an, ihr Schwert immer noch besudelt.

Sie wußte, daß durch den Kampf Wahrheiten und Ideale gewahrt blieben, aber der Preis des Lebens kam ihr dafür sehr hoch vor. Wie konnte der Tod jemals über das Leben richten? Vor einem Tag war Ainna in Tyrels Armen gestorben, und jetzt wurde sein Schwert durch den Schmerz in seinem Herzen geleitet, nicht mehr von edlen Prinzipien. Wenn er kämpfte, dann nicht mehr für die Lebenden, sondern für die Toten. Und Dion – warum kämpfte sie überhaupt? Sie war eine Heilerin, sie hatte geschworen, Leben zu schützen, nicht, es zu nehmen. Ich habe Menschenleben genommen, weinte sie lautlos, und ihre Hände krampften sich um die Reling, als sie versuchte, Hishn aus ihren Gedanken fernzuhalten.

Ungebeten kamen die Gedanken der Grauen: *Aber du hast sie auch gerettet.*

Sie starrte auf das Meer, erinnerte sich, dachte an die Zukunft. Es gab Zeiten, in denen man sich entscheiden mußte, nicht nur, was kämpfen, sondern auch, was heilen anging, rief sie sich selbst rücksichtslos in Erinnerung. Sie hatte niemals gedacht, daß sich ein Heiler jemals dieser Entscheidung stellen müßte. Jetzt wußte sie es besser. Sie pflanzte immer noch jedes Frühjahr Blumen auf Karis Grab. Die tote Frau erinnerte die Heilerin daran, daß sie eine Wahl getroffen hatte und niemals genau erfahren würde, ob es die richtige gewesen war. Aber sie hatte entschieden, eine Frau war deswegen gestorben und eine andere am Leben geblieben. Teklias Sohn wurde mit Dion ausgebildet, auch er wollte Heiler werden, aber die dunklen Augen von Karis Tochter verfolgten sie in der Nacht. Und jetzt stand Shilia vor ihr und wollte wissen, wie sie diese Entscheidung treffen sollte – nicht mit dem Herzen, aber mit der Klinge.

Als sie antwortete, war ihre Stimme rauh und kalt. »Kannst du einen Menschen töten, Shilia?«

Das Mädchen sah die Heilerin an und überlegte. »Ich kann töten«, sagte sie, und die unterschwellige Vehemenz beantwortete diese Frage besser, als Worte allein es hätten tun können. Sie war Ainnas Cousine, und deren Tod war für sie ein ebenso starker Ansporn wie für Tyrel, den Bruder Ainnas.

»Und kannst du dich selbst noch achten, nachdem du einen Menschen getötet hast und sein Blut und seine Eingeweide den Boden vor dir verfärbt haben? Kannst du dir selbst noch jeden Morgen ins Gesicht sehen, obwohl du weißt, daß die Frau und die kleinen Kinder des Mannes, den du gerade getötet hast, über seiner Asche weinen und den Winter über hungern müssen?«

Shilia sah auf ihre Füße. »Ich könnte töten«, sagte sie mit leiser Stimme.

»Was wirst du dir selbst sagen, wenn du die Kinder des Mannes siehst? Wirst du ihnen sagen, daß du ihren Vater mit einem Messer getötet hast? Was wirst du seiner Gefährtin sagen? Und wenn du zu den Monden betest, werden sie deiner Stimme immer noch zuhören? Oder werden sie sich hinter die Wolken zurückziehen und deine leeren Gebete auf die Steine fallen lassen und sie zerschmettern, so wie du die Familie mit deinem Schwert zerstört hast? Sieh mich an, Shilia«, befahl die Heilerin. »Kannst du einen Mann, eine Frau oder ein Kind töten, um dein eigenes Leben zu retten?«

Das Mädchen sah auf die Wolfsläuferin und senkte dann wieder den Blick. Ihre Hände zitterten. »Dion …«

»Der Tod ist häßlich, Shilia. Der Tod ist das Letzte und Dauerhafteste, das du je auf dieser Welt sehen wirst. Kannst du den Tod und das Leben so leicht geben und nehmen, wie du es sagst?«

Das jüngere Mädchen antwortete nicht.

»Du hast den Tod gesehen, aber es waren andere, die an deiner Stelle getötet haben. Die Schuld dafür tragen sie, das Blut klebt an ihren Händen. Kannst du selbst töten, im vollen Bewußtsein dessen, was du tust?«

Das andere Mädchen schraubte seine Faust um die Reling. »Dion, ich kann sagen, daß ich die Sklavenjäger und Clintner und Salmi hasse. Ich kann nicht leugnen, daß ich mich gerne an ihnen dafür rächen würde, daß sie unsere Ehre in den Dreck gezogen und Ainna getötet haben, und ich möchte, daß sie auf dieselbe Art umgebracht werden, wie sie meine Cousine umgebracht haben.«

Die Heilerin sagte nichts.

»Zorn und Haß sind keine guten Beweggründe, um jemanden zu töten«, sagte Shilia endlich mit leiser Stimme.

»Es gibt keinen guten Beweggrund, jemanden umzubringen«, sagte Dion langsam und versuchte sich daran zu erinnern, ob es jemals eine Möglichkeit gegeben hätte, die verschiedenen Male zu verhindern, als ihr Schwert in einen Körper geglitten war. »Kannst du das in deinem Herzen begreifen?«

»Ich verstehe, was du sagst«, erwiderte Shilia. Ihre Stimme war so leise, daß Dion sie kaum durch den Lärm des brausenden Ozeans hören konnte. »Aber ich hasse sie immer noch. Ich fühle immer noch, was mein eigenes Herz spricht.«

Dion legte die Hand auf den Arm des Mädchens, und Shilia sah zu ihr hoch, während ihr zwei Tränen die bleichen Wangen hinabrollten. »Dann«, sagte die Heilerin, »werde ich dir alles über Abis beibringen, was ich weiß.«

Shilias Augen weiteten sich, und die restlichen Tränen versiegten. »Aber ...«

»Abis ist nicht dafür gedacht, sich zu rächen, Shilia. Es ist weder für den Zorn noch für den Haß oder die Wut noch für die Enttäuschung und nicht einmal für den reinen Spaß bestimmt. Es ist eine Fähigkeit, die man nur anwenden sollte, wenn man sein Leben oder das Leben eines anderen retten will. Oder um sich selbst und seinen Besitz zu schützen. Wenn du es mißbrauchst, dann schadest du dir selbst. Wenn du das verstehst, und daran habe ich keinen Zweifel, dann bist du bereit, Abis zu erlernen.«

Shilia nickte ernst. »Ich werde dich nicht enttäuschen, Dion. Du wirst dich meiner nicht schämen müssen.«

»Das weiß ich«, erwiderte Dion und zeigte auf das Brückenhaus. »Weiß dein Bruder, daß du es lernen willst? Oder Gamon? Er ist dein Waffenmeister und dein Onkel; er sollte es dir beibringen, nicht ich. Es sei denn, du ziehst mich ihm vor.«

»Gamon hat nicht nein gesagt«, sagte das Mädchen. Sie warf der Frau mit den hellblauen Augen einen schelmischen Blick zu. »Aranur findet deinen Rang in Abis zwar etwas sonderbar, aber ich konnte nicht feststellen, daß er dich deswegen für weniger weiblich hält.« Sie warf den Kopf zurück und gewann langsam ihr Selbstvertrauen wieder. »Wenn ich gerne Abis lernen möchte, dann ist das meine Angelegenheit.«

»In Ordnung. Wann willst du anfangen?«

»Sobald wir von diesem Boot herunter sind.«

»Wenn du möchtest, können wir auch gleich anfangen.« Dion wies mit dem Kopf zur Tür des Ruderhauses. »Laß uns hineingehen.«

Die Wolkenbank zog sich zusammen. Als die Männer ihre Netze ein letztes Mal einholten, war der Himmel undurchdringlich grauschwarz gefärbt, und das Meer wogte mächtig auf und ab. Durch den dichten Nebel hindurch, der überall hinkroch, konnten sie den Ozean kaum sehen; jede Woge, die an Deck klatschte, kam überraschend und so stark, daß sie um die Planken bangten.

Mannoa stampfte mit dem Fuß auf, als er in die Kabine eintrat. Er legte seine Regenkleidung ab und hängte sie an einen der Haken neben der Tür. »Halt das Steuer, solange es noch nicht allzu wild zugeht. Ich übernehme, sobald ich mir den Magen etwas aufgewärmt habe. Sieht aus, als würden wir in einen Wirbelsturm geraten«, sagte er zu der in der Kabine versammelten Gruppe. »Wir werden sicher nach Westen zurückgeworfen.«

»Gibt es denn keinen Hafen, den wir ansteuern könnten?« fragte Tyrel.

»Bis Statinton gibt es diesseits der Sümpfe keinen Hafen mehr, und wenn wir versuchen, direkt hier vor Anker zu gehen, dann laufen wir auf den Sandbänken auf. Das Wasser wird immer mehr anschwellen und schließlich die Küste überfluten.«

»Und wenn wir versuchen, nach Red Harbour zurückzukehren?« Aranur zog sich seine geliehene Fischerausrüstung vom Leib und ging tropfnaß über den Boden zu seinem dampfenden Becher mit Grog. »Ich vermute, wir können bei diesem Unwetter nicht auf den Ozean hinaus und dem Unwetter davonfahren.«

»Das hier ist ein kleiner Küstenkutter, kein Hochseehandelsschiff«, erwiderte Mannoa säuerlich und stürzte seinen Grog in wenigen Zügen hinunter. »Draußen auf dem Meer würde es uns einfach auseinanderreißen. Wir versuchen, so dicht wie möglich an den Hafen heranzukommen; dann können wir nur noch hoffen, daß es uns nicht an der Kanalöffnung vorbeitreibt.«

Das dampfende Gebräu wärmte sie innerlich; etwas später aßen sie auch mit großem Appetit, von Tyrel abgesehen. Das Gesicht des Jungen wurde von Minute zu Minute grünlicher, während er elend auf der Wandkoje saß und mannhaft seinen sich ständig hebenden Magen zu ignorieren versuchte. Namina begann langsam, sich auf das neue Gefühl einzustellen; ihr bleiches Gesicht sah etwas besser aus als seines, aber an der Art, wie sie schluckte, konnte Dion erkennen, daß es ihr keinen Deut besser ging als den anderen. Die arme Hishn jaulte leise und rieb den Kopf gegen die Hüften der Wolfsläuferin. Es wurde noch schlimmer, wenn man sich hinsetzte, und sich gar hinzulegen war die sicherste Methode, sich so schnell wie möglich zu übergeben, soviel hatten sie immerhin schon in Erfahrung gebracht. Obwohl sie sich vorsah, nichts zu fixieren, was sich in ihrer unmittelbaren Nähe befand, fühlte sich auch Dion äußerst unbehaglich und versuchte, sich an eine Medizin zu erinnern, die ihr einst ein alter Heiler vor einigen Jahren empfohlen hatte. Es handelte sich um eine Art warmen Breiumschlag, der hinter den Ohren aufgelegt wurde und das Gleichgewichtszentrum stabilisierte. Da sie vom Meer nichts wußte außer dem, was sie aus den Gesprächen anderer aufgeschnappt hatte, konzentrierte sich die Heilerin jetzt auf diesen Breiumschlag und hörte nur mit halbem Ohr der Diskussion über Häfen, Strömungen und Winde zu, die plötzlich in der Kabine so heftig geführt wurde wie der Sturm, der draußen tobte.

Aranur deutete heftig gestikulierend auf das gischtbesprühte Bullauge. »Das Problem von Red Harbour sind die Soldaten. Clintners Männer wissen jetzt wahrscheinlich, mit wem wir hinausgefahren sind, und es kann gut sein, daß sie am Hafen auf uns warten, falls wir schutzsuchend dorthin zurückflüchten, sobald der Sturm schlimmer wird.«

»Ich könnte ja versuchen, anderes Wetter von den Monden zu erbitten, aber sie erhören mein Flehen nur selten«, knurrte Mannoa. »Wenn wir den Hafen verpassen, dann besteht die

Gefahr, daß wir an den Klippen im Westen zerschellen. Ich werde das Risiko nicht eingehen, nur weil ihr hier Ärger mit der Bevölkerung habt.«

Jetzt hab ich's, dachte Dion. Drei Blätter getrockneter Vanset, ein Fingernagel voll Rübsamwurzel, neun Kristalle Garvenov und ein zerriebenes Blatt frisches Ansil. Sie fing an, in ihren Kräutervorräten herumzusuchen. Zu einer orangefarbenen Paste in der Art wilder Lodi-Blüten erhitzen, dazu einige Wassertropfen, dann warm hinter dem Ohr auftragen …

»Kann ich helfen?« erbot sich Shilia.

»Du hast nicht zufällig Ansil bei dir, oder?« fragte Dion zerstreut. Sie versuchte sich gerade daran zu erinnern, durch was sie Ansil ersetzen konnte, wenn es mit Garvenov gemischt wurde. »Ich hätte daran denken sollen, ein bißchen davon zu pflücken, bevor wir an Bord gingen.«

»Vielleicht hat Mannoa etwas in seinem Küchenschrank zum Kochen.«

»Es muß frisch sein«, erwiderte die Heilerin. Sie runzelte die Stirn und schob eine lose Haarsträhne unter ihre Kriegskappe zurück, die sie immer noch trug. Sie hatte ihre Zweifel, ob sich in der schäbigen und speckigen Kabine überhaupt so etwas wie Kochutensilien auftreiben ließen. »Vielleicht kann ich statt dessen Sowi-Pulver und Koba-Stengel benutzen.« Sie schüttete einen anderen Beutel aus und fand schließlich die richtigen Päckchen. »Wir hätten das machen sollen, bevor die See so stürmisch wurde, aber es wird uns auch jetzt noch helfen. Tyrel sieht aus, als könnte er es nötig brauchen.«

»Was ist das?«

»Ein Heilumschlag gegen Seekrankheit.«

Mannoa drehte sich im Stuhl um und stemmte sich gegen das schwankende Deck. »Du bist eine Heilerin von der Küste, oder was?«

Die dunkeläugige Heilerin versuchte zu verbergen, wie sehr sie diese Bemerkung reizte. »Nicht von der Küste, nein.

Aber ich kenne mich mit Medizin aus.«

»Dion ist eine der besten Heilerinnen der Ramaj Randonnen«, sagte ihr Bruder stolz.

»Verdammt jung, um die beste Heilerin zu sein«, knurrte der Kapitän unhöflich.

Langsam richtete sich Dions Bruder auf, und während der Zorn bis in seine breiten Schultern hinaufstieg, krümmte sich seine Hand über dem Messer. Hishn, die seine Gefühle teilte, zog grollend die Lippen zurück. Aber der Kapitän lehnte sich nur mit einem grimmigen Lächeln zurück.

»Nur so dahingesagt, Junge«, erwiderte er herablassend, was den jungen Mann erneut zum Angriff herausforderte.

»Sprich lieber mit Worten, die nicht so kämpferisch klingen«, riet ihm Aranur und legte dabei die Hand auf Rhoms Arm. Der junge Mann schüttelte sie ab.

»Brauchst du eine Heilerin, oder warst du nur neugierig?« fragte Dion in die gespannte Stille hinein.

»Ja, ich brauche eine Heilerin.« Mannoa rollte sein Hosenbein hoch. »Vor einer Woche hat mich ein Hansrück gebissen. Der ortsansässige Heiler wollte mein Bein sofort abschneiden, aber das Loch ist noch klein, und ich wollte das Laufen eigentlich noch nicht aufgeben. Also suchte ich einen anderen auf, einen Jünger des Mondkultes.«

Dion blieb stehen und sah ihn voller Verachtung an. »Die Priester des Mondkultes sind ein Haufen falscher Heiler, die keine richtige Arbeit leisten, wenn man vom Abkassieren absieht.«

»Woher sollte ich das wissen, Heilerin«, sagte der Kapitän bedächtig und zog die Worte unverschämt in die Länge. »Aber ein Heiler wollte amputieren und ein anderer sagte, er könne mich für eine Handvoll Silber von den Schmerzen befreien. Also habe ich ihm das Silber gegeben, und er hat Wort gehalten. Seit zwei Ninans habe ich keine Schmerzen mehr.« Er streckte sein Bein auf der Bank aus.

»Vermutlich hat er in eine rotierende Kristallkugel gestarrt, mit den Händen herumgefuchtelt, dich gefragt, ob du auch wirklich glaubst, und dann gesagt: Bei deinem Vertrauen und bei den Monden, du bist jetzt geheilt.«

»Er hat mehr für mich getan als dieser offizielle Metzger.« Mannoa warf ihr unter seinen salzverkrusteten Augen einen kalten Blick zu und zog an den Knoten seines Verbandes. »Wahrscheinlich mehr, als du jetzt tun kannst, falls du dich nicht mit irgendeiner anderen Scharlatanerie auskennst, wie zum Beispiel Ovousibas.«

Dions Augen blitzten auf. »Ovousibas gibt es«, erwiderte sie kurz. Und plötzlich wurde ihr klar, daß sie glaubte, was sie sagte.

»Dann beweise es.«

Sie starrte den Mann lange an. Niemand sprach. Dann kroch ein langes Heulen in ihre Ohren, und der Kapitän sah den Wolf böse an.

Der Mann schnaubte verächtlich, und nachdem er zur Seite ausgespuckt hatte, wickelte er bedächtig den schmutzigen Verband ab, so daß zuerst die Mädchen die ekelhafte Wunde erblickten. Namina konnte sich nicht beherrschen und übergab sich sofort ins Waschbecken; Shilia wurde kreideweiß, sank auf der Bank in sich zusammen und schaute dann schweigend aus dem Bullauge hinaus. Sogar Dion mußte würgen, als sie das Bein des Mannes sah. Jahrelange Erfahrung hatte sie jedoch gelehrt, den instinktiven Ekel zu unterdrücken, und so lehnte sie sich vor, um die blutige Wunde unvoreingenommen zu untersuchen. Ungefähr zwei Finger breit unter dem Knie begann die Haut des Mannes an den Wundrändern eines Loches zu faulen, das ungefähr die Größe von zwei Goldstücken hatte. An dem sterbenden Fleisch nährten sich mehrere Würmer, und rings um das Loch zeichneten sich bösartige rote und violette Linien ab. Seit der Woche, in der er sich den Biß zugezogen hatte, war die Wunde nicht mehr gereinigt worden, und selbst die Heilerin mußte schwer schlucken, bevor sie die klaffende Wunde berührte.

»Leg dein Bein hierher«, befahl sie. »Du hast Glück gehabt. Die Würmer haben das tote Fleisch gereinigt und Wundbrand verhindert. Sind diese Hansrücks giftig? Oder hast du was in die Wunde getan?«

»Sie sind giftig. Den meisten Leuten wird das Bein amputiert, aber es war so ein kleiner Biß … und außerdem habe ich ja diesen Mondkult-Priester gefunden …« Seine Stimme wurde immer leiser und verstummte schließlich. Der Effekt, den die häßliche Wunde auf die Mädchen ausübte, bereitete ihm Vergnügen.

»Wie groß war der Biß ursprünglich?« fragte sie. Die Wunde war schon so infiziert, daß es sich kaum noch beurteilen ließ.

»Ungefähr so groß.« Er hielt seine Finger ungefähr drei Zentimeter weit auseinander.

Sie korrigierte ihr Bild von einem meterlangen Fisch. »Wie groß ist der Hansrück genau?«

»Winzig. Nicht größer als mein Daumen. Aber sie haben fünf Tentakel mit Mäulern am Ende. Wenn sie Fische beißen, dann betäuben sie die Stelle, töten das Fleisch ab und saugen sich dann fest. Vom verrotteten Fleisch ernähren sie sich.«

»Shilia, kannst du etwas Wasser abkochen?« Dann wandte sie sich an ihren Bruder und gab ihm einige rasche Anweisungen, nach denen er den Heilumschlag gegen Seekrankheit allein herrichten konnte. Man kann ebensogut alles gleichzeitig machen, dachte sie. Es war keine angenehme Arbeit, die geschwollene Wunde zu reinigen und zu behandeln, aber Mannoa unterhielt sich unbeirrt mit Rhom und Aranur, während sie arbeitete.

»… Stürme scheuchen sie aus den Untiefen auf, und dann geraten sie in die Netze. Ich habe das Vieh nicht gesehen, weil es an den Kiemen eines Silberwebers hing. Ich hatte meine Hose kurz vorher an der Handkurbel zerfetzt und dachte, ich könnte diesen Fang noch einholen, bevor ich neues Zeug anziehe. Der Hansrück hat mich gebissen, als der Weber gegen mein Bein schlug.«

»Wie viele werden denn bei so einem Sturm aufgeschreckt?« fragte Tyrel nervös. Er dachte an die vergangenen Stunden an Deck, die er mit dem Einholen der Fische zugebracht hatte.

»Sie schwimmen nicht in Schulen zusammen. Sie sind eher wie Quallen, lassen sich umhertreiben, bis sie einen passenden Gastfisch gefunden haben. Dabei werden sie immer wieder auf die Felsen geschleudert, aber sie kriechen einfach ins Wasser zurück. Auf dem Trockenen überleben sie aber nicht lange. Sie mögen die Strandgebiete. Da finden sie ausreichend Nahrung.«

»Dion«, unterbrach sie Rhom, der an dem kleinen Herd stand und skeptisch auf die erhitzte, orangefarbene Paste in der kleinen Pfanne blickte. »Das Zeug hat jetzt die Farbe, die du wolltest. Was soll ich damit machen?«

»Bring es her, ich schaue selbst noch mal drauf«, sagte sie. »Ich muß erst das hier zu Ende bringen, aber du kannst ebensogut damit anfangen, bei jedem die Paste aufzutragen. Riecht ja fürchterlich.«

Er verzog das Gesicht. »Alles, was du zusammenbraust, riecht fürchterlich.«

»Wer hat diesmal was zusammengebraut?« gab sie zurück. »Sieh mal. Streich soviel hinter das Ohr. Nach einer halben bis einer Stunde müßtest du dich besser fühlen. Und vergiß Hishn nicht. Sie braucht es auch. Bei ihr mußt du es etwas tiefer hinten in die Ohren hineinschmieren.«

Ungeschickt schmierte der Schmied die Paste hinter Naminas und Shilias Ohren, während Aranur zusah, ohne eine Miene zu verziehen. Dion fragte sich, ob die beiden Männer wohl miteinander auskamen. Seit einiger Zeit herrschte zwischen ihnen eine feindselige Stimmung. Als er seine Arbeit beendet hatte, ging Rhom an Deck, um Gamon Gesellschaft zu leisten, und nahm Aranurs Schwester zum Brückenhaus mit. In der Kabine war Dion gerade damit fertig, Mannoas Wunde zu versorgen.

»Ich kann nichts tun, außer die Wunde sauberzuhalten«, erklärte sie dem halsstarrigen Mann. »Das Gift ist schon im Blut. Und soweit ich weiß, gibt es kein Gegengift, das dich nicht ebenfalls das Leben kostet.«

Er grunzte. »Genau, wie ich dachte. Ich hätte besser daran getan, einen anderen Mondkult-Priester zu suchen und noch einmal eine Handvoll Gold zu bezahlen.«

»Alles, was dir so ein Scharlatan geben kann, ist ein schneller Tod«, antwortete die Frau knapp.

»Und du bietest etwas Besseres? Es gibt Gerüchte, die besagen, daß eine Heilerin mit einem Wolf Ovousibas machen kann – wenn sie will.« Er rollte die Hosenbeine über ihren neuen Verband, den sie über der vergifteten Wunde angebracht hatte. »Wenn sie will«, wiederholte er.

Dion gab keine Antwort, aber die Muskeln in ihrem Unterkiefer spannten sich an, und ihre veilchenblauen Augen nahmen plötzlich einen gequälten Ausdruck an. Ob sie daran glaubte oder nicht, die eine Sache, die sie über Ovousibas wußte, war, daß es den Tod bedeutete. Hishn, die ihre Bedrängnis spürte, gab einen kehligen Laut von sich.

»Mannoa«, sagte Aranur leise, »du wandelst auf einem schmalen Pfad und machst viel Wirbel. Wenn du nicht vorsichtig bist, wirst du abstürzen, und zwar sehr tief.«

Das Gesicht der Heilerin war angespannt und bleich. »Hätte man das Bein vor einem Ninan amputiert, würdest du am Leben bleiben«, sagte sie schließlich. »Jetzt kann man nichts mehr tun – weder ich noch sonst jemand.«

Sie drehte sich um und setzte sich neben Shilia auf die Bank. Doch auch als sie die Augen schloß, forderte der Ausdruck auf Mannoas Gesicht eine Antwort – eine Antwort, auf die sie nicht vorbereitet war.

Der Nachmittag verdunkelte sich zu einer durch den Sturm verfrüht heraufbeschworenen Nacht. Mannoa verließ die Kabine, um Gamon am Ruder abzulösen. Während das Meer das kleine Boot hin und her warf, saßen die Passagiere dichtgedrängt und verkrampft in der Kabine. Die Männer halfen abwechselnd Mannoa mit den Segeln. Im Augenblick war Aranur gerade eingenickt. Tyrel fühlte sich immer noch zu schlecht, um sich nützlich machen zu können, und hatte sich auf eine der Pritschen gekauert. Er sah zu, wie der Ozean vor dem Fenster hochbrodelte und dann wieder in sich zusammenstürzte. Namina, die neben ihm saß, war ruhig, und die in sich zusammengekauerte Shilia zitterte vor Nässe.

Während sie die anderen mit starrem, hoffnungslosem Gesichtsausdruck beobachtete und nagende Schuldgefühle ihr Innerstes erfüllten, saß Dion eingezwängt auf der unteren Koje, während ihr das darüberliegende Bett in die gebeugten Schultern stieß; sie hatte ihre Arme um Hishns Nacken geschlungen und kam zu dem Schluß, daß Mannoa das Recht zu dieser Frage hatte. Ovousibas. Die Heilkunst der Alten. Sie hatte ihm gesagt, daß es existierte, und er hatte sie aufgefordert, es zu beweisen; sie mußte sich eingestehen, daß sie an ihre eigenen Worte durchaus glaubte. Sie verfügte über die gleichen Fähigkeiten wie die Alten: Sie konnte innere Heilungen vornehmen. Und sie war eine Wolfsläuferin. »Sieh nach links«, hatte auf dem Stück Pergament gestanden. Ovousibas.

Gamon warf zuerst einen kurzen Blick in ihr Gesicht und sah dann zu Namina hinüber. »Es gibt Geschichten über Heiler, die diese Geschichte namens Ovousibas versucht haben«, sagte er leise. »Sie alle haben ein gemeinsames Thema.«

Die schlanke Frau begegnete seinem Blick, aber in den Augen war noch der zitternde Abglanz eines Gespenstes zu erkennen, das über ein Grab kroch.

»Ainna wäre in jedem Fall gestorben, Dion. Oder du und die Graue. Die Sache ist es auf keinen Fall wert.«

»Gamon, ich ...«

»Jede Legende hat einen wahren Kern, Heilerin. Und alle Legenden über Ovousibas sind sich darin einig, daß der Heiler immer stirbt. Die Wölfe werden wahnsinnig, und die Heiler sterben.«

Dion starrte auf ihre Hände, aber in diesem Moment stürmte, nachdem Rhom das Steuerrad übernommen hatte, Mannoa herein und hinderte den alten Mann daran weiterzusprechen.

»Der Sturm hat es zerrissen«, knurrte Mannoa.

Aranur zuckte zusammen und blickte auf. »Das Segel?« fragte er.

»Bei dem Wind ist ein Segel so gut wie nutzlos.« Der Kapitän schleuderte seinen Regenmantel über den Boden, so daß er klatschend gegen die Bank rutschte. »Wir haben den Hafen um eine gute halbe Meile verpaßt, und der Schleppanker bremst unsere Fahrt kaum ab. Jetzt können wir nur noch dahintreiben, wo uns dieser verdammte Sturm hinbläst.«

»Wird sich denn der Wind nicht legen?« fragte Shilia schüchtern.

Mannoa öffnete den Mund, um sie verächtlich herunterzuputzen, aber als er den Ausdruck auf dem Gesicht ihres Bruders sah, besann er sich eines Besseren. »Ich bin schon öfters in Wirbelstürme hineingeraten, aber so früh im Jahr dauern sie lange. Die Winterwinde geben den Stürmen bis in den späten Frühling hinein Auftrieb, und anstatt sich schnell wieder zu beruhigen, bleiben diese Wirbelstürme einfach hängen.«

»Und was bedeutet das für uns?« fragte Aranur.

»Das bedeutet, daß wir die Klippen von Bastendore ansteuern«, schnaubte Mannoa. Er griff hastig nach seinem Regenmantel, schwang ihn sich so unwirsch um die Schultern, daß das Wasser über alle hinwegsprühte, und ging wieder in den Sturm hinaus, wobei er die Kabinentür krachend hinter sich ins Schloß warf.

Aranur sah zu Gamon hinüber, und der Waffenmeister erwiderte seinen Blick.

»Bastendore«, wiederholte der alte Mann ruhig.

»Es gibt immer noch die Möglichkeit, daß der Sturm sich legt, bevor er uns auf die Felsen treibt«, erwiderte Aranur.

»Die Strömung an der Küste ist zwar stark, aber wenn uns die Götter eine Chance geben, könnten wir durchkommen.«

»Die Chance eines Kaninchens bei der Lepa-Jagd.« Dion konnte die Bemerkung einfach nicht unterdrücken.

Gamon lächelte säuerlich. »Das siehst du ganz richtig, Heilerin.«

»Na ja«, seufzte sie, »ich würde lieber von hier bis zum Strand zurückschwimmen, als die Klippen von Bastendore anzusteuern und weiterzuleben, um meinen Enkeln einmal davon zu erzählen.«

»Noch sind wir nicht tot«, sagte Aranur, dem ihr Pessimismus auf die Nerven ging. »Und es ist noch ein ganzes Stück bis Bastendore.«

»Du bist immer so verdammt ruhig, Aranur«, platzte Tyrel heraus. »Hörst du nie auf nachzudenken? Hast du niemals Angst, so wie wir anderen auch?«

Der grauäugige Mann blickte seinen Vetter an. »Glaubst du wirklich, ich hätte keine Angst?« erwiderte er mit einem feinen Lächeln. »Man wird mit der Angst groß und wächst in sie hinein, Tyrel. Ob man ein Feigling oder ein tapferer Mann wird, hängt nur davon ab, ob man seine Angst kontrolliert oder ob man von ihr kontrolliert wird. Bei allen Mondwürmern, Tyrel, als ich zum ersten Mal einem Worlag von Angesicht zu Angesicht gegenüberstand, da habe ich mir in die Hosen gepinkelt, wie so viele andere Männer vor mir.« Er warf einen kurzen Blick zu Dion hinüber, die jedoch keinerlei Anstalten machte, die Momente ihrer ersten Kampferfahrungen zu enthüllen. »Angst ist eine ganz natürliche Reaktion. Sie pumpt Adrenalin durch dich hindurch, du rennst schneller, du schlägst härter zu, und du spürst den Schmerz nicht so sehr. Viele Leute halten diese Reaktion schon für Tapferkeit, aber das ist es nicht. Es ist ein Überlebensmuster, genau wie Zorn, wie Lachen, wie alles andere, was wir fühlen. Alles hat seinen Zweck. Um deine Aufgabe zu erledigen, mußt du herausfinden, wie dieser Zweck beschaffen ist.«

Der Junge öffnete den Mund, um zu antworten, aber ein weiterer Anfall der Seekrankheit zwang ihn dazu, sein Gesicht zur Seite zu drehen und sich wieder der Kontrolle über seinen Magen zu widmen.

Dion bewegte sich und schob den Pullover hinter sich an der Wand hoch, damit ihr Kopf nicht bei jeder Welle gegen die hölzerne Kabine schlug, während das Boot unablässig und übelkeiterregend über die Wogen schaukelte. »Tyrel hat trotzdem recht, Aranur«, sagte sie und stemmte sich gegen ein plötzliches Schlingern des Schiffes. Hishn rutschte über die glitschigen Planken, und die Heilerin packte sie rasch an den Nackenfalten. »Wenn du hundert Sklavenjägern im Kampfring gegenüberstehen würdest, ich wette, du würdest keine Minute damit verlieren, zu den Monden zu beten – du würdest dein Schwert ziehen, dir überlegen, wie du mit allen fertig wirst, und wahrscheinlich ohne einen Kratzer aus der Geschichte herauskommen.«

»Vielleicht«, gab er lächelnd zu. »Ich bin sicher, ich würde nicht ohne Kampf verlieren. Das habe ich von Gamon gelernt.«

»Du hast alles von mir gelernt«, pflichtete ihm der ältere Mann bei. »Aber ich schwöre, das meiste davon ist dir direkt wieder aus den Ohren herausgeschlüpft.« Spielerisch deutete er einen Boxhieb in Richtung seines großen, dunkelhaarigen Neffen an.

Aranur grinste den alten Waffenmeister an und lehnte sich zurück, als das Boot durch eine weitere Folge von Wellenkämmen und -tälern schoß. Hishn legte den Kopf auf die Knie der Heilerin und sah vorwurfsvoll zu der Frau auf, die ihr mitfühlend das Fell streichelte. Die gedanklichen Eindrücke, die sie von der Grauen empfing, waren aufgrund des beständigen Schlingerns des Bootes und der Enge der Kabine sehr aufgewühlt, und das einzige, was der Wölfin jetzt noch wichtig erschien, war, so schnell wie möglich festen Boden unter die Pfoten zu bekommen.

Sogar zwei Worlags gegenüberzustehen ist besser als das hier, teilte sie der Wolfsläuferin mit, wobei sich ihr der Magen schon wieder umdrehte.

Stell dir einfach vor, du rennst über die Berge, und der Boden ist uneben, riet Dion. *Und nie etwas genau fixieren.* Sie hatte bereits festgestellt, daß die Übelkeit zunahm, wenn man etwas genau anzusehen versuchte. Sie fragte sich kurz, ob es noch schlimmer werden konnte, als es ohnehin schon war, je näher sie den Klippen von Bastendore kamen. Sogar in den Bergen von Randonnen erzählte man sich von Bastendore, und die Kunde von einem Schiff mehr oder weniger, das das Schicksal Hunderter anderer Schiffe teilte, würde wohl kaum Aufsehen erregen.

Die Nacht schritt voran und trieb das kleine Schiff immer schneller in Richtung Westen; die Wogen türmten sich immer steiler auf, und der Himmel drohte auf das Boot herabzufallen. Mannoa steuerte nur noch nach Gefühl. Er hatte sich mit Tauen am Steuerrad festgebunden, damit er nicht über Bord gespült wurde, während der Regen gegen die hölzernen Seiten des Schiffes peitschte und auf das Deck trommelte. Das Boot donnerte in die Wellen hinein und stürzte fast senkrecht von den Wellenkämmen hinunter; die Segel waren eingerollt, damit die Leinwand nicht völlig vom Sturm zerfetzt wurde. Mannoa und Rhom kämpften mit dem Steuer, damit das Boot einigermaßen gut in der Strömung lag, und drinnen in der Kabine blieb den Passagieren bei der rauhen Fahrt kaum etwas anderes übrig, als sich gegen die Sitzbänke zu drücken und darauf zu warten, daß ihre Mägen die Bewegungen nachvollzogen. Niemand machte ein Auge zu. Hishn konnte sich allein nicht gegen die Bewegungen des Bootes stemmen und wäre von einer Seite zur anderen geschleudert worden, hätten sie Shilia und Dion nicht zwischen sich auf einer der Bänke eingeklemmt.

Die Heilerin konnte die Kraft der See unter den Planken spüren, eine Kraft, die sie mit jeder Welle hochhob und vorwärtsschleuderte. Ihr Magen krampfte sich vor Angst zusammen. Sie konnte nicht erkennen, wohin die schlingernde und krängende Fahrt ging, die Bullaugen zeigten nichts als dunkle Meeresbrühe. Als Mädchen aus den Bergen flößte ihr die gewaltige Macht des Meeres große Ehrfurcht ein. Im Vergleich hierzu war ein tiefer, ruhiger Bergsee kaum eine Pfütze, die donnernde Kraft einer Springflut nur ein Rinnsal, das über die Planken lief. Inmitten der sich hochtürmenden Wassergebirge und wogenden Wellenkämme des Ozeans sah, traf und fühlte Dion wirkliche Macht.

Stunden später hellte sich die schwarze Nacht zu einer grauen Dämmerung auf, und der Regen ließ nach. Noch immer wurden sie von Strömungen vorwärtsgetrieben, aber sie hatten die westliche Ausbuchtung des Festlandes passiert und trieben jetzt Richtung Norden. Mannoa forderte sie grimmig dazu auf, ihren Frieden mit den Monden zu schließen, denn die Klippen von Bastendore lagen am Steuerbord, kaum eine Stunde entfernt.

»Können wir nicht einfach davon wegsteuern?« brüllte Rhom durch den tosenden Wind.

»Dort treffen und vermischen sich alle möglichen Strömungen!« schrie Mannoa zurück. »Der Wind bläst immer direkt auf die Klippen zu, dreht sich dann und flacht ab. Wenn der Sturm nicht lange genug anhält, um uns an den Klippen vorbeizutreiben, haben wir keine Chance.«

»Warum können wir nicht in einer der kleinen Buchten vor Anker gehen, die auf den Navigationskarten eingezeichnet sind?« Der Wind riß Rhom die Worte von den Lippen.

»Diese Buchten gibt es schon, klar doch. Aber sie sind von unberechenbar verlaufenden Riffen umgeben, die die Wellen fünfzig Meter hochjagen.« Mannoa drehte das Steuerrad, um einer Welle auszuweichen; das Wasser rann in Strömen von seiner Schutzkleidung und floß dann über die Decksplanken ab. »Selbst wenn wir in eine dieser Buchten hineinkommen«, schrie er, »kommen wir niemals wieder heraus. Die Wellen können uns vielleicht über die Riffe spülen, aber sie halten uns dann auch in der Bucht gefangen.«

»Wenn wir nichts unternehmen, sterben wir in jedem Fall!« rief Rhom. »Der Wind flacht ab, und der Sturm zieht weiter.«

Als der Wind sich legte und die Wolken sich hoben, gaben sie den Blick auf die Falle frei, in der sie saßen. Jede Welle brachte sie einer schwarzen, hochaufragenden Felswand näher. Sie sahen, wie sich das Wasser an den Riffen brach und in gewaltigen Gischtwolken aufspritzte, die oben auf die Klippen niederregneten. Fünfzig Meter? Mannoa hatte sie schamlos über die Kraft dieser riesigen Geysire belogen. Die Klippen selbst waren hundertfünfzig Meter hoch, und das Wasser schoß noch mindestens vierzig Meter über sie hinaus.

»Wenn wir in eine der Buchten hineinkommen, dann können wir vielleicht über die Felsen hinaufklettern«, sagte Aranur zu Dion. Sie fragte nicht, wie groß ihre Chancen waren, in eine dieser Buchten hineinzugelangen. Ohne ihren Gesichtsausdruck zu bemerken, überlegte er weiter: »Es dürfte schwierig werden, weil die Steine naß sind, aber man kann es schaffen. Tyrel hat nicht soviel Erfahrung im Klettern wie Gamon oder ich, und Gamon ist aus der Übung.« Er sah Dion an. »Kann Rhom klettern?« Sie nickte, und er fuhr fort: »Shilia und Namina sind noch niemals geklettert, aber sie kennen die Technik. Sie werden es schaffen, wenn wir sie anseilen und mit uns hinaufziehen. Wie steht's mit dir? Hast du Erfahrung im Klettern?«

Sie nickte nur. Das Boot krachte in eine Meeresrinne, und sie stemmte sich gegen eine der Trennwände des Schiffes, bevor sie von ihrem Sitz geschleudert wurde. Sie kletterte ebenso gerne an Felswänden wie in den Bergen herum, aber sie hatte auch eine idiotische Angst vor großen Höhen – das Ergebnis einer angeborenen Phobie und eines schweren Sturzes, der sich vor einigen Jahren ereignet hatte. Damals war ein Stück der Felsnadel abgebrochen, und die Metallnägel, die sie in den Fels hineingehämmert hatten, waren bei ihrem Sturz einer nach dem anderen herausgerissen worden. Rhom bezeichnete es damals als einen Reißverschluß-Sturz. Mit etwas Glück starb der Verunglückte einen schnellen Tod, wenn das Seil den Körper durch einen plötzlichen Ruck zum Halten brachte. Dion hatte sogar noch mehr Glück gehabt. Während des Sturzes hatte sie die Schlaufe eines schlaffen Seiles erwischt und es irgendwie fertiggebracht, das Seil dreimal um ihre Arme und Hände zu wickeln, bevor das andere Seil die beiden letzten Nägel erreicht hatte. In ihren Ohren hatte ein solcher Lärm geherrscht, daß sie nicht hören konnte, was Rhom schrie, oder waren es ihre eigenen Schreie gewesen? Sie wußte es nicht. Sie hatte sich gegen den Ruck zu wappnen versucht, der ihr den Hals brechen würde. Wenn der letzte Nagel hielt. Wenn es ihr durch die Kraft des Zuges nicht die Arme herausriß.

Als sie wieder zu sich kam, hatte Rhom sie bereits gegen die Felswand gelehnt. Zuerst war der Schmerz nicht so schlimm – nur ein Arm war gebrochen –, aber das Seil brannte an der Stelle, wo es sich in ihre Haut eingeschnitten hatte, und sie konnte nur zusammenhanglos denken. Sie erinnerte sich kaum mehr an die darauffolgenden Ereignisse. Rhom installierte ein behelfsmäßiges Lager, ließ die Notflagge flattern und feuerte ein Leuchtsignal ab. Er legte seiner Schwester eine Armschlinge an und richtete ihren Arm, nachdem sie ihm in einem ihrer lichteren Momente beschrieben hatte, was er machen mußte. Aber nach einer Nacht am Rande der Klippen wußten sie beide, daß sie nicht noch einen Tag durchhalten würde, bevor die Rettungsmannschaft eintraf. Die Kälte und der Schock hatten nur noch wenig von ihrer Energie übriggelassen, und ihre Ration reichte kaum noch für einen Tag. Auf ihre Anweisung hin band Rhom einen Arm an ihrem Körper fest und verband die Verbrennungen auf der anderen Seite. Dann machten sie sich daran, in der längsten Kletterpartie ihres Lebens an der steilen Felswand abzusteigen. Sie war einarmig, stand halb unter Schock, und die Finger einer Hand waren fast gefühllos, als sie versuchte, das, was von ihrer Kletterfertigkeit noch übriggeblieben war, beim Abstieg einzusetzen. Rhom war auch bald erschöpft davon, den Weg anzugeben, seine Schwester immer wieder zu stützen und sie Hand über Hand hinunterzuheben, wenn sie nicht mehr weiter konnte. Als die Erschöpfung ihren Preis forderte, glitt Dion aus und fiel wieder – ein kurzer Fall, nur wenige Sekunden, aber es erschien ihr wie drei Monate. Auch nachdem sie endlich unten angelangt waren, hörte sie nicht auf zu zittern. Sie saß einfach im Geröll am Fuß der Wand und krallte sich hinein, während ihr die Tränen über das Gesicht rannen.

Nachdem ihre Arme geheilt waren, mußte sie die ganze Muskulatur wieder neu aufbauen. Das gleiche galt für ihr Selbstvertrauen, denn der Sturz hatte sie stark angegriffen – jedesmal, wenn sie wieder klettern wollte, zitterte sie so sehr, daß sie an jedem Halt, nach dem sie griff, abrutschte.

Irgendwann fing sie doch wieder zu klettern an, aber die Angst gehörte von da an mit dazu. Wenn sie kletterte, konnte sie sich nur noch auf die Felsen konzentrieren; hatte sie einmal mit dem Aufstieg begonnen und bekam plötzlich Angst, dann konnte sie nicht mehr anhalten, bis sie die Spitze erreicht hatte oder das Ende des Seils. Sie selbst, Ember Dion, war die einzige Person, die jemals die Nordseite der Dountuell erklettert hatte, aber sie hatte es nur deswegen getan, weil sie zuviel Angst hatte, unterwegs anzuhalten. Sie mußte den Rest der Bergsteigergruppe hinter sich lassen, als diese nicht mehr weiterklettern und sie nicht mehr zurück konnte – sie hatte sich vom Seil gelöst und war den Rest der Wand ohne Sicherung hochgeklettert. Das Ganze endete damit, daß sie zwei Tage brauchte, um auf der flacheren Rückseite des Berges wieder abzusteigen, und das mit Händen, die von der Kletterei so zerfetzt waren, daß sie sie einen Ninan lang nicht benutzen konnte. Obwohl jeder wußte, daß sie unter Höhenangst litt, wollten merkwürdigerweise alle immer wieder mit ihr klettern. Ihre Fertigkeiten garantierten dafür, daß man fast jede anspruchsvolle Route nachklettern konnte – wenn es ihr gelang, ihre Angst zu kontrollieren. Aber jetzt, in der engen Kabine des Fischerbootes, den Rücken gegen die hölzerne Schiffswand gepreßt, fühlte Dion, wie sie allein der Gedanke ans Klettern nervös machte: heraus aus der Umklammerung des Meeres und hinein in die Klauen der Angst. Ich würde lieber einen Ninan lang seekrank auf diesem Boot bleiben, als auch nur vierzig Meter hochzuklettern, sagte sie sich und achtete nicht auf Hishns ungläubiges Schnaufen. Aranur gegenüber ließ sie jedoch kein Wort verlauten. Bring dich nicht selbst vor der Zeit in Verlegenheit, riet sie sich. Vielleicht will er ja als Anführer voranklettern.

»Wie gut klettert Rhom?« fragte Aranur.

Sie zuckte zusammen und nickte dann. »Er ist sehr gut.«

Der dunkelhaarige Mann legte ihr den Arm um die Schultern und zog sie an sich; plötzlich wollte sie sich nur noch an ihn lehnen und ihm sagen, wieviel Angst sie hatte und wie sehr sie sich schon jetzt auf ihn verließ. Aber dann sagte er mit einem freundschaftlichen Klaps auf ihr Knie: »Dann mach dir keine Sorgen, Dion. Gamon ist immer noch ein ganz ordentlicher Kletterer, obwohl er schon seit Jahren keinen Berg mehr hochgestiegen ist, und Tyrel wird es auch schaffen. Wenn Rhom gut klettert, dann haben wir ja mehr als genug Leute, die uns sicher nach oben bringen.«

Er denkt wahrscheinlich, ich wäre noch nie was anderes hinaufgeklettert als die Leiter zum Heuschober, dachte sie säuerlich und seufzte.

Seit der Regen aufgehört hatte, steuerte Mannoa das Boot quer zur Strömung, um eine Durchfahrt in den Riffen zu finden. Die Karten erwiesen sich als keine große Hilfe, da bis jetzt noch niemand nahe genug herangekommen war, um die Tiefen hier auszuloten und mit dieser Information wieder zurückzukehren. Aber der Fischerkapitän fuhr weiter quer zur Strömung.

»Wenn ihr die Klippen hinaufsteigen wollt, dann werdet ihr

nicht viel Zeit dafür haben!« rief er. »Die Buchten sind genauso steinig wie die Küste an den Klippen. Ich werde versuchen, das Boot ruhig zu halten, während jemand versucht, die Felsen zu erreichen.«

Aranur stimmte zu und wandte sich zu Rhom. »Dion sagt, du kletterst gut. Was hast du schon gemacht?«

»Die Dountuell habe ich noch nicht bestiegen, aber ich war zweimal auf dem Hoxher.« Rhom sah kurz zu seiner Schwester und lächelte schelmisch zu ihr hinüber. Sollte er etwas von einer ihrer letzten Klettereskapaden verraten? Versuch das bloß nicht, dachte sie.

Aranur, der nichts davon bemerkte, nickte anerkennend. Der Hoxher war ein schwieriger Berg und deswegen sehr berühmt. Allein die Tatsache, daß Rhom diesen Berg hinaufgeklettert war, setzte ihn an die Spitze der Bergsteiger. Natürlich gab es in den Ramaj Randonnen, der Heimat der Zwillinge, einige der besten Klettermöglichkeiten überhaupt, Bergsteigen war daher in diesem Gebiet viel populärer als sonstwo. Sogar die schlechtesten Kletterer der Randonnen waren besser als die besten Bergsteiger anderer Landstriche.

»Dann sind wir wahrscheinlich beide gleich gut, Rhom«, fuhr Aranur fort. »Von hier aus sieht es ganz so aus, als könnten wir die Klippen in einem Satz schaffen; ohne Sicherung und nur mit dem schweren Fischerseil ausgerüstet, müssen wir wahrscheinlich abwechselnd führen. Deshalb brauchen wir wahrscheinlich doch vier Teilstrecken. Ich führe zuerst, dann übernimmst du die zweite Führung und ich wieder die dritte. Tyrel ...« Er drehte sich zu seinem Vetter um. »Sieh mal nach, ob es hier irgendwelche Haken oder Nägel gibt, die wir in die Felsen schlagen können. Wir brauchen eine Art Kletterhaken, um das Seil zu befestigen.«

Tyrel nickte und zeigte dann voller Aufregung auf die Küste. »Seht doch! Eine Lücke im Riff. Man sieht, wie das Wasser darüberfließt.«

Mannoa kniff die Augen zusammen und nickte dann. »Wir

müssen genau den richtigen Zeitpunkt abpassen, sonst knallen wir auf die Felsen.«

Rasch suchten sie ihre Ausrüstung zusammen. Während der letzten Stunde hatten Gamon und Shilia eines der leichteren Seile so geknüpft, daß es sich einfach zum Klettern benutzen ließ, und Tyrel hatte ein paar schwere Fischhaken gefunden, die sich vielleicht als Nägel gebrauchen ließen. Rhom brachte Drahtschlaufen an den Haken an, so daß das Seil durch die Schlaufen lief und hochgezogen werden konnte, sobald der Haken fest in der Felswand saß. Immer wenn die Wellen das kleine Boot hochhoben, konnten sie in die Bucht hineinsehen, die sich als kaum mehr als eine von Klippen umgebene Einbuchtung erwies. Auf einer Seite führte ein schmaler, steiniger Sims ins Wasser.

»Seht mal – wenn wir bei diesem Vorsprung dort anlegen könnten«, machte Dion ihre Gefährten darauf aufmerksam.

Ihr Bruder kniff die Augen zusammen. »Wo? An diesem dunklen Streifen? Ja, das sieht gut aus.«

Sie nickte. »Wenn wir es mit der Ausrüstung auf diesen Sims schaffen, verkürzt das die Entfernung zur Spitze um zwanzig Meter.«

»Und damit auch die Kletterei«, sagte er und hob abwägend das schwere Fischerseil hoch. »Sogar diese Entfernung wird sich sehr bemerkbar machen. Ich sage Mannoa Bescheid.«

Die Frau war erleichtert. Sie mochte den Kapitän nicht und ging jedem Gespräch mit ihm nach Möglichkeit aus dem Wege. Sein Charakter schien genauso schleimig zu sein wie seine Fische. Aber immerhin hat er uns bis hierher gebracht, mußte sie zugeben.

Es ist nicht weit genug, erwiderte Hishn. Die Wölfin sah sehnsüchtig zu den Klippen hinüber, als handele es sich um ein dickes, saftiges Steak außerhalb ihrer Reichweite.

Sie wurden näher an das Riff herangespült. Mit einem Getöse wie tausend sechsbeinige Dnus hoben sich die Wellen und fielen wieder zusammen, woraufhin die Lücke im Riff kurz zu sehen war und dann wieder verschwand. Auf dem Gesicht Mannoas glitzerte der Schweiß. Er zwang das Boot, langsamer zu werden. Dions Finger verkrampften sich. Die Gischt der windgepeitschten, sich kräuselnden Wellen, auf denen das Boot ruckweise nach vorne schoß, verkrustete ihre Haare mit Salz. Sie befanden sich jetzt genau vor dem Riff. Das Boot drehte leicht, und Mannoa riß das Steuer herum, um wieder in die alte Position zu kommen: Die Lücke tat sich auf, die nächste Woge ließ das Boot nach vorne schießen. Sie jagte auf die überfluteten Steine zu.

Im letzten Moment hoben sich die Wellen wieder unter ihnen und trugen sie fast so elegant über die unter ihnen wegtauchenden Felsen, als würden sie surfen. Doch dann sanken sie zu früh ab. Ein fürchterliches reißendes Geräusch kreischte durch die Planken und erschütterte das ganze Boot wie ein Erdbeben. Die Rückseite des Bootes war auf das Riff aufgelaufen, und das Ruder wurde in den Schiffsrumpf hineingedrückt. Knirschend wurden sie mit der nächsten Woge wieder ins Wasser gespült, doch als sich das Schiffsruder verabschiedete, entglitt das Steuerrad Mannoas Händen. Das Boot trudelte in den schäumenden Wogen und trieb allmählich auf die Klippen am anderen Ende der kleinen Bucht zu.

»Wir werden wahrscheinlich schwimmen müssen«, knurrte der Kapitän. »Wir haben ein Leck.«

»Wir müssen es bis zu dem Vorsprung schaffen«, sagte Aranur. »Wir können uns vom Deck hinüberziehen, wenn wir nur nahe genug kommen.«

»Ich tue verdammt noch mal, was ich kann«, schnaubte Mannoa.

Alle standen an Deck und beobachteten, wie sich das Boot immer träger im Wasser bewegte. Die Strömung trieb sie in eine dichte Decke von Seegras hinein, die der Sturm hierhergeschwemmt hatte, und sie wurden noch langsamer.

»Wenn uns das Seegras zu sehr aufhält, schaffen wir es

nicht«, sagte Aranur. Der Wind war in der Bucht abgeflaut, und sie konnten sich in normaler Lautstärke unterhalten, obwohl ihre Stimmen vor lauter Anspannung rauh und heiser klangen.

»Wir haben immer noch das Beiboot«, stellte Mannoa fest und starrte wie gebannt auf die geschlossene Decke aus purpurrotem Seegras. »Wenn wir nicht müssen, sollten wir hier nicht schwimmen. Seht euch nur das Seegras an.« Sie folgten seinem Blick, sahen aber nur einige rote Schatten unter den großen Blättern.

»Was ist das?« fragte Tyrel und lehnte sich gegen die Schlagseite des Bootes.

»Rastin. Die fressen alles. Sogar Holz, wenn sie verwirrt genug sind. Eine Schule muß einem Fisch hierher gefolgt sein. Sie nagen einen Mann in ein paar Minuten bis auf die Knochen ab. Sie sind aber dumm und langsam. Sie bleiben immer zusammen, und ein schneller Schwimmer schafft es manchmal ungeschoren bis zum Strand.«

Die Schatten bewegten sich in Richtung des Vorsprunges davon.

»Angenehmer Gedanke«, sagte Gamon. »Jedenfalls für Leute, die schnell im Quallengras schwimmen können.«

»In das Beiboot passen nur fünf hinein«, schnaubte der Kapitän mit grimmigem Blick, während er das kleine Boot zu Wasser ließ. »In zehn Minuten wird das Deck überflutet sein.« Dion hatte den Eindruck, er würde jederzeit versuchen, allein mit dem Beiboot davonzufahren, wenn er es nicht mit fünf Schwertern und zwei Reihen von Wolfszähnen hätte aufnehmen müssen. Er vertraute seinen Passagieren nicht, aber sie vertrauten ihm genausowenig.

»Kleiner«, sagte er herablassend zu Tyrel, »hol die Rettungsringe aus den Netzen und die Matratzen von den Betten. Bis das Beiboot zurückkommt, brauchen wir ein Floß.«

»Rhom«, entschied Aranur, der inzwischen seine Meinung über den Aufstieg geändert hatte. »Du gehst als erster. Nimm

Namina, Shilia, Dion und die Ausrüstung mit. Gamon wird dich für den Aufstieg sichern und dann das Dingi zurückbringen.«

»Dion kann auch klettern«, sagte der jüngere Mann ruhig. »Sie kann mich genausogut sichern. So kann Gamon schneller zurückfahren.«

Aranur hob die Augenbrauen, nickte jedoch, und Rhom sprang in das kleine Boot. Er half den anderen vom Schiffsdeck herunter, das sich bereits wie eine Rutschbahn neigte, und griff nach der Ausrüstung, die er unter den Sitzen verstaute. Gamon saß auf der einen, Rhom auf der anderen Seite des Beibootes, jeder hatte einen Riemen. Sie mußten sie zuerst wie Paddel benutzen, um das rote Seegras beiseite zu schieben. Dion kauerte sich an den Bug und drückte das Seegras mit einer losen Planke unter den Bootsrumpf, damit sie schneller vorankamen. Sie sah zum Kutter zurück. Aranur, Tyrel und Mannoa waren eifrig damit beschäftigt, die Matratzen zusammenzubinden, um ein Floß mit seitlich treibenden Netzen zusammenzubasteln.

Das Beiboot war an den Felsen angekommen. Sie konnten fast bis an die Klippen heranfahren, aber das Seegras bedeckte einen sehr unebenen Boden, als zögen sich einige scharfkantige Felsgrate quer durch die Bucht, und sie wollten keinesfalls riskieren, daß sie irgendwo aufliefen, wenn Aranurs, Tyrels und Hishns Leben von einer zweiten Fahrt des Bootes abhing. Dion stieg aus dem Boot und hielt die Luft an, als ihr das kalte Wasser bis zur Hüfte schwappte. Wegen des roten Schleims, der keine Sicht auf den ungleichmäßigen Boden freigab, glitten sie und Rhom immer wieder aus und gerieten in tieferes Wasser, während sie das Beiboot so dicht wie möglich an die Klippen heranzogen. Obwohl beide sehr vorsichtig gingen, knickten sie mehrmals zwischen den tückischen Bodenwellen um.

»Der Riß zieht sich bis dort oben hin durch«, sagte Rhom.

»Ja. Wenn wir uns von dem Vorsprung abseilen, können wir

alles hochziehen und dann von da aus an den Klippen nach oben klettern.«

»Beeilt euch!« rief Namina, deren Stimme vor Furcht zitterte. »Sie sind fast unter Wasser.«

Dion watete zu dem Beiboot zurück. Das Leder ihrer Hose war vom Seegras ganz rot. Gamon reichte ihr das Seil, das sie hoch über dem Kopf hielt, damit es nicht naß wurde. Irgend etwas drückte sich gegen ihr Bein, und ihr Herz hörte einen Augenblick lang auf zu schlagen, aber es war nur ein grauer Flachfisch, kein roter Rastin. Der Gedanke an eine Kletterpartie machte sie schon jetzt nervös. Beruhige dich, sagte sie sich. Das ist doch lächerlich. Nur zwanzig Meter. Sie zwang sich zu einem Lächeln, als Hishn in fünfzig Meter Entfernung wenig amüsiert aufheulte, als Aranurs improvisiertes Floß zu Wasser gelassen wurde und die Wölfin nasse Pfoten bekam.

Ihr Bruder hing bereits an der Felswand, und Dion reichte ihm das verknotete Ende des Seiles. Schnell kletterte er die Klippen hinauf und rutschte nur einmal ab, als er in den Spalt faßte und statt eines festen Halts nur Unkraut zu fassen bekam. Sie gönnte sich selbst eine Sekunde, um auf die geschmeidige Kletterkunst ihres Bruders stolz zu sein, und sah dann zu dem überspülten Deck des Fischerbootes zurück. Das Floß trieb bereits auf dem Seegras auf sie zu.

»In Ordnung, Namina als erste.« Sie wandte sich dem Beiboot zu und forderte das jüngere Mädchen auf herüberzuwaten. Sie konnte das Seil nicht loslassen, um dem Mädchen zu helfen, da es sonst ins Wasser gefallen wäre, und mit einem nassen, schweren Seil zu klettern, das fehlte ihnen gerade noch. »Du mußt hierherwaten und dich dann an den Knoten hochziehen. Genau. Mach weiter. Du machst es richtig.« Das Mädchen keuchte und schrie entsetzt auf, als es in ein Loch trat. »Alles in Ordnung, Namina, nur eine Unebenheit zwischen den Bodenwellen. Da, nimm meine Hand. Kannst du an den Knoten hochklettern? Gut. Ich halte das Seil fest, damit du dich nicht drehst. Paß auf deinen Arm auf.« Die Heilerin redete immer weiter, um Namina zu beruhigen, während sie sich am Seil hochhangelte. Das Wasser war so kalt wie ein Gebirgsbach, und Dions zitternde Hüften begannen vor Taubheit zu schmerzen.

»Jetzt bist du an der Reihe, Shilia. Gut. Genau. Greif so nach dem Seil. Stemme dich gegen den Felsen und zieh dich hoch. Genau. Nicht anhalten, immer weiterklettern, dann geht alles glatt. Du machst das prima.« Sie löste eines der zwei Pakete, die ihr Gamon an das Ende des Seiles gebunden hatte, und schickte es hinauf, während sie das andere auf ihrem Rücken behielt, damit es nicht unter Wasser geriet. Der ältere Mann war bereits wieder zum Floß unterwegs. Das Dach des Ruderhauses war noch zu sehen, aber das Floß trieb jetzt frei umher, und die Männer steuerten es langsam mit Hilfe von behelfsmäßigen Rudern, die sie in letzter Minute aus den Türen herausgebrochen hatten, auf die Klippen zu.

Plötzlich schrie Mannoa auf und krabbelte in die Mitte des Floßes. Die ganze Konstruktion schwankte; eines der Pakete mit der Ausrüstung löste sich und versank langsam im Seegras. Alle drehten sich um und balancierten das Floß neu aus. Hishn knurrte und wankte gefährlich nahe an der schlickigen Oberfläche, während Aranur nach dem davontreibenden Paket fischte.

»Mannoa, was tust du denn, bei allen neun Höllen des Mondes?«

»Unser Gespritze hat die Rastin angelockt. Sieh doch!«

»Heilige Mutter der neun Monde!« Ihre Stimmen trugen deutlich über die Wasseroberfläche, und Dion konnte die ruhige, schockierte Feststellung hören, als hätte sie jemand direkt neben ihrem Ohr ausgesprochen. »Wie viele sind es?«

»Tausende. Die ganze Quallengrasdecke hier muß ein Laichgebiet sein. Streck bloß nicht die Hände ins Wasser, Junge«, sagte Mannoa angespannt zu Tyrel. »Nicht hinauslehnen. Wenn wir hier vom Floß fallen, ist das unser Ende. In diesem Wasser kann man ihnen nicht davonschwimmen.«

»Elende Hundswürmer!« fluchte Gamon plötzlich und hielt das Ruder hoch, mit dem er das Beiboot vorantrieb. Ein Stück war herausgebissen.

»Sie sind hungrig!« rief Mannoa voller Furcht. »Beeilt euch. Die Fische im Laderaum locken sie zum Boot.«

Shilia hatte jetzt den Vorsprung erreicht, und Dion hatte einen etwas instabilen Standpunkt auf einem schlüpfrigen Stein nahe der Wasseroberfläche gefunden. Wasser umspülte ihre Knie. Sie zitterte, die nassen Kleider klebten ihr kalt an der Haut, und der Wind trieb die restliche Wärme aus ihrem Körper. Sie band das letzte Stück der Ausrüstung am Seil fest und schickte es zu Rhom hinauf.

Gamon war jetzt am Floß angekommen, von wo aus ihm vorsichtig die Gepäckstücke herübergereicht wurden. Nach jeder Bewegung mußten sie sich neu positionieren, um das Floß im Gleichgewicht zu halten. Sogar von ihrem Standplatz aus sah Dion die dunkelroten Schatten, die sich unter ihnen im Wasser versammelten. Die Bewegungen auf dem Floß wirkten wie ein Köder auf die Rastin, und der Geruch der Fische im Laderaum erregte sie. Sie waren bereit, in alles hineinzubeißen. Hishn saß jetzt im Beiboot, und das Floß schwankte, als Tyrel vorsichtig hineinstieg.

Das Floß wackelte erneut bedenklich, und Mannoa schrie in plötzlicher Panik auf. »Sie fressen die Matratzen!« Er sprang an Aranur vorbei und versuchte, Tyrel aus den Händen seines Onkels zu stoßen, um noch vor ihm in das Beiboot zu steigen.

»Mannoa! Du bringst uns alle um!« Aranur griff nach den Beinen des Kapitäns, damit er ihr kaum noch treibendes Floß nicht umwarf. Es rutschte durch sein plötzliches Gewicht seitlich weg, und sowohl Tyrel als auch Mannoa rutschten zwischen dem vollgesogenen Floß und dem Beiboot ins Wasser. Gamon packte den Jungen an den Armen und zog ihn blitzschnell über die Seite ins Beiboot; Tyrel schrie laut auf, und zwei rote Schatten glitten ins Wasser zurück. Mannoa hatte nicht soviel Glück. Beim Abrutschen klammerte er sich an die

Seite des Beiboots und zog es gefährlich tief zur Wasseroberfläche hinab, aber innerhalb von Sekunden waren seine Beine abgenagt, und während die Fische zubissen, bildete das Wasser kleine Strudel um seinen Körper. Er schrie, aber Gamon konnte seine Hände nicht von der Bootsseite lösen, um ihn ebenfalls in das Boot hineinzuziehen. »Laß los, Mann!« brüllte er heiser über die Schreie des Kapitäns und das Knurren des Wolfes. »Um Gottes willen, laß doch los!«

Schließlich verdrehte Mannoa die Augen nach oben, und seine schrecklichen Schreie hörten endlich auf. Er versank in der Masse purpurroter Schatten, die sich leicht hellrot färbten.

»Aranur, wenn du einen Schritt machst und zu springen versuchst, kann ich dich vielleicht fangen«, sagte sein Onkel rauh in die Stille hinein. Tyrel zitterte, während er versuchte, den Blutstrom an seinem Bein zum Stillstand zu bringen.

»Gut.« Durch sein dunkles Haar sah Aranurs Gesicht im Morgenlicht noch bleicher aus, als er sich jetzt aufrichtete und sich vorsichtig auf einem Bein ausbalancierte. Er machte einen Satz, und sofort war das Floß von roten Rastin überschwemmt, aber Gamon hatte ihn schon bei den Armen gefaßt und ins Boot gezogen.

Bei den Klippen holte Dion tief Luft – und sah auf ihre Füße. Hier war noch kein Rastin zu sehen. Gamon und Aranur kamen mit dem Beiboot näher, und bei jedem Schlag wurden die Riemen fast weggebissen. Ein Teil der roten Schatten folgte ihnen, und die Frau zitterte vor Furcht und Kälte.

»Dion, klettere jetzt hoch!« rief Gamon. »Sofort raus aus dem Wasser!«

Ihre Stimme zitterte, aber sie mußte trotzdem fragen: »Braucht mich Tyrel?«

»Der Verband hält erst einmal. Er muß sich hochhangeln. Beeil dich, Weib. Wir fahren mit dem Boot direkt an die Klippen und klettern von da aus hoch.«

Sie waren fast bei ihr, und Dion wollte keine kostbare Zeit mit dem Seil verschwenden, das die Männer benutzen konnten, wenn sie ohne Sicherung klettern würde. Rhom hatte es hinaufgezogen, damit es nicht naß wurde, sie zog daran, um es etwas zu verlängern, und warf dann das Seilende zu Gamon hinüber. Sie kletterte in dem Spalt hinauf, den Rhom ebenfalls benutzt hatte, und ging die steile Wand so leichtfüßig hinauf, als handele es sich um eine Treppe. Nach der Hälfte des Aufstiegs blieb ihr der Atem im Hals stecken, aber es war eine einfache Kletterei, und sie war nur zwanzig Meter über dem Wasser. Unter ihr befestigte Gamon bereits die Pakete mit der Ausrüstung am Seil.

Als sie sich auf den Felsvorsprung schwang, wurden die Pakete schon von ihrem Bruder wie Säcke voller reifer Kartoffeln nach oben gezogen. Die Wölfin wurde auf dieselbe Art hinaufbefördert und beschwerte sich bitterlich, aber Dion befahl ihr, still zu sein. Zumindest war kein Fischfutter aus ihr geworden. Als nächster kam Tyrel, Hand über Hand, genau wie Gamon gesagt hatte. Der ältere Mann schickte die restlichen vier Pakete nach oben, während sich die Heilerin Tyrels Bein ansah. Der Junge hatte sehr viel Glück gehabt, aber fast alle Fischbisse waren giftig, und Dion konnte nicht sagen, wie gut die Wunde verheilen würde. Dann kam Gamon an. Aranur war der letzte. Er brachte die restliche Ausrüstung und das Seil mit. Sie kauerten sich auf dem Vorsprung nieder und atmeten die feuchte Luft. Keiner von ihnen erwähnte Mannoa.

Dion verdrängte das Bild des toten Mannes aus ihren Gedanken und betrachtete statt dessen die Klippen. Sie zitterte, diesmal allerdings nicht vor Kälte. Es würde ein schwieriger Aufstieg werden: Bis ungefähr zur Hälfte erhob sich die Wand lotrecht vor ihnen.

»Nette Kletterpartie«, bemerkte Gamon nüchtern, dem ihr Blick nicht entgangen war.

»Jaha«, erwiderte Aranur. »Wirklich nett.« Er maß die Felswand mit abschätzendem Blick und versuchte, die Entfernung bis zur Spitze einzuschätzen. »Der Bursche sieht ziemlich happig aus, was, Rhom?«

»Kaum bewachsen«, bestätigte der Schmied. »Ich mußte den Riß nur zweimal freikratzen. Unsere selbstgebastelte Ausrüstung wird uns nicht viel helfen.« Er drehte die Metallstücke in den Händen hin und her und verglich sie mit dem, was er von der Wand sehen konnte. »Die meisten Haken sind zu groß für den Felsspalt, und die anderen sind zu klein, um sie richtig zu belasten. Außerdem gibt es hier mehr Vorsprünge als Spalten.« Er lächelte grimmig. »Wir müssen nur aufpassen, daß wir nicht fallen.«

»Denkt auch daran, daß ältere Herren keine Klippenhänger-Spielchen mehr mitmachen können, so wie Jüngere«, warnte Gamon. »Es sieht aus, als könntet ihr in einem Aufstieg bis zur Spitze durchkommen, aber genau wißt ihr das erst, wenn ihr oben seid. Vielleicht braucht ihr noch ein paar Meter Seil mehr, als wir haben.«

Aranur nickte. »Rhom, ich habe dich beim Klettern beobachtet. Du bist gut, sogar mit deiner verletzten Schulter, und solange dich die Wunde nicht behindert, bist du unser Sicherungsmann. Wenn das Seil nicht ausreicht, mußt du die Mädchen eben bis dahin hochziehen und sie dann festbinden. Ich teile mir den Aufstieg mit Gamon. Tyrels Bein ist der Anstrengung nicht gewachsen.«

»Ich fürchte, du mußt zusammen mit jemand anderem aufsteigen als mit mir oder Tyrel, Aranur.« Gamon öffnete sein Hemd und zeigte auf das blutdurchtränkte Tuch, das um seine Mitte gebunden war. »Meine Seite hat sich wieder geöffnet, und ich bin nicht gut genug für den Aufstieg. Tut mir leid, Dion, ich habe die Stiche schon wieder entfernt.«

»Du machst wirklich alles, um im Mittelpunkt zu stehen, nicht wahr?« Sie versuchte zu scherzen, während ihr das Herz vor Furcht in die Hose rutschte. O gnadenreiche Monde, ich werde mithelfen müssen, diesen Aufstieg anzuführen.

Rhom warf ihr einen fragenden Blick zu. Sie zuckte hilflos mit den Schultern. »Schaffst du das?« fragte er leise und umfaßte ihren Arm, als sie an der Klippenwand emporblickte.

Sie nicke. »Irgendwann muß ich ja doch hoch. Ich kann genausogut als erste gehen.«

Er wandte sich an Aranur. »Dion kann aufsteigen.«

»Dion?« fragte der sehnige Mann überrascht. »Wie gut bist du denn eigentlich? Ich habe gesehen, wie du zum Vorsprung hinaufgeklettert bist, und das war einwandfrei, aber das hier ist ein gerader Aufstieg.«

»Ich kann's schaffen«, sagte sie kurz.

»Sie ist besser als wir beide«, sagte Rhom direkt.

Aranur blickte skeptisch drein, nickte aber. Er vertraute dem Urteil ihres Bruders, und Dion bereitete sich schon auf den Aufstieg vor. Aranur würde in seinen Schuhen hinaufklettern, aber ihre paßten nicht gut genug, und sie konnte es sich nicht leisten, wegen schlechtsitzender Schuhe abzurutschen. Er beobachtete sie, wie sie die Schuhe auszog und vorsichtig zu einem der Pakete dazulegte. Ihre Hände zitterten. Sie mußte sie erst zur Ruhe bringen, bevor sie sich wieder herumdrehte. Aber Aranur entging nichts. »Wie gut kletterst du wirklich, Dion?« fragte er und ließ den Blick zwischen Rhom und seiner Schwester hin und her wandern.

Rhom antwortete für sie mit einer Stimme, in der sich Sorge und Stolz mischten. »Sie ist die Nordwand von Dountuell hinaufgeklettert. Allein. Freier Aufstieg. Ohne Sicherung.«

Aranur riß erstaunt die Augen auf.

Gamon pfiff leise. »Die Monde haben über dich gewacht, Ember Dione. Wir haben gehört, daß es vor zwei Jahren ein Mann aus Randonnen geschafft hat, aber du? Wir dachten, es wäre nur eines dieser wilden Gerüchte gewesen.«

Sie sagte nichts und blickte die Felswand hinauf. Es sind nur 130 Meter, sagte sie sich. Das laufe ich vor dem Frühstück zweimal hinauf und hinunter. Aber die Angst zog schon jetzt ihre Eingeweide zusammen, als sie auf die gefährlich glatte Wand blickte. Der größte Teil des Aufstiegs würde nicht so schlimm sein, aber das Kreuz sah schwierig aus. Etwa zwölf Meter vor dem Überhang wurde die Wand spiegelglatt, und der Überhang selbst ragte fast sechs Meter weit heraus, dort, wo der Wind die Klippen weggenagt hatte. Der Wind dort oben ist bestimmt auch ein Problem, ermahnte sie sich.

Rhom rollte das Seil auf, damit es sich nicht verhedderte, wenn es über die Klippen gezogen wurde. Aranur und Dion sollten als erste in die Wand gehen und dabei einer den anderen sichern. Das Fischerseil war wesentlich schwerer als die Kletterseile, die gewöhnlich in den Bergen benutzt wurden, und dieses hier wog zuviel, um über der Schulter getragen zu werden; Aranur würde zuerst klettern und ein Ende des Seils etwa zwanzig Meter oder so weit hinauftragen, bis er einen guten Halt gefunden hatte. Dion sollte dann an ihm vorbeiklettern und dabei das Ende des Seils übernehmen. Und so weiter, bis sie die Klippen erklettert hatten. Auf diese Weise mußte keiner von ihnen mit dem vollen Gewicht des Seiles aufsteigen und seine Kräfte überfordern.

»Fertig?« Aranurs Stimme riß sie aus ihren Gedanken.

Sie holte tief Atem. »Klettere los.«

Er streckte die Arme aus und fand eine Kerbe für seine Finger. Sein linker Fuß trat in eine schmale Spalte, die horizontal in etwa fünfzig Zentimetern Höhe über die Klippen lief. Sein dunkles Haar fiel auf seine Schultern, und er schwang sich hoch. Er bewegte sich geschickt und geschmeidig an der Wand hinauf; das Seil war wie ein langer Schwanz an seinem Gürtel befestigt. Je weiter er nach oben kam, desto mehr Seil gab ihm Dion, damit er nicht die ganze Last mit sich hochziehen mußte. Ungefähr dreißig Meter über ihren Köpfen fand er einen geeigneten Halt, schwang sich zur Seite und schmiegte sich in einen Vorsprung von der Breite seines Fußes. Die rechte Hand hatte er in eine Spalte etwas oberhalb seines Kopfes gezwängt, um das Gleichgewicht zu halten, und mit der linken Hand rollte er das Seil über seine Schulter auf. Er war ein guter Bergsteiger.

»Alles klar, Dion!« rief er. »Du kannst kommen.«

Ruhig bleiben. Ganz normal atmen. Nur noch ich und der

Felsen, sagte sie sich und tastete bereits nach dem ersten Halt für ihre Finger. Einfach nur oben ankommen, dann hast du es geschafft. Nachdem sie zehn Meter geklettert war, begann ihr rechtes Bein zu zittern, und sie hielt kurz an, um sich zu beruhigen. Der Felsen fühlte sich unter ihren Fingern, die sich in die Wand förmlich hineinkeilten, kalt und abweisend an. Sie streckte sich, um eine kleine Unebenheit von der Größe ihrer Fußzehe erreichen zu können. Aranur war fast einen viertel Meter größer als die kleine Frau und konnte deshalb fast einen halben Meter höher greifen als sie. Sie gelangte nicht an seine Haltepunkte heran, sondern kletterte einen Zickzackkurs neben seinem Weg her nach oben.

Als sie bei ihm ankam, ging ihr Atem stoßweise.

»Alles in Ordnung?« fragte er mit zweifelndem Blick.

Sie nickte und versuchte, ihren Atem wieder unter Kontrolle zu bringen.

»Ich bin ausgeruht«, bot er ihr an. »Ich kann noch einmal voranklettern.«

Sie schüttelte den Kopf. Sie wußte genausogut wie er, daß er vielleicht nicht bis zum Kreuz durchkommen würde. Um über den Vorsprung zu steigen, brauchte man wahrscheinlich kleine Hände und einen tiefen Schwerpunkt, und Dion war die einzige, die beides vorzuweisen hatte; ganz abgesehen von ihren Kletterfähigkeiten. Nur diese elende Angst! Sie konnte diese Angst ganz und gar nicht brauchen. Sie griff nach dem Ende des Seils, das er ihr entgegenhielt. Sie drehte sich zur Felswand und ihm damit den Rücken zu, damit er das Seil an ihrem Gürtel festknoten konnte. Sie zog noch einmal daran, um auch sicherzugehen, daß es gut befestigt war, dann schwang sie sich wieder auf den Kletterpfad zurück, den sie sich von unten ausgewählt hatte. Sie fegte etwas Staub von einem schmalen Vorsprung herunter, drückte den Fuß in eine Vertiefung, die irgendein Klippenwurm gebohrt hatte, drehte den Fuß darin ein wenig zur Seite und stieg auf.

Im folgenden Teil der Steilwand befanden sich nur wenige

Risse. Statt dessen liefen viele winzige Vorsprünge von der Breite ihrer Finger daran entlang, aber es reichte aus, daß sie darauf stehen konnte. Ihre Fingernägel brachen am Felsen, als sie sich hochzog, doch sie merkte es kaum. Die Angst verursachte ihr beinahe Übelkeit. Ihr Blickwinkel verengte sich.

Ruhig bleiben. Mir geht's gut. Nur noch ich und der Felsen.

Sie schnappte nach Luft, als ihr Fuß von einem Vorsprung abrutschte, zog sich mit den Fingern an der Wand hoch und fand einen neuen Halt für den Fuß.

Rhom sagt immer, ich sehe gut aus am Berg. Leicht bewegen. Geschmeidig bewegen.

Sie lehnte sich etwas zurück, so daß sie an der Wand hochsehen konnte, und klammerte sich mit Zehen und Fingern daran fest, als wäre sie festgeklebt. Überaus sicher bewegte sie sich weitere zehn Meter voran, während ihr der eigene Atem kurz und rauh in den Ohren klang. Aranur rief ihr irgend etwas von unten zu, aber sie konnte die Worte nicht verstehen. Ihr Magen hatte sich fest zusammengezogen. Nicht fallen, nicht fallen. Hinter einer kleinen Neigung zwei Meter weiter oben war ein weiterer Vorsprung. Sie befand sich ungefähr fünfundzwanzig Meter über Aranur, fünfundfünfzig Meter über dem Vorsprung, wo die anderen warteten, und über siebzig Meter vom Wasser entfernt. Jetzt hatte sie das Kreuz erreicht. Das Brüllen in ihren Ohren fegte die anderen Stimmen einfach hinweg.

»Dion, halt an … klettere noch nicht über das Kreuz …« Sie fühlte Aranurs Stimme in ihrem Kopf, und Rhoms Stimme kam dazu. »Rechts ist ein Spalt … geh an der Neigung vorbei … dann sind es noch vier Meter …«

Sie kletterte weiter, schwang sich am Felsen entlang und schraubte die Finger in den Spalt hinein. Guter Halt, dachte sie. Ihre Kehle wurde heiser, und sie fühlte, wie aus ihrem Magen ein Schrei aufstieg. Ihre Beine zitterten. Sie quetschte ihren kleinen Finger in eine winzige Unebenheit und zog sich weiter hoch. Geschmeidig, sicher … Sie folgte dem Riß einen

Meter, bevor er sich am Überhang verzweigte. Eine kaum sichtbare Unebenheit war, einen halben Meter von ihrem jetzigen Halt entfernt, an der Wand zu erkennen. Sie zog die Finger aus dem Riß und bekam den winzigen Vorsprung mit dem Daumen zu fassen. Sofort drückte sie die Finger auf den Daumen, um ihren Halt zu verstärken. Ihre Beine schwangen frei. Ein Schluchzen entrang sich ihrer Kehle, und vorsichtig, ganz langsam, zog sie sich mit einer Hand hoch, um in einer schmalen Kerbe einen Halt für ihren Fuß zu finden. Atme! ermahnte sie sich selbst.

»Dion, was machst du denn … bleib dort …« Die zornigen Worte flatterten wie Vögel um ihren Kopf. »Ich komme jetzt rauf … bin gleich bei dir …«

Und von unten: »Sie muß jetzt klettern … kann nicht anhalten …«

Rhom, mein Bruder, der immer sagte, ich würde jeden Kletterkünstler übertreffen.

»… warte, bis sie durch das Kreuz ist.«

Sie schob eine Handfläche um eine kleine Wölbung und preßte sie fest darauf, während ihr linker Fuß sich Zoll um Zoll an der Wand hochbewegte, bis sie auf ihrem linken Daumen stand. Das Gewicht des Seiles machte sich bemerkbar. Sie hing jetzt vierzig Meter über Aranur, im Zentrum des Kreuzes – sie versuchte, ihre Gedanken nicht zu laut hinauszuschreien. Langsam zog sie ihre Finger unter dem Fuß heraus, um nach einem neuen Halt zu suchen. Aufrecht gegen den steilen Fels geschmiegt, ihren Körper immer weiter hinaufschiebend, schürfte sie sich Brust und Oberschenkel an der Felswand auf. Du bist ohne Sicherung, ohne Sicherung – du wirst fallen, du wirst fallen. Die Stimme kämpfte gegen ihr Selbstvertrauen an und betäubte ihre Gedanken. Ihre suchenden Finger fanden einen neuen Halt, und sie zwängte Daumen und Zeigefinger in das Loch hinein. Etwa einen Meter höher erweiterte sich der Spalt, dort, wo sich Teile der Wand gelöst hatten, und sie schob ihre Faust in die Öffnung. Ihr Fuß fand einen Halt, und sie drückte den großen Zeh hinein, damit sie stehen konnte; sie zitterte, doch sie stand, auch wenn die Haut rund um die eingezwängten Knochen gequetscht und abgeschabt wurde.

Ich und der Felsen, Ember Dione. Ich und der Felsen.

Ihre Welt zog sich auf die Ansicht der Felswand um sie herum zusammen. Sie fühlte, wie der Wind über ihr Gesicht strich und in ihrem Atem widerhallte.

»Dion, über dir … da öffnet sich etwas, auf der rechten Seite … nur ein paar Meter.«

Sie kroch unter der Wölbung hervor und fing an, sich kopfüber herauszuarbeiten, die Hüften an den Felsen geschmiegt; das Seil fiel frei in die Luft, während sie so aus der Wand herauskletterte. Mit Daumen und kleinem Finger fand sie einen merkwürdigen Halt, denn plötzlich spürte sie zwei Grasbüschel auf dem Felsüberhang. Sie streckte sich zum Meer hin, die Wölbung zwang sie dazu, das Gesicht himmelwärts zu drehen. Da. Direkt am Rand. Eine kleine Wölbung im Stein. Ihre Füße lösten sich aus ihrem Halt, fielen wie Steine hinab und baumelten frei in der Luft; ihre Arme ruckten, und ihre Finger wurden fast aus dem Felsen herausgerissen. Weit unten ertönte ein Schrei. Das verzweifelte Heulen Hishns wehte zu ihr nach oben. Ihre Arme brannten unter der Anstrengung wie Feuer. Der Wind drehte sich und blies ihr die salzigen Haare in den Mund.

Langsam. Langsam. Nicht den Halt verlieren.

Das Meer war dunkel und so flach, daß man den steinigen Meeresboden sehen konnte. Das scharlachrote Seegras, das die Bucht zu ersticken schien, rief sie zu sich wie ein weiches Bett. Sie fühlte, wie ihr kleiner Finger sich zu lösen begann. Sie schaukelte mit aneinandergepreßten Füßen hin und her und setzte erst den einen, dann den anderen Fuß auf das Dach des Überhangs. Der Halt ihrer Finger gab nach. Sie ließ los und streckte sich erst nach der Wölbung und dann um sie herum. Ihre Finger tasteten suchend über den Stein, der Wind wirbelte Staub auf und behinderte ihre Sicht. Zitternd suchte sie entlang der Kante des Überhangs nach etwas, nach irgendeiner Unebenheit, in die sie sich krallen konnte. Ihr Atem stockte, als sei er bereits von den Klippen abgestürzt. Sie konnte sich nicht mehr länger halten. Ihre Finger schienen vom Felsen hinwegzuschmelzen, sie fing an zu fallen. Sie schluchzte auf und griff noch einmal verzweifelt über die Wölbung.

… und hatte etwas zum Festhalten gefunden. Einen Spalt, kaum breiter als der Rand ihres abgebrochenen Fingernagels, aber er reichte aus. Sie grub das, was von ihren Nägeln übriggeblieben war, hinein und ließ die Beine wieder frei in der Luft schwingen. Sie drehte den Arm so, daß der Ellbogen flach auf der Schieferplatte zu liegen kam, die den Rand des Überhangs abflachte, und zog sich langsam hinauf. Der Arm scheuerte auf dem Felsen entlang, sie brachte den rechten Fuß auf Schulterhöhe und grub ihre nackten Zehen in die Oberfläche der vom Wind wie abgeschmirgelten Wölbung.

Sie konnte nichts mehr von unten hören, da der Überhang die Stimmen der anderen im Tosen von Wind und Wellen untergehen ließ. Die Felswand erstreckte sich noch fünfunddreißig Meter über ihr in die Höhe, und die Hälfte davon war so glatt wie eine Messerklinge. Aber auf dem halben Weg zur Spitze öffnete sich ein Spalt – wenn sie es bis dahin schaffte, konnte sie ihn nutzen. Sie ging auf die Felswand zu. Ihre Beine zitterten so sehr, daß sie jeden Halt, den sie fand, unter sich losbrach.

Weitermachen, geh weiter.

Ihr rechter Fuß war in Rot getaucht, und von den Kratzern auf ihren Fingern lief Blut über die Handrücken. Sie streckte sich und fand einige winzige Vorsprünge, ungefähr von der Breite eines Silberstücks.

Langsam weiter, ganz sicher bewegen …

Sie kam rasch voran, ihre Füße rutschten von jedem Halt, kaum daß sie den nächsten gefunden hatte, und ihr Atem ging stoßweise wie ein Schluchzen. Jetzt war schon der Anfang des Spalts zu sehen. Sie zwängte den kleinen Finger ihrer linken Hand hinein. Ein Stück weiter noch. Jetzt hatte sie einen guten Halt für den rechten Zeigefinger, und jetzt für den Mittelfinger, dort, wo der Spalt ein wenig breiter wurde. Die Knöchel quetschten gegeneinander, als sie ihr gesamtes Körpergewicht an die winzigen Knochen hängte und sich hochzog.

Nur noch zwanzig Meter …

Oben wurde der Spalt breit genug, um den Ellbogen hineinzuschieben; sie spannte ihre Armmuskeln an, damit sich ihr Fleisch in den Hohlraum hineinpreßte und ihr Halt gab. Der Spalt war jetzt nicht mehr schmal genug, um ihren Füßen allein durch Druck Halt zu geben, und sie schob sich mit einer Drehung weiter nach oben, indem sie sich erst mit den Ellbogen festklemmte und anschließend mit den Füßen in den Spalt hineinzwängte. Ihr Gesicht war naß, und der Wind straffte die Haut über ihren Wangen, indem er die Tränen trocknete. Drei Meter. Der Wind nahm zu, und der Felsen rutschte plötzlich weg, als sie oben ankam. Jetzt hatte sie die Hände oben im Felsspalt.

Als sie ihren zitternden Körper durch den Spalt nach oben schob, sah sie die Ebenen, die sich unter dem weiten und tiefhängenden Himmel unter ihr ausdehnten, und das Meer, das tief unten gegen die Klippen donnerte und mit gischtsprühenden Fingern bis zu ihr hinauflangte. Sie rollte sich auf die Klippe und kroch von der Kante weg. Das einzige Geräusch im fauchenden Wind waren ihre Schluchzer, die am Fels nach unten hallten.

XI

Aranur Bentar neDannon:

Gerüchte, Überlegungen, Mythen

Ich führte dich durch Täler des Todes, mein Volk,
Durch des Krieges Sorge und Qual;
Für unsere Rechte kämpften wir und holten sie uns wieder
In einer niemals endenden Schlacht.

Mein Herz schlägt schwächer in der Brust, mein Sohn,
Meine Zeit auf dieser Erde ist bald um.
Ich habe mein Leben für unsere gute Sache gegeben,
Wie auch du es mit dem deinen tust.

Das Stirnband der Führerschaft wiegt mehr als ein Stein,
Entscheidungen drängen schon bald.

Aranurs Herzschlag setzte für einen Moment aus, als er sah, wie Dion an dem Überhang ausglitt und hilflos im fauchenden Wind baumelte. Unten schrie Shilia auf, und durch das schreckliche Geheul des Wolfes klang das Stöhnen des Windes noch geisterhafter. Über ihm verdoppelte die schlanke Frau ihre Kräfte, zog die Beine an den Körper und brachte es irgendwie fertig, sie auf dem abgeflachten Teil der Wölbung zu sichern, während sie mit dem Kopf nach unten hing. Sie schien schon seit einer Ewigkeit dort zu hängen; mit einer Hand suchte sie den Überhang nach einem Halt ab, mit der anderen geriet sie langsam ins Rutschen. Noch nie in seinen achtundzwanzig Jahren Klettererfahrung in den Bergen von Ariye hatte Aranur ein derartiges Kletterkunststück gesehen. Die Wand war glatt, die kleinen Risse waren zu schmal für seine Finger, und dort, wo sie ihre bloßen Füße hineingezwängt hatte, waren Blutspuren an den winzigen Kerben und Vorsprüngen zu erkennen. Einmal gelang es ihm, einen Blick in ihr Gesicht zu werfen, und er sah das panische Entsetzen in ihren Augen. Sie erkannte ihn nicht. Er konnte nichts anderes tun, als ihr bei Bedarf mehr Seil nachzureichen und das herabhängende Ende geradezuziehen, während sie hinter der Wölbung verschwand. Angst fraß sich durch seine Eingeweide, als er an der Wand hochsah und erkannte, daß das Kreuz, durch das sie sich gerade hindurchgequält hatte, seine Fähigkeiten überstieg. Wenn sie nichts findet, woran sie das Seil festbinden kann, werde ich sie mit mir hinunterreißen, dachte er fröstelnd. Die anderen haben in allen neun Höllen nicht die geringste Chance. Seine Finger verkrampften sich, und er versuchte, die Hände seitlich zu bewegen. Dann, als er bereits alle Hoffnung aufgegeben hatte, spürte er den doppelten Ruck am Seil, und mit einem weiteren Doppelruck saß es straff. Erleichterung durchströmte ihn. Er entspannte sich, und die Übelkeit ließ nach. Er hatte voller Anspannung darauf gewartet, den Schrei des fallenden Mädchens zu hören und ihren Körper an sich vorbeiwirbeln zu sehen.

Er holte tief Luft. »Sie ist oben!« rief er den Wartenden zu und sah, wie Rhom sein bleiches Gesicht nach oben wandte, um mehr von seiner Zwillingsschwester zu erfahren. Dann schlang sich Aranur das Seil um die Hände und ließ sich dort, wo er stand, mit dem Oberkörper nach außen kippen. Jetzt war der Aufstieg nicht mehr schwierig, doch er war anstrengend. Je weiter er aufstieg, desto mehr mußte er gegen den Wind ankämpfen.

Als er sich dem Überhang näherte, glitten seine Füße an der Wand ab. Er ließ sie baumeln, während er sich langsam, eine Hand nach der anderen, nach oben zog, bis er am Rand angekommen war und über die Wölbung kletterte. An der Stelle, wo das Seil gegen den Rand des Überhangs scheuerte, war es schon leicht abgewetzt, aber er konnte nicht anhalten, um es neu zu befestigen, denn er wußte nicht genau, ob Dion das

Seil festgebunden hatte oder sich selbst gegen einen Halt stemmte und das Seil dabei festhielt. Weit unter ihm zog sich das Meer langsam zurück.

Schweiß rann ihm über die Finger, er wischte ihn an den Hosenbeinen ab. Er rutschte noch zweimal ab, aber nachdem er den Überhang bewältigt hatte, war er schnell an der Spitze. Er hätte sich keine Sorgen darüber machen müssen, daß Dion womöglich sein Gewicht hielt – das Seil war an einer riesigen Steinsäule festgebunden, die aus den Klippen herausragte. Sie saß, so gut es ging, an eine andere Säule gelehnt und wischte sich mit der Hand über die Augen, während sie versuchte, das Schluchzen zu kontrollieren, das sie noch immer schüttelte. Ihre bleiche Haut war vom Blut ihrer geschundenen Finger befleckt, und die Tränen verschmierten den Schmutz auf ihrem Gesicht, so daß sie wie ein verlassenes Findelkind aussah.

»Oh, Dion.« Er ließ das Seil zu Boden fallen und schlang seine Arme um sie. »Du bist in Sicherheit. Es ist vorbei.« Sie vergrub ihr Gesicht an seiner harten Schulter und brach erneut in Tränen aus, während sich ihr Oberkörper dicht an ihn drängte und ihre Hände seinen Nacken fest umschlossen. Er streichelte sie, küßte ihr Haar und versuchte sie zu beruhigen, als sei sie seine eigene Schwester. »Alles in Ordnung. Ist es immer so schlimm? Mach dir keine Sorgen«, sagte er. »Das mußt du nicht noch einmal tun.« Dieser verfluchte Rhom, dachte er. Das würde er nicht einmal einem Hund antun. Und Dion war Rhoms eigene Schwester! Er unterdrückte jedoch seinen Zorn und zog statt dessen die schluchzende Frau noch enger an sich. Er küßte sie, erst sanft, dann plötzlich voller Leidenschaft, die sich noch steigerte. Rings um sie wirbelte der Wind Sand in die Luft, und tief unter ihnen zog sich der Ozean zurück.

»Mmmmph«, murmelte sie schließlich. Er ließ von ihr ab und hockte sich wieder auf die Fersen; seine Hände blieben jedoch auf ihren Schultern. Ihr Gesicht war tiefrot angelaufen, ihre Lippen leuchteten dunkel. Er wollte ihr Gesicht zu sich herüberziehen, aber sie wich aus und fragte statt dessen unsicher: »Müssen wir das Seil noch einmal befestigen? Ich habe nicht nachgesehen, wie weit es nach unten reicht.«

»Sie könnten noch ein paar Meter mehr gebrauchen, wenn wir soviel übrig haben, aber darum kümmere ich mich.« Er erhob sich und wickelte das Seil sorgfältig auf. Er würde es noch einmal auswerfen müssen, aber er wollte keinesfalls riskieren, daß es beim erneuten Befestigen hinabfiel. Außerdem mußte er die abgeriebene Stelle umwickeln.

»Passiert das oft?« fragte er. Sie wußte sofort, was er meinte.

Sie zögerte und zuckte dann mit den Schultern. »Ich leide unter Höhenangst«, erwiderte sie leise.

Er starrte sie ungläubig an. »Höhenangst … und dann kletterst du so?«

Wieder zuckte sie mit den Achseln und senkte den Blick auf ihre aufgeschürften Hände. »Ich hatte schon immer Höhenangst und dann vor ein paar Jahren einen schweren Sturz. Wenn ich jetzt bei einem Aufstieg vorangehe, dann gibt es nach einer gewissen Zeit nur noch mich und die Felsen. Manchmal kann ich dann mit dem Klettern nicht aufhören, bis ich entweder am Ziel bin oder nicht mehr weiterklettern kann. Ich klettere gern«, sagte sie einfach. »Ich habe nur diese Angst.«

Aranur schüttelte den Kopf und nahm ein Lederstück aus einem Beutel an seinem Gürtel, um es an der Stelle um das Seil herumzuwickeln, wo es an der Felskante scheuern würde. Tyrel sollte als erster klettern und dann mithelfen, die anderen nach oben zu bringen. Falls die Mädchen nicht kräftig genug waren, sich hochzuhangeln, sollten sie festgebunden werden, damit man sie nach oben ziehen konnte. Der Stein, den er an das Seilende band, sollte verhindern, daß das Seil im Wind verweht wurde, während er es nun erneut hinunterließ. Nach einiger Zeit spürte er, wie insgesamt sechsmal an dem Seil gezogen wurde. Tyrel sollte aufsteigen. Dion kauerte sich neben Aranur, um ihm mit dem Seil zu helfen.

»Ich schaffe es schon allein«, meinte er. »Ruh dich aus.« Sie sah immer noch viel zu bleich aus.

Das zaghafte Lächeln auf ihrem Gesicht verschwand. »Ich fühle mich kräftig genug, um mitzuhelfen«, sagte sie eine Spur zu schroff. »Wenn du deine ganze Kraft damit vergeudest, Tyrel alleine heraufzuziehen, dann wird es noch viel schwieriger werden, die anderen heraufzubringen.«

Mondwürmer, dachte er leicht verstimmt. Was für ein verschwendeter Kuß. Er lehnte sich in den Wind hinein, gegen das Gewicht, das das Seil nach unten zog. Als das keuchende Gesicht seines Vetters schließlich unterhalb der Kante auftauchte, rang Dion nach Atem, und selbst Aranur konnte die Anstrengung in seinen Armen spüren. Der Junge tat, was er konnte, um selbst zu laufen, aber sogar dann war es noch Schwerstarbeit; nicht einmal der Wind konnte den heißen Schweiß auf Aranurs Armen, der seine Muskeln wie mit winzigen Nadelstichen durchstach, ganz trocknen. Er zog den Jungen die letzten Meter mit den Armen nach oben. »Das hat ja lange gedauert«, knurrte er und atmete tief durch.

»Schön, daß du so guter Laune bist, Vetter«, erwiderte der Junge mit den sandfarbenen Haaren, obwohl sein Gesicht rot war von der Anstrengung des Aufstiegs. »Du brauchst wohl ein wenig Unterstützung für die restliche Truppe dort unten.«

»Du hast ja deine Pause gehabt und bist dann bequem hier heraufgeschwebt, oder etwa nicht?« Aranur rollte das Seil erneut auf, um es dann zu seiner Cousine hinunterzulassen. »Wenn du Abendessen haben willst, mußt du erst einmal mithelfen, die anderen Köche heraufzubringen.«

Taktvoll übersah der Junge die Tränenspuren auf dem Gesicht der Wolfsläuferin und nahm seinen Platz zwischen den beiden ein, um am Seil zu helfen.

Eine Stunde später sah sich Aranur auf dem kargen Plateau um, auf dem sie sich befanden. Und was jetzt? fragte er sich im stillen. Die Zeilen des alten Gedichtes fielen ihm ein: Mein Sohn, schenkst du ihnen einen Tod in Schande? Oder die Herrlichkeit, die mit den Monden reitet?

Er stand auf den Klippen von Bastendore, und sein Blick

schweifte über das Meer hinweg, das sich immer weiter zurückzog. Das Riff war jetzt nicht mehr vom Wasser umspült. Bei jeder Welle schien es förmlich zu explodieren, weiße Wasserfontänen schossen himmelwärts und gingen auf der anderen Seite wie ein Wasserfall aus dem Nichts in der Bucht nieder. Nur eine Stunde später, und sie wären wie Porzellan an dem Riff zerschellt.

Landeinwärts, unter einem schweren grauen Himmel, wand sich das Klippengras langsam in einen spärlichen Wald hinein. Hier bildete das karge Gestrüpp, das im Küstenklima gedieh, ein etwas breiteres Band, immer wieder von durch Blitzeinschläge hervorgerufenen Lücken unterbrochen. Der niedrige Streifen dieser zerzausten Büsche war so einladend wie ein verlassenes Haus. Zumindest gab es Flachholzbäume in diesem Wald, stellte er fest. Ihre gefleckten Blätter und die häßlichen, wie mit Narben gestreiften Stämme waren auch aus der Entfernung unverkennbar, ebenso wie ihre lichten Baumkronen, die man bei keinem anderen Baum fand. Dann gab es dort sicherlich auch Wurzelsteine. Im Sommer wurden die Frühlingsbeeren sehr hart, das wußte er wohl, aber vielleicht konnte man aus ihnen noch genügend Fruchtfleisch herausquetschen, um eine Mahlzeit damit anzureichern, die sonst nur aus Wild und aufgeweichten Brotresten bestehen würde. Bald schon würden sie nur noch auf Fleisch und Grünzeug angewiesen sein.

Hinter dem Wald bildeten die Berge einen Höhenzug, der jetzt unter dem niedrigen Himmel verschwunden war. Einzelne zerklüftete Felsnadeln stachen wie Finger in die Wolkendecke hinein, mit Ausnahme eines sonderbar glatten Gipfels, an dem der Nebel wie ein Wasserfall in Zeitlupe herabrutschte. Auf den Bergspitzen war der weiße Schnee des Spätfrühlings noch zu sehen, aber das bedeutete nur, daß die Schneefelder weich und trügerisch waren. Sicher gab es Pässe, aber woher sollte er ohne Karte wissen, welcher von ihnen sicher war? Er nahm zwei der Gepäckstücke und brachte sie in den zweifelhaften Schutz der Bäume hinüber. Er dachte fieberhaft nach. Die wenigen Karten, die sie aus dem Fischerboot mitgenommen hatten, halfen ihnen bestimmt nicht dabei, herauszufinden, wo genau sie sich befanden. Navigationskarten reichten selten mehr als eine Meile über die Küste hinaus, wenn es sich nicht gerade um bekannte Meeresbuchten oder Flüsse handelte, aber hier waren alle zu weit entfernt.

»Na, wie sieht's aus?« fragte sein Onkel, der den Arm um die zitternde Namina gelegt hatte. »Wohin soll es jetzt gehen, mein furchtloser Anführer?« Aranur warf noch einen prüfenden Blick auf die Berge und ließ sich dann neben Gamon nieder. Er wischte etwas Sand mit der Hand weg und drückte dann einen kleinen Stein in den Boden. »Angenommen, wir befinden uns hier. Nach dem, was Mannoa gesagt hat, ziehen sich diese Klippen von Riner nach Newonton, ohne eine Siedlung dazwischen.« Mit ein paar Strichen zeichnete er die Umrisse der Bergspitzen in den Boden. »Das ist die Bergkette. Sie ist nicht besiedelt, aber angeblich gibt es dort verlassene Bergwerke und einige andere Stätten der Alten. Wenn wir besonders viel Glück haben, dann finden wir vielleicht die Straßen, die dorthin führen und uns von diesem Tal zur nächsten Bergkette bringen, aber ich habe meine Zweifel, ob die Monde uns so viel Gnade gewähren.« Dann zeigte er auf eine der gemalten Linien. »Die erste Kette hier ist nur fünfzig Meilen entfernt. Danach kommt ein Tal, ungefähr 260 Meilen breit.« Er zeichnete eine neue Kette in den Sand. »Die zweite Bergkette ist nicht so hoch wie die erste, aber dafür ist sie 100 bis 110 Meilen breit. Von unserem Standpunkt aus« – hier zeigte er auf den kleinen Stein – »bis zu dem Tal hier, wo das besiedelte Gebiet von Caflanin beginnt, sind es über 400 Meilen. Das Land ist rauh und um diese Jahreszeit immer noch sehr kalt. An diesem Punkt hier«, er zeigte wiederum auf den Stein und verfolgte die Linie bis hoch zu den gemalten Bergen, »ziehen sich die Berge an der Küste entlang, bis sie flacher werden und bei Obrador ins Meer hineinragen. Dort sind sie dann als Kohlenriff bekannt.«

»Soweit ich mich erinnere, werden die Berge höher, je weiter nördlich man kommt«, überlegte Gamon.

»Genau. In die Heimat der Schneebären. Sie sind so groß wie ein Dnu«, erklärte er Shilia, die verwundert dreinblickte. »Wie es aussieht, sind wir ungefähr 340 Meilen von Sidisport und 220 Meilen von Riner entfernt.«

Seine Schwester runzelte die Stirn. »Aber es geht doch nur darum, den schnellsten Weg nach Hause auszuwählen.«

»Eigentlich ja«, erwiderte er. »Nur kann ich leider nicht genau bestimmen, welcher dieser Wege sich als der kürzeste erweisen würde. Je schwieriger das Land, desto weniger Meilen können wir pro Tag zurücklegen.« Er sah düster zu dem kleinen Wald hinüber. »Zumindest haben wir jetzt genügend Zeit, um eine Entscheidung zu fällen – ohne die Sklavenjäger im Nacken.«

Innerhalb einer halben Stunde waren alle Büsche der näheren Umgebung mit Kleidern, Rucksäcken und anderen Ausrüstungsgegenständen drapiert, die in der schwülen Nachmittagswärme trockneten. Aranur warf die beiden leeren Geldsäcke auf einen Haufen, stellte sich ans Feuer und dachte darüber nach, welcher Weg durch die Berge wohl der beste sei. So wie er die Sache beurteilte, mußte er sich zwischen drei möglichen Routen entscheiden.

»He, Aranur!« rief Tyrel und riß ihn aus seinen Gedanken. Der Junge hatte sich bis auf den Boden seines Gepäcks durchgewühlt und warf nun alles in verschiedene Richtungen, auch zu seinem Vetter. »Fang.«

Aranur blickte auf, als der Junge ein Bündel Papiere in seine Richtung warf. Ohne nachzudenken, streckte er sich, um es aufzufangen, aber zuvor flog das Bündel durch das Feuer, auf dem sie ihr Mittagessen zubereiten wollten. »Mondwürmer noch mal, Tyrel!« rief er. Schnell trat er die Flammen aus, die bereits an einer Ecke des Päckchens leckten. »Schon mal daran gedacht, daß Papier brennt? Beim nächsten Mal bitte über das Feuer werfen, nicht mitten hindurch.«

»Tut mir leid«, sagte der Junge zerknirscht und paßte jetzt besser auf, als er die restlichen Kleider aus dem Sack herausnahm.

»Tyrel«, sagte Aranur langsam und sah sich das Bündel genauer an. »Woher hast du das?« Er knüpfte die Schnur auf, die das Päckchen zusammenhielt. Auf der Außenhülle gab es weder ein Siegel noch eine Aufschrift, die erkennen ließen, was diese Briefe enthielten.

»Salmis Geldkassette. Ich habe mir alles gegriffen, was ich kriegen konnte, und habe es in meine Tasche gestopft. Wahrscheinlich sind es Lohnzettel oder irgendwelche Liebesbriefe, aber ich dachte, vielleicht könnte es trotzdem interessant sein.« Der Junge zuckte mit den Achseln. »Ich habe ganz vergessen, dir davon zu erzählen.«

Briefe in der Geldkassette eines Sklavenjägers? Aranurs Interesse war sofort hellwach. Das hier waren sicher keine Lohnzettel; vielleicht geschäftliche Vereinbarungen – Aufträge und Verkäufe. Er würde viel darum geben, wenn er wüßte, was sich hinter den jüngsten Aktivitäten der Sklavenjäger verbarg, die plötzlich so sprunghaft zugenommen hatten. Als er die ersten Briefe öffnete, wurde er nicht enttäuscht: Es handelte sich um Berichte über die Aktionen der Sklavenjäger im Norden. Rasch überflog er einige Seiten. Dabei verglich er das, was er über ihre Truppengröße wußte, mit den Informationen, die die Briefe enthielten. Dann fiel sein Blick plötzlich auf etwas Besonderes: »Bei den Göttern aller neun Höllen!« rief er aus.

Gamon sah mit gerunzelter Stirn auf. »Was ist denn?«

»Ich bin mir nicht sicher«, sagte Aranur langsam. Er öffnete den nächsten Brief, überflog ihn und entfaltete den nächsten, bevor er sie alle an seinen Onkel weitergab. »Hier, Gamon, sieh dir mal die Unterschriften auf diesen Briefen an.«

Der ältere Mann betrachtete sie genau. »Das ist ein privates Siegel. Ich habe es bis jetzt erst zweimal gesehen. Aber ich weiß, daß es nur von einem Mann benutzt wird: Longear – der erste Mann in Lloroi Zentsis' Geheimdienst.«

Aber Aranur hatte sich bereits in die dritte Seite des nächsten Briefes vertieft. »Bei allen Monden!« stieß er erneut hervor. »Kein Wunder, daß sie uns bis zum zweiten Mond und zurück gejagt haben. Es geht gar nicht um uns, sie wollen diese Briefe wiederhaben. Hör nur: ›Prämie für jede zerstörte Farm bezahlt‹«, las er ungläubig staunend vor. »›Dazu fünf zusätzliche Goldstücke für jede Frau, die aus einer Lloroi-Familie entführt wurde … drei Goldstücke für Frauen aus anderen hochrangigen Familien.‹« Gamon und Rhom beugten sich noch weiter herüber, um über seine Schulter blickend mitzulesen. Nachdem sie den Brief überflogen hatten, reichte Aranur ihn an Shilia und Dion weiter. »Das erklärt auch, warum ihr drei von den Sklavenjägern entführt worden seid, wo doch Dutzende anderer Mädchen wesentlich einfacher zu entführen gewesen wären.«

»Aber Aranur … hier steht – daß wir zu Zentsis gebracht und nicht in Sidisport verkauft werden sollten.«

»Salmi hat wahrscheinlich versucht, doppelten Profit aus euch herauszuschlagen.« Aranur dachte an den privaten Sklavenverkauf des Anführers der Sklavenjäger. »Er hätte Zentsis bestimmt erzählt, daß ihr es vorgezogen habt, euch umzubringen, statt seine legalen Konkubinen zu werden. Keine schlechte Geschichte, schließlich kommen sowohl Salmi als auch Zentsis aus Küstenstädten, wo ein solches Verhalten durchaus üblich ist. So konnte Salmi den halben Gewinn aus diesem Handel einstreichen und euch dann auf dem privaten Markt für eine noch süßere Scheibe aus dem Kuchen verkaufen. Man hätte nie mehr etwas von euch gehört, aber Salmi hätte es genügend Geld eingebracht, um ein neues Sklavenboot zu finanzieren und die gleiche Geschichte wieder durchzuziehen.«

Gamon sah ihn grimmig an. »Aranur, dir entgeht hier etwas. Die Sklaven sind nicht das Wichtigste in diesen Briefen.«

Aranur begegnete dem Blick seines Onkels. »Ich weiß, Gamon. Ich habe es zwischen den Zeilen gelesen. Ich kann kaum glauben, daß wir die ganze Zeit über so blind sein konnten.«

»Blind wofür?« erkundigte sich Rhom ruhig.

»Diese Prämien, diese Anweisungen, wie sie vorzugehen haben – das hier sind nicht nur Briefe, die den Sklavenjägern mitteilen, wo und was sie mit größtem Gewinn angreifen sollen. Das sind die ersten Schritte in Richtung eines Krieges.«

»Immer mit der Ruhe, Aranur«, sagte Shilia mit leichtem Spott. »Wir haben seit Jahrzehnten keinen Krieg mehr gehabt.«

Rhom runzelte jedoch die Stirn. »Er macht keine Witze, Shilia.«

Ihr Bruder nickte beunruhigt. »Seht euch doch nur an, worauf sie sich beziehen. Organisierte Angriffe der Sklavenjäger, Nachschub wird den Phye heraufgeschickt. Es gibt ein ganz bestimmtes Schema in den Gebieten, auf die sich die Jäger konzentrieren: hier die Anordnungen für strategisch günstige Vorposten. Wir wissen, daß einige davon bereits an der Küste und im Flachland eingerichtet worden sind. Wenn es diese Briefe vielleicht auch nicht direkt sagen«, erklärte er, »dies hier sind die ersten Kriegsvorbereitungen, und die Sklavenjäger sind die Vortruppen.«

Gamon machte ein finsteres Gesicht. »Die Jäger haben sich in letzter Zeit immer mehr herausgenommen«, gab er zu, während er den Rest des Briefes las und die anderen Seiten, die Aranur ihm reichte, kurz überflog. »Wir haben aus ihrem Vorgehen immer nur die Schlußfolgerung gezogen, daß wir unseren Grenzschutz verstärken müssen. Keiner der Ältesten, nicht einer von uns«, fügte er verächtlich hinzu, »hat die geradezu lächerlich naheliegende Verbindung hergestellt, daß diese Grenzen seit jeher nahe an Zentsis' Land lagen.«

Aranur widerstand der Versuchung, mit der Faust in die Handfläche zu schlagen – was er liebend gerne mit den Sklavenjägern getan hätte. »Wir sind davon ausgegangen, daß

Zentsis sich zu weit ausdehnt, seit er Prents Herrschaftsgebiet übernommen hat, und daß die Sklavenjäger sich unter seiner schwachen Regierung ausgebreitet haben. Keiner von uns hat an die andere Möglichkeit gedacht – daß sich die Sklavenjäger unter Zentsis' Schutz ausbreiteten, weil sie für ihn arbeiten.«

»Aber das bedeutet auch«, sagte Rhom, in dessen Augen ein violettes Feuer loderte, »daß Randonnen in Gefahr ist. Diesen Plänen zufolge werden zuerst Randonnen und anschließend Diton und Yorunda von den Jägern angegriffen, wenn Ariye gefallen ist.«

»Ariye wird nicht fallen«, sagte Aranur schroff.

Sein Onkel nickte grimmig. »Ariye darf nicht fallen. Aber dieser Plan ist hinterhältig und schlau. In aller Ruhe hat Zentsis die Jäger zu einem großen, zerstörerischen Ring zusammengeschlossen, dessen tödliche Bedrohung erst zu spät erkannt werden wird.« Er verstummte, sein Gesicht war dunkel.

Aranur nickte. »Wir stellen uns die Sklavenjäger immer als unorganisierte, plündernde Mörderbande vor. Und wir denken, Zentsis sei zu weit entfernt, um eine ernsthafte Gefahr für Ariye werden zu können. Wir hätten seinen kompletten Plan erst dann durchschaut, wenn er einmarschiert wäre und uns Befreiung von den Sklavenjägern angeboten hätte – falls wir mit ihm zusammengehen, und das unter Bedingungen, die besonders günstig für Ramaj Bilocctar gewesen wären, versteht sich.«

»Aber eine Prämie für jede zerstörte Farm, Belohnungen für gestohlene Frauen …« Shilia war schockiert. »Warum tut uns Zentsis das an? Wenn er so weitermacht, bleibt nichts mehr zum Beherrschen übrig.«

»Da bleibt noch genug«, erwiderte Gamon nüchtern. »Er wird unsere Kräfte verschleißen und uns demoralisieren, genauso wie bei Lloroi Prent. Wir werden schwach, unsere Organisation wird durch die dauernden Kämpfe gegen die Sklavenjäger unterminiert. Im Moment muß Zentsis eigentlich nur zuschauen und warten, bis die Sklavenjäger die Arbeit für ihn erledigt haben. Wenn er am Ende schließlich mit seiner Armee einmarschiert, dann ergeben wir uns wie Kaninchen einer hungrigen Meute Lepas. Zur Hölle, vielleicht heißen wir seine Armee als Lösung des Sklavenjäger-Problems sogar willkommen.«

»Der Lloroi … mein Vater muß informiert werden«, sagte Tyrel mit aufgewühlter Stimme. »Und die Ältesten auch.«

»Ja, aber das wird nicht einfach werden. Verdammt!« Aranur schlug sich mit der Faust in die Handfläche. »Wir dachten, die Sklavenjäger würden nur unverschämter und gieriger werden. Niemand hat daran gedacht, daß ihr Vorgehen außerhalb der Ramaj-Grenzen geplant wird.« Er wandte sich an Rhom. »Wie viele Überfälle von Sklavenjägern hat es denn seit letztem Herbst in Randonnen gegeben?«

»In unserem Dorf ist noch nichts passiert, aber wir liegen weiter von der Küste und dem wichtigsten Fluß entfernt als andere Städte.« Der Schmied dachte einen Moment nach. »Es ist nicht mehr sicher, alleine auf der Straße zu reisen, und im Westen, in der Nähe des Wohnorts des Lloroi, sind ihre Angriffe noch häufiger. Im letzten Herbst hat der Lloroi zwei Jägertrupps losgeschickt, um die Sklavenjäger zu suchen und zu stellen; in diesem Frühling mußte er bereits sechs beauftragen.«

»Jede Einheit hat mehr Männer verloren als sonst«, fügte Dion hinzu. »Und die Verletzungen der Männer waren auch viel schwerer.«

Ihr Bruder nickte. »Sie haben berichtet, daß die Gruppen der Sklavenjäger jetzt viel größer seien als früher. Zu Beginn dieses Frühlings ist einer der Jägertrupps fast aufgerieben worden, deshalb gehen jetzt zweimal so viele Männer mit, wenn der Lloroi eine Einheit losschickt. Und trotzdem könnten sie sogar noch mehr Schwerter brauchen.«

Aranur sah grimmig aus. »Es ist genauso, wie es Zentsis

hier an Salmi schreibt: ›Wenn man sie mit Geld unterstützt, werden die Sklavenjäger zur Vorhut meiner Armee und bereiten das Land für meine Herrschaft vor.‹«

»Wir müssen zurück!« rief Tyrel hitzig. »Diese Briefe ...«

»Die Ältesten müssen diese Briefe sehen. Aber das Risiko ist viel größer, als du es jetzt einzuschätzen vermagst. Denk nach, Tyrel. Wenn irgend jemand in Ramaj Caflanin den Verdacht hegt, daß wir diese Briefe haben, dann wissen es Longear und der Rest von Zentsis' Geheimdienst auch bald. Dann ist unser Leben kein Kupferstück mehr wert. Bei allen Monden, sie haben uns ja jetzt schon gezeigt, was sie für diese Briefe alles zu tun bereit sind.« Er warf einen Blick auf die grobe Skizze, die in einem der Briefe auf das Papier gezeichnet war.

Die Wolfsläuferin blickte zu den fernen Bergen hinüber und dann in Aranurs entschlossenes Gesicht. »Wir befinden uns jetzt sehr nahe an Bilocctar, sehe ich das richtig?« fragte sie.

Aranur begegnete ihrem Blick und lächelte finster. Sie hatte ihn binnen einer Sekunde durchschaut. »Einer von uns sollte die Möglichkeit nutzen und mehr herausfinden, solange wir uns in seinem Hinterhof befinden«, gab er zu.

Gamon lächelte seinem Neffen auf seine eigene, düstere Weise zu. »Auf mich kannst du zählen. Diese Suppe möchte ich gerne ein wenig versalzen.« Er sah auf Naminas herabhängende Schultern, die dunklen Schatten unter ihren geschwollenen Augen und den Verband, der ihren Arm fest umschnürte. »Ich glaube, Zentsis schuldet uns schon jetzt einiges.«

In dieser Nacht schlief Aranur besonders fest. Die Anstrengungen der letzten Tage und der Frieden des Waldes bescherten ihm tiefe Träume, in denen der Schlachtenlärm und die schwachen Schreie der Todgeweihten erklangen. Mit Mühe wälzte er sich aus seiner Schlafrolle, als er mit Wacheschieben an der Reihe war, und seine verschlafenen Augen öffneten sich erst spät am Morgen, als die knackende Hitze des Lagerfeuers Frühstücksdüfte in seine Richtung trieb.

Er beschloß, die Bergkette zu durchwandern und zuerst nach Caflanin zu gehen. Zu diesem Zeitpunkt hatten Salmis Sklavenjäger bestimmt herausgefunden, daß sie über das Meer geflüchtet waren, und würden die Hafenstädte nach ihnen absuchen. Wenn sie sich von der Küste fernhielten und im Landesinneren blieben, dann nahmen die Sklavenjäger vielleicht an, sie hätten Schiffbruch erlitten und seien ertrunken. Zur Hälfte traf das ja auch zu. Caflanin war außerdem nicht reich genug, als daß sich Zentsis intensiv um eine Ausbeutung gekümmert hätte. Sogar mit Zentsis' nicht sehr aufwendiger Besetzung des Landes war es immer noch die sicherste Route nach Ramaj Ariye, und mit etwas Glück würden seine Schwester und sein Vetter in vier Ninans ihre Heimat wiedersehen. Eine lange Zeitspanne – Namina würde siebzehn sein, wenn sie ihren Vater wiedersah –, das Alter, in dem man sich einem Gefährten versprach. Es würde jedoch noch einige Zeit vergehen, bis Zentsis' verschlagener Plan in eine aktivere Phase eintrat. Aranur blieb genügend Zeit, um rechtzeitig zurückzukehren, Ramaj Ariye zu warnen und Gegenmaßnahmen vorzubereiten.

Zu Aranurs leichter Verärgerung nahm Rhom Shilia mit, als er losging, um das Abendessen zu jagen. Sie schien ein größeres Interesse an dem dunkelhaarigen Schmied entwickelt zu haben, als Aranur vermutet hatte, denn vom Jagen verstand sie mit Sicherheit so gut wie nichts. Die beiden kamen mit fünf pelzigen Kaninchen zurück, doch sie hatten sich viel Zeit gelassen, um sie zu finden, und auf Shilias Wangen lag eine vielsagende Röte. Sie vermied es, ihren streng dreinblickenden Bruder anzusehen, während Rhom mit einem zufriedenen Ausdruck durch das Lager ging. Dion schenkte keinem der beiden Männer größere Beachtung. Sie behandelte Schnittwunden, Schrammen, Risse und Bisse, ohne ein Wort zu verlieren, bis sie zu Tyrel kam. Das Bein des Jungen sah schlimm aus, als sie den Verband abwickelte.

»Entzündet?« fragte Aranur, als sie stirnrunzelnd die Verwundung untersuchte.

»Nein. Es ist etwas anderes. Fast alle Bisse von Meerestieren sind giftig. Das kann man an den Schwellungen hier und hier sehen …« Sie wies auf die roten Linien, die von den Wundrändern ausgingen und ziemlich bösartig aussahen. »Irgend etwas im Biß des Rastin läßt die Haut anschwellen. Ich muß es sofort öffnen und reinigen, Tyrel.«

Der Junge nickte und drehte das Gesicht zur Seite, damit er nicht zusehen mußte. Er keuchte nur einmal kurz auf. Namina warf einen Blick auf die Wunde und verdrückte sich sofort von der Lichtung. Was Aranur betraf, so hätte dieser niemals geglaubt, daß sich in einer Wunde so viel Flüssigkeit befinden konnte, aber nachdem sie beide Bisse geöffnet hatte, hätte er geschworen, daß die Beine des Jungen jeweils zwei Pfund leichter sein mußten. Zu diesem Zeitpunkt war die Sonne bereits hinter den Bergen verschwunden, und sie hatten nur noch wenig Licht, um zu arbeiten.

»Ich übernehme die erste Wache«, schlug Aranur vor, während alle entspannt rund um das Lagerfeuer saßen. »Dann Gamon, dann Rhom.« Seine beiden jüngeren Verwandten waren bereits eingeschlafen, und wenn es nach ihm ging, dann blieb es auch dabei.

»Dann ich.«

Er sah die Wolfsläuferin an und öffnete den Mund, um zu protestieren, doch Shilia mischte sich als erste ein. »Und ich«, sagte sie und setzte sich neben Dion. Aranur warf ihr einen vielsagenden Blick zu. »Wenn wir auch eine Wache übernehmen, dann kann jeder von uns zwei Stunden länger schlafen«, erklärte sie gutgelaunt.

»Die Graue warnt uns rechtzeitig, wenn sich etwas nähert«, fügte Dion sanft hinzu.

Er gab auf. Frauen, dachte er erschöpft. »In Ordnung.« Er

lehnte sich gegen einen Stamm und hörte dem Gespräch der anderen zu, während der Abendhimmel sich allmählich verdunkelte. Wenn ihnen die Monde beistanden, dann würde es bis zum nächsten Tag nicht regnen, oder der Regen würde vielleicht vollständig verweht werden, falls das Sturmtief an ihnen vorüberzog.

Später, als Gamon ihn ablöste, war er immer noch nicht schläfrig. Er versuchte, sich auf die Briefe zu konzentrieren, die Tyrel den Sklavenjägern gestohlen hatte, aber immer wieder mußte er an Rhoms Schwester denken. Sie sollte ihr Haar nicht unter dieser Kriegshaube verstecken. Es sollte offen herabfallen wie das seiner Schwester, seidig schimmernd ... Er fragte sich, welches Gefühl es sein mochte, wenn dieses Haar über seine Brust streifte.

»Hör schon auf zu grübeln und leg dich schlafen«, befahl sein Onkel, der sich für die nächsten Stunden kalter Wachtätigkeit niedergelassen hatte.

Aranur seufzte. »Ich weiß überhaupt nicht mehr, was mit mir los ist, Gamon.«

»Soll ich raten?«

»Bei deinem eingleisigen Verstand weiß ich sowieso schon, was du sagen wirst.«

»Dion ist eine schöne Frau«, sagte der ältere Mann beziehungsreich.

»Sie trägt Männerkleidung.« Ärgerlich rutschte der grauäugige Mann von einer Seite zur anderen. »Sie kämpft wie ein Mann. Verdammt, sie kämpft sogar besser als die meisten Männer.«

Gamon schnaubte. »Du bist schwer von Begriff, Aranur. Sie reist mit ihrem Bruder durch eine Gegend, in der Frauen gestohlen und verkauft werden wie Dnus. Soll sie vielleicht Shilias Kleidung tragen?« Er kicherte. »Dann würden uns noch mehr Männer verfolgen als wegen der gestohlenen Briefe.«

»Wo wir gerade von Shilia sprechen«, sagte Aranur säuerlich. »Sie scheint sich mächtig mit Rhom anzufreunden.«

»Gut für beide. Es ist an der Zeit, daß das Mädchen einen guten Mann findet.«

»Und Rhom?« fragte Aranur, der seine Verärgerung verbarg.

Der ältere Mann war ungerührt. »Er muß langsam verstehen, daß er seine Aufmerksamkeit anderen Frauen zukommen lassen sollte als nur seiner Schwester.«

»Was ist mit deinen Frauen, Gamon?«

Sein Onkel lachte über den ungeschickten Versuch, das Thema zu wechseln. »Ich träume jede Nacht von ihnen«, sagte er verschlagen.

»Sie ist so verdammt anders als das, was ich mir vorgestellt hatte«, beschwerte sich Aranur.

»Dion?«

»Mondwürmer, Gamon, die Hälfte der Zeit denke ich nur an sie, während ich mich doch auf andere Dinge konzentrieren sollte. Sie treibt mich noch zum Wahnsinn. Im einen Moment gefalle ich ihr; in der nächsten Minute findet sie, ich sei nicht besser als Entengrütze. Jedesmal, wenn ich denke, daß jetzt alles gut wird, steht sie auf und wirft mir diesen Gott-du-bist-ja-der-letzte-Abschaum-Blick zu, und schon bin ich wieder in meiner Hundehütte. Ich drehe noch durch, Gamon.«

Der alte Mann lachte vergnügt auf. »Das kenne ich.«

»Ich habe bis jetzt noch nie eine Frau getroffen, die mich längere Zeit interessiert hat.«

»Von wegen. Was war denn mit Wylonia? Nachdem ihr euch getrennt habt, hast du dich ja aufgeführt, als wolltest du nie mehr eine andere Frau ansehen.«

»An der habe ich schnell genug das Interesse verloren, als sie plötzlich mit diesem Marco herumzog.«

»Und eine Zeitlang«, neckte sein Onkel, »dachte ich schon, Ammyn hätte dich als festen Partner gekapert.«

»Ammyn!« schnaubte Aranur verächtlich. »Die hatte eine Zunge wie ein Lepa und ein Gemüt wie ein Dnu.«

»So hast du aber nicht geredet, nachdem sie dich in den Höhlen geküßt hat.«

»In den Höhlen war es dunkel. Ich habe sie nicht richtig erkannt.«

Der alte Mann lachte, lehnte sich zurück und stocherte mit einem Holzsplitter, den er aus dem Stamm herausgebrochen hatte, in seinen Zähnen herum. »Erinnert mich an eine Frau, der ich vor, na, ungefähr zehn Jahren den Hof gemacht habe. Wenn ich in der Nähe war, dann war sie das süßeste, netteste Geschöpf, aber kaum drehte ich ihr den Rücken zu, entpuppte sie sich als reinster Worlag. Das habe ich gerade noch rechtzeitig herausgefunden.« Er grinste und sah seinen Neffen durchdringend an. »Was genau suchst du denn bei einer Frau, Aranur? Hast du darüber schon einmal nachgedacht?«

»Ich weiß nicht.« Aranur lehnte sich zurück und starrte in den Himmel. »Vermutlich alles. Sie soll schön sein und aufregend und unvorhersehbar. Ich will eine Frau, die mir für den Rest meines Lebens Gesellschaft leistet und versteht, was ich mache, und nicht einfach nur an meinen Lippen hängt. Ich will eine Frau, die die Mutter meiner Kinder sein wird und die ich in dreißig Jahren noch immer aufregend finde.«

Der ältere Mann nickte. »Ich war einmal von einer Frau fasziniert, die in Conceton lebte, ungefähr fünfzig Meilen entfernt. Jeder Vorwand war mir recht, um sie sehen zu können. Ich machte ihr vier Jahre lang den Hof und versuchte mich davon zu überzeugen, daß ich alleine bleiben wollte. Aber schließlich fragte ich sie doch, ob sie mein Leben mit mir teilen wollte, und ich ging in ihre Stadt, hatte einen Strauß blauer und weißer Blumen dabei und traf sie vor ihrer Tür – mit einem anderen Mann. Sie sah mich an und sagte: ›Vier Jahre sind eine lange Zeit, wenn man darauf wartet, daß ein Mann einen Entschluß faßt.‹ Ich drehte mich einfach um und ritt davon. Seither habe ich mich noch jeden Ninan deswegen selbst in den Hintern getreten.« Er sah hinüber zu seinem Neffen. »Wenn ich direkter gewesen wäre, statt mich nur um mich selbst zu drehen, dann hätte ich gemerkt, was sie mir bedeutete – bevor es zu spät war. Sie war die einzige Frau, die mir jemals wirklich etwas bedeutet hat.« Er seufzte wieder. »Sie hat zwei Söhne, die jetzt alt genug sind, um den Schwertkampf zu erlernen.«

»Wünschst du dir, sie wären deine eigenen?«

»Jeden Tag«, gab der alte Mann zu. »Nun zu dir, Aranur.« Er wies mit seinem Zahnstocher auf den jüngeren Mann. »Du bist jung und stark, und die Frauen halten dich für gutaussehend – die Monde allein wissen, warum. Du kannst dir eine Frau nach deinem Geschmack aussuchen.«

»Warum sollte ich mich jetzt entscheiden? Lieber jeden Tag gegen zwölf Sklavenjäger kämpfen als mein Leben mit einer Frau teilen, die ich in einem Jahr nicht mehr ertragen kann.«

»Ich verstehe dich, Aranur. Noch ist Zeit zum Herumspielen, du bist noch jung. Aber eines Tages wird es dich mit voller Wucht treffen. Wenn du dich richtig verliebst. Und dann wirst du dir eingestehen müssen, daß eine bestimmte Frau dein halbes Leben ausmacht. Sie mag launisch sein oder temperamentvoll, ständig nörgeln, gemein sein oder widerspenstig, du wirst sie begehren, wie du noch nie zuvor jemanden begehrt hast. Ich warte auch auf diesen Tag, denn ich werde dir mit Vergnügen dabei zuschauen, wie du dich mit deinen weißen und blauen Blumen vor ihr windest wie ein Wurm und sie darum bittest, dich zu nehmen.«

»Gamon, du bist ein verdammter Romantiker.«

»Aranur, du bist ein zweimal verdammter Romantiker, weil du dich weigerst, dir diese Dinge einzugestehen.«

»Ha!« schnaubte der Neffe verächtlich. In dieser Nacht waren seine Träume jedoch klar und deutlich, und es war Dion, keine andere, die in seinen nebelhaften Armen lag.

Der nächste Tag verlief genauso ruhig wie der erste. Rhom, Gamon und Tyrel fällten einen Flachholzbaum und fingen an, Ski daraus herzustellen. Schlecht vorbereitet, wie sie waren, würde der Weg durch die Berge bestimmt hart werden. Sie brauchten Skier, wie grob auch immer geschnitzt, um im tiefen Schnee, der immer noch in den tieferen Pässen lag, voranzukommen. Während die anderen Männer auf der Suche nach geeigneten Bäumen loszogen, brachte Aranur den Tag damit zu, die Waffen nachzuschleifen und zu ölen, denn die salzige Luft hatte dem Stahl geschadet. Shilia übte sich den ganzen Morgen in den Kriegskünsten, die ihr Dion gezeigt hatte. Aranur war beeindruckt. Die Wolfsläuferin war eine gute Lehrerin. Seine Schwester hatte bereits die wichtigsten Prinzipien, Hebelwirkung und Kraft, begriffen. Für jemanden, der so klein war wie sie, konnte das nicht wichtig genug sein.

Er wünschte sich, auch Namina hätte mit den beiden Mädchen geübt, aber seine Cousine schien wieder alles Interesse verloren zu haben. Stundenlang trocknete sie schweigend Reserverationen Kaninchenfleisch über dem Feuer. Es war eine langweilige, gedankenlose Arbeit, hinter der sie sich immer weiter von ihm und den anderen zurückziehen konnte, bis er Lust hatte, sie bei den Schultern zu packen und wachzurütteln. »Jeder wird einmal von den Monden zu sich gerufen«, sagte er freundlich zu ihr. »Aber man kann nicht sein eigenes Leben zurückweisen, weil jemand anderer gestorben ist.« Aber sie sah ihn nur leer an und wandte sich wieder dem Feuer zu. Aranur mußte seine Enttäuschung herunterschlucken und versuchen, an etwas anderes zu denken, was sie wieder von innen lebendig machen würde.

Nachdem Shilia sich in Abis übte, Namina sich durch das Lager schleppte und die Wolfsläuferin in die Wälder gegangen war, gewann Aranurs Niedergeschlagenheit allmählich doch die Oberhand. Er blies Trübsal, schärfte lustlos zweimal die Messer nach und hoffte, daß Dion zurückkam, damit er sich mit ihr über Tyrel unterhalten konnte, aber sie kam erst kurz vor der Zeit zum Abendessen. Nachdem sie eine Stunde lang weg war, verspürte Aranur bereits einen leichten Ärger, nach sechs Stunden jedoch hatte er sich in eine rabenschwarze Stimmung hineingesteigert. Er brach Holz in kleine Stückchen für den Kreis um ihr Feuer, als das Gebüsch hinter ihm leise raschelte und ein hündisches Niesen ankündigte, daß die Frau gemeinsam mit der Grauen zurückkam.

Er drehte sich blitzschnell um. »Dion«, sagte er scharf und hielt sie an. Er bemerkte die gesunde Röte auf ihren Wangen und wurde von dem Verlangen, das ihn plötzlich erfüllte, fast noch wütender als durch ihr spätes Erscheinen. »Ich will nicht, daß du noch einmal allein weggehst.«

»Ich war doch nicht allein«, sagte sie überrascht. Die Wölfin, die neben ihr hertrabte, gähnte faul und rieb den Kopf an ihren Beinen. »Hishn war bei mir.«

»Hishn – ohne dich beleidigen zu wollen, Graupelz – ist für deinen Schutz nicht ausreichend. Wir wissen doch gar nicht, welche Gefahren dort draußen lauern.«

Die Graue knurrte, entblößte die scharfen Zähne und machte einen Schritt nach vorn, damit er begriff, wie groß sie wirklich war.

»Aranur«, sagte Dion ebenso verwirrt wie gereizt. »Hishn ist sich der Gefahren genauso bewußt wie alle anderen. Ich bin bei ihr sicherer als bei dir.«

Er holte tief Luft. »Ich mache mir nur Sorgen über deine Sicherheit und die Sicherheit unserer Gruppe«, erwiderte er kurz angebunden. »Wenn du in Schwierigkeiten geraten wärst, hätte keiner von uns gewußt, wo wir dich suchen sollen, und ich hätte die anderen in Gefahr bringen müssen, um dir zu helfen.«

Sie sah ihn aufmerksam an. »Ich weiß deine Besorgnis zu schätzen, Aranur, aber ich würde dich niemals in Gefahr bringen, wenn es sich vermeiden ließe. Das weißt du. In den meisten Situationen kann ich außerdem für mich alleine sorgen.«

»Und was ist mit den Situationen, in denen dir das nicht gelingt?«

»Dann werde ich mich an dich wenden«, sagte sie und lächelte plötzlich.

Das Lächeln ließ ihre Augen wie ein violettes Feuer aufflammen, und Aranur mußte sich eingestehen, daß er sie noch selten so gesehen hatte. Er vergaß, warum er böse auf sie war, nickte nur und drehte sich um, nicht ohne vorher den feixenden Ausdruck auf dem Gesicht seines Onkels aufzufangen. Er hatte irgendwie das Gefühl, daß ihn Dion in dieser Unterhaltung schachmatt gesetzt hatte, aber er wußte nicht genau, wie. Er runzelte die Stirn und ließ sich am Feuer nieder.

»Shilia, laß mich noch einmal einen Blick auf diese Briefe werfen«, sagte Gamon zu seiner Nichte, nachdem er eine Reihe von Kaninchenrippen säuberlich abgenagt hatte. Geistesabwesend legte er sie auf den Stapel anderer Knochen neben sich, der langsam angewachsen war, aber die Rippen gelangten niemals bis auf den Boden: Sanft wurden sie durch ein paar Wolfszähne aus seinen Fingern aufgefangen. Er bemerkte die Wölfin neben sich erst, als er ihr geräuschvolles Kauen hörte. »Mondwurmstichiger Köter von einem schlechterzogenen Hund«, murmelte er. Die Wölfin hob den Kopf und sah ihn mit ihren weit auseinanderstehenden, unschuldigen gelben Augen an; er grummelte und warf ihr einen anderen Knochen aus dem Haufen zu. Er wischte sich seine Hände an der schmutzigen Hose ab und nahm das Paket mit Briefen entgegen, das das braunhaarige Mädchen aus ihrem Gepäck herausgewühlt hatte.

»Onkel Gamon, ich verstehe nicht, warum Salmi uns töten muß, um diese Briefe zurückzubekommen«, sagte Shilia und kletterte über den Stamm, gegen den er sich lehnte. »Warum geben wir sie ihm nicht einfach und gehen dann nach Hause?« Sie ließ sich auf dem weichen Boden nieder, lehnte sich gegen den durchtrainierten Körper des alten Mannes und wünschte sich, sie hätte anstelle des nackten Untergrundes ein Bett zum Schlafen.

»Kleine, manchmal bist du ja ganz schlau, aber manchmal habe ich das Gefühl, man hat dich zu sehr von allem ferngehalten. Die Tatsache, daß wir bis jetzt noch nichts von diesen Briefen wußten, ist der einzige Grund dafür, daß sich Ariye, Randonnen und die anderen Bezirke bis jetzt noch nicht gegen die Sklavenjäger zusammengeschlossen haben – oder vielleicht sollte ich besser sagen: gegen Zentsis. Niemand geht davon aus, daß sich hinter ihren Aktivitäten ein größerer Plan verbirgt. Aber diese Dokumente hier beweisen es. Jeder wird wissen, was vor sich geht. Es ist ja geradezu überdeutlich. Ohne die Briefe hätten wir nur die Hälfte von Ariye hinter uns, auch wenn wir die wichtigsten Punkte von Zentsis' Plan kennen. Dasselbe gilt für die anderen Bezirke. Genug zum Kämpfen, Kleine, aber es reicht nicht aus, um den Krieg zu gewinnen.«

»Und mit den Briefen?«

Der alte Mann lachte zufrieden auf. »Damit haben wir neunzig Prozent der Bezirke hinter uns. Und das ist mehr als genug, um ein zünftiges Feuer unter Zentsis' Hosenboden anzuzünden und die Flammen dann weiter anzufachen.«

»Ich denke immer noch, daß sie uns in Ruhe lassen würden, wenn wir die Briefe zurückgeben.«

»Kleine, etwas zu nehmen, was Zentsis gehört, ist genauso, als würdest du die Aiueven bestehlen«, sagte er ruhig. »Vielleicht kommst du eine Zeitlang ungeschoren davon, am Ende aber wirst du das Experiment nicht überleben.«

Dion, die der Unterhaltung nur mit halbem Ohr zugehört hatte, runzelte die Stirn, als der Name der Vogelmenschen fiel. Die Legenden, die sich um die Aiueven woben, die ursprünglichen Einwohner von Asengar, waren noch viel morbider als die von Ovousibas, dem zweischneidigen Geschenk der Vogelmenschen an die Alten.

Gamon sah die Heilerin offen an. Als hätte er ihre Gedanken gelesen.

»Nimm zum Beispiel Ovousibas. Die Alten haben die innere Heilung von den Aiueven übernommen; aber dazu auch die Seuche.«

»Das ist reine Spekulation, Gamon«, erwiderte sie.

»Wirklich?« Der Waffenmeister sah die Frau ernst an. »Jeder Heiler, der sich seit der Seuche an Ovousibas versucht hat, ist tot. Das sind achthundert Jahre des Todes, Dion. Fast eine Jahrtausendfeier. Noch vor zweihundert Jahren gab es in Ariye einen Heiler, der versucht hat, die Gefährtin des Lloroi zu retten.«

»Davon habe ich noch nie gehört, Onkel Gamon« sagte Shilia.

Gamon nickte seiner Nichte zu. »Es ist eine alte Geschichte. Eine tragische Geschichte, wie alle, die sich mit Ovousibas beschäftigen.«

Shilias Augen waren aufmerksam aufgerissen, aber Dion machte eine abwertende Handbewegung.

»Sei nicht so rasch mit deinem Spott zur Hand, Wolfsläuferin«, sagte der ältere Mann warnend. »Ich erzähle dir die Geschichte, und dann kannst du selbst entscheiden.«

»Der Heiler Malc und Lady Ibirni waren sich seit ihrer Kindheit zugetan, und niemals hatte jemand daran gezweifelt, daß sie sich einander versprechen und ihr Leben teilen würden. Aber sie zerstritten sich, und einen Monat später versprach sie sich dem Lloroi.« Der Waffenmeister schüttelte den Kopf. »Heiler Malc verließ das Dorf. Innerhalb eines Jahres erkrankte Lady Ibirni. Es war eine schwere Krankheit. Ein Fieber, das ihre Kräfte völlig aufzehrte, bis sie sich nicht mehr gegen die Krankheit wehren konnte. Niemand konnte etwas dagegen tun. Sie lag im Sterben.« Er sprach leise und wies auf die Graue. »Aber der Heiler war ein Wolfsläufer, genau wie du, Dion, und er hörte auf die Legenden.« Der alte Mann warf der Frau einen seltsamen Blick zu. »Ebenso, wie du es jetzt tust. Nun ja, Malc suchte seine Liebste dreimal auf, und beim dritten Male machte er alles richtig.«

Shilia runzelte die Stirn. »Was machte er richtig?«

»Ovousibas«, flüsterte der alte Mann.

»Was passierte dann?« fragte Shilia ungeduldig.

Gamon beobachtete die Heilerin. »Ibirni überlebte und gebar dem Lloroi einen Sohn.« Er hielt inne. »Malc starb.«

Dion zitterte unwillkürlich.

»Er bekam Fieber, fiel ins Koma und starb zwei Tage später. Der Wolf, der bei ihm war, wurde wahnsinnig und mußte getötet werden.« Er warf Hishn einen kurzen Blick zu. »Das haben die Grauen selbst erledigt. Sie versammelten sich in den Bergen, bildeten einen Ring und fingen an zu heulen. Dann herrschte Stille, und die Gray Ramosh war verschwunden.«

Hishn blickte sorgenvoll auf. Sie drückte ihre Schnauze in Dions Hand, und die Frau kraulte die Graue unter dem Kinn. *Ist das wahr, Heilerin?* fragte das Tier.

Daß die Grauen sich selbst darum kümmern? Ich wußte es schon.

Nein. Die Wölfin zögerte, und Dion war verwirrt.

Es ist nur eine Geschichte, Hishn. Gamon erzählt immer Geschichten.

Die Wölfin blieb stumm.

Shilia lehnte sich gegen den Stamm und beobachtete, wie sich die Sterne über den dunkler werdenden Himmel schoben. »Hat er Aufzeichnungen hinterlassen? Jemandem gesagt, wie er es gemacht hat?«

»Ja. Aber die Papiere wurden durch ein Feuer zerstört. Auch das war eine Botschaft von den Monden.«

Rhom schnaubte. »Wenn du das glaubst, dann hältst du vermutlich auch unseren Schiffbruch für eine Botschaft.«

Gamon grinste. »Nein, aber die Alten nannten die Klippen von Bastendore die Treppe zu den Yew-Bergen. Genauso haben wir sie auch benutzt, also muß es irgendeine Art von Zeichen sein.«

»Diese Geschichte habe ich auch schon gehört«, sagte Shilia. »Sie sagen, die Monde baden im Meer, bevor sie über die Yew-Berge zum Himmel hinaufsteigen.«

»Man erzählt sich, daß die Alten an dieser Stelle landeten«, sagte der alte Mann. »Viele Legenden spielen hier in dieser Wildnis. Das ist das einzige, woran in Caflanin kein Mangel herrscht – Legenden.«

»Was für Legenden, Onkel?« neckte ihn das jüngere

Mädchen. »Noch ein paar deiner unglaublichen Geschichten, die du in den Tavernen aufgeschnappt hast?«

»Habe ich schon jemals eine Geschichte erzählt, die nicht wahr ist?« fragte er mit gespielter Unschuld, wobei seine Augen funkelten.

»Es ist unwahrscheinlich, daß du eine Geschichte erzählst, die nicht unglaublich ist«, warf Aranur ein, der sich am Rande der Lichtung aufhielt.

Der alte Mann lachte. »Ich kenne fast jede dieser Geschichten aus den Bergen. Es stimmt schon – keiner weiß, ob sie wahr sind oder nicht. Außer den Wölfen.«

Hishns Augen funkelten ihn an, und sie spitzte die Ohren.

»Ich frage mich, was die Alten wohl in den Sternen gesehen haben«, überlegte Shilia. »Andere Welten, andere Leute.«

»Unterschiedliche Leute, sicher. So wie die Leute, die sie vorgefunden haben, als sie auf diese Welt kamen.« Der alte Mann rückte näher ans Feuer, dessen Schatten sein grimmiges Gesicht fast bösartig aussehen ließen. »Erinnert euch an die Aiueven. Warum hätten die Alten sonst diese weitreichenden Klauen und Schnäbel mit Zähnen nach Asengar mitbringen sollen? Nein, die Vogelmenschen haben die Alten erschreckt – vielleicht haben sie ein paar Seelen gestohlen, bevor man sie entdeckte und in die nördlichen Länder zurückgedrängt hat.«

»Oh, Gamon«, sagte Shilia lachend. »Das sind doch Ammenmärchen. Damit erschreckst du jedes Jahr zum Winterfest die kleinen Jungen und Mädchen aus dem Dorf.«

Er machte eine Handbewegung. »Dann stelle dir selbst einmal folgende Frage, junge Dame: Wer sandte das Fieber, das dem Wolfsläufer den Tod brachte? Was ist mit den Geheimnissen der Inneren Heilung geschehen? Und warum sind die Wölfe auch jetzt noch vom Aussterben bedroht? Hör einmal dem Wind zu, und wenn das Jagdgeschrei der Aiueven ertönt, die sich noch immer an den Alten für den Verlust ihrer Heimat rächen wollen, dann wirst du es wissen.« Er drehte den Kopf von einer Seite zur anderen, so daß die orangeroten Schatten quer über sein Gesicht zu kriechen schienen.

Gray Hishns Augen leuchteten gelb im Feuerschein. Dion war ganz ruhig. Sie hörte den Worten zu, die noch lange danach in ihrem Kopf widerhallten, als der alte Mann bereits zu sprechen aufgehört hatte. In der Dunkelheit raschelten die Nachttiere umher, und der gedämpfte Donner des Riffs sang ihnen das Lied der südlichen Meere.

XII Ember Dione maMarin: **In die Kälte**

Frieden brachten blaue Schwingen, dann den Tod.
Wo Wölfe gehen, war einst der Dämm'rung Wissenschaft;
Wenn auf den Bergen die neun Monde silbrige Fäden spinnen,
Heul mit dem Wind, Wolfsläufer.

Als sie erwachten, war es noch kühl, obwohl der heraufziehende Tag warm zu werden versprach. Das Sturmtief war anscheinend in der Nacht weitergezogen und hatte eine drohende, graue Wolkenbank am Himmel zurückgelassen. Dion schaute erst mißtrauisch zu den Wolken empor und dann auf die kleine Gruppe, und sie sah, daß Namina und die anderen ihre Rucksäcke packten.

Ich kann ihre Verzweiflung riechen, sagte die Graue und vermittelte der Heilerin das eigenartige Bild von Naminas in sich zusammengesunkener innerer Gestalt. *Sie glaubt nicht, daß sie ihr Zuhause wiedersehen wird.*

Einen langen Moment betrachtete die Wolfsläuferin das graue Tier. Die Wölfin war jetzt etwas über zwei Jahre alt. Sie hatte noch keine Gelegenheit gehabt, eine falsche Verbindung einzugehen, geschweige denn, sich mit dem Richtigen zu verbinden und einen Wurf heranzuziehen – aber ihre Gedanken waren schon so reif wie die eines ausgewachsenen Wolfes. Daß sie ausgerechnet jetzt vom Tod sprach, war ernüchternd, insbesondere nach Dions Alpträumen, in denen sie endlose Klippen hinaufklettern mußte. Jedesmal, wenn sie in ihren Träumen die gewaltigen Wände emporstieg und an der Spitze angelangt war, war der Schädel von Mannoa aus dem Felsen hervorgestoßen und hatte sich in das kieferbewehrte Insektenmaul eines Worlags verwandelt, um sie die unendliche Tiefe der Klippen hinunter in den sicheren Tod zu schleudern. Jedesmal war sie überzeugt davon, auf den Felsen zerschmettert zu werden, aber die Wellen schäumten herein, mit den Zähnen des Kapitäns als Wellenkronen und den Rastin als purpurroter Zunge. Wieder auf die Klippen zurückgeworfen, war ihr keine andere Wahl geblieben, als erneut aufzusteigen.

Ein Gedanke kam ihr plötzlich in den Sinn. Sie fragte sich, was wohl geschehen wäre, wenn sie im Traum gestorben wäre. Sie warf der Wölfin einen nachdenklichen Blick zu. *Wenn ich sterben würde,* sagte sie leise, *wohin würdest du dann gehen, Hishn?*

Die Monde rufen uns noch nicht, sagte die Graue, besorgt darüber, wie die Heilerin den Gedanken aufgefaßt hatte. Die Wolfsaugen nahmen ein noch intensiveres Gelb an, und das Tier übermittelte der Frau durch Nase und Augen den Geruch und den Anblick der Wälder. Diese Bilderflut versetzte Dion in Hishns frühlingshafte Welt. *Ich würde mit meinen Brüdern und Schwestern in die Wälder laufen,* erwiderte sie schließlich. *Vielleicht würde ich auch mit deinem Mann gehen,* sagte sie und fügte ein Bild von Aranur hinzu, der Dion beim Betreten der Lichtung beobachtete. Die Heilerin errötete. *Aber ich würde nicht aufgeben, so wie sie.* Bei diesen Worten der Grauen schob sich das verworrene, verzerrte Bild von Namina über das stärkere Bild von Aranur. Für die Wölfin war das junge Mädchen nicht ein eindeutiges, visuelles Bild, sondern ein absolutes Bild, das ihr Herz und ihre Gedanken mit einschloß.

Gewöhnlich übermittelte sie keine vollständigen Menschenbilder, es sei denn, sie war in Sorge oder tief betroffen und sah tiefer und mehr, als es Dion möglich war.

»O Hishn«, sagte Dion und vergrub ihr Gesicht im Fell der Grauen. »Was würde ich nur ohne dich anfangen?«

Die Wölfin drehte den Kopf zur Seite und leckte sich am Hals. *Wahrscheinlich würdest du dann eine kleine Eidechse mit dir herumschleppen,* sagte sie und machte sich damit über die unerwartet sentimentalen Anwandlungen der Wolfsläuferin lustig.

Dion lachte. »Na gut, du gemeines Biest, du hast dich klar ausgedrückt. Jetzt suche uns einen Weg durch die Berge.«

Die Graue trottete an Gamon vorbei, der kaltes Wasser über die zischenden Reste des Frühstücksfeuers goß, und heulte kehlig auf, als sie sich direkt hinter ihm befand. Der alte Mann fuhr erschrocken zusammen, verschüttete dabei das Wasser in alle Richtungen und benäßte hauptsächlich sich selbst. Dion hörte in ihrem Kopf das Echo eines wölfischen Gelächters, und schon jagte die Wölfin davon, um sich aus der Reichweite des Waffenmeisters zu entfernen.

»Du wurmzerfressener Hund!« brüllte er hinter ihr her. »Warte, bis ich dich in meine Finger kriege! Dann wird es dir noch einmal leid tun, du heulender grauer Thamrin!«

Tyrel, der dichtbelaubte Zweige hin und her geschwenkt hatte, um den Qualm zu zerstreuen, der vom verlöschenden Feuer aufstieg, fiel vor Lachen fast um, bis Gamon schließlich den letzten Wasserrest in seine Richtung versprühte.

Nur gut, daß du so schnell auf den Beinen bist, sandte Dion Hishns verschwindenden Gedanken hinterher. Die einzige Antwort der Wölfin war das Bild eines Lächelns. Sie wuchtete ihr Gepäck vom Boden hoch und stöhnte. Sie hatte sich gerade ein wenig von den Schrammen und schmerzenden Muskeln des Worlag-Überfalls vor vierzehn Tagen erholt, und schon fühlte sich ihr ganzer Körper wieder völlig zerschlagen an, wund vom Kampf mit den Soldaten und ausgepumpt von der

Kletterpartie in den Klippen. Nicht einmal zwei Tage Ruhe hätten gereicht, um ihre steifen Glieder zu kurieren, die ihr zusetzten wie ein Fieber. Sie hätte eigentlich tagelang trainieren müssen, bevor sie sich an solch einem Felsen versuchte, das wußte sie nur zu gut. Klagend reckte sie die Arme.

Rhom bemerkte, wie sein Zwilling versuchte, sich so vorsichtig wie möglich den Rucksack aufzusetzen. Er kam zu ihr hinüber und half ihr dabei, ihn auf ihren schmerzenden Schultern einzurichten. »Eine Felsenschwalbe hat dir nur die Flügel voraus, Dion«, neckte er sie und hob ohne Anstrengung seinen Rucksack an. »Aber heute kann ich dich mit Leichtigkeit in die Tasche stecken, alte Dame.«

»Heute könnte ich nicht mal ein zweibeiniges Dnu überholen, so, wie ich mich fühle.« Sie zog die Brustriemen des Rucksacks enger zusammen und sah ihn verschlagen an. »Wenn du dich mit jemandem messen willst, lauf ein bißchen neben Shilia her. Ich bin sicher, ihr werdet ein gemeinsames Thema finden.«

Er verzog das Gesicht. »Solange du nicht mit unserem schmaläugigen Anführer durchbrennst.«

»Was willst du denn damit sagen, Bruderherz?« Sie fühlte, wie sie errötete. Wußte Rhom, daß Aranur sie auf den Klippen geküßt hatte?

»Aus meiner bescheidenen Erfahrung heraus stelle ich fest, daß er ein Auge auf dich geworfen hat. Nicht, daß ich ihn dafür tadeln will«, sagte er, wobei ihm die vielsagenden rosa Wangen seiner Schwester nicht entgingen. »Aber das ist vielleicht nicht der geeignete Zeitpunkt, um sich zu versprechen.«

»Versprechen?« fuhr sie auf. »Wer wird hier versprochen? Ich habe mehr Zeit damit verbracht, Tyrel zu behandeln oder mich mit Gamon zu unterhalten, als mit Aranur …«

»Und glaube bloß nicht, daß er das nicht ebenfalls registriert hat«, neckte ihr Bruder sie. »Du kannst die Männer eben einfach nicht von dir fernhalten, stimmt's, Zwilling? Ein

Glück, daß wir dich noch aus Sidisport herausgeschlagen haben. Sonst hättest du sämtliche Harems der Stadt auf den Kopf gestellt.«

»Paß du lieber auf deine Kriegshaube auf, sonst tauschst du sie noch gegen einen Blütenkranz ein, bevor der sechste Mond untergegangen ist«, warnte sie.

Er lachte. »Shilia ist nett, findest du nicht?«

»Sehr«, erwiderte sie spröde.

»Weißt du eigentlich, daß sie hervorragend weben kann? Sie ist bestimmt eine gute Gefährtin.«

»Du bist ja sehr an zusätzlicher Information interessiert«, warf sie ihm vor und gab dann mit einem Lächeln auf. »Sie ist noch nicht versprochen«, sagte sie. »Aber sie hat vier Freunde in Ramaj Ariye.«

»Keine Konkurrenz.« Er grinste und tat ihre Bemerkung mit einer Handbewegung ab. »Die sind dort oben in den Bergen, in eintausend Meilen Entfernung, während ich sie hier in den Wäldern für mindestens ein paar Ninans bei mir habe.« Er grinste noch einmal kurz und wurde dann ernst. »Dion. Was gestern betrifft: Wie geht's dir? Du hättest eine solche Kletterei mit deinem Bein eigentlich gar nicht machen dürfen. Wie fühlst du dich jetzt?«

Sie sah kurz auf ihr Bein, das von den Worlags so übel zugerichtet worden war, und schüttelte den Kopf. »Mir geht's gut. Meine Wunden heilen schnell, wie bei allen Wolfsläufern.«

Rhom runzelte die Stirn. »Ich habe eigentlich nie verstanden, warum, Dion.«

»Ich auch nicht.« Sie zuckte mit den Achseln. »Wahrscheinlich irgendeine geheimnisvolle Kraftübertragung zwischen ihr und mir. Trotzdem habe ich immer noch einen schlimmeren Muskelkater, als wenn ich den Intessin-Wasserfall auf meinem Hintern hinuntergerutscht wäre.« Sie lächelte kläglich. »Was mich daran erinnert, daß wir deinen Wundfaden in ein paar Tagen ziehen müssen.«

Er nickte und sah plötzlich angespannt aus, als er sich daran erinnerte, wie er sich diese Fleischwunde zugezogen hatte, und der plötzliche Gedanke an Ainnas leblosen Körper ernüchterte auch die Heilerin schlagartig. Sie sah ihre verschrammten Hände fast böse an, als hätten sie das Leben des Mädchens zurückbringen sollen, obwohl die Monde es genommen hatten. Aber jetzt ist es zu spät für Wunder, rief sie sich unbarmherzig in Erinnerung. Auch wenn ihr die Geheimnisse von Ovousibas jetzt bekannt wären, so könnte sie Ainna doch nicht mehr zurückbringen.

»Genug geredet«, sagte sie abrupt, brachte dann aber doch noch ein Lächeln zustande, um ihren Worten die Schärfe zu nehmen. »Ich habe außerdem auch genug davon, mit jemandem zu reden, den ich schon mein ganzes Leben lang kenne. Laß uns aufbrechen.« Sie rannten los, um sich den anderen anzuschließen, die sich bereits unter Hishns Führung auf den Weg gemacht hatten. Schon nach wenigen Metern gab ihr Rhom heimlich ein Zeichen und fiel zurück, um gemeinsam mit Shilia zu laufen.

Kalter Geruch von Tieren im Erdreich; Wild zieht sich leise zurück; hinter Blättern, die der Wind bewegt – Hishns Bilder durchdrangen Dions Gedanken wie ein leises Geräusch. Zweige verfingen sich in ihrem glänzenden Haar, das unter der Kriegshaube hervorquoll, während sie sich unter spindeldürren Ästen duckte. Über den Wildwechseln wuchsen die Äste einander entgegen und formten eine buschige Brücke, die sich unter dem Baldachin der großen Bäume dahinwand. Sie hatte das Gefühl, auf einem Pfad im Garten der Monde entlangzulaufen. Dann kreuzte eine blaue Eidechse ihren Weg und streckte die lange Zunge heraus, als mache sie sich über ihre Phantasien lustig. Sie lächelte. Es war ein Morgen voller Hoffnung. Sie bewegten sich schweigend durch den Wald auf den Fuß der Bergkette zu, wo sie in dieser Nacht noch unterhalb der Schneegrenze übernachteten. Die frische Luft am nächsten Tag strafte den Himmel, der mit seinen schweren Wolken Schnee verhieß, Lügen. »Nun?« fragte Aranur seinen Onkel, der sich das Schienbein rieb. »Was verrät uns denn unser wetterfühliges Bein über den heutigen Himmel?«

Der alte Mann gab vor, sein Bein ganz ernsthaft zu betasten, runzelte dann die Stirn und sah zum Himmel hinauf. »Temperaturen um die zwanzig, die heute nacht auf um die zehn fallen werden; der Luftdruck fällt angesichts der Wetterfront, die sich in Richtung Süd-Südost mit einer Geschwindigkeit von ungefähr fünfzig Meilen pro Stunde vorwärtsbewegt. Unterhalb der Baumgrenze wird es wahrscheinlich regnen, und so sicher, wie ein Lepa fliegt, wird es oberhalb von 1500 Metern heute nacht schneien.«

Tyrel schnaubte verächtlich. »Du alter Angeber. Genau dasselbe hast du beim letzten Mal auch schon gesagt.«

»Und ich hatte recht, oder etwa nicht?« Der alte Mann grinste, zupfte sich ein Stück Moos aus dem silbergrauen Haar und erhob sich. »Wenn die Monde uns beistehen, dann schaffen wir es, den Paß noch heute nacht vor dem Schneefall zu überqueren oder zumindest bis an die Baumgrenze der anderen Seite zu kommen.«

Als der Schnee tief genug wurde, um darauf Ski laufen zu können, waren ihre Füße trotz der wasserfesten Schuhe, die die meisten von ihnen trugen, bereits feucht. Ihr eigener Schweiß trug dazu bei, die Feuchtigkeit zu verstärken. Tyrel klagte nicht, aber Dion wußte, daß ihn seine Beine schmerzten. Er war froh, daß er sich auf die groben Skier stellen und zur eher gleitenden Langlaufbewegung wechseln konnte.

Der Schnee bedeckte alles um sie herum, ihr Atem bildete frostige kleine Wolken, die ihnen ins Gesicht wehten und dann hinter ihnen in der Luft stehenblieben. Hishn sprang neben ihnen her; ihre weiten Schritte ließen sie in verkrusteten Schnee einbrechen und bis zur Brust in die vom Frühling aufgeweichten Schneefelder einsinken. In einiger Entfernung konnten sie Pockennarben im Schnee entdecken, Spuren anderer Wesen, Hügel, unter denen der Schnee die kleineren Bäume begraben hatte, bis sie nicht mehr kegelförmig, sondern kugelrund waren. Aranur führte die Gruppe auf eine der nähergelegenen Narben zu, obwohl Hishn knurrte und zurückwich.

»Was hat sie?« fragte Shilia in die kalte Stille hinein.

Rhom warf einen Blick hinüber. »Gefahr. Vielleicht eine alte Gefahr, aber auf jeden Fall Gefahr. Sieh nur, ihre Nackenhaare. Wenn sie die Ohren so aufstellt und sich ihr Nackenfell aufrichtet, dann ist irgendwas nicht in Ordnung.«

»Gletscherwürmer«, sagte Aranur, der den krümeligen Schnee studierte. Die Würmer hatten ein Tier im Winterschlaf überfallen, und der hochgewachsene Mann zeigte auf ein frostiges, zwei Meter tiefes Loch, aus dem der Wurm den Pulverschnee aufgewirbelt hatte, als er wieder unter der Schneedecke verschwunden war. Vorsichtig, um dem Rand der Grube nicht zu nahe zu kommen, beugte er sich über den unterirdischen Gang. »Wir halten erst an der nächsten Schneegrenze an. Es ist hier immer noch tief genug für die Gletscherwürmer, um aktiv zu sein. Geräusche ziehen sie nicht an, aber sie reagieren auf Wärme wie hungrige Baumsauger. Wenn uns einer findet, dann wissen wir nicht, wie uns geschieht, bis wir alle in seinem Bauch sind.« Er sah auf seinen jüngeren Vetter. »Tyrel, ich weiß, daß dir die Beine weh tun, aber ...«

»Mir geht's gut«, sagte der Junge tapfer. »Du bestimmst das Tempo, und ich versuche mitzuhalten.«

Sie fuhren weiter, glitten über die dünne weiße Kruste, die die Berge auch im Sommer bedeckte. Sie mußten nur ein einziges Mal anhalten, dort, wo ein breiter Strom den Schnee durchschnitten und eine tiefe Klamm hinterlassen hatte. Aranur, der die Spur einfuhr, studierte die Spalte einige Minuten lang mit äußerster Aufmerksamkeit, während sich die anderen am Ufer ausruhten. Er stieg sogar bis in die Rinne hinunter, um sicherzugehen, daß sie fest genug gefroren war.

Die kalte Bergluft drang bereits durch ihre feuchten Kleider, während der warme Schweiß noch auf der Haut abkühlte. Unter ihnen hielt Aranur in einem Regen von weißem Puder auf der schneebedeckten Oberfläche an und stampfte prüfend einige Male auf, um sich davon zu überzeugen, daß das Wasser fest gefroren war. Erst dann ging er weiter und stieg am gegenüberliegenden Ufer wie ein großer Vogel hoch, bis er wieder auf gleicher Höhe mit ihnen war. Sie folgten ihm einer nach dem anderen nach und verwandelten die beiden Hänge mit jedem Durchgang mehr und mehr in eine Berg- und Talbahn. Shilia reichte die Reste des Essens vom vergangenen Abend weiter. Sie aßen beim Gleiten und Steigen.

Die Nachmittagsschatten wurden immer länger, als die Sonne langsam hinter den Bergen verschwand; ab und zu grollte und vibrierte es im Schnee, wenn die Gletscherwürmer jagten. Überwinternde Tiere waren die Hauptnahrung der Würmer, aber im Sommer mußten sie sich mit Tieren abfinden, die sie in ihren Schneeunterschlüpfen fingen. Im Frühling, wenn der Winterschlaf durch die Schneeschmelze und die wärmeren Temperaturen unterbrochen wurde, zogen sich die Würmer in höhere Gebiete zurück und traten in ihre gefräßige Larven-Phase ein, in der sie ununterbrochen in den Eisschollen herumwühlten.

Einmal mußte die Gruppe einen Umweg machen und sich hinter einem kleinen Hügel verbergen, als zwei Gletscherwürmer einen Schneebären anfielen, der gerade einen Winterhasen verspeiste. Ein anderes Mal quälte sie ein Schwarm von Schneestechern. Erst als Aranur ein paar ölige Fetzen anzündete, zogen sich die hartnäckigen Insekten vor dem Rauch zurück. Schneestecher lebten von den Ausscheidungen der Gletscherwürmer, und ihre Bisse waren giftig. Haut und Muskeln wurden gereizt, es bildeten sich widerliche, mit Flüssigkeit gefüllte Schwellungen. Während sie nach dem letzten hartnäckigen Insekt schlug, fragte sich Dion, ob das Gift der Schneestecher dem der Meerestiere glich und ob es in diesem Fall vielleicht als gutes Gegengift gegen Tyrels Rastinbisse wirken könnte …

Sie waren gerade an der Schneegrenze angelangt, da zwang sie die einsetzende Dunkelheit auch schon dazu, ein Lager aufzuschlagen. Aranur bestand darauf, den Lagerplatz sorgfältig auszuwählen, auch wenn diese Aktion vielleicht viel Zeit in Anspruch nahm. Obwohl Tyrel zunächst murrte, war er später doch froh darüber, seine wunden Beine auf weichen Tannennadeln statt auf harten, kalten Felsen auszustrecken. Trotzdem machte sich Dion Sorgen. Es gelang ihr nicht, die Schwellungen der Wunde zurückzudrängen. Sie hatte es bereits mit zwei verschiedenen Umschlägen versucht, keiner davon hatte jedoch geholfen, und sie hatte keine Möglichkeiten mehr, zu experimentieren oder ihn mit Kräutern weiterzubehandeln. Wenn sich die Zusammensetzung des Giftes ändern sollte, wenn es die Blut-Hirn-Barriere durchbrach, wenn das Fieber in das Gehirn des Jungen vordrang, dann gab es nicht mehr viel, was sie für ihn tun konnte, außer ihn wieder über die Schneegrenze zurückzuschleppen, in Eis zu packen und zu hoffen, daß die Schwellung, die sein Hirn zusammenquetschte, ihn nicht umbrachte. Hishn saß neben ihr und betrachtete sich angewidert die Wunde. Sie winselte tief in ihrer Kehle. Jedesmal, wenn Dion Tyrel behandelte, setzte ihr die instinktive und unerklärliche Unruhe der Grauen so zu, bis sie zum Schluß genauso gereizt war wie die Wölfin. Wenn Hishn ihr nur sagen würde, was hier nicht stimmte, dann hätte sie versuchen können, etwas zu verändern, aber die Graue war nicht in der Lage, ihre Furcht in Bildern auszudrücken, die die Wolfsläuferin verstand.

»Weshalb diese sorgenvolle Miene?« fragte Aranur und ließ sich neben ihr nieder, nachdem sie die Behandlung des Jungen beendet hatte.

Dion seufzte und sah durchs Feuer hindurch zu dem Jungen hinüber, der sich im Schlaf unruhig hin und her wälzte. »Was es auch für ein Gift war, das in dem Rastin steckt, es ist in den Blutkreislauf des Jungen gelangt – wie eine leichte Blutvergiftung. Deswegen heilt die Bißwunde nicht. Wenn sich sein Stoffwechsel nicht anpaßt, dann gibt es nicht mehr viel, was ich noch für ihn tun kann.« Sie verzog das Gesicht. »Das Zeug schmeckt so widerlich, daß ich wirklich überrascht bin, daß ich vom Aussaugen der Wunde nicht selbst krank werde.«

»Greift es ihn sehr an? Er hält gut mit, aber wir haben noch einen langen Weg vor uns, und auf der anderen Seite des Tales liegen noch mehr Berge vor uns.«

»Offen gestanden, ich weiß es nicht. Es macht ihn reizbar. Das sieht man daran, wie er auf uns reagiert. Und es zwingt seinen Körper dazu, sämtliche Reserven zur Abwehr des Gifts zu mobilisieren, anstatt seine Energie zum Schlafen, Gehen oder Essen einzusetzen.« Sie knirschte frustriert mit den Zähnen. »Ich brauche Kräuter und Chemikalien, die ich nicht habe.«

»Könntest du sie finden, wenn wir langsamer gehen?«

»Einige. Drei der Kräuter, die ich benötige, wachsen in diesen Höhenlagen, vier andere in gemäßigteren Klimazonen. Mit sehr viel Glück könnte ich vielleicht die Hälfte der Kräuter hier in diesem Tal finden.«

»Versuche es.« Er runzelte die Stirn. »Wir haben noch genügend Zeit. Wir können so lange, wie du willst, in den niedrigeren Höhenlagen bleiben. Wenn du nicht findest, wonach du suchst«, fuhr er mit einem Lächeln fort, das sich jedoch nicht in seinen Augen spiegelte, »dann trage ich Tyrel nach Ariye zurück.«

Dion sprach den bitteren Gedanken nicht aus, daß sie sich überhaupt keine Sorgen um Tyrel machen mußten, wenn es ihm nicht bald besser ging, denn dann würden ihn die Monde zu sich nehmen.

Nach der Schneekälte der Berge war das Tal eine angenehme Abwechslung. Die Luft war noch schwer von den Regenfällen zwischen den Bergketten, aber in der milden Hitze des Frühsommers lag das Land grün, feucht und schön vor ihnen. Beim ersten Anblick des Tales stieß Dion ein überraschtes Keuchen aus, und Aranur, der sie zu den überhängenden Klippen geführt hatte, sah es mit Genugtuung.

»Es ist wunderschön«, stieß sie hervor.

Er nickte. »Wie ein verstecktes Paradies.«

»Es wird happig werden in diesen Schluchten. Und sieh nur die Täler ... Es wird lange dauern, bis wir uns zur anderen Seite durchgearbeitet haben.«

»Wir haben Zeit.« Er zeigte auf die unberührte Ausdehnung des tiefen Grüns, das nur ab und zu durch dunklere Streifen unterbrochen wurde, wo Flüsse sich ihren Weg durch das Tal bahnten und vereinzelte Felsen wie ein plötzlicher Ausguck durch die Wälder stachen. »Weiter weg von Zentsis kann man nicht sein. Der Mann hat seine Truppen niemals in Gegenden geführt, wo es kein Gold zu holen gab. Hier müssen wir lediglich gegen den Busch ankämpfen.«

Sie betrachtete den großen, schwarzhaarigen Anführer aus den Augenwinkeln. Er sah rauh und ungeschliffen aus, wie er so dastand, einen Fuß auf dem Felsen und eine Hand unbewußt auf dem Schwertknauf. Sein Profil war sehr ausgeprägt – genauso durchdringend wie seine klaren, grauen Augen, die direkt durch sie hindurchzusehen schienen und unter deren Blick sie jedesmal errötete. Sein fester, muskulöser Körper war so ausgelaugt wie seine dünnen Schuhe, abgemagert davon, daß er die ganze Zeit die Gruppe angeführt hatte, vernarbt von den Messern der Sklavenjäger; sein Harnisch war von altem Blut und Schmutz verkrustet, und seine einst sauberen Beinkleider hatten die unauffällige Farbe des Erdbodens angenommen. Als sie neben ihm stand, fühlte sie sich jedoch sonderbarerweise sicher und geborgen. Beschützt – so, als stünde sie neben einem großen Wolf. Er war größer als ihr Bruder und hatte nicht so breite Schultern, aber Dion wußte, daß seine gelassene Kraft den Ausbrüchen wütender Gewalt ihres Zwillingsbruders überlegen war. Das war der größte

Unterschied, erkannte sie. Wenn Rhom seinem Schwert mit wildem Zorn Kraft verlieh, dann setzte Aranur seine Erfahrung ein. Er fiel aus, er griff überraschend an, er schlug so schnell zu wie eine Sandkatze, aber selbst wenn er wütend war, ließ er nie zu, daß die Wut sein Schwert zu früh führte oder seinen Arm zu langsam aus dem Schlag eines Sklavenjägers entfernte. Er ließ die anderen Männer die Fehler begehen, und wenn sich der Rauch verzogen hatte und die Schwerter gereinigt und gezählt wurden, gehörte seines zu den wenigen, die schon wieder für den nächsten Kampf bereit waren.

»Zu welchem Paß wollen wir?« fragte sie neugierig und blinzelte über das Tal hinweg.

Er zeigte mit dem Kopf auf einen niedrigen Bergrücken, der zwischen zwei schneebedeckten Gipfeln lag. »Einer der Flüsse scheint direkt zu diesem niedrigen Punkt hinzuführen. Wahrscheinlich auf einem Umweg. Ich denke, wir können uns ein Floß bauen und uns flußabwärts bewegen. So brauchen wir uns nicht durch den Dschungel durchzuschlagen und sparen Zeit.«

Tyrel würde es ebenfalls Schmerzen ersparen, wußte sie. Aus seinem Mund war kein Klagewort gekommen, aber er bewegte sich immer langsamer. Bald würde er überhaupt nicht mehr dazu in der Lage sein, weiterzulaufen, das war Aranur schon gestern klargeworden. »Wie lange wird es dauern, das Floß zu bauen?«

»Einen Tag. Vielleicht auch zwei. Hängt davon ab, wie hart das Holz und wie wild der Fluß ist.«

»Morgen gehen mir zwei Kräuter aus, die ich brauche.«

Er stieg von dem Felsen hinunter. »Ich helfe dir dabei, sie zu finden. Bei der Gelegenheit lerne ich gleich die Gegend ein wenig kennen.« Sein Blick ruhte auf ihrer Gestalt, und sie wurde rot.

»Ich kann auch Gray Hishn nehmen«, protestierte sie schwach. Er sah sie nur an, und sie errötete noch tiefer. »Dann könntest du beim Floßbau helfen«, fügte sie hastig hinzu. Bei allen Monden, verfluchte sie sich selbst. Was ist nur mit mir? Sie benahm sich ja wie ein Mädchen, das noch niemals allein mit einem Mann gewandert war.

Die Wölfin nieste verschlagen. *Hast du das denn etwa? Und falls nicht, ist es nicht langsam höchste Zeit?*

Hishn! Sie war schockiert. Aber als Aranur ihr vom Rand der Klippe herunterhalf und sie wieder auf den Hauptweg zurückführte, berührten sich ihre Hände, und ein Schauer lief ihr über den Rücken. Ein wölfisches Kichern drang in ihre Gedanken ein, und Dion starrte wütend ins Gebüsch.

Geh und such dir deinen eigenen Begleiter, sagte sie, *dann sehen wir ja, wer zuletzt lacht.*

Die Wölfin begnügte sich mit einer kurzen spöttischen Grimasse und verschwand. Sie ließ Dion mit dem Gefühl zurück, daß Hishns potentielle Gefährten zahlenmäßig ihren hochgewachsenen Begleiter weit übertrafen. Aber die Graue war glücklich. Trotz der Sorge, die sie den Gedanken der Heilerin entnahm, war die Wölfin nun endlich weg von den Städten und dorthin zurückgekehrt, wo der Boden unter den Pfoten kühl und weich und das Gebüsch voller Wild war. Überall gab es Spuren anderer Wölfe. Sie hatte bereits drei gefährtenlose Wölfe aus einem Rudel getroffen, das sich am Fuß dieser Bergkette aufhielt; die sanften grauen Gedanken dieser Tiere hallten leise wie ein weit entfernter Regenschauer in Dions Kopf wider. Die Wolfsläuferin hatte einen vollen Tag gebraucht, um zu verstehen, daß die Traumbilder, die sie empfing und die sie von ihrer Arbeit ablenkten oder die langen Stunden der Wanderung ausfüllten, von Wölfen kamen, die sie nicht kannte. Doch obwohl sie ihr fremd waren, fühlte sie sie wie einsame Stimmen. Leise vorantrabend, in den dichten Wäldern versteckt, verfolgten die Wölfe die kleine Gruppe von Menschen und wunderten sich über ihre Anwesenheit.

Sie sind neugierig, sagte ihr Hishn an diesem Abend. Sie saßen beide auf einer Lichtung und verzehrten das, was von dem geräucherten Kaninchen noch übrig war, das Namina am Tag zuvor zubereitet hatte. Höflich teilte die Wölfin Dions Mahlzeit mit ihr, aber sie nahm nur wenig, da sie bereits gegessen hatte und nicht mehr hungrig war. Keiner ihrer Reisegefährten war noch wach. Dion hatte die erste Wache übernommen, und die bereits schlafenden Körper der anderen menschlichen Wesen lagen so bequem wie möglich zusammengerollt und gegen ihre Rucksäcke oder aneinander gedrängt.

Die Frau hob einen faulenden Holzstock und untersuchte das merkwürdige Moos, das sich um das Ende herumwand. *Neugierig worauf?*

Sie haben schon lange keine Menschen mehr gesehen. Sie fühlen deine Gedanken, genau wie ich. Hishn stellte ihre Ohren auf und sah nach links. *Das ist Gray Sholishen. Er ruft mich zum Spielen,* sagte sie aufgeregt. Schnell drückte sie noch einmal die Schnauze in die Hand der Frau und verschwand dann in den Wäldern. Sie lächelte Dion, die den Widerhall der interessierten Gedanken eines Wolfes spürte, mit gebleckten Zähnen zu.

Nun ja, dachte Dion philosophisch, Hishn war schließlich kein Jährling mehr, und es war an der Zeit, daß sie in die falsche Hitze der ersten Reife geriet. Ein Glück für sie, daß ihre Hormone in diesen Spielplatz der Wölfe miteinbezogen wurden. Sie war eine hübsche Wölfin, durch Dions gute Pflege größer als die meisten anderen – sie konnte so viele Gefährten haben, wie sie nur wollte, und sie würden über ihre kapriziöse Art hinwegsehen, während die Wolfsläuferin mit ihr leben mußte. Sie seufzte, warf den Stock in die Büsche und sah direkt in die gelben Augen eines anderen Grauen, als sie wieder aufblickte. Eine tiefere, ältere Stimme machte sich in ihrem Kopf bemerkbar.

Wolfsläuferin, sagte er voller Respekt.

Sie war überrascht. *Du ehrst mich,* übermittelte sie rasch, ihre Ehrfurcht ließ sie nur einen kurzen Moment zögern. Aber der Wolf hatte sich bereits wieder in den Wald zurückgezogen. Dion starrte auf den Fleck, an dem der Graue soeben noch gestanden hatte, aber er kam nicht wieder zum Vorschein. Nur der Hauch eines Gedankens, so grau wie das Tier, das ihn ausgesandt hatte, strömte durch ihre Gedanken.

»Dion?« Es war Rhom, der sich auf einen Ellbogen aufstützte und sie besorgt ansah.

Sie schüttelte den Kopf und hoffte unvernünftigerweise, daß er den Wolf nicht gesehen hatte. Hatte der Graue sein Erwachen gespürt? Rhom war ihr Zwillingsbruder, aber diese Sache ging nur sie etwas an, und sie wachte mit einem Eifer, der sie selbst überraschte, über die Ehre des Grauen.

Als sie am nächsten Tag tiefer in das Tal vordrangen, wurde die Vegetation des Terrains immer dichter und feuchter und strömte den Geruch einer Sumpflandschaft aus. Die Felsen, die den weichen Boden so plötzlich zerschnitten, zeigten deutliche Anzeichen von Hochwasser, während andere ganz zu versinken schienen. Zweimal überquerten sie offensichtlich falsche Übergänge: zuerst, als sie einen bewachsenen Grat überquerten, der sich unvermittelt teilte und erst in zwanzig Metern Entfernung weiterverlief.

»Bevor es besser wird, wird es immer erst einmal schlimmer«, sagte Gamon zu Dion und übernahm ihr Gepäck, während sie geschmeidig über ein Feld von Findlingen kletterte. Er warf es ihr zu, und sie fing sein Gepäck ebenfalls auf, während er sich an die Kletterei machte.

»Trotzdem ist es immer noch einfacher, sich durch die Felsen zu arbeiten als durch das dichte Gestrüpp«, erwiderte sie. Sie atmete tief durch, als sie auf den sumpfigen Wald deutete. »Hishn sagt, das alles hier sei Sumpfgebiet.«

»Hat sie mit den anderen Wölfen gesprochen?«

»Ja. Außerdem …« Dion zögerte. »Erinnert sie sich.«

Der ältere Mann setzte eine skeptische Miene auf. »Dieser Köter ist doch noch nie zuvor aus Randonnen herausgekommen, oder?«

Sie schüttelte den Kopf und stieg über einen trockenen Ast, der gegen den Felsen lehnte. »Nein, aber das Gedächtnis der

Grauen reicht weiter zurück als ein einzelnes Leben. Manchmal denke ich, sie erinnern sich an alles, was ihnen seit der Ankunft der Alten zugestoßen ist.«

»Ich dachte, sie würden sich nur an ihre eigenen Blutlinien erinnern?«

»Ich weiß nicht«, sagte sie gedehnt. »Ich habe Hishn gefragt, an was sie sich hier erinnert, und sie sagte: ›An Menschen.‹ Nicht an einen oder zwei, sondern an viele ... Hunderte, die sich auf weißen Straßen, die das Tal durchkreuzten, hin und her bewegten.«

»Tja, jetzt gibt es hier jedenfalls keine Straßen mehr. Der einzige Beweis für die Existenz der Alten sind ein paar Ruinen.«

»Ich wünschte, wir könnten sie uns genauer ansehen«, sagte sie nachdenklich. »Hishn sagt, daß sich im Osten einige zerstörte Gebäude befinden, aber sie sprach von einer Zweitagesreise, nicht von einem Umweg von einer Stunde.«

»Sind ihre Erinnerungen so deutlich?«

»Ja.« Die schwarzhaarige Frau duckte sich unter einem dürren Zweig hindurch und schüttelte den Kopf. »Es hat eine gute halbe Stunde gedauert, bis ich wußte, von welcher Entfernung sie eigentlich spricht. Diese Ruinen müssen fünfhundert Jahre alt sein. Die Eindrücke waren so verworren wie ein Staubnest unter einem dunklen Bett.« Sie schritt jetzt energischer aus, denn sie sah von Shilia, die vor ihr ging, kaum noch etwas; allerdings fiel es ihr nicht schwer, dem ausgetretenen Pfad zu folgen. Sie sanken tief in der tückischen Erde ein, und Dions Stiefel waren schon bis zu den Knien mit Schlamm bedeckt. »Sonderbar«, sagte sie verwirrt. »Aber als ich sie danach fragte, hatte ich das Gefühl, als seien hier in der Nähe noch andere, größere Siedlungen, die überhaupt nicht zerstört sind. Zuerst dachte ich, sie meinte die Kuppeln in Randonnen, aber die Landschaft sah genauso aus wie hier.« Sie machte eine umfassende Handbewegung. »Nur mit einigen kleinen Unterschieden. Trockener. Eher wie ein Wald, nicht so sumpfig. Stell dir nur vor, Gamon, erhaltene Gebäude der Alten, die wir uns ansehen könnten.«

Der alte Mann duckte sich unter demselben Zweig hindurch wie sie und schüttelte dann gelassen einen Krabbler von seiner Hand. »Ich weiß nicht, ob das wirklich so sonderbar ist, Dion. Es gibt mindestens fünf Orte der Alten in Ariye. Ich wäre gar nicht so überrascht, wenn sich auch hier einige finden würden. Schließlich sagt man, die Alten seien von den Monden auf die Yew-Berge hinabgestiegen.«

Etwas an diesem Gedanken ließ sie erschauern, und sie warf einen raschen Blick über die Schulter zurück. Es hätte sie nicht gewundert, wenn sie einen Geist erblickt hätte, aber sie sah nichts anderes als die dichten, wehenden Äste der nicht sehr hoch hinaufwachsenden Bäume.

Ich werde sie fragen, dachte sie. Ich werde die Wölfe fragen, was sie damals gesehen haben.

Am zweiten Tag erreichten sie einen der Ströme, die Aranur als ausreichend breit und gerade eingeschätzt hatte, um auf ihm das Tal mit einem Floß zu durchqueren. Sie benutzten nun unausgesetzt die Öltücher, denn die Stechmücken im Tal stachen höchst unangenehm, und jeder hatte bereits mindestens zwei oder drei durch das Insektengift hervorgerufene geschwollene Male. Als sie endlich eine winzige Stelle fanden, an der die Frühjahrsregen das Flußufer überflutet und einen steinigen Strand freigelegt hatten, ließ Aranur anhalten.

»Rhom, wir beide schauen uns nach Stämmen um, die wir für das Floß benutzen können. Shilia«, rief er, als sie sich auf die schlammige Lichtung zwängte, in der er stand, »du gehst mit Gamon. Unser Seil reicht nicht aus, um alle Stämme damit zusammenzubinden, wir brauchen noch weitere hundert Meter Schlingpflanzen.« Er sah sich um, untersuchte das Ufer nach Spuren und nickte zufrieden, als er nur wenige erkennen konnte. Wie angeordnet, machte sich sein Onkel sofort mit Shilia auf den Weg, nachdem er sein Gepäck abgeladen hatte. Dann stolperten Tyrel und Namina auf die Lichtung, und

Aranur sah sich beide genau an. Der Junge war erschöpft und Namina so depressiv, daß der Marsch für sie fast genauso beschwerlich war wie für ihren Bruder.

»Tyrel, errichte doch bitte etwas weiter dort hinten ein kleines Lager. Wir wollen nahe am Floß, aber nicht zu nahe am Wasser sein, damit andere Wesen auch noch trinken können. Namina, Tyrel braucht dazu bestimmt deine Hilfe.« Er sah sich erneut um. »Wo ist Dion?«

»Sie sagte, sie sei gleich wieder da«, antwortete Rhom sorglos. »Sie ist mit Hishn weggegangen. Hat ein paar Kräuter gesehen, die sie braucht.«

Aranur runzelte die Stirn. »Warum hast du mir das nicht gesagt?«

»Es gab keinen Grund dafür.« Der jüngere Mann schnallte seinen Rucksack ab und warf ihn auf eine relativ trockene Stelle am Boden. »Sie kann nicht verlorengehen, und sie ist nicht in Gefahr. Das wüßte ich.« Er warf dem anderen Mann einen leicht herausfordernden Blick zu. »Und du auch.«

Aranur sah verärgert aus. Er fragte sich, woher Rhom wissen konnte, daß er den Graupelz spürte, mit dem Dion ging. Es war nichts Eindeutiges; Hishn sprach nicht zu ihm, und die Bilder, die er aufschnappte, waren undeutlich, aber die leise, graue Stimme, die in ihn hineinflüsterte, war wie ein besänftigender Gedanke, der seine Gereiztheit durchbrach und ihn ständig daran erinnerte. Abrupt fegte er diese Gedanken beiseite. »Zuerst müssen wir sie finden, dann suchen wir nach den Stämmen«, sagte er kurz.

»Aranur, sie braucht nicht …«

»Ich will nicht, daß wir uns trennen, ohne genau voneinander zu wissen, wo sich jeder befindet. Wie sollen wir sie finden, wenn ihr etwas zustößt? Wie soll sie uns finden?«

Der Jüngere zuckte mit den Schultern und akzeptierte diese Überlegungen, aber Aranur hatte das Gefühl, als hielte der stämmige Schmied alles im Grunde nur für einen Vorwand. Mondwürmer, dachte er gereizt. Als ob Rhom das etwas anginge. Er wies auf den lehmigen Pfad, auf dem sie gekommen waren. »Los, laß uns gehen.«

Sie mußten sich mühsam eine ganze Meile zurückarbeiten, bevor sie die Stelle fanden, an der Dion die Gruppe verlassen hatte. Sie hatte trotz des aufgeweichten Bodens nur eine schwache Spur hinterlassen. Aranur war überrascht. Sie war nur leicht aufgetreten und hatte darauf geachtet, ihre Füße dort niederzusetzen, wo sie die wenigsten Spuren hinterlassen würde. Das hätte er von einem Waldläufer erwartet, aber nicht von einer Heilerin.

»Sie ist ein Waldläufer«, sagte Rhom und grinste. »Was sie nicht von mir oder Vater gelernt hat, hat ihr Hishn in den letzten Jahren beigebracht. Sie hat angefangen, ganz allein mehrere Ninans in den Wäldern zu verbringen – na ja, gemeinsam mit Hishn. Wir haben versucht, uns gegenseitig aufzuspüren, nur so, zur Übung.«

Aranur nickte. Er hatte die Stelle gefunden, an der sie zwischen zwei dichten Chello-Büschen hindurchgeschlüpft war. »Hier lang.«

»Aranur, ich glaube immer noch, sie hat ein Recht, allein zu sein …«

»Sch – da vorne ist irgend etwas.«

Es war nur ein brauner Hase. Als sie sich weiterbewegten, schoß das Tier auf dem undeutlichen Pfad davon und starrte sie dann aus der ungewissen Sicherheit des Unterholzes an. Sie folgten den schwachen Markierungen von Dions Spur, bis Aranur anhielt, um einen dichten Busch herumging und sich plötzlich mitten auf einer Lichtung befand. Die drei Gestalten auf der versteckten Waldwiese erschraken und wirbelten herum – die beiden großen Wölfe bleckten die Zähne, und Dion hatte die Hand sofort am Schwertknauf. Dann glitt das Schwert so schnell in ihre Faust, als sei es die Nadel, die sie noch eine Sekunde zuvor festgehalten hatte.

Aranur und Rhom waren wie gelähmt. Daß ein anderer Grauer zu ihr kommen würde … daß sie die Wunden eines anderen Wolfes behandeln durfte ... Der hochgewachsene Mann machte einen Schritt nach vorn.

Dion gab ein ersticktes Geräusch von sich und fand dann ihre Stimme wieder. »Geht!« knurrte sie und schob sich zwischen den Mann und den fremden Wolf, dessen Nackenfell sich steil zu einer drahtigen Bürste aufgestellt hatte. »Geht! Sofort!«

Ihr Zwillingsbruder griff nach Aranurs Arm und riß ihn zurück. Aranur taumelte, fing sich wieder, schüttelte Rhoms Hand ab und erkannte plötzlich, daß sich Dion zum Sprung zusammengekauert hatte. Ihre Lippen waren zurückgezogen wie die eines Wolfes, und in dem Halbdunkel sahen ihre Augen fremd aus. Blauviolett? Oder war da nicht eine Spur von Gelb tief in ihnen verborgen?

Dann wußte er nur noch, daß Rhom ihn hinter einen breiten Baumstamm zerrte und zu sich herumwirbelte. »Laß uns gehen«, sagte der Schmied wütend und zog den anderen Mann hinter sich her. »Wir müssen hier weg. Sofort!« Aranur warf noch einen Blick zurück, aber als er die nackte Angst und Anspannung in Rhoms Gesicht sah, änderte er seine Meinung und zog sich unauffällig mit Dions Bruder ins Unterholz zurück.

»Was war denn das?« fragte er Rhom, sobald sie weit genug entfernt waren, damit sogar die Grauen sie nicht mehr hören konnten. »Was hat sie da gemacht?«

Rhom zuckte mit den Schultern. »Das weiß ich nicht, aber wenn sie so aussieht, dann kann man nicht mit ihr reden.« Er schauderte. »Nein, geh nicht dorthin zurück. Mit den Grauen legt man sich nicht an. Man geht nicht zu ihnen, bevor sie nicht von selbst zu einem kommen.«

Aranur schüttelte den Kopf. Er hatte Dion noch nie mit dieser Stimme sprechen gehört. Beinahe so, als würde sie durch die Wölfe hindurch sprechen. »Sie hat ihr Schwert gezogen«, sagte er und warf einen ungläubigen Blick in den Wald zurück. »Sie war bereit zu kämpfen.«

»Du kennst Dion nicht besonders gut, Aranur. Und die Grauen kennst du erst recht nicht. Komm. Wir können ja auf dem Pfad auf sie warten.«

»Sie hat tatsächlich ihr Schwert gezogen.«

»Sie hatte das Gefühl, die Wölfe beschützen zu müssen. Sie ist eine Wolfsläuferin. Sie hat eine besondere Beziehung zu ihnen. Vergiß es. Laß uns wieder zurückgehen.«

»Du verstehst nicht.« Der hochgewachsene Mann sah immer noch erstaunt aus. »Sie war bereit, gegen mich zu kämpfen. Gegen mich. Ich bin verdammt noch mal ein Waffenmeister ...« Er schwieg plötzlich, als er den prüfenden Ausdruck auf Rhoms Gesicht sah. »Wir warten hier auf sie«, entschied er plötzlich. »Sie wird sicher bald kommen.«

Rhom arbeitete sich weiter durch den Busch voran. »Sei kein Esel, Aranur. Sie kommt, wenn sie soweit ist, und was mich angeht, so möchte ich dann gerne möglichst weit entfernt von hier sein.« Er blickte in das Dickicht zurück und war bis zum Bersten angespannt, als er ein leises Knacken hörte, errötete jedoch, sobald er den Gesichtsausdruck des anderen Mannes sah. »Aranur, du hast noch niemals einen wahnsinnigen Wolf gesehen. Ich kämpfe lieber mit zwei Worlags als mit einem Grauen, der solche Augen hat. Und was Dion ... ehrlich gesagt, da sind mir zwei Graue auch noch lieber als meine Schwester. Sie hat ihr eigenes Temperament und kann einen Lepa töten, noch bevor er angreift.«

Das Gesicht des grauäugigen Mannes war verschlossen. »Ist sie denn in Gefahr?«

»Nicht, solange wir keine Dummheiten machen.«

»In Ordnung.« Aranur wies Rhom mit einer Handbewegung an, zum Pfad vorauszugehen, obwohl er sich zweimal umblickte, um zu sehen, ob er vielleicht noch einen kurzen Blick auf den Grauen erhaschen konnte, den Dion behandelte. Eine Heilerin, die mit den Wölfen zusammenarbeitete – wer glaubte denn so etwas?

Sie waren kaum eine halbe Meile gegangen, als Aranur hinter sich Geräusche hörte. Er gab Rhom ein Zeichen, der leise sein eigenes Schwert zog, und beide warteten. Was durch das Gebüsch zum Vorschein kam, war allerdings kein Tier, sondern eine Frau. Dion war immer noch sehr aufgebracht.

»Wie konntet ihr es wagen«, fuhr sie die beiden an, und aus ihren violettfarbenen Augen schossen wütende Blitze. »Wer hat euch gesagt, daß ihr mir folgen sollt? Rhom! Ich habe dir doch gesagt, wohin wir gegangen sind. Hast du wirklich geglaubt, es sei nötig, alles zu riskieren, indem ihr da hereinplatzt!« Ihre Brust hob und senkte sich heftig vor Zorn und den Anstrengungen des Waldlaufs. Aranur konnte nicht anders, als ihren wohlgestalteten Zorn zu bewundern.

»Es tut mir leid, wenn wir dich bei etwas Wichtigem gestört haben, Heilerin. Aber ich verstehe immer noch nicht ganz, was hier riskiert wird, außer deinem Leben. Ich habe dir schon einmal gesagt, daß mir deine einsamen Wanderungen mißfallen …«

»Die Grauen sind keine Bedrohung, solange sie sich nicht bedroht fühlen, Aranur«, erwiderte sie hitzig. »Und du hast sie bedroht. Hast du nicht zugehört?« fragte sie. »Hast du sie denn nicht gespürt?«

Er runzelte die Stirn. »Ich habe nichts gespürt, von dem ich hätte sagen können, daß du es warst.«

Dion sah ihn böse an. »Hishn sagt, du kannst sie besser hören als Rhom.«

»Manchmal«, gab er mit einem bescheidenen Lächeln zu. Er verstand nicht, warum sie so aufgebracht war, aber sie war schön, wenn ihre Augen so leuchteten wie jetzt, und es gefiel ihm, wie ihre Brust das lederne Wams ausfüllte, das ihr so gut stand.

Wütend ballte sie die Hände zu Fäusten, und zwei rote Flecken blieben auf ihren Wangen zurück. »Männer!« murmelte sie, schob sich an den beiden vorbei und stapfte auf dem Pfad davon.

Aranur sah ihr nach. »Weiber!« sagte er säuerlich.

»Ich glaube, sie mag dich.«

»Halt die Klappe.«

In den nächsten sechs Stunden schleiften sie vier Stämme bis auf den steinigen Strand und machten sich daran, sie zu spalten. Sie hatten nur ein Beil. Tyrel nahm es mit und suchte Feuerholz zusammen. Als er den Holzstoß aufgeschichtet hatte und ein angemessenes Feuer aufflackerte, legten sie die Stämme quer über den Holzstoß, damit die Flammen durch sie hindurchbrannten und ihnen das mühsame Zerkleinern abnahmen. In der Zwischenzeit flochten Shilia und Namina die Schlingpflanzen, die sie gesammelt hatten, zu Seilen. Während sie arbeiteten, ertrug es Tyrel zweimal stoisch, daß die Heilerin seine Wunden öffnete. Sie entfernte die tiefroten Giftflecken aus den bösartig aussehenden gelben und roten Löchern, aber gegen Abend war der Junge in einem halbbetäubten Zustand, sprach nur, wenn es nötig war, und hielt sich auch mit den herzlosen Scherzen zurück, an denen er sonst soviel Spaß hatte.

Der Gedanke, sterblich zu sein, mußte ihm nach Ainnas Tod schwer zu schaffen gemacht haben, erkannte Dion. Es war, als sei er in den letzten vier Tagen erwachsen geworden. Der Sohn des Lloroi von Ariye zu sein, war keine einfache Position, aber bei all der Unbill, die ihnen widerfahren war, hatte Tyrel schließlich angefangen, seine Verantwortung ernst zu nehmen. Sie hatte zuerst daran gezweifelt, ob er jemals ein so warmherziger Führer werden würde, wie es einem Lloroi anstand, aber jetzt, da sie sah, welche Kraft er in seinen Schmerzen fand, betete sie darum, daß die Monde dem Jungen genug Zeit gewährten, damit er seinem Vater zeigen konnte, wie erwachsen er geworden war.

Der Gedanke an den Jungen hielt sie davon ab, sich mit diesem Tal zu beschäftigen. Sie wußte die Ruhe und den Frieden hier zu schätzen, aber irgend etwas machte sie nervös. In der letzten Nacht hatten sich ihre Träume um ein weißes Gebäude gedreht, das an jedem Berghang am Horizont erschien. Eis tropfte von den blanken Fenstern – Fenster, die in das Tal hinuntersahen, das sie gerade durchwanderten. Rudel von Wölfen rannten wild durch die Wälder, sangen zu den Monden und umkreisten die Kuppel, während Geister durch die stillen Hallen schwebten und aus den Fenstern hinausschauten.

Als sie sich an diesem Abend zum Schlafen hinlegten, waren die Bilder noch deutlicher, die Träume noch intensiver; sie erwachte schweißgebadet, als Aranur sie und den Wolf hin und her schüttelte.

»Dion«, flüsterte er eindringlich. »Wach auf. Laß los.«

Sie keuchte und klammerte sich an ihn, während der Traum langsam in der Wirklichkeit dahinschwand, bis nur noch ein schwacher Druck in ihren Gedanken übrigblieb. Die Graue öffnete einfach die Augen und hörte auf zu stöhnen; sie trat mit den Beinen aus, als würde sie rennen, und bleckte die Zähne, um im Schlaf anzugreifen. Aber Dion schüttelte den Kopf. Hishn hatte die Bilder verloren, sobald Aranur zu sprechen anfing, Dion konnte sie jedoch nicht so leicht verscheuchen. Irgend etwas rief sie, zog sie in eine bestimmte Richtung. Sie schauderte.

»Es war nur ein Traum, Dion«, wiederholte er, zog ihr die Decke über die Schultern und hielt sie sanft in seinen starken Armen. »Schlaf jetzt weiter.«

Es war nur ein Traum. Nichts weiter. Sie sah sich im Lager um und erblickte nichts anderes als schlafende Körper und abgewetzte Gepäckstücke. Dion wurde rot und entzog sich seinem Griff. Schlimm genug, daß er von Anfang an nichts von ihr gehalten hatte. Jetzt benahm sie sich obendrein auch noch wie eine Närrin, nur weil sie ein paar Wolfsaugen im Dunkeln verfolgten. Sie stieß auch die Decke weg, und Hishn setzte sich verstört auf und trottete davon, um die Nacht zu durchschnuppern. Sie träumten beide zuviel in letzter Zeit, dachte Dion. Seit sie an der Küste gelandet waren, war sie unruhig und wanderte herum, auf der Suche nach etwas, das sie weder finden noch genau erkennen konnte. »Ich kann genausogut noch eine Weile aufbleiben«, sagte sie kurz angebunden und blickte in die Dunkelheit. Starrte sie da ein Paar gelber Augen an? Sie gab vor, sich den Schlaf aus den Augen zu reiben, und das Bild verschwand. »Ich bin jetzt dran mit der Wache, oder?«

»Rhom ist an der Reihe«, erwiderte Aranur ruhig.

»Ich bin nun doch schon auf, dann kann ich ebensogut gleich übernehmen«, sagte sie und rollte sich aus ihrer Decke heraus. »Er ist dann als nächster dran.«

Hishn? rief sie, als sich Aranur wieder hinlegte und rasch eingeschlafen war. Die einzige Antwort, die sie von der Wölfin erhielt, schwächte sich schnell ab, eine verschwommene Aufregung, die ihr durch die Nacht zugetragen wurde, eine potentielle Vereinigung, irgend etwas, aus dem sich Dion lieber ausklinken wollte, anstatt zuzuhören. Sie warf einen Blick auf Aranurs sehnigen Körper, der entspannt auf der weichen Erde lag. Mit zunehmender Dunkelheit, in der nur noch das Feuer rotäugig leuchtete, wünschte sie, sie würde es wagen, sich neben ihm zusammenzurollen und ihre schwächer werdende Kraft durch seine Stärke neu zu beleben. Was hatte es mit diesem Tal nur auf sich? Fast kam es ihr so vor, als würde sie Gespenster sehen.

Mit einem Mal fuhr sie zusammen. Gespenster. Geister. Nicht die Grauen – diese spürte sie auch jetzt um sich –, sondern Geister. Die Bilder, die ihr Hishn übermittelte, wurden immer deutlicher, während sie sich darauf konzentrierte.

Wolfsläuferin, sagte eine Graue leise.

Sie zögerte. *Du ehrst mich,* erwiderte sie. Die alte Wölfin war unsichtbar in der dunklen Nacht, aber Dion sah trotzdem ihr Bild vor sich. *Graue,* sandte sie endlich aus. *Wer sind die Geister, die du mir in meine Träume schickst?*

Die gelben Augen glühten. Gerüche von Männern und Frauen erfüllten plötzlich ihren Kopf, und sie schwankte. Die Kraft der alten Wölfin war zweimal so stark wie das, was ihr Hishn übermitteln konnte. *Füße springen durch Pfützen … Ge-*

sichter kommen vorbei, nicken, lächeln … Beile dich … Eine Graue tollt mit einem jungen Mann herum, fällt von der Straße in den dichten Busch … Der Geruch von frisch zusammengedrücktem Gras, aufgewühltem Boden … Tausende von Bildern jagten durch ihre Gedanken, und die Frau zog die Decke an sich, die sie noch vor einem Moment weggeschoben hatte.

Graue, sagte sie schwach, als die Bilderflut sich langsam abschwächte. *Ich verstehe das nicht.*

Die alte Wölfin schien ihr dabei nicht helfen zu können.

Wer sind diese Leute?

Wieder bestand die Antwort aus einer Zusammenballung von Bildern, die Dion nichts weiter sagten, als daß es einst Tausende gegeben hatte, wo jetzt nur noch einer übrig war.

Wohin sind sie gegangen?

Die alte Wölfin hielt inne und sah die Wolfsläuferin schweigend an. Ein Anflug von Verzweiflung wehte durch ihre Gedanken, und Dion fuhr erschauernd zusammen. Nicht nur der ängstlichen Schreie der Menschen wegen, die ihre Ohren erreichten und hineinschlüpften, sondern auch des stillen Todeskampfes der Tiere wegen, die in den Flammen eines Fiebers, das sie nicht begriffen, erzitterten, brannten und starben. Welpen, die bei der Geburt gestorben waren, wurden zusammen mit den toten Jungen anderer Tiere achtlos beiseite geschafft. Haufen toter Kaninchen und kleine Hügel von Lepa-Küken, die aus ihren Nistplätzen hinuntergefallen waren, als ihre Eltern sie von denjenigen trennten, die noch lebten. Umgedrehte Steine, unter denen die Hüllen vielbeiniger Insekten lagen, einst in der Erde aktiv, aber jetzt tot und leer, ausgehöhlt von einem Virus, dem nicht einmal sie widerstehen konnten.

»Ihr Götter«, flüsterte sie und begann zu verstehen, was ihr die alte Wölfin erzählte. Ohne zu sehen, starrte sie auf die Wölfin, von der Bilderflut entsetzt, den ebenso undeutlichen wie absonderlichen Alpträumen, die nicht mehr weichen wollten, und sie merkte es nicht einmal, als die Graue sie verließ und Hishn wieder neben ihr lag.

Am nächsten Tag waren ihre Augen dunkel und von Schlaflosigkeit gezeichnet. Rhom sah sie an und sah die verschiedenen Spuren, die rings um ihre Schlafstelle im Schlamm verteilt waren. Er runzelte leicht die Stirn, sagte aber nichts. Als keiner hersah, verrieb Dion vorsichtig die Spuren.

In den folgenden drei Stunden brachen sie die angebrannten Stämme entzwei und setzten sie in einem grobgezimmerten Rahmen aneinander. Dutzende von kleineren Stämmen bildeten das Deck, und Rhom baute einen kleinen Wellenschutz um die Kanten, damit ihre Ausrüstung nicht gleich über Bord gespült wurde. Der Himmel war schwer und grau, und es gab nicht einmal einen kurzen Blick auf die Monde und auch keinen Schatten, der einen Hinweis auf die Zeit erlaubt hätte.

Dions Schultern waren angespannt. Sie hatte das Gefühl, in einem zeitlosen Sumpf gefangen zu sein, der sich mit dem Fluß im Kreise drehte und sie niemals zu den Bergen führen würde, sondern nur zu einem tödlichen Loch im Zentrum des Kreises. Die Anspannung war ihr so deutlich anzumerken, daß Shilia sie schließlich bei der Arbeit unterbrach und fragte, was mit ihr nicht stimme.

»Du lächelst nicht, du hast schon den ganzen Tag über kein Wort gesagt. Zwischen dir und Namina komme ich mir vor wie zwischen zwei Toten.«

Dion schüttelte sich. Sie sah weg und brach einen Zweig von einem Busch, den sie zwischen den Fingern drehte. »Ich bin in letzter Zeit sehr angespannt.« Sie zuckte mit den Achseln. »Ich träume sehr schlecht.«

»Hoffentlich hast du nichts Verdorbenes gegessen?« neckte sie das andere Mädchen leichtfertig.

Dion schüttelte den Kopf. Sie fühlte es näher kommen, immer näher, wie eine Herausforderung, wie eine Drohung. Die Gefahr tiefer Wirbel, die ihre Sinne in sich hineinziehen wollten. In ihrem Kopf waren Stimmen, Echos anderer Wölfe, die ihr Gedächtnis bevölkerten und ihre Visionen verdoppelten und sie in eine unbekannte Verzweiflung stürzten. Sie fühlte, wie sie vor ihr über den Weg entlangstrichen, sie konnte das Fell an ihren Beinen spüren, ihren Atem riechen. Aber nie war etwas zu sehen. Nur ihre eigenen nervösen Augen, die in dem dunklen Gebüsch suchend hin und her blickten, und Hishn, die so gereizt aufheulte, daß sich Dions Anspannung dadurch noch verstärkte.

»Dion, hilf mir mal!« rief ihr Rhom vom Flußufer zu.

Sie schüttelte sich, nickte und hielt ein Bündel der grobgeschnitzten Stangen fest, die er angefertigt hatte, um das Floß den Fluß hinunterzusteuern. Er verstaute sie auf dem zusammengebastelten Boot und streckte dann eine Hand aus, um das Gepäck entgegenzunehmen. Als er es weiterreichte, bemerkte er den gespannten Zug um ihren Mund, sagte aber nichts. Wenn sie sich solche Sorgen um Tyrel und Namina machte, dann konnte er ihr nicht helfen, aber wenn es Aranur war, der ihr so zusetzte, dann würde er sich den Mann heute abend beiseite nehmen und ein Wörtchen mit ihm reden. Mit grimmig vorgeschobenem Kinn half der Schmied zuerst Shilia, dann Namina an Bord, während seine Schwester leichtfüßig selbst aufsprang. Er war stolz auf die graziöse Art, mit der sie sich bewegte, auch wenn sie noch so müde war. Gray Hishn knurrte und jaulte. Sie rannte auf den Findlingen hin und her, die sich an dem Landeplatz befanden, bevor sie schließlich mit einem Satz aufsprang, der das gesamte Floß erschütterte und ins Trudeln brachte.

»Mondwürmer, Zwillingsschwester, kannst du sie nicht dazu bringen, sich ruhig zu verhalten?« fragte Rhom scharf.

»Hishn!« Dion packte die gewaltige Wölfin im Nacken, drückte sie auf den Bauch und hielt sie in der Position fest, bis sie ruhig genug geworden war, damit Tyrel und Gamon an Bord kommen konnten. Sie hoffte nur, daß die Wölfin bald mit dem Gejammer aufhörte. Sonst würde Aranur sie womöglich noch über Bord werfen und sie den Rest des Weges allein auf dem Landweg zurücklegen lassen.

»Haben wir alles?« Aranur warf einen Blick auf den kleinen Lagerplatz. Das Feuer war erloschen, die Ausrüstung befand sich auf dem Floß. Er löste das Seil, mit dem das kleine Floß an den Steinen festgebunden war, und sprang von einem der Findlinge aus auf, als das Floß sich langsam fortriß. »Gamon, Rhom, Dion und ich werden steuern«, ordnete er an und schnappte sich auch schon eine der Stangen. »Wir haben noch zusätzliche Steuerhölzer geschnitten, wenn sich also eine Stange irgendwo verhakt, laßt sie einfach los. Die Sandsauger sind es nicht wert, ihretwegen das Steuer zu riskieren.«

Sie nickten. Obwohl sich der Fluß durch den Sumpf wand, war die Strömung gering, und das Floß durch den Wald zu steuern hatte mehr Ähnlichkeit mit einer Bootsfahrt auf einem See als einer Wildwasserpartie. Dion beobachtete, wie sie langsam an den Ufern des Sumpfes vorübertrieben, und achtete nicht auf das heisere Geschrei der Sumpfvögel, die durch die seltsamen Passagiere aufgeschreckt wurden. Sie fand jedoch keinen Frieden darin, das leuchtende Grün des Sumpfes zu betrachten. Statt dessen verdeckten modernde Knochen ihre Sicht, wo sie nichts als Äste hätte sehen sollen, und das Bild der weißen Kuppel ragte in ihren Gedanken wie ein Grabstein auf den Hügeln auf.

XIII *Ember Dione maMarin:* Todesschreck

Durch Täler der Angst
Gehe ich erhobenen Hauptes,
Die drohende Schwäche
straft mein Mut Lügen.
Und verzagt auch der Mut,
So retten mich doch
Die Hoffnung und mein Glaube
Vor Untergang und Tod.

Die zweite Bergkette war breiter als die erste, doch das vorgelagerte Hügelland ließ sich einfacher durchwandern. Durch das nur spärlich wachsende, vielblättrige Gesträuch, das sich nicht wie die dichten Ranken der feuchten Küstenberge in ihren Kleidern verfing, kamen sie wesentlich rascher vorwärts; meistens bewegten sie sich im Dauerlauf voran und ließen sich zum Rasten völlig durchnäßt einfach irgendwo auf den Boden fallen. Am ersten Tag, nach sechs ermüdenden Stunden, beschloß Aranur, an der Schneegrenze das Lager aufzuschlagen, obwohl es noch einen halben Tag lang hell bleiben würde. Er schätzte, daß sie die Berge in ungefähr sechs Tagen überquert haben würden, selbst wenn sie dem Pfad folgten, den Hishn ihnen gewiesen hatte. Doch bevor sie erneut in die kalten Regionen eindrangen, wollte er Tyrel die Gelegenheit zum Ausruhen geben.

»Das Wetter ist jetzt unser größtes Problem«, sagte er zu Rhom. »Im Tal hat es noch nicht geregnet, und das bedeutet, daß sich da noch etwas zusammenbraut.«

Rhom setzte eine finstere Miene auf und blickte zu Tyrel hinüber. »Wir können nicht ewig warten, Aranur. Dion hat nicht die richtige Medizin, um Tyrel zu behandeln, und es geht ihm noch nicht besser. Er ist jetzt schon schwach, aber wenn er nicht bald die richtige Hilfe bekommt …« Er beendete den Satz nicht.

Aranur schwieg einige Augenblicke und starrte in den verhangenen Himmel. »Wir wagen es«, sagte er dann fest entschlossen. »Wenigstens haben wir die Skier.«

Die Passage schnitt sich als Ausläufer flacher Täler durch die Berge. In der anderen Bergkette hatten sie die Skier einsetzen müssen, weil sie es sonst niemals durch den tiefen Schnee geschafft hätten; hier war der Schnee des stetigen Windes entlang des Passes wegen außerhalb der Verwehungen kaum einen Meter tief, weshalb sie die Skier eher aus Gründen der Schnelligkeit denn aus Notwendigkeit einsetzten. Hishn hielt sich ständig in ihrer Nähe auf, lief nur hin und wieder ein Stück auf dem uralten Pfad voraus, wartete jedoch an der nächsten Biegung, bis die Gruppe aufgeschlossen hatte; sie führte sie an kugeligen Formen und Baumstümpfen vorbei, die dicht unter den Schneewehen verborgen lagen. In der ersten Nacht kampierten sie unter einem Felsüberhang, der ihnen von drei Seiten Schutz gewährte. Doch trotz der Wärme ihres Feuers und dem Schutz vor dem unablässig wehenden Wind machte sich Dion Sorgen um Tyrel. Er hielt sich zwar aufrecht, aber nur mit aller Kraft. Sie befürchtete, daß es schlimmer mit ihm werden würde. Immer noch mußte sie viermal am Tag die Geschwüre aufstechen und das Gift aus den Bißwunden saugen, und obwohl sich die Wunden allmählich schlossen, forderte das leichte Fieber einen immer schwererwiegenden Tribut von dem geschwächten Körper.

Am zweiten Tag waren sie bereits tief in die Bergwelt vorgedrungen. Die Wolkendecke schien direkt auf den Bäumen aufzuliegen. Gamon meinte, es stehe ihnen Schnee bevor. Seine Prophezeiung bewahrheitete sich schon am Mittag. Dicke Flocken fielen vom Himmel und verwandelten den gefrorenen Wald in eine gedämpft knirschende Welt. Als die Reisenden erschöpft in einer freien Schneise rasteten, gingen hier und da von den Bergkämmen kleine Lawinen ab.

»Dion, Tyrel geht es nicht gut«, sagte Shilia mit leiser Stimme, als sie der Heilerin nach der Mahlzeit beim Packen half. »Seine Stirn kommt mir heiß vor, und seine Augen glänzen.«

Namina rappelte sich auf und fügte hinzu: »Er hat letzte Nacht sehr schlecht geschlafen und versucht, an den Wunden herumzukratzen. Ich habe versucht, ihn davon abzuhalten, doch er hat mindestens einen Verband abgerissen.«

Dion sah sehr besorgt aus. »Tyrel!« rief sie. »Bevor wir uns wieder auf den Weg machen, möchte ich mir deine Beine noch einmal ansehen.«

Als er sich mit rotem Gesicht und glasigen Augen zu ihr umdrehte, sah sie sofort, was Namina meinte. Der Wetterumschwung hatte sein Fieber gefährlich in die Höhe getrieben. Mit banger Ahnung blickte sie zum Himmel. Die Wolken waren nicht um ein Gramm leichter geworden, und der Druck fiel noch immer. Trotz der harmlosen Erscheinung der Flocken, die ihre Spuren hinter ihnen verwischten, konnte sie ein Sommerschneesturm in diesen Bergen tagelang aufhalten, und so wie der Junge jetzt aussah, hielt er womöglich nicht durch, wenn das Fieber nicht nachließ. Und wo war Hishn? Die Graue konnte in den Jungen hineinsehen und ihr sagen, wie kräftig er wirklich war, wie weit er es noch schaffen würde, doch die Wölfin war schon am Morgen verschwunden, nachdem sie eine Bemerkung darüber gemacht hatte, wie gut man in dieser Jahreszeit Jagd auf Schneehasen veranstalten könnte. Dion vermutete, daß die Wölfin nur vermeiden wollte, daß sie sich um Tyrel kümmern mußte. Jedesmal, wenn Dion das Gift aus den Wunden saugte, erregte sich die Graue so heftig, daß sie sogar der Heilerin aus dem Weg ging. Andererseits verstörten das graue Tier die Erinnerungen nicht weniger als die gegenwärtigen Ereignisse. Das vermutete Dion zumindest in Anbetracht der Bilder, die ihr die Wölfe in den drei letzten Nächten unten im Tal übermittelt hatten. Doch was ihr Hishn und die anderen da gezeigt hatten, waren Bilder von Krankheiten, die mit den Jahreszeiten kamen und gingen und die Waldtiere bedrohten – sie konnten keinesfalls mit dem Fieber in Verbindung stehen, das den Jungen gepackt hatte, und die Heilerin war zunehmend enttäuscht von der Weigerung der Wölfin, ihr zu helfen.

»Aranur, kannst du mal herkommen?« fragte sie, während sie den Jungen untersuchte.

»Macht mein fauler Vetter schon wieder Ärger?« fragte er mit gespieltem Lächeln zurück. Das Lächeln erstarb, als er in ihre Gesichter blickte. Dion sah sehr ernst aus, und Tyrel war rot angelaufen. »Was ist los? Geht es ihm schlechter?«

»Er ist völlig durchgeschwitzt. Das Fieber ist gestiegen.« Sie nahm den Rest des heißen Wassers und brühte dem Jungen rasch seinen Tee auf, bevor das Feuer im heftig fallenden Schnee ausging. »Er braucht Wärme, Fleischbrühe und vor allem Medizin, die ich hier nicht habe. Und Ruhe. Mit jeder Stunde, die wir weitergehen, riskieren wir, daß es ihm schlechter geht. Wenn die Dehydration ihn nicht fertigmacht, dann schafft ihn die Erschöpfung. Er muß in dieser kalten, feuchten Atmosphäre sehr stark gegen das Fieber ankämpfen.«

»Wärme und Ruhe … Das können wir beides haben, wenn wir hierbleiben und einen Unterschlupf bauen«, sagte Aranur nachdenklich. »Dabei riskieren wir jedoch, im Schneesturm eingeschneit zu werden. Was die Fleischbrühe angeht … wir könnten ein paar Streifen von dem getrockneten Fleisch einweichen. Aber Medizin? Auf keinen Fall. Wenn uns die Monde gnädig sind, gelingt es uns vielleicht, einen Schneehasen zu erwischen, aber darauf zählen würde ich nicht.« Er dachte nach. »Wenn er noch einen Tag durchhält, sind wir aus dem Schlimmsten raus.«

Dion zögerte. »Wahrscheinlich schafft er es. Er ist zwar nicht mehr ganz klar, aber er steht auf den Beinen, und das wird so bleiben, bis er zusammenbricht.«

»Aber du weißt nicht, wann das sein wird?«

Sie schüttelte ernüchternd den Kopf.

»Das Problem ist folgendes, Dion. Wir können hier eine Schneehöhle bauen; aber sieh dir nur diese Steilhänge an.« Er zeigte auf die mit dicken Schneeschichten bedeckten, schroffen Gipfel über ihnen. »Wenn noch mehr Schnee fällt, rutscht das alles zusammen, und dann wird vielleicht das ganze Tal unter den Schneemassen begraben. Um aber den Schneesturm in dieser Kälte durchzustehen, haben wir nicht genug Lebensmittel dabei.«

Tyrel schaute seinen älteren Vetter mit hellen, glasigen Augen an und sagte mit leicht verwaschener Stimme: »Es geht schon, Aranur. Ich kann dir folgen. Du hast mich bis jetzt noch immer gerettet. Ich komme schon klar.«

Aranur lächelte, doch um seine grauen Augen zeigten sich Sorgenfalten. »Sicher kommst du klar. Aber du mußt für dein Feuer heute abend schon ein bißchen schuften. Meinst du, du schaffst es bis aus dem Tal heraus? Hier auf dem Bergrücken gibt es vielleicht Höhlen oder Spalten, in denen wir Schutz suchen können.«

»Geh du nur voran, Vetter.« Der Junge zog die Stirn in Falten. »Dion, meine Ohren klingeln.«

»Das ist nicht schlimm«, beruhigte sie ihn. »Nur das Fieber. Eine Zeitlang wirst du nicht sehr gut hören, und womöglich schmerzt dich das grelle Licht in den Augen, aber das ist bald vorbei.«

Aranur beschloß, es bis ins nächste Tal zu versuchen und zunächst einmal zu hoffen, daß die Hänge dort nicht so schneebepackt waren. Jetzt, mit Einsetzen der Sommerschneeschmelze, war jede Schneetour gefährlich. Sie hatten schon an anderen Stellen der Paßstraße Spuren von Lawinen gesehen, doch in diesem Tal wagten sie nur zu flüstern und sich so leise wie möglich auf den Skiern voranzubewegen. Tyrel fuhr zwischen den Zwillingen, so konnte Dion ein Auge auf ihn haben und Rhom ihm im Bedarfsfall sofort zu Hilfe eilen.

Doch sie hatten kaum drei Kilometer zurückgelegt, als der Junge anhielt. »Dion«, sagte er angsterfüllt, faßte sich an den Kopf und schüttelte ihn, als wollte er den Nebel aus seinem Gehirn vertreiben. »Meine Ohren werden taub.«

»Schsch«, sagte sie und bedeutete ihm, die Stimme zu senken. »Sie sind nicht taub. Du kannst nur eine Weile sehr schlecht hören. Das liegt am Fieber.«

»Aber ich höre fast nichts mehr«, protestierte er mit fieberschriller Stimme, die sich an den weißen Wänden des Tals brach. Mit einem dumpfen Geräusch fiel ein Schneeklumpen von einem Zweig herab.

»Schsch.« Rhom kam näher und legte eine Hand über Tyrels Mund.

Aranur und Gamon, die an der Spitze fuhren, blieben stehen und warteten auf die drei anderen. Aber Tyrel befand sich schon zu sehr im Griff des Fiebers. Voller Angst wand er sich aus Rhoms Umklammerung und schrie die Heilerin fast an: »Ich kann nichts mehr hören! Dion? Aranur?«

Rhom versuchte, von der Seite her über Rhoms Skispuren zu steigen und ihn zu packen, um ihn zu beruhigen, aber Tyrel rutschte nach vorne und fiel in den Schnee. »Ich kann nichts mehr hören! Ich kann nichts mehr hören!« Seine Stimme steigerte sich zu einem verzweifelten Schrei, und Aranur blickte zu den überhängenden Schneewächten hinauf. Würde jetzt gleich eine von ihnen abbrechen?

Namina versuchte, Rhom zu helfen und Tyrel aufzurichten, ohne ihn noch mehr zu verschrecken, doch in seinem fiebrigen Zustand war er davon überzeugt, daß er endgültig taub war. Er wehrte sich nach Kräften, bis ihn Aranur packte und fest in die Arme nahm. Der Junge verbarg sein Gesicht an der Schulter seines Vetters und schluchzte heftig. »Ich kann dich nicht hören, Aranur. Ich kann dich nicht hören. Namina? Gamon? Ich bin taub!«

Die plötzlich eintretende gefährliche Stille in der Luft ließ sie alle für einen sehr langen Moment auf der kleinen Hochebene erstarren.

»Die Schneewächte!« flüsterte Shilia, ängstlich aufblickend. »Oh, ihr gnädigen Monde, sie kommt herunter.«

»Weiter!« Aranurs Flüstern war wie ein Peitschenhieb. »Los, folgt Gamon! Ich übernehme Tyrel!«

Gamon fuhr als erster los, führte Namina, Shilia und Dion an. Aranur und Rhom blieben links und rechts von Tyrel und drängten ihn weiter. Ein tiefes Grollen war jetzt zu hören, und der Riß in der Wächte verbreiterte sich. Sie kamen um ein paar niedrige Bäume herum, die wie alte Zaunpfosten aus dem Schnee herausragten. Von ihren Zweigen fiel der Schnee wie Felsbrocken herab. Eine Minute verging, und das Grollen schwoll an. Nach einer weiteren Minute war die Gruppe der Skifahrer auseinandergezogen, jeder kämpfte sich, von der Angst angespornt, immer weiter durch die Schneewehen. Vor ihnen öffnete sich ein kleines Wäldchen zu einer Lichtung und verdunkelte sich dann wieder zu dem dichten Hochgebirgswald, den sie so verzweifelt durcheilten. Und dann konnte Aranur den Bergrücken sehen, der das nächste Tal anzeigte. Der Boden unter ihnen erbebte.

Dion verhedderte sich in einem schneebedeckten Ast und wankte auf den unhandlichen Brettern. Sofort war Rhom bei ihr. »Durchhalten!« Sie erreichten die erste Baumreihe, doch die Stämme schienen zu spärlich und zu weit auseinander zu stehen, um die Gruppe vor der Lawine zu schützen.

Gamon und Namina erschienen weiter unten auf der Lichtung. Shilia war gerade dabei, ihnen zu folgen, als die Lawine zuschlug. Alle drei wurden sofort von den Schneemassen fortgerissen. Shilia klammerte sich an einem Ast fest. Der Schnee zerrte an ihrem Körper und schüttelte den Baum durch. Ihre Skier wurden unter ihr weggerissen. Dann verbarg sie aufstiebender Pulverschnee vor den Blicken der anderen.

Das Brüllen der zu Tal donnernden Lawine erfüllte Dions Ohren und erschütterte ihre Knochen, so daß ihr ganzer Körper nur noch von dem Geräusch erfüllt zu sein schien. Der Junge fiel gegen sie, als Aranur ihn fallen ließ und ihrem Bruder zu Hilfe eilte. Als sie es schließlich wagte, den Blick zu heben, wirbelten Wolken aus Eisdunst und Schnee durch die Luft wie dichter Nebel, bis sich das Brüllen allmählich legte. Wie durch ein Wunder hatten sich die Schneemassen vor dem kargen Wäldchen, in dem sie angehalten hatten, geteilt und waren auf beiden Seiten vorbeigetost. Aranur schaute ungläubig auf die weite Schneefläche, die seinen Onkel, seinen Vetter und seine Schwester mitgerissen hatte.

»Nein«, flüsterte er. Dann schob er sich auf die neue Schneefläche hinaus.

Rhom versuchte verzweifelt, sich seine Skier wieder anzuziehen. »Dion, bleib du hier bei Tyrel. Vielleicht geht noch mehr Schnee ab.« Dann schoß er hinter dem anderen Mann her.

Die Lawine schien nicht nur die Bergrücken, sondern gleich den ganzen Himmel herabbeschworen zu haben, denn der Schnee fiel jetzt noch dichter als zuvor. Wirbel bildeten sich, und der Wind verwandelte alles in einen peitschenden, taumelnden weißen Flockentanz. Dion gelang es, Tyrel in eine sitzende Position zu bringen. Sie wischte ihm die Augen und wiegte ihn wie ein Baby, wobei sie versuchte, ihm verständlich zu machen, daß sie sich weiterkämpfen müßten. Sie kamen nur zäh voran, folgten den rasch verwehenden Spuren der Männer, bis sie Aranur und Rhom ungefähr eine halbe Meile hangabwärts erblickten. Die beiden gruben im Schnee. Dann zogen sie eine Gestalt halb heraus. Sie sah wie Shilia aus. Dann rutschten sie an eine andere Stelle und fingen wieder zu graben an. Als sie näher kam, sah Dion, daß es sich um

Aranurs Schwester handelte. Das Mädchen bemühte sich, aus dem Eis freizukommen, bevor es wieder gefror und ihre Beine einschloß.

»Mir geht's gut!« rief sie. »Hilf den anderen mit Namina und Gamon.«

Dion schickte Tyrel weiter zu seiner Cousine und ließ ihn bei dem Mädchen zurück. Rhom bearbeitete das Eis mit seinem Schwert und holte die Brocken so schnell heraus, wie er sie losschlug. »Wir haben Namina noch nicht gefunden«, schrie er, als seine Zwillingsschwester auf ihn zuschlitterte. »Gamon ist hier unten. Wir haben ihm ein Luftloch gebohrt, und er hält sich mit einem Trinklied bei Laune, also ist ihm wohl nicht allzuviel passiert.«

Aranur stand hochaufgerichtet da und suchte die unmittelbare Umgebung ab. Entwurzelte Büsche und Bäume warfen ihre Schatten auf das Eis, wo sie sich im fallenden Schnee verloren und seine verzweifelten Blicke in die Irre führten. »Dort drüben!« Sofort eilte er auf den bezeichneten Flecken zu, Dion folgte dicht hinter ihm. Es war der Ski eines Mädchens – aber keine Spur von dem Mädchen selbst. Sie kletterten über einen abgebrochenen Baum, der halb im Schnee begraben lag, und dann fanden sie sie. Am Rande des Schneestroms, wo riesige Eisblöcke wie Mühlräder gemahlen hatten, lag sie weiß und still da; rings um ihren Kopf breitete sich langsam gefrierendes Blut aus und färbte den Schnee rot.

»Oh, ihr Götter«, sagte Aranur leise. Er hob die gefrorenen Blöcke von den Beinen und dem Unterleib seiner Cousine, als handelte es sich um Kieselsteine. Sobald er sie abgeräumt hatte, verfielen er und Dion in tiefes Schweigen. Der Splitterbruch, der das rechte Bein des Mädchens zerschmettert hatte, bog es in einem unmöglichen Winkel unter ihr nach hinten.

»Dafür brauche ich eine Schiene«, sagte Dion tonlos.

Aranur drehte sich ohne ein weiteres Wort um und fuhr auf den Skiern zum nächsten Baum. Sein Gesicht war so düster, daß Dion nicht wußte, was sie sagen sollte. Hatten sie zuvor unter dem Schutz der Monde gestanden, so hatten sie sich jetzt von ihnen abgewandt. *Gray Hishn,* rief sie die Wölfin herbei. Sie wußte nicht, ob die Graue sie gehört hatte. Hishn antwortete jedenfalls nicht. Dion blickte einen langen Moment in den blendenden Schnee und wandte sich dann wieder Namina zu.

Sie schnürten aus ihren Skiern einen Schlitten für das Mädchen zusammen und bastelten sich sodann als Ersatz für die Skier Schneeschuhe. Die Schuhe waren mehr als primitiv, denn es stand ihnen so gut wie kein Material zur Verfügung – und noch weniger Zeit, um es zu verarbeiten. Trotzdem waren die Dinger besser als nichts. Aranur verteilte das Gepäck neu, das jetzt, da sie beinahe ihre gesamte Kleidung auf dem Leib trugen und sämtliche Decken auf dem zusammengezimmerten Schlitten lagen, bedeutend leichter war. Obwohl Dion es besser wußte, hoffte sie doch, daß Namina nicht frieren würde. Das Mädchen war, den Monden sei Dank, noch nicht wieder zu sich gekommen, denn die Heilerin hatte ihr Bein ohne Schmerzmittel richten und schienen müssen. Als Dion ihre Arbeit beendet hatte, waren ihre eigenen Hände schneeweiß und die Fingernägel blaugefroren. Der Schnee wirbelte schneller um ihre Köpfe.

Aranur glaubte, in dem Abhang über dem Tal eine Höhle entdeckt zu haben, doch inzwischen konnte keiner von ihnen mehr als hundert Meter weit sehen. »Wenn wir es bis dorthin schaffen, hätten wir wenigstens eine kleine Chance«, sagte er.

Sein Vetter schaffte gerade noch einen halben Kilometer, bevor er zusammenbrach; Aranur warf sich den Jungen über die Schulter und stapfte weiter, wobei er jetzt bei jedem Schritt tiefer im Schnee versank. Shilia und Dion folgten ihm und bahnten den Weg für die beiden anderen Männer, die den Schlitten hinter sich herzogen. Die Kälte biß sich energisch durch ihre Kleider, und ihre Wangen brannten in der eiskalten Luft.

Zwischen den Bäumen schossen zwei graue Schatten auf

sie herab, und Dion spürte Hishns Ruf in ihrem Kopf. *Hier entlang,* sagte die sanfte Stimme. *Kommt hier entlang.*

Aber der Kamm ist dort drüben. Sie zeigte mit dem Kinn geradeaus. Ihr rascher Atem dampfte in der Kälte.

Die Höhle ist in dieser Richtung, beharrte der Wolf.

»Dion, wohin gehst du?« Shilia krallte sich in Dions Ärmel fest, als die Heilerin in die Richtung einschwenkte, die die Wölfe genommen hatten.

Die Heilerin riß sich los. »Hishn sagt, zum Unterschlupf geht es hier entlang.«

Eine weitere graue Gestalt wurde durch das Schneetreiben sichtbar und fand sich an ihrer linken Flanke ein. »Aranur!« rief sie durch den Wind. »Aranur! Hier entlang!«

Der weiß eingehüllte Mann stolperte und fiel hin, wobei er Tyrel auf einer Böschung ablud, doch schon waren zwei weitere Wölfe bei ihm und verliehen ihm die nötige Hebelkraft, um den Jungen wieder auf seine Schulter zu laden. »Was?« keuchte er.

»Sie ... führen uns ... zur Höhle!« rief sie zurück, völlig außer Atem, da sie bereits dabei war, eine Spur für die anderen durch den immer tiefer werdenden Schnee zu bahnen. »Halte durch. Es kann nicht mehr weit sein.« *Wirklich nicht?* fragte sie Hishn zweifelnd. Sie kämpfte sich nur wenige Minuten durch die Schneewehen, dann schob sich Aranur wieder neben ihre schlanke Gestalt.

»Bleib hinter mir!« brüllte er. Seine Worte verschwanden in den Wirbeln wie der weiße Wind um Dions Gesicht. Er kämpfte sich wieder nach vorn. Tyrel hing kraftlos über Aranurs breiten Schultern, der Schnee sammelte sich auf seinem Rücken. Auch Dion mußte sich mächtig anstrengen, aber Shilias leichtes Gepäck war einfach zuviel für das kleinere Mädchen; sie fiel hin und kam nicht mehr hoch. Wir können es uns nicht leisten, diese Vorräte zu verlieren, sagte sich die Wolfsläuferin voller Verzweiflung und kämpfte sich an das junge Mädchen heran. Die Wölfe kamen herbei und erlaubten es den jungen Frauen, sich an dem grauen, eisigen Fell festzuhalten. Die beiden anderen Männer zogen einfach stur den Schlitten weiter, legten sich in die Leine, die quer über ihre Brust verlief, und bohrten einen Schritt nach dem anderen in den Schnee.

Es sind noch fast drei Meilen, übermittelte Hishn, und ihre wachen Sinne machten Dion noch einmal so müde, ließen sie doppelt frieren, doch ihr Ton gab der Frau wieder neues Vertrauen.

Der weiße Himmel wurde grau, und die Wolken ballten sich dichter zusammen. War es später Nachmittag? Abend? Sie hatte keine Vorstellung mehr davon. Bittere Kälte verbiß sich unerbittlich in Dions Gesicht; es kam ihr vor, als würden ihre Wangen unter den eisigen Kristallen zersplittern. In den hypnotisierenden Wirbeln, die sich um ihren Kopf drehten und sie schwindeln ließen, fiel es ihr schwer, die Augen offenzuhalten. Hishn war bei ihr, stützte sie, trieb sie weiter voran, aber sie war schon jetzt naß und müde und fror erbärmlich. Sie konnte Aranur, der nur wenige Meter vor ihr ging, kaum mehr sehen. Der Sturm wurde schlimmer.

Wolfsläuferin, sagte eine sanfte Stimme und drängte sie weiter.

Du ehrst mich, übermittelte sie, so wie sie es schon viele Male zuvor getan hatte, und allein diese Anstrengung ließ sie erneut straucheln, als sie ihr plumpes Schuhwerk ungeschickt auf einer eisigen Stelle im Schnee aufsetzte. Sie spürte ihre Füße nicht mehr. Ihre Hände brannten nicht mehr im Wind, der sie aller Wärme beraubt hatte, und sie konnte auch Hishns Fell nicht mehr zwischen den Fingern spüren. Ein schlechtes Zeichen, dachte sie verschwommen. Ihre Knöchel verdrehten sich, als sie in eine weiche Stelle einbrach, und plötzlich steckte sie bis zu den Hüften im Schnee.

Komm, weiter. Hishn stieß sie heftig an. Drei andere Wölfe liefen vor ihnen, stoben durch den Schnee wie Dnus durch tiefes Wasser. Sie bahnten den Weg, lösten sich dabei immer wieder ab, und Aranur kämpfte sich dicht hinter ihnen voran, aber hinter sich hörte Dion einen Schrei. *Komm, weiter,* kommandierte Hishn.

»Gamon? Rhom?« rief sie in das blendende Nichts.

»Der Schlitten ... weggerutscht ... Namina ist nichts passiert«, antwortete Rhom mit heiserer Stimme.

Der fallende Schnee zischte und rauschte um sie herum. Dion fiel erst jetzt auf, wie kalt sich der Silberreif gegen ihre Stirn preßte; sie nahm ihn ab und stopfte ihn in ihr Wams, nachdem sie das Eis von seinen Rändern geklopft hatte. Ihr Gesicht war gefühllos. Trotz des Schweißes zitterte sie vor Kälte. Der dunkler werdende Wald stieß seine eisigen Böen in sie hinein wie ein Bohrer, der Nägel in ein leeres Haus bohrt. Sie stolperten jetzt öfter, ihr schwerer Atem brachte die kalte Luft rascher in ihre Lungen, und ihre betäubten Geister ergaben sich nach und nach der Hypothermie.

Hishn, sandte Dion ihre Gedanken aus. *Wir müssen jetzt anhalten und einen Unterstand bauen, bevor wir zu steif gefroren und zu müde sind, um die Nacht zu überleben.* Aranur, der sein doppeltes Gewicht schleppte, wurde immer langsamer. Er hatte weder sein noch Tyrels Gepäck abgeworfen, und Dion wußte beim besten Willen nicht, wie er noch immer stur einen Schritt vor den anderen setzen konnte. Selbst er konnte nicht so stark sein.

Los, weiter, kommandierte Hishn. *Bald kannst du ausruhen.*

Halte Schritt mit uns, Wolfsläuferin, stimmten die sanften Stimmen ein. *Lauf mit uns. Singe in unseren Träumen.*

Die weiße Wand vor den Augen der Frau verschwamm, und ihr Gesicht, ihre Füße und ihre Hände fühlten sich allmählich ganz entspannt an. Die Anstrengung war zu groß. Sie kämpfte jetzt langsamer. *Wolfsläuferin, bleib nicht stehen.* Stimmen in ihrem Kopf. Bilder großer grauer Körper, die eng und warm an ihrer Seite lagen. Träume von dunkler Wärme in einem Unterschlupf, der Geruch von altem Staub und verschlossenen Räumen.

Der Schnee hatte ihr Haar dort, wo es unter der Haube hervorstand, zuerst durchnäßt und dann vereist, und die Eispartikel auf ihrer Kleidung zogen an ihr wie Mühlsteine. Ihre Zähne klapperten so heftig, daß sie dachte, sie würden jeden Moment herausbrechen. Schließlich kam ein weiterer Wolf an ihre Seite und schmiegte sich an sie, führte sie durch die blendenden Wirbel. *Kalt, so kalt,* übermittelte sie ihm, ohne es zu bemerken. Sie stürzte. Es war so angenehm, sich nicht mehr bewegen zu müssen … ausruhen.

Steh auf! rief Hishn in ihrem Kopf. *Steh auf und beweg dich!* Die Wölfin kniff der Frau in die Nase, harte Zähne drangen durch die Gefühllosigkeit, und sie spürte noch genug, um bei diesem unsanften Biß aufzuschrecken. Der andere Wolf schob seine Schnauze unter sie und hob sie an; Hishn zerrte an ihrem Wams und schüttelte die Wolfsläuferin wie eine Puppe. Bevor sie sich versah, fand sich Dion auf den Knien wieder. *Los, weiter,* befahlen sie, *die Höhle liegt gleich hinter den Bäumen dort.*

Zeit. Kalte Stunden, kalte Minuten. Wie lange dauerte es, bis sie gegen einen reglosen Körper stieß und auf dem gefrorenen Boden ausrutschte? *Hier,* keuchte Hishn. *Die Tür.* Dion bewegte sich nicht. Die Wölfin biß die Frau, doch Dion wachte nicht mehr auf. Während der Schnee unbeirrbar weiter fiel, ließ sich die Kälte in ihren Knochen nieder wie ein alter Mann in einem Lehnstuhl. Sie lag einfach da und versank immer tiefer in ihrem weißen, ruhigen Seelenfrieden.

XIV

Aranur Bentar neDannon:
Ein eisiger Unterschlupf

Legenden besingen unvorstellbare Wahrheiten;
Die Welt, sicher in den Händen der Alten ruhend.
Du, der du auf dem Pfad der Mythologie wandelst,
Einsam und allein in fernen Welten;
Bleib deinem Herzen treu und verzage nicht;
Das alte Wissen lebt weiter, wo die Yew-Berge stehen.

Schnee wirbelte um Aranurs Haar und ließ seine Bartstoppeln gefrieren. Tyrels Gewicht ließ seine Füße so tief im Schnee versinken, daß Aranur kaum noch die Beine zum nächsten Schritt heben konnte. Die Wölfe, die ihm den Weg bahnten und gegen seine Beine stießen, um ihn zum Weitergehen zu drängen, gaben keinen Laut von sich; in den Geräuschen des Sturms leistete ihm nur sein eigener Atem Gesellschaft. Sein Schweiß war kalt. Seine Muskeln brannten. Er hob die abgestorbenen Beine und hätte den Jungen fast fallen gelassen, als sein Fuß plötzlich in einer unvermuteten Wehe versank. Seine Haut war so gefühllos, daß er von dem Wolf, der ihm beim Herausstemmen half, nur den Druck spürte, aber weder Fell noch Wärme; seine gefrorene Haut fühlte nicht einmal mehr die eigenen Kleider.

Nur die Hartnäckigkeit der Wölfe ließ ihn weitergehen, immer einen schwerbeladenen, vom Schnee behinderten Schritt nach dem anderen. Shilia und Dion, sagte er sich verbissen, verlassen sich auf mich … Ich muß weitergehen … Doch seine Augen starrten auf die mit Wölfen gesprenkelten Wehen vor ihm, weiße Wirbel treibenden Schnees narrten den Blick seiner grauen Augen, sobald er aufsah. Kalt. Er stolperte schon wieder. Seine Schneeschuhe keilten sich gegen den steilen Hang und lösten winzige Lawinen absackenden Schnees aus. Er zwang sich noch einmal zum Weiterstapfen. Vor ihm hatten sich mehrere Wölfe vor einer Eiswand im Kreis zusammengedrängt und warteten auf ihn. Er konnte nicht mehr weitergehen. Ist es das? fragte sein betäubtes Bewußtsein. Die beiden Frauen waren hinter ihm zusammengebrochen. Rhom und Gamon fielen in den Schnee und brachten den Schlitten zum Stehen. Die Wölfe versammelten sich schützend um sie, wie graue Geister, die die Toten bewachen. Aranur ließ den Jungen, so vorsichtig es seine bleiernen Hände erlaubten, vom Rücken rutschen; dort, wo ihn Tyrels Körper gegen die Kälte geschützt hatte, biß der Wind sofort wütend zu, und Aranur schaute sich erschöpft um. Er verstand diese Stille nicht, auch nicht die Schneewehen und den zischenden Schnee. Das hier sollte die Sicherheit einer warmen Höhle sein? Sein Herz, das nur noch aufgrund seiner sturen Beharrlichkeit weiterarbeitete, verlor den Mut, als er erkannte, daß es hier nichts gab. Da war kein Unterschlupf, nur eine schroffe Eiswand.

»Verdammt noch mal, wo ist es?« flüsterte er den Wölfen heiser zu. Er erhielt keine Antwort und spürte, wie plötzlich Wut in ihm aufstieg. »Ohne Unterschlupf sterben wir, ihr grauen Seelenwürmer!« Er machte einen Schritt auf einen der Wölfe zu, als wollte er ihn schlagen, fiel dann jedoch im Schnee auf die Knie. »Wir sind euch gefolgt, bis uns die Kräfte verließen. Wir haben uns auf euch verlassen!« Er versuchte, sein Schwert herauszuziehen, doch seine Hände waren zu kalt, um sich um den Knauf zu schließen, und als er seine Stimme wiederfand, klang sie heiser und schwach. »Wenn ihr uns umgebracht habt«, versprach er grimmig, »dann nehme ich euch mit in die siebte Hölle.« Der Schnee wirbelte gegen die Eiswand, verwehte seine Fußstapfen. Sein Blick begegnete dem eines eisverkrusteten Wolfs. Weit entfernt klang etwas wie ein Gedanke, der nicht sein eigener war, in seinem Bewußtsein an. Etwas, das sich wie *Tür* anhörte. *Die Tür zur Kuppel.*

Aranur starrte verständnislos auf die Wand, doch der Gedanke kam nicht wieder. Die Wölfe saßen hechelnd im Schneesturm und warteten. Als er in den Schnee vor der Eiswand trat, lösten sich die Wölfe im eisigen Wind auf. Vier von ihnen blieben und drängten sich schützend an die Gestalten, die hinter ihm im sich auftürmenden Schnee lagen. Er tastete mit gefühllosen Händen über das Eis. Nichts, keine Unregelmäßigkeiten, keine Erhebungen, Knöpfe oder Klinken oder sonst etwas, mit dem sich eine Tür öffnen ließ – aber wahrscheinlich hätte er sowieso nichts gespürt, auch wenn etwas dagewesen wäre. Schließlich kam Dions Zwillingsbruder auf die Beine und fiel mit gezogenem Schwert gegen Aranurs Bein. Aranur hielt inne, der Schnee von seinen Schultern fiel auf die zusammengetrampelten Wehen; er nahm die Waffe entgegen und schlug gegen die Eiswand, so daß sie erbebte und kleine Splitter wie Messerklingen rings um ihn in den Schnee fielen. Die Körper der Mädchen waren schon fast gänzlich von einer weißen Schicht bedeckt. Sein Blick fing den eines Wolfs auf. Gelbe Augen. Wieder bearbeitete er die Eiswand.

»Ein Riegel«, keuchte er vor sich hin, obwohl er sich noch nicht sicher war, daß die dunkle, im Eis eingefrorene Form tatsächlich das war, was er sich erhoffte. Er holte mit dem Schwert aus und schlug erneut zu, so fest er konnte, wobei er sein ganzes Gewicht in den Schlag legte. Ein großes Eisstück brach weg, schleuderte ihn in eine weiche Schneewehe und gab die hellere Farbe einer glatten Oberfläche frei. Er kroch unter dem Eisblock hervor. Da war tatsächlich ein Riegel, aber er war festgefroren. Er zerschlug den Riegel mit dem Schwertknauf, stemmte den Fuß gegen die Tür und trat fest dagegen. Nichts. Er trat noch einmal zu, und das Eis brach. »Nur … noch … ein einziges Mal«, keuchte er. Die Tür flog auf, und er taumelte mit der Wucht des Tritts über die Schwelle in die Dunkelheit dahinter.

»Aranur!« schrie Rhom schwach hinter ihm.

Er zog sich wieder auf das Eis zurück, damit Rhom sehen konnte, daß er nicht verschwunden war, dann half er dem jüngeren Mann nach drinnen und ließ ihn vom Eingang weg weiter nach innen kriechen. Den Schlitten über die Schwelle zu ziehen war fast zuviel für ihn, doch er schaffte es so weit, daß Rhom ihn von innen packen und so weit hineinziehen konnte, daß der eisige Wind nicht mehr an Naminas Körper zerrte. Als er endlich Gamon und den anderen über die Schwelle half, wurde sein Körper von Schauern durchgeschüttelt, und der Schweiß war an seiner Haut festgefroren. Dions Wölfin sprang mit tropfendem Fell in den dunklen Raum, die anderen Wölfe verschwanden. Hishn sah mehr wie ein Schreckgespenst als ein Graupelz aus. Aranur wankte zurück, um die Tür zu schließen.

Nach vier Versuchen mußte er sich eingestehen, daß es ihm nicht gelang. Er sank gegen die Tür, zu schwach, um noch weiterzukämpfen. Gebt mir Kraft, ihr Götter … Das abgeplatzte Eis blockierte die Türangeln, so daß die Tür aufstand und der Wind ungehindert hereinfegen konnte. Er trat zurück, wankte ein wenig und warf sich noch einmal gegen das Holz; er hätte es fast geschafft, denn das Eis zermalmte,und er drückte die Schneewehen so weit zurück, daß die Windböen draußen blieben. Das mußte genügen.

Drinnen war es bitterkalt und stockdunkel. Sein rauher Atem schien sich in dem Raum zu brechen, doch er konnte sich jetzt nicht mehr bewegen. Licht, Wärme – nichts schien wichtiger zu sein, als auszuruhen. Eine nasse Nase stieß gegen sein gefühlloses Gesicht. Der Wolf stieß ihn noch einmal an, und dann zwang er sich selbst, sich zu bewegen, sich an der Wand hochzuziehen.

»Was denn?« Er versuchte, die kalte Nase wegzuschieben.

Komm, forderte ihn eine Stimme auf. Die Graue zog ihn an den eisigen Kleidern, zog ihn weg von der Wand.

»Aranur?« fragte Rhom schwach aus der Dunkelheit.

»Der Wolf … führt mich irgendwohin.«

Hishn erlaubte ihm, sich an ihrer Schulter festzuhalten, und tappte weiter in den Korridor hinein. Nach den ersten unsicheren Schritten verließ er sich darauf, daß der Boden glatt und eben war, und wankte einfach hinter ihr her. Er hatte keinen Orientierungssinn mehr. Einmal streifte er kaltes Metall und zuckte zurück. Nur die Monde wußten, was das gewesen war. Nach einer Weile hielt der Wolf an, ging dann aber wieder weiter. Der ausgelaugte Mann schritt hinter ihr her und stieß sich die vor Kälte brennenden Füße an einer Stufe an, verlor das Gleichgewicht und fiel auf eine Treppe. Die Wölfin sprang mehrere Stufen hinauf und wartete, bis er ihr folgte. Unsicher tastete er nach rechts. Ja, da war eine Wand, und er stieg hinter ihr die Treppe hinauf, kroch mit letzter Kraft weiter, bis er das warme Keuchen des Wolfes wieder spürte.

Er streckte die Hand aus und fand eine glatte Oberfläche. Wand oder Tür? fragte er sich, zog sich hoch und suchte nach einem Griff. Als er ihn gefunden hatte, zögerte er nur einen kurzen Moment, dann drückte er ihn nieder – und warme Luft umhüllte ihn wie eine schwere, mollig weiche Zudecke. Die Luft verbrühte seine Haut dort, wo sie mit ihr in Berührung kam, fast mit ihrer unerklärlichen Wärme; er fiel hart auf die Knie und ließ sich von ihr einhüllen, während er auf die beiden Skelette blickte, die sich den Raum mit ihm teilten. Ich muß … die anderen … holen, zwang er sich zu denken, auch wenn das bedeutete, daß er dazu die lebensspendende Wärme zurücklassen mußte. Es machte ihm nichts aus, daß ihn die Knochen der Toten beobachteten. Viel mehr Sorgen bereiteten ihm die Knochen der Lebenden. »Komm schon, Graupelz«, flüsterte er.

XV *Ember Dione maMarin:* Die Kuppel des Todes

Können kommt mit der Übung des Lehrenden,
Doch Wissen wiegt mehr als Gold.
Die Berührung des Heilers tauscht
Ein Leben gegen das andere ein:
Eine Seele auf dem Weg zu den Monden.

Dion lief mit den Wölfen, Schnee wirbelte von ihren Beinen. Die Begeisterung in ihren Gedanken hallte in ihrem Kopf nach, als der Schnee schmolz und sich in Matsch verwandelte und der Frühling den Boden unter ihren Füßen erwärmte. Der Wind peitschte das Fell auf ihrem Gesicht. Klar und scharf ließ er seine Bergluft über ihre feuchte Nase wehen und rief ihr die Gerüche der Jagd wieder in Erinnerung. Sie rannten immer noch weiter. Sie spürte die Vertrautheit der Berge, fühlte das, was da nahte. Sie liefen durch den Sommer, mit körnigem Staub in den Augen. Sie spürte das Abbild eines Gebäudes, den Widerhall der Gefühle von Leuten, die sie nicht kannte. Etwas rief sie. Der Herbst zerschnitt die heiße Sommerluft mit einer kühlen Klinge und entzog den Bäumen ihren Saft. Der Himmel hing voller ungefallenem Schnee. Ihre Füße wurden ledriger, ihr Fell dichter; bald kam der Winter.

Sechsmal, siebenmal, achtmal liefen sie durch die Jahreszeiten, und ebenso viele Jahre füllte sich ihr Bewußtsein hundertfach mit vergessener Zeit. Die Lieder menschlicher Stimmen hallten mit jeder Jahreszeit schwächer nach, bis sie alle fast verstummt waren; die Verbindung zwischen ihnen und dem Lied der Wölfe dünnte aus, dehnte sich immer weiter, und die Grauen wurden immer weniger. Sie fühlte, wie sie sich anspannte, wie der Verlust sie mit jeder Jahreszeit stärker mit den Wölfen verband, bis sie beim Laufen nur noch die Stimmen der Grauen hören konnte. Laufen, rennen, da lag etwas vor ihnen, etwas, das sie anzog. Die Wölfe liefen schneller, riefen ihr zu, Schritt zu halten. Sie zögerte. Diesem Traum haftete eine Gefahr an … Aber sie drängten sie weiter, heulten in ihrem Kopf. Ihr Bewußtsein wechselte unentwegt von drinnen nach außerhalb ihres Körpers. Angst verklammerte die Stimmen in ihrer Erinnerung. Sie riefen, flehten sie an zurückzukehren. *Lauf mit uns … lauf weiter …*

Als sie aufwachte, schwitzte sie stark. Die Decke war gelb, die Beleuchtung grell, und das erste, was sie erblickte, war ein Skelett, das sie blödsinnig angrinste. Sie schüttelte den Kopf. Als sie versuchte davonzukriechen, immer noch davon überzeugt, daß sie Halluzinationen hatte, ließ eine Stimme sie erstarren.

»Dann hast du dich also doch dazu entschlossen, wieder in unseren Kreis zurückzukehren«, sagte Rhom, der sich gerade einen Stiefel anzog.

Sie setzte sich abrupt auf und blickte um sich. Das Skelett saß immer noch dort; sie sah, daß an der gegenüberliegenden gelben Wand noch ein zweites Knochengestell zusammengesunken dahockte. Aranurs Schwester, die vor der noch immer bewußtlosen Namina kniete, hatte eine Hand auf den Arm der Cousine gelegt und begrüßte die Heilerin mit einem besorgten Lächeln. Tyrel schlief auf der anderen Seite des Raums; einmal warf er sich unruhig herum, dann schnarchte er wieder mit den tiefen Geräuschen der Erschöpfung.

Dion sah wieder zu ihrem Bruder hinüber. »Wo sind wir?«

Er zögerte. »Aranur und Gamon sind losgezogen, um das herauszufinden«, sagte er schließlich. »Gray Hishn begleitet sie.«

Sie spürte ein schwaches Echo von Hishns Begeisterung, doch es ähnelte zu sehr den Träumen, die noch immer in ihren Gedanken spukten. Also erhob sie sich steif und ging zu Shilia hinüber. Die beiden Skelette ignorierte sie, so gut es ging. »Wie lange bist du schon bei ihr?« fragte sie und fühlte Naminas Puls.

»Ungefähr eine Stunde.« Shilia war besorgt. »Wird sie wieder gesund? Sie ist so blaß ...«

Dion wickelte den Verband um Naminas Bein auf. Sie hatte nach der Lawine den Knochen gerichtet und die Wunde, so gut es ging, vernäht, doch das Bein war häßlich angeschwollen. Der einzige Trost bestand darin, daß die Kälte und die Reinheit des Schnees eine weitere Infektion verhindert hatten. Doch als sie den fliegenden Puls und den unregelmäßigen Atem des Mädchens spürte, wurde ihr deutlich, daß Namina nicht einmal mehr versuchte, sich gegen den Ruf der Monde zu wehren. Das Mädchen hatte schon über einen Tag lang keine Flüssigkeit mehr zu sich genommen, und die Kombination aus Dehydration und Schock konnte sie ebenso leicht töten wie ein Dolchstoß in die Kehle.

Zögernd fragte Shilia, die die Heilerin genau beobachtet hatte: »Was ist los? Stimmt etwas nicht?«

Die Heilerin schloß einen Moment die Augen und seufzte, bevor sie den Stoff wieder um die Wunde wickelte.

Aber Shilia packte sie fest am Arm. »Dion – was ist los? Sie ... sie wird doch nicht sterben!« stieß sie ungläubig hervor. »Kannst du denn nichts dagegen tun?«

»Ich habe bereits alles getan, was in meiner Macht steht. Der Rest liegt bei ihr.«

»Aber, Dion ... sie ... sie ist ...«

»Das hier muß sie ganz alleine durchkämpfen, Shilia. Wenn

sie sich selbst aufgibt, helfen auch sämtliche Kräuter und Umschläge nichts mehr.«

»Aber du kannst sie doch nicht einfach so sterben lassen.«

»Zu diesem Zeitpunkt habe ich nicht mehr viel damit zu tun, Shilia«, sagte Dion bestimmt. Als sie Rhoms verstörten Blick sah, versuchte sie, ihre Enttäuschung und ihre Hilflosigkeit zu verbergen. »Der Tod ihrer Schwester hat Namina sehr mitgenommen«, erklärte sie, so sanft es ging. »Sie hat sich jetzt zurückgezogen. Sie will nichts mehr mit dem Leben zu tun haben, nicht mehr darum kämpfen. Ich bin keine Mondmaid mit einem Korb voller Wunder, Shilia. Ich kann sie nicht dazu zwingen, leben zu wollen.«

Das andere Mädchen preßte die Hände fest zusammen, und ihre Lippen begannen zu zittern. Schließlich zog Rhom Shilia an sich, und sie klammerte sich an seine Schulter. Dion starrte gegen die Wand. Shilia ist erst neunzehn, sagte sie sich. Sie versteht nicht, wie begrenzt die modernen Heilungsmethoden sind. Die Alten seien verflucht dafür, daß sie ihre Geheimnisse nicht weitergaben, fluchte sie stumm vor sich hin. Als ein Teil der Wand neben ihr plötzlich aufging, machte sie vor Schreck einen Satz zur Seite, denn sie dachte für einen Moment, sie hätte den Zorn der Monde auf sie alle herabgezogen.

Rhom hielt sie am Arm zurück. »Ist schon gut, Dion.«

Sie lachte Aranur und Gamon leicht zittrig an, als die beiden Männer aus dem verborgenen Durchgang heraustraten. Dieser Ort hier war unheimlicher als ein Spaziergang durch die Höhle eines Worlags, und jetzt fragte sie sich plötzlich, wo sie sich hier eigentlich befanden.

»Ist alles in Ordnung?« fragte Aranur. Der Blick seiner grauschwarzen Augen traf auf ihre violetten, und sie fühlte sich genötigt, seine unausgesprochene Frage zu beantworten.

»Tyrel ist stabil«, sagte sie ruhig. »Sein Fieber ist gesunken, die Wunden haben sich endlich geschlossen, und er schläft sich gesund. Namina …« Sie zögerte, sagte dann aber frei heraus: »Namina wird sterben, wenn sie nicht den Willen findet, sich selbst aus der Faust des Todes zu winden, die sie bereits umklammert hält.«

Aranur packte sie am Arm. Es tat ihr weh. Er sah sie mit einem finsteren Blick an. Schließlich ließ er sie los, und sie rieb sich die Stelle, an der seine Finger Abdrücke hinterlassen hatten. »Und du kannst nichts für sie tun?«

»Nein, kann ich nicht. Es sei denn, du hast auf deinen Wanderungen ein Wundermittel gefunden.«

»Was ist mit deinen Kräutern, mit deiner Medizin?«

»Es gibt keine Kräuter, die ihr den Lebenswillen zurückgeben.«

»Was ist mit diesen Techniken, die du von den Ethran gelernt hast – diejenigen, die du dir bei deinem Praktikum angeeignet hast?« gab er rasch zurück.

»Die habe ich auch schon ausprobiert.« Als er erneut den Mund öffnete, schnitt sie ihm das Wort ab. »Aranur, hör mir zu. Ich kann nichts mehr für das Mädchen tun. Wenn sie dagegen ankämpfen würde, nur ein paar Stunden lang, würde sie durchkommen.«

»Was ist mit ...«

»Sprich es nicht aus«, sagte sie leise. »Bitte. Denk nicht einmal dran.«

Ovousibas. Es stand in seinen Augen geschrieben, zusammen mit der Sorge um seine Kusine. Aber die innere Heilung bedeutete den Tod. Für sie ebenso wie für Hishn. Namina war für Aranur wie eine Schwester, das wußte sie sehr wohl, und er würde alles geben, um ihr Leben zu retten; aber bedeutete ihm Dions eigenes Leben denn so wenig? Was war sie denn für ihn? Keine Frau, sondern nur ein Werkzeug für die Zukunft? Sie widerstand dem Impuls, vor Verletztheit laut zu schreien und mit Fäusten auf ihn einzuschlagen, und ballte statt dessen die Faust in Hishns dichtem Fell.

Die Wölfin spürte den Druck und sah erstaunt auf. *Ich bin hier,* sandte sie ihr zu, fügte jedoch zur großen Verwunderung der Frau nach einer kurzen Pause hinzu: *Und ich bin hier.* Das zweite Bild war so verschieden vom ersten, daß Dion es beinahe nicht verstanden hätte.

Ich bin hier schon einmal gewesen, wiederholte die Graue. *Ich kenne diesen Ort.*

Dion suchte verdutzt den Blick der gelbgeschlitzten Augen. *Du bist bis vor kurzem nie aus Ramaj Randonnen herausgekommen, dein ganzes Leben lang nicht.*

Und doch bin ich hier schon gewesen. Wie es im Tal gewesen ist, so ist es auch hier. Ich kann den Boden spüren, ich erinnere mich an den Geruch jedes einzelnen Flures. Ich kenne die Schatten und die hintere Treppe, bevor ich sie sehe.

Wie ist das möglich? Dion blickte tief in Hishns Augen und ließ das Bewußtsein und die Erinnerung der Grauen miteinander verschmelzen. Und dann spürte es auch die Wolfsläuferin. Dieses Ding, das sie rief, dieses Gefühl der Gefahr und der Erregung … es war in ihren Gedanken und in diesem Ort zugleich, in dieser Kuppel, diesem Gebäude aus ihren Träumen. Aranur hatte die Altvorderen erwähnt, und er hatte recht damit gehabt, denn Hishns Erinnerungen schickten sie durch die Wände und die leeren Korridore hinab, witterten nach vertrauten Gerüchen in der Luft; sie kniff die Augen im gleichen Licht zusammen wie diejenigen vor ihr, vor achthundert Jahren. Und dann wußte Dion es. Sie wußte, was dort vor der Tür war, am anderen Ende des Flurs und noch tiefer im Innern der Kuppel. Sie wußte, wo sie waren, und dieses Wissen jagte ihr Angst ein, denn aus Hishns Erinnerungen und den Erinnerungen der Grauen vor dieser Höhle wußte sie ganz plötzlich, daß die Legenden wahr waren. Die Wölfe hatten sie an den einzigen sicheren Ort gebracht, den sie nie wieder verlassen würden. Dieser Ort war eine der Kuppeln der Altvorderen, eine der Stätten, an der die Alten gelebt und gearbeitet hatten – und an der Seuche gestorben waren, die die Aiueven über sie gebracht hatten. *Hishn,* keuchte sie. *Was hast du uns angetan?*

Wärme, Unterschlupf. Ich habe euch Leben gebracht wie die Mutter, die ihre Jungen säugt, hechelte das Tier glücklich.

Nein, o nein, Hishn! Dion stöhnte auf. *Du verstehst das nicht. Du hast uns den Tod von achthundert Jahren gebracht.*

»... hier ist alles leer und verlassen«, sagte Aranur. »Wir sind hier die einzigen lebendigen Wesen.«

Sie erschauerte und war nicht imstande, den Blick von dem Skelett abzuwenden, das Tyrel imitierte, wie es so zusammengekauert an der Wand lag. *Anführer spricht die Wahrheit,* sprachen ihr die Worte des Wolfes Hohn. Vielleicht war der Seuchenvirus in den achthundert Jahren mutiert. Vielleicht waren die Menschen nach vielen Generationen resistent oder immun gegen die Krankheit geworden. Vielleicht ...

»Aber Aranur«, protestierte Shilia und wiederholte mit blassem Gesicht die gleichen Argumente, die er bereits angeführt hatte. »Wenn das hier eine der Kuppeln ist ...«

»Von denen, die sich zu den Kuppeln aufgemacht haben, ist noch nie jemand zurückgekehrt«, führte Rhom den Gedanken barsch zu Ende.

Aranur zuckte mit den Achseln. »Daran können wir jetzt nicht mehr viel ändern. Andererseits wissen wir das nur von den Kuppeln in Randonnen und Ariye. Wir befinden uns hier in einem anderen Land. Vielleicht ist der Fluch von diesem Ort gewichen.«

»Jede Legende hat ihren Kern, das ist wohl wahr«, sagte Gamon bedächtig. »Ebenso, wie es echte Wolfsläufer gibt«, er nickte zu Dion hinüber, »so haben auch die alten Legenden einen wahren Kern.«

»Die Frage ist nur: Wie groß ist dieser Kern?« erwiderte Dion. »Das Fieber ...« Ihre Stimme verebbte, als sich sämtliche Blicke auf sie richteten. Was wußte sie mit Bestimmtheit?

Aranur sah sie durchdringend an. »Du hast gesagt, Tyrel habe sich stabilisiert.«

»Nicht Tyrels Fieber. Das andere Fieber«, antwortete sie langsam. »Das Fieber, das die Aiueven gebracht haben. Die Seuche, die die Altvorderen ausgelöscht hat.« Sie zitterte und versuchte die eiskalten Finger zu ignorieren, die sich um ihr

Rückgrat legten. »Der Virus. Er ist immer noch in der Luft.« Sie atmete tief durch und versuchte nicht, ihr Wissen zu leugnen. »Ich kann ihn riechen, ich kann ihn schmecken«, sagte sie mit zitternder Stimme.

»Dion. Geht's dir gut?« erkundigte sich Aranur.

»Ich fühle ihre Erinnerungen«, sagte sie langsam und wünschte dabei, sie könnte die Augen vor den Bildern schließen, die die Wölfe aussandten und die ihren Kopf in Nebel hüllten. Sie wußte, daß die Wände vor ihr leer waren, doch hinter ihnen lagen zusammengekrümmte Skelette in allen Räumen und entlang der Korridore. »Ich kann die Alten durch die Wölfe fühlen«, wiederholte sie zitternd. »Ich weiß, was hier um uns ist.«

Rhom sah seine Zwillingsschwester finster an.

»Das ist doch alles schon achthundert Jahre her«, meinte Aranur. »Denk sorgfältig darüber nach, Dion. Seit Jahrhunderten ist niemand mehr hiergewesen; diese Knochen stammen wahrscheinlich noch von den Alten selbst. Kann ein Virus denn wirklich so lange überleben, ohne jemanden zu infizieren?«

»Allerdings. Alle Kuppeln sehen gleich aus – Konstruktion, Beheizung, Terrain – und alle sind sie mit dem Fluch der Seuche behaftet.« Dion atmete schwer, um sich zu beruhigen. Die Erinnerungen an den Tod, die Hishn und die anderen grauen Stimmen, die anderen heulenden Lieder übermittelten, hallten in ihrem Kopf wider. Fast konnte sie den Schmerz fühlen, der die Körper der Alten im Todeskampf verzerrte, die Flammen, die die Nerven anderer Tiere verbrannten, während sie in den Fängen eines Todes zappelten, den sie nicht verstanden. Sie verwarf die Bilder. »Er könnte mutiert sein«, gab sie zu. »Vielleicht haben wir eine Resistenz entwickelt und tragen ihn immer noch in unserem Blut. Aber in den achthundert Jahren ist das nirgendwo in Randonnen, Ariye oder allen anderen Ländern, die ich kenne, so gewesen.«

»Dion, bist du sicher, daß dir nichts fehlt?« Aranur sah sie scharf an. Er versuchte herauszufinden, ob sie sich draußen im Schneesturm etwas zugezogen hatte.

Sie schüttelte den Kopf. »Nur wenn ich hierbleibe, wird es mir schlecht ergehen. Uns allen – wenn die Seuche sich bis heute an diesem Ort gehalten hat.«

Wieder suchte er ihren Blick. »Ich bin davon überzeugt, daß du das sagst, was du für wahr hältst, aber du prophezeist uns einen Tod, der bereits achthundert Jahre alt ist.«

Die Heilerin sah ihn bebend an. »Der Tod ist eine Macht, der sich selbst die Monde beugen müssen.«

»Wir werden diesen Pfad beschreiten, wenn die Zeit dafür reif ist, Dion. Wir müssen dem jetzt nicht vorgreifen, und deshalb sollten wir diese achthundert Jahre alte Seuche schleunigst vergessen. Wir können diesen Ort momentan ohnehin nicht verlassen, deshalb sollten wir uns zunächst einmal auf unser Überleben konzentrieren.«

»Aranur, du verstehst das nicht …«

»Heilerin Dione«, fiel er ihr schroff ins Wort, »du hast den wichtigen Punkt aus dem Auge verloren. Namina ist zu krank, um weiterzugehen. Tyrel hält keinen Tag länger draußen durch. Wir bleiben hier, bis sie transportfähig sind; dann, und erst dann, verlassen wir diesen Ort. Ein Fieber, das vor Jahrhunderten gewütet hat, schreckt mich nicht besonders, wenn mein Vetter und meine Cousine schon halb auf dem Weg zu den Monden sind. Ich respektiere deine Fähigkeiten, Heilerin«, sagte er einlenkend, »aber ich habe mich dazu entschlossen, hierzubleiben.« Er zuckte mit den Achseln und sagte dann etwas freundlicher: »Und was dieses Fieber aus der Legende betrifft: welchen Unterschied machte es, wenn wir jetzt sofort wieder aufbrechen würden?«

Sie senkte den Blick. »Wahrscheinlich keinen«, mußte sie zugeben. »Wenn wir den Erregern ausgesetzt waren, tragen wir den Virus womöglich schon in uns.«

»Und was ist mit anderen Leuten? Könnten wir die Seuche nicht in andere Länder tragen, wenn wir jetzt fortgingen?«

Sie nickte düster.

»Dann können wir es uns ebensogut hier so gemütlich wie möglich machen. Ein Stück den Flur hinab gibt es Zimmer mit alten Betten. Ein bißchen muffig zwar, aber immerhin besser, als hier bei den Knochenmännern auf dem Boden zu schlafen. Shilia«, wies er das Mädchen an, »wecke Tyrel und hilf dann Rhom mit dem Gepäck.«

Dion hatte den Raum, in dem sie zu sich gekommen war, noch nicht verlassen, doch im Geiste war sie bereits hundertmal durch die Kuppel gestreift. Jetzt, als die Reisegefährten ihre Ausrüstung durch den Gang trugen und ihr Lager in einem anderen Raum aufschlugen, hatten Farben und Beleuchtung eine unheimliche Vertrautheit. Hishn trottete aufgeregt neben ihr her. *Dieser Ort braucht dich,* übermittelte sie Dion, und ein Bild von vielen Leuten, die in der Kuppel arbeiteten, blitzte auf. Dion fühlte die wölfische Erinnerung, doch dahinter, tief in ihrem Unterbewußtsein versteckt, wo sie die Wölfin nicht beachtete, waren die starken Bilder des Todes. Die Frau ließ ihren Packen hinter der Tür fallen und begab sich gleich wieder in den Korridor.

»Dion, warte!« rief Aranur. Er beugte sich in das Zimmer zurück und sagte etwas zu ihrem Bruder. Dann drehte er sich wieder um und kam den Gang entlang auf sie zu. »Ich begleite dich«, sagte er, ohne ihr eine Möglichkeit zum Widerspruch zu lassen.

Sie gingen wortlos weiter, machten einen Bogen um die Skelette, und Dion ließ die Atmosphäre durch Hishns Gedanken in ihr Bewußtsein sinken. Die ganze Einrichtung war wohlig warm – durch ein vulkanisches System beheizt, so wie es bei Bergwohnungen seit jeher Brauch war –, und trotzdem fror sie. Sie schloß die Augen, konnte jedoch auch dann sehen, was sich rings um sie befand. Sie wußte es. Hishn ließ nicht zu, daß sie die Vielfalt der Träume, die Schatten des Todes ignorierte. Sie zuckte zusammen, als das Abbild einer Alten einfach durch sie hindurchging, ohne sie zu bemerken, und dabei lautlose Worte an den Mann richtete, der ihren Echos aufmerksam lauschte. Als sie durch eine Art Durchgang den nächsten Raum betraten, verschwand eine Gruppe Laborarbeiter durch die Wand. Die schwachen Verbindungslinien der Zeit erstreckten sich bis in die Vergangenheit ihrer Leben zurück, als blicke Dion durch zwei Spiegel, die die Träume der Alten tausendfach reflektierten. Sie schritt vorsichtig durch eine verschwommene Schachtel, die mitten im Flur lag; sie erwartete einen gewissen Widerstand, der sich jedoch nicht bemerkbar machte – das Tappen ihres Fußes hallte wie nach einer übersehenen Stufe im Korridor wider. Das Geräusch der gemurmelten Unterhaltungen der Alten lenkte sie ab, während ihre Augen angestrengt versuchten, den Realitätsgehalt der drei Männer am Eingang des Korridors zu ergründen. Sie streiften ihre erinnerten Gedanken, als sie einfach durch die blassen Gestalten hindurchschritt. Als sie die Augen öffnete, starrte sie Aranur an.

»Dion?« fragte er. Seine Hand schwebte über ihrem Arm, berührte ihn aber nicht.

Dion starrte zurück. Ein Schattenmann wandelte durch ihn und verwischte sein Gesicht auf groteske Weise, als ihre Gesichter sich für einen Sekundenbruchteil überschnitten, um sich sogleich wieder voneinander zu trennen. Die Aura von Verzweiflung und Tod. Hishn jaulte leise. Graue Stimmen forderten die Frau zum Eintreten auf, sie einzulassen, den Schmerz von ihnen zu nehmen und den Tod. *Wolfsläuferin, lauf mit uns. Laß uns nicht allein. Der Schmerz … das Feuer … hilf uns. Hilf uns …* Sie heulten. Ihre Hände streckten sich nach der Tür aus, angezogen von der Intensität von Hishns Ruf – ihrem Ruf –, und sie wankte …

Aranur packte sie. »Dion.« Seine Stimme zerteilte den Schleier, und ihre Augen fanden wieder einen festen Punkt. »Dion …« Er schaute zum anderen Ende des Korridors, wo er an einer breiten Tür endete. Dort war etwas – entweder übernahm er es von der Heilerin, oder er spürte es selbst ganz schwach. Wie auch immer, es war ein dumpfes Gefühl, ein Gefühl des Schmerzes und der Dunkelheit, und es ließ auch ihn erschauern, bis er den eigenartigen Eindruck irritiert abschüttelte und Dion unvermittelt auf die Arme nahm. »Ich trage dich zurück. Und zwar sofort.«

»Setz mich ab.« Sie zappelte, doch das Zittern, das ihre Glieder erfaßt hatte, veranlaßte ihn dazu, nur noch fester zuzupacken.

»Was ist denn?« fragte er. »Was ist geschehen?«

Sie zitterte. »Ich weiß es nicht. Ich weiß es nicht«, wiederholte sie und ballte die Hände zu Fäusten, um zu verhindern, daß sie so heftig zitterten. »Hishn ... Sie hat eine Erinnerung geöffnet, hat die Grauen hereingelassen. Und ihre Träume ... gehen mir jetzt nicht mehr aus dem Sinn. Sie bitten mich, betteln mich förmlich an, ihnen zu helfen.« Sie zeigte in die Richtung der Doppeltür, die sich am Ende des Korridors über seine ganze Breite erstreckte. »Hishn ... ich muß dort hinein.«

Er blickte sie verständnislos an, setzte sie jedoch ohne ein weiteres Wort wieder ab und ließ sie sich gegen die Wand lehnen. Dann trat er vor, legte die Hände auf die Tür und drückte vorsichtig und behutsam dagegen. Sie glitt ganz leicht in die Wand zurück, und Dion machte ungewollt zwei Schritte an ihm vorbei, bis auf die Schwelle; der Wolf sprang mit einem großen Satz in den gewaltigen Raum hinein.

In diesem Augenblick traf es sie, und sie schrie auf, ein schreckliches Heulen der Verzweiflung. Die Skelette grinsten seelenlos, noch im Todeskampf derjenigen verrenkt, denen sie einst gehörten. Die Luft war mit der Angst vor einer Seuche und dem sicheren Wissen um den Tod förmlich aufgeladen. Und immer überlagerten die schrecklichen Träume von achthundert Jahren einsamer Wölfe, Eindrücke von Liedern und Lachen die verfallenen Knochen. Hishn heulte, verwirrt von dem, was sie mit ihrem inneren Auge sah, und dem, was ihr der äußere Anblick als wahr signalisierte. Aranur stieß Dion zurück und zog sein Schwert.

Nichts regte sich.

»Was hast du gesehen?« fuhr er sie an. »Was ist da?« Er stierte in den Raum, als würde jeden Augenblick ein Gletscherwurm aus einer der Wände hervorbrechen. Er hatte gespürt … nein, er wußte nicht, was er da gespürt hatte, doch das Gefühl von Gefahr war unmißverständlich. Trotzdem gab es nichts Lebendiges in dem Raum, was ihnen gefährlich werden konnte.

»Aber ich kann sie spüren«, flüsterte sie, noch immer zitternd, und schob sich unter seinem Arm hindurch in den Raum hinein, wie in einem Traum. Er versuchte nicht, sie aufzuhalten. »Sie alle«, wiederholte sie. Die grinsenden Skelette mit den leeren Augenhöhlen widersprachen ihr nicht. »Sie leben, sie atmen, sie sterben. Hier. Jetzt.« Sie schritt wie ein Zombie an den Skeletten vorbei, deren Staub ihre schweigenden Worte bedeckte. Es lagen nicht nur menschliche Skelette herum, sondern auch Knochen von Wölfen. Verdrehte, zerbrochene, grinsende Kadaver, die im uralten Todeskampf in den Fußboden oder in die Luft bissen.

Aranur steckte das Schwert wieder in die Scheide, packte sie am Arm und drehte sie zu sich um. »Dion.« Er schüttelte sie, da es ihm nicht gelang, ihren Blick von den Knochen, die im ganzen Raum verstreut lagen, wegzureißen. »Komm da wieder raus. Was ist denn mit dir?«

»Die Toten hier atmen noch«, sagte sie, und ihre Stimme wurde wieder lauter. Aranur drückte sie fest an sich, und sie kniff die Augen zu, um die Gestalten nicht mehr sehen zu müssen, die sich mit den Knochen auf dem Boden vereinten und wieder von ihnen trennten. Zwei Männer rissen einen makabren Witz über ein grinsendes Skelett. Eine Frau schrieb sorgfältig in ein Buch, während ihre Hände durch die Armknochen ragten, die auf einer Theke lagen. Leute schoben sich in- und übereinander, so wie sich die Zeiten selbst in den Erinnerungen der Wölfe durchdrangen.

»Dion!« Aranur versuchte, die verwirrte Frau zu erreichen.

»Hör mir zu, Dion.« Seine Stimme, die in ihren Ohren klingelte, ließ die Intensität ein wenig verblassen, als wäre der emotionale Druck durch eine offene Tür entwichen. »Es ist nur eine Halle, Dion. Nur eine große, zugige alte Halle mit alten Knochen und einem staubigen Fußboden«, sagte er und brachte die Skelette dazu, stillzuliegen. »Sieh doch hin. Da bewegt sich nichts, und da atmet auch nichts. Es ist einfach nur eine Halle, Dion. Nur eine Halle.«

Sie öffnete die Augen, jederzeit bereit, vor dem Todesschatten, der noch immer dort stand, wegzuzucken, doch ohne die Träume der Geister der Alten, die sich durch die Luft bewegten, lag die riesige Halle leer vor ihr, bar all der zeitverlorenen Bilder, die sie in Schrecken versetzt hatten.

»Es ist alles in Ordnung, Dion«, sagte Aranur leise und streichelte ihr über das Haar. »Dir ist nichts geschehen.« Jetzt bemerkte sie, daß ihre Wangen naß waren, und peinlich berührt wollte sie sich von ihm losreißen, doch er hielt sie fest und berührte sanft ihre Wange. »Dion ...« Sie zögerte. »Warum bist du hierhergekommen?«

Sie blickte sich in dem höhlenartigen Raum um, und er ließ die Arme fallen, ließ sie wieder frei. »Dieser Ort hat mich gerufen«, sagte sie unsicher. Sie fühlte sich noch immer von den uralten Bildern und der plötzlichen Hitze einer unerwarteten Gefühlswallung verunsichert. Zögernd ging sie auf eines der Skelette zu; nur ungern ließ sie die warme und wirkliche Berührung des Mannes hinter sich.

»Dich gerufen? Was meinst du damit?« Er machte keine Anstalten, ihr zu folgen, ließ sie jedoch nicht aus den Augen.

»Ich habe diese ... diese Kuppel ... schon gespürt, seitdem wir die erste Bergkette hinter uns gelassen haben. Die Wölfe ...« Ihre Stimme erstarb. Noch immer hörte sie ihre Echos in sich widerhallen. Hishn blickte die Frau mit Augen an, die gelb in dem grauen Fell leuchteten; ihre Ohren waren aufgerichtet, als wollten sie Dions Gedanken einfangen. »Die Wölfe haben mich gerufen«, sagte sie schließlich.

»Was wollen sie?«

»Die Grauen? Sie wollen, daß ich … daß ich ihnen helfe.« Die Worte purzelten übereinander, während Dion mit den Gedanken kämpfte, die sie mit den Wölfen verbanden. »Daß ich … mit ihnen singe, eins mit ihnen werde. Daß ich … sie zu ihrem Volk lasse und … und die Alten zurückbringe. Gray Hishn weiß es. Hishn spürt es wie ich.«

»Dion, sieh mich an«, sagte Aranur eindringlich und drehte sie zu sich herum. Er versuchte, eine Hand auf ihre Stirn zu legen, doch sie schüttelte ihn ab.

»Ich habe kein Fieber, Aranur«, sagte sie barsch.

»Das werde ich beurteilen.« Er befühlte ihre Wangen.

»Aranur, ich bin nicht krank. Sieh dich doch um. Alles, was ich sage, ist wahr. Die Wölfe … Sie sind mit den Alten gelaufen. Sie verfügen noch immer über die Erinnerung an alles, was geschehen ist, und sie wollen nicht mehr aus meinem Kopf heraus. Es sind ihre Lieder, die ich ständig höre, und es sind ihre Erinnerungen.«

»Du bist dir doch dessen bewußt, daß das verrückt klingt, Dion?«

»Daran kann ich nichts ändern.« Sie riß sich von ihm los und gestikulierte im Raum herum. »Hier sind die Alten gestorben. Sie sind für die Geheimnisse von Ovousibas gestorben. Und die Wölfe wissen, warum.«

»Was haben denn die Wölfe mit alledem zu tun?«

»Die Grauen sind der Schlüssel. Nirgendwo sonst auf dem Kontinent treten sie so konzentriert auf wie hier. Nur hier, wo die Alten zuerst landeten, wimmeln die Grauen so zahlreich in den Wäldern herum wie Flöhe. Und die Erinnerungen sind deutlich. Sogar Hishn spürt sie, als wären es ihre eigenen.« Sie blickte ihn mit großen, furchtsamen Augen an. »Sie wissen Bescheid, Aranur. Sie wissen, wie man miteinander verschmilzt. Wie man den Geist in ein Werkzeug verwandelt … Wenn ich nur zuhören könnte, wenn ich die Bilder nur verstehen würde …«

Er sah sie einfach an. »Dion, du hast gesagt, das Fieber sei immer noch hier. Woher willst du wissen, daß es dich nicht schon erwischt hat? Woher willst du wissen, daß das, was du in deinem Kopf siehst und hörst, wirklich ist?«

»Ich weiß es, Aranur.« Sie konnte hören, wie ihre Stimme vor Enttäuschung wieder lauter wurde. »Ich weiß es einfach. Und ich weiß auch, was es ist. Es ist Ovousibas«, flüsterte sie. »Sie wissen, wie man Ovousibas anwendet.«

Aranur bedachte sie mit einem prüfenden Blick.

Hishns Stimme wurde durch den unheimlichen Ruf anderer Wölfe noch verstärkt. *Du kannst die Leute wieder zu uns zurückbringen. Du kannst uns wieder binden. Die Schmerzen wegnehmen. Gib uns unsere Jungen zurück, gib uns unsere Zukunft zurück …*

Hishn! schrie sie.

Hishn stieß sie an der Hand an, und ein Schauer lief der Frau den Rücken hinab. Sie sah den Wolf an. Doch tief drinnen kämpfte ein winziger Funke der Erregung gegen ihre Furcht an. »Ovousibas gibt es wirklich«, flüsterte sie. »Die Seuche … Sie traf nicht nur die Alten und die Wölfe. Sie traf alle Geschöpfe. In einem Jahr tötete sie die Kaninchen, im nächsten die Lepas. Der Virus mutierte und nährte sich von allem, was in diesen Bergen lebte. Sogar jetzt noch wütet er unter den Wölfen.«

»Das ist unmöglich«, widersprach Aranur. »Die Seuche hat nur die Alten getötet, und seit damals nur die Wolfsläufer und die Wölfe, die sich an Ovousibas versucht haben. Oder diejenigen, die eine der Kuppeln betreten haben.«

Dion hörte ihm nicht zu. Die Teile des Puzzles fügten sich zusammen, und das Muster, das sich ergab, war kein Bild des Lebens, sondern ein Bild des Todes. Eines langsamen Todes. Eines Todes, der wie ein winziger Wurm in die Lebewesen kroch und sich dort vermehrte, bis sie alle tot waren. Jetzt wurde ihr klar, wie arrogant es gewesen war anzunehmen, daß sich die Aiueven auf eine einzelne Seuche verlassen hätten, um Asengar von den Menschen zu säubern.

Aranur warf ihr einen kurzen Blick zu, sagte dann aber plötzlich, ohne sie dabei anzusehen: »Wenn die Wölfe wissen, wie man diese Heilkunst anwendet, dann könntest du es doch von ihnen lernen, oder nicht?«

Sie lachte. »Mach dich nicht lächerlich …« Ihre Stimme verebbte. Aranur antwortete nicht. Sein Gesicht verriet keinen seiner Gedanken. »Es sind Wölfe. Geschöpfe des Waldes. Keine menschlichen Wesen, Aranur. Sie tragen zu dieser Sache hier nur eine Erinnerung an den Tod bei.«

»Ovousibas. ›Sieh nach links.‹ Wenn die Wölfe das Geheimnis kennen, dann müssen sie auch wissen, was sie umbringt.«

»Sie kennen nur den Schmerz«, flüsterte sie abgehackt. »Die Sehnsucht nach den Wolfsläufern, die sie verloren haben. Sie zu bitten, mir zu helfen … das wäre Selbstmord. Sowohl für sie als auch für mich.«

»Wie kann eine Frage wehtun? Du würdest es ja nicht gleich tun, und vom Fragen ist noch niemand gestorben. Versuche es doch wenigstens.«

Hishn erhob sich und trottete in dem Raum auf und ab; kleine Staubwölkchen stiegen um ihre Pfoten auf. *Ich erinnere mich daran, wie es gemacht wird,* bot sie an. Sie roch an einem schimmernden Knochen, der ihr im Weg lag, und stieg dann unbeeindruckt über ihn hinweg. *Keine Angst. Wir wären immer zusammen.*

»Hishn erinnert sich daran«, sagte Dion tonlos. »Sie weiß so gut wie die anderen Wölfe, wie es gemacht wird.«

»Also wirst du es versuchen?«

»Bis ich herausgefunden habe, was ich da versuche, könnten wir schon längst von dieser verfluchten Grippe umgebracht worden sein.« Die Bilder aus den Gedanken der Grauen flimmerten vor ihren Augen und zeigten ihr genau, wie jene alten Heiler gestorben waren, und sie fing erneut zu zittern an.

Aranur streckte die Hände aus und spreizte die Finger. »Ich

bitte dich nur darum, es ein wenig genauer herauszufinden. Du mußt es ja nicht gleich umsetzen.«

»Nicht gleich?« wiederholte sie. »Wann also fällt das Schwert? Wann wird mir der Gefallen abverlangt?« Ihre Stimme stieg an, und ihr Zorn mit ihr. »In deinem Kopf schwirren alle diese Vorstellungen herum, die aus den Geschichten herrühren, die dein Onkel erzählt, wenn er betrunken ist, und jetzt verlangst du von mir, daß ich mein Innerstes nach außen kehre, nur um deine Neugier zu befriedigen.« Er wollte etwas erwidern, doch sie ließ ihn nicht zu Wort kommen. »Sieh dich doch um, Aranur. Sieh dir die Knochen an. Sieh doch, wie viele Leute wegen Ovousibas gestorben sind.«

»Dion. Ich möchte doch nur, daß du dich etwas weiter hineinvertiefst.«

»Nein. Das wäre unser aller sicherer Tod. Beim Licht der Monde, Aranur, wir sind gerade mal einen Tag hier. Was kann in den nächsten paar Tagen alles geschehen?«

»Namina kann sterben«, rief ihr Aranur barsch in Erinnerung.

Seine Worte schockierten sie, und sie starrte ihn lange an. Er hatte alles darangesetzt, seine Verwandten wieder nach Hause zu bringen. Seine Eltern und Ainna waren bereits tot, und Naminas Tod stand kurz bevor. Was waren ihre unreifen Ängste gegen seinen nie mehr gutzumachenden Verlust? Und es waren nicht einmal ihre eigenen Schreckensbilder – sie nährten sich aus den grauen Stimmen, die seit achthundert Jahren warteten. Erinnerungen, die sich inzwischen schon längst mit dem Staub abgesetzt haben sollten.

»Ich werde es mir überlegen«, sagte sie mit leiser Stimme. Er streckte die Hand aus, als wollte er ihr zuversichtlich den Arm drücken, doch sie schob ihn zur Seite und ignorierte den sich verhärtenden Ausdruck auf seinem Gesicht. Mit einer enttäuschten Geste verließ sie den Korridor, ohne sich umzublicken. Hishn trottete geräuschlos hinter ihr her.

XVI *Aranur Bentar neDannon:* Die Seuche

Schau nach außen, sieh nach innen.
Alles ist so leicht, wie es scheint.
Öffne dein Herz dem, den du liebst.
Erlebt gemeinsam eurer Träume Macht.

Tag und Nacht wechselten sich ohne großen Unterschied ab, denn die Räume blieben überall gleichmäßig beleuchtet. Die Phosphoreszenz in dem Dampf, der die Räume beheizte, verlieh ihnen soviel Licht, als herrsche immerwährender Tag, und da sich vor den Fenstern der Schnee türmte, war der Schlaf eine Frage der Zweckdienlichkeit und der Bedürftigkeit, nicht der Dunkelheit. Obwohl Aranurs Schlaf tief und ermüdend traumlos war, trieben unterbewußte Bilder durch seinen Geist, die ihn mit verborgenen Bedeutungen verspotteten. Als ihn Gamon endlich weckte, kam ihm das wie eine Erlösung vor.

»Aranur«, sagte sein Onkel und schüttelte ihn kräftig an der Schulter. »Wach auf, Mann. Mach schon, klapp die Augen auf.«

»Was ist denn?« fragte Aranur benommen. »Gibt's Frühstück?« Er schüttelte die Beine aus und ließ die Fingerknöchel knacken. Dann sah er sich um. Dion lag in einem unruhigen Schlaf ausgestreckt, und Shilia wachte bei Namina. »Mondwürmer aber auch! Ich fühle mich wie gerädert.«

»So siehst du auch aus. Das Nahrungsproblem haben wir schon bald gelöst. Rhom hat außer dem Eingang, durch den wir gekommen sind und der wieder zugefroren ist, noch zwei weitere Türen gefunden. Wenn der Schneesturm nachläßt, gehe ich jagen. Ich wollte dir nur zeigen, wo die Türen sind, bevor ich mich mit unserem jungen Schmied weiter umsehe.«

Aranur nickte. Sein Magen nagte bereits an seinen Rippen, bis er die nutzlosen Gedanken an Essen verjagte. »Wie groß ist dieses Ding hier überhaupt?« fragte er. »So groß wie die Kuppel in Blackstone?« Er zog sich die Stiefel an und zeigte in Richtung Tür.

»Scheint sehr viel größer zu sein. Ich würde sogar ein Faß Bier darauf wetten, daß diese hier mindestens dreimal so groß wie die in Blackstone ist.« Die beiden Männer gingen eilig durch die Korridore und wirbelten im Vorübergehen den Staub vom Fußboden auf. »Aranur«, sagte der alte Mann plötzlich. »Geh nicht zu hart mit Dion um.«

Sein Neffe sah ihn erstaunt an. »Wie meinst du das?«

»Rhom macht sich Sorgen, weil seine Schwester so von Ovousibas besessen ist. Und ich glaube, seine Sorgen sind nicht unberechtigt.«

»Gamon«, sagte der grauäugige Anführer langsam. »Mir sind die Risiken ebenso bewußt wie allen anderen auch. Ich weiß, was ich tue. Ich werfe Dion schließlich nicht den Worlags vor. Ich versuche nur, unser aller Leben zu retten.«

»Na schön, das akzeptiere ich«, gestand ihm Gamon zu. »Du mußt jedoch verstehen, daß sie eine echte Heilerin aus Randonnen ist. Wenn du sie bittest, ihr Leben für das von Namina aufs Spiel zu setzen – oder für das eines anderen –, dann bringt sie sich soweit, wie es nötig ist, um es zu tun.«

»Und ich werde mich soweit bringen, mit ihr zu gehen.«

Die Stimme des alten Mannes klang jetzt schärfer. »Hör zu, was ich dir sage, Aranur. Dion ist eine starke Frau, aber du bist ein noch stärkerer Mann. Treibe sie nicht über ihre Grenzen, sonst verlierst du sie, und ich rede jetzt nicht über die Liebe, sondern über das Leben.«

Aranur fuhr sich fahrig mit den Fingern durchs Haar. »Findest du, daß ich sie zu sehr bedränge?«

»Du bist ein Anführer, Aranur. Du gibst hundert Prozent und sogar mehr von dir selbst, um deine Aufgabe zu erledigen und dich um diejenigen zu kümmern, die dir anvertraut sind. Aber du verlangst auch sehr viel.« Gamon zögerte und blickte die Treppe hinauf, an deren Fuß sie angekommen waren. »Erinnerst du dich noch daran, wie du mich als Junge einmal fragtest, warum ich dich und Tyrel härter rannehme als alle anderen, die ich trainierte? Und später fragtest du mich, warum ich härter mit dir umsprang als mit Tyrel.«

Aranur nickte langsam.

»Ich sagte, daß du es in dir hast, der Beste zu sein. Ich meinte es damals wirklich so, Aranur, und auch heute bin ich noch davon überzeugt. Aus diesem Grund hast du mich überholt. Und aus diesem Grund habe ich auch die anderen Waffenmeister gedrängt, dich anzunehmen, obwohl du kaum achtundzwanzig bist.« Gamon sah den drahtigen Mann mit dem festen Blick neben sich an und fuhr sich mit den knorrigen Fingern durch das Silberhaar. »Ich wußte, daß ich niemals die Stelle deiner Mutter und deines Vaters einnehmen könnte, dir niemals geben könnte, was sie dir gegeben hätten ... ich wollte diesen Platz auch gar nicht einnehmen. Aber ich habe immer gehofft, daß ich dir helfen könnte, das Beste aus dir herauszuholen, und dir damit etwas geben, das ein Leben lang anhält. Vielleicht habe ich dich zu gut ausgebildet. Vielleicht habe ich dich zu hart rangenommen, nur damit du der Beste wirst.« Er schüttelte den Kopf. »Ich glaube, du kennst deine eigenen Grenzen nicht – und auch nicht die Grenzen anderer.« Er machte eine kleine Pause. »Du kannst die Probleme der Welt nicht lösen, Aranur. Ebensowenig, wie du alles und jeden vor der Welt beschützen kannst, und das zählt für Shilia ebenso wie für Namina. Was Dion betrifft … geh die Sache einfach etwas lockerer an; biege den Stahl nicht, bevor er die richtige Temperatur hat, sonst bricht er. Dion ist eine begabte Heilerin und eine starke Kämpferin, aber trotz allem ist sie eine Frau, mit den Gefühlen und den Träumen einer Frau. Und Rhom ist immer noch ihr Bruder, egal, was er für dich tut. Er wäre ein gefährlicher Gegner – aber ein weitaus besserer Freund.«

»Gamon«, sagte Aranur schließlich. »Ich habe meine Fehler, und nur die Monde wissen, wie viele es sind, aber diese beiden liegen mir sehr am Herzen.«

»Das weiß ich«, sagte der alte Mann mit ruhiger Stimme. »Sei dir nur im klaren darüber, daß du ihnen ein ebenso guter Anführer bist wie uns.«

Rhoms Stimme schallte das Treppenhaus herunter. »He, Gamon, Aranur, seid ihr das da unten? Kommt schnell herauf! Der Sturm hat nachgelassen! Es wird stundenlang dauern, bis wir das Eis vor dem Eingang weggeschafft haben.«

Drei Stunden später, nachdem sie die breite Eingangstür zuerst aus den Angeln gebrochen und dann vom Eis befreit hatten, bot sich Aranur der erste Blick von der Kuppel aus über die Berge. Er hatte den Griff seines Schwertes gegen die dünne Stelle geschmettert, die sie aus dem schmelzenden Eis herausgekratzt hatten, und plötzlich verschwanden mit einem splitternden Geräusch der Schwertknauf, seine Faust und sein ganzer Unterarm durch das gezackte Loch. »Wir sind durch!« rief er. Er zog den bereits empfindlich kalten Arm wieder durch das durchbohrte Eis zurück und spähte durch die Öffnung hinaus.

Rhom kam neben ihn, nahm ihm das Schwert ab und schüttelte das Eis vom Griff. »Sind wir draußen, oder ist es nur ein Luftloch?«

»Wir sind durch«, erwiderte Aranur. »Bei den Göttern, was für ein Anblick. Sieh nur.«

Rhom reichte das Schwert an Gamon weiter. Aranur mußte sich förmlich von dem Bullauge losreißen, und bevor er den kalten Stahl wieder in Empfang nahm, wärmte er sich die Finger in den Achselhöhlen. Der Dampf beheizte die inneren Räume zwar sehr angenehm, doch seine Wärme reichte nicht aus, um gegen offene Türen oder zerbrochene Fenster anzukommen, und jetzt fiel es Aranur immer schwerer, die Kälte zu ignorieren, die von seinen Händen her aufwärts kroch. Er schien einfach nicht mehr warm zu werden. »Was meinst du?« fragte er Rhom mit dem Ausdruck größter Befriedigung.

Der schwarzhaarige Mann schüttelte nur den Kopf. Nach den sterilen Farben in der Kuppel verbreitete das natürliche Licht der Sonne eine Klarheit, die er nicht erwartet hätte. Überall glitzerte Eis, von den Schneewehen auf der großen freien Fläche direkt vor dem Eingang bis hin zu den schimmernden Felswänden auf der anderen Seite des tiefen Tales, über dem die Kuppel thronte. Ein wenig nach rechts war gerade noch ein Teil des nächsten Berggipfels zu sehen, der sich aus Rhoms Blickfeld in schwindelnde Höhen erhob. Weiter links warf die Sonne lange Schatten über einen vom Schnee abgeflachten Steinwall. Auf allen Berggipfeln lagen dicke weiße Schneekissen, von denen es in der warmen Sonne des Frühsommers eifrig taute; die vielen Tropfen sammelten sich, kerbten die makellosen Flächen hier und da ein und rannen als kleine Wildbäche zu Tal. Die Bäume wurden wieder grün, stießen überall ihre knotigen Arme durch den schmelzenden Schnee und schüttelten sich, um sich unwirsch von der ungewollten Last zu befreien.

»Bei allen Mondwürmern«, sagte Rhom staunend. »Es kommt mir so vor, als sei ich neu geboren und die ganze Welt habe sich gleich miterneuert.« Er blinzelte in die viel zu helle Sonne. »Was meinst du, ist es später Nachmittag?«

»Mmhm.« Aranur schob sein Schwert in die Scheide zurück. »Wir gehen besser wieder zurück. Die Mädchen machen sich vielleicht schon Sorgen um uns, und ich möchte sehen, wie es Namina geht.«

»Geh du zurück«, schlug sein Onkel vor. »Rhom und ich machen hier alles noch ein bißchen besser frei. Wenn du Tyrel findest, schick ihn her. Es wird noch eine Weile dauern, bis wir uns freigeschaufelt haben, und wenn von oben noch etwas nachrutscht, dauert es noch länger.«

Der grauäugige Mann nickte, erschauerte in der frostigen Luft, die durch das Loch hereinblies, und machte sich dann auf den Rückweg, die Treppe hinunter und durch die Flure zurück ins Innere der Kuppel. Als er bei Shilia und den anderen ankam, war Dion gerade aufgestanden, Hishn hatte sich schlafen gelegt, und Shilia hatte die Skier, die sie abgerieben hatte, beiseite gestellt, um der Heilerin dabei zu helfen, das, was von ihren Kräutern noch übrig war, durchzusehen.

»Leg den Quadril dort drüben hin und gib mir das andere Päckchen«, wies Dion das Mädchen an, während sie den nächsten Beutel öffnete und seinen Inhalt auf ein sorgfältig ausgebreitetes Tuch schüttete.

»Wofür ist das?« Das Mädchen hielt einen kleinen Beutel voller winziger brauner Blätter hoch.

»Das hält das Blut rein. Leg es dorthin.«

Shilia drehte vorsichtig ein kleines Tongefäß um. »Was ist denn hier drin?«

Dion lachte. »Das willst du bestimmt nicht genauer wissen. Laß das mit dem anderen Beutel beiseite; ich sortiere es nachher selbst.«

»Ziehst du all die Sachen selbst oder mußt du sie beim Apotheker kaufen?«

»Ich kaufe ein wenig, baue viel selbst an, tausche einen beträchtlichen Anteil, und alles andere sammele ich. Hishn ist mir eine große Hilfe dabei, die Sachen, die ich aus der Natur brauche, zu finden. Sie hat eine hervorragende Spürnase.«

»Helfen dir die anderen Wölfe auch?«

»Gelegentlich. Oft kann ich sie nicht so gut verstehen, wie

ich Hishn verstehe, aber manchmal …« Ihre Augen nahmen einen abwesenden Ausdruck an. »Besonders dann, wenn sie zu mehreren beisammen sind, strahlen sie so stark aus, daß ich mich in ihren Gedanken verlieren kann, als wären es meine eigenen.«

Aranur, der in seiner Tasche nach einer Tunika suchte, die trockener war als die, die er am Leib trug, hörte den beiden Frauen nicht richtig zu, doch seine Schwester schüttelte den Kopf. »Das mit der Erinnerung verstehe ich nicht. Wie kann ein Graupelz sich an etwas erinnern, das geschehen ist, bevor er überhaupt auf der Welt war?«

»Wölfe geben ihre Erinnerungen weiter«, erklärte Dion. »Sie tragen ein gemeinsames Erbe ihrer Rasse in sich, das sie von Generation zu Generation weitergeben.«

»Und du kannst in ihren Erinnerungen richtig lesen? In ihrer Geschichte?«

Die Wolfsläuferin nickte. »Sie erinnern sich an alles. Natürlich nicht an jedes Detail, aber die allgemeinen Eindrücke sind deutlich da, und das hilft sehr viel. Zum Beispiel die Seuche. Sie hat die Wölfe nicht so stark getroffen wie andere Spezies, aber seit damals kämpfen die Wölfe gegen das Aussterben. Allmählich glaube ich, daß sie den Virus jetzt noch in sich tragen, auch wenn er momentan vielleicht untätig ist; aber er ist da.«

Aranur warf ihr einen scharfen Blick zu, aber Shilia protestierte: »Dion, kannst du denn das Fieber nicht vergessen? Wie sind schon zwei Tage hier, und bis jetzt zeigt noch keiner von uns Anzeichen dafür, daß es ihn erwischt hat.«

Die Heilerin schwieg einen Augenblick. »Ich glaube, es hat uns bereits alle erwischt. Wir wissen es nur noch nicht«, sagte sie langsam. »Ich glaube, wir befinden uns im Stadium der Inkubation, und es ist nur eine Frage der Zeit, bevor es ausbricht.«

»Also ich bin der Meinung, daß der Virus achthundert Jahre alt und deshalb schon achthundert Jahre tot ist.« Shilia erstarrte plötzlich. »Dion!« keuchte sie und starrte mit vor Angst weit aufgerissenen Augen auf Namina.

Aranur sprang auf, ließ seine Gepäcktasche fallen und zog sein Schwert; auch der Wolf duckte sich sofort abwehrbereit und stieß ein drohendes Knurren aus, doch Dion hatte sich schon über Naminas zitternden Körper geworfen. Plötzlich heulte Hishn auf und kauerte sich ängstlich nieder. Aranur schob verdutzt das Schwert zurück. Namina wimmerte, stemmte den Körper bogenförmig von der Unterlage hoch und warf wild die Arme um sich. Die Augen schienen aus den Höhlen springen zu wollen. Das Fieber. Es mußte das Fieber sein!

»Shilia! Aranur! Helft mir«, keuchte die Heilerin, die versuchte, Namina auf dem Bett festzuhalten. Das junge Mädchen krümmte sich wieder und schüttelte sie beide durcheinander, als sie mit den Beinen unter den Decken strampelte und die Heilerin beinahe vom Bett auf den harten Boden geschleudert hätte. Ihre Lippen waren weit zurückgezogen und entblößten ihre Zähne. Ihr Mund klappte auf und zu, Flüssigkeit sprühte und floß von ihrer Zunge; in einem Moment schien sie zu ersticken, dann warf sie sich wieder hoch in die Luft. Die Halsmuskeln standen wie Bohlen hervor. Aranur packte Naminas Beine und schlang die Arme fest um sie, wobei er ihr genug Spielraum ließ, sich zu krümmen, aber nicht so viel, daß sie sich hätte verletzen können. Es gelang ihm nicht allzugut, denn zweimal rammte sie ihm ihr Knie hart wie eine Faust in den Unterleib. Dion hielt Naminas Oberkörper fest, und Shilia versuchte, den Kopf des Mädchens davor zu bewahren, gegen das Bettgestell zu knallen, wenn sich der Körper in stillen Zuckungen hin und her warf. »Nicht loslassen«, preßte die Heilerin hervor. »Es läßt schon nach.«

Schließlich stieß Namina einen erstickten Schrei aus und brach zusammen. Shilia und Aranur ließen sie zögernd los und traten einen Schritt zurück, während Dion den rasenden

Puls des Mädchens kontrollierte und ihr unter die Augenlider sah.

»Es ist das Fieber«, sagte sie leise. Die Graue jaulte, und Dion ging langsam in die Hocke. »Es ist die Seuche.«

Aranur erschauerte. »Wie kannst du dir so sicher sein? Sie ist so schwach, daß es ebensogut eine einfache Erkältung sein kann.«

»Nein.« Dion schüttelte den Kopf. »Die Zuckungen, die Verfärbung der Augen …« Vorsichtig wischte sie die Flüssigkeit vom schlaffen Mund des Mädchens. »Nein, es kann gar nichts anderes sein als die Seuche.« Die Wölfin kroch unter ihre Hand, und Dion streichelte die pelzigen Ohren, bevor sie in Aranurs graue Augen blickte. »Das hier ist kein Gespenst aus einem lange vergessenen Grab, Aranur. Es passiert wirklich.«

Er betrachtete sie einen Augenblick lang. Ihre Augen waren voller Angst, ihr Nacken angespannt. Sie glaubte, was sie da sagte. »Was kannst du jetzt tun?«

»Es ist die Seuche, Aranur.« Sie zuckte hilflos mit den Achseln. »Achthundert Jahre lang haben die Heiler kein Gegenmittel gefunden. Weshalb sollte es mir gelingen?« Er erschauerte wieder; ihr Blick konzentrierte sich jetzt auf seine Augen, dann sein ganzes Gesicht. »Du … du hast es auch, habe ich recht?«

Shilia stieß ein ängstliches Geräusch aus, und er blickte Dion fest in die Augen. »Mir war den ganzen Tag schon kalt. Wahrscheinlich bin ich nur vom Eishacken an der Tür durchgefroren.«

Sie sah ihn nur an. »Shilia?«

Das Mädchen schüttelte den Kopf. »Mir fehlt nichts.«

»Tyrel ist wieder auf Erkundungsgang und kommt wahrscheinlich erst in ein paar Stunden wieder. Wir müssen ihn finden, Aranur.«

»Glaubst du denn, er hat sich auch schon infiziert?«

»Vielleicht spürt Namina die Symptome eher, weil sie ohnehin geschwächt ist. Was Tyrel angeht, so hat ihn das Gift von den Bißwunden so entkräftet, daß er trotz seiner geschlossenen Wunden wahrscheinlich ebenso verwundbar ist wie Namina. Wo sind Rhom und Gamon?«

Aranur sah lange auf Naminas reglose, bleiche Gestalt. »Ich hole sie«, sagte er und ging zur Tür hinaus.

Als er den Raum verlassen hatte, registrierte Dion Naminas Zuckungen mit sinkendem Mut. Aranur hatte gesagt, daß der Schneesturm vorüber sei, doch Namina war alles andere als transportfähig; der Zustand des Mädchens hielt sie hier fest, bis sie das Fieber – falls es sich ausbreitete – entweder besiegt hatten oder daran starben. Und die Heilerin machte sich nichts vor. Wenn sie das Fieber so erwischte, wie es damals die Alten heimgesucht hatte … Was blieb ihnen dann noch anderes übrig, als den langen Marsch zu den Monden anzutreten?

Nur eine Stunde später, nachdem er mit Dions Bruder und Gamon zurückgekehrt war, bekam Aranur den ersten schwachen Anfall. Er versuchte, ihn vor den anderen zu verbergen, doch Dion sah, wie seine Hände zitterten und seine Augen sich unter dem unerwarteten Schmerz verdunkelten. Und Gamon gab seinen Schüttelfrost zu, als sie ihn dabei erwischte, daß er im Inneren der Kuppel seinen Mantel trug. Rhom gab nichts zu, doch ihn kannte sie viel zu gut; seine Augenfarbe war eigenartig dunkel, und sein Unterkiefer war weiß vor Verkrampfung. Am erschreckendsten war die Tatsache, daß Dion selbst so gut wie nichts spürte. Hin und wieder ein Frösteln, aber es wurde nicht schlimmer, und auch Hishn jaulte nicht neben ihr, so wie sie es jetzt bei allen anderen außer Tyrel tat.

Nicht nur Hishn war verstört. Allen Grauen erging es ebenso. Sie riefen Dion und forderten sie auf, die Kuppel zu verlassen, und in Begleitung ihrer einsam geheulten Bitten ging sie langsam in den Raum, aus dem Rhom die Tür herausgekratzt hatte. Es war inzwischen dunkel, doch die Monde erleuchteten den glänzenden Schnee, der sich deutlich gegen die Schatten der gedrungenen Bäume abhob. Sie stand auf der alten steinernen Plattform und ließ die Kälte an ihren Wangen nagen. Sie blickte zu den drei Monden hinauf, die über den Himmel über der Bergkette wanderten, bis die Wärme ihrer Beine den Schnee um ihre Knöchel geschmolzen hatte und Hishn sich um ihre Füße zusammenrollte. Während sie dort im frisch einsetzenden Schneegestöber stand, fiel die Temperatur, bis der Schnee sich in eine eisige Kruste verwandelt hatte, auf der sie gehen konnte. Dann kamen die Wölfe heran.

Graue Schatten schlichen um die steinerne Veranda und kamen allmählich näher. Durch die Schneewehen, die die Kuppel von der kalten Nachtluft isolierten, kamen sie auf Hishns Ruf hin, ein langes, zitterndes Heulen, das Dion nicht nur in den Ohren spürte, sondern auch im Herzen. Sie ließ die Hand auf den Nacken der Grauen fallen.

Lauf mit uns. Lauf weit, sangen sie, während sie wie Geister über den Schnee huschten.

»Ihr ehrt mich, ihr Grauen.«

Sie sah genau hin, wie sie mit den Schatten auf dem uralten Steinplateau verschmolzen. Es waren zwei Weibchen, fünf Männchen und ein Junges. Es war in diesem Frühling geboren worden, und obwohl seine kleine Gestalt gesund aussah, strahlte seine Mutter, die das Junge durch den Schnee führte, eine große Traurigkeit aus.

»Was sagt eure Erinnerung?« fragte die schlanke Frau ruhig. »Warum sind eure Gedanken so finster?«

Das jüngere Weibchen legte den Kopf zur Seite. *Warme Bäuche im kalten Frühling. Eine dreckige Höhle als Geburtsstätte. Der Geruch von Blut … Geburtsblut und das Wasser, das losbricht, bevor das erste Junge kommt. Aber kalt, reglos gleiten die Welpen heraus. Erst einer, dann zwei, dann drei. Ihre Nasenlöcher sind verklebt, doch sie kämpfen nicht, wollen nicht atmen. Flüssigkeit verstopft ihre Mäuler, aber sie kämpfen nicht, spucken sie nicht hinaus. Ich lecke sie, stoße sie mit der Schnauze an, fordere sie auf, sich auf die Pfoten zu stellen; sie antworten mir nicht. Altes Blut. Alte Körper. Alter Tod. Eine leere Höhle.*

»Du hast sie alle verloren«, keuchte Dion. »Und du, meine Graue, hast alle bis auf eines verloren?«

Das graue Tier legte den Kopf zur Seite, sie betrachtete zärtlich mit funkelnden gelben Augen das einzige Junge, das sich von einem sicheren Platz zwischen ihren Beinen aus an ihrer Brust zu schaffen machte. Hishn jaulte leise auf und drängte sich gegen die Wolfsläuferin.

»Sag mir, wie das geschehen konnte«, forderte Dion sie auf. »Warum verliert ihr eure Jungen? Hängt es mit der Seuche zusammen? Sagt mir doch – was ist geschehen, als das Fieber zu den Wölfen kam?«

Das ältere Weibchen schaute Hishn an, und das massige Tier hechelte leise. Etwas passierte da zwischen ihnen ... eine Erkenntnis, die zu rasch kam, als daß man ihr hätte folgen können, oder vielleicht eine Erinnerung, die keinem von beiden gehörte. Die Frau streckte die Hand nach den Schatten aus, die auf Hishns Ruf hin gekommen waren, und dann wurde sie in einen Alptraum gezogen, der kein Ende fand.

Die Welt veränderte sich und wurde farblos ... eine Welt schwarzer und weißer Formen. Graue Kreaturen, aus einer eigenartigen Perspektive gesehen; Gerüche, die Gedanken und Seelen erdrosselten. Bewegung erfüllte ihre Muskeln und wich wieder aus ihnen, während sie rannte, sich dann auf den Boden fallen ließ und schlief. Zerfetzendes Fleisch unter ihren Krallen. Blut floß ihr heiß und süß in den Mund. Und die Grauen waren ihre Brüder, ihre Schwestern, ihr Rudel, ihr Clan. Dann merkte sie, daß etwas anders war, und es verschlug ihr den Atem; ein Feuer schlich in ihr Blut und brannte sich bis in ihr Gehirn hinein. Oh, Wolfsläuferin, es versengte ihre Kehle, bis es sogar ihre Augen mürbe werden ließ. Sie schrie, doch der Schrei war lautlos. Die anderen Grauen schrien auch. Kohlen fraßen sich in ihr Hirn und zerrten an ihrem Geist, bis sie um sich schlug, mit Zähnen und Klauen nach den trüben Gestalten schnappte, die sie durch den immer dunkler werdenden Ne-

bel sah. Wolfsläufer – warum antwortete er nicht? Wolfsläufer – warum kam er nicht? Verlassen. Allein im Feuer … Die Grauen heulten. Ihre Kinder starben. Der Nebel wurde noch schwärzer. Die Ballen ihrer Pfoten saugten sich voll mit heißem Blut, dem ausgespienen Schaum der unbekannten Toten. Das Feuer stieg in ihren Bauch hinab. Brannte sich in ihren Schoß. Verbrühte ihre Eierstöcke und dann ihre Jungen. Die Feuersbrunst wütete. Allein. Wolfsläuferin …

Der stumme Schrei bohrte sich erneut in ihre Seele.

Und dann war nur noch die Nacht um sie.

Sie bewegte sich steif, blickte zu den Sternen empor, die in der Bahn eines jeden vorüberziehenden Mondes verblaßten und sich dann wieder neu entzündeten. Die Folge von hell und dunkel am Nachthimmel war wie ein langsam dahinfließender Fluß, jede silberne Form kleidete die Nacht nach ihren eigenen Bedingungen aus, bis sie von einem Berggipfel verschluckt und an ihrer Stelle eine andere ausgespien wurde. Ein Mond nach dem anderen zog seine Bahn, und der Schatten des ersten kam erneut ins Blickfeld gekrochen. Monde, so alt wie die Welt. So alt wie die Zeit selbst. Und die Alten … Die die Monde und die Sterne dahinter mit eigenen Augen gesehen hatten. Die die Dunkelheit jenseits der Monde durchquert hatten und von der ersten Welt zu dieser geflogen waren. Und mit all ihrem Wissen und all ihren Träumen war es ihnen nicht gelungen, die Seuche zu bekämpfen.

»Bei den Göttern«, flüsterte sie. »Aber warum? Warum nur?«

»Dion?« Sie erschrak beim Klang von Rhoms Stimme. Er lehnte am Rahmen des aufgebrochenen Eingangs, der jetzt von Eis und Schlick befreit und nur vom gefrorenen Nachttau überzogen war. »Vielleicht solltest du ein wenig schlafen.«

Sie drehte sich um und starrte ihn an, ohne ihn zu sehen. »Ja, vielleicht wäre es das beste. Wenn ich mir hier weiter das Gehirn zermartere, komme ich auch nicht weiter.«

»Übernimm dich nicht, Schwester, sonst treibst du dich

selbst in das Fieber, vor dem du dich fürchtest.« Er erschauerte, und jetzt erkannte sie mit hilfloser Wut, daß es sogar ihren Bruder erwischt hatte, ohne daß sie etwas dagegen tun konnte. »Sag du mir nicht, was ich zu tun habe, Rhom«, erwiderte sie scharf. »Namina ist nicht zurechnungsfähig, Aranur hat bereits Schüttelfrostanfälle gehabt, Shilia und Gamon haben die ersten Schauer gespürt, und dir geht es auch nicht gut – versuch ja nicht, mir etwas vorzumachen!«

»Tu ich ja nicht«, sagte er ruhig. »Aranur hat mehr als nur Schüttelfrost, und Gamon hat sich vor zehn Minuten fast den Arm gebrochen. Momentan geht es ihm wieder gut«, fügte er hinzu, »aber die Krämpfe werden schlimmer. Nur Tyrel scheint noch gesund zu sein. Er sagt, er verspürte lediglich Hungeranfälle, doch wir anderen kriegen jede Stunde unsere Anfälle.«

»Ich sollte dort bei euch sein, nicht hier«, sagte sie und richtete sich auf.

Doch Rhom stellte sich ihr in den Weg. »Du solltest dort sein, wo du am besten überlegen kannst, Dion.«

»Ich kann überhaupt nicht mehr überlegen«, sagte sie bitter. »Also laß mich durch. Dort kann ich mich wenigstens ein bißchen um euch kümmern.«

»Du kannst nichts für uns tun, was wir nicht selbst tun können.«

»Ich könnte wenigstens versuchen, die Schmerzen zu lindern ...«

»Hilft uns das denn, wenn es sich wirklich um die Seuche handelt? Nein. Also tu, was getan werden muß, und kümmere dich nicht um Sachen, die wir selbst tun können. Bei den Augen einer Wasserkatze, gib dir doch selbst eine Chance, Dion. Selbst die Monde verlangen nicht von dir, daß du aus Mottenkugeln Wunder hervorzauberst.«

»Aber ich verlange es«, stieß sie hervor. Am liebsten hätte sie vor Enttäuschung mit den Fäusten gegen die Wand gehämmert, als ließen sich ihnen auf diese Weise die Geheimnisse entlocken. »Ich will ein Wunder! Ich erwarte Antworten! Warum erliegen wir einer achthundert Jahre alten Krankheit? Wie konnte sie sich so lange in den Kuppeln halten, ohne die Menschen außerhalb zu infizieren? Warum verschont sie Tyrel und erwischt Shilia so heftig? Wieso hast du starke Zuckungen, und ich spüre kaum ein Frösteln? Ich bin eine verdammt gute Heilerin, Rhom, warum also, bei allen rastinverseuchten Monden, die über den Himmel ziehen, finde ich kein Heilmittel …?«

»Dion, beruhige dich. Ich weiß hundertmal weniger über deine Heilkunst als du, aber ich glaube an dich. Du wirst deine Antworten finden …«

»Hör auf, mich zu bevormunden«, fuhr sie ihn an. »Du bist ja schon fast so schlimm wie Aranur.«

»Dann hör auf, dich selbst zu bemitleiden«, gab er zurück. Sie sah ihn erstaunt an, und er funkelte zurück, als sei er von seiner Autorität selbst mehr als erstaunt. »Trübsinn blasen hilft uns jetzt auch nicht weiter. Wenn du Hilfe brauchst, dann frag mich. Wenn du nicht vorankommst, dann gehe wieder zurück. Fang damit an, alles auszuschließen, was nicht möglich ist, und kümmere dich dann um das, was übrigbleibt.«

»Das habe ich bereits getan«, gab sie stockend zu. »Ich habe die Wölfe gefragt, und ich habe mir alle Legenden angesehen. Ich habe die Symptome analysiert. Ich habe eine gute Vorstellung davon, was es nicht ist. Ich weiß nur nicht, was es ist. Bei den Göttern, Rhom, ich komme einfach nicht darauf, wo es herkommt und wo es angesiedelt ist. Warum wir es nur kriegen, wenn wir uns in den Kuppeln aufhalten oder wenn wir Ovousibas praktizieren. Warum die Wölfe langsam aussterben. Sie müssen es irgendwie in sich tragen. Und wir auch. Es gibt keine andere Erklärung dafür. Aber was hat es mit der inneren Heilung auf sich, die es dazu bringt, zu einer Seuche zu werden?«

»Dion, bleib ruhig. Benutze deinen Kopf.«

»Tolle Idee, abgesehen davon, daß mein Kopf schon völlig leergedacht ist.«

Er lachte plötzlich leise auf. »Dann nimm meinen. Zwei Köpfe sind besser als einer, besonders dann, wenn sie ganz ähnlich denken.« Er lehnte noch immer an der Wand und blickte seiner Schwester fest in die Augen. »Erstens: Was gab es hier schon zu Zeiten der Alten, das heute immer noch hier ist und einen Virus tragen könnte?«

»So gut wie alles«, sagte sie niedergeschlagen.

»Das Gebäude? Die Tiere? Die Pflanzen draußen?«

»Klar, all das, aber wenn es am Gebäude liegt, dann hätte sich der Virus von Stein ernähren müssen.«

»Wenn er aber in Insekten oder anderen Tieren überlebt hätte, dann hätte er sich inzwischen schon weit über die Berge hinweg verbreitet, stimmt's?« fragte Rhom unbeirrt weiter.

»Und das gleiche gilt wahrscheinlich für Pflanzen, denn diese Berge durchziehen den ganzen Kontinent bis fast hinunter nach Sidisport, und die Pflanzen, die hier wachsen, wachsen wahrscheinlich auch in anderen Teilen dieses Gebirges.«

»Also gibt es nicht viel Einzigartiges in diesem sehr begrenzten Terrain, das einen derartigen Virus davon abhalten könnte, sich weiterzuverbreiten.«

»Da hast du recht.«

»Damit haben wir die Ursachen für diesen Virus auf Dinge eingeschränkt, die es nur an diesem Ort gibt. Das gleiche gilt für alle anderen Kuppeln des Kontinents.«

Dion mußte wider Willen lachen. »Rhom, ich bewundere deine Logik, aber was soll ich denn damit anfangen?«

»Denk darüber nach, Dion. Warum befällt der Virus nur Wolfsläufer und Wölfe – mit Ausnahme von dir und Hishn? Schützt du Hishn vor der Seuche – oder schützt sie dich?«

»Wolfsläufer werden sowieso nicht sooft krank wie andere Leute. Das weißt du doch, Rhom.«

»Es sei denn, sie betreiben Ovousibas.« Er zuckte mit den

Achseln. »Dann stell dir mal folgende Frage: Was hast du mit Tyrel gemeinsam, das euch davor bewahrt, wie wir anderen zu erkranken? Was gibt es hier, das einen Virus achthundert Jahre beherbergen kann, ohne daß er sich über alle fünf Bezirke ausbreitet?«

Sie starrte ihn an. »Du meinst, daß dieser Ort den Virus selbst in sich trägt. Jedenfalls behaupten das die Legenden.«

»Aber wir machen uns keine Sorgen mehr wegen dieser Legenden. Wir sorgen uns um Menschenleben. Was gibt es hier, das einen Virus am Leben erhalten kann?«

»Pflanzen. Und Tiere.« Sie hielt inne und überdachte noch einmal die Eindrücke, die ihr die Wölfe übermittelt hatten. »Ich glaube, der Virus ist mutiert und hat im Lauf der Jahrhunderte andere Geschöpfe befallen. Ich glaube nicht, daß wir es jetzt noch mit einer einzigen Ausprägung zu tun haben.«

»Spielt das eine Rolle?«

»Ja, natürlich. Mir fehlt aber noch etwas. Eine Verbindung, die ich noch nicht erkenne.«

»Hör zu, Dion. So viele Dinge gibt es nicht, aus denen sich Verbindungen herstellen lassen. Verdammt noch mal, Schwester, das einzige, was es in diesen Kuppeln noch gibt, sind Spinnweben und heiße Dämpfe. Wenn du dir jetzt das gesamte Bild betrachtest … Was hast du?«

»Ich habe mir den Staub angesehen, die Schimmelpilze untersucht, aber … heiße Dämpfe …« Sie schaute ihn ungläubig an und hätte sich am liebsten wegen ihrer eigenen Dummheit geohrfeigt. »Natürlich, die Kuppeln wurden alle über Geysiren erbaut. Sie haben hohle Wände.«

Er zog die Stirn kraus. »Ich habe dir gestern gesagt, daß Gamon und ich die Schlote gefunden und sie bis zu den heißen Quellen zurückverfolgt haben. Aber wie gewöhnlich hast du ja nicht zugehört.«

»Aber ein Virus könnte in Dampf überleben«, sagte sie aufgeregt. »Und in unterirdischen heißen Quellen mit konstanter

Temperatur sogar besonders gut. Und ein Virus, der in den heißen Quellen dieses Berges lebte, konnte sich deswegen nicht verbreiten, weil die Dampfschlote und Oberflächentunnel nur so weit reichen, wie die Lava fließt – sie sind einzigartig und an diesen Ort gebunden. Der Virus konnte weder Berge noch Täler überqueren – dazu sind die Temperaturunterschiede zu gewaltig.«

Er zitterte heftig, als sie ihn packte. »Hör auf!« Der Schauder schwächte seine Beine, und sie schüttelte ihn. »Wage es bloß nicht und stirb mir jetzt weg!« Er klammerte sich schwach an sie. Rhom, ihren Bruder, der immer so stark gewesen war, sie geführt, ihr geholfen und sie von allen Gefährnissen der Kindheit gerettet hatte, jetzt zappelnd und zitternd auf dem Boden liegen zu sehen, einem Nachtvogel gleich, der zu lange dem Tageslicht ausgesetzt war, erschreckte sie mehr als alles andere. Sein konvulsivisch zuckender Körper machte ihn so schwach und verletzbar wie einen Sterbenden. »Es darf nicht schlimmer werden, Rhom. Bleib bei mir. Bleib stark.«

»Dion«, sagte er heiser und ergriff schwach ihre Finger. »Laß dich nicht ablenken.« Er räusperte sich und machte die Fäuste auf und zu, um sie aus dem Griff des Fiebers zu winden. »Wenn der Virus im Dampf ist, warum sind du und Tyrel nicht infiziert? Was hast du mit ihm gemeinsam, was uns anderen fehlt?«

Sie holte tief Luft, und als sie antwortete, tat sie das mit ruhiger Stimme, die frei von Angst war: »Ich weiß es nicht. Wir essen die gleichen Dinge, trinken das gleiche Wasser, das du uns bringst …«

»Es muß etwas geben«, sagte er drängender. »Denk nach, Dion. Denk nach!«

Sie versuchte, sich auf seine Worte und nicht auf seinen verkrampften Gesichtsausdruck zu konzentrieren. »Hishn kann es nicht sein, denn sie ist immer bei mir. Tyrel kann sie nicht spüren. Nur Aranur scheint sie gut hören zu können, und er hört sie doppelt so gut wie du, ist aber genauso krank. Es kann auch nicht die körperliche Stärke des Jungen sein, denn er ist von dem Rastingift, das ich aus seiner Wunde gesaugt habe, noch sehr geschwächt. Rhom, das einzige, was Tyrel und ich tun ...«

»Sag das noch einmal, Dion. Das mit dem Rastingift.«

»Was? Die Beine des Jungen sind jetzt zugeheilt. Schon seit zwei Tagen.«

»Nein, die Sache mit dem ausgesaugten Gift. Was ist mit den Rastinbissen? Mit dem Gift? Shilia hat dir dabei nie geholfen, oder? Du und Tyrel – ihr beiden seid die einzigen, die diesem Zeug ausgesetzt waren.«

»Aber Rhom, das ist doch sein eigenes Gift – es hat schon jetzt das Immunsystem seines Körpers befallen. Es müßte Tyrel und mich dem Virus gegenüber anfälliger machen, nicht widerstandsfähiger.«

Er ließ sich zurückfallen. »Dann weiß ich auch nicht mehr weiter, Dion.«

Aber sie zögerte noch, dachte weiter zurück. Konnte es sein, daß das Gift Tyrels Metabolismus verändert hatte? Daß das Toxin seinen Körper dazu gezwungen hatte, Antikörper zu produzieren? Antikörper, deren chemische Zusammensetzung denjenigen ähnlich waren, die auch den Virus angreifen würden? Sie hatte genug Gift aus der Wunde gesaugt, daß etwas davon auch in ihren Blutkreislauf gelangt sein konnte. Es könnte sie wie eine Impfung geschützt haben, noch bevor sie dem Fieber überhaupt ausgesetzt war. »Rhom«, sagte sie langsam. »Kann gut sein, daß du recht hast. Wenn das Fieber im Dampf lebt, dann waren wir ihm alle ausgesetzt. Wenn der Virus von Antikörpern gebremst wird, die sich so verhalten wie diejenigen, die das Gift der Rastin bekämpfen, dann werden Tyrel und ich nicht krank, weil wir bereits eine Immunität dagegen aufgebaut haben, oder vielleicht werden wir nicht ganz so krank, oder ...« Sie unterbrach sich und dachte den Gedanken zu Ende. »Oder zumindest dauert es länger, bis wir so krank wie die anderen werden.«

»Aber das heißt doch, daß du den Schlüssel zu einem Heilmittel in der Hand hältst, oder?«

»Ich weiß nicht.« Sie drehte ihre Hand in Hishns Fell. Die Graue trat im Schlaf mit den Beinen aus und schnarchte. Dions Blick verweilte abwesend in dem dichten Pelz, der sich um ihre Hand schmiegte. »Es gibt noch zu viele Unsicherheiten, Rhom. Wenn es wirklich das Toxin ist, das Tyrel und mich schützt, wie soll ich es ohne den Fisch, von dem es stammt, reproduzieren? Selbst wenn ich einen Weg finde, euer Immunsystem dazu zu zwingen, Antikörper gegen dieses Fieber zu bilden – wie sollen wir die Leute schützen, mit denen ihr später in Kontakt kommt? Es gibt zu viele Fragen …«

Rhom sah, daß seine Zwillingsschwester bereits tief in Gedanken versunken war, und ging zur Tür. Sie brauchte Zeit. Er hoffte nur, daß ihnen noch genug davon blieb.

Zunächst ziellos, dann viel entschlossener, marschierte sie auf dem steinkalten Balkon auf und ab und versuchte, sich in die Seuche hineinzudenken. Tyrel schien immun zu sein. Doch Dion hatte Schauer wie alle anderen – die Krankheit schien nur nicht die Form der Konvulsionen wie bei den anderen anzunehmen. War es die kleine Dosis des Rastingiftes, die sie schützte, oder war es die Wölfin? Vielleicht konnte Hishn sagen, ob sich ihr Körper verändert hatte. Dann blieb sie abrupt stehen. Ovousibas. Wenn das Gift sie schützte, konnte sie in seinem Schutz dann auch die innere Heilung der Alten durchführen, ohne eine Stunde später zu sterben? Ein verlockender Gedanke – schließlich handelte es sich auch hier um das Fieber, das die Heilerin befiel, und sie konnte damit Namina das Leben retten. Was aber schützte die Graue – und warum befiel sie das Fieber nur, wenn sie Ovousibas betrieben?

Die Wölfe. Alle Spuren führten immer wieder zu den Wölfen zurück.

»Hishn«, sagte sie schließlich und weckte das Tier damit. »Ich möchte, daß du die Grauen noch einmal rufst.« Würde sie es aushalten, mit mehr als einem Wolf zu verschmelzen? Sie blickte in Hishns gelbe Augen und hörte, wie ihr Geheul zum zweiten Mond emporstieg. Spielte das überhaupt eine Rolle? Schon bald würden sie ohnehin allein sein …

Schatten zogen sich zusammen. Graue Gedanken berührten sie deutlicher als zuvor. Spürten sie etwa, was sie wollte? »Hishn«, flüsterte sie. »Sag ihnen, was ich brauche. Frage sie, ob sie es mit ihrer Ehre vereinbaren können, mir zu helfen.«

Die graue Wölfin hechelte unbeschwert und wandte sich den anderen Tieren im Schnee zu. Der Wind, der die ganze Zeit über ruhig gewesen war, wurde wieder kräftiger und biß Dion zunächst in die eine Wange, und während sie wartete, auch in die andere. Eine große Wölfin suchte ihren Blick. »Du ehrst mich«, sagte sie sanft.

Lauf mit uns. Heule mit dem Wind, Wolfsläuferin.

Sie trat vor und begrüßte jeden einzelnen der Grauen, der gekommen war. Zuerst waren es nur vier, doch dahinter zeichneten sich andere Schatten ab, die mit weißen Atemwölkchen vor den Schnauzen im Schnee standen. Inzwischen hatte das Wasser Dions Stiefel aufgeweicht. Ihre Füße froren und schickten Kältewellen die Beine bis in ihre Eingeweide hinauf, aber sie biß die Zähne zusammen, damit sie nicht klapperten, und zeigte statt dessen auf die Kuppel. »Ihr habt uns hierhergebracht und uns Leben gegeben«, sagte sie leise. »Aber was wir hier finden, ist unser Tod.«

Hishn knurrte tief in ihrer Kehle, und die anderen Wölfe grollten zurück. In der Dunkelheit leuchteten ihre Zähne so weiß wie der Schnee, und ihre Schatten hüllten sie wie lange Umhänge ein.

»Nicht nur unseren, sondern auch euren Tod«, fuhr sie fort. »Helft mir. Zeigt mir, wo er sich versteckt hält. Nehmt mich mit euch zurück. Nicht nur einmal, sondern zweimal … sooft es nötig ist. Zeigt mir, wie das Feuer zuschlägt. Bringt mir bei, was ihr in euren Herzen wißt, dann kann ich euch dabei helfen, es zu töten.«

Hishn ging auf sie zu und hob eine Pfote. Ihre gelben Augen glühten.

»Helft mir. Laßt mich mit euch in der Vergangenheit laufen.« Sie streckte die Hände aus und ballte sie dann zu Fäusten. »Laßt mich mit euch jagen. Laßt mich mit euch heilen. Laßt mich mit euch leben, und ich werde euch dabei helfen, auch morgen noch zu leben.«

Hishn schien jedem der Wölfe in die Augen zu blicken. Dann setzten sich die Grauen. Die Wolfsläuferin atmete tief durch und kniete sich mit ihnen in den Schnee. Sie grub die Finger in Hishns Fell und erwartete die lähmende Kraft der Eindrücke, die auf sie einstürzen würden. Trotzdem wurde sie davon überwältigt.

Schnee verkrustete ihren Pelz und befeuchtete ihre Nase. Sie zuckte nach links und stürzte. Andere Herzen schlugen gegen ihres. Andere Luft wurde in ihren Lungen geatmet. Sie winselte, doch die graue Flut war bereits hereingebrochen und überspülte ihren Geist. Stimmen schlugen in Wellen über ihr zusammen, drängten mit jedem Pulsschlag ihres gemeinsamen Blutes in ihre Seele. Sie tötete viele hundertmal, und viele hundertmal zerriß sie die Kadaver mit den Klauen. Viele hundertmal berührte sie die Geister schon lange gestorbener Menschen und vermengte ihre Gedanken mit ihnen. Ihre Identität löste sich auf. Anstelle vertrauter Gedanken, die sie willkommen geheißen hätte, schlich sich eine Erinnerung ein.

Der Tod, der jeden Frühling ihren Leib umfangen hielt, zerrte ihre Kinder aus ihrem Schoß und ließ sie leblos zu Boden fallen. Und in der Spannung des Moments sprang der Tod von Wolf zu Heiler über. Alles auf eine Karte. Und der Tod gewann. Das Feuer kehrte zurück. Diesmal wollte es ihre Seele verbrennen. Sie schrie auf, und ein zerrissenes graues Tuch aus Nebel schlug in einem reißenden Strom aus Schmerzen über ihr zusammen, kaum daß sie in Hishns Geist verankert war, und nährte sich von ihrer Kraft, während der Wolf die Heilerin vor der Agonie einer Heilung schützen wollte, die sie noch nicht erlernt hatte. Wessen Körper? Wie alt war diese Erinnerung? Spielte es eine Rolle? Er mußte geheilt werden…

Sie stürzte sich kopfüber hinein, tiefer als das Bewußtsein, das ihre geistige Gesundheit bedrohte. Dämme aus Blutzellen bildeten klumpige Barrieren und klebten das Gewebe zusammen. Eigenartig geformte Moleküle trieben vorüber. Sie berührte Dinge mit uralten Händen, und ein Infektionsherd wurde sofort von weißen Blutkörperchen eingehüllt; eine mit Flüssigkeit gefüllte Blase drückte gegen eine Nervenzelle, zerplatzte, und der Druck ließ nach; ein loses Band wurde gegen einen Knochen gesetzt, wo es wieder bis in die poröse Oberfläche hineinwuchs, aus der es herausgerissen worden war. Narben bildeten sich und vergingen in Minutenschnelle. Eine bösartig stachlige Pollenkugel schwamm durch eine Arterie, bis ein Antikörper mit voller Wucht dagegenprallte, sich an den Stacheln festhielt und das Allergen mit schierer Gewalt zerquetschte. Die Zeit veränderte sich. Der Druck wurde größer. Sie konzentrierte sich mit aller Macht, doch Gewebe schwoll an und verschluckte sie. Eine Woge von Molekülen strömte herein, warf sich auf Zellen und riß sie auf, nährte sich an ihren zerfetzten Proteinen. Nerven flammten auf. Und irgendwo inmitten des Schmerzes zerriß etwas.

Aranur, der nach Dion sehen wollte, zerschlug das Eis an der Tür mit Leichtigkeit und stieß die Tür auf. Etwas traf ihn von hinten, von der Seite; er fand sich auf allen vieren im Schnee wieder, seine Pfoten buddelten in der flachen Schneewehe und – nein! Er hatte Hände. Und Menschenarme. Er schüttelte den Kopf, von einem plötzlichen Schwall von Gefühlen erschüttert, die nicht seine eigenen waren, und zwei einjährige Wölfe tapsten vorbei, die ihn zum Mitspielen aufforderten. Er widerstand dem Impuls, ihnen hinterherzutollen, mit dem Schwanz zu wedeln und in den Schnee zu beißen. Nein, er war ein Mensch – ein Mann, kein Wolf! Taumelnd kam er wieder auf die Füße, wo er wie betäubt stehenblieb, bis sein Kopf wieder frei war. Erst dann bemerkte er, daß er den Türpfosten mit beiden Händen gepackt hielt. Hände – ja, er hatte Hände, keine schwarzen Ballen mit wölfischen Klauen daran. Er holte tief Atem, und die grauen Stimmen wurden hinter dem Wall, den er in seinem Kopf gegen sie errichtete, schwächer. Halte dich fern, sagte er sich, und bleib bei Sinnen. Aber warum war es so stark? Noch nie zuvor hatte er von nur einem Wolf eine derartige Gedankentiefe verspürt, eine solche Kraft. Wie viele waren das? Und Dion … Sie redete mit den Wölfen, sie spürte sie, als wären es ihre Brüder. Wenn sie hier draußen in diesem grauen Mahlstrom war …

Er machte einen Schritt, rutschte auf einer glatten Stelle aus und konnte in der trügerischen Dunkelheit kaum die Balance wiederfinden. Einige der Grauen schliefen am Rand des steinernen Balkons; andere tollten im Schnee umher, aber nirgends erblickte er zwischen ihnen Dions schlanke Gestalt. Hishn! Wenn er Hishn fand, würde sie ihm sagen, wo die Heilerin war. Er rannte fast über den festgetretenen Schnee, doch dann blieb er plötzlich stehen. Zehn, nein, zwölf Graupelze lagen dort in einem zerzausten Kreis, durch den die anderen hindurchtobten. Und am Rand des Kreises, zwischen zwei ausgewachsenen Wölfen, lag Dion. Sie lag auf der Seite, als wäre sie des Sitzens müde geworden. Ihre Wange lag auf dem kalten Boden, eine Hand war in einer seltsam zeigenden Geste ausgestreckt. Als ein kleines Atemwölkchen zwischen ihren Lippen aufstieg, wußte Aranur, daß sie noch am Leben war. Er ließ sich neben ihr auf die Knie fallen und wollte sie gerade hochheben, doch ein Knurren, das ihm das Blut in den Adern gefrieren ließ, hielt ihn sofort davon ab. Es stammte von einem der Wölfe, der sich hinter ihm aufgebaut hatte. Aranur erstarrte.

»Ihr ehrt mich, ihr Grauen«, sagte er ruhig. Er streckte erneut die Hand nach der Frau aus, doch der Graue knurrte wieder. Der Wolf vor ihm rührte sich, und er sah, daß es Hishn war, doch ihre Augen schimmerten nur trübe; die gelbe Tiefe der Jagd verlieh ihren Augen eine Gefährlichkeit, die allein dem Tod selbst glich.

»Hishn, du ehrst mich«, versuchte er es noch einmal. »Aber du mußt Dion freigeben. Entlasse sie aus diesem … dieser Gewalt, in der ihr sie gefangen habt. Sie kann es nicht mehr aushalten.«

Das graue Tier leckte sich die Lefzen und knurrte kehlig. Es zeigte auf keinerlei Weise, daß es ihn verstanden hatte.

Dions Gesicht: Ihre Haut war so kalt. So kalt wie das Eis.

»Hishn, hör mir zu«, drängte Aranur. »Wenn du diese Frau liebst, so wie ich sie liebe, dann mußt du sie gehen lassen. Sie kann nicht in euren Träumen leben. Sie ist kein Wolf. Laßt sie frei.«

Der Kreis kam in Bewegung, und die Wölfe rollten sich langsam auf die Füße. Sie hechelten abgehackter, sie legten die Ohren an und kauerten sich halb sprungbereit dicht an den Boden. Ein grauer Geist stieg von Dions Körper auf und hing direkt vor ihm in der Luft, doch er schüttelte den Kopf. »Laßt sie los, ihr Grauen. Sie wird sterben. Seht ihr das nicht? Spürt ihr das nicht? Sie hat kein Fell wie ihr, keine Klauen. Sie kann in dieser Kälte nicht überleben.« Sie sahen ihn einfach nur an, und plötzlich stieg die Wut in ihm hoch. »Sie ist ein Mensch, verdammt noch mal! Laßt sie gefälligst wie ein Mensch leben!«

Hishn, die im Schnee vor ihm bis zu seiner Brust reichte, blickte ihn einen Augenblick an, dann erlosch das gelbe Glühen, und ihre Augen wurden ruhig wie eine windstille Nacht. Dann blitzten sie wieder auf, und sie war nur noch ein Wolf, und die anderen Grauen waren nur Schatten, die er für wilde Tiere gehalten hatte: Mit einem Mal war der Schnee bis auf sie drei völlig leer.

Aranur nahm die Frau mit einer raschen Bewegung in die Arme und schritt über den gefrorenen Schnee auf die Kuppel zu. Er stieß die Tür mit der Schulter auf und schlug sie mit dem Fuß hinter sich zu, sobald Dions Wolf nach ihm hereingeschlüpft war. Sie ist viel zu kalt, dachte er. Der Mangel an Nahrung, die Erschöpfung, und dann setzt sie sich dort draußen in die kalte Nacht. Es war ein Wunder, daß sie überhaupt noch lebte. Er lehnte sie vorsichtig gegen eine Wand, nahm ihre Hände in die seinen und hauchte sie an, um sie zu erwärmen. Anzeichen von Erfrierungen konnte er nicht feststellen, doch ihre Haut fühlte sich an wie Eis. Hishn fing hinter ihm leise zu jaulen an, bis er sie besänftigte, doch kurz darauf fing sie schon wieder an. Er gab es auf, sie still halten zu wollen.

»Dion«, sagte er leise. »Wach auf, komm wieder zu dir, jetzt gleich. Wir brauchen dich.«

Sie bewegte sich kaum merkbar, und er rubbelte ihre Arme kräftig ab, anschließend massierte er ihre Beine.

»Autsch«, murmelte sie.

»Ein Glück, du bist aufgewacht. Du wirst dich gleich besser fühlen.«

Sie schlug die Augen auf. »Nein, bestimmt nicht. Was tust du hier eigentlich?«

»Das gleiche wollte ich dich fragen.« Einen Augenblick preßte er die Kiefer zusammen, doch alles, was er sagte, war: »Es ist nicht gerade vorteilhaft, sich in dieser Höhe zum Schlafen auf ein Eisbett zu legen.«

Die Augen der schlanken Frau nahmen einen sehr abwesenden Ausdruck an. »Ich habe nicht geschlafen. Ich habe … mich erinnert.«

»Von mir aus. Aber es wäre besser, wenn du dich beim nächsten Mal daran erinnertest, mehr Kleider anzuziehen, bevor du dich wieder in eine Schneewehe legst und dabei vergißt wach zu bleiben.«

»Bei allen Mondwürmern, Aranur. Die Wölfe haben doch auf mich aufgepaßt.«

»Die Grauen haben dich für eine der ihren gehalten«, gab er trocken zurück.

»Das war ich auch.«

»Hör schon auf. Du bist eine Frau und kein Wolf. Kannst du schon wieder stehen?«

Sie verzog das Gesicht. »Ja.«

»Gut«, sagte er und zog sie auf die Füße. »Denn das hier wollte ich schon sehr lange tun.« Er zog sie eng an sich. Als er sie schließlich wieder losließ, sank sie gegen seine Brust, ihr Herz trommelte wie Dnu-Hufe auf einer staubigen Landstraße, und ihr Atem schien ihr die Brust sprengen zu wollen.

»Wozu soll denn das gut sein?« fragte sie unsicher und sah mit großen Augen und geröteten Wangen zu ihm auf.

»Als Glücksbringer.« Er erschauerte plötzlich, und sein Kiefer verkrampfte sich fast bis zum Zerspringen.

»Aranur!« sagte sie eindringlich. »Oh, ihr Monde, helft mir!« Seine Armmuskeln bildeten Knoten aus, dick wie Taue, die sich um seine Knochen wickelten, und seine Augen wurden fast ganz schwarz. »Aranur!« Sie versuchte, ihn zum Hinsetzen zu bewegen, aber der Krampf und seine sture Kraft hielten seine Beine aufrecht, und sie konnte nichts anderes tun, als ihn festzuhalten, während ein Wimmern über die Lippen kam, die sie erst vor einem Augenblick so leidenschaftlich geküßt hatten.

»Um der Monde willen, Aranur, geht es den anderen auch so schlecht wie dir?« keuchte sie, als er zu Boden sank und sich zitternd den Speichel vom Kinn wischte. »Und diese Flecken?« Sie berührte die dunklen Stellen an seinen Wangen und auf seiner Stirn.

Er schob ihre Hände weg. »Ich bin auf dem Eis ausgerutscht. Laß los, Dion. Ich bin durchaus in der Lage, auf mich selbst achtzugeben.«

»Lüg mich nicht an, Aranur. Ich bin eine Heilerin.«

Er blickte stur zur Seite, und seine Fäuste ballten sich wie zur Abwehr gegen den Schwächeanfall zusammen. »Daß du mich so sehen mußt …« Er drückte sich wieder an der Wand hoch und schüttelte erneut ihre Hand ab.

»Und die anderen?« fragte sie leise.

»Abgesehen von Tyrel bin ich der einzige, der noch gehen kann«, sagte er schroff.

Dion wurde kreidebleich. »Bei den Göttern«, keuchte sie und berührte ihn am Arm. »Es tut mir leid, Aranur.« Aber ihr Geist arbeitete schnell. Sie hatte nicht genug Zeit und keine Möglichkeit, einen Impfstoff herzustellen. Und selbst dann, wenn es ihr gelingen würde, fehlte die Zeit, um ihn zu testen. Sie hatte keinerlei Garantie dafür, daß er auch wirkte. Es gab jedoch etwas, das sie riskieren konnte, etwas, das ihrer aller Leben retten konnte. Vielleicht würden es ihr die Grauen nie verzeihen, aber wenn sie sich täuschte, würde es ohnehin nicht lange dauern, bis sie ihren Fall vor den Monden vorbringen konnte. »Es tut mir leid«, wiederholte sie. »Aber es wird alles gut werden«, fügte sie mehr für sich selbst als für ihn hinzu. »Helft mir, ihr Monde, denn jetzt weiß ich, was ich zu tun habe.«

XVII *Ember Dione maMarin:* **Ovousibas**

Liebe überwindet Berge,
Die selbst starke Männer nicht zu betreten wagen.

Aranur folgte Dion in den Raum, wo sie die anderen zurückgelassen hatten, aber als sie dort ankamen, verschlug es ihr vor Schreck die Sprache. Rhom, dessen violette Augen vor schweigend ertragenem Schmerz fast schwarz waren, sprang auf, fiel sofort wieder auf die Knie und hielt sich krampfhaft am Bettgestell fest, um seiner Schwester ins Gesicht sehen zu können.

»Was ist geschehen?« fragte er ruppig.

Aber Shilia, die sich auf einem der Deckenlager an den alten Mann geschmiegt hatte, sah sie an, als wäre sie ein Wurm, den man am besten gleich zertrat. »Wo warst du?« fuhr sie die Heilerin an. »Wie konntest du nur so lange wegbleiben?«

Dion blieb bestürzt stehen, und Aranur lief von hinten gegen sie. »Ich ...«

Das andere Mädchen redete mit hoher, angestrengter

Stimme weiter, als hätte Dion nicht einmal den Versuch gemacht, ihr zu antworten. »Du hast seit Stunden nicht mehr nach Namina gesehen, und Gamon geht es auch schon viel schlechter.«

»Ich war nur oben auf der Terrasse …«

»Wir haben in sämtlichen Räumen nach dir gesucht. Wir haben gerufen und gerufen, aber du hast nicht geantwortet.«

»Das reicht jetzt, Shilia«, sagte Rhom schwach.

Dion sah die beiden verstört an und begann erst allmählich zu verstehen. Ihre Gesichter waren blaß, ihre Augen schrecklich verfärbt. Der Hals ihres Bruders war auf einer Seite so von Flecken übersät, daß sie sich wunderte, wie er ihn überhaupt noch bewegen konnte. Die Flecken auf Gamons Armen waren nicht weniger dunkel. Sie alle mußten unerwartet von schrecklichen Zuckungen heimgesucht worden sein, die sie gegen die Wände und Tische geschleudert hatten. »Bei allen Monden«, flüsterte Dion, »warum hast du mir am Abend nichts davon gesagt, Rhom?«

»Am Abend?« Ihr Zwillingsbruder grinste schief und versuchte, sich auf einen Ellbogen zu stützen, rutschte jedoch weg. »Das war vor acht Stunden, Dion. Du hast dir viel Zeit zum Nachdenken gelassen.«

Gamon wollte etwas sagen, konnte sich jedoch nur schwach räuspern. Die Heilerin sah ihn an.

»Ich …« Was sollte sie ihm sagen? Während sie oben beobachtet hatte, lagen sie hier unten im Sterben. »Es tut mir leid«, flüsterte sie.

»Mir nicht«, gab ihr Bruder zurück. »Es hätte auch nichts gebracht, wenn du hier bei uns gesessen hättest. Aber ich sehe, daß dir etwas eingefallen ist.«

Sie nickte langsam. »Der Biß der Rastins ist für uns tödlich. Tyrel hat das Gift direkt von dem Fisch abbekommen; ich habe es erwischt, weil ich das Gift aus seiner Wunde gesaugt habe. Es hat bei Tyrel eine Weile gedauert, hauptsächlich, weil seine Entkräftung so traumatisch war, aber wir haben beide

Antikörper gegen diesen Giftstoff gebildet. Wichtig ist jetzt, daß das Virus der Seuche das gleiche Gewebe angreift wie der Giftstoff von den Fischen. Die Antikörper, die wir gebildet haben, sind einfach mutiert und haben sich auf das Virus eingestellt.« Sie winkte Hishn mit einer Armbewegung zu sich heran. Die Wölfin trottete gehorsam herbei und ließ sich neben ihr nieder. Selbst im Sitzen reichte ihr Kopf Dion noch bis zur Brust. »Mit euch ist folgendes passiert: Da ihr von Anfang an keine Antikörper in euch hattet, konnte das Virus euer Immunsystem besetzen, so daß es nicht einmal versuchen konnte, Antikörper zu bilden. Und seitdem frißt die Seuche an eurem Nervensystem.

Ich werde also versuchen, in jedem von euch die Antikörper zu produzieren, die Tyrel und mich immun machen«, sagte sie mit fester Stimme und hockte sich neben Namina. »Wenn ich auch nur ein Zelle für euch reproduzieren kann, dann übernehmen eure Körper den Rest ganz von allein. Namina geht es am schlechtesten, deshalb werde ich mit ihr anfangen.«

Rhom zog die Stirn kraus. »Wie willst du das denn machen, Dion? Sogar mir in meiner Unwissenheit ist klar, daß du hier nicht die Möglichkeit dazu hast, auch nur ein chemisches Teilchen aus Tyrels Blut zu isolieren, ganz zu schweigen von einem Impfstoff oder einem Heilmittel.«

Sie sah ihn nicht an. »Ich habe an etwas anderes gedacht.«

Rhom erstarrte. Die Angst, die anstelle der Besorgnis in ihn fuhr, brachte ihn auf die Beine, und er stützte sich schwankend an der Wand ab. »Nein, Dion. Ich weiß, was du vorhast. Das darfst du nicht versuchen.«

Sie ignorierte ihn und wies Tyrel an, ihr dabei zu helfen, den Verband um Naminas gebrochenes Bein zu lösen.

»Dion!« Der Schmied schritt quer durch den Raum auf sie zu, packte sie am Arm und wirbelte sie herum. »Du weißt, daß es dich umbringt! Das lasse ich nicht zu!«

»Rhom …« Aranur versuchte, ihn zurückzuhalten.

Der junge Mann schlug Aranurs Hand rüde weg. »Und du!« fauchte er den großen schlanken Kämpfer an. »Was hast du gesagt, um sie so weit zu bringen? Weißt du denn, was du da von ihr verlangst?«

Ovousibas. Aranur konnte das Wort beinahe in Dions Gedanken sehen. Mochten die Götter ihm vergeben. »Ich weiß es«, sagte er leise.

»Dion! Nein! Der Preis ist viel zu hoch!«

»Wenn ich mich nicht irre, wird mir nichts geschehen. Ebensowenig Hishn.«

»Und wenn du dich irrst?«

Sie zögerte. »Es steht ein Leben gegen fünf.« Ihre Stimme war ruhig und fest, und ihr Bruder ergab sich der Autorität ihres Tones. »Würdest du es an meiner Stelle nicht ebenfalls wagen?«

»Wir reden nicht von mir, Dion. Wir reden von dir.«

Dion sah ihm mit festem Blick in die Augen. »Genau. Und es ist meine Entscheidung, Rhom.«

Er versuchte es noch einmal: »Was ist mit Hishn?«

»Ihr wird nichts geschehen.«

»Woher willst du das wissen?«

»Die Alten verschmolzen mit den Grauen, um Ovousibas zu betreiben, und die mentale Anstrengung stimulierte den Virus so, daß er die Blut-Hirn-Barriere durchbrach. Ich habe nicht vor, Hishn auf diese Weise einzusetzen. Ich werde die Heilung selbst vornehmen. Sie wird mir nur ihre Kraft leihen.«

»Aber was bedeutet das für dich?« Rhom nahm sie wieder beim Arm. »Dion, bei allen Göttern, ich bitte dich.«

Sie entzog sich seinem Griff, und Rhom war so schwach, daß er zur Wand zurückwankte. Sein Torkeln versetzte beiden einen gehörigen Schrecken und bestärkte Dion in ihrer Entscheidung.

»Dion«, beschwor sie ihr Bruder noch einmal. »Laß mich dir wenigstens dabei helfen.«

Sie schüttelte den Kopf. »Nein, Rhom«, sagte sie sanft. »Du würdest nur versuchen, mich zu schützen.«

Aranur erbleichte. Ich würde das nicht tun, dachte der grauäugige Mann. Ich würde sie sterben lassen, wenn sie uns damit rettet. Er räusperte sich. »Dion«, fing er an. »Laß mich mit dir gehen.«

Sie sah ihn an. »Weißt du denn, was dabei geschehen kann?«

»Soviel wie du.«

Sie zögerte kurz, dann nickte sie. Er hört die Wölfe so wie ich, wurde ihr plötzlich klar. Nicht so stark vielleicht, aber das ist womöglich besser so. Sie blickte sich rasch um und küßte ihren Bruder sanft auf die Wange. Er starrte sie verständnislos an. »Und jetzt, Aranur«, sagte sie leise nach hinten. »Halt mich fest.«

Sobald er sie berührte, klammerten sich seine Hände krampfartig um ihre Schultern. Er blickte in die Augen der Wölfin, ihrer beider Stimmen hallten in seinem Kopf, zusammen mit den undeutlichen und verstörenden Erinnerungen an einen uralten Tod. Er spürte, wie sie ohne Worte redeten, er fühlte, wie die Bilder von einem zum anderen blitzten und wie er sich ›erinnerte‹, wie sie ihre Heilerin zum Ovousibas führte. Andere graue Stimmen schienen sich außerhalb ihres gemeinsamen Bewußtseins einzufinden und sie anzuleiten, aber sie blieben außerhalb ihrer engen Verbindung. Dion schlang die Arme um sich. *Du weißt, was ich vorhabe, meine Graue?*

Du willst mit diesem Mann reden, während du mit mir gehst.

Erinnerst du dich daran?

Ja.

Aber du wirst dich nicht einmischen. Auch wenn es so aussieht, daß ich nicht überleben werde.

Die Wölfin zögerte, stimmte dann aber zu.

Führe mich einfach. Gib mir deine Kraft. Wage dich aber nicht zu weit vor, sonst wirst du sterben wie all die anderen. Und, Hishn … ich darf dich auf keinen Fall verlieren.

Das graue Tier leckte ihr zweimal die Hand.

Ich bin bereit, Hishn. Dions Stimme echote sanft. Ein Strom der Angst verzerrte den Klang unter ihren Bildern.

Dann lauf mit mir, Heilerin.

Die Wölfin und die Frau glitten geistig von Aranur weg, als bewegten sie sich plötzlich sehr weit entfernt. Dann verzerrte sich seine Perspektive, sie verwischte sich und sackte weg. In diesem Augenblick, kurz bevor ihn die Welle des Schmerzes traf, spürte er, wie ein anderes Herz dagegen ankämpfte; er atmete Luft durch fremde Lungen und spürte, wie ihn der kalte, langsame Rhythmus des Komas ansaugte. Und dann schrie Dion.

Schmerz durchflutete seinen Geist, bis er darin ertrank. Er verstärkte seinen körperlichen Zugriff auf die Heilerin, spürte dumpf das Ausmaß des Schocks, den sie durchmachte, und war sich nicht sicher, ob er seinen eigenen Anteil überstand. Sie klammerte sich an die graue Stimme, als der Schmerz in Wellen über ihr zusammenschlug, ihr Bewußtsein mit jedem Pulsschlag wie mit Fäusten bearbeitete. Es war, als würde sie sich wie an einer Felswand hineinhangeln und dabei die Flammen und das brutale Brennen ihrer Nerven bekämpfen. Er konnte spüren, wie sehr der Kampf sie schwächte.

Bleib stark, befahl er und wurde ein Bollwerk gegen den Schmerz. Elektrisierende Ströme peitschten seinen Geist, als sie mit den menschlichen Energien von Naminas Körper Kontakt aufnahm. Sie tauchte tiefer ein, tiefer hinab in das gebrochene Bein, und die Nerven zerrten an ihrem Geist, brennend, schockierend, lähmend. Graue Nebelfetzen peitschten um sie herum, und sie war weniger in Aranurs Geist denn fest in Hishns Wolfszähnen verankert. Es war die Wölfin, die die Heilerin vor dem Todeskampf des fremden Körpers wie ein Schild schützte, aber es war Aranurs Stärke, die sie mit frischer Energie versorgte. Er versuchte, den Nebel an den Rändern zu erwischen, ihn an den Rändern des imaginären glatten, unversehrten Schildes festzubinden, doch es war die Graue, die den Schild ausdehnte, festigte und weiter vorschob, ihn immer dicker um Dions Sinne packte. Und noch immer ging die Heilerin tiefer.

Der Nebel dünnte an einer Stelle aus, und unbewußt verdickte er ihn selbst. *Mit mir,* wies ihn die Wölfin an, als sein unbeholfener Flicken nicht passen wollte, herauszubrechen und den Schild zu zerbrechen drohte. Er ließ die Bilder der Grauen seinen Geist öffnen, ließ den Nebel an ihm saugen, an seiner Kraft zerren und seine Dichte verdoppeln, als er seinen Willen durch die Wölfin hindurch auf ihn konzentrierte. Als der Schmerz plötzlich nachließ, schien Dion aufzukeuchen. Sie eilte hinab durch die gesplitterten Knochenenden bis in das Mark hinein, geleeartig und warm, dorthin, wo sich die neuen Blutzellen verzweifelt zu bilden versuchten. Sie berührte sie, half ihnen und schickte sie zu den Lymphdrüsen, wo sie in eine Armee von Antikörpern verwandelt wurden.

Sie wurde allmählich schwächer. Der Nebel hielt den Schmerz von ihr fern, doch sie kämpfte darum, sich zu konzentrieren, versuchte, in den Bruch zu gelangen und den Körper dazu zu verleiten, ihrem Verlangen nachzukommen. Träge fließendes Blut kämpfte gegen sie an, sie verlor immer mehr den Zugriff auf sich selbst. Der Nebel dünnte aus, und sie glitt daraus hervor, ihr Willen jetzt ohne Schutzschild, hinein in Naminas Körper, wo der Schmerz wie Feuer auf ihre mentalen Hände traf, die sie instinktiv wie zum Schutz vor sich hielt.

Heilerin! heulte die Wölfin, tauchte in den Geist der Frau ein und zog ihr kreischendes Bewußtsein zurück. Aranur übernahm die Bilder von dem Tier und wappnete sich gegen die Belastung. Seine imaginären Arme wurden fast abgerissen, als die Wölfin gegen Dions schmerzgeschüttelte Hysterie und Naminas verkrampften Körper ankämpfte. Stunden, Tage, Ninans hielten sie fest. Er konnte nicht mehr ertragen. Der Schmerz – war es nur in seiner Einbildung? –, nein, er ließ nach. Hishn zog die Heilerin nach und nach heraus, kämpfte gegen die Ströme des Körpers und trennte ihre Herzschläge von denen Naminas, damit sie wieder in ihren eigenen Körper zurückkehrten. Es gab einen Ruck, eine körperlose Befreiung von jeglicher Perspektive, dann ging Aranur zu Boden. Dions schlaffe Gestalt fiel auf ihn.

Das Brüllen in seinen Ohren löste sich in einzelne Stimmen auf.

»... atmet, aber nur wenig. Holt etwas Wasser ... Er kommt wieder zu sich.«

Aranur versuchte, die Augen zu öffnen, doch sie kniffen sich gegen das helle Licht fest zusammen. Nach den sanften, kühlen Bildern aus Dions Geist – und erst recht nach den düsteren Schmerzen in Naminas Seele – kam ihm das Licht in dem Raum blendend wie die Sonne vor.

Doch dann wimmerte Dion leise und schlug die Augen auf. Sofort war ihr Zwillingsbruder neben ihr, wiegte sie in seinen Armen und erlaubte Hishn, dicht ans Bett heranzukommen und ihren Kopf in den Schoß der Heilerin zu legen. »Rhom, es war ... es war unglaublich«, stammelte sie.

»Oh, Dion«, flüsterte er.

»Ich habe Hunger.« Sie wand sich aus seinen Armen. »Ich bin so hungrig, daß ich einen Worlag verspeisen könnte. Roh.«

Aranur nickte. »Das ist eher noch untertrieben.«

Sie drehte sich nach dem grauäugigen Mann um, der mit ihr hineingegangen war. »Danke«, sagte sie sanft.

»Ich mußte es tun«, erwiderte er einfach.

»Nein«, korrigierte sie ihn. »Wir mußten es tun.« Mit verwundertem Gesichtsausdruck unterbrach sie sich. »Sie haben nicht ... Sie haben es kein einziges Mal zusammen versucht«, erkannte sie jetzt, wobei sie daran dachte, wie die Alten experimentiert hatten. »Sie haben nie die Kraft eines anderen eingesetzt, um sich gegen den Schmerz abzupolstern. Sie hätten es so erreichen können ...« Erschöpft fiel sie zurück, aber ihre Augen leuchteten im Glanz eines neuen Feuers.

»Namina atmet jetzt fast regelmäßig, und ihr Puls ist kräftiger geworden«, teilte Shilia fast verlegen mit. Ihre Hände waren schwach, doch die Ehrfurcht sehr stark. »Ich verstehe das nicht – du hast sie noch nicht einmal berührt.«

Die Wolfsläuferin lächelte müde und hielt die Hände in die Höhe. Das andere Mädchen stöhnte auf. Beide Handflächen waren feuerrot und voller Blasen, wie verbrannt.

»Bei allen Monden«, brachte Gamon mit schwacher Stimme hervor, von dem Anblick kurzzeitig aus seiner Betäubung herausgerissen. »Du könntest selbst ein bißchen Heilung vertragen, Heilerin.«

Rhoms kummervoller Blick auf die Hände seiner Schwester verwandelte sich in Dolche, als er Aranur anfunkelte.

Shilia drehte die verbrannten Handflächen sanft um, und trotzdem zuckte Dion zusammen. »Wie kann so etwas geschehen?« wollte das Mädchen wissen. »Was ist da vorgefallen?«

Dion zuckte mit den Achseln. »Unser Geist ist eine mächtige Waffe. Die Energieströme aus Naminas Körper warfen sich gegen meinen Geist, bevor Hishn herausfand, wie sie mich davor schützen konnte. Ich vermute, daß ich mental meine Hände eingesetzt habe, um mich zu schützen und die Heilung voranzubringen, und deshalb haben die Ströme mich genau dort verbrannt.« Sie nickte dem alten Mann zu. »Du kommst als nächster dran, Gamon, gleich nach Shilia.«

»Dion, du brauchst Ruhe«, protestierte ihr Bruder zornig.

»Wenn ich mich nicht gleich wieder an die Arbeit mache, habt ihr bald alle eine ganze Ewigkeit davon, Rhom.«

»Wenn Aranur es mit dir geschafft hat, dann schaffe ich es auch. Diesmal helfe ich dir.«

Dion schüttelte müde den Kopf. »Wir beide könnten nie auf diese Weise zusammenarbeiten, mein Zwillingsbruder. Wir sind uns zu ähnlich, und das weißt du auch. Du würdest mich mehr behindern als mir helfen, und das würde uns beide umbringen.«

Er ließ sich zurückfallen.

»Es geht schon alles in Ordnung, Rhom«, sagte sie mit mehr Selbstvertrauen, als sie wirklich verspürte. »Jetzt weiß ich ja, was ich zu tun habe.«

»Dion«, sagte Shilia zögernd. »Ich wollte dich vorhin nicht beschimpfen.«

»Ist schon gut, Shilia. Bist du bereit?«

Das Mädchen nickte unsicher.

»Aranur?« fragte sie. Auch er nickte.

Na schön, Hishn, dann nimm mich mit, sandte sie aus.

Dann lauf mit mir, Heilerin, gab die Wölfin zurück. Hishn nahm Dions Geist, lief los, drehte nach links ab und stürzte sich wieder hinunter in diesen wirbelnden Strudel.

Vorsichtig, ganz vorsichtig berührte die Heilerin Shilias Bewußtsein. In einem Augenblick ließ sie sich sanft hineinfallen, doch dann erwischte sie einen empörten Gedanken voller – Schmerz? Angst? Zorn? Etwas wurde abrupt zerrissen, als Hishns Geist sie aus dem Mädchen herauszog, dann wurde ihr Kopf wieder klar. Sie fand sich keuchend auf dem Boden liegend wieder, wohin sie die Gegenwehr des Mädchens geschleudert hatte. Aranur kniete neben ihr, aber sie glaubte nicht, daß die Gewalt des Schlages ihn ebenso getroffen hatte wie sie.

»Dion!« schrie Rhom auf und ließ sich neben ihr auf den Boden fallen.

Seine Schwester schüttelte benommen den Kopf. »Sie ... sie hat mich zurückgewiesen«, machte sie sich klar. »Ich konnte ihre Gedanken fühlen ...«

»Und ich deine«, gab Shilia wie zur Entschuldigung zurück. »Es war so, als wolltest du von mir Besitz ergreifen.«

»Ich konnte mich nicht festhalten, kam nicht hinein.« Dion setzte sich wieder auf und sah das Mädchen an.

»Ich konnte es nicht aushalten!« stieß die jüngere Frau hervor. »Es war so, als wären ihre Finger in meinem Gehirn ... Ich möchte dieses schreckliche Gefühl nie mehr erleben!« Rhom besänftigte sie mit einem entsetzten Blick in Richtung seiner Zwillingsschwester. Wenn es bei Shilia schon so schlimm war – wie schlimm würde es dann bei den anderen sein?

Die Wolfsläuferin rieb sich die Stelle an der Hüfte, mit der sie gegen das Bettgestell geprallt war. »Ich kann sie nicht berühren, ohne daß mich ihr Geist zurückstößt. Shilia«, sagte sie, »du mußt versuchen, dich zu entspannen. Ich werde dir nicht weh tun. Von dem, was ich vorhabe, wirst du wahrscheinlich nicht einmal etwas spüren. Ich mache nichts anderes, als deinem Knochenmark zu sagen, welche Art von Antikörpern es bilden und wohin es sie schicken soll.«

Rhom fing plötzlich an zu wimmern an und stieß kurz darauf Shilia von sich. Das Mädchen schlug mit dem Arm gegen die Wand und schrie auf, doch dann krümmte sich der Rücken des Schmiedes, und er wurde mit wild um sich schlagenden Armen und Beinen, die aussahen, als wollten sie sich vom Rest des Körpers trennen, vom Bett geschleudert. Tyrel und Dion warfen sich auf ihn, versuchten seinen zuckenden Körper gegen den Boden zu pressen. Seine Augen traten hervor, schwarz statt violett; die Krämpfe entzogen ihm jegliche Kontrolle über seine Muskeln und ließen die Blutgefäße in dem verbliebenen Weiß seiner Augen platzen.

»Rhom!« schrie seine Schwester. »Hilf uns, Aranur!«

Aranur wankte herbei, zog eine Decke vom Bett und wollte sie über die drei am Boden ausbreiten, verlor jedoch die Balance und stürzte über sie. Dion versuchte, die Decke wenigstens um ihren Bruder zu wickeln, denn seine Arme schlugen wie Dreschflegel hin und her, und sein stämmiger Oberkörper bockte wie ein wütendes Dnu. In wenigen Sekunden war alles vorbei. Sie lagen schwer atmend auf dem Boden. Der Körper des jungen Mannes spannte sich immer wieder krampfartig an, während der Schauder nach und nach von ihm abließ.

»Der wievielte Anfall war das?« Dions Stimme war heiser.

»Sechs«, antwortete Gamon tonlos.

»Und bei dir?«

»Wir haben alle schon vier oder fünf richtig schlimme gehabt.«

Aranur, der sich selbst vor Schwäche kaum aufrecht halten konnte, half Dion dabei, ihren Bruder wieder auf das Bett zu heben.

»Shilia«, sagte sie zögernd. »Ich kann nicht darauf warten, daß du lernst, dich meiner Berührung hinzugeben. Womöglich braucht es mehrere Anläufe, um dich zu hypnotisieren, und wenn du dich auch dagegen wehrst, dauert es sogar noch länger.«

Das Mädchen sah sie an. »Ich habe verstanden, Heilerin.« Sie setzte sich auf das Bett nieder. Jetzt war ihr klar geworden, daß sie sterben konnte, nur weil sie sich nicht genug entspannte, um sich von der Heilerin helfen zu lassen. »Entscheide du, was richtig ist.«

Aranur drückte ihre Hand. »Ich bin auch bei dir, Shilia«, flüsterte er ihr ins Ohr. Dion legte ihr die Hand auf den Nacken, drückte sanft auf die Halsschlagader und hatte das Mädchen in weniger als zehn Sekunden ausgeschaltet; dann ließ sie sie langsam auf das Kissen zurücksinken. *Hishn?*

Lauf mit mir, Heilerin.

Die Wölfin zog sie nah an sich und ließ sie in eine angenehme mentale Umklammerung gleiten; dann drängte sie hinaus und schoß auch schon nach links unten. Dion versank in eine Wahrnehmung des Körpers des jungen Mädchens, bis sie in Shilias Blutstrom aufgenommen worden zu sein schien, wirbelte im Rhythmus des Herzschlags immer weiter und weiter, bis sie tiefer eindringen konnte. Dort! Sie sah eine Verbindung aufblitzen, nach der sie suchte, drängte sie weiter bis zur Lymphdrüse und zwang sie dazu, in den Antikörper zu mutieren, den das Mädchen zum Überleben brauchte. Kurz darauf bildeten sich mehr davon, und die ursprüngliche Zelle eilte auf den Korkenziehervirus zu, der sich in Shilias Nerven hineinbrannte. Dion löste sich mit Hishns Unterstützung und stieg wieder aus dem Bewußtsein des Mädchens hinauf.

Sie zitterte angespannt und müde, und ihre Augen konzentrierten sich auf die Wände vor ihr, brachten sie wieder in die Gegenwart zurück. Aranur wankte. Doch die Gestalt des Moleküls war jetzt in mehr als einem Dutzend von Bedeutungen, die nicht alle die ihren waren, in ihrem Geist eingraviert, und als sie Rhom, Aranur und Gamon ansah, wußte sie, daß sie rasch auch in ihre Körper eindringen mußte. Gamon und Rhom waren am schlimmsten dran, dann Aranur, aber als Dion zu Gamon blickte, warf der alte Mann einen vielsagenden Blick auf ihren Zwillingsbruder. Er sammelte seine Kräfte und sagte: »Zuerst Rhom.«

»Dir geht es schlechter als ihm«, erwiderte sie ehrlich.

»Zuerst Rhom«, wiederholte er. »Dann kannst du dich uns übrigen widmen.«

Dion war für sein Verständnis dankbar und stellte seine Entscheidung nicht länger in Frage. Ovousibas war ihr noch immer viel zu unvertraut. Bei ihrem Zwillingsbruder würde es viel einfacher gehen, als es erneut bei einem Fremden zu versuchen. Sie zog einen Stuhl neben Rhom und legte ihm die Hände auf Stirn und Brust. Es war schlimm, seine schrecklichen Schmerzen zu fühlen, und schon spürte sie die von den Krämpfen verzerrten Muskeln, das in seinen Nerven wütende Virus.

Lauf mit mir, Heilerin, empfingen sie Hishns Worte.

Es ging schnell. Eine Drehung. Der Geist ihres Bruders lag plötzlich in einem Strudel von Bildern, die keinem von ihnen etwas sagten, offen vor ihr. Ein kurzer, angestrengter Wettbewerb der Willen, bei dem keiner nachgab, dann drückte Aranur kräftig nach, und sie stieß hindurch. Nach links, dann hinunter. *Drinnen. Durch den Hals und die Brust. Kräftige Muskelbänder, rote Streifen Muskelgewebe, die zu grauweißen Sehnen führten. Gespür, eher als eindeutige Richtungen; Geräusche, eher als Stille. Bewußtsein. Dort, wo sich Fasern teilten, um sich an porösem Kalzium festzuklammern, stiegen Knochen auf. Pochen. Herzschläge. Mein Zwilling. Blut rauscht vorüber, reißt mich mit, wirbelt mich weiter. Dort sitzt der Schmerz. Näher, Pulsieren. Träge tote Blutkörperchen fangen an, die Muskeln zu verstopfen, dort, wo die Nerven vom Fieber ausbrennen. Gewaltige Dämme aus Klumpen blockieren den Weg zu den Rissen. Schmerz, pochender Schmerz. Tiefer. Eine Zelle vornehmen, verschmelzen; Nerven stimulieren, Enzyme schockieren und chemische Verbindungen anregen. Proteine werden ausgetauscht. Zellmembranen sorgen saugend für den permanenten Nahrungsaustausch. Gewebe zerfallen, zerrissen, zerfetzt, sterben. Darunter spüre ich die ganze Zeit über den Herzschlag. Rasendes Chaos. Ein Blutkörperchen versucht, eine zerrissene Kapillare abzudichten. Hier, ich schiebe. Es rutscht an die richtige Stelle. Der Blutfluß setzt wieder ein … ah, das Gehirn. Geschwollenes Gewebe, zerrissene Synapsen. Die Erschütterung des Traumas. Zwischen den roten Fasern hindurchquetschen, Antikörper weitertreiben. Die Schwellung läßt nach, die Zirkulation schwemmt Flüssigkeiten weg. Die Struktur … dort. Mein Bruder, mein Zwilling, ich spüre dich. Ziehen, dirigieren, bauen. Die Erschütterungen sind außer Kontrolle geratene Nerven, die momentan nur noch in dem zerfetzten Gewebe verankert sind. Noch tiefer, der Schmerz läßt nach. Die Nerven isolieren und ihre Synapsen schienen. Wieder hinauf. Zellen taumeln unschlüssig in die Körperflüssigkeiten. Ah, dort. Gleich hier dahinter. Die neue Struktur in die Membran einbauen; halte das Virus davon ab, sich hindurchzubohren. Jetzt ist es zuviel, die Anweisungen fangen an abzuschweifen. Konzentriere dich. Zieh die Flüssigkeiten ab. Rhom … ich kann dich nicht in diesem Zustand zurücklassen … Herzschläge pulsieren vorüber. Eine Welle scheint die Membran überspülen zu wollen, als sie sich der neuen Zusammensetzung anpaßt. Wiederhole diese Zusammensetzung. Kräftiger, versuche es. Schwarz, das Virus versucht erneut, sich hindurchzubohren; ich passe mich an. Membran verhärten, umschließen und wegtransportieren. Den Platz wechseln, versuchen, ein neues Gerüst aus Antikörpern zu bilden. Konzentrieren. Kraft läßt nach. Bewegung gelähmt. Zellen blähen sich auf, zerplatzen wie überreife Melonen, wachsen erneut, jetzt als körpereigene Gebilde. Jetzt schnell weg!*

Ein Beharren, ein Mangel an Verstehen, ein Verlangen. Die Stimme beeinträchtigt den Zugriff der Struktur. Soviel zu tun. Mein Bruder … du hast so große Schmerzen … Schmerz umnebelt die Gedankenränder. Komm jetzt. Mehr Blutzellen austeilen, bilde die gleichen Antikörper. Schwächer. Der Muskel, gewaltig, alles umgebend, zuckt; die Konzentration zerbricht. Ein Strom packt mich und wirbelt mich davon, zerschmettert zwischen den Blutplättchen. Klopfen. Lauter. Der Strom wird schneller, schmettert die Plättchen zusammen und schleudert sie verzweifelt nach vorne, hin zum Sauerstoff. Lauter. Ohrenbetäubend. Der Eindruck einer Sturmbö, die rasch näher kommt. Hineingeschleudert in die Lunge und nach oben, hinaufstoßen, weg, hinaus …

Stimmen erklangen, Worte hallten mehrfach gebrochen hin und her, ein dumpfes Gefühl im Kopf. So müde.

Heilerin? Kalte Wärme berührte Dions Gesicht. Sie reagierte instinktiv und schlug es weg, was auch immer es sein mochte. *Du wirst gebraucht, Heilerin.*

Sie öffnete die Augen und zuckte bei dem grellen Licht sofort zusammen. Ihr Magen zog sich vor Hunger zusammen. Als Antwort auf Hishns Bitte erschauerte Dion, legte die Hände jedoch sogleich auf Gamon und übermittelte an Hishn: *Alles klar, Hishn. Machen wir weiter.*

Dann lauf mit mir.

Wieder gingen sie hinein, doch in ihrem geschwächten Zustand war sie kaum fähig, sich zu konzentrieren, berührte Gamons Bewußtsein kaum, bevor sie abprallte.

Bleib stark, Heilerin. Lauf mit mir, sprach Hishn ihr Mut zu. *Bald können wir schlafen.*

»Dion?« fragte Rhom schwach, als er sah, daß sie die Augen wieder öffnete.

Sie wollte aufstehen, brach jedoch sofort wieder zusammen.

»Dafür haben wir keine Zeit«, sagte sie, als Tyrel ihr aufzuhelfen versuchte. »Ich weiß nicht, wie lange die Antikörper brauchen, um das Virus zu stoppen. Schon bald werden die

Anfälle zu heftig werden, und mehr davon könnten ... könnten ...« Sie unterbrach sich und brachte es nicht fertig, Gamon in die Augen zu sehen. Er sah schon jetzt um zehn Jahre gealtert aus.

Wir müssen uns beeilen, drängte Hishn. *Er ist schon nahe am Feuer.*

Wenn er in Zuckungen verfiel, während sie in ihm waren ... Dion dachte den Gedanken nicht zu Ende. Statt dessen überließ sie Hishn die Kontrolle über ihren Geist, Aranur hielt sie an der Schulter fest, und schon wirbelten sie wieder hinaus und hinunter. Aber sie hätte es fast nicht geschafft ... das Beben ihres eigenen Körpers, der vor Müdigkeit zitterte, lenkte sie von ihrem eigentlichen Ziel ab. Die Wölfin zog fest entschlossen davon, ließ sie so rasch durch das Bewußtsein des alten Mannes hindurchfallen, daß er gar keine Zeit hatte, den Kontakt zurückzuweisen, und die Wolfsläuferin pflanzte die Antikörper mit einer Geschwindigkeit, als säte sie Wildblumen aus, wahllos überall in den Lymphdrüsen, wo sie wachsen und sich vermehren würden. Sie versuchte sich noch auf mehr zu konzentrieren, als das Zittern einsetzte und Hishn sie herauszog, sie abrupt in die Gegenwart schleuderte.

»Schnell«, sagte sie zu Tyrel, wobei sie selbst fast unkontrollierbar zitterte. »Hilf mir, ihn fest in die Decken einzuwickeln.« Gamons Augen veränderten sich, als die Krämpfe zunahmen, doch sie fesselten seinen Körper zwischen den Laken und Decken so fest ans Bett, daß er sich nicht zu heftig herumwerfen und verletzen konnte. »Haltet ihn jetzt fest«, befahl die Heilerin, ergab sich ihrer eigenen Schwäche und brach auf dem zuckenden Körper des alten Mannes zusammen. Der Junge, seine Cousine und die erschöpfte Frau hielten ihn fest, bis es vorüber war, seine Augen zurückrollten und sich wieder auf die Dinge im Raum konzentrierten, obwohl in diesen Augen keine Klarheit war ... sein Alter machte ihm ebensoviel zu schaffen wie das Virus. Dion wandte sich wortlos an Aranur. Sie bedeutete ihm mit einer Geste, sich niederzulegen, und wollte ihn mit dem Schlafgriff ausschalten.

»Das brauchst du bestimmt nicht«, sagte er ruhig.

Dion nickte wieder. Sie war zu müde, um sich zu streiten, und vertraute auf das, was Aranur für richtig befand.

»Warte noch, Dion«, flehte Rhom sie an. »Laß mich dir diesmal helfen. Du brauchst jemanden, der dir zur Seite steht.«

»Aber nicht dich, Rhom. Du bist selbst noch viel zu geschwächt, um dich dieser Anstrengung auszusetzen.«

»Nicht mehr als du.«

Sie kämpfte dagegen an, wollte ihn anbrüllen, ihm sagen, daß sie auch keine Kraft mehr hatte, sich mit ihm zu streiten. »Na schön«, sagte sie schließlich.

Lauf mit mir, Heilerin, sagte die Wölfin.

Ihr Bruder nahm Dion bei der Schulter, doch als er sie berührte, zuckte sie wie bei einem elektrischen Schlag weg von ihm. Ihr Gesicht war zu offen, seines zu verschlossen. Seine Kraft ... sie war wie ein tragender Balken, wohingegen Aranurs Kraft wie ein Fluß war. Sie würde herunterfallen ...

»Rhom ... ich kann nicht ...«, stöhnte sie. »Nein ... bitte rühr mich nicht noch einmal an.«

»Was ist denn? Was habe ich dir getan?«

Er sah so verletzt aus, so schwach, daß sie in ihrer Erschöpfung beinahe losgeweint hätte. »Es geht nicht.«

»Versuche es einfach noch einmal, Dion. Du bist nur müde.« Er knirschte mit den Zähnen und zwang sich dazu, trotz seiner Schmerzen aufrechter zu stehen. »Diesmal mache ich es besser.«

»Rhom, du weißt nicht, was du redest.«

Aranur blickte von einem zum anderen. »Was ist los, Dion?«

Sie mied seinen Blick. »Was hast du gespürt?« fragte sie ihren Bruder. »Wie war es, als du mich berührtest?«

»Wie ein Schlag«, sagte er langsam mit vom Fieber belegter Stimme. »Kleine Funken tanzten zu meinen Fingerkuppen hinauf. Als hätte Gray Hishn nach mir geschnappt, obwohl ich genau hören konnte, daß sie mit dir redete.«

Sie nickte. »Rhom, es geht nicht. Mit dir funktioniert es nicht.« Ihre Hände zitterten, und sie wies ihn von sich. »Laß es mich bitte allein tun.«

»Schwester …«

»Ich bitte dich, Rhom.« Sie holte tief Luft und legte die Hände auf Aranurs Brust. Sofort versetzte die Wölfin ihrem Geist einen Drall und lenkte ihn nach unten. Es geschah zu rasch, zu plötzlich. Ihre Konzentration ließ nach, und sie zog sich zurück. Zitternd versuchte sie, ihren geschwächten Körper unter Kontrolle zu bekommen.

Lauf mit mir, Heilerin.

Sie versuchte es noch einmal, doch sie war zu schwach. Sie verlor ihr Ziel aus den Augen und brach erneut ab, zitterte so heftig, daß sie kaum mehr aufrecht sitzen konnte. Ihre körperliche Schwäche erlaubte es ihrem Geist nicht, den Kontakt aufrechtzuerhalten.

»Zu schwach …«, sagte die Frau heiser. »Schon gut, Rhom«, fügte sie rasch hinzu. »Ich muß mich nur konzentrieren.« Wie weit konnte sie noch gehen? Ihr Gesicht war jetzt schon so ausgemergelt, als hätte sie seit zwei Ninans nichts mehr gegessen, und ihre Hände zitterten heftig. »Entspanne dich, lehn dich zurück und atme tief durch«, sagte sie beruhigend, womit sie sich selbst ebenso zu beruhigen suchte wie den Mann, der neben ihr saß. »Einatmen, ausatmen«, sagte sie sanft, wobei sie ihre letzten Kräfte sammelte. Sein Wille war so stark … Wenn sie sich in ihm verlor, würde sie diesen letzten Versuch mit Ovousibas nicht überleben. »Entspanne dich im Einklang mit deinem eigenen Herzschlag.«

Hishn? fragte sie. *Ich weiß nicht, ob ich noch stark genug bin.*

Du bist stark genug, antwortete die Graue. *Ich stehe dir bei.* Und in ihren miteinander verschmolzenen Geistern schwollen die Töne an, als sich ihnen andere Graue anschlossen, die der Heilerin Mut zusprachen, ihr mit ihrer Kraft beistanden, bis sie spürte, wie die Erschöpfung von ihr wich und wie eine schwere Decke zu Boden fiel. *Lauf mit mir, Heilerin. Lauf mit uns. Eile mit uns …*

»Du schaffst es, Dion«, flüsterte Aranur heiser.

Ihre Vision verschmolz zu einem von Schmerzen geschüttelten Grau. Einen kurzen Augenblick lang spürte sie die strikte Zurückweisung, die sich jedoch in das weiche Gefühl verwandelte, das sie erlebt hatten, als sie zum ersten Mal gemeinsam Ovousibas probiert hatten. Es war fast so, als ginge Aranur gemeinsam mit ihr in seinem eigenen Körper spazieren. Sie konnte seine Stärke spüren und wie sein eigenes Bewußtsein die Stellen berührte, an denen sich das Virus eingenistet hatte, wo es sich nach den Krankheitsherden ausstreckte. Ihr Wissen leitete sie; seine Kraft trug sie. Sorgfältig schuf sie den Antikörper, und Aranur beschleunigte wissentlich sein eigenes Blut, um die Gebilde zu den Lymphdrüsen zu transportieren, doch trotz alledem wurde sie immer schwächer. Sie wollte sich zurückziehen, doch die Kraft und die Stärke seines Geistes zogen sie immer wieder in seinen Körper zurück, sosehr sie sich auch dagegen wehrte.

Hinunter, hinunter und hinein. Vorbei an dem Bewußtsein wie ein Windstoß, und *dort, das Blut, der Körper, das Virus, wie es wartete und sich in den Körper des Mannes fraß. Sie brauchte verschiedene Elemente … sie waren alle da, dem Blut entnommen, dessen Fluß sie kaum dirigierte. Gebilde entstanden, barsten vor Leben, als die Wölfe sie stärkten, sie mit ihrer eigenen überschwenglichen Lebensenergie vorantrieben. Ganze Gruppen von Antikörpern bilden sich, wachsen heran, binden das Virus, wirbeln es ziellos davon, zerschmettern es. Todesmüdigkeit. Die Instinkte des Körpers, die Sicht klart auf und verschwimmt wieder. Graue Töne kämpften darum, sie drinnen zu behalten … wo drinnen? Eindringendes Bewußtsein, und wieder eine Verschiebung, Positionswechsel. So müde. Müde. Aranur? Rhom? Nein. Nein, es waren nur die Wölfe, Schnee und Moos unter den Pfoten, denn der Boden der Kuppel verwandelte sich in weichen Untergrund, und die Zeit brannte in der*

Hitze der Sommersonne hinweg. Die Grauen wurden geboren, wuchsen auf, veränderten und paarten sich, sangen, starben. Rudel, die ihre Perspektive veränderten, als zunächst eine Aussicht, dann eine andere ins Zentrum der Zeit, der Erinnerungen rückte, die entlang einer langen Kette grauer Seelen weitergegeben wurden. Zeit, Zeit, durch all die Zeit hindurch schlafen, bis sie wieder erwachte. Und die Grauen, die sie mit sich trugen, neben ihren berühmten Kindern, während sie von ihren Leben träumte und durch die Zeiten ihrer Erinnerungen fiel …

Epilog

Aranurs Magen war eine Grube. Das war er schon seit Tagen, seit Dion in ihr Koma versunken war. Jetzt sah er ihre blasse Gestalt an. Sie hatten sie gefüttert, doch die eingefallenen Wangen und das verhärmte Gesicht blieben. Was konnten sie noch tun? Der Bruder der Frau machte ihn für ihren Zusammenbruch verantwortlich, aber Aranur wußte auch, daß sie alle ohne Dions Tun gestorben wären. Er fühlte sich – das mußte er sich selbst eingestehen – in gewisser Weise schuldig. Das Fieber, das jeden von ihnen unerbittlich gepackt hatte, war inzwischen von ihnen gewichen, zurückgedrängt von einem Gegengift, das die Frau mit ihrer letzten Energie geschaffen hatte; doch jetzt lag sie selbst im Koma, und nachdem bereits vier Tage vergangen waren, war sich Aranur nicht mehr sicher, ob sie jemals wieder daraus erwachen würde.

Er versuchte erneut, sie vorsichtig zu wecken. »Dion?«

Rhom hatte bereits seit drei Tagen neben seiner Schwester verharrt, und Aranur hatte den jungen Mann schließlich zusammen mit Shilia hinausgeschickt, damit er auf ein paar andere Gedanken kam. Es ging ihnen allen wieder wesentlich besser – bis auf Dion, wie er sich zerknirscht ins Gedächtnis rief. Die Heilerin hatte sich zu weit über die Grenzen ihres Körpers vorgewagt. Sie atmete, doch sie bewegte sich nicht, sie schluckte, doch sie sah nichts; sie lag da, als bereitete sie sich schon für den Weg zu den Monden vor. Nicht einmal der Graupelz, der mit ihr ging, konnte ihm sagen, wie man sie erreichen konnte. »Wolfsläuferin«, flüsterte er. »Dion, vergib mir.«

Der schlanke, hohläugige Mann blickte auf die bleiche, reglose Gestalt hinab. Dann zog er die Stirn in Falten. Hatten sich ihre Augen bewegt? Plötzlich begann die Wölfin zu seinen Füßen leise zu jaulen und stieß ihm die Schnauze unter die Arme. Die Augenlider der Frau zuckten, sie blinzelte zweimal, dann öffnete sie sie, blinzelte im hellen Licht und runzelte erstaunt die Stirn.

Aranur unterdrückte einen lauten Jubelschrei. »Weilst du wieder unter uns?« fragte er statt dessen mit sanfter Stimme.

Verwirrt sah sie in seine grauen Augen und wandte sich dann mit tränengefüllten Augen ab.

»Dion, Heilerin.« Aranur drehte sie wieder um, damit sie ihm ins Gesicht sehen konnte. »Was ist schiefgelaufen? Du warst so lange …«

»Die Träume …«, flüsterte sie stockend. Fetzen grauer Lieder, die ihr Unbewußtes erfüllten, Erinnerungen an Hunderte von Wölfen, die in ihrem Bewußtsein lebten – die Träume, die sie am Leben hielten, als die Grauen ihren erschöpften Geist stützten und sie sich von der Anstrengung, die anderen zu heilen, erholt hatte.

»Du hast so lange geschlafen, das ist alles.«

Aber sie verstand ihn nicht. Die Lieder der Wölfe … Dion hatte sie gelebt. Das Gefühl von Verlust überwältigte sie, als die Schönheit der uralten Träume verblaßte, die wie ein Flüstern in ihrem Geist vergingen.

»Geh weg.« Zitternd wandte sie sich erneut von ihm ab.

Hishn jaulte leise und stieß mit der Nase gegen die Decke über ihrer Hand. *Wolfsläuferin,* rief die Wölfin leise.

Meine Wächterin, erwiderte Dion, und jetzt weinte sie wirklich. *Du ehrst mich.*

Als er die Echos ihres Gedankenaustauschs spürte, wurde Aranur endlich klar, daß es Hishn und die anderen Graupelze gewesen waren, die Dion vor dem Weg zu den Monden bewahrt hatten, als ihr eigener Körper schon zu schwach dazu war. Sie hatte schon zu lange ohne Nahrung und ohne Ruhe ausgehalten. Dieses Ovousibas … hätte sie töten können. »Oh, Dion«, sagte er leise und wiegte sie in seinen Armen.

Sie schluckte und versuchte, sich wieder unter Kontrolle zu bekommen. »Ich habe Hunger«, sagte sie mit leiser Stimme.

»Das wundert mich nicht«, neckte Aranur sie, obwohl die Sorge noch tief in seinen Augen brannte. »Du bist blaß und abgemagert.«

»Du weißt, wie man Komplimente macht«, flüsterte sie trocken.

Aranur grinste sie erleichtert an. »Rhom ist gerade unterwegs, um Fleisch aus Gamons Räucherei zu holen«, klärte er sie auf, als er bemerkte, daß sie sich unruhig in dem leeren Zimmer umsah. »Ich habe mich nur um dich gekümmert, bis er zurückkommt.«

Sie war überrascht. »Die Heilung …« Sie zögerte und sah sich erneut um. Daß sogar Namina endlich aufgestanden war, erstaunte sie. »Hat es so schnell funktioniert?« Sie glaubte noch immer, gerade aus der Trance nach der Heilung erwacht zu sein; sie erinnerte sich noch sehr genau an die Anstrengung, mit der sie die Antikörper in ihren Bruder, in Aranur und die anderen gepflanzt hatte.

»Schnell?« Er brach in lautes Lachen aus. »Nein, und es war auch ziemlich knapp. Nachdem du mit uns fertig warst, litten wir noch zwei Tage an schlimmen Anfällen, aber dann ging es uns rasch besser. Seit gestern sind wir gesund, bis auf ein leichtes Frösteln hin und wieder. Hier«, sagte er und schob ihr ein Kissen in den Rücken. »Iß das.«

Seine Worte entfalteten ihren Sinn erst allmählich. »Zwei Tage?« fragte sie staunend. »Gestern?«

»Du warst vier Tage bewußtlos«, antwortete er ruhig. Sie klammerte sich ganz unvermittelt an ihn, und auch er nahm sie fest in die Arme. »Es ist alles in Ordnung«, sagte er. »Es geht allen gut. Wir sind alle durchgekommen. Namina versucht sogar schon zu gehen, jetzt, wo ich ihr ein Paar Krücken gemacht habe. Für sie hast du sehr viel mehr getan, als nur den Virus aufzuhalten. Und sieh nur mich an«, befahl er ihr streng, aus Angst, ihr die Tiefe seiner Besorgnis zu zeigen. »Und jetzt iß.«

Sie war zu verdutzt zum Antworten. Vier Tage? Und sie war noch immer am Leben. Und Hishn ebenso … Die Gedanken der Grauen waren so klar und deutlich wie die Vision des hechelnden Mauls und der lang heraushängenden Zunge. Sie schüttelte den Kopf, fühlte sich von der Anstrengung schon wieder sehr geschwächt und legte sich wieder hin; ein leises Lächeln zeichnete sich auf ihrem Gesicht ab, als ihr richtig klar wurde, daß sie überlebt hatte. Ovousibas. Und sie lebte noch. Innere Heilung. Sie ließ noch einmal die grauen Stimmen in ihrem Kopf hallen und durchlebte noch einmal die Wärme von Aranurs Berührung auf ihrem Gesicht.

Einen Ninan später standen die vier Männer, die drei Frauen und die Wölfin auf einem Bergkamm und blickten auf die letzten Ausläufer der Berge hinab, bevor sie das Land Caflanin betraten. Zwischen zwei Hügeln hindurch, dort, wo ein tiefes V das satte Grün einkerbte und ihnen einen Blick durch die Hügelkette erlaubte, sahen sie ein Tal, das nur sehr spärlich von Bauernhöfen durchsetzt war. Am anderen Ende, in dunstiger Ferne, wurde das Tal von einem dünnen Band zerschnitten, das hinter den runden Kuppen hervorkam und nach Südosten führte, dorthin, wo das olivgrüne, flache Land Bilocctar von einem gedrungenen Bergrücken verdeckt wurde.

»Zwei Ninan«, versprach Aranur. »In achtzehn Tagen werden wir Ariye wiedersehen.« Er legte Namina die Hand auf die Schulter und zog sie an sich. Schon komisch, dachte er, wie unterschiedlich die Leute sind. Shilia hatte sich auf den Weg gemacht, als sei sie dafür geboren worden, wohingegen Namina jeden Meter davon gehaßt hatte. Er ließ den Blick über die Gruppe schweifen und freute sich erneut darüber, wie erwachsen Tyrel geworden war und wie gut seine eigene Schwester Shilia ihre Kraft unter Beweis gestellt hatte. Namina war noch jung, sagte er sich. Sie würde noch viel lernen. Vielleicht war es nur die Trennung von zu Hause …

»Das hier wäre ein guter Platz zum Anhalten«, schlug Gamon vor und sah sich zufrieden um.

Aranur nickte. »Wir haben noch etwas zu erledigen«, stimmte er ihm zu, warf sein Gepäck auf den Boden und schob Gray Hishn zwanglos beiseite. Die Wölfin schaute ihn empört an, doch Dion zog sie am Schwanz und kraulte sie hinter den Ohren, so daß die Graue sich sofort der Heilerin zuwandte.

Tyrel war schon dabei, Zunder für ein kleines Feuer zu sammeln, während Aranur ein Paket Briefe aus seiner Tasche zog. Er ging die Papiere noch einmal durch, zählte sie, um sicherzugehen, daß auch keines fehlte, dann warf er sie auf die kleinen züngelnden Flammen. Er sah zu, wie sich die Seiten an den Rändern aufkräuselten und dann, als das Feuer das Papier erreicht hatte, aufflammten und kurz, aber hell verbrannten.

»Bist du dir da auch ganz sicher?« fragte Rhom. Er stand neben Shilia und hatte lässig den Arm um ihre Hüfte gelegt.

Aranur nickte. »Zuerst dachte ich, wie könnten die Briefe heimlich nach Ariye zurückbringen, aber inzwischen hatte ich mehr Zeit zum Nachdenken. Mit den Briefen im Gepäck kann jede Begegnung mit Zentsis' Männern unseren Tod bedeuten. Ohne sie stehen die Chancen nicht schlecht, direkt bis nach Ramaj Bilocctar durchzukommen, ohne in Verdacht zu geraten. Und wenn unsere Ausrüstung dennoch durchsucht wird, kommt nur ganz normales Reisegepäck zum Vorschein.«

Tyrel biß sich auf die Lippen. »Und du bist sicher daß wir die Ältesten auch ohne die Briefe überzeugen können? Ohne jeglichen Beweis?«

»Das wird deine erste Bewährungsprobe, Tyrel. Und zwar eine, die du bestehen mußt, wenn du einmal Lloroi werden willst.«

Rhom grinste grimmig. »Das, was du in Ariye singst, werden wir in Randonnen singen«, sagte er mit sanfter Stimme. »Damit dieser Mist in allen neun Höllen brennt.«

Gamon lachte auf. »Für einen Schmied hast du's ziemlich gut mit Worten.«

Aranur konnte ihm nur beipflichten und warf sich sein Bündel wieder über die Schulter. »Inzwischen hätte selbst ein habgieriger Sklavenjäger die Suche aufgegeben.« Er zeigte in Richtung des Einschnitts, der einen Paß durch die Hügel schnitt. »Das ist der Weg nach Hause, Namina. Und wenn uns die Graupelze begleiten, wirst du Ariye noch vor dem Mittsommerabend wiedersehen.« Er sah zu Dion und der Wölfin, die neben ihr stand, hinüber. Der graue Stimmennebel filterte durch sein Bewußtsein. Nebelhaft, undeutlich ... aber sie waren die Erinnerung an einen Traum, den sie gemeinsam gewoben hatten. Er blickte sich nur einmal um, dann führte er sie den Hügel hinab.